历史小说

好大喜功

田芳芳 ◎ 著

杨广

（上册）

中国铁道出版社有限公司
CHINA RAILWAY PUBLISHING HOUSE CO., LTD.

图书在版编目（CIP）数据

好大喜功：杨广：上下册 / 田芳芳著 .—北京：中国
铁道出版社有限公司，2024.8
ISBN 978-7-113-31278-7

Ⅰ . ①好… Ⅱ . ①田… Ⅲ . ①隋炀帝（569—618）—
传记 Ⅳ . ① K827=41

中国国家版本馆 CIP 数据核字（2024）第 103906 号

书　　名：**好大喜功：杨广**
　　　　　HAODA-XIGONG：YANG GUANG
作　　者：田芳芳

责任编辑：荆　波　　　　　　　　编辑部电话：(010) 51873026
封面设计：尚明龙
责任校对：苗　丹
责任印制：赵星辰

出版发行：中国铁道出版社有限公司（100054，北京市西城区右安门西街 8 号）
网　　址：http://www.tdpress.com
印　　刷：三河市国英印务有限公司
版　　次：2024 年 8 月第 1 版　2024 年 8 月第 1 次印刷
开　　本：710 mm×1 000 mm　1/16　印张：33　字数：629 千
书　　号：ISBN 978-7-113-31278-7
定　　价：158.00 元（上下册）

目录

【第一回】

息流言庭训论将道，弥嫌隙烹茗弄诗情

公元588年，隋开皇八年。

这是一个秋高气爽、天蓝云淡的季节，也是一个充满诗情画意的季节。

灿烂的阳光像多情的少女含笑播撒着温暖，欣然地渲染着生动的原野。远处，那翻滚着的业已橙黄的黍地被田埂割成了大小不等的方块，接着便是翻滚着火红色彩的高粱地，近处，饱满的大豆似串串金铃，随风而舞，发出哗哗哗的声响。

田野的秋风又轻又暖，吹在脸上，像是美人的玉手在温柔地抚摸，让人心中泛起阵阵别样的感觉，果香和庄稼的甜味在空气中飘荡，长吸一口，沁人心脾。

在这迷人的秋野上，十九岁的晋王杨广一袭白衣，跨坐在身高体长的乌龙驹上，一手执缰，一手擎鞭，仰天长啸，宛如长空落下了惊雷。

"看孤王饮马渭水！"说着，杨广一抖丝缰，催着乌龙驹闪电般飞驰向前，惊得后面的侍卫官张衡大叫："晋王小心，晋王小心啊！"

滔滔的渭水岸边，杨广猛地勒住飞奔的战马。那乌龙驹骤然止步，后腿陡立，前腿双双离地，当空舞了几下。晋王猛然夹住马肚子，弓着身子，伸头探向前方。那马似有灵性，抖抖鬃，甩甩尾，咴咴咴一阵长嘶，前蹄在松软的黄土地上不停地刨着。

杨广翩然下马，在马背上轻拍了两下，深情地说："老伙计，不要心急嘛！父皇已经颁下平陈的诏书，还任命孤王统率十万雄兵呢，这下，你又可以一展你的神威了！"

看着眼前神采飞扬的千里神驹，杨广的思绪像插了翅膀，掠过无际的渭河平原，向北飞向茫茫一色的戈壁……

开皇五年，杨广刚好十六岁。那一年，杨广迎来了平生的首战——抗击突厥的战斗。在迎春花绽放伊始的时节，立国不久的隋朝北疆便腾起了狼烟。掳掠成

性的突厥汗国发倾国之兵，又一次南下"牧马"，秦城汉关再次骤然紧张，且已有多处要塞被攻破。

边关危急，长安危急，大隋朝危急。接到父皇杨坚的诏命，已在并州（今山西太原）署内任职的杨广旋即整顿甲兵，率虎贲五千北上迎敌。

虽是第一次担此重任，但杨广全无惧色，反而底气十足，他坚信自己的所学，坚信自己多年磨砺出的能力。行军途中，他和自己的老师——王韶、李雄、李彻仔细研究了敌情和进攻的方略，制订了详细的作战方案。杨广慷慨激昂，踌躇满志，面对报国复仇心切的兵士，他折箭而誓："不大胜，不回还！"

那番话，即使让久经战阵的老师们听了，都觉得热血汹涌，都感觉杨广威风凛凛，充满着勃勃的英气。

这是一场漂亮的反击战！

杨广兵微将寡，面对强敌，他利用地形巧妙周旋。终于，在一处狭谷地带，他抓住突厥兵一时的混乱，呐喊一声，挺枪率先冲入敌阵。杨广马快枪利，如入无人之境。敌人大乱，紧急后撤，杨广穷追不舍，追击二百余里，斩敌近万。此战，杨广崭露头角，受到了隋文帝杨坚的嘉奖，杨广少年英豪、智勇双全的美名在朝野内外传扬。

当时，杨广骑的就是这匹当时仅有一岁半的乌龙驹。后来，每每说起爱马当年的神威，杨广便自豪得不能自己。

奔流的涛声把杨广拉回现实。他伫立河边，望着辽阔的原野，汹涌的河水，心潮难平。"自古英雄出少年！"他是听着这句话长大的，而现在恰恰是需要英雄、创造英雄的时代，一股强烈的建功立业的激情开始在他的胸际荡漾。

忽然，一阵急促的马蹄声由远而近，只见一匹火红色的战马正向这边奔来，身后腾起一路的黄尘。待战马近了，张衡一眼认出了来人，高声叫道："小旺子！干嘛呢？出什么事儿了？"

小旺子是杨广府中一个未成年的太监。他来到杨广近前，滚鞍下马，抹了一把额头的汗珠，气喘吁吁地说："王爷，快回吧，王妃娘娘到处找您呢！"

杨广疑惑地盯着小旺子，不安地问："出了什么事，这么急？"

小旺子个头不高，一张圆脸因急匆匆地赶路而涨得通红。他扬着脸，急急地回道："好像是圣上急诏王爷进宫。看娘娘的脸色，不像是什么喜事！"

"放屁，王爷我刚升了行军元帅，是天大的喜事，哪会有不好的事儿？准是你小子弄错了！"

小旺子苦着脸，辩道："王爷，您就借给旺儿一个胆，旺儿也不敢！好像说是皇上发怒了！"

"有这事？不会吧！"

张衡惊讶地望着迷惑的杨广，像安慰又像在询问。而此时的杨广，眉间似乎凝结着冰霜。

"走，回府！"杨广上马抖缰向前蹿去，不多时便到了晋王府。杨广翻身下马，三步并作两步地径往里走。转过影壁，便看见萧妃正在二门前焦急地等候着。

见杨广回来了，萧妃也往前紧迎了两步，全然不见往日的娴雅、从容。

"告诉孤王，发生了什么事？"杨广一把抓着萧妃的手，扶住有些跟跄的妻子。萧妃的手冰凉并微微颤抖着，声音中也有着抑制不住的微颤。

"晋王，别急，听臣妾说！"萧妃的安慰让杨广更紧张。

杨广和萧妃都长在帝王深宫里，经历了太多的腥风血雨，深知宫墙之内事无大小，一件微不足道的小事可以成全你，也可以置你于死地，可以让你旋风般地飙升，也可以让你旦夕间便身败名裂、永无翻身之日。

"孤王不急，你说吧！"杨广紧紧地攥着萧妃的手，似乎在给她温暖，也传递着勇气。

萧妃望着丈夫略显清瘦的面庞，哽咽着："紫叶捎信，说皇上接到一份奏折，看后非常生气，说是要撤去王爷的行军元帅之职，准备让太子监国，而且还要御驾亲征！"

"不会的，绝对不会的！昨天还是阳光灿烂，今日怎会乌云满天？知道是谁上的折子吗？折子上写的什么？"

"说王爷的那篇平陈奏疏是抄袭之作！"

"岂有此理！"杨广像头发怒的狮子。

杨广清楚，仅凭这条就可断自己一个欺君之罪，休说保不住爵位，能活命就是皇恩浩荡了。

恍惚中，父皇威严的眼神令杨广不寒而栗。自己的亲叔叔——父皇的亲弟弟滕穆王杨瓒、蔡王杨整不就是在这样的眼神中殒命的吗？

"王爷息怒！听说，皇上和母后还为这事起了争执！"

就在这时，张衡慌慌张张地进来，看看晋王和萧妃的脸色，欲言又止。

"你说吧，大概是什么不好的消息吧！"杨广低沉地命令着张衡。

"小旺子报告，他在街上听说了一些很不中听的话……"张衡嗫嚅着。

"别掖着藏着的，统统说来！"杨广提高了音调。

"街上传言，行军元帅是王爷骗来的，还说您是个绣花枕头，只会吟诗弄墨，还……"

"好了！"

杨广的怒吼吓得张衡面无血色，扑通一声跪在地上，带着哭腔说道："都是小旺子告诉臣的，臣是怕王爷您没有提防，遭人暗算啊！"

"孤不是怪你，起来吧！"杨广恨恨地说道，"这些谣言太恶毒了！"

也难怪，杨广从小到大样样出色，从小受父母夸赞，在太学时受老师夸奖，出仕为官后也是一片赞誉、颂扬，就是在家里，萧妃甜言蜜语环绕，无一日没有赞美之词。

"臣替王爷委屈，您是无辜的啊！"张衡的眼睛湿润了。

杨广倒剪双臂徘徊了一会儿，忽然向萧妃和张衡问道："你们说，孤不配做行军元帅？"

"不，您是当之无愧的！"萧妃坚定地说。

"王爷是无可替代的！"张衡的话几乎是喊出来的。

"是的，孤是最优秀的！没有任何力量可以阻挡孤的脚步，孤王一定要当好这个行军元帅，一定能当好这个行军元帅！"杨广展开双臂，像是对天呐喊，也像是对天宣誓。

听到这番话，张衡泪流满面。

杨广跨进宫门的一刹那，心立刻提到了嗓子眼儿，不似先前般沉静，脑子也乱成了一锅粥。

他生生埋怨起自己来。动身之前要是答应萧妃一起来，或许现在心里会踏实很多。不带她来倒不是因为女人梳妆打扮耽误时间，实在是想在老婆面前充一回硬汉，扮一回英雄。

不管父皇对自己如何，对这个贤淑的儿媳还不至于怎样吧！毕竟这是父皇亲自为自己挑选的媳妇。多年来，他也没少听父皇夸奖萧妃，因为她实在无可挑剔。但此时说什么都已经来不及了，杨广只好硬着头皮往里闯了！

他看看那些守门的侍卫，似乎一个个都横眉立目、龇牙咧嘴，他们手中的银枪也在日光下闪着寒光，让杨广感觉心底阵阵发凉。

"一定要沉下心来！杨广，或许生死就在吐纳之间。"他命令着自己。

甬道尽头就是父皇的寝宫，这条平整的甬道，杨广曾千百次地走过，今天它为何变得如此漫长？

此时，杨坚正坐在漆面斑驳的旧榻上，审读着前面小几上散放着的奏章。

杨广进去的时候，杨坚头也未抬，只是冰冷地说了句："坐吧！"

随着那声冰冷的"坐吧"，杨广的心瞬间冷了下来。他机械地问候完毕，便像等待判决的囚徒，僵直地站在原地。

"为什么不坐？"杨坚抬起头看了看呆若木鸡的杨广，声音提高了八度。

杨广如梦初醒，"啊"了一声，笨拙地坐了下来。

　　杨坚似乎发现了杨广的异样，不满地白了儿子一眼，语气中满是责备，道："怎么像大雨淋怔了一样，一副失魂落魄的样子？"

　　"大概是昨晚没睡好。"他偷看了杨坚一眼，又赶紧补充了一句，"看了多半宿的《孙子》！"

　　"你知道为什么召你进宫吗？"杨坚转入了正题。

　　"平陈的事务千头万绪，父皇必是问儿臣如何料理！"杨广鼓足勇气说道。

　　"朕倒想听听你对将帅素养的高论！"杨坚的语气仍是不够友善。

　　"儿臣遵命，不妥之处请父皇斧正！"杨广一听大喜过望，心中暗想，真是天助我也！

　　"古人云：'将者，民之司命，国家安危之主。'一个优秀的将帅，必须具备全面优长。姜太公对周武王指出将有'五才'，即勇、智、仁、信、忠；诸葛亮认为'将才有九'，即仁、义、礼、智、信、步、骑、猛、大；说法虽异，但宗旨却同：只有加强修养，才能成为优秀的将才。"

　　杨广说到这里，故意停顿一下，看了看父皇的反应。

　　杨坚起身了，抖了一下长袍，墨黑的长眉扬了扬，转过身来，对杨广道："你既知为帅必须具备各项优长，为什么给朕的奏章却是抄袭之作？这'信'字何来？"

　　声音虽不大，但字字千钧，重重地擂在杨广的心上。

　　杨广淡淡一笑："儿臣虽庸，但深知'信'字的分量，它重于泰山、价值连城，是做人之本、立业之基，儿臣岂敢唐突？再者，儿臣纵有天大的胆量，也不敢掺假使诈蒙骗父皇！儿臣自从去岁移宫淮南道尚书令以来，便知父皇已将平陈之重担托付于儿臣，便兢兢业业未敢稍息，踏遍寿春的山山水水，已然将伪陈的国情了然于胸，奏章上的字字句句都浸透了儿臣的心血和忠诚。儿臣知道，自开皇以来，前后献平陈之策者不下十人，有高颎之策、王长述之策、崔仲方之策、贺若弼之策、李德林之策、杨素之策、高勱之策、王颁之策、梁睿之策，这些计策，儿臣至今能一一记诵。"

　　"能一一记诵？那好，朕就听崔仲方的吧！"说完，杨坚剪手向窗。

　　"遵旨。"杨广清了清喉咙，深吸一口气，脱口而出，"臣谨案晋太康元年岁在庚子，晋武平吴，至今开皇六年，岁次丙午，合三百七载。《春秋宝乾图》云：'王者，三百年一蠲法。'今年三百之期，可谓备矣。陈氏草窃，起于丙子，至今丙午，又子午为冲，阴阳之忌。昔史赵有言曰：'陈，颛顼之族，为水，故岁在鹑火以灭。'又云：'周武王克商，封胡公满于陈。'至鲁昭公九年，陈灾，裨灶曰：'岁五及鹑火而后陈亡，楚克之。'楚，祝融之后也，为火正，故复灭陈。陈承舜后，舜承颛顼，虽太岁左行，岁星右转，鹑火之岁，陈族再亡，戊午之年，妫虞运尽。语迹虽殊，考事无别。皇朝五运相承，感火德而王，国号为隋，与楚同分。楚是火正，午为鹑火，未为鹑首，申为实沉，酉为大梁。既当周、秦、晋、赵之分，若当此分发兵，将得岁之助，以今量古，陈灭不疑。

"臣谓午未申酉，并是数极。盖闻天时不如地利，地利不如人和，况主圣臣良，兵强国富，动植回心，人神叶契。陈既主昏于上，民蕴于下，险无百二之固，众非九国之师。夏癸、殷辛尚不能立，独此岛夷而稽天讨！伏度朝廷自有宏谟，但刍荛所见，冀申萤爝。今唯须武昌已下，蕲、和、滁、方、吴、海等州更帖精兵，密营渡计。益、信、襄、荆、基、郢等州速造舟楫，多张形势，为水战之具。蜀、汉二江，是其上流，水路冲要，必争之所。贼虽于流头、荆门、延州、公安、巴陵、隐矶、夏首、蕲口、盆城置船，然终聚汉口、峡口，以水战大决，若贼必以上流有军，令精兵赴援者，下流诸将即须择便横渡。如拥众自卫，上江水军鼓行以前，虽恃九江五湖之险，非德无以为固，徒有三吴、百越之兵，无恩不能自立。"

"好了，好了！你背得倒是一字不差，但与你的奏章何其相似尔？你不是抄袭，又是什么？"

杨坚把杨广问得有些眩晕。他深吸一口气，定定神，回道："回父皇，儿臣的折子里有崔大人的想法，还有高颎高大人的。不过他们谁的都没有儿臣的全面、合理，儿臣只不过是吸收了他们合理的那部分，而不是简单的抄袭，是融会贯通、拓展提高，就像和泥一样，儿臣把它们揉到了一块儿。孟子之于孔子，孙膑之于孙武，不过继承发展而已。如果没了继承和发展，岂不成了无源之水、无本之木，成了沙丘上的大厦？"

"你说下去！"杨坚被杨广说得气短，声音也缓和了下来。

"是，父皇。父皇常用圣人之言告诫儿臣，要儿臣择其善者从之，其不善者而改之，儿臣谨记在心。父皇还教导儿臣不要死读书，要扬长、发挥，要灵活运用。如今，儿臣都是按照父皇的教导去做的呀！"

杨坚转过身来，脸上漾起了少许的笑意，对杨广道："如此说来，你费耗时日写成的奏章不是他人奏章的拼凑，是你心血的创造？说的有几分道理！"

"岂止有几分道理，说得全在理！"杨广不曾留意，母后独孤氏一直在屏风后面倾听。独孤皇后边说边转过屏风，笑吟吟地走向杨广。

杨广急忙趋步向前，向独孤氏叩拜，道："给母后请安！"

"快起来吧！"独孤皇后爱抚地拍了拍杨广的肩，又转向杨坚道，"皇上还责怪臣妾偏向广儿吗？我就说嘛，广儿能干，绝不会是什么绣花枕头。"

"这下，朕也总算无忧了！"此时，杨坚一脸的轻松和兴奋，独孤皇后也是满脸笑意，杨广也陪着笑了几下，且笑得极为勉强——悬在心里的长剑始终还没有落下来。他几次想询问奏折是何人所为，但话到嘴边又咽了回去，因为他怕落个心胸狭窄、企图打击报复的嫌疑。

老师王韶的到来，让杨广喜出望外。

"老师真是及时雨呀！"杨广在心里念叨着，赶忙把王韶迎进客厅。

王韶，字子相，太原晋阳人。北周时，因军功卓著，授车骑大将军仪同三司。

当年，杨坚为了培养儿子们，颇费一番心思，他同独孤氏共同拟定了几条择师标准，非德才兼备、文武全才者不在候选者之列。经过反复遴选、不断考查，最后划定了蜀王杨秀的老师元衡、元岩，杨广的老师王韶、李雄、李彻等。

王韶是晋王府的常客，来去自由，用不着过多的客套。

"老师可是为街上的流言而来？"杨广呷了一口香喷喷的碧螺春，试探着问。

"既然王爷已经知道，臣就不必细说了。这些谣言不是空穴来风，若任其漫天遍野地刮将起来，其害无穷。王爷不想探个究竟？"王韶说着，习惯性地用指头敲着桌子。别看他年过五旬，可身板硬朗，尽显着十足的军人风采。

"依老师看，它会来自何方？"

"依王爷的聪明，必会想得到！"王韶拧着眉头说道。

停了片刻，杨广打破了沉寂，有些激动地说道："听说父皇大怒不已，当即要罢去孤的元帅之职，还要让太子监国，御驾南征！"

王韶倒显得不温不火，轻声问道："王爷还记得左仆射高颖力荐太子为行军元帅吧？"

为了能为太子争得平陈元帅一职，高颖多方奔走，上下呼号，杨广件件都铭记在胸，岂能忘记？

"太子争当行军元帅在情在理，高颖为其奔走也在预料之中。老师的意思是……"

王韶未等杨广说完，便已点头首肯，接着话锋一转，说道："听说太子病了，王爷不去瞧瞧吗？"

"病了？什么病？"杨广有些疑惑。他清楚地记得昨天跪听圣旨时，太子的精气神还足着呢。

王韶没有回答他，却说道："看完太子，不妨再去高府拜望一下！别忘了带些礼物！"

"礼物？"杨广颇为不解。

王韶站起身来，缓步道："太子喜爱吟风弄月，何不抄几首殿下自己的新作聊作纪念？高颎爱谈兵书战策，殿下亦精读过吕望的《六韬》、吴起的《吴子》，能将《孙子兵法》《孙膑兵法》倒背如流，这些岂不是上好的礼品？"

杨广怔了一下，然后恍然大悟，连连点头，道："孤一时糊涂，竟忘了恩师的教诲。'夫无谋人之心，而令人疑之，殆；有谋人之心，而令人知之，拙；谋未发而闻于外，则危。'今反其道而行之，让其知我心志，断其念头！"

王韶颔首，又掐指细算，悠然道："明日便是吉日，正宜登门拜访，王爷不妨尽情挥洒！"

"老师放心，广不做则已，做必成功！"

张衡一直在侧默立，见杨广神色飞扬，也立刻阴转晴天，插话道："晋王德才兼备，文武双全，皇上选定王爷做大元帅，上合天意，下顺民情，晋王必能攻无不克，战无不胜，高唱凯歌的。"

"这话若是换成太子或是高大人说，天下就太平了！"王韶感慨地叹了一声，复坐回原位。

"他们会说的，有朝一日会说的。"

送走王韶，张衡忽然对杨广道："今儿上午，臣去老孙家坊去买酒……"

"怎么运进府的？"杨广劈头截住张衡的话，严肃的态度让张衡有点吃惊。

杨坚为了节约粮食，限制酿酒，对王子们的饮酒也严格限制。杨广爱酒，不饮酒出不了好诗，但慑于父皇的严厉，只好瞒天过海，专门安排心腹张衡去暗中买来。

"王爷放心，还是放在大白菜堆里拉来的，其他人一概不知！"

"那也必须小心，免得流言又来了。流言杀人啊！你接着说吧。"杨广的语气缓了下来。

"是。王爷您猜，臣回时遇见谁了？太子府的总管，姬威。"

"他干什么？"杨广很有兴趣。

"买药。那小子醉醺醺的，舌头根子都硬了。臣套他的话，他告诉臣，是给太子买的药。他说，近来太子爷三天两头生病！至于是什么病，他没说，臣也不便多问！"

杨广想了一下，好像很随意地问道："你跟他挺熟？"

"还行。臣爱喝两盅，他更是嗜酒如命。他小子天天得有酒，听说，他在太子府挺得宠的，喝多了，太子爷竟然只是一笑了事。"

杨广也微微一笑，说："再跟他一起喝酒时，你不要喝多！"

张衡纳罕，随即释然道："那小子，有口无心，好对付！"

杨广冷笑道："别以为别人都是傻子，那可能恰恰是陷阱。自作聪明者往往最愚蠢！"

张衡默然地咂摸着杨广的话，半晌方说："臣知道如何做了！"

杨广拍了下张衡的肩头，把一碗热腾腾的茶水推到张衡的面前，柔声说道："你的忠心和能力孤王当然知道，孤王只不过是想提醒你。另外，今后别光说好听的，也说些不同的想法，比如平陈还有哪些不利条件，孤王还有哪些地方不如太子和秦王，甚至蜀王。多听听这些有好处啊！"

"人生如茶，不品焉知其中多味！"杨广品了一口香茶，又见天色尚早，便道，"今天你跑了不少路，我们小酌两杯，也好消解一下疲劳。"

"谢晋王！"张衡深鞠一躬。

杨广匆匆用过晚餐，来到书房。往常，杨广总喜欢在这个时候读上一会儿书，或即兴挥毫泼墨写几句古诗。可今天，他却要阅审几封重要的信函：有江南密侍过来的，也有从淮南前线传来的。他就着烛光，细细研读起来。

一个侍女捧着青花细瓷的茶具来到杨广跟前，轻手轻脚地往小茶盅里冲着茶水。也许是被浓浓的茶香所惑，杨广抬头望了一眼侍女，顿时一股清新袭上心头。这小丫头是个生面孔，但却十分耐看。

杨广仔细打量着她。她葱绿的夹袄，粉荷的长裙，圆圆的小脸上水灵灵的双眸顾盼生辉。

"你是刚来的吧？"杨广边看边问。

"回殿下，奴婢刚进府两天！"小侍女怯生生地回答，眼睛始终盯着自己的脚尖。

看着这周身透着芳香的俏人儿，杨广心里痒酥酥的，真想一把揽入怀中，浑身上下亲个够。但一看到案上的书札，便又收回狂奔的心，随便问了句："你家住哪儿呀？"

"回王爷，奴婢是犯官的女儿！"小侍女的声音更低了，两只手不停地搓着衣角。

杨广没再问下去，他知道，此时，这个丫头心里肯定十分悲凉。按隋律，犯官的家小一律没为官奴。

杨广又上下看了几眼女孩。清纯的少女，此前一定是常在父母膝下撒娇的千金小姐，现在却要学会服侍别人，杨广不禁同情起眼前的姑娘来。于是说道："今后，你只管端茶送水，洒扫庭院的粗活儿、重活儿由别人去干！"

小侍女应了一声，悄悄退了出去。

杨广把目光从少女的背影中收了回来，却细细品味着张衡酒后的话："太子怎么这么没出息，当不了大元帅也不至于一日三醉，拿老婆出气，要是当不了太子还不知道怎样呢！"

杨广凝眸沉思，眉头都快皱成一个疙瘩了。

"那谣言真的来自太子府吗？"这个问题他想了几十遍了。如果不是太子，那又会是谁呢？

杨广共兄弟五个，依次是太子杨勇、晋王杨广、秦王杨俊、蜀王杨秀和汉王杨谅，五个人都是独孤皇后所生，因此多年来倒也相安无事，和睦相亲。开皇初年以来，兄弟五个被杨坚派往各处军镇，都成了封疆大吏，兄弟同心，父子同德，国运日隆。

但自从决定平陈以来，大家的关系便骤然紧张起来。因为除汉王杨谅年幼外，哥四个都想参加平陈之战。他们知道打陈朝是以强击弱，只会胜不会输；平定了江南，便意味着三百年的分裂从此结束，这是历史性的事件，谁不想在青史留一美名？但毕竟用不了这么多王子亲临前线，因此争取行军元帅之职的较量，从年初便紧锣密鼓地开始了。

各人有各人的优势。太子杨勇早在大隋开国之初便被立为太子，多年来直接参与军国政事，凡涉及死罪的大案要案，杨勇必参与其中，有丰富的谋划、组织经验。再说太子代父南征名正言顺，古已有之，杨勇的积极支持者左仆射高颎就曾向杨坚力谏："太子宽厚仁和，待人极为真诚，这是为帅不可缺少的品性；此外太子好学，对古今兵书皆有研读，完全可胜元帅之职。"

太子杨勇亦是能文能武，手中大枪舞将起来，箭雨也射不透。

杨勇对元帅之职信心百倍，俨然非己莫属，言语间时不时流露出这种良好的感觉，东宫上下人等都以为太子真的能当上大元帅。

秦王杨俊比二哥杨广只小两岁，从个头、面相上看，二人很难分得清楚谁是哥哥，谁是弟弟。杨俊十一岁封王，十二岁便出任河南道行台南尚书令，加右武卫大将军，领关东兵。虽说现在年仅十七岁，但已有多年行军打仗的经验。无论是出谋划策，还是殿前比武，杨俊都不会轻易输给他人。如今国家正是用人之际，领兵打仗、为国出力的请求，谁能说不可以？

蜀王杨秀又比杨俊小两岁，他少小顽劣异常，长大后相貌堂堂，体格魁梧，美须髯，有胆气，武艺出众。但杨秀一向不守法规，致使杨坚对这个儿子颇有成见。他虽也跃跃欲试，但杨广始终以为，父皇绝不会以其为帅的。最后，果不其然。

翌日，日上三竿，杨广来到东宫门前。太子府毗邻皇宫，与晋王府仅一街之隔，气派非同凡响。宫门前警卫禁严，须经侍卫入内通禀才可入内。

二门内又是一番天地，一群群穿红着绿的宫女如彩蝶翩翩，个个形态妖娆，娥眉争艳。

来到寝宫门前，两个模样一般的俊俏姑娘一左一右立在阶下，见王爷来，赶忙通报，然后卷起彩帘，把杨广请了进去。

此时，太子杨勇正在雕花紫檀大床上平躺着，头上罩着一方乳白色绣花湿帕巾。床头床尾有几个宫女端盆捧巾地前后忙着，一个老御医正收拾脉枕准备离去。

"闻听王兄贵体欠安，弟特来探望！"杨广执礼回候。

杨勇面沉似水，抬了一下头，聊作回礼，冷冷地抛了一句："劳你大驾，孤还一时死不了！"

杨广一笑置之。他曾读过医家的经典，可说是粗通医理，所以转头向呆立在一旁的御医问道："太子的脉象如何？"

"回王爷，太子爷只不过受些风寒，并无大碍，臣已开好药方，调养数日就可无事！"

"你们小心伺候，不可大意！"

御医唯唯而退。

杨广接过宫女手中的银碗，吹了吹汤药，对侧身向内的杨勇轻呼道："王兄，此系微恙，只需安心静养，多多通气疏络，几日便当康复！"

"天上有太阳，地上有余荫，祛病养生，孤还晓得一二，不必劳神。你乃行军元帅，日理万机，忙你的千秋伟业去吧！"太子又是硬邦邦地甩了一句。

"看来太子体疾虽小，心病却深！"

幼年时，兄弟俩在太学同窗共读，诵书时杨广总要先于杨勇，作对子时，他总第一个做好。看到杨广在赞扬声中陶醉的样子，杨勇便把小嘴撅得老高。

十几年过去了，杨勇心性依旧，但杨广似乎毫不在意，仍温和得像外面的暖阳。

今日杨勇的表现与上一次晤面迥然不同。一个月前，杨广刚从寿春回来就来拜望太子。对于晋王的不请自到，太子显得忙乱而又高兴，如孩子般兴奋。杨广从张衡手中接过寿春特产的芝麻酥糖递予杨勇，杨勇立刻尝了一口，啧啧称赞。

杨勇依然清瘦，略显苍白的脸上，眼圈黑黑，也许因为兴奋，两颊上有了淡淡的红晕。来到客厅，兄弟俩促膝而坐，品茗笑谈，不亦乐乎。说到热门话题平陈，太子侃侃而谈，眉飞色舞，俨然是一位千军万马的统帅。

杨广正在回想，宫女献上了西湖龙井。杨广接茶在手，啜了一口，含在嘴中，品了品，盛赞龙井煮得好，然后话题一转，道："茶无诗，了无情趣，待弟为王兄读几首我新近的拙作，请兄长斧正！"

"何不请教薛道衡，诗坛泰斗，你的老师？"

杨广一听，便知太子还在为太学时的争论挟恨。

杨广在太学读书时，正是北周武帝时期。薛道衡先仕北齐，武帝灭北齐后，入仕北周，以诗闻名。其诗情词清丽，委婉动人，杨广尤喜诵读，尤对《昔昔盐》一诗爱不释手。

杨广笑道："王兄好记性！你不也喜欢庾信庾子山的苍劲沉郁吗？《哀江南赋》你都能倒背如流！"

"俱往矣，孤现在既不爱庾子山，也不慕薛玄卿，却独钟情于陶渊明。孤也有诗，却不有在于业。"杨勇少气无力的语调实在大煞风景。

杨广决定激一激杨勇，旋即又觉不妥善，便又把话题引到诗与志、诗与情的圈子内，遂说："诗言志，歌抒怀。薛道衡乃外人，哪及自家兄弟了解得透彻？广的心志，皇兄最了解，不求您改，难道去求外人？"

"也好，孤倒要看看你言的是何大志！"杨勇的语气尽管还是那么辣味十足，但情绪被调了起来。他挣扎着坐起身来，展开第一篇，扫了一遍，脸色稍稍平和，再看，便轻轻地吟咏起来：

　　夏日临江
夏潭荫修竹，高岸坐长枫。
日落沧江静，云散远山空。
鹭飞林外白，莲开水上红。
逍遥有余兴，怅望情不终。

"好！好！好个'夏潭荫修竹，高岸坐长枫'，意境幽美，值得玩味。"

杨勇猛击床头小几，将银碗都震翻了，却还在咕咕叽叽地说着："此诗意境悠长，大有五柳先生遗风。曰：'结庐在人境，而无车马喧。问君何能尔，心远地自偏。采菊东篱下，悠然见南山。山气日夕佳，飞鸟相与还。此中有真意，欲辨已忘言。'何其相似乃尔！"

"拙作还请王兄斧正！弟只是即景抒情，难登大雅之堂。"

"二弟过谦了，依我看，这首诗绝不亚于你常常挂嘴边的那首《人日思归》，什么'一入春才七日，离家已二年，人归落雁后，思发在花前'。你写诗的功夫已超过薛道衡了！"

杨广发觉太子语气大变，于是问道："王兄近来可有新作？"

"没写几首，不过倒是读了一些好诗，像庾信的《寄徐陵》《和侃法师》。"

杨广也读过这几首流传甚广的诗作，知道其诗苍劲悲凉。太子欣赏它，大概与其怅然的心境有关吧！杨广不便深问，便有意转移话题："昔年在太学时，皇兄长于古诗，也偶写一些骈文，都常被老师摇头晃脑地吟诵，情景至今难忘啊！

长孙晟独爱汉大赋，弟却偏爱读山水田园诗，尤喜吴均体，像'山际见来烟，竹中窥落日。鸟向檐上飞，云从窗里出'。"

杨勇听着杨广缓缓地陈述，也似在沉思。他是个情绪化极强的人，一会儿风雨雷电，一会儿阳光灿烂。他仰起头又垂下，平静地说道："二弟今天来看望、安慰为兄，兄已心领了。其实你的文才武略都比为兄强得多，这在太学时就分出高下了。为兄能有你如此优秀的皇弟，高兴啊！你能被选中作为主帅，不是别的原因，而是你出众的能力。作为兄长，作为太子，我衷心地祝贺你！"

杨勇说得很动情，眼中清晰可见晶莹的泪花。杨广一把拉住杨勇的手，紧紧地握在了一起，而一旁的张衡，脸上则闪过一丝不易察觉的冷嘲。

到高颎府上拜访是第三天上午的事，高颎设宴款待了晋王。高颎的酒量可比不上杨广，渐渐地，高颎的舌根便发硬了，话也多起来了："当年，宇文护逼……死独孤信将军，我就对宇文护……恨……透了。不管他的，我照样和……独孤家来往，所以……人称我为'独孤公'。"

杨广怕高颎说个没完，便截住他的话头："高大人，这些事您已经讲过了，您是不是先喝点醒酒汤啊！"

"我没醉，当年在庆祝消灭……尉迟迥叛军的庆功宴上，我……喝得比现在还多，那照样没……醉！"

"高大人，您是不是先休息一下？"

杨广示意旁边的侍女扶高颎回房，高颎手一摆，说："晋王，实话告诉您，选平陈大元帅，皇上和皇后……没少操心，皇上……看了好多人的报告。其实，皇上、皇后的心思我知道，太子、晋王您和秦王的心思我也知道，不过，只要是你们皇族的人挂帅，我都会竭忠尽智，但请你不要有……任何误会！"

"孤王怎么会误会呢？高大人素来是以江山社稷为重，没有任何私心，满朝文武尽人皆知，就连父皇母后也是夸赞不已！"

高颎抹了一把油光光的嘴，嘻嘻地笑着说："晋王所言不差！连日来，臣一直……在计划平陈的军力布置。"

刚说到这儿，高颎内心一阵翻滚，一口污物喷溅而出，险些吐在杨广的脸上。杨广拧着眉头，赶快上前搀扶，高府的侍人也一拥而上，帮高颎清理污秽。一个侍女埋怨道："为什么让老爷喝酒？"

"为什么不能让高大人喝酒？"杨广不解，追问道。

"老爷生了一种病，沾酒就肚子疼，瞧了好多大夫，可就是瞧不好！"

此时的高颎，已是脸色苍白，双手捂着肚子，汗珠子满额都是。杨广顿觉有些愧疚，后悔适才不该用话激高颎。原来，高颎宴前说自己酒量不行，请晋王自斟，哪知杨广却说，只有女人才不喝酒呢，逼得高颎无奈又不便多说，于是你一盅我一盅地打起擂台来。

杨广安慰了高颎几句，便带着张衡，匆匆地离开了高府。

回到家，杨广顶头迎着婷婷袅袅的萧妃急急地从后院出来。跟在萧妃身后的一个宫女抢先说道："王爷可回来了，王妃都出来探视您三次了！"

看见萧妃焦急的样子，杨广咧嘴笑了，笑得眼睛都眯成一条缝。此时，萧妃在他眼里成了天下最美的人。藕荷色的艳装里托出萧妃那丰润娇美的面庞，那颀长而秀丽的颈、苗条风骚的体态、白净如玉的纤手、小巧如弓的双足，点点皆是火星，烧得杨广眼里冒烟。

上下瞅了片刻，杨广伸手便去牵萧妃的玉腕。宫女们瞧着杨广痴呆呆的样子，情知后来之事，便一个个都知趣地走开了，而乖巧的张衡溜得更快。

萧妃也不回避，径直迎过来，笑吟吟地问："高大人留您饮酒了！"

"小酌了几杯。爱妃，你今儿真是少有的漂亮，孤王都快憋不住了，马上就陪孤睡觉吧！"说完，杨广就紧搂着萧妃要往后院走去。

萧妃扭了扭细腰肥臀，莺声婉拒："看王爷都快成多日不见女人的莽汉了，但现在可不是时候，王韶大人在客厅有要事相告。"

此刻，王韶带来了一个好消息：不久前，三个叛逃的南朝兵士趁着晨雾，偷渡到江北，被韩擒虎部所捉，三个兵士透露了大量陈军的内部机密。

红日西坠。杨广站在院中，舒展着有力的双臂，双颊有如染上了天边的红霞。

"王爷好兴致！"萧妃像一只鸟儿飞似的过来。

"哈哈，爱妃像只百灵，王大人像是喜鹊，孤怎能不兴致勃发？"

"既如此，何不庆祝一下，况且，今天还是个特别的日子！"

"是吗？孤也正有此意，不过今宵只属于我们二人——燃红烛、饮美酒、赏佳人、做歪诗！"

"好，太好了，臣妾已亲自烧了几个拿手好菜！"

"何必麻烦，孤已有了下酒菜！"

"在哪里？"

"这不是吗？"杨广用手一指萧妃，笑道，"一道既好看又好吃的佳肴！"

"王爷坏死了！"

"孤要吃了你，一口生吞了你！"杨广张牙舞爪，伸长了舌头。

琥珀色的酒浆，散发着浓郁的芬芳，两人斟满玉杯，碰了第一杯："为行军元帅干杯！"

"不，为消除父皇的误解干杯！"

两人开怀地一饮而尽。

"第二杯为预祝太子爷的康复而干！"

"不，为王大人的好消息干杯！"

两人相视大笑，共同举杯。

"第三杯……"萧妃看着杨广，等着他的下文。

"应该为预祝平陈凯旋而干！"

二人交换了酒杯。杨广将自己的那杯缓缓倾进萧妃的芳唇内，然后喝干了萧妃的那杯。萧妃酒量惊人，绝不亚于男子。三杯已尽，萧妃笑道："是不是为第四杯、第五杯命名啊？"

萧妃细细的眉毛扬着，似乎幻成了画中人。杨广按捺不住，揽过纤腰，吻了一口粉颈："第四个当敬献天地，第五个该敬献祖先！"于是，望空祝祷，闭目祈福。

天已不早，杨广喝得有些醉眼迷离，萧妃却道："王爷，你的歪诗呢？"

"歪诗在书房里，待孤去取来，与爱妃增一笑耳！"

杨广趔趄着走进书房，此时，他已困倦得上下眼皮直打架了。忽然，小宫女轻声而又惊奇地低语钻进了杨广的耳朵："灯花笑，喜事到！"

杨广的心倏地被紧紧攫住，他的困意被全部赶跑。猛抬头，只见烛火旁一个小宫女支着下巴出神地望着烛火。灯影下，小宫女鲜红的脸庞在烛光中透射出夺人心魄的魅力。

她不就是那个犯官的女儿吗？她说的"喜事到"莫非是指孤临幸她，从此她便可以脱离苦海？"灯花笑，喜事到"，杨广默念着，于是，一股强烈的冲动支配着他。他紧走两步，来到宫女身后，一把抱住宫女，吹熄了火烛。

小宫女惊吓地哭了起来，杨广仿佛从哭声中清醒过来了，随即放开宫女，逃出书房，径往寝宫而去。他的心快速地跳动着，一种犯罪感和一种劫后余生的侥幸感交相在心中浮现。他责备自己的控制能力如此之低，现在已今非昔比，一失足可能铸成千古之恨！

寝宫内，萧妃红衣盛装，婷婷袅袅，一如湘妃再世，神女翩然。望见杨广入内，忙趋步向前迎着，口中莺语软软，却又略带几分顽皮："晋王殿下，臣妾恭候多时了！"

杨广被萧妃的装扮弄得丈二和尚摸不着头脑，只道是喜事当配喜服。他一把抓住萧妃绵软温润的纤手，放在唇间，而后仔细地打量起萧妃来。但见萧妃美目闪动，频生令人销魂摄魄的秋波，娥眉舒张，吹弹可破的粉脸，樱桃一般的小嘴，依依杨柳般的细腰，远观近瞧，美不胜收。杨广看得痴了，只喃喃呓语："难怪，难怪适才有人念叨'喜事到'，原来喜在这儿啊！"

　　一个梳着双角的小宫女捅了捅身旁一位绿衫少女，眨了眨眼，低首含笑。

　　这两位是谁？"双角"唤作雨烟，是杨广宫中旧有的宫女；"绿衫"唤作雨荷，是萧妃陪嫁的姑娘。两个女孩性相近，很合得来，自然成了一对好朋友。

　　服侍晋王夫妇安歇已毕，两个丫头轻手蹑脚地退出寝宫。此时，夜深人静，月明星稀，只有凉风送来凄凄的虫鸣声。

　　就在同一时刻，一街之隔的皇宫内，杨坚与独孤皇后也在细语倾谈。

　　"怎么，广儿做了主帅，你还不高兴？"杨坚侧过身，望着躺在臂弯里的独孤皇后。独孤皇后呆望着黄罗帐，几绺乱发覆着前额，仿佛有什么心事。杨坚用手指戳着独孤皇后的脑门，继续说道："刚才还夸朕的龙种，怎么现在就蔫了？不说话了？"

　　独孤皇后闪动着清澈的眼睛，幽幽地说："说起来，平陈的统帅乃三军的灵魂、数十万人的命运主宰、大隋朝的脸面，这种人才我朝大有人在。可胸中能隐丘壑，能领雄兵自然非我们的广儿莫属，可是……"

　　"你今天怎么了？那天晚上，朕和你约定在彼此的肚皮上写上一句话，你不写的是'广儿堪当重任'吗？你还说依广儿的才干、人品和能力充任统帅，朝野提不出任何异议。怎么？你自己倒先提异议了？你不相信自己的眼睛了？"

　　"臣妾没有后悔，臣妾也相信自己的眼睛，而且始终觉得广儿是最好的。五个皇儿都是优秀的，都能领兵挂帅……"

　　"他们在上界群英大会上商议好的，一齐到你这儿投胎，要共保咱大隋朝千秋永续！"杨坚想逗皇后开心，在皇后稍稍隆起的小腹上轻抚着，那绺长须随着磁性的声音有节奏地抖动着。"现在，母慈子孝，子承父教。你还有何忧？"

　　"皇上，有件事臣妾憋了一天了，恐说出来与平陈不利，但不说更不好，故而犹豫不决！"

　　"那就说出来吧，让朕与你分忧！"杨坚在独孤皇后滚圆的屁股上拍了一下。

　　"臣妾昨晚做了一个噩梦！"

　　"怪不得昨晚听到你大叫一声，问你，你还说没事呢！"

　　"臣妾梦见勇儿、俊儿、秀儿、谅儿，还有一大群人，都披头散发地拿着明晃晃的刀枪追赶着广儿，广儿赤手空拳，拼命往前跑。突然，一条大河拦住了去路，河宽浪高，追兵紧逼，广儿无处可逃，纵身跳入黄浊的河水中……不知这梦，主何吉凶？"

　　"俗话说'日有所思，夜有所梦'，大概是宫外那些谣言引起的吧！你思虑太深，所以成梦。"

　　"可梦境常能给人警醒。臣妾以为谣言绝不是来自远方，就出在孩子们中间。臣妾担心，他们将来会手足相残，自毁江山！"

"可他们是一奶同胞、血脉相连的，都是你亲手调教的，不会如你想象的那么可怕！"

"天下父母没有哪个不爱自己的子女，没有哪个不希望自己的子女成人成才、光宗耀祖的。皇上和臣妾花费的精力还少吗？可他们五个毕竟生在皇家，权力欲也许会逐渐挫去他们身上善良的本性，变得缺乏亲情，远离人性。小时候，他们多么可爱，可是谁能保证，他们面对无处不在的凶险时不会变得心如铁石呢？"

杨坚沉默了。几十年生存的现实，让他无话可说。他和独孤皇后一样经历了太多的血腥和阴谋。良久，杨坚无限感慨地说："何尝不是啊！权力场就是狩猎场，面对猛兽，你只有一个选择——千方百计地杀死它，否则，必然会成为它口中的'猎物'！"

"所以，这就成了一个绕不开的怪圈——现实造就强力型的王者、胜者，而儒教却极力倡导仁者、信者，先王们绕不开，吾辈恐怕也难以逾越！"

"但我们又必须逾越，否则历史的悲剧就会重演！朕是开国之君，深知强权的必要，但治理天下却需要儒教的精神。广儿他们是守成的一代，更应懂得仁、义的重要，不应引导他去钻研权术！"

"皇上比臣妾想得周到，臣妾无忧了！"独孤皇后脸上现出了轻松的微笑。

"皇后考虑得很长远，朕不及也！"

晋王府，临时行军元帅军帐。出征前最高级别的作战会议。

杨广首次坐到统帅的高座上。他要达到两个目的：体验元帅的感觉，检验自己的威望和能力；进行兵力部署，明确战术原则，强调战场纪律。坐在下面的是隋军中的精华、朝廷中的精英，杨广有种异样的感觉。

元帅府长史高颎主持着会议，他的右首是元帅府司马王韶，清河公杨素坐在左首，秦王杨俊坐在右首，贺若弼、韩擒虎等将列坐其次。

杨广帅位后是一面猩红的"杨"字大旗。

杨广端坐在帅位上，不怒而威，军帐内鸦雀无声。

"刚才晋王所论的几项战术原则，各位将军务必要领会！"高颎抖动着长须，目光炯炯地说。

"集中优势兵力，直捣建康，这就等于牵到了敌人的鼻子，打到了蛇的七寸。擒贼先擒王，打掉了他的指挥中心，敌人必然慌乱，这也如同挖了他们的心脏、摘了他们的心肝啊！为此，贺若弼将军和韩擒虎将军须从东西两面同时渡江，分别占领建康东西两厢的军事重镇京口（今江苏镇江）和姑熟（今安徽当涂），进而形成两面夹击的军事态势，完成对建康的包围。"杨广双手做了一个瓮中捉鳖的凌厉动作。

"末将已做好充分准备，随时准备开进。"贺若弼干净利落地答道。他看起来信心百倍，一副踌躇满志的样子。

"臣的部下也已在原地待命！"韩擒虎连忙立起来回答，并下意识地瞟了贺若弼一眼。

"很好。要完成这个目标，行动要快，要猛，要有猛虎下山、蛟龙出水之势。要记住：不许贪占地盘，不许拿走一件战利品，拿下建康城就是你们的大功！各总管务必要约束好自己的部队，对败坏军纪的行为要坚决处理，绝不能手软，不管他是谁！"杨广态度严肃，目光冷峻，军帐内的空气似乎凝固了。

高颎为了缓和气氛，就换了个话题："伐陈的战书已经写好了，臣已派人誊写了八万份。"

"八万份？不够！江南这么大，怎么使得过来呢？要二十万份，不，至少要三十万份！"

"三十万份，时间有些仓促，先写二十万，余下的再抓紧时间吧！"高颎有些为难地说。

"高长史酌办吧！"杨广说完，好像想起了什么，道："这战书是吏部郎中薛道衡大人所撰吧！"

"正是。"高颎回道，随手将一抄好的副本递给杨广。杨广浏览了一遍，举着战书向大家笑着说："罗列了陈叔宝罪行二十条，够全面的，把个昏君骂得狗血喷头，痛快淋漓啊！薛大人对这个陈叔宝一定非常了解。"

"薛大人曾多次出使伪陈，对各方面情况都有了解。昨天，臣还同他进行了一次长谈，一些话很值得玩味！"

"不妨说来听听！"杨广饶有兴趣地说道。

高颎本来只是提提，并未打算细说，既然现在晋王想听，便决定摘其要简单地说说，也算是战前动员了。

"臣问薛大人，此次大规模用兵，江东能否攻克。臣说这话的意思是意在问计，而薛大人却说，昔日晋朝著名术士郭璞曾经预言：'江东分王立国三百年后，当复与中原统一。'现在三百年的时间已到了，此天意也，此是一。我们皇上敬业勤俭、为国辛劳，而陈叔宝却荒淫奢侈、昏庸无道，这是二。国家的安危兴亡在于用人，南陈王朝任命江总为宰相，而江总只会赋诗饮酒，不理政事，又选拔刻薄小人施文庆，委以政事，又任命萧摩诃、任忠等人为大将，他们有勇而无谋，这是三。隋朝政治清明、地大物博，南陈政府腐败、地域狭小，估计他们的军队不过十万人，西起巫峡，东至大海，兵力分散则势力孤单，兵力集中则会顾此失彼，这是四。所以，势在必胜，事不宜迟。"

杨广拍案而起，嗟叹道："这个薛道衡，原来不仅仅是以诗文冠天下，更能如此运筹帷幄，人才难得啊！"

众人也啧啧称赞，都说成败之理，分析得透彻，令人豁然开朗。

随后，杨广继续布置："我军分八路从西至东多点进攻。清河公杨素从永安（今重庆奉节）出发，顺流东下，控制建康上游。这一段地势险要，易守难攻，是块儿硬骨头。荆州刺史刘仁恩，统率本部军队从江陵（今湖北江陵）出发，注意和清河公的配合。蕲州刺史王世积从蕲春（今湖北蕲春）出发，夺取江州（今江西九江）。庐州总管韩擒虎从庐江（今安徽合肥）出发，吴州总管贺若弼从广陵（今江苏淮安）出发，青州总管燕荣从东海（今山东龙口）出发，燕总管要长途跋涉，可考虑走海路。"

"这八路大军多点攻击，将敌千里防线斩成数截，使其首尾不得相顾，然后集中优势兵力吃掉其主力。这样，他陈叔宝有限的本钱就折光了。我们千员战将，五十万大军，东起海滨，西到巴蜀，定会将小小南陈压成齑粉。拜托大家了！"

刚刚送别众将，一士卒快步来到杨广面前，双手举过头顶："禀晋王，江南飞鸽传书到了！"

杨广把高颎叫住，两人从一只白色信鸽的腿上取下两管细长的帛书。展开后，上书蝇头小楷写道："据报，近日水军都督周罗睺增兵五万，进驻峡口。"

"声东击西的调敌计划成功了！"杨广与高颎两人相视点头而笑。

从去年开始，杨广便上书父皇杨坚，派人在长江上游公开大造船舰，并把造船废弃的木片抛入江中，故意示敌，吸引敌人将水军上移。现在敌人果然中计了，杨广兴奋异常。

展开第二卷素帛，只见上书："正月南郊大会，太子率重兵护卫，江防空虚。"

杨广阅后，神秘地说："有计了！"

江涛阵阵的长江北岸上，几个全副武装的隋将，津津有味地议谈着。此时，月明星稀，江面上点点渔火在江风中闪烁，别有一番诗意。

此时已是十一月底的天气，寒气袭人，战马也禁不住地刨着冰冻的土地，啪啪作响。

"高大人、王大人，适才二位的见地真是不谋而合啊！想此时，那陈朝君臣怕是还在广厦暖房内做美梦呢吧！"

最近以来，杨广一直处于亢奋状态。祭拜天地、太庙，又会见全体参战总管，旋又在父皇母后的身边举行了盛大的出征仪式，而后率军在定城陈师誓众。

在定城乌牛白马作牲，杨广一番激昂慷慨的动员令使三军抖擞，万马齐鸣，第二天便在父皇的殷殷目光中，挥军南下。

自在六合镇、桃叶山上建立中军大帐以来，杨广和高颍、王韶三人终日在一起。高颍为元帅府长史，享有前伐军中事务的裁决权及进攻退守的号令权，王韶为司马，负有料理调拨军需供应等要务。三人几乎是形影不离。

"晋王所言不差，只怕是贺、韩二将军马上要搅了他们的美梦了！"王韶平素不苟言笑，今儿的调侃倒让杨广吃惊不小，暗想：老师今天换面孔了！

杨广打量着身边的王韶。只见他身披一副纯黄的铠甲，头戴浑铁打制的头盔，王韶个子虽不高，但显得结结实实，威风凛凛。

"老师如此开怀，显然是胜利在望啊，你说呢，高大人？"杨广随后将脸转向了高颍。

高颍意味深长地指着影影绰绰的江南，道："有如此之君，便有如此之臣，上天焉有不亡陈之理？"

是啊，沉浸在风花雪月中的南陈君臣，懂得这个道理吗？

【第二回】

斩湍流黉夜渡天堑，奏凯歌北兵入建康

古都建康，金碧辉煌的皇宫中有三处刚落成不久的宫殿，陈叔宝题名曰：临青阁、结绮阁、望仙阁。它们各高数十丈，绵延数百间，其窗牖、壁带、门楣、栏槛都用上好的檀木做成，又饰以金玉。当中镶嵌珠翠，外挂珠帘，内设床帐、服饰之类，极尽奢华之能事。阁下有假山池水，奇花异草，曲径通幽，置身其中，恍若仙境。

结绮阁内的宝床上，半躺着一位绝代佳人。只见她冰肌雪肤，瀑布似的长发掩映着无限花容，此时正柔情地凝望身旁的风流天子。这位美人不是别人，正是被陈叔宝视若珍宝的宠妃张丽华。

陈叔宝一手端杯，一手揽着张丽华的纤腰，迷离着醉眼，和着宫人的丝竹之声，唱着他的心爱之作——《玉树后庭花》：

丽宇芳林对高阁，新装艳质本倾城。
映户凝娇乍不进，出帷含态笑相迎。
妖姬脸似花含露，玉树流光照后庭。
花开花落不长久，落红满地归寂中。

"陛下，您流连臣妾处已有多日，龚、孔二位姐姐又当衔恨了，妾身怎能独占圣恩，还是去临喜、望仙二处看看吧！"

"朕已乐不思蜀，心里哪还有临喜、望仙！"

临喜、望仙二阁的主人分别是龚嫔、孔嫔，也是一对稀世美人。

要说清此二人与张丽华的关系，当从陈叔宝的一大爱好说起。

陈叔宝虽一表人才，诗文上乘，但却脱不了一个"色"字。人有七情六欲，但陈叔宝却是一个名副其实的色鬼，曾一年间连续多次在全国范围内挑选美女。

吴越出美女，这为陈叔宝这位花痴提供了方便。他下令不问官民，只要年满十四岁以上者都在被选之列，隐瞒不报者以抗旨论处。美女层层选拔，官吏们却要尽手段，借机中饱私囊，想入宫者须得留下买路钱，不愿入宫者更得用大笔银子上供。选美成了一些贪官污吏的发财致富之路，可陈朝的百姓却遭了大殃。

陈叔宝对层层上选的美女们可不是照单全收，别的事他可不管，但对于选美他总是亲自挑选，不厌其烦，一丝不苟。他要听每个人说话、唱歌，看她们走路、跳舞。最后，要她们全部脱光衣服，从脚趾到牙齿，从臀部到乳房，特别是少女的隐秘之处都一一检查，详细研究。脚趾不端、脚形不秀者不选，牙齿不整、不洁白者不选，臀部肥大、乳房过大者不选。当然，皮肤是否细腻、光洁更是能否入选的不可缺少的条件。少女们必须在陈叔宝的要求下，做出各种动作，摆出各种姿势，那种种羞愧之情难以言表。

千挑万选之后，龚氏、孔氏艳压群芳，被收入内宫，封为贵嫔，日夜轮流侍寝，深受叔宝宠爱。其余佳丽收在别宫，留做粗用或赏赐臣下之用。

龚贵嫔进宫时从家里带了一名贴身女婢，唤作张丽华，芳龄十四，姿色超众，一颦一笑都令陈叔宝神魂颠倒。一次酒后，他竟错把张丽华当成了龚贵嫔，那一身雪肌、无限柔情把个采花情种陈叔宝完全拽进了温柔乡中，什么军国大事、喜夏秋冬，尽付于东风了。

陈叔宝本不是治世的良才，又添了许多乱世佳人，便把朝政拱手交给了几位佞臣，使陈朝国势日渐衰微。已多半年未开早朝的陈叔宝，这天破例起了个大早，在百官的朝贺声中，坐在久违的御座上。

"启奏陛下，近日隋军调动频繁，长江北岸军帐绵延不绝，辎重粮秣堆积如山，看样子，敌军要犯我江南了！"说话的是南陈第一猛将骠骑将军萧摩诃，他手持象牙笏板，声音很是急切。

陈叔宝望着华发满头的萧摩诃，又望了一眼文质彬彬的施文庆，吃惊地问："施爱卿，是这样么？"

施文庆眨了眨贼亮的三角眼，脸上堆满了甜腻的谄笑。他干咳了两声，出班奏道："回陛下，隋军调动已是常事，大可不必放在心上。隋朝北有强大的突厥，西有不讲信用的吐谷浑，东北有蠢蠢欲动的高句丽，他们随时会对隋朝构成威胁。再说，有滔滔的长江天堑，他们想突破，怕只会步苻坚之后尘，给后人留下笑柄。"

施文庆话音刚落，尚书孔范便随声附和道："隋军胆敢进犯，定叫他有来无回，我们也可做一做太尉公了！"

施文庆虽只是个中书舍人，但他执掌着朝中的机密，又得陈叔宝宠爱，故朝中佞臣们争相巴结他。但也有人对施文庆的行为极为不满，袁珍即是一位。只见他抖抖袍袖，施礼过后，朗声说道："施大人言之差也，你所说的尽是老皇历了。如今隋朝北伏突厥，沙钵略可汗负伤潜逃并于不久前驾崩；西创吐谷浑，其军队被贺娄子干大败西遁；在东北，幽州总管阴寿平定了扰边的高宝宁。此外，隋朝车骑将军长孙晟持节前往突厥，册立继位的处罗侯为莫何可汗。杨坚又废掉了梁国，封梁主萧琮为柱国、莒国公。试问，这样的国势，难道还不够资格炫耀武力吗？"

袁珍越说越激动。他虽然与施文庆同为中书舍人，但二人性格迥异，向来水火不容。他极看不惯施文庆的做派，常常是口舌相争不已。看到哥哥这样，弟弟袁宪不禁为他捏了把汗。

施文庆立刻反唇相讥，恶狠狠地说道："袁大人对隋朝的内情如此了解，莫非隋主都向你通报了机密？你少在我们陈朝的君臣面前长他人志气，灭自己的威风！"旁边的孔范则幸安乐祸地盯着袁珍，鼻子里轻蔑地哼着。

萧摩诃是个火暴脾气，但又不敢惹施文庆，因为他深知此人的阴辣手段，因此，他只好叩求皇上，在地上咚咚咚地叩着响头，花白的头颅几乎要磕出血来，声泪俱下道："皇上圣明，此次隋兵大军压境，绝非只是例行的调防，他们确实是要犯我大陈啊！他们犯我之心久矣，可说是蓄谋已久。他们焚烧我粮仓、乱我农时，是在伤我元气；而每次调防又大展旗帜、张扬声势，实为使我们见惯不怪、戒备松懈之障眼法，此乃兵法上的示假隐真的疑兵之计。他们企图通过战略伪装，以期达到出其不意的战斗效果。陛下，我们千万不可上当啊！"

陈叔宝瞪大了无神的眼睛，身子直了起来，听得有些发呆了。

"是这样么？是这样么？"陈叔宝游移着自己的目光，向臣下们低声重复着这句话。

"纯粹一派胡言！"施文庆冷不防地抛出了一句，继而转向所有朝臣，用明显带有威吓的声调说道："各位大人，有谁会相信萧将军的呓语？"

施文庆扫了一下众大臣，见没有人说话，便得意地冷笑着。施文庆明白，对这帮文臣武将就得用这种法子。想打胜仗，掌兵权，爬到我的头上，门儿也没有！

"陛下，臣以为，今不听萧将军忠言，必取其祸，望陛下早备军事，勿听奸佞之言啊！"

"大胆的袁珍，竟敢诅咒皇上，你不知道圣上的寿辰快到了吗？你长了几颗脑袋？"施文庆平日的书生相荡然无存，嘴歪眼斜地咆哮着。

陈叔宝最忌讳在寿辰的时候听到败兴话，因为他相信败兴话必然带来厄运。

"拉下去，金瓜击顶！"陈叔宝一摆袍袖，疾声说道："退朝！"说罢，陈叔宝急匆匆地走了。

大家面面相觑，情知势不可挽，但还是齐刷刷地跪下求情。直到这时候，袁珍才知一时气盛，口不择言，犯了皇上的大忌，后悔不迭。

看到这种场面，施文庆等人好不畅快，心中暗想："袁珍啊袁珍，今天看你还如何翻身？"

"陛下！"萧摩诃高叫一声，一口鲜血喷涌而出，高大的身躯颓然倒下。

自从袁珍被当庭打死，萧摩诃吐血而退后，南陈朝中便没有了出兵的呼声。这天清晨，萧摩诃刚要起床下地走走，就听到急匆匆的脚步声由远而近。来者原来是老将任忠。

老将任忠和萧摩诃是陈朝的两大支柱，两人私交甚好，出入很是随便，不必事先通报。任忠连日来急火攻心，厚嘴唇边布满了鲜亮的血泡，不及坐定便急急地说道："隋主派二子杨广率五十多万兵马已抵江边，主帅杨素已突破三峡，正顺江东下，一路上连战连胜，我军已丢失要隘多处，形势十万火急啊！必须马上面见圣上！"

"可眼下是大典时期，皇上听到这消息，又会……"

两位老将相对而坐，碧螺春喝了一大壶，仍未商量出一个两全其美的好办法。袁珍死得太惨了，前车之鉴，不可不谨慎面对。

然而，施文庆继续隐瞒危情，他把各地雪片般的告急文书全部扣压。而这个时候，杨素大军正乘胜顺流东下，舳舻舰船布满了江面，旌旗迎风招展，铠甲在太阳光下金光闪闪。杨素坐在战船上，手按宝剑，看千帆竞发，心中涌出无限感慨。

杨素不仅武艺超群，写文章也是倚马可待，大隋朝中少有匹敌者。且正值壮年，建功立业的雄心如奔涌的江流，滚滚不息。

前方传来信号，马上就要进入三峡的第一峡——号称"天堑""鬼门关"的瞿塘峡。杨素立刻传令下去，各舰要谨慎小心，因为这里驻有敌人的重兵。

在水军出发前，杨素就已获知，在狼尾滩——瞿塘峡的最险恶之处，驻有南陈将军戚昕率领的青龙战船一百余艘。人数虽不多，但其据守险要地段，易守难攻。

这时，天色将晚，杨素下令停船待命。他看着头顶已呈暖色的一线天空，同身边的兵卒们时而指点着两岸的峭壁，时而双手在向空中比画着。

"这瞿塘峡水道狭窄，水流湍急，就是白日行船也难免船覆人亡，现在要黑夜过峡，岂不是难上加难！"一位总管望着渐渐加浓的夜色，不无忧虑地说。

"本帅岂能不知'川江不夜航'的规矩，但不得已而为之罢了。如果我军白天闯关，敌军便会发现我们的实力，更便于他们展开对我们的攻击和拦截。流头滩一夫当关，万夫莫开，如果强渡，即使能够杀开一条血路，我们也会损失惨重，必将失去居于上游的便利条件。横下一条心来，胜负大计，在此一举。"杨素给将士们鼓气道："我们在夜间袭击敌人，敌人就会因摸不清状况不战而自乱，然后我们陆路抄小道从敌军背后插入，敌人必然溃败。"

杨素又向开府仪同三司王长袭交代一番，并亲自写信，派人火速递交大将军刘仁恩。

夜幕降临，江风劲吹，滔滔的江流更比白日狂暴，巨浪拍岩的轰响，令人惊心动魄。

突袭开始了，所有将士皆口衔木条，杨素乘坐的舰船率先冲向激流，后面的数千艘战舰紧紧跟随。夜静悄悄的，偶尔有几声惊起的鸟鸣声和古猿的长号从远处传来。

陈军怎么也没有想到，黎明时分，江面已布满了隋军的战舰。惊慌之际，王长袭的奇兵又"从天而降"。来不及抵抗的陈军四散逃走，戚昕匆忙披挂上阵时，身边仅剩下少数几个子弟兵了。此时，北岸的刘仁恩接到杨素的书信，也飞兵包围了白沙，已成惊弓之鸟的白沙守军不战而降。战事进展顺利，除戚昕之外，近三万南陈守军几乎全部被俘。

三万俘虏被暂押在临时搭建的帐篷内。山脚下古树旁的一顶特大帐篷内，关押了四百多垂头丧气的南陈水兵，其中有个凸眼睛、尖下巴的小兵头目，叫阿水，说起话来尖声尖调的："弟兄们，咱们这下被生擒活捉，下场肯定惨啊！当年秦赵两国在长平交战，赵军战败投降，秦将白起没有善待降兵，反而活埋了那些手无寸铁的人啊，四十万大军，眨眼间成了鬼兵。楚霸王项羽起兵反秦时也是屡败秦将章邯，最后在巨鹿包围了秦军，章邯投降，二十万秦兵成了俘虏，而等待他们的不是优待，是坑杀。"

"这个时候，说那没用的干啥？别吓唬大伙了！"一只脏兮兮的手拍到了阿水的瘦脸上。

"不信？那就等着瞧吧！杨素会带着我们这些累赘去打仗？能让我们留个全尸就烧高香了。"这些话仿佛油锅里泼进了水，炸开了。

这当口，帐篷外抬进了大桶白生生、热腾腾的米饭，散发着透鼻的香。一个小头目以为降兵乱哄哄的是吵着要吃饭呢，便高声说道："不要叫了，白米饭一人一大碗，吃好了，等着回家吧！"

他话音未落，陈军怒骂道："果然不错，这杨素真够狠的，真要毒杀我们呢！兄弟反了，先抓几个垫背的。"

"想毒死我们，没那么容易，先让他们自己吃！"

"对，毒死一个赚一个！"

　　那隋军小头目被弄得一头雾水，刚要申辩，嘴里已被塞满了米饭。正在这时，帐外巡逻的隋军闻声赶来："不准乱来，各就各位。"

　　"为什么要毒死我们？我们也是吃粮当兵的！"

　　"要杀就来痛快的，老子不怕！"陈军仍是情绪激昂。

　　被噎了好一会儿的隋军小头目终于明白了陈军起乱的缘由。他什么也不说，只管大口大口地吃着桶中的米饭。

　　帐篷中安静下来了，陈军目不转睛地望着那"不怕死"的小头目，而同来的隋兵指着正在打嗝的小头目，笑道："他今天只会被撑死，不会被毒死。我们过年才会吃上一顿白米饭，他今天等于过年了。我说你们听谁乱扯的？毒死你们？我们是等你们吃饱了饭，欢送你们回家找媳妇去，你们不想媳妇？你们被我们杨元帅生擒，是你们前世积的大德。不打、不骂、不杀，这是他定下的军规，谁敢拿脑袋当瓢用？"隋兵头目的话刚落，降兵们便不好意思起来。

　　"是这样的。只说回家，没问清是哪个家。"

　　"不打、不骂、不杀，还要优待，真是活菩萨！"

　　"隋军真乃仁义之师！"

　　"有这样的元帅，才会有这样的军队！"

　　陈兵你一语我一语，比刚才还要热闹。

　　"阿水，你的话不灵验了，该换换调子了！"那只脏兮兮的手又拍了拍阿水的脑袋，帐篷内顿时爆发出欢快的笑声，陈军降兵狼吞虎咽地把桶中的米饭一扫而光。不多时，王长袭受杨素之命为陈兵送行，除了给每人发放盘缠外，还拜托降兵们传递一封"隋帝致陈叔宝"战书。

　　"战书？什么内容？"一些人询问道。

　　"阿水，你给大伙念念吧！"有人提议。

　　阿水小时候在私塾里读了两年书，颇识几个字，便欣然同意，摇头晃脑，缓缓诵读：

　　陈叔宝据手掌之地，恣溪壑之险，劫夺闾阎，资产俱竭，驱蹙内外，劳役弗已。徵责女子，擅造宫室，日增月益，止足无期，帷薄嫔嫱，有逾万数。宝衣玉食，穷奢极侈，淫声乐饮，俾昼作夜。斩直言之客，灭无罪之家，剖人之肝，分人之血。欺天造恶，祭鬼求恩，歌舞衢路，酣醉宫闱。盛粉黛而执干戈，曳罗绮而呼警跸，跃马振策，从旦至昏，无所经营，驰走不息。负甲持仗，随队徒行，追而不及，即加罪谴。自古昏乱，罕或能比。介士武夫，饥寒力役，筋髓罄於土木，性命俟於沟渠。君子潜逃，小人得志，家家隐杀戮，各各任聚敛。天灾地孽，物怪人妖，衣冠钳口，道路以目，重以背德遗言，摇荡疆场；昼忧夜游，鼠窃狗盗。天之所覆，无非朕臣，每关听览，有怀伤恻。可出师授律，应机诛殄；在斯一举，水清吴越。

"说得太好了，字字实在，句句在理。"

"说得真过瘾啊，说到我们心坎儿里了，说出了我们不敢说的话。"

"我们也不为这个昏君卖命了，我也捎信让我弟弟回家，不替那混账皇帝打仗了。"

"南陈不亡，天理难容。"这些苦出身的兵卒们，一旦认准了道儿就再难回头了。

目睹了眼前的情景，王长袭此时才真正明白了这攻心战术的威力，越发佩服起晋王来。

桃叶山，杨广的中军大帐内。

正值大年初二。天刚蒙蒙亮，昨晚狂欢了一宿的军营内悄无声息，只有一队队巡逻的士兵带着寒气来来往往，哗哗哗的铠甲声显得格外清脆。

一所大帐还隐约透出明亮的烛光，大帐外面四名卫士持戟而立，仿佛四尊威严的天将。

一阵急促的马蹄声踏破了沉睡的黎明，一匹黑缎似的战马旋风般来到帐前，兵士翻身下马，来不及抹去脸上的汗水，便向卫士嚷道："好消息，好消息，快快通报晋王。"

大帐内传出爽朗的笑声，听得出，这是晋王杨广在笑，接着又传来一个声音："这一宿可没白等啊。"这是高颎的声音。

兵士进帐，兴奋地报告："贺总管一路人马昨夜已全部渡过长江，未损一兵一卒，袭占了京口，生擒南陈徐州刺史黄恪及部下六千人。"

兵士换了口气，又报："韩总管所率五百壮士也已顺利渡江，并占领了采石矶，俘虏全部守军。"

"我们成功了！长江天堑被我们征服了！"杨广情不自禁地抓住高颎的手，激动而泛红的脸，在一身戎装的映衬下，越发显得英气勃发。

一阵兴奋过后，传令兵又开口了："下一步如何运动，请晋王示下！"

杨广看了一眼已经平静的高颎，高颎明白，又该下达作战方案了："按现定作战计划进行。贺军进屯蒋山（今南京钟山）一带，韩军攻下姑熟后，迅速进抵，完成对建康的包围态势。切记，不可冒险进攻建康，待两军合围后再行攻击。违令者，军法从事！"

传令兵退出后，杨广兴奋地走来走去，兴奋地对高颎说道："高大人，偷渡天堑成功，可是首功一件哪！没有你的平陈之策，何来今日的奇功？"

听到杨广的称赞，高颎装得若无其事，慢慢地从座上起来，显得非常平静。他端起紫砂杯，呷了口茶，道："元帅过奖了，那是皇上英明、殿下用兵有方，还有金钊他们的情报准确啊！"

高颎来回踱了两步，突然回头对杨广说："围攻建康必有一场恶仗，韩、贺二人历来有隙，若此时不谐，互不配合，臣恐决战有失，故恳请前往督战！"

"是该老将出马了。想当年平尉迟迥之役，若不是高大人临危受命，指挥若定，军心必然涣散，平叛必然受阻。那时孤王虽幼，但那惊心动魄的故事，还是听了不少。"

"都是过眼的烟云了，不提它了！当务之急，是保证围攻建康的成功！"

"好，孤王马上派兵送高大人过江。江上风大浪高，高大人可要多穿一点儿。"说着，回身把自己的裘皮大氅披到了高颎的背上。待高颎走出帐门口时，杨广又叫住了他："对了，到了建康，先设法找到金钊，告诉他，我杨广感谢他，我永远忘不了他的不朽功勋！"

进入十二月份以来，雾多晴少，难得今天是个好天气。阳光明媚而温暖。平日里，刺骨的北风不见了踪影，人们沐浴在温暖的阳光下，仿佛有种小阳春的感觉。

这是建康城内一处普通的临街民房，往里走是个天井，再往里是坐北朝南的三间带脊的瓦房，东西两侧各有两间偏房。小院不大，但很洁净，门首挂着"回春堂"的招牌——这是一家医馆。一位四十多岁的中年男子走出屋来，中等个儿，不胖不瘦，白净儿面皮，颌下一绺山羊胡，着一领白色长衫，蹬一双布履，神态安详，举步从容——是一位颇有风度的郎中。

"先生，给林婆婆的药配好了，是送去还是等她来取？"一个十八九岁的小伙子追出门来问。

"小六子，你就再跑一趟吧，林婆婆岁数大了，腿脚不方便。还有，跟她说，我过两天去看看菱花。"金先生交代道。

被唤作金先生的郎中信步来到鸽舍前，向几只咕咕欢叫着的白鸽撒着大米，并不过于逗引它们。此时正是午饭过后，看病的不多，他也难得偷闲一会儿。看到小六子提着荷叶包要出去，金先生便又悄悄叮嘱他回来的时候到刘铁匠家走一趟。

小六子点了下头，出大门往东而去。大街上行人不多，沿街叫卖的小贩们不时追上行人，殷勤地推销着东西。这种场面，小六子见多了也就有些轻车熟路了，一路上敷衍着他们。可刚要转弯，一个衣衫褴褛的老头拉着一个五六岁大的姑娘颤巍巍地跪在了六子的面前，咚咚地磕着响头。

小六子仔细打量眼前的一少一老，小姑娘穿着一件不合体也没了颜色的破麻布衫，瘦瘦的脸上布满了尘垢，乱蓬蓬的头发挡住了两只怯生生的眼睛，打着乌黑的赤脚。老爷爷也已经无法看出实际的年岁，只是抖手指着身旁的女孩说："好人啊，可怜这个没爹没娘的孩子吧！她爹娘都饿死了，只剩下我和这个小孙女了，你把她领去吧，给口吃的，饿不死就行！"老人嘶哑地祈求着。

"爷爷……"小女孩撕心裂肺地叫着，扑进了爷爷的怀里。

此情此景，很少流泪的小六子只觉得嗓子里憋得难受，泪水夺眶而出。这种事，他虽然经历过不止一次了，但凄惨的情景仍然让他内心隐隐作痛。

"收下她吧。不然她准会饿死在街头，像许多无家可归的儿童一样。看，那双小眼睛含着期盼，多么令人怜爱。可又怎么安置她呢？自己是无暇照顾她的，金先生会同意在这时候收容难童吗？"小六子在内心问了自己一遍又一遍。突然，他眼前一亮，有了主意："对，把她暂放在林婆婆家里，她一准儿不会拒绝的。"

他向老爷爷点了点头，拉过小女孩骨瘦如柴的手转身就要离去。老爷爷又一把把孩子揽到了怀里，放声痛哭，孩子也哇哇地大哭起来，引来了不少过路人的注视，却又都叹气摇头而去。

"救命的菩萨啊，佛祖会保佑你平安富贵。我跑了两天，求了多少人，总算有人肯收养了，真是佛开眼呢！"老人边说边把孩子又推给了小六子。

小六子安慰老人说："我会照顾好孩子的，您就放心吧！"说完，他又从袖中摸出几枚铜钱，放到了老人的手中。

小六子领着女孩向林婆婆家走去，那孩子却三步一回头地望着瑟瑟发抖的爷爷。

林婆婆家不远，拐了两道弯，巷子的尽头便是。

听见敲门，林婆婆挪着小步走了出来，一看到小六子手中牵着的孩子，先是愣了愣，随后便明白了："一定是在街上有人求你收留的，对吧？你心眼好，不会见死不救。咳，我们娘儿俩的命不就是你给的吗？没有你，就没有我和菱花的今日。"

林婆婆唠叨着，小六子也不回答，只顾听着。等老太太不再开口了，小六子把药包放在床边的小几上，说："心口疼好些了吧？这几服药你接着吃。金先生说了，这两天就瞅个空儿到宰相府去看看菱花！"

"昨天我这眼皮老是跳个不停，生怕有个什么事，也正想进府看看闺女。"

菱花现在是南陈宰相江总的第十房姨太太，散骑常侍王仪的干女儿，与宫中的张贵妃常有往来。菱花出身于一个家境颇为殷实的读书世家，父亲林晋，母亲刘氏，上面还有两个姐姐。父亲林晋经营着两家店铺，一家茶叶店和一家绸缎庄，生意虽不好做，但由于经营有方，还是赢来了八方的客户，在建康当地小有名气，但也因此遭到了同行的妒忌。

绸缎同行中有个叫周四的老板，胸无点墨，人品更是不值一提，吃、喝、嫖、赌啥都干，但心思就是不能放在生意上，一来二去，祖上留给他的老底很快就被他挥霍殆尽了。看着林晋红火的生意，他做梦都想搅黄了人家，只是苦于无计可施。这一年，机会终于来了——陈叔宝要在全国选美，主持选美的恰是周四的表叔王仪。周四常到王仪家去，和这个表叔很投缘。

此时，林晋的两个女儿都在应选的年龄，其美貌早已远近皆知。周四灵机一动，计上心来。

保甲给林晋送来了通知，要他把两个女儿按时送到官衙候选。两个女儿哭得昏天暗地，老两口也是无计可施，竟一夜间脱了形，索性关门休息了。

周四不请自到，虚情假意地劝慰了一番，最后才说起自己与钦差王仪的关系。林晋老两口像是抓到了救命稻草，哀求周四帮着通通关系，周四慷慨地答应了。

在周四的安排下，林晋带着金银珠宝来到王仪的住处，说明来意。王仪非常生气，责备周四道："你这不是有意叫本钦差为难吗？皇上旨意谁敢违抗？这种事，弄不好是要掉脑袋的。我知道你这是替朋友帮忙，可这个忙确实难帮啊！"

周四在一旁应着，赔着笑脸跟在王仪的身后。林晋站也不是坐也不是，手足无措。周四瞅着空，一脸献媚地说道："事情是不好办，可林老板就这么两个女儿，都进了宫，他们今后日子没法过啊，还请表叔，不，请钦差大人再想想办法。"

"没什么好办法，你们回去吧！"王仪一副不容商议的口气。

"表叔，表叔，我和林老板亲如兄弟，我今天帮不上这个忙，明天怎么面对我那可怜的嫂子和侄女？"说着，周四竟流下了几滴泪水。

"谁没有妻子儿女，本钦差也有两个女儿，也在应选之列，可我没有徇私，都让她们进了宫，你说我能不疼女儿吗？"

林晋听到此，心想，钦差的两个亲生女儿都难以幸免，何况自己这个草民百姓啊！

就在林晋绝望之际，王仪话锋一转，说："谁让我这表侄这么豪侠仗义，让我深受感动，我也不能一点儿情面不讲，那你就留下一个女儿吧！"

林晋一时觉得喜从天降，但瞬间又陷入了苦痛。他跪爬到王仪脚下，抱着王仪的腿，说："大人，好人做到底，两个女儿都给留下吧！"

"什么，天下竟有如此得寸进尺之人？那就算了，一个也不留！"

"林老板不是这个意思，钦差何必当真呢？"说着，周四一把拉起林晋，狠狠地说："呆子，还不快给大人谢恩！"

林老板一下子就昏过去了。他不知道自己是怎么回的家，也不知道大女儿已经进宫有几天了。他昏睡了整整五天，醒来后看到二女儿还在身边，心里稍稍有些安慰。一想到是周四帮了自己的大忙，感激之情便油然而生，准备好好谢谢这位恩人。

林晋精神复原后，便带着厚礼登门致谢，周四死活不肯收礼。林晋又把祖传的古董送去，周四还是不要。最后，林晋在宅中设宴，盛邀周四。林晋把斟满的酒双手奉上，真诚地说："恩人，通过这件事，能看出你是个侠义之人。古语说'知恩图报'，不报这个恩，我永远不会心安。我有一个请求，请你务必答应。请先饮了此杯。"

"好吧，只要我能做到！"周四一饮而尽。

"恩人，你知道，我有两处小买卖，虽说不是十分兴隆，但也能说得过去。这茶叶铺子'一品香'是祖上传下来的，这绸缎庄'四季春'是个赚钱的铺子，就连号带货都留给您。"

"你看，这——咳！"周四装作十分为难的样子答应了。

就这样，一场巧妙的骗局把林晋坑惨了，家业亦开始败落。

还没等林晋的精神完全恢复，陈后主又颁旨选美，林家的二女儿和年仅十四岁的三女儿菱花又被列入候选之列。让三个女儿都进宫成为皇城的祭品，林晋死也不会心甘。他又去求周四，周四故技重演，将茶叶铺纳入怀中。虽然菱花幸免了，但林晋却一病不起。家资被榨尽了，林家的生计都成了问题。妻子刘氏试着请周四帮忙，周四却狞笑着把他的得意之作全数拿出来炫耀，还狠狠地羞辱了刘氏一番。回家以后，刘氏羞愤难当，述说了周四的恶行。林晋听后，大叫一声，口吐鲜血而亡。娘儿俩在街坊四邻的操持下，勉强办完了丧事，但不久后一个月黑风高的夜晚，林家突然起火，全部财产化为乌有，没有留下一件衣裳、一口粮食。娘儿俩开始流荡街头，沿街乞讨，古庙里、屋檐下，娘儿俩相拥而泣。

一天，贫病交加的母女俩昏倒在金先生的医馆前，被外出回来的小六子救到屋内，恳求金先生留下她们，并主动担起侍候她们的工作。经过一个月的将养，娘儿俩渐渐恢复了元气，并开始帮助医馆做些洗洗缝缝、做饭扫地的活计。到这时，他们才发现，小伙子变成了漂亮的大姑娘：鹅蛋脸、柳叶眉、长睫毛、大眼睛、红唇皓齿，身材更是百里挑一，楚楚动人。

这样的姑娘整天抛头露面能安全吗？所以她就女扮男装，涂黑了皮肤，剪短了头发，装扮成了哑巴。

通过交谈，金先生了解了母女俩的悲惨遭遇，也发现了菱花急于复仇的迫切心情，便问道："如果有人能够帮你除掉这个仇人，你会怎么做？"

"只要能报了这血海深仇，粉身碎骨也心甘！"

"如果有人能将你所有的仇人都除掉，你又会怎么做？"

"如果能帮我实现复仇心愿，叫我干啥都行！"

"我就可以帮你实现！不光是我，还有很多人！"

听到这坚定的声音，菱花仍是半信半疑地望着金先生。

"先生怎么会有这么强的力量，斗过这些有钱有势的人呢？"菱花的大眼睛圆睁着，试探道。她有点不相信世上还有这样的好事。

"我只想告诉你，不要说这个什么散骑常侍，就是他江总，我也一定会让他服服帖帖的！"

菱花从金先生眼中没有发现一丝的浮夸和虚伪，于是一股豪气陡生胸间，大丈夫般地拍着胸脯，说："只要能帮小女子报了家仇，上刀山下火海也在所不辞。"

"小姐，既不需要你上刀山，也无须下火海，只要你照我说的做就行了！小姐可曾听说过越女西施、汉人貂蝉的故事？"

"略有所闻，不甚了了！"

"越女西施，为雪国耻，远嫁吴国，留下了一段悲壮的历史；貂蝉姑娘为除奸臣，舍身侍仇，演绎了一曲巾帼雄风。"

"先生欲要我效法古人？这……"听说要将自己献与仇敌，菱花从内心感到一阵恶心。

"如果……"金先生故意引而未发。

"不，我愿意，大不了与仇人同归于尽！"

"不，不仅不能表现出自己的厌恶之情，还要学会逢迎敌人。这会有人教你的。"

"那何时开始？"菱花显然有些等不及了。

"明天。相信你会很快掌握的！"

"我会的！"

一个月后，菱花仿佛换了个人，在金先生的巧妙安排下，她顺利进入了王仪家，还成了王仪的"干女儿"。之后，她以自己的聪明又走进了宰相府，成了江总威风八面的十姨太。

菱花变了，变得庸俗、风骚、残忍了，但不变的是那颗利剑般的复仇之心，她正按照金先生的计划，一步步实现着其渴望已久的复仇之梦，向杨广源源不断地提供情报。

小六子在林婆婆家办完了事，又接着赶往刘铁匠铺。刘铁匠铺位于一处僻静的小街上，门前是竹席搭的棚子，往里才是住处。门前有一个大炭炉、一只炭迹斑斑的风箱、一只石槽，从摆放的铁器看，这个铺子什么都做，而且生意做得也还不错。

刘铁匠是个粗壮的黑汉子，看到小六子到了，便一招手引到了屋里，随手关上了房门。

"你刚才在街上的举动实在是太冒险了！"刘铁匠未等小六子坐定，便劈头说道："我碰巧在路上看到了，那么多的人，那么多双眼睛，万一被衙役发现破绽，损失就大了。"

刘铁匠接着说道："我们一年来卧薪尝胆，多少风浪都闯过来了，可不能在成功前栽在小阴沟里！府衙又抓了我们的人，现在还在到处搜捕，你们那儿是总站，可不能给他嗅出味道来。陈军江防的兵力配备都弄到手了，我们的人也已经安插进去了。告诉晋王，大年初一晚上按时出兵就是了。"

刘铁匠拍了拍六子的肩头，安慰道："干我们这一行的，要学会控制感情，光有机灵劲儿是不够的，回去告诉金大人，最近在房前屋后要注意陌生人。兵部王侍郎可有信来？"

"没有。刘兄还有什么吩咐？"

"该说的我都说了。保重！晚上睡觉机灵些！"

就在金钏飞鸽传书的第二天，江北贺若弼大营内泛起了江水般的微澜。

吹了多日的寒风渐渐隐去，南来微湿的气流给天寒地冻的沿江地带带来了些许暖意。时近新年，沉闷了许久的军帐内渐渐活跃了起来。清晨，贺若弼像往常一样，身披铠甲，逐营巡视。

看见总管大人来到，一个哨兵急忙向将军行礼。贺若弼熟悉手下的每一个士兵，但看见这个小伙子有些面生，便上下打量着他，问道："你好像是刚入队伍的吧！"

小伙子有些腼腆，红着脸挠了下头。一旁的一个兵头见状，说道："回将军，他是新近才入伍的，家在江南。前些日子，我们奉将军之命渡江抓了几个陈军士兵，他是其中之一。他说他是被强征入伍的，不愿再回去，就留下来了！"

小伙子补充道："几亩山地被县太爷的小舅子霸占了，父母被他们逼死了，我又被他们抓了当兵。当官的不拿我们当人看，打骂不算，还克扣军饷，我不想回去。我宁肯当隋朝的鬼，也不愿当陈朝的兵。"

贺若弼听罢，安慰了几句，又问："我隋军陈兵江岸，他们有什么反应？"

小伙子抓了抓头，说："听说萧摩诃、任忠、袁宪等人多次上奏，请求增加江防的军队，但监军施文庆横加阻拦，还说正月的朝会要紧，还说南郊大祀，太子要率领众多军队现场保护，现在如果向京口、采石矶及江面派遣军队和舰船，南郊大祀之事就得中止。"

"那陈叔宝怎么说？"贺若弼又问。

"陈叔宝起初不肯答应，后来才勉强同意暂且派出军队，如果北边战场无事，就顺便让水军跟随到南郊参加祭祀。可施文庆又说，这样做会被邻国知道，隋朝便会认为南陈懦弱。后来不知为什么，宰相江总也替施文庆说话，百官再三请求，江总始终压制，派兵的事就拖下去了。"

听小伙子说得这么详细，贺若弼不禁有些疑惑，问道："你如何了解得这么详细？"

小伙子笑道："统领我们的将军是个酒鬼，一喝多了就什么都说。他对朝廷不增兵早就不满，酒后就骂娘，但他和朝中的显要是亲戚，谁也拿他没办法。"

"你还了解什么？"

"就这些了，将军！"

小伙子的这番话很有价值，和金先生飞鸽传书的内容能相互印证。贺若弼开始打量起眼前的这个年轻人：瘦小的身材、炯炯有神的眼睛，只是脸颊上有些明显的冻伤。

贺若弼指着小伙子脸上的冻伤，关切地问："冻伤多久了？治疗了没有？"

"回将军，前两天天气乍冷时冻的，这天气转暖就好多了。明后天可能要下大雾，把大雾浸湿的干辣椒熬成汤，每天用温热汤浸洗一两次就会痊愈。"小伙子认真地说。

"明后天要下大雾？你根据什么判断的？"贺若弼惊奇地问。

"听老辈人说，这个季节里，冷风过后吹南风，江上易生大雾，我看这两天的天气有生雾的征兆，故而这样说。"

"天生大雾，天哪，这是上天赐我奇功啊！"贺若弼内心一阵狂喜。他快活地拍了拍小伙子的肩头："如有大雾，本将给你记头功！"

贺若弼快活地在帐中巡视着，心中暗想："韩擒虎啊韩擒虎，这一次我可要在晋王面前露一手了，抢个头功！让你嫉妒去吧，想和我斗智斗勇，你不够格！"

想着想着，贺若弼不觉自言自语起来："我按照高颎大人的计策——瞒天过海去行军布阵，你却风言风语说我是依葫芦画瓢。你哪里知道，假戏真做会比来真格儿的更见水平！这一次，我要先你一步登上南岸，先你一步攻进建康！咱们等着瞧吧！"

他传令下去，要求全军上下立刻做好渡江的准备。

此时，庐州总管韩擒虎正按元帅杨广的指令做渡江前的准备事宜，他事先并不知晓晚上一定会大雾弥漫，等到夜幕降临后，他才发现上天确实偏爱隋军，偏爱自己。

杨广亲自来为他和他的五百壮士饯行。比起满脑子"诡诈"之道的贺若弼，杨广更喜欢豪爽勇猛的韩擒虎："一切都为你们安排就绪，就看韩将军和各位壮士的神勇了！"

韩擒虎一身戎装，亲率五百壮士轻舟疾进，悄然南渡。当他们在采石矶下船时，江边陈军水寨内竟无一岗一哨，偌大的营盘内只余昨日爆竹的余香。污秽满地、酒气刺鼻的军帐内，兵士横七竖八地躺着，鼾声此起彼伏。

韩擒虎兵不血刃，一举占领采石矶，建立了隋兵在长江南岸的第一个立足点。

他站在采石矶上向南眺望，尽管雾锁蒋山，但他似乎已经看到了金碧辉煌的陈皇宫。他真想振臂高呼："郭璞老大人，你的金石之言不幸被我用刀剑做了回答，苍天作证，是我韩擒虎第一个飞到了江南！贺若弼，你就坐听我的捷报吧！"

韩擒虎不知道，当自己与晋王杨广话别时，贺若弼已经率军登船离开了北岸。

渡江只花了一个时辰，当陈军士兵被从被窝里拽出时，他们还个个呓语，以为是在做梦！

十万火急传至宫廷，那鸡毛信已被鲜血浸透了。施文庆等人不敢再有隐瞒，连忙报知陈叔宝，此时的陈叔宝却正在御花园暖房内赏花呢！

听到奏报，陈叔宝面如土色，结结巴巴道："他们不是欺瞒朕吧？隋军难道是……天兵天将？"

此时，西线杨素克三峡、占荆门，势如破竹，所向无敌，一路高奏凯歌，与秦王杨俊在汉口兵合一处。在此之前，杨俊已占领了长江中游重镇汉口，切断了长江上下游的联系。贺若弼渡江后，迅速袭占京口，打开了建康北部的门户。韩擒虎越过采石矶后，一举攻占了姑孰。

在这种极端不利的形势下，要力挽危局，谈何容易。所幸的是，在百官的激励下，陈叔宝任命骠骑将军萧摩诃、护军将军樊毅、中领军鲁广达三人为都督，由萧摩诃节制；任命司空司马消难，湘州刺史施文庆两人为大监军；派遣南豫州刺史樊猛率舰队出发，散骑常侍皋奏率军镇守南豫州。

同时，陈叔宝还下令公布优厚的奖赏办法，并规定，和尚、道士守土有责，不准免役。

此时的建康，人心浮动，谣言四起。街头巷尾，到处都有人在传唱东晋王献之的《桃叶歌》：

桃叶复桃叶，渡江不用楫。

但渡无所苦，我自来迎接。

而杨广的檄文竟贴到了建康府衙的门上。陈叔宝万分惊恐，命令四门加强了盘查，府衙加紧了搜捕，街上到处是巡逻的兵士。此时，建康城内城外尚有陈军精锐十余万，良将百余员，且墙高河宽，粮食充足，若能采用积极的守御或可能扭转战局。但就在这紧要关头，陈叔宝乱了章法，竟同意一样乱了方寸的萧摩诃主动出击，寻找机会与隋军决战。

随后，陈叔宝平生第一次，也是最后一次拿出了大量金银绸缎，作为赏赐之用。

"众军努力杀敌，朕将倾其所有重奖有功将士，绝不食言！"陈叔宝说得很诚恳，似乎也为他以前的言而无信而致歉。

正月二十，蒋山白土冈。冬云低垂，烈风阵阵，远山近岭，笼罩在一片冷寂中。

在地势稍稍平缓的一带山冈下，陈军摆起了一字长蛇阵。这种阵法是鲁广达惯用的阵法，且从未失误。鲁广达率军居诸军之南，为蛇头；萧摩诃军居北，为蛇尾；中间以任忠、樊毅、孔范等人相呼应，南北绵延近二十里，首尾进退，不能相闻。若配合得当，身随头动，蛇尾甩动自然，可以浑然一体。

陈军的主力全聚在此处，任忠的心里忐忑不已。

隋军主将贺若弼接到陈军战书，如约而至。他亲率轻骑登蒋山之顶，放眼望去，只见陈军沿白土冈列阵。贺若弼足智多谋，精通战阵，对陈军摆出的这个阵势不屑一顾。看到此，心中不禁冷笑道："给老子玩这种游戏，算你玩对了！"

想到这，贺若弼打马下山，和各队将校交代一番，然后率所部八千甲士，严阵以待。

只见鲁广达手挥红旗，阵中冲出一员战将，紫红的战马，猩红的战袍，挥一柄红色的狼牙棒。贺若弼宝剑一举，一员白色小将纵马而出，挺一杆长枪，直奔陈将。一白一红在马上各施其能，打斗了四五十个回合不分胜负。正在难解难分之际，白色小将忽然卖了个破绽，红袍将领一棒砸下，却砸了个空，被白将顺势一枪挑下。贺若弼看得真，宝剑一挥，甲士们叫喊着冲向鲁广达所在的中军。

鲁广达并不慌张，绿旗一摇，阵中埋伏的弓弩手闪出，一阵箭雨将隋军死死压住。贺若弼立即改变进攻队形，又被鲁广达击退，但双方互有伤亡。此时，陈军士气正旺，他们在鲁广达指挥下，奋勇攻击，隋军伤亡激增，形势也变得异常严峻。

"敌众我寡。若如此僵持，我军必受重创！"贺若弼灵机一动，命军士燃放浓烟。滚滚的浓烟随风向敌阵飘去，熏得陈军睁不开眼，吸不得气，隋军趁机脱离战场，寻机再战。

正在这时，陈军将士争相割取阵地上隋军的人头，一些人不顾号令，径直往宫城奔去，向陈后主讨赏，尤以执白旗的孔范所部最为严重。尽管孔范连喊带叫，制止士兵，但没有几个听命令的。

贺若弼当机立断，率军冲入孔范阵地，孔范军战斗力本来就弱，被猛虎般的隋军一冲，即行退走。潮水般的败退很快扰乱了鲁广达、樊毅两军的阵脚，阵脚一乱，两位主将也无能为力，陈军丢盔弃甲，死伤无数。

萧摩诃本来准备将一腔热血洒在这片土地上。他临行前交代了妻儿，自己万一为国捐躯，当向皇上请求，子承父志，继续和隋军战斗下去。当与隋军激战正酣时，突然家人来报，夫人被皇上留在了宫中。听到这儿，萧摩诃头一下子就大了起来，心中暗暗骂道："无耻的昏君，老夫在前方为你拼命，你却在后宫奸淫我的爱妻，羞煞老夫了！苍天在上，如此昏君，陈朝安得不亡？"

原来，萧摩诃曾携小妾红叶拜见过陈叔宝，而陈叔宝自从见到红叶之后就念念不忘。萧摩诃领命出战后，陈叔宝便以赏赐为名将红叶与萧摩诃的儿子召入宫中。红叶几次告退，都被陈后主强留。晚上，陈叔宝竟命人将红叶的衣裤强行扯去，并将其手脚按住，强行奸污，连宫女都背过脸去，不忍再看。

萧摩诃悲愤交加，强按住心头的怒火，随波逐流，一路败逃，却不想中途仅两个回合就被隋将员明生擒。其实，心灰意冷的萧摩诃已丧失斗志，哪里还有战斗力？

萧摩诃虽被生擒，但大丈夫之气未挫，面不改色心不跳，镇定从容，视死如归。他被押到贺若弼处，贺若弼问他名姓，他头发一甩，胸一挺，轻蔑地答道："老夫行不更名坐不改姓，大将萧摩诃。"

"不认识！"贺若弼故作惊讶状，意在杀杀他的威风。"任何职务？多大年龄？从实招来！"

"休要多问！大丈夫死则死耳，何饶舌也？"萧摩诃仍是一副凛然不可犯的样子。

"拉出去，斩了！"贺若弼厉声喝道。

"哈哈哈……哈哈哈……"萧摩诃仰天大笑出门。

贺若弼本无心杀他，即刻命人将萧摩诃带回，亲自为萧摩诃松绑，说道："将军威名，早闻名于大江南北，贺某渴望久也，今日一见，果然名不虚传，佩服，佩服！适才的小技，实是测试将军胆量罢了！见谅，见谅！"

萧摩诃从被俘虏的那一刻起，就抱定了必死的决心，现在绝处逢生，自然惊喜交加，便怀着感激的心情，道："萧某的双手沾满了隋军将士的鲜血，合当处死，今蒙将军不弃，实是将军仁义厚德，不计前嫌。将军的恩德，萧摩诃会永志不忘。"

任忠带着多处伤痕，驰马奔回宫城。沿途到处是混乱的场面，败兵们趁机打砸抢劫，甚至能看到公然的强奸和放火杀人者。老弱妇幼在烟火中悲鸣，好端端的一片繁华之地，顷刻间成了百姓的地狱。

任忠进到宫中，哽咽着诉说战败的经过，最后道："陛下啊，您好好保重吧，臣已无能为力了！"

"爱……爱……爱卿，朕多给你钱，给你很多钱，快快帮朕招兵买马，朕封你为大将军，不，不，不，封你为宰相，封你为公……为侯……为王……"陈叔宝哆哆嗦嗦，语无伦次。他从龙床底下拽出一个紫檀木的小箱子，打开锁，露出满满一箱的金元宝。陈叔宝把金元宝装满了两个黄锦袋，对任忠说："爱卿不会负朕的，这些金子权且作为军资，为朕招募兵马吧！"

任忠接过锦袋，说："陛下目前最好准备船只，前往上游会合周罗喉大军，臣会以死奉卫陛下。"

"好，好，好主意，朕这就命人准备。朕蒙难之际，全赖将军了。"任将军的一番表忠，使陈叔宝圣心大慰，紧绷的神经也松弛了许多，死灰色的脸上复现了几丝生气。

"任将军，你现在持朕的御札，晓谕各地驻军，所有陈军统归爱卿指挥。你还可以持朕的御札，到各地州县支取军资，靖难一旦结束，朕定与将军亲自把盏，共庆来之不易的胜利。"

任忠领旨而去。

陈叔宝正要走，他想到了他娇艳如花的宠妃——张贵嫔、孔贵嫔。陈叔宝不能没有她们，没有她们在身旁，看御花园中的百草都觉得凄楚苍苍，看花儿上的晨露也成了点点清泪；没有她们如蜜的温语，那朱案上的春燕还会叫得婉转动听吗？那河边苇丛中的翠鸟还能叽叽叽地欢唱吗？

"要把贵妃的华服多带几十箱，还有那各色各形的弓鞋，还有贵妃的首饰，还有她们钟爱的玩物，一样都不可少。贵妃爱吃的甜酥脆，让御厨包好带上！"陈叔宝吩咐完宫女，又想到妹妹绿珠公主。

妹妹铅华不施，天然清纯，非一般人可比，是人们口中的月宫嫦娥，可嫦娥仙气太重，而且覆巢之下岂有完卵，万一落入乱兵之手，惨状不难想象。绿珠一定要带走！

他也不管吵吵嚷嚷的内廷了，见什么摔什么，遇什么砸什么，宫人们都惊骇地望着他。

任忠出了皇宫，一路细想：眼见得陈朝气数已尽，皇上昏庸无能，朝中群小掌权，官吏横征暴敛，百姓苦不堪言。君臣离心，将士离心，官民离心，如此的朝廷怎能打胜仗？如此的江山怎能守得住？

罢、罢、罢，投了隋廷吧！想到这儿，任忠心中又掠过一丝的愧疚。他家毕竟几代食陈禄，世代沐皇恩，如此举动是不是有悖于祖训，有悖于圣训？其实，他叮嘱副官亲信要办的事，就是做好迎隋的准备。

任忠的心里踏实了，他抖开缰绳向城门方向奔去。但行不多远，只感背上一股剧痛袭来，臂上也隐隐有痛。他咬了咬牙关，想坚持走下去，但又恐失血过多，到不了地方。他猛地想起这一带有个医馆叫回春馆，想必坐堂的郎中医术高明，于是便催马向回春馆奔去。

回春馆就在前面不远。任忠从马上望去，只见那医馆前面围了五六个兵，站在那里凶凶地叫着。

任忠来到近前，一看那阵势，就知道又遇上抢劫了。那几个衣衫不整的兵卒，手提着长矛、长刀正在威胁医馆里的人："你们好好听着，不把银子拿出来，就把这里烧了！"

站在门前和他们理论的是一位四十多岁的白面先生，他不慌不忙，笑容满面："各位军爷，在下是医馆的郎中，我的医馆只以医人病痛、救人生命为上，不求赚钱发财，里边除了病人就是药物，没有军爷们要的银钱，还请军爷们见谅啊！"

"不见血他是不知道啥叫手段啊！"一个兵嚷着。

任忠知道马上就要出事，大喝一声："不许乱来，不然老子就宰了他！"

一个兵扭头看了看任忠，叫道："参见任将军！"

几个横眉立目的家伙呆呆地立着，任将军的大名他们是知道的，别说自己这几个小兵，就是千军万马中他也是进出自由的。

任忠翻身下马，对几个散兵说："你们不是要银子吗？这里有些散碎银子，拿去吧！如果想过好日子，还得干正事！"

说完，任忠从怀里掏出几块钱银子掷过去，但没人去捡。那个认识任忠的兵试着问任忠："将军，等治好伤，准备干什么去？小人斗胆问一句。"

"本将军准备干一件大事，光明正大，名垂青史。"任忠说着，已走进了医馆。

那几个兵似乎意识到了什么，相互看了看又点了点头，跟在任忠后面，讨好地说："将军既然这样，能不能带上我们几个？小人们愿为将军牵马坠镫，服侍您老人家！"

任忠直言快语，道："你们有心跟着我，那就带着你们吧。"散兵们听罢，叩头谢恩。

这一幕被金先生看在眼里。

金先生开始为任将军治伤。任忠身上伤痕累累，光背上的旧伤就有四五处，现在又添新伤，而任忠对此处之泰然，全无痛苦的表情。金先生从医几十年，治疗伤病无数，而这样的硬汉却是少见，不禁肃然起敬："将军真乃关云长在世啊！"

"先生过誉了！这点小伤怎可比关老爷的刮骨疗毒，关老爷那才叫铁汉。"

"适才听将军说要干大事，以在下而言，莫过于……"金先生故意留了个尾巴。

"莫过于什么？先生有何高见？"

"郎中一个，能有什么高见，愚以为，将军的出路莫过于迎隋！"

"你是……"

"看病的郎中，说了句实话。"金先生从容不迫，说话间并没有停下手上的动作。

"谢谢您，先生。现在很多人不都是走的这条路吗？只是可惜，这两手空空，无以为礼啊！"

任忠知道，这个金先生一定不是个普通的郎中，他定有来头，所以他也想试探一下对方。

金先生明白他的用意。他还知道，陈廷已是无人主政，府衙也已人去衙空。金先生直截了当地说："现在将军手中就有重礼嘛，要看你舍不舍得了。"

任忠心中一惊，但转而一想，他定是另有所指！想到这儿，他笑道："在下可是一无所有啊！"

"建康城四面围定，旦夕可破，将军立功的时候到了，怎能说一无所有呢？"金先生启发着他。

"啊呀！多蒙指数，在下多谢了！"任忠一拍脑袋道。

金先生给任忠敷好药，扎好伤口，又递上几包草药，拉过一旁的小六子，对任忠说："将军多保重，咱们后会有期。这是我的小伙计，你带上他，路上兴许会有点儿用场。"

金先生把早已写好的信包在了布包内，让小六子背着，然后目送他们远去。

这时，韩擒虎正向建康进发。任忠带着那几个散兵和小六子，在石子冈与匆匆向前开进的韩擒虎军正面相迎。

小六子见到韩擒虎，递上金先生的信函，并向韩将军介绍了任忠等几人。韩擒虎高兴地上下打量着眼前的这位老将，任忠身材魁伟，精神矍铄，面色白中泛黄，整齐的盔甲上残留着点点血迹。

韩擒虎握着任忠的手，关切地说："将军弃暗投明，乃大丈夫所为，在下替老将军高兴。将军初来，可先到后军休息，待韩某破了建康，再与将军相叙。"

任忠却道："任忠愿为将军聊尽绵薄之力。"

韩擒虎喜出望外："这可是韩某求之不得的啊！"

小六子一旁插话道："这样的话，破城的时间肯定会大大提前！金大人担心的就是破城后的军纪问题，建康城的老百姓经不起折腾啊！"

"这一点，你回金大人，让他尽管放心，谁违反军纪，就地正法，绝不姑息。"

刚才，韩擒虎从金先生的来函中明白了金先生的分量，知他是晋王的耳目，不可小瞧。于是，任忠在前引路，韩擒虎随后，继续向建康逼近。

在通往朱雀门的咽喉要地，南陈将军蔡征率领着两千多人扼守。蔡征与任忠是同乡，还有些姻亲关系，此人惯使两把飞刀，有百步取人性命的能耐，但生性却有些傲慢。任忠怕这位老乡不识时务，和韩擒虎较上劲，又怕自己失去了一个立功的机会，所以他自告奋勇要前去说降蔡征。

韩擒虎一听很高兴，悄悄对任忠做了一番安排。韩擒虎率军中虎贲勒马在朱雀桥前，身后红色的帅旗上斗大的"韩"字格外醒目，一通震天的战鼓响起，兵士随之高声呐喊。朱雀桥后营垒中的陈军兵士被隋军的军威吓傻了，纷纷后退。守将蔡征虽声嘶力竭仍弹压不住，就是连斩了几个临阵退缩者也未能阻挡后退的人潮。

鼓声、喊杀声一停止，韩擒虎向任忠点了点头，任忠鼓足气力，高喊道："蔡征将军，我是任忠。隋主是旷世明君，元帅晋王仁惠之至，韩擒虎将军勇冠三军。陈军主力已溃，朝中官员正在做逃亡的准备。隋军是仁义之师，不会为难任何人，放下武器吧！"

蔡征本来就心中没底，但没有想到溃败得如此之快。任忠一喊，他更没心思抵抗了，让人打开营门，列队出迎。

任忠向前接着蔡征，两人紧紧拥抱，泪水夺眶而出。

蔡征不解地问："一看到韩将军来攻，陈军军心就涣散了，像使用了法术一样。是怎么一回事呢？"

韩擒虎开怀大笑。

任忠告诉他，这是韩将军的威名使然。这一路上，他所向披靡，无往而不胜。只要这杆"韩"字大旗在风中一摆，守军就会不战而退。

"听说韩将军单手擒虎，可有此事？"任忠很想解开这个传言已久的谜。

"有的，有的，不过那是几年前的事了！"韩擒虎谦虚地说笑着。

朱雀门到了。远远望去，"朱雀门"三个大字清晰可见。韩擒虎引军站定。他举目望去，欣赏着这座令人魂牵梦绕、朝思暮想的历史名城。

这座城自三国吴帝建都，后历经东晋、宋、齐、梁、陈诸朝，数百年间，风风雨雨，留下了多少动人的故事。现在，这块风水宝地就要踩在我韩擒虎的脚下了。这是历史对我韩某人的钟爱啊！

此刻，韩擒虎兴奋地快要眩晕了。

突然，一支冷箭嗖的一声，直直地向着韩擒虎的面门射来。任忠手疾眼快，用短剑拨开了冷箭。韩擒虎吓出了一身的冷汗，正要发作，任忠主动请缨："韩将军，待任忠前去说服他们。"

韩擒虎应允。任忠单枪匹马，来到城门前，向城头喊话："城上的兵士兄弟们，我是任忠，京城就要沦陷，皇上、百官都在准备逃命，我任忠也已归降了大隋，你们都是有妻儿老小的人，快回家看看他们吧，抵抗已经没有任何意义。"

看看城上没有什么动静，任忠又说："我们在白土冈决战的人马已全部溃散，城中已无可御之兵。"

停了停，城上开始有人开腔："任老将军，你别不是在骗我们吧，你有没有什么证明，能让我们相信，国家就要完了？"

任忠想起皇上给自己的御札，于是把它缚在箭端，射到城上。

过了一会儿，有人又问："任将军，我们献了城门，是不是有赏啊！"

"当然，立功有赏，开了城门，老夫马上兑付。"任忠现在还怀揣着两袋金子呢，赏赐兵士还绰绰有余。

几个守城士兵吱呀呀把城门打开，任忠一挥手，隋军大队人员浩浩荡荡开进了建康城。

从韩擒虎正月初一夜渡扬子江到今日攻克朱雀门，只用了二十天时间。韩擒虎一入城，马上派人把这振奋人心的消息报告给了杨广。

六合镇桃叶上的杨广大帐外，欢呼声此起彼伏。杨广和王韶等人被欢乐的人群感染着，绽放着灿烂的笑容。正在杨广笑声朗朗之际，高德弘进帐报告。高德弘乃高颎的长子，小伙子聪明机灵，为人敦厚，被杨广要在身边做了书记，也就是现在的秘书。高德弘是被杨广专程派往前线和高联系的。他此次肩负了一项特殊任务，就是要把皇宫完整地保护下来，不得伤一根毫毛。

杨广知有重要情况，便面带笑容地问道："高书记辛苦了，还带来了什么好消息？"

"皇城破后，陈叔宝被捉，所有皇家成员俱被俘虏，府库也按元帅命令全部封存，皇城秩序已安定下来。"高德弘说着，用眼角的余光扫着杨广，看他有何反应。他有几句尤为重要的话语仍未说出，只要杨广的表情有变化，就决定舍弃不说。

"所有俘虏是否都已安顿？"杨广仍是面带笑意地询问。但高德弘听出了他的弦外之音。

"回元帅，所有俘虏都已安顿妥当，除了张丽华！"高德弘小心翼翼地回答着。

"说下去！"杨广的笑容淡了许多。

"张丽华已被我父亲斩杀在春溪！"

"什么？"杨广一屁股跌坐在小凳上，声音极其惊恐。

这种情况完全出乎高德弘的意料之外，他忙上前一步，解释道："臣向父亲说明了元帅的意思，但父亲执意要杀，还骂了臣下一顿。"

高德弘还要再说，被王韶挥手支走了。王韶事先并不知杨广要留张丽华，但现在也不便多说什么。他只是看到高德弘有些紧张，怕言多有失，才示意让其暂且出去。

"好个高颖，竟敢藐视本帅！"此言乍出，王韶以为杨广在说梦话，仅杀了个坏女人，怎么高颖就成了仇雠？王韶不觉寒意顿生。再看杨广时，王韶竟发现他不像是在说笑，脸上似有一股杀气，便劝道："高大人这样做，一定有他的道理……"

还未等王韶说完，杨广就劈头问道："女人祸国，是吗？什么狗屁理论，那是治国无能的遁词。什么褒姒、妲己祸国，全是一班吃饱了饭没事干的史官杜撰的。"

杨广满口污言秽语，令王韶大为不满，不得不摆出老师的架子来，愤然作色道："晋王口口声声以天下为己任，如今却一叶障目，心狭如针，如果皇上听了殿下的宏论，会作何感想呢？"

杨广被王韶抢白得无地自容，悻悻地说："学生也没别的意思，只觉得高大人不该不遵将令！"

"不遵将令？他是纵兵劫掠了，还是滥杀无辜了，或是化公为私了？"王韶的话仍然很不客气。

"学生要他留个女人，并不过分嘛！"杨广仍然有些想不开。

"可张丽华是个惑主的妖姬、乱政的祸根，便是微臣，也当这样办。"

"那……"

杨广还想辩解，被王韶一语截断："对高大人的做法，晋王应该感恩才对！"

"为什么？"杨广满头雾水。

"晋王想想看，如果皇上听说殿下收留了妖女，会当作一件小事来看吗？皇上的好恶，殿下当是清楚的。如今，皇上听说殿下怒斩妖妃，为民请命，又会怎样评价晋王呢？"

"对，对，对，老师所言极是！方才学生一时失态，还请见谅、海涵！"杨广如梦初醒。

接到高颍奏请大军入城的情报后，只半天工夫，杨广就率军进抵建康，并刻意安排了一个隆重的入城仪式。将士们衣甲鲜明、步伐整齐、精神抖擞地行进在建康城的大街之上。很显然，他是要向被征服者炫耀自己的成功，向南陈百姓表示他麾下将士的神勇和不可一世。

杨广此刻志得意满，脸上洋溢着胜利者傲视一切的狂放。胯下的乌龙驹似通主人的心意，也咴咴咴地长嘶着，傲慢地走在大道上。

杨广骑在乌龙驹上，悠然地想着：进城的第一件事便是整饬军纪，先拿那个贺若弼开刀。他居然不顾孤的三令五申冒险出战，差点坏了攻城大计，如此狂妄之徒，不给点颜色看看，还指不定会捅出什么样的大娄子呢。还有那些浑水摸鱼的乱兵，非亲自斩杀几个不可，都说淫心难改，我杨广就是要改一改。

这第二件事嘛，自然要奖赏一批有功之人，做到奖罚分明。首要的是韩擒虎将军，这个威猛如虎的爱将，虽身上散发着浓浓的草莽气息，但却很会打仗，功劳大而损失小。另外还得赏一赏那个使自己心烦的人——高颍，他事实上帮了自己一个大忙。

第三件事，就是要乘胜扩大战果，清除负隅顽抗之敌，廓清全境。对了，抽空儿还要瞧瞧那些江南脂粉……

也许是高颍等人的着意构思，沿街的店铺与住户皆红灯高悬，鞭炮齐鸣，隔不上百步便有衣着整齐的乐手鼓瑟吹笙。杨广在这佳节般的氛围中行进着，心里又泛出了前日父皇诏令中的话，是的，父皇的嘉奖是适中的，有激励又有期待。

杨广的思绪在涌动的人流中飞翔着。人们都说江南好风光，他已领略了。光是那闪着银光的湖，披着素装的山，还有透着韵致的流水小桥，就让自己醉了三分，更让人诗情萌动的还数江南的蛾眉。萧妃是江南人，随身的一帮小丫头也是专门从江南买来的。这江南情结不知源于薛道衡的诗作，还是滥觞于自己在寿春总管的任上。他留心到，即使是夹道的人群中，也不乏姿色出众者，想那美女充塞的后宫也定然是绝品如潮。可惜啊，那张丽华未得晤上一面。一想到此事，杨广心里便隐隐作痛：我杨广也实在是生不逢时，运气不佳，同倾城倾国的张丽华擦肩而过。

几匹高头大马从宫中骑出，拥着三位冠带一新的将军。高颍和贺若弼、韩擒虎的出现，让杨广立刻回过神来，并勒住了马缰。

"恭候晋王，欢迎元帅！"众人异口同声道。

杨广翻身下马，拱手相谢："将士们攻城略地，连树奇勋，不愧是我大隋忠勇可嘉的铁军，本帅为你们请功，更为你们自豪。"

说完，杨广在众人的簇拥下，缓步徐行。踏在青石铺就的平坦的甬道上，杨广心里有种众星捧月之感。在这条长长的甬道上，那已为陈迹的南朝先主们，大概都会有这种感觉吧。想到这些，杨广的心突突乱跳，只觉得血液在血管里猛烈冲击。

昨夜刚刚下过一场毛毛雨，地上还是湿漉漉的。杨广深深地呼吸着，空气中夹杂着泥土的气息、袅袅的硝烟和淡淡的脂粉香，混合成一股特殊的气味。冬日的阳光下，杨广宽阔的前额光洁闪亮，鼻翼微微抽动，眼角处闪动着一丝不易察觉的惬意和狡黠。

他回转身，轻声随意地询问着："金先生来过了吗？"

"他们带来了陈廷中民愤最大的五个人的材料，都是必须立即执行的。"高颎仔细地回答着。他原以为杨广会问起张丽华的事情，现在竟压根未提，高颎不禁狐疑不已。

"高长史觉得怎样处置最好呢？"

"杀！不杀不足以平民愤！"高颎答道，好似一股烈焰从口中喷出。

"那就请高长史代拟告示吧，今日拟就，今日处决。"杨广说得很干脆。

"金先生还有一项请求，烦请晋王定夺。"说着，高颎从袖中掏出一份整齐的书信。

"高大人就简单地说说吧！"

"他请求晋王允许他收留一位女俘。这个女俘是宰相江总的内眷，实际是金先生安排的一位红粉英雄，曾多次帮助过金先生获取重要情报，离间敌人，还在江防军队中安插了一些内线，除夕夜，他们灌醉守军，大军才得顺利过江。"

杨广听罢，道："这样的事，长史酌情办就行了。再说，她本是位功臣，怎么反说是女俘呢？"

"军纪规定，谁敢乱来？而且，她现在还被押在宰相府里。说她女俘，乃是实情。"高颎已听出杨广话中有些不满，便反驳一句，权作回敬。高颎虽仅是元帅府长史，但许多诸如军规的制订和军令的起草要比杨广熟悉得多，俘虏的处置权在元帅，而且仅仅在元帅。

贺若弼立在一侧，闻听高颎提及军纪，不禁心里一紧。他有些埋怨这位恩师，既然元帅未曾提及，您老又何必多此一举？假若整肃军纪，我贺若弼恐怕难辞其咎。

待来到宫中，杨广各处检视一遍，立刻升帐议事。他恭恭敬敬地请出了圣旨，朗声宣读了嘉奖名单，但细心的高颎却从这份长长的名单中听出了不安——贺若弼的位次远在韩擒虎之后。他不知道这是草诏人的疏忽，还是有意的安排。他用眼角瞥了一眼贺若弼，显然，他已经有反应了，只见他面呈愠色，眉头紧锁，拳头紧紧地握着。

贺若弼的表情没逃过杨广的眼睛。待众人谢过皇恩，杨广叫过军法官，冷冷地问道："奸污妇女者，该当何罪？"

"斩！"军法官响亮地回答。

"好，把所有的奸污妇女的军士，全部处斩！"杨广声音不大，但十分威严。整个宫殿静得可怕，杨广把身子往前倾了倾，又问军法官："违反军令者，处以何刑？"

"斩！"这一声，惊得不少人微微一颤。贺若弼的脸色更是一下子变得毫无血色，脑子也顿时"嗡嗡嗡"地响作一团，心中暗暗叫苦：早知今日，何必当初。

"扬州总管贺若弼贪功冒进，不遵合围建康城的命令，险失战机，致使大批军士无端受戮，着令削去兵权，依法执行！"杨广的话似炸雷一样，在场的将官都不禁愕然。一时间，大家都面面相觑，不知所措。大家心里明白，在众位总管里，贺若弼的功劳和才能是交口称赞的，况且他还是高颖的门生，元帅此举是不是有些小题大做了。

王韶也觉得此事来得太突然，他觉得，这样的事，元帅至少应该事先和他打个招呼。再说贺若弼有功在身，对他的奖励本来就有些不公，现在却落了个死罪，于是心里顿起疑团：难道是晋王想以此来树立军威？不对！是挟私报仇？可晋王也不是那种人。他猜不透，也懒得去猜，眼下救人要紧。看其他人似乎都还在云里雾中，王韶开口说道："元帅手下留人！贺若弼渡江平陈以来，攻城陷阵，屡立战功。白土冈一战，虽然有伤亡，但终未造成大的损失。贺将军本意是好的，请元帅收回成命。"

话音未落，杨广反驳道："白土冈一役，敌强我弱，敌众我寡，若不是萧摩诃临阵犹豫，胜负之数实难预料。作为指挥官，贺若弼不知己知彼，盲目硬攻，是战略考虑还是战术考虑？如果全军的指挥官都似他这般，这仗还怎么打？"

薛道衡听了半天，总算明白了，一抖袍袖，悠悠说道："元帅此举，正是为帅之道！"

他的话立刻引来了众多不满的眼光，但他毫不在乎，继续说道："整肃军纪，目的在于树军威、严法纪、振人心，人人能够依法行事。然军法无情人有情，如斩杀贺将军能换得人心、激起斗志倒说明整饬有数，否则，又何必逆天而行呢？"

到此，大家才松了口气，一齐跪请杨广法外开恩。

高颖本想第一个求情，但鉴于他处理张丽华是先斩后奏，恐杨广有怒气，招来更坏的结果，于是就暂且缄口不言，但看杨广在众人的请求下已有松动，才缓缓趋前，缓缓说道："臣闻使功不如使过，倒不如让贺总管戴罪立功，一来抚慰了大伙的心，二来等于又添了位虎将。请晋王定夺！"

杨广本不想真杀，只想拿贺若弼做做样子，他知道赏不当功、罚不当罪带来的消极后果，无非是借此杀杀他的傲气，给自己立些威风来。见众人纷纷为贺若弼求情，杨广顺坡而下，道："贺总管乃我大隋的英雄，本帅怎愿痛失一良将，既然众将求情，本帅就暂且依了你们，将此禀告皇上，待议待决。只是希望诸位能以大局为重，同心协力，把整个江南都插上我大隋的旗帜。"

看到贺若弼轻易地逃过一死，韩擒虎庆幸的心情荡然无存。他原想，这个冤家这回不死也得掉层皮，没想到竟然毫发无损。"便宜这小子了！"他心中暗道，但脸上似乎还是挂着关爱。

祥云缭绕，危峰林立，古木参天，山溪叮咚，绿珠公主站在巨木之下，吃惊地环视着眼前的景致。她不知道这是什么地方，也不清楚自己是怎样来到这个与世隔绝的地方的。她只感到山风凛冽，冻得自己发抖，她抱紧了双臂，偎缩在树干之侧，一种极度孤寂之感油然而生。

一阵玑珠交响的玉石声随风入耳，她侧耳细听，是那样熟悉，循声望去，竟是自己的贴身侍女——杏儿、翠儿！两人一前一后，轻盈如风，眉宇间掩饰不住欣喜之情，来到近前，倒身下拜："公主，恭喜了，云中老母要撞见您了！"

绿珠公主见二人行动与往常有别，又提起什么"云中老母"，适才重逢的狂喜又浓了许多，嗔怪道："死丫头，这荒山野岭的，哪有什么云中老母，你们莫不是糊弄本公主？"

"奴婢怎敢，公主随奴婢前行便是。"说着，翠儿、杏儿带着绿珠往山中走去。

别看山陡路滑，但三人却步履轻盈。两旁的景色令人心旷神怡，浓绿的异草、芬芳的奇花、石隙间的绿苔、净亮的水潭，使绿珠公主早忘了自己已是身在苍莽的群山中。

不知不觉，三人行至一石洞前，翠儿回首道："进去吧，云中老母就在里面。"

石洞很大，灯火通明，绿珠公主惶恐地跟在翠儿的后面。翠儿一跌一撞地向里走，她闭了眼，不敢抬头看。

一声断喝，绿珠忙睁开眼，定眼看时，面前竟然出现一个人面蛇身的怪物。那怪物也打量了绿珠一眼，微微一笑道："果然是国色天香，名不虚传。"说着，向左右道："把玉玦拿来。"

她让侍者把玉玦戴在绿珠的脖子上，道："你不是有了心上人了吗？玉玦可以帮你实现你的愿望，只要你握住它，在心中默念他的名字，他就会出现在你的面前。但你要记住，玉玦千万不可丢，丢则无望。"说完，人面蛇身的怪物倏然不见了，令绿珠颇为愕然。

绿珠觉得仿佛是在梦中，昏昏沉沉地被侍女扶着往外走。正行间，一阵狂风骤起，将三人卷入云端，又飘飘悠悠地降落在一条大河边。

那条河河面宽阔，绵延无尽，河水清澈，鱼翔浅底，河面上沙鸥翔集，似有袅袅仙乐传来。

绿珠既紧张又兴奋。这条河她从未见过，但那景致又似曾相识，是秦淮河？不是，它没有这么宽。是扬子江？可它没这么美。是桃花源般的仙境？如果是，我宁愿终生厮守它，永不越境。可是……

绿珠正在胡思乱想之际，翠儿开口道："公主，您瞧这水多清啊，我们已多日未沐浴了。这四下无人，我们何不到水中嬉游，也好洗尽尘垢。"

绿珠经她一说，真觉得身上多处发痒。绿珠有意拒绝，但实在经不住诱惑，便轻点粉颈，算是同意了。

三人将罗衣放到一株老柳树下，涉水入河。三位佳丽的冰肌雪肤、曼妙的体态和瀑布般的秀发，在如画一样的河面上，像三朵含苞欲放的雪莲，引得百鸟在头顶盘旋，连凤凰也点头致意。

突然，鸟儿们开口说话了："比仙女还美，比嫦娥还胜三分！"

"天河里从未见过这样的胜景！"

绿珠乍听人言，惊恐地抱紧双臂蹲在水中，惊恐地望着四周，后悔不该听信翠儿的话轻率下水，但她从鸟儿们的惊讶中隐约听到"天河"二字。莫非这就是人们传说中的天河？为什么天堂中的鸟儿也能操人言？那最美丽的一定是凤凰了。绿珠胡乱地想着，只盼群鸟离去自己好上岸。

可就在这时，随着一声怪叫，一只黑色的巨鸟俯冲下来，抓起罗衣，箭一般地飞去了。

绿珠失声叫苦，翠儿、杏儿也叫苦不迭。

"天哪，这儿竟有三个光鲜的美人儿，这是上天赐给兄弟们的，上啊！"不知从哪儿蹿出一队乱兵，有陈兵也有隋兵，骑在马上的那不是自己的皇帝哥哥吗？这下，绿珠的魂儿都被赶跑了，大叫一声，昏死过去。

"公主，公主。"听到有人叫，绿珠慢慢睁开疲惫的双眼，却见自己躺在翠儿的怀中，杏儿也在一旁拿着锦帕替自己拭汗呢！

绿珠舒了一口气，方知是做了噩梦，可已遍体香汗了。摸一摸胸前的玉，还在，便道："险些不能再见到你们了！"

"公主莫怕，梦都是反的，您大概要见到薛内史了！"两个侍女一齐安慰道。

绿珠躺着一动不动，面沉似水，但心里却波涛汹涌。

当日，隋兵攻入宫门后，后宫一片昏暗。夺路而逃的宫卫、宦官、宫女们乱成了一锅粥，绝望的呼喊、声嘶力竭的威胁、宫女们的悲戚呜咽声，像鞭子一样抽打着绿珠的心。她早就料到会有这一天，她曾劝过皇帝哥哥，不要以片刻的欢乐招来无穷的祸患，但没有用。

皇宫靡靡之音仍然通宵达旦，谄媚阿谀之声甚嚣尘上。绿珠变得心如枯井，唯有薛道衡的身影能给自己带来些许慰藉。

一年前，薛道衡行经杏花楼时，自己就站在杏花楼的窗前，目送着他飘然离去，一股难言的痛楚袭上心头。

薛道衡挥挥长袖，带走了半天的云彩，也带走了自己的情思——

暮日下，一对杏眼似一泓清澈的秋水，秋水漫溢，流淌着无尽的思念。

薛道衡又何尝不想见到朝思暮想的绿珠公主呢？但他内心委实矛盾，所以想见又怕见。

他觉得自己配不上绿珠。自己年纪比她大两轮，而且家境穷困潦倒，怎能与国色天香的绿珠公主同处华堂之上？但他又无一刻不在心中闪现那个令他飘飘欲仙的情影，真是个难解的结！

宫城已拿下好几天了，绿珠现在安在否？他夜里做了个不大吉祥的梦，看见一身素衣的公主满身血污地走到自己面前，躬了一下纤腰，泪痕满面地说："薛内史别来无恙，奴家在宫中待君一年，可你左也不来右也不来，偏等妾身被贼兵玷污后才肯现身，是嫌弃亡国之女还是已忘记旧情。可奴家至死不悔，今生无缘，愿相会来生……"

薛道衡梦醒之后，脸如鞭子抽过一般火辣辣的。一定要见她，哪怕说上一句话。

三更已过，杨广向着铜火炉，继续翻阅战报。有红红的炭火烤着，杨广竟打起盹来，战报也不觉从手上滑落下来。

杨广此时正躺在结绮阁陈叔宝的御榻上，是刚被张衡安置到这儿来的。这结绮阁冬暖夏凉，四季宜人。张衡的工作主要是照顾杨广的生活起居，看到杨广疲惫之至，便未经允许就把熟睡中的杨广移至暖阁中。

看得出，结绮阁中风物依旧，未得细加收拾。在这张床上，陈叔宝和张丽华曾日夜风流、春秋几度，那锦被上似乎还残留着美人奇异的体香。也不知是张衡粗心，还是有意留下为杨广调节神经，墙上的春宫画仍然堂而皇之地高挂着。

杨广本是夜夜缠绵不知倦的主儿，而今已是多日未近女色，结绮阁的万种风情冲击着他的本能。他招手叫过张衡，向他低声耳语几句。张衡心领神会，领命而去。

张衡来到关押着几百名嫔妃宫娥的大殿前，见殿前戒备森严，四个兵士全副武装像四座门神，一队巡逻的兵士整齐地走过大殿门前，便停下脚步，暗想："若白日里招摇过市地带走一个漂亮女人，会不会在军中引起非议？会不会对晋王的名声不利呢？"

张衡空手回到了结绮阁，杨广面有不悦之色。张衡不待来问，便直言自己的忧虑："臣全是为殿下设想，这事急不得啊，且等晚上再说吧！"

杨广听罢，像泄了气的皮球，心里虽然颇觉有理，但仍郁悒难平，暗骂："张衡这小子，这点儿小事都办不利索，倒学会推三阻四了，真是废物一个！"

杨广巴不得天马上就黑下来，可太阳今天偏偏和杨广作对，迟迟不肯落下，那长长的树影像印在了地上。杨广的手心里也攥出了汗。

太阳终于隐去了她的面容。

张衡一俟天色变暗，便急急地直扑大殿。他只顾走路，没防备身后却多了个影子，那影子紧紧地粘在他的后面，一直跟到大殿前。

张衡推门而入，烛光四射的大殿内真个是万紫千红，美不胜收。张衡鹰一样的目光在百花丛中寻来觅去，蓦地，一道炫目的白光向张衡投射而来，张衡定睛看去，暗暗叫道："这不正是晋王寻觅的梦中情人吗？"

张衡示意把那身披白衣的少女带走，理由很简单：夜审。少女在绝望和惊恐中被带出了大殿，身后隐约传来一声悲凄的呼号："公主……"

少女刚被带进结绮阁，苦苦等待多时的杨广立刻迎上前去，定睛一瞧，不禁暗声叫道："这分明是西施复生、昭君再世，沉鱼落雁有过之而无不及啊！张衡这小子真有一手，眼光不赖，这样的美人必是陈廷也不多见！"

看着杨广色眯眯的样子，白衣少女一副冷冰冰的表情，那蹙起的眉黛之间，有愁有怨也有恨。

张衡把少女送至门口，便知趣地悄然退下，关上房门。

杨广像老猫抓到活鼠一样，不是一口吞下，而是有意戏弄一番。他围着少女转了两圈，如同欣赏一件绝世的艺术品；他嗅着少女的芳泽，兴奋地手舞足蹈。

吱的一声，门被推开一条缝，张衡探进头来，道："元帅，高大人有急事求见。"

"这个老家伙，偏偏选在这个时候！"杨广像是被兜头泼了一盆冰水，胸中燃起的欲火被瞬间浇熄，没好气地对张衡说："让他稍等，孤这就过去！"

高颎今天的态度尤其恭敬、谦卑，他汇报了两件事：一是王颁投案自首，请求当如何处置；二是一些陈将仍据城顽抗，隋军多有损失，请求得陈叔宝手书，劝降他们。

杨广急着要打发高颎，便道："一切由高大人主办，本帅对大人办事一百个放心！"

　　高颎倒显得不疾不徐，又问："元帅难道不想知道事情的经过吗？以后也好照此办理！"

　　"那你就说吧！"杨广耐着性子说道。

　　"昨日深夜，开府仪同三司王颁率领家丁乡邻，把陈朝开国皇帝陈霸先的坟墓给挖了。他挖出骨殖，用火焚化成灰，又将骨灰化在水里喝进了肚里。"

　　"何故如此？"杨广一脸骇然。

　　"以报杀父之仇！天明后，他让人把自己捆绑起来，投案自首了！"

　　"好一个血性男子汉，敢作敢当，可敬可叹！"杨广肃然同情道。

　　"既然如此，王颁就不予深究了吧？其行为亦可做孝义的表率。"高颎表达出自己的处理意见。

　　"父皇强调忠孝治国，尤其敬重忠臣孝子，对大孝之人，旌表其门，树立楷模，所谓'君子立事亲孝，故忠可移于君'。王颁虽有罪，但其情可悯，准予免罪！"

　　杨广深谙父皇杨坚的治国纲领和倡导的孝义理念，坚信这一行为定会为父皇所赏识，也可以此向江南士民明确宣告"孝治天下"的政治主张。

　　"晋王此举会影响大批的南陈官员，对争取归降、安抚人心具有非凡的意义！"说罢，高颎把话题又引向了战争。"顽抗的陈将也自知难敌我军，负隅顽抗，无非以尽其忠。若使陈叔宝遗书与他们，其缚自解。"

　　"此计甚好，上兵伐谋，这是眼下瓦解其志的最佳方案。"杨广毫不犹豫地肯定道。

　　这时，高颎又向杨广禀奏道："昨天又处决了几个奸污宫女的士卒，但臣仍恐还有更严重的违纪行为，玷污我军的形象。"

　　杨广没有言语，默然地凝视着窗外的星空。高颎看看天色已晚，便告别杨广出了门。

　　杨广体味着高颎最后几句话的用意，他觉得那是说给自己听的，是在旁敲侧击。他说有急事禀报，分明只是个幌子，这几件事哪一件也不是今天非办不可的。

　　"也难为他如此用心良苦。其实他是过虑了，本帅不就是喜欢美色吗？俗话说，爱美之心人皆有之，只要不玩物丧志，没什么大惊小怪的！"杨广摇摇头，冷笑了两声。

　　夜深更阑，大地酣睡，四周静谧如水，只有风吹树叶的沙沙声和沉沉的脚步声。

　　杨广猜对了，高颎对杨广确是捏了把汗。白日里张衡的行迹被他看在眼里，就派人在大殿前暗中观察。晚上，回来报告的人说，张衡带着一个白衣女子进了晋王的宫殿，他便连忙前往制止。

结绮阁中，冷艳的姑娘依旧坐在原处。杨广挪到她的对面，扳住她圆润的双肩，看见她那秀色可餐的俊俏模样，杨广真想张开嘴一口把她吞下去。白衣姑娘用纤细修长的手指拂顺脸颊的乱发，把脸转向了一边，避开了杨广那淫邪的双眼。

杨广并不在意，张口问道："姑娘，你知道我是谁吗？"

"那你又知道我是谁吗？"姑娘突然开了口，一副凛然不可侵犯的样子，"我是陈朝当今皇帝的妹妹，我是公主，我是金枝玉叶，我是龙子龙孙，我不是淫荡的张丽华，不是下贱的妓女！"

绿珠公主的言语让杨广颇为惊讶。他惊讶于公主的脾气，竟比她皇上哥哥要阳刚得多？他惊讶陈叔宝居然有这么漂亮的妹妹，自己居然孤陋寡闻，对此一无所知。杨广半张着口，呆望着这株愤怒的芙蓉。

"你不是想让我服侍你吗？可以，是听琴跳舞，还是陪你上床？"一股呛人的辣味辣得杨广瞠目结舌。

杨广是懂得法度的人，敌国公主是不可以随意处置的，要由皇上作为战利品分配。若是一般的姿色，可能会赏给公卿、大臣，而如此的绝品，皇上自己留下也未可知。

杨广有些后悔自己的莽撞了。他一改适才狎侮的嘴脸，堆满笑自我解嘲道："早闻公主的美貌乃江南一绝，今特请来叙谈，别无他意，公主切莫误会。"

"既如此，夜深人静，男女同处一室，多有不便，就请让我回去！"说着，站起身来就往外走，起身时，一方素罗帕从袖间悄声滑落。杨广顺坡下驴，嘱咐张衡好生照看公主。待绿珠公主离去后，杨广迅速拾起罗帕，捧在手上，那幽幽的桂香沁入肺腑，令人心驰神往。杨广将帕子抚在脸上嗅个没完，然后又把罗帕覆在胸间，安然睡去。

高颎闻听白衣少女平安回去，料无大碍，便也和衣躺下，合上疲惫的双眼。

高颎和王韶来到杨广的住处时，杨广刚好披衣下床。杨广的屋内，炭火正旺，烤得屋里热烘烘的。二人施过礼，高颎问道："晋王可大好了？饮食是否恢复正常？"

杨广前几日忽感四肢不适，头昏脑涨，后来又发起了高烧，便卧床休息了。

"吃了几服药，好多了。"杨广刚说完，便觉得嗓子痒痒的，又止不住地连声咳嗽起来。

高颎原打算向杨广说说战况，只得话到嘴边又咽了回去。杨广身体一向很棒，现在却一病数日，高颎怀疑杨广与纵欲有关，保不齐是张衡那家伙又寻来了不少美女！

　　高颎紧皱着的眉头旋即又舒展开来，寻了个轻松的话题："臣昨日外出巡行，路遇一茶楼，内有九人高谈阔论，仔细一听，原来在谈论儒、玄、道、佛的相容相斥，颇有道理！"

　　"说来听听！"杨广立刻转过身来，显示出十二分的好奇。

　　"一人说，玄学是由老庄发展而来，其宗旨是'贵无'，在它的深刻影响下，魏晋士人或是徜徉山水，'琴诗自乐'，追求一种'不与时务经怀'的生活，或是'动违礼法''以任放为达'，陶渊明与'竹林七贤'便是以上两种行为方式的代表。不过，他们都把对个体人生意义价值的思考作为最高的主题。"

　　"说得确实有理，这人无疑是'竹木七贤'的同道了。"王韶语气肯定地说道。

　　"有八分像！"高颎颔首，又道："不一会儿又听一人接着议道，以在下看来，玄、儒二学在魏晋时期，冲突颇为激烈，不然何以有'与尼父争涂'和'以老庄为宗而黜六经'之说呢？"

　　"不尽然吧！据孤所知，那时的一些儒者就已经注意到老庄之学具有救名教伪弊之功，而玄学中的一批人也主动将玄学向儒学靠拢，甚至涌现了一些'儒玄双修'的博学之士。"杨广不假思索地反驳道，语言间隐隐含有一股凌厉之气。

　　高颎与王韶几乎同时赞道："晋王对玄学有如此造诣，今日听来耳目一新啊！"

　　"二位谬奖了，孤还想听听他们如何论玄与佛的关系呢！"

　　"这我也听到两句，说是玄、佛一拍即合。东晋时，玄学几乎完全融入佛教之中了。"

　　"看来，佛的包容性最大。高僧慧远的'法性'则既是无处不在的'法身'，又是永恒不灭的精神，应发扬光大啊！"说到此处，杨广的体内蕴蓄的能量似乎一下子都涌流而出，病痛像融雪一般顷刻亦消失得不见踪影。他催促高颎把近日的战报都拿来，他要分享近日久违的喜讯。

　　杨广的书案上叠放着厚厚的战报，他已经连续看了两个时辰。他看着看着，突然猛一击案，口中高声叹道："好一个锐不可当的宇文述！"

　　原来是宇文述一举击破割据吴州的萧瓛，连克数城，隋军又向南猛推数百里。

　　吴州刺史萧瓛是南陈官员中少有的清正之官，为一方百姓办了不少好事，在今年大旱之年居然没死人，仅凭这一条，就够当地百姓歌功颂德的了。他又不贪不占，与当地百姓同甘共苦，用节省的薪俸周济孤老，被当地百姓誉为"活菩萨"。有些虔诚的老太太，竟然在家里供上了他的塑像，为的是能永葆他们一方平安。

　　偏偏又逢隋军南下，以忠孝闻名的萧瓛眼看京城沦陷，曾悲愤地饮血酒、写血诗，誓与南陈共存亡。这一天，一帮文官武将齐聚吴州府衙内，共商大计。一位白发老将站起来，冲萧瓛一抱拳，朗声说道："末将有一言，不知当讲不当讲？"

"老将军不必拘礼，尽管说来！"

"末将以为，眼下最为迫切的是要把南陈的所有力量都集中起来，形成一个核心，否则我们会被杨广大军各个击破，再无光复的希望了。"

"那如何能形成一个中心呢？"萧瓛问道。大家的目光也齐刷刷地看着白发将军。

"现在，只有举刺史为帝，方可举起大旗。"

"什么？要立我为帝？"萧瓛没有想到，众人也甚觉诧异。

"不要紧张。"白发将军从容地说，"刺史乃仁义之人，德贤正堪担此大任。再说，这是为解江南百姓于倒悬，是显大义于天下，上天也会襄助的。即便刺史日后有隐退之心，将权柄交与陈氏后人也算是尽忠了！"

"再议吧，此事非同小可，应从容计议！"

"蛇无头不行，刺史不必推卸，我等誓死捍卫！"白发将军说完，扫了一眼众人，众人也齐呼道："唯刺史之命是从！请大人早登龙廷，完成大业！"

到此时，萧瓛真是傻了眼了，被众人吹吹打打着送上了皇帝的宝座。

宇文述时任右卫大将军，受命后率军直趋吴州。萧瓛忙命人于晋陵城东建立栅栏，并留下一部分军队抗拒宇文述，还派遣部将王褒镇守吴州，而自己则率领大军进入太湖，打算从背后袭击宇文述的军队。但萧瓛太低估了宇文述的能力了，区区栅栏怎能抵挡得住宇文大军，一阵猛冲，宇文述便将王褒打得落花流水，尔后马不卸鞍，回兵攻打萧瓛的主力。萧瓛猝不及防，被打得大败。宇文述乘胜又遣军队绕道夜袭吴州。此时，吴州城内兵力空虚，又兼连输两阵，已经是兵无斗志，隋兵很快攻进了吴州城，守城主将王褒趁乱换上道士衣服才得以逃脱。而萧瓛在收集了残兵败将之后退守仓山，但旋即又被以逸待劳的燕荣大军逮了个正着，被打得稀里哗啦，最后只得带领左右侍从数人藏匿在一农家地窖中，被农人妻子举报，最后被擒。宇文述又率军进抵奉公埭，南陈东扬州刺史萧岩惧怕宇文述的威名，献出会稽城投降。

宇文述连战连捷，所向披靡，让杨广顿时眉开眼笑。杨广继续翻阅着战报，不知不觉间已是东方欲晓，雄鸡高唱。杨广站起身来，望了望窗外，似乎又是一个晴日。

杨广全无睡意。此时，他不由得想起了绿珠公主。这几日，绿珠公主获得了最好的关照，俨然在自己的宫中一样，没有兵丁严守，没有恶汉相逼，一如恢复了往昔的自由。但绿珠却是娥眉难舒，愁云罩面，两个丫头也被感染得笑容不再，寡言少语。

"杏儿，今日冬阳和暖，宫中似也多了几分喜意，准备一下，我要抚琴一曲，扫一扫这室中的阴霾。"

"公主又开始抚琴了。您一高兴，奴婢心里也豁亮多了。公主只要脸上挂着笑意，就是奴婢最大的幸福。"

"快去吧，少贫嘴！"

杏儿粉脸儿一拧，擦拭古琴去了——那琴身上蒙尘多日，全没了昔日的光彩。少顷，一曲悠悠古调，从绿珠公主的指尖缓缓淌出。

"你愣什么？公主叫你呢？"看着杏儿托腮凝神的痴样，翠儿从旁推了一把，"瞧你那专注的样儿，准是又在想梦中的情郎了！"

"你，看我不撕烂你的嘴！"杏儿被调笑得半嗔半怒，银牙一咬，便要去追打。

看着两个不知愁滋味的丫头，绿珠只得摇头，任她们闹去。

"那杨广不来纠缠，反倒日加敬重，也不知葫芦里到底卖的什么药。他会不会仗势强占妾身呢？要是薛内史此时傀在身边……"这样想着，绿珠公主的琴声也渐渐沉寂下去。

"我虽身为亡国之奴，但冰心依在，料那色鬼奈我不得！反正此生非薛内史不嫁。即使只能天天看着他手拈短须的优雅姿态，也心满意足！"正想着，张衡差人报知，让绿珠公主日内准备停当，后日启程赶赴长安。

陀螺一般忙碌的薛道衡，终于可以坐下来想想自己的心事了。他要进宫探望一下了。

薛道衡沐浴更衣，特意换上了去年出使陈朝时的官服。在铜镜前，他扶了扶帽子，扯了扯衣裤，怀里还揣了本散发着墨香的诗集。

宫内戒备森严。自从出现隋兵强奸宫女案之后，宫内各处便加强了守卫，三步一岗，五步一哨，出入人等皆需凭高颎签发的通行证。薛道衡一到宫门便被阻拦，悻悻而回，心里老大不快。复回到宫门时，那哨兵还是认证不认人，有证即可放行。

薛道衡想：偌大的宫中，她会在哪儿呢？他似乎听高颎说过，杨广让众多嫔妃各回住所。既如此，那公主也大概住在自己的储秀宫吧！

储秀宫掩映在一片竹林后面，沿着精致的石阶向上行，两旁的花圃中，麦冬还是那样的青翠，初春的季节里，最早与迎春花为伴，一簇簇缀满鹅黄花朵的疏条，像报春的使者，骄傲地披散着。

和风习习，吹在脸上轻柔而有醉意，使人想到少女的纤手，阳光斜斜地照着，投射下修竹长长的倩影。几只轻灵的金丝雀一直在林中嬉闹着，它们时而在枝头跳跃追逐，时而在空中翻飞翱翔，脆甜的鸟音在空荡的林间回响，似乎在有意表演，来展示自己的自由和愉悦。

薛道衡边走边欣赏着，口中学着鸟鸣与金丝雀对话，手上的枯枝左右摇着，像个忘情的孩童。前面就是储秀宫，一面粉白的围墙遮住了青砖碧瓦，幽静而新雅。

蓦然间，一枝探出墙外的娇艳的红杏映入眼帘。那逸出的斜枝，灵动而有诗情画意，薛道衡真想立即泼墨写意，一抒胸臆。他见过早春的红梅，见过仲春的桃花，也见过漫天如雪的梨花，但那繁盛的景象怎敌得过这枝飘逸的红杏来得含情脉脉、意味无穷？

正仰脸细看，一个卫兵走了过来："大人，这是禁地，闲杂人员不许逗留。"

"什么？闲杂人员？我薛道衡成了闲杂人员？"薛道衡一脸的气愤，语气中夹杂的怒火似乎要迸出火星。薛道衡为官从不会颐指气使，也容不得别人对自己指手画脚、说三道四，更何况是一个小卒。

他又打量了一下这个兵，十七八岁的样子，说出话来，难掩十足的孩子气，火气顿时消了许多。"还是个孩子，跟我的二小子差不了多少！"他在心里想。

"小伙子，好样的，像个卫士。"薛道衡掸了掸身上的浮土，意思是让他看清自己的官阶，但小伙子无动于衷。

"听口音，你像是河东汾阴人吧！"薛道衡没话找话。

"你怎么知道？"小伙子开口了，带着天真与好奇。

"我就是从那里走出来的嘛！"薛道衡笑了笑。

"你的口音不像！"小伙子半信半疑。

"我出任时，就像你这么小，一晃几十年过去了。北齐时，我在淄州（今山东淄博市淄州区）做官，北周时，我先后在徐州（今江苏徐州）、延州（今陕西延安）、吴州（今江苏扬州西北）做官，入隋后，我又去了遂州（今四川遂宁）做官。你想，这东奔西跑的，能不南腔北调吗？"

"原来如此。听说我们那里出了个大诗人叫薛玄卿，你认识吗？"小伙子脸上有了点儿温情。

"哈哈哈……本人就是薛玄卿！玄卿是我的字，道衡是我的名，我们是老乡了！"

"薛大人，我也姓薛，按辈分，我应该称呼您为爷爷呢！"小伙子红着脸说。

"好呀，你们越说越近乎了。薛六，别忘了你的职责。"一旁的一个卫士冷冰冰地插话道。

"他就这样，别理他！薛大人，您来这儿有事吗？"薛六白了那个卫士一眼，又转过脸问。

薛道衡"啊"了两声，表情很不自然，吞吞吐吐地说道："也没有什么大事，听说……"

话未说完，院内便飘出一阵幽幽的琴声。这旋律，薛道衡十分熟悉，乃东汉蔡文姬的《胡笳十八拍》。曲调婉转凄楚，如泣如诉，倾注了无限的哀怨。节奏由快渐慢，又由慢至快，曲中亦怨亦愤，深切感人。

过了一会儿，琴声中伴有凄清的女声："与我生死兮逢此时，愁为子兮日无光辉，焉得羽翼兮将汝归？一步一远兮足难移，魂销影绝兮恩爱遗。十有三拍兮弦急调悲，肝肠搅刺兮人莫我知。"撕心裂肺的歌唱让薛道衡泪满衣襟。

"薛大人，您哭了！"薛六只闻曲调悲凉，却不解其中的意蕴。

薛道衡抹了一把泪水，摇了摇头，仰天长叹曰："'愁为子兮日无光辉'，写得多有气魄，我不及也！"

"薛六，还不快过来，巡查的来了，若被发现你可要吃苦了！"一旁的卫士提醒道。

"我想到这所院落走走，没有什么不方便吧？"薛道衡扯住薛六问道。

"这……"薛六挠了挠头，面露难色。他朝一旁的卫士看了看，悄声道，"恐怕他不肯！"

"我去说说！"薛道衡理解得拍了拍薛六的肩头。

"我是御史薛道衡，有事要进储秀宫，这是高大人的通行证！"

"不行！进储秀宫必须持有晋王的手札，否则，任何人不得入内，违者军法论处！"

"竟有这等事？那么谁来过这里呢？"薛道衡眉头紧锁着。

"回薛御史，只有晋王和张衡。"薛道衡听罢沉默不语，心里却猛地一沉。

"这不是薛大人吗？在这儿忙着呢？"一队巡视的兵士路过，领头的士兵热情地打着招呼。

薛道衡打量着这个结实的兵头，却一时想不起来在哪里见过。刚一愣神，那兵头笑着自我介绍道："下官曾是薛胄将军的侍卫，在贵府见过您几次。"

"啊，啊，瞧我这记性，你现在……"

见薛道衡问起，兵头忙回答："回大人，下官现在是晋王的侍卫官，专责巡逻护卫皇宫。"

"是这样。"薛道衡点了点头，"在下欲进储秀宫调查些事情，可这两位……"他双手一摊，做出无奈的样子。

"晋王是有严令，不准任何人接近储秀宫，怪不得他们。可薛大人乃御史，即便是晋王在，也会同意造访的，请薛大人快去快回。"

兵头向两卫士命令道："薛大人有要务在身，你们不要阻拦，晋王那里有我去回禀。"说完，同薛道衡挥手道别。

进入大门，薛道衡环顾着这处雅致的处所，院中迎面便是一带翠嶂，或如春云出岫，或似昆仑横空，有的像秋水横波，有的像寒梅傲霜，纵横拱立，上面苔藓成斑，藤萝掩映。左右皆是雪白粉墙，下面虎皮玉石随势而砌，跌宕起伏，自然成趣。正面五间上房，一色瓦泥鳅背，那门栏窗槅都是仿雕兰花等新鲜花样，并无朱漆涂饰，青砖胸墙，白石台阶，显示出宅院主人的高雅。

薛道衡只顾呆看，不料从山石后面转过一个穿红戴绿的宫女，见着薛道衡惊叫一声："来人了！"边喊着边绕过假山，往后面正房跑去。

薛道衡深怪自己莽撞，进女孩家的闺房绣楼竟忘了让人通报，险些成了无礼的莽汉。

"来人可是大隋的薛内史？"一个亭亭玉立的宫女站在远处，声音清亮甜美。

薛道衡一眼便认出了来人是翠儿，对，就是那个说话不饶人的丫头。

薛道衡深施一礼，道："正是在下，劳姑娘大驾禀告公主！"

"真是神了，琴弦一断，公主便知是大人驾到。"翠儿好像是在自言自语，脑袋也不由自主地晃着，"大人请吧，公主在候您的大驾呢！"

翠儿步法轻盈地在前面领着路，薛道衡满腹心事地跟在后面。走过一段曲折的羊肠小道之后，薛道衡终于走到了绿珠公主的面前。此时，绿珠公主早站在门外了，由一个眉目俊俏的姑娘挽着，款款说道："小女子恭迎御史大人！"

听得出，绿珠是压住情绪在说。那声音虽不高，却带着颤音。

四目相对。薛道衡看到的是一张娇美脱俗而苍白的脸，那双春水般澄澈的眼眸中，飘逸出绵绵的愁怨。

"道衡拜见公主！"薛道衡回礼。

他两手发凉，心窝发紧，一句问候竟用去了八分的力气。

"薛内史，快进去吧，茶水凉了不好喝！"快嘴的翠儿说着，给冷涩的气氛增添了几分活力。

"道衡原来担心公主的安危，看来，我是多虑了，公主毕竟是公主！"薛道衡话中有话地说道。

翠儿听出了弦外之音，不待公主反应，便顿时柳眉倒竖，杏眼圆睁，讥讽道："薛内史真会说话，不愧是隋朝第一饱学之士，竟不问青红皂白，不问寒热冷暖，张口便是尖酸刻薄的话，难道公主望眼欲穿的人就是这样有心肝的？"

说罢，翠儿一把抓过茶壶，"叭"的一声摔到了青砖上。

一阵暴风骤雨式的痛责，着实让薛道衡始料不及，他尴尬地望着地上破碎的茶壶和一汪茶水，脸一会儿红一会儿白。

"翠儿，别说了！"绿珠公主已然泣不成声。

"薛大人，你知道我们公主这一年来是怎么过的吗？你知道这些日子，我们公主是怎么熬过来的吗？你知道公主为什么挣扎着活到现在吗？"翠儿语调稍稍缓了缓，眼中噙着泪水。

"公主，我们好命苦！"一声撕心裂肺的哭声把薛道衡吓了一跳。扑在绿珠怀中的，正是杏儿姑娘。杏儿沉默文静，但内心却异常丰富，她的哭声迅速传染给了其他的宫女，顿时，整个屋子里哭声一片。

薛道衡一时不知所措，急得团团乱转。

"薛内史，你走吧！走吧！就当我绿珠做了一场噩梦！"绿珠闭了眼，一字一顿地低声说道。

"公主息怒，道衡只有一句话，不得不讲！"他长出一口气，直望着公主道，"我薛道衡一生风流，半世虚名，但唯有公主的倩影长留在心底，它已折磨我许久了！"

"真是这样，也不枉公主的相思之苦。"翠儿擦了把泪水，认真地对薛道衡说，"长长的思念，只有向古琴倾诉，薛大人不是擅长操琴吗？难道听不出这古曲为谁而奏？"

"道衡岂能听不出琴中之音，只是……"薛道衡欲言又止。

绿珠兰质蕙心，岂能不解这隐含的话语，便抢着话头，道："你是说晋王的严令吧？"

薛道衡惊叹于公主的绝顶聪明，轻轻地点了点头。

"但不管怎样，绿珠绝不会做违心的事，更不会做大人不愿做的事！"绿珠一语言罢，风采四溢，令人刮目相看。薛道衡内疚地真想给自己几记耳光，暗暗地对自己说："薛道衡啊薛道衡，你枉为七尺男儿，枉读了圣贤书，你见识如此之浅，心胸如此狭窄，竟不如一弱女子。"

看见薛道衡面露愧色，绿珠忙安慰道："绿珠虽家国不再，但坚信薛内史一言九鼎的承诺，小女子愿随大人风雨同舟，虽九死而不悔。"绿珠边说边抚摸着胸前莹莹的玉玦。

"但愿能天长地久！"薛道衡回应了一句，但在心底里打着鼓，暗想：既然杨广花费了这么多的精力，他岂肯善罢甘休，答应我们的鱼水之和？

但他又口不能言，有心劝她几句，让她有个思想准备，可又不知从何说起。正在这时，薛六慌慌张张跑来，面如土色、结结巴巴地禀告："薛大人，快，快，晋王……他，他，他快到门口了！"

薛道衡内心一惊，旋而又沉静下来，淡然笑道："迟来不如早来，不用怕，我去会会晋王！"

"不，薛大人，你还是回避一下吧，好汉不吃眼前亏！留得青山在，不怕没柴烧。你去吧，我知道如何应付！"绿珠公主催促道。

"快点吧，薛大人，小人求你了，军法可不讲情面啊！"薛六快要哭出声来了。

"公主，你多保重，我会救你的！"薛道衡不知哪来的一股豪气，掷出了这句铮铮铁语。说罢，猛一转身就要离开，忽然"啪"的一声，诗集从怀中滑落。他刚要去捡，绿珠公主便催促道："翠儿，快捡起来，大人快走！"

薛道衡失魂落魄地回到住所，倒头便睡，但却翻来覆去睡不着觉。他索性坐起，眼望着远处灼灼的杏林，浮想联翩。

他又记起自己对绿珠公主的承诺——救她！可怎么救她？他后悔自己不该心血来潮，强逼英雄。想起临别时的狼狈相，他暗自庆幸自己的脚步快，不然肯定要和晋王撞个满怀。

晋王的手段他是领略过的，比起杨坚来有过之而无不及。杨坚对自己的敌手向来是毫不手软，置之死地而后快。如果现在就把自己摆在和晋王对立的位置，结局会怎样呢？他有些不寒而栗，比起庄严的承诺，求生毕竟是第一位的。

他懊恼自己的多情，为什么会轻易把那块祖传的玉玦赠给了公主？他又憎恨起自己的虚名，如果不是这累人的诗人"桂冠"，又怎么会有这烦人的艳事？

"可又怎么拒绝那一往情深的绿珠公主呢？我又怎能忍心呢？"他头痛得厉害。他只求能好好地睡一觉，待一觉醒来时，天高云淡，烦恼顿消。

天越来越暖。田野里百花盛开，园子里野草疯长，蜜蜂嗡嗡地忙碌着，各色的蝴蝶飞来飞去。南国的春天雨水特多，而且一下就是三五天，雨天里看景别有一番情趣，万物在细细的雨里泛着亮光，像抹了明油一般，煞是好看。雨过天晴，走在黄灿灿的油菜地旁，或折一段柳条编个花篮，便成了十分惬意的事。

高颎这些天忙了个半死，除了要协助杨广处理各种事情，特别注意各地爆发的各种叛乱外，还要督促各个新上任的刺史抓紧了解民情。王韶帮不了他，他要留在建康。这个乱糟糟的地方，不能不留下一个富有魄力的大员处理善后事宜。

今天是个艳阳天。公鸡报晓时，高颎便照例起床晨练了。一套剑术下来，高颎收势敛气。想想多日来的劳累，便有心要放松一下自己。到什么地方去呢？踌躇间，他忽然记起："晋王前日不是提到智颛禅师嘛，何不一同拜望一下，也借此游览一番？"

高颎拿定主意，便直趋杨广的住所。

"拜访智颛禅师，正合孤意，我早有此心，只是一直未使脱身。好，一同去，带上金钊！"此时，杨广刚刚起床，与高颎一拍即合。

"带上金钏，为什么？莫非他认识大师？"

"他也是近日才与禅师熟识的。两人有些缘分，由他引荐，岂不更好？孤与大师虽有书信往来，但从未晤面。"杨广洗了把脸，继续道，"因为那个菱花入了佛门，他心绪不好。出去走走，散散心，也许对他有些好处。"

"好好的，怎么就剃度了呢？"高颖有些好奇。

"听说她有这种心思也非止一日了。只是因为家有老母，无法割舍，才拖到现在。前不久，她老母亲去世了，所以她也就无所挂念了。"

"入了空门不见得是件坏事，说不定比跟在金钏身边更加幸福呢？金钏应该为她高兴才是！"高颖自有一套看法。

沐着三月的暖阳，杨广一行四人轻车简从往奉诚寺踏歌而来。奉诚寺在石头城内，是一处古寺，主持慧文法师与智颐大师乃同门师兄弟。这次智颐和尚从天台专程赶来，即是受了慧文法师的邀请。

奉诚寺山门高峻，直入云霄，佛殿巍峨，瑞云笼罩，钟楼、经阁也都隐在山林中，香积厨连接着一泓泉水，众僧寮房四面烟霞。

老远就听到木鱼声声，看到香烟缭绕。一行人上得山门，来到大雄宝殿前，一尊高丈许的"万年宝鼎"吸引了杨广。他到过许多佛寺，但这样高的宝鼎，他还是第一次见到。

看过宝鼎上的铭文之后，杨广才知此为梁朝的遗物。杨广揣测，大概是好佛的梁武帝下敕造的。杨广围着宝鼎转了一圈，三层的宝塔状鼎身上刻满了颂词。

杨广细究宝鼎，而高颖在仰头审视山门，见山门的门楣上三个描金大字"奉诚寺"，遒劲奔放，如行云流水，酷似王献之的笔法。高颖平素喜爱书法，对钟繇、王羲之、王献之情有独钟，家中至今藏有钟繇的《宣示表》《贺捷表》《荐季直表》等帖。

正在这时，寺中拥出一干人等，为首的便是智颐法师，将杨广一行人迎进了禅堂。众人坐定摆茶，主持把茶在手，相邀大家。

智颐法师虽已年过花甲，但精神矍铄，三绺银须飘在胸前，俨然一副神仙之态。杨广暗暗称奇，而金钏觉得比初见时更有神采。

这时，智颐法师说道："老衲料定几位今日要来，奉上几句话，权作纪念。禅宗以为：'文以拙进，道以拙成。'一'拙'字有无限意味，如桃源犬吠、桑间鸡鸣，何等淳朴。至于'寒潭之月''古木之鸦'，工巧中便觉有衰败气象。"

"大师教诲，铭记于心。我等顺天应人，拯民于水火，解民于倒悬。我佛慈悲，禅宗天台一派今后正可为国为民尽展法为，慈航度人。我等近日便要班师北还，请大师为我军再降禅音！"杨广恭恭敬敬地双手合十道。

"阿弥陀佛，进步处便思退步，庶免触藩之祸，着手时先图放手，才脱骑虎之危。善哉！善哉！"

"多谢大师，今日我等有意瞻仰大佛的法身，敬上一炷香，诵上一段经，为捐躯的将士追荐亡灵！"

"悉听尊便！"

几人随法师前前后后瞻仰了一番，又请僧众齐诵了《法华经》。正待要告辞离去时，山门外忽然涌入了一群进香的善男信女。

奉诚寺一向香火很旺，每日里参禅拜佛的络绎不绝，但像今天这般拥挤，还是少见。

金钊眼尖，见来人个个金刚怒目，料定绝非善良之辈，便急呼张衡"保护晋王"，一侧身抽出了护身宝剑。说时迟那时快，一支飞镖带着红镖尾迎面向晋王飞来。杨广何等机灵，身不动脚不移，一伸手将飞镖接住。

高颎就在杨广左侧，刚才的一幕把他惊出了一身冷汗。不等杨广多言，他也握剑在手，与金钊、张衡一起将杨广护在中间。

来人有男有女，与普通香客无异，但人人手中都有短兵器。刚刚掷镖的人是个年青的女子，她一身村姑打扮，手指着杨广，银牙紧咬："屠夫，明年的今日便是你的祭日！上！"

十几个精干的小伙子"噌"地跳到近前，一起举剑，像十几把银蛇向杨广砍来。

杨广挺剑在手，和三人围成一圈，两下里剑锋奋飞，光华闪闪。

四人中数金钊剑术最好，刚柔相济，威力强劲，而数张衡的剑术最差，虽也能舞得眼花缭乱，但显然技艺不精，破绽频出。杨广和高颎不相上下，舞得有板有眼、虎虎生风。

虽然对方人多，但缺乏章法，配合得不甚紧密。这时，一个胖子一个斜刺，直取杨广的面门。杨广闪身侧面，剑尖贴着鼻子划过，杨广抓住机会，左手扣住对方的手腕，右手一个翻转，长剑正中对方咽喉，一股热血飞溅到杨广的脸上。

杨广撂倒一个，高颎也撂倒一个，而金钊则手刃了三个，惨的是张衡，他已四处带伤，所幸的是伤得不重。但刺客仗着人多，继续围攻。

因为事情来得太突然，智颛法师和主持慧文大师都一时惊呆了。待血洒净土时，慧文大师才深感事态严重，急调寺中武僧。智颛法师朗声诵佛，令刺客面面相觑："罪过，罪过，佛门净地竟成了搏杀的战场，快快放下屠刀，远遁他方去吧！"

看着刺客全无退却的意思，慧文大师不禁怒道："我佛慈悲，不忍杀生，尔等不要执迷不悟，自蹈死地！"

此时，武僧们也已经手执棍棒，列队成行，挡在了刺客的面前。

张衡失血较多，眼看着只有招架之功而无还手之力，而高颎因为上了年纪，体力也渐渐不支，只有杨广和金钊两人越战越勇，接连砍倒了一排人。

村姑眼看取胜无望，又怕武僧参战，便呼啸一声退到一边，手指着杨广冷笑道："今天饶你一条狗命，待日后来取！"说完，闪身离开了寺院。

金钊纵身要追，杨广连忙制止道："不可，谨防有诈！"

张衡此时已面色苍白，摇摇晃晃，被金钊急忙扶住，在慧文主持的引导下，张衡被扶进了禅房救治。

杨广和高颎在横七竖八的死尸中间查看着，忽然，一声呻吟吸引了二人的注意。只见这个人浑身是血，眼睛微睁，嘴唇半张半合，在地上一动不动。

高颎立刻俯下身来，紧贴着他的嘴巴。那人只有出气，没有进气，气息微弱地念叨着："萧……萧……"

高颎急忙高声催问："萧什么，快说！"

"萧……"那人一口气接不上，头一歪，死了。

"他可能在说一个人的名字，只可惜……"高颎遗憾地摇了摇头。

"他是在说一个姓萧的名字，那个人可能就是这次行动的主谋！也许这个刺客觉得未能完成任务有负于主谋的重托，所以死不瞑目！"杨广边擦剑上的污血，边沉思道："应首先弄清这些人的身份和来历，看看他们身上有没有什么特别的东西！"

一番查找之后，高颎大失所望，他们身上没有一件能证明身份的东西。

此时天已近中午，高颎提议大家速速回营，免得夜长梦多。智颢法师和慧文大师一直把他们送到山门外。慧文大师连连道歉，说未能及时制止乱匪的袭扰，让晋王受惊，张大人负伤，反复地说着："罪过！罪过！"

杨广颇为大度，劝慰着慧文大师："这是乱贼所为，与大师何干？倒是应该谢谢师傅们，若不是及时出手相救，形势就危险了。大师不必介意！"

在武僧们的护送下，杨广一行人回到军营。刚坐下，兵丁来报，说在建康城的东、西两面都有火起，怀疑是人为纵火，但纵火者逃逸。

"好呀，失败者是不甘心失败的。传令下去，严密防守，对破坏者要抓住活口。"

"看来，这是一场有组织、有预谋的破坏，你不让我安生，我也不会让你痛快！"杨广恨恨地说："可这会是谁呢？萧……"

杨广背着手来回踱着步子，脑子里闪过一个个名字，传令道："把高大人和王大人请来！"

高颎和王韶都匆匆赶到。此时，高颎连衣服还未及换掉。

"你们看，会不会是萧摩诃呢？他虽然被俘归顺，但属于迫于形势，难保他不心有异志，图谋不轨。"杨广未及两人坐定，劈头问道。

"他归顺我军后，臣曾同他进行过一次长谈。此人原来对陈朝是忠心耿耿，对陈叔宝一直抱有幻想，最后却落得个妻子被污辱的下场。他对陈叔宝已义断情绝，不可能再去为这样的朝廷毁家纾难。依臣看，事到如今，他不会再为无情无义的陈叔宝出力卖命了。"高颎回道。

王韶想了想，赞同道："根据此人的性格和表现，他的归顺不会有假，更不会再做那种愚蠢的勾当。"

"你们讲的未必没有道理，但还要深入调查，不放过任何一处疑点。"杨广嘱咐道，随后话锋一转："那会不会是莒国公萧琮所为？他虽衣食无愁，但毕竟皇帝的名号没了，成了亡国的君主，他会不会因积怨太深而收买死士，为他泄愤呢？"

高颎和王韶对视了一眼，都没有立即回答——他们不知道杨广的真正意图。萧琮乃萧妃的亲哥哥，是杨广的内兄，扯上他，必然牵连到萧妃。杨广真的会怀疑到内兄身上吗？他是在试探什么呢？

"按理不会是他。梁朝是先有安平王萧岩率众奔陈，后有内乱扰边。我朝废掉梁国，也是不得已而为之，谅他萧琮也讲不出什么大道理来。再说，封他为莒国公也是够客气的了，要是换了其他朝代，不杀头才怪呢！"杨广很快又否认了自己的推断。

高颎和王韶仍然默不作声，只是认真听着。这种事，还是不说的妙，言多必失，弄不好还会弄得里外不是人。二人久经风雨，这点儿经验是有的。

"想起来了，很可能是萧岩、萧瓛的同党。这两个家伙虽然死了，但影响还在，说不定就是他们的余孽所为。"

高颎和王韶对视了一下，也觉得挺有道理，便分析说："晋王所说是有根据的。当年萧岩就多次劝梁主背隋，挑拨梁、隋的关系，并趁梁主萧琮入隋之际，率万余人奔陈，几乎把梁国的生力军全部带走。他奔陈后，力劝陈叔宝北伐我朝，并自告奋勇充当先锋，从此与隋结下了不共戴天之仇。他本人虽死，但其部下死党肯定还有，策划刺杀、破坏行动应是自然而然的。"高颎对这段往事记忆犹新。

"但话又说回来，我们也只是怀疑，手里一点儿证据也没有呀。可这事一定要查个水落石出，对南陈所有的降将，特别是萧摩诃要暗中查访，一点儿疑问都不要放过。否则，我们的麻烦会越来越多！"

"有这个必要吗？怕是疑心太重了吧！"高颎内心掠过一丝不安。

"如此看来，王大人的任务可实在不轻，既要整治建康，又要剿匪安民。这样吧，干脆再给你配个助手！你看金钊怎么样？"杨广对老师还是挺照顾的，给王韶推荐了金钊这样一位不可多得的人才。

王韶虽与金钊交往不多，但杨广既然这样说了，肯定错不了。对于杨广的识人之能，他是很清楚的，很像他的父亲杨坚，于是客气地说道："既然晋王这么说，就让金钊明天过来好了。这下为臣可是如虎添翼了。"

说话间，晋王杨广已经差人去找金钊了。

金钊来到门外，就听到杨广在屋内说道："没有坐探、奸细，绝不会有这次刺杀行动。一定要挖出这些个危险的人物，否则，后果不堪设想。"金钊心中暗想，晋王果然也料到了。

金钊刚要进屋，就见一侍卫匆匆进门报告："萧摩诃偷偷在营中跪地烧纸钱，面向皇宫，嘴里还唠唠叨叨的。我们离得太远，不知在说什么！"

"果然不出所料，他是在为丧生的同伙烧纸钱！真是天网恢恢，疏而不漏！"杨广一拍大腿，兴奋地叫了起来："马上抓起来，立即审讯，把这个毒瘤连根拔掉！"

"还是弄清了再抓吧！"高颎觉得这样做有些草率，遂阻谏杨广道。

"还有什么不清楚？现在是什么节气？烧什么纸？他不是在祭奠死去的同伙又是干什么？不能迟疑，迟则生变！"杨广对高颎的态度有些生气，所以语气特别冲。

"仅仅因为烧纸就把人抓起来，理由不充分，至少要弄清他在说些什么、为什么在这个时候烧纸啊！即使是他，没有证据，也审不出个名堂来的！"王韶也倾向高颎的主张。

"不能迟疑，先抓起来再说。眼下形势复杂多变，不容出一点儿差错，不然，我们将要付出沉重的代价！"金钊也急切地说道。

杨广对金钊的许多建议都是认真考虑的，他觉得金钊的话往往是思考成熟以后才说出来，有很高的预见性。

杨广在地上踱了几步，猛然停下来，坚决地说："宁可错抓，也绝不漏过一个疑犯！"

杨广的话像是一记重拳重重地捶在了高颎的心上，萧摩诃虽未立寸功，但毕竟是一代英豪，岂能捕风捉影，轻率地毁掉一个人？毁掉萧摩诃，其他的降将会作何感想，会安心北上吗？高颎接受不了这个现实，内心阵阵不安。

王韶同样陷入了沉默。他期待着奇迹出现。

派出的侍卫刚刚出发，小六子便急匆匆地来寻金钊。大概走得太急，脸上红扑扑的，头上沁出一层细密的汗珠。见到金钊，小六子急急地说道："军中可能有疫病在蔓延，得病的人越来越多！"

"什么？"金钊弹簧似的跳了起来："为什么不早说？"

杨广也现出几分惊异："肯定是疫病？没搞错吧？"

高颎与王韶对视了一下，说道："事情未搞清以前要严密封锁消息，烦请金先生再核实一下，务必有一个准确的诊断。"

金先生望着小六子急得脸色发白，自言自语地说道："这疫情会不会也是萧摩诃所为？"

小六子听得有些莫名其妙，瞪着大眼愣了一下，吃惊地问："萧……萧摩诃怎么了？"

"他图谋不轨，刚才还在焚纸钱追悼亡故的同党！"金钊不耐烦地摆手道："别问了，赶快去军营！"

"不错，我也看见萧摩诃烧纸呢，还听见他嘴里念叨着一个人的名字呢！"小六子一边跟着金钊往外走，一边嘀咕着。

杨广腾地站起来，叫住了小六子："你再说一遍，你看到、听到了什么？"

小六子迟疑地顿了一下，说道："日上三竿时，我从萧摩诃的营帐前经过时，看见他跪在地上一边焚纸，一边低声念叨着什么。我有点好奇，凑近了才听到他说：'章华呀，今后我萧摩诃不能再陪你了，初一十五不能再为你祭奠了，我要随军渡江北上，愿您在九泉之下不要责怪老朋友，我会继续照顾你的妻小的！'我看他神神道道的也就没理他。怎么？他图谋不轨吗？"

"你知道章华是谁吗？"

"他是吴兴人，陈朝的一个耿介之士，因犯颜直谏被陈叔宝在朝廷上杀害，与萧摩诃是莫逆之交！"金钊回转身来，替小六子解释着。忽然，他似乎明白了什么，向杨广道："晋王，我们可能误会萧摩诃了！"

杨广的脸霎时如遭秋霜，但很快又平复少许，尴尬地答道："是的，也许，可是……"

"快，把侍卫召回来，马上去！"高颎替杨广命令道。

"就这样吧！"杨广长出了一口气。

"那疫情绝不能耽搁，拜托了！"他向金钊和小六子深深地点了点头。

金钊看遍了所有患病的将士，表征大多一样：欲吐不得吐，欲泻不得泻，腹中绞痛，面色暗青，指甲发紫，心情烦躁闷乱。

小六子介绍道："还有一些人发病时突然上吐下泻，腹部疼痛不已，甚至出现皮肤松弛、眼眶凹陷、脉搏微弱、呼吸深而快、尿少或尿闭的症状，且手指呈现螺纹状干瘪。"

金钊表情凝重，悄悄告诉小六子："所患疫病是霍乱。此症起病急骤，猝然发作，上吐下泻。他们大多患的是干霍乱，又叫绞肠痧，少数患的是瘪螺痧。此症如不尽快救治，即可死亡，大多在夏秋两季爆发。想不到春日里也会爆发，也许跟近几日的天气骤暖有关吧！"

"眼下该如何办？"小六子心里有些发毛，颤声问道。小六子虽学医时间不是很长，但对于霍乱的危害并不陌生。这种病一旦出现，便会迅速蔓延，会造成大量死亡。他亲眼看到患者又吐又泻，伤津脱液，形同枯槁的痛苦之状。

金钊一言不发。他清楚地知道，这种病，即使是华佗再世、仲景复生，也无回天之力！他带着小六子，急匆匆地赶回元帅大帐复命："确是疫病，而且是烈性疫病，只要很短时间，就会造成成千上万人染病身亡！"

金钊的话如五雷轰顶，震得杨广目瞪口呆。高颎也是大惊失色，急问："无良药可治？"

金钊摇了摇头。

"难道就这样束手待毙？御医中可有能治疗此病者？"杨广猛然问道。

金钊想了想，仍是无可奈何地摇了摇头。

王韶半天没吭声，只出神地望着门外。良久，他才缓缓地站起身来，道："我曾听人说，长安以西六百里的太白山上有个隐居的能人，善治百病，治愈过不少疑难杂症，被周围乡邻唤作'活神仙'，何不请来一试？"

"你说的是京兆华原人（今陕西铜川市耀州区）孙思邈吧？这倒是个人才，据说他亲采百草，针药并用，效若桴鼓。他治过虚痨病、水肿病，但不知他可能治得此症？"金钊被王韶的一句话提醒，想起了这个传奇人物。

孙思邈生在一个世代耕读的书香之家，家境虽不富裕但却也衣食无忧，家中藏书颇多，他七岁时便能日诵千余字。

孙思邈自幼体弱多病，对医书十分感兴趣，诸如《素问》《甲乙》《黄帝针经》《明堂流注》《经方》等经典之作均一一翻阅，对"五脏六腑""十二经脉""表里孔穴""三部九候""本草对药"等都有深入的研究。乡邻有病，他不收分毫地救治，远近百里，就医者络绎不绝。至二十岁时，他在当地已小有名气。

于是，金钊决定星夜驰往太白山。他带着小六子和两个精干的侍卫，挑选了最好的快马，直奔长安方向。

金钊等人人不解衣，马不卸鞍，昼夜兼程，仅四天便赶到了苍莽的太白山下。山不很高，幽静的山林中吹来阵阵凉风。几人顾不上观景，便一路打听着到了孙思邈的住所——玄静堂。

玄静堂是一座用泥墙围起的四合院，未到门前，一股浓郁的草药香便沁入心脾，令人神清气爽。此时，一个十二三岁的少年在院中翻晒刚采的草药，见众人一身风尘的样子，料定是远道而来，便迎上前去："你们是找师傅看病的吧？他老人家已经出门七八天了。不过，要是运气好的话，这两天就能见到师傅。"

"他到哪儿去了？我们一定要找到他，人命关天哪！"小六子急得眼泪都快出来了。

"师傅临走时交代，若有急事，可到扬州去找他，他有位出家的朋友住在华藏寺中。不过，他也该回来了，他回来一定会经过清风观，那里有他两个朋友。"少年悠闲地说着。

"真是急死人了，那清风观在什么地方？"小六子瞪着红红的眼睛问道。

"我也说不清楚，你们到山上的白云观问静虚道长便知！"说完，他抬手一指。

"谢谢小师傅！"小六子丢下一句谢语，便转身同金钊一起继续往山上走。行不多远，只见一座青色的道观在白云之中若隐若现。

"好一座雄伟的道观！"金钊脱口而出。

"师傅，我们出来四天了，家里不知怎样了？"金钊刚想欣赏一下山中的美景，就被小六子的话搅乱了心情。

"放心吧，只要把病人隔开，多食清火泄毒之物，即使扩散，也不会殃及更多。"

"也不知道能不能找到孙思邈，他肯不肯去！"小六子喃喃自语道。

"又来了！说多少遍了，孙思邈一定会跟我们去的！"金钊冲小六子笑了笑。

说话间，一行人来到观前。通报后，一个小道童引他们进了观中。

静室里，两个老道士正团坐着闲谈，见金钊施礼便停下话头。身着青衣的道士问道："你们便是晋王手下的军官？"语调中透出一种古老苍劲的感觉。

"小可便是，敢问道长仙讳？"金钊小心地回应着。他看得出，这两个道士相貌非凡，定非一般的出家人，于是问起法号。

"小道章仇。"青衣道士平静温和地答道："你们怕是遇上大麻烦了吧？"

金钊一惊，又见另一老道将手中拂尘一甩，淡淡地问道："怕是不服江南的水土了吧？章仇老弟，你给他们的礼物呢？"

金钊细看这位道长，一领百衲衣，一条绿丝绦，体如童子，面似美人，一对碧眼，清澈如水。心中不禁暗想，莫非他们早料到我们要来？

只见章仇微微一笑，道："贫道出家之人，身无长物，只有几句话送给金先生！"

"道长认识小可？"金钊又一惊。

"金先生贤人多忘，可记得在建康西市口吗？贫道在法场外诵经追悼吾弟章华，巧遇先生。"

"章华是您弟弟？"金钊有些蒙了，想起了当日在建康法场外与道长的第一面，但随即施礼道："金钊肉眼凡胎，不识尊面，伏乞原谅，还盼仙长早施法术，惠我同胞！"

"施主千里而来，昼夜不舍，就是来请孙思邈的，但他此时恰恰就在硝烟未尽的建康城。或许，他正在施法祛邪呢！"章仇满面春风，笑声中悠闲地捋着胸前的银须。

"伯丑老兄，你不是要开门收徒吗？为何不开尊口了？"

"伯丑？杨伯丑？眼前的这位便是名闻遐迩的杨伯丑？"金钊的眼睛一亮。

只见这位奇人疏眉高挑，道："俗缘未尽，时机未到，既然有缘，终必同道！"

金钊不太明白他们的话，但对这两位高人是敬重有加的，章仇所言是否确凿，他还是心有疑虑："道长如何肯定孙先生就在建康，而且……"

未及金钊言毕，章仇便朗声答道："岂不闻'天行有道，命在自然'，出家人物我交合，心境皆空，怎可妄作诳语？贫道只知'喜时知危，顺中见逆'耳！"

此时，一缕春阳从壁间射进静室，光华灿烂。时间紧迫，金钊只得揖首作别。

几人飞身上马，路上的辛苦自不必说。这天，一行人渡过江来，天已擦黑。只见建康城内万家灯火，空气里弥漫着些许米饭的香味。几人顾不上满脸的积垢和辘辘饥肠，直趋杨广的中军大营。

军中静静的，一队巡逻的兵士整齐地走过。看来军中无大碍，金钊见一切秩序如常，一颗悬了许久的心稍稍放下了一点。难道孙思邈真是如菩萨一样降临了吗？他真是妙手回春的圣手吗？一串疑问在金钊的脑海里萦绕。

果如章仇所言，此时孙思邈正在杨广的大帐中和杨广对弈，杀得难解难分。孙思邈不仅医道高明，在围棋上也颇有造诣，与杨伯丑、章仇是棋盘上的老对手。

金钊进到帐门口时，两人的厮杀意犹未尽。

"劫！"

"杀！"

两人你呼我应，随后便是轻轻的落子声。侍卫微微向金钊点了点头，轻声说："大人稍候，我进去通报，晋王正和孙先生弈棋呢！"

"等一等！"金钊忙制止道："既然他们在下棋，就说明军中已平安无事，让他们放松一下吧！"

"是啊！前几日，晋王可是吃不香睡不好，孙先生来了以后，他的心才稍稍安定。现在危险过去了，晋王才肯坐下来消遣一下。"侍卫在杨广身边已有两年，对晋王的了解较多。

"孙先生啥时来的？军中情况怎样？死人没有？"金钊迫不及待地想了解军

营里的情况。

侍卫笑着指了指金钊脏兮兮的衣服，半开玩笑地说："金大人快成泥猴了，您还是回去洗洗，休息一下吧！"

"不向晋王禀报，不清楚疫情的控制，我怎能睡得下呢？"金钊理了理又脏又破的衣衫，催促侍卫道："给我讲讲吧，让我心里有个数！"

"说起来真是吓人，你走后的第二天就死了六七个人，听说后来喝了甘蔗水才稍稍控制住了。接着他们又依什么仲景法给病人灌药，有的转好，可有的还是死了。"侍卫说说停停，想了又想："多亏了孙先生，他来之后，用了什么刮痧法，才把有些人救下来！"

"一共死了多少人？"金钊穷追不舍地问道。

"大概有百十口子！"侍卫心有余悸地答道。

金钊长长地吐了口气："比我想象的要好得多。以前若是遇上这种病，传染得快，全城人一夜间就会死光！"

正说着，大帐内传来晋王爽朗的笑声："小王竟能胜先生半目，实在是无上的荣耀！来人，把本帅的兰陵老酒搬过来，我要与先生痛饮三杯！"

金钊顾不上通报，健步跨入大帐，正和侍卫撞了个满怀。

"金钊！"杨广一眼瞧见，走上前来拉住金钊的手，上上下下瞧了个遍，笑道："真是辛苦你了，来，我给你介绍一下，这位就是我们的救命恩人，孙思邈先生。"说完，杨广又向孙思邈介绍道："这位便是我说的金钊，看，眼睛都红了！"

金钊忙抱拳施礼，上下打量着一身布衣的孙思邈。只见他眉清目秀，面白须长，身着巴山短褐袍，腰系杂色彩丝绦，布鞋白袜，通体神气。金钊不禁暗暗喝彩。

两人当下坐定，便攀谈起来。

"闻听先生用仲景之法治霍乱，不知当用何方？"

"此疫是寒霍乱，因首春苦冷，暴寒所致，所以卒热大痛，吐泻并作。因吐泻汗出，里气虚寒，真阳外越，以致面赤戴阳，阴躁不眠，口干呕秽，脉象散乱。如不及时救治，必然导致冷汗出而不治身亡。这不是寻常的霍乱，只要止住吐泻即可病愈。仲景之法是以四逆汤加人参、肉桂、茯苓，先行熬制后，继用人参五钱，附子三钱，干姜、肉桂、茯苓各两钱，日服三剂。如此连用六天，胀痛可止，十二日便方通，可进饮食。"

金钊连连点头，又问："先生为何又用刮痧之法呢？"

"霍乱有寒、热、湿、干之分。寒霍乱，见便下清稀如米泔水、肢冷、舌苔白腻等；热霍乱，见吐泻酸腐热臭、发热、烦渴、舌苔黄腻等；湿霍乱，见吐泻剧烈，螺瘟眶陷等；干霍乱，亦称绞肠痧，见腹中绞痛、欲吐不吐、欲泻不泻、烦躁闷死、面色青、指甲紫等。治痛应对症治疗，干霍乱因感受痧气阴毒，人于血分，乱于肠胃，以致升降不利，清浊相混，故而绞肠痧当先用放痧法，或刮痧法。放痧法是，以针刺委中穴，刺出紫血少许，又刺十指近处出血。刮痧法是，刮出满背红点，放血过后，随以华佗危病方，令其冷热住饮服后，神苏痛缓，紧接着服用宝花散，病即退半。"

"以先生所言，弟子有一事不明。仲景、华佗之法，弟子都曾用过，为何屡不见效呢？"

"此用药之故也。古之善为医者皆亲自采药，均仔细辨别它的体性、用药的部位、选取时节的早晚，早了药势未成，晚了盛势已歇。现在的医者多不亲自采药，又不问节气的早晚，只是采取，用之以为药，又不知用药时冷热的不同情况，分显多少，虽然有治病之心，却永无治病之效。而古代的医者皆亲自采药，阳干曝干都遵从一定的方法。用药必依地域的不同，所以十治九愈。现今的医者只知诊脉处方，不变采药时节，至于药的出处、新陈虚实，一概不问，所以十治仅得四五愈，甚至不得二三。凡用药，一定要根据地域的变化。江南气候濡湿，人的肌肤薄脆，腠理开疏，用药应轻省。"

"听先生珠玉之言，茅塞顿开，实在获益匪浅。学生也常看些医书，但往往不得要领，愿先生指教一二。"

孙思邈呷了口热茶，慈祥的目光移向虔诚之至的金钊，说道："古之善为医者，上医医国，中医医人，下医医病。上医医未现之病，能够预防大的瘟疫的流行；中医医将病之病，把疾病消除在萌芽状态；下医医已病之病，只能在病情出现后才去疗治。比如诊候之法，常选在平明之际，此时阳气未动，阴气未散，饮食未进，经脉未盛，络脉调匀，气血未死，能精取其脉，知其逆顺。因此，非这个时间不用……"

金钊眼也不眨地听着，连不甚通门的杨广也听得津津有味，不觉间已是月上林梢，更鼓初鸣。金钊看看天色甚晚，很觉过意不去，便起身告辞。杨广陪了半天，也觉得有些乏困，众人便各回各的营帐休息。

一触即发的瘟疫总算有惊无险地过去了，杨广等人千恩万谢地送走了孙思邈。杨广本欲把孙思邈留在营中，无奈老先生命属林泉山丘，不爱混迹于官场，至于赠送的金银等物则被一笑而拒之。

【第三回】

南朝平定静下藏动，功臣封赏亲中蕴仇

三月江南，春意阑珊。

太阳刚从东方升起，杨广、高颎、王韶、薛道衡、金钊、张衡等人便来到了陈朝旧宫。

自搬出后，他们很少再进来。当初，杨广力主住在皇宫，想感受一下陈廷的生活，是高颎、王韶的苦谏，才使他恋恋不舍地离开了金碧辉煌的宫殿。现在，皇宫中除了守卫的兵卒和被羁押的后宫嫔妃、公主、王公大臣，已没有了大队的隋军人马。

他们边走边指点、评论着。一座座宫殿庄严华妙，与隋都大兴城并无多大的区别，就在这繁华胜景中，南朝诸君朝歌夜弦，妃嫔媵嫱争奇斗艳，王子皇孙拥香窃玉，醉生梦死。

"是谁族灭了这宋、齐、梁、陈呢？依我看，是他们自己，是他们自己打倒了自己，而不是别人。"站在结绮楼下，杨广颇有感触地说道。

"晋王说得好啊，他们已像逝去的流水一样，永不回还了，他们没有时间哀叹自己的命运，便被无情地抛弃了。但是后来的人若不以此为戒，恐怕就会再次成为历史的笑柄！"高颎也不禁感慨良多。

王韶接过话，道："远的不论，就说这宋、齐、梁、陈四朝，刘宋六十年，萧齐二十四年，萧梁五十六年，陈朝也只有三十三年。开国之君，个个都是人中豪杰，但可惜他们的子孙太不争气了！哪个朝代不出几个暴君、昏君？善始者易，善终者难啊！"

太阳渐渐升高了，阳光洒满了整个宫院，一砖一石都披上了春日的盛装。

杨广一行又来到了御花园。这时的御花园，正是踏春赏景的好季节。彩色的花径中间，参差点缀着亭台楼阁，雕栏玉槛与异样花卉相映成趣。园子中桃红柳绿，芳香幽幽，招蜂引蝶，翠羽在枝头掠飞，黄鹂在花间争鸣。凤台龙阁，竹阁

松轩，随意点化，皆成佳景，假山、荷池无不被一片片花簇拥着。那红花灼灼的牡丹亭，绿叶盈盈的蔷薇架，每一处都体现出匠心独运。茉莉花堆霞砌玉，杜鹃花夭夭灼灼，玉簪花颤颤巍巍，真真是红透胭脂，香欺桂花，令人眼花缭乱，心旷神怡。

"江南的园林风景又与北方不同，我以为要略胜一筹的。所谓'众花杂色满上林，舒芳耀彩垂轻阴'，岂不就是眼前的景致？"杨广睹物思情，想起了梁武帝萧衍的咏春诗。

"其实，美丽的花园就是一首诗、一幅画，在优美的风景中点缀着造型别致的楼台殿阁，如此巧妙地将诗画与建筑融为一体，不知是花草美化了建筑，还是建筑成就了花草，置身其中，人竹共影，风声雨声，阳光月光，茶香花香，处处都成景。飞檐雕梁，粉墙红黛，花窗石栏，红联青匾，物物皆有情啊！"杨广边审视着眼前的景色，边抒发着自己的情怀。

"我更喜欢松、兰、竹、石，因为松树延年，兰花高贵，翠竹虚心，岩石坚贞。"

"晋王既然如此喜欢这个园子，是不是把它保留下来，不予拆毁呢？"张衡在旁插了句话。

"绝对不行！同整个宫城一样，全部毁掉！父皇的诏令写得明明白白，不能打一点儿折扣。伪陈的旧迹要完全抹去！"杨广的话说得很干脆。

"是有些可惜啊！"王韶也颇有同感："数百年的经营，包含了多少人的汗水和智慧啊，一旦拆去，总有些不忍！"

"单从艺术价值看，无疑是个损失，但以治国平天下的需要看，还是值得的。这座皇宫是个象征，看到它，许多伪陈的遗老遗少会怀念过去的生活，会激起复仇的决心，甚至可能会犯上作乱。皇上这么做是英明。"高颎慢条斯理地解释道。

"既然它将永远成为历史，那我们何不再向前走一走，多看一看。"王韶提议道。

众人又来到一座高大的假山跟前，"哗哗哗"的水声让杨广停下了脚步。水声是假山上的小瀑布发出的，那水是用竹筒从远处引来的。飞流直下，水池里激起巨大的水花，那溅起的水星在阳光下五光十色，煞是好看。

"有山有水有瀑布，别具匠心。孔子说'仁者乐山，智者乐水'，爱山水的人，大概既仁且智吧！"杨广纵情一笑。

"只是可惜了这方山水，陈叔宝太不给它们面子了！"高颎的话引来了众人会心的笑声。

一行人说笑着，沿着曲径又走了一会儿。

"琼花！"不知谁喊了一声，只见不远处一片树丛银装素裹，宛如白雪降落枝头。

"只记得古话有'玉树琼花，镂玉雕琼'之说，不想果然是玉影婆娑，气象不凡！"杨广的话刚落，众人便啧啧称道。

众人围在洁白的琼花树跟前，细细观察。琼花呈玉色，小宝瓶状，簇拥着嫩黄色珠状蕊，蕊丝外垂，楚楚动人，每一枝头都有由八朵小花构成的银色的花环，整棵树上平展着着百上千的玉环，树上仿佛合用白玉琢装起来的，体态娴静，神情飘逸。

"记得早期的字书《玉篇》中写道，'积石为树，名曰琼枝，其高一百二十仞，大三十围，以琼玕为之宝。'虽不乏夸张之辞，但却让我们认识了宝树。"

"晋王说的是。此花又名玉蕊花，蕊珠花，所以又被建康人称为'聚八仙'。花后结绿色椭圆形小果，成熟后变成深红色，所以又有'丹实琼花'的美誉。托晋王的福，我们有幸正赶上了它的花期。琼花花期为暮春到初夏，一般在三月中旬以后开放，开到四月初。今年天暖，提前开放。"金钊随手摘下一枝，向众人介绍着。

"金大人在建康可没有白待呀，都快成'建康通'了！"高颎笑着说道。

众人又是一阵大笑。

"金钊哪里敢称'建康通'啊，高大人。现在可惜错过了节气，若是在过年前后，去看梅花那才叫过瘾，接天连云，烟凝雾横，如入仙境。"

正说着话，天空忽然飘起了小雨。那雨起初如丝丝银发，像根根针线般抖动着，但过了片刻便大了起来。大家赶快护着晋王往远处的亭子里避雨。众人到了亭子里都坐下时，才发现薛道衡仍在雨中静立。

"这个薛道衡，适才一言不发，现在又独享春雨，搞什么名堂？"杨广抹了一把脸上的雨水，瞅着怔在雨中的薛道衡说道。

原来，薛道衡已多日未见到绿珠公主了。自从上次有惊无险地回到了住处，便再也不能接近公主的住处，任凭你磨破了嘴皮，那些侍卫也不肯再放他进去。

薛道衡神情阴郁，话也懒得多说一句。今天无论看到什么，他都视若无物，但走到园子的一角时，他却无意中发现了一块断碑。这块断碑虽已残破，但字迹却清晰可见，典型的魏碑风格，笔锋魄力雄强，气象浑穆，笔法跳跃，点画峻厚，意态奇逸，精神飞动，兴趣酣足，骨法洞达，结构天成，血肉丰满。

浪漫多情的薛道衡，喜爱魏碑已非止一日了，今天蓦然间发现了心爱之物，自然心神极为投入，以至于连什么时候下起了雨，他都根本没注意到。

"想必又有佳句了吧，'空果落燕泥'之后，再很少听薛大人吟咏新作了！"杨广调笑着。

在完成了一切返京的准备工作后，杨广心中仿佛卸下了千斤重担。这时，他又想起了让他魂牵梦绕的绿珠公主。

"抽时间去看看她，离开了自己的故乡，她一定会十分伤心的。"杨广自言自语道。

离京的这一天终于到了。太阳被云彩遮住了笑脸，没有风也没有花香。绿珠公主淡妆素服，登上了镶金的马车，围幔两边各站着同样淡妆素服的翠儿和杏儿。绿珠公主转回身，无限深情地回望着迷雾中的草木砖瓦、亭台楼阁。她闭上双眼，深深地呼吸着故土的气息。她又跳下车，抽出丝帕，包起了两捧红红的泥土，放入了自己的怀中。杏儿、翠儿一声不吭地看着，绿珠公主的心思，她们最理解。

绿珠公主那双深邃的眼睛里布满了血丝。昨晚，她抚琴到深夜，幽幽的琴声如泣如诉，在空寂的春夜里传得很远。

"公主，上了车，您还是吃口东西吧，您昨天一天水米未进了，怎么能受得了这远途的颠簸呢？"翠儿小心地劝着。

"翠儿，你怎么还是不改口呢？咱们现在都是一样的命运，俱为阶下囚啊！"

"对不起，小姐，我实在为你的身体担心，这样下去，几千里地如何能挨下去呢？"

"翠儿，别说了，这种时候，你让我如何咽得下去呢？眼看着要背井离乡、骨肉分离，眼看着家园被毁，眼看着与这秀丽的江南山水诀别，我心怎能宁静？"

"你不是说要忘却烦恼、一心向佛吗？你不说佛会拯救一切灵魂吗？"

"傻丫头，真能忘记烦恼、忘记一切恩怨情仇吗？那样，还不真成了得道高僧了？"

一旁沉默的杏儿，在她们说话的当儿低垂着眼，只顾看脚下的泥土。抬头时，身穿紫袍的晋王已在张衡的引导下向马车这边走来，身后还拥着一群穿红戴绿的人。

"杨广！"杏儿不禁脱口而出，随后又慌忙改口道："晋王来了！"

杨广笑吟吟地看着弱柳般的绿珠公主，从头上看到脚底。公主今日虽淡如水色却别有情致，特别是眼中掩饰不住的一丝愁绪，更是惹人怜爱。

杨广一招手，两个宫女来到车前，向绿珠公主和晋王行了礼。杨广从宫女手中接过一件火红的裘皮大衣，递给一旁的杏儿，又向绿珠公主道："北方天冷，路上多穿点儿，这件裘袍据说御寒很好，正配公主。"

说完，杨广又向递袍的两位宫女道："路上好生伺候公主，不得懈怠，出了问题，本王唯你们俩是问！"

两宫女唯唯而应。

绿珠冷漠地回应着杨广火辣辣的目光，她那娇美的面庞上却挂着比寒冰还冷的表情。她的心里永远抹不去亡国的伤痛，永难忘怀在春和景明的杏花楼和薛道衡相会的情景，怀中的诗集依旧散发着淡淡墨香。

但杨广的热情一点儿也未减退，他期望着父皇颁奖那天，会毫不犹豫地把绿珠公主赐予自己。快了，用不了多久，绿珠公主便会像可人的小鸟般拜倒在自己脚下，用蛇一样细嫩的玉臂缠住自己的脖子，幽幽地吐出春兰般的软语。

在杨广大军的押解下，南陈皇帝陈叔宝以及所属的亲王、公爵、文武百官从余烬未消的建康城起程前往京都长安，连绵不断达五百余里。

开皇九年三月初六，暮春时节的三秦大地沐浴在金色的暖阳里。

威风锣鼓狂飙般响起来，夹道欢呼的人群如山聚海涌，平静的大兴城沸腾了。

这是数百年姗姗来迟的期盼。这是旷古少有的人间盛景。

百姓们的欢笑像一支支飞翔的歌从黄土地上直冲云霄，山也笑，水也笑，蜿蜒的秦岭诉说秦月的沧桑、汉关的悲壮。

百姓的欢乐是世间最美的语言。他们坚信，从今以后就可以刀枪入库、马放南山了。从晋朝的八王之乱至今，动乱、分裂已经持续了整整三百个春秋了，那是怎样的人间悲剧，怎样的苦难岁月啊？百姓们背井离乡、饿殍遍野，豪强们你争我夺、草菅人命，"白骨露于野，千里无鸡鸣"。九州之大竟无方寸净土，江河之长只有血泪滔滔。而今，血泪的历史终于关闭了它沉重的大门，分裂的山河又可共享一轮明月。

万里晴空，和风共鸣，战争的阴霾被吹得无影无踪。杨坚接到杨广的奏报后，心情的畅达是不言而喻的。当天夜里，在寝宫的华灯下，他男人的张狂发挥到了极致，与独孤皇后缠绵数遍，尽享着多年来少有的欢愉。

杨坚静卧在皇后的臂弯里，忘情地问道："皇后可曾想到平陈如此顺利吗？"

独孤皇后望着容光焕发的杨坚，悄声说道："听说陈室美女奇多，陛下待如何处理呢？"

杨坚当然知道皇后的用意。多少年来，他就是在这种"关怀有加"的环境中，独对皇后的芳容。杨坚不愧是旷世奇主，竟能心气平和、无怨无悔地把万千宠爱集于独孤皇后一人之身，虽位居九尊，却从未谈及纳妃之事。现在，南陈后宫中定然不乏绝色佳人，但对那些亡国的"祸水"，杨坚只打算把她们作为战利品分配给有功之臣。于是正色道："除了部分赏给有功将帅们外，其余一并充入后宫，任由皇后支配，皇后以为如何？"

独孤皇后嫣然一笑。眼角出现的鱼尾纹令杨坚不禁心生怜意，轻轻抚摸皇后渐渐松弛的皮肤，轻声细语道："伽罗，以后天下太平，我们夫妇二人尽可以放松放松了，看看闲云疏雨，游游山林野径，进进禅院佛寺，听听诵经讲卷，不必再为朝政的俗事操心了，有些事情该由孩子们去办了！"

独孤皇后未解杨坚本意，却循着思路反问道："前车之鉴怎可轻忘？陈朝岂不正是一面镜子吗？陛下万万不可疏于朝政，让天下百姓失望啊！"

杨坚轻声笑道："多亏皇后提醒，正所谓'创业难守成更难'，看来今后朕的担子更重了！"

"皇上，陈朝这么多俘虏，如何安置？"

"朕已让吏部牛内史去办了。"牛内史即牛弘，为人精细，办事牢靠，备受杨坚赏识。"今日早上，牛内史说京城无足够大的地方容纳这些人，朕已命他暂时腾出大兴士民的私宅以收容之，估计今日即可办妥。"

杨坚很有把握地应着皇后，独孤皇后满意地点着头，又问："皇上要去迎接广儿、俊儿吗？"

"要去的！要去的！不光要迎接两位皇儿，还有南征的凯旋之师。这是我大隋的盛事，怕是皇后也要与民同乐啊！"

独孤皇后甜美地一笑，在杨坚的胖脸上轻轻吻了一口。想着今日大隋的强盛，又想起如烟的往事，不禁悲喜交加，哽咽道："我们的几个儿子都出息了！"

她把"我们的"说得很重，自豪之情横溢。

"这多亏你多年的悉心教导。"杨坚笑着赞道："儿子有能耐，当娘的第一个高兴，都是你肚子争气啊！"

"可惜我老了，不能给你再生了！"独孤皇后不禁有些怅然。

"你还是当年的伽罗，我还是那个在山林中追你的傻小子。"一句话把独孤皇后给逗乐了。一提起那段甜蜜的往事，两人的心就都醉了。不知不觉间东方已经破晓，直到这时，两人仍沉浸在甜蜜的回忆中。

披着节日华装的帝京大兴沉浸在欢乐的海洋里。一身盛装的杨坚出现在宫门外时，百姓们翘首以待，争睹圣颜，赞叹声不绝于耳。

在民间，杨坚身世的传闻很盛。说是前朝皇帝的托身，是佛祖亲自点化的高徒，一出生便有瑞兆，小时曾现金鳞龙角，等等。今日一见，果然是天子的仪容，身材雄伟，相貌轩昂，顶平额阔天仓满，目朗眉修地阁长。

祝捷的行列亦是热闹喧天。耍狮舞龙的忙得不亦乐乎。宽阔的官道上，仪仗队"哐哐哐"地开道，随后是身着锃亮铠甲的武士们，他们分执二十四把银戟，那银戟闪烁着刺目的白光，极为抢眼。

随后是一队雄壮的宫卫簇拥着的由一只白象牵引的玉辂。别小看了这只白象，那是在陈亡之后，南越番邦进献的贡品。这头象高大威猛，纯色如银，绝无半点杂色，即使在番邦也是象中的极品，百年难觅。

玉辂中端坐着四十九岁的杨坚。他照卜卦上的黄道吉日吉时准时离京东行，身后是定邦安国的百官。皇家的威仪、皇家的排场，让老百姓们着实开了眼界。

杨坚满面春色，一改他那凝重的神情，胜利者的荣耀和喜悦一直萦绕在心间。他想起了战功卓著的父亲杨忠，想起了一生为他担惊受怕的母亲吕苦桃，想起了师父静慧法师，还有闪着幽怨眼神的女儿杨丽华……这样想着，杨坚已率百官们来到了骊山山麓。

山坡上新搭的检阅台气势非凡、庄严之极，合抱的粗木立柱上顶着宽敞的平台。那台前的两条描金龙柱耸然凌空，那盘柱的金龙张牙舞爪，直欲腾空破云而去。执戟的武士手执二十四把银戟，已纹丝不动地站在平台四周，个个似铁打的罗汉一般。

在禁卫军大将李圆通的搀扶下，杨坚下了玉辂，驻足环顾周围，然后缓步登上了高高的检阅台，文武大臣分成两队在他身后跟随着。

不一会儿，担任司仪的苏威趋前来报，班师回朝的大军前锋已抵达骊山境内。杨坚点头说道：

"开始吧！"

刹那间，百千号角齐鸣，响天彻地，鞭炮"噼里啪啦"的响起，撼人的鼓声和嘹亮的号角在广阔的原野上汇成了一曲雄奇壮歌。

时间不长，滚滚黄尘中，一列长长的队伍在蔽日的旌旗下蜿蜒而来，吸引着杨坚的坚毅而祥和的目光，这目光里充满了敬意，充满了安慰，充满了赞赏。

杨坚也在搜寻着，他看见了一匹乌炭似的高头骏马上，端坐着神采飞扬的二儿子晋王杨广。看到杨广大器终成，杨坚兴奋得抖动着胸前的长须……

杨坚不禁感慨万千，想到此次平陈队伍中，有不少将士都是身经百战、屡立战功，驾驭这些桀骜不驯的勇猛将领，本身就是一种挑战。当然，这还要得力于老成持重、智谋超人的高颍和王韶等人。但不管怎样，广儿是三军的统帅，五十万大军的灵魂。平陈的彻底胜利，他理所当然要居头功。

这时，他的目光又定格在三儿子杨俊的身上。杨俊这孩子身负重任，率军一路兵出襄阳，协助杨广，策应主攻，在几次关键性的攻守中均有建树，可说是功不可没。况且，他年仅十九岁，能有这等表现，实属不易了。

杨俊骑在马上，显然没二哥杨广那样意气风发，而是一副未老先衰之态。杨坚的心里仿佛飘进了一团云，脸上现出不悦之色。

南陈的俘虏们来了，一个个垂头丧气，似是得了一场大病，拖着沉重的步子，行尸走肉一般。最后才是风尘仆仆的班师大军，他们各由总管们督着，虽然苦战沙场和一路跋涉，但想到马上便可与家人团聚，长享太平统一之乐，也就都有一股浓厚的喜气。

在震耳欲聋的"万岁"声中，杨广率先跪倒在寸许厚的黄土中。他平生第一次参加如此隆重的仪式，而这个仪式和自己密不可分。此时，他的心像鸟儿一样飞向了长空，他偷偷用眼的余光瞟了一下高台上的人，竟看见父皇像孩子一样在抹着眼泪，苏威在哭，李德林也在哭，但太子杨勇却沉静如水。

回家的感觉真好。萧妃早已盛装恭候多日了，洋溢在她脸上的笑意比这喜日的阳光还要灿烂，仿佛还飘着酿别已久的醇香，让人陶醉。小宫女轻手轻脚地端来了飘着香气的"碧螺春"——这是杨广最爱喝的，片片雀舌似的青叶在水中飘浮着，慢慢展开着，如同一群活泼的鱼儿在嬉游。

"殿下一路鞍马劳顿，臣妾已略备家宴为功臣洗尘！"

"让爱妃挂心了！"杨广还了一个响亮的吻，羞得一旁的小宫女忙低头窃笑。

"可不是嘛，臣妾自殿下出征以来，就夜夜盼日日想，怕江南的风太潮，怕江南的水太硬，怕你忘了休息、不知添衣，怕你在刀光剑影里受伤。臣妾的这颗不安的心啊，不在我的身上了，早让你给带走了。"萧妃用细腻的手抚摩着杨广的头。

"这颗多情的心，孤给你安全地带回来了，不过不是原来那颗，而是两颗紧紧贴在一起的跳动的心。不信，你摸摸！"说着，杨广把萧妃揽在怀里，让萧妃静听着自己的心跳。

"一身征尘，百世殊勋。这次征战，殿下的雄武奇谋可派上用场了，仅仅百日，便写下千古的英雄传奇，父皇定然为你胸佩勋章了。"

"有爱妃做后盾，什么样的山妖野怪不能缚？自古英雄离不开美人，这枚勋章也该戴在你的胸前才对啊！"杨广半是玩笑地说着。忽然，萧琮、萧岩的影子在杨广心中一闪而过，随即又飘得无影无踪。

"那是殿下对臣妾的抬爱，臣妾在家安享太平，风雨无扰，和清风明月做伴。虽然不免担心，但又怎及殿下冲锋陷阵的半分辛劳？"萧妃呢喃着，略显羞涩的神态更加迷人。

"这些日子，你去宫中看望过父皇母后吗？"

"那是自然，少不了代殿下去侍候。向父皇早晚问安，帮母后捶背，还帮母后训练宫女做女红呢！"

"母后怎么说？"

"别的倒说得少，倒是常听母后念叨太子妃，说她命不好，说太子不知体贴，她身体又弱，一年四季没几天好日子，都成了药罐子了。"

"太子也真是，明知母后喜欢太子妃却偏偏冷遇她，这不是自找麻烦嘛！"

"若是换作殿下您，怕是明知内心不接受，表面上也会如火似炭般热情，是吗？"

"知我者，爱妃也！如果没有这点机变权谋，就别想当那个平陈大元帅！"杨广一副志得意满的样子，两只有力的臂膀把萧妃搂得更紧了。

"你这个高唱凯歌的大元帅，父皇会给你什么奖赏呢？"萧妃仰着脸问道。

"谁知道呢！父皇即使为了今后考虑，也会重奖有功之臣的。现在江南虽平，但有些地方的豪强又蠢蠢欲动了，北方的突厥又在伺机南下，眼下正是用人之时，父皇会考虑这一层的。"杨广吻了一口萧妃的樱桃小口，又道："孤现在只求美名，不求物利，只要孤在父皇母后的眼中是个能干的人才，这就比那奇珍异宝要强百倍！"

"殿下当真视金银如粪土？"萧妃俏笑道。

"你敢将孤的军？看我怎么收拾你！"说完，杨广将萧妃放在床上，翻身跨在萧妃的身上，专拣她奇痒的地方挠去。萧妃经不住这般挠，顿时手足齐舞，娇声告饶，越发显得妩媚可人。

闹了一阵，萧妃复又敛住了笑容，关切地问："殿下在疆场上没遇到过什么危险吧？"

"危险？你以为孤会遇到什么危险？"杨广反问道，心里却起了嘀咕，脸也猛地一沉。她这是什么意思，是关心孤还是别的什么意思？杨广不禁想到了奉诚寺的刀光剑影。

"难道真的与萧琮有关系？如果是那样，萧妃也绝不会一无所知！"但杨广又转而想到，萧妃虽与萧琮是同胞兄妹，但同萧琮并未在一起生活过。萧妃自小被过继给叔父，叔父死后又到舅舅家生活，直到嫁给自己。再说，同萧妃生活了这些年，她从未流露过对这个皇兄的太多好感。现在，自己正春风得意，萧妃没有理由不爱自己，而去同情、支持一个下野的儿皇帝。想到这儿，杨广也抿嘴笑了一下："孤王有神佛护佑，能会有什么危险呢？况且孤王炼有金刚不坏之身，刀枪不入，怕什么危险？术士、高人给孤看过相了，说吾乃真神下凡，邪秽不得近身，即使是刀山火海，也伤不了一根毫毛！"

杨广并不打算将遭遇刺客的事告诉萧妃，一来说了空惹她担惊受怕，二来没有什么用处，三来也是为了避免不必要的麻烦。但萧妃是个乖巧的人，从杨广的表情变化中，她猜出杨广说的并非实话，定有什么隐情，于是变得一脸的无奈，叹道："殿下以为我们女人家都是天生的无能，只会哭天抹泪吗？臣妾原以为殿下会把事情原原本本地告诉臣妾，谁知殿下竟瞒得滴水不漏。也罢，是妾身不该问！"

"这……这……"杨广竟被说得吞吞吐吐，一时慌了手脚。

"殿下明明在外险遭不测，为何要瞒着臣妾呢？您以为自己不说，臣妾心里就好受？"萧妃软中带硬地说道。

杨广连忙赔笑道："孤可以告诉你，不过，你也要讲明，你是怎么知道的？"

"臣妾能感觉到！只要是殿下在念叨臣妾，或是殿下身处不测之地，臣妾的心里便会发热或有不祥的感觉。臣妾已验证多次了，每次都是如此！"

"果真如此？"

"果真如此！"萧妃一脸正色地说道。

于是，杨广便不得不把遇刺的经过及追查的情形和盘托出。

"刺客实在可恶，无论如何也要追查清楚，以绝后患！"萧妃恨得银牙紧咬，柳眉倒竖，一双素手握得紧紧的。她决定先从自己的家兄查起。她当然不希望萧琮参与，但她又不能十分肯定："若是萧琮所为，臣妾绝不心软，任凭殿下处置！"

杨广内心不由一惊，暗想，这个女人也够狠的，六亲不认！

萧琮的豪宅位于大兴郊外。一片绿谷中，前有清涧潺潺流过，后有苍松翠柏遮云蔽日。宅子不大，但颇为雅静。

这是杨坚专为萧琮修建的。作为他的终老之所，杨坚斥巨资加以装饰，就是想让这个遭废黜的皇上在享乐中忘却从前，忘却往日的帝王之尊，安安分分地做个不问人间是非的寓公。

萧妃来到萧琮的府上。萧琮一副病恹恹的样子，面色泛黄，一看便知是酒色过度所致，顿时令萧妃生出几分厌恶。

萧琮继大位时，皇叔萧岩颇有些不悦。虽比萧琮大不了几岁，但论文才武略，萧岩要超出萧琮很多。偏安江陵一隅的西梁，南有纵横千里的陈朝，北有蓄势待发的隋朝，稍有不慎便会有覆灭的危险。

萧岩虽心中不悦，但还是为祖宗社稷考虑向萧琮进言。他认为，要想在两大国之间立足必须制订正确的策略，既不完全倒向隋，又要暗中与陈朝交往，使之互相牵制，以达到以陈制隋的目的。

西梁明为一国，其实是隋的附庸国，它一向采取一边倒的政策。北周时，周武帝为了伐齐和伐陈的需要安抚西梁，隋代周以后，面临着国内叛乱、境外强兵压境的危势，隋文帝杨坚便采用拉拢的手段拢住后者，撤去监视后者的衙门，又用自己的儿子杨广和西梁公主的联姻，亲热成一家人。

当隋朝的一切危险都渐渐远去时，杨坚的态度有了微妙的变化。这一点，很有头脑的萧岩看得清清楚楚，他认为西梁最大的威胁不是别国，正是跟自己热乎得有些发腻的隋朝。他曾向皇兄萧岿建议过调整外交的策略，但被婉言拒绝。

而萧琮并不比父亲萧岿更明白道理。于是，萧岩在言语间不免露出些许的不满，对新皇上暗中颇有些微词。

有人把萧岩这些牢骚悄悄报给萧琮，萧琮却一脸的无奈，黯然不语。之后，萧岩频繁地与将领们交往，并暗中与陈朝联系，意图不轨，于是便有人请求萧琮降旨，处罚胆大妄为的萧岩。可几天过去了，萧琮还在思前想后，拿不定主意，急得几位老臣团团乱转，可萧琮却说："待朕自隋朝旭业，再行决定吧，暂且不要动他！"

几个忠贞的老臣，知势不可挽，也都心灰意冷，随他去了。

可萧琮刚到长安，家中却传来急报：安平王萧岩已率军中数千精锐投奔陈朝去了。萧琮闻报惊了个半死，但事已至此，也只好将此事报知隋文帝杨坚。他知道，即使自己不报，用不了多久，杨坚也会知道的，与其晚报，不如主动地及早报告。

杨坚早有废梁的念头，但一时未找到借口，这一次岂不是天赐良机？杨坚一纸赦令，西梁便成了隋朝的一个州。至此，萧琮唯有满腹的悔意。萧妃对这个无能的哥哥既同情又怨恨，西梁虽弱，但毕竟是自己的祖国啊！

"莒国公近来无恙吧！"萧妃问。

萧琮似乎听出了萧妃的冷漠，好在他已习惯了这种语调，便敷衍道："谢王妃厚爱，臣能吃能喝也能睡，不过醉生梦死罢了！"

"恐怕你也只能如此了！"萧妃思忖着，但旋而又想，"这是他的心里话？人是会变的，也许这是他故意做出来、说出来给人看的。看他那样儿，未必说的就是真话。我们虽是一母所生，但性格迥异，我现在又是晋王妃，地位悬殊，他不信我也是意料中的事。"想到这儿，便又问："江南是否有人来过？"

"江南？"萧琮略一迟疑，不由得反问了一句。

"是的，安平王是否派人来过？"萧妃说得更明白了。

到这时，萧琮似乎回过味来，觉得萧妃此来并不是什么好事，其中必有隐情，于是压低嗓音问道："到底发生了什么事？说清楚些。"

"你真的不知道？"

"别卖关子了，麻利点儿吧！"

"我且问你，你没和萧岩联手刺杀晋王？"萧妃的这句话如晴天霹雳，震得萧琮半张着口，一句话也说不出来。

"你……你……你竟怀疑到我这个废人身上，你……你凭的是什么？我这个当哥哥的虽没做过什么好事，但也没干过伤天害理的事啊！你这般说，分明是要把我推到悬崖边上。杨坚父子害得咱们国破家亡，我认了，可你……你干脆把萧家仅有的骨血都献与杨家父子，永葆你的荣华富贵吧！"

"你今日终于现出点男人味来了！早有今天的风骨，何至于陷我梁朝于万劫不复呢？"萧妃冷笑着，"不要动辄就说谁害了你，想想你自己的事吧！再说我问你话，也没说就是你做的呀！刺客临死前说出'萧'字来，我能不怀疑你吗？"萧妃义正辞严，一点儿也没给这位曾履及至尊的哥哥留面子。

萧琮被呛得直翻白眼。这时，侍女送来了茉莉花茶，萧琮端起便饮，好像要把所有怨气都一股脑儿地咽到肚里。

"我可以用我这条小命去担保，行刺的事，我压根儿就不知道。难道说天下姓萧的就我萧琮一个吗？"萧琮面红耳赤，愤然而起。

这下萧妃倒没有了脾气。细想一下，萧琮自身求安尚且困难，更奢谈其他呢？家中上下的仆妇侍卫有几个是他的心腹？别说串通仆人，就是会个亲送个友也要受人监视。想到此，萧妃不禁又同情起这个形同囚犯的哥哥来。

带着负疚的心情离开了莒国公府，萧妃一路上寻思着哥哥的话。是啊，自己身为王妃，不能为兄长分忧解愁，反而一时冲动，错怪了无辜的人。真是不应该啊！

待萧妃恍恍惚惚地回到王府时，日已西沉。

杨坚命人叫来高颎，用上好的宫廷玉液和高颎的"梦中佳肴"——高颎曾戏称的"酒醉鸡"，专门款待这位股肱之臣。

酒是好酒，菜也是好菜，但高颎总觉得今天的味道非比平常。杨坚只是不停地劝酒劝菜，可中心话题却迟迟不见提及。高颎心中的疑团像一团稀泥糊在脸上，极不畅快、自然，口中的酒醉鸡快成了黑窝头了。

也难怪，往常杨坚与高颎谈话总是干净利落，不绕弯子，即使是去年为了平衡朝中关系，撤去左仆射一职，也只是一段开诚布公的一席短叹。

"独孤兄！"这是杨坚对高颎的爱称。当年独孤皇后的父亲独孤信遭难时，北周权臣宇文护一手遮天，朝中大臣噤若寒蝉，独孤信原来的老部下、老同僚都唯恐避之不及，更别提去主动上门安慰独孤信的遗孀、子女了，而高颎却公然与独孤家来往。后来杨坚执掌权柄，独孤皇后便把高颎引为自己的至亲，杨坚也顺理成章地呼之为"独孤兄"。这称呼，出自今天的杨坚之口，透着一股浓浓的故友之情。杨坚接着说道："今日请你来，是有件烦心的事。"

高颎一听这久违的称呼，便知杨坚欲有求于他，而且就是棘手的事。否则，杨坚就用不着这么客套。

"皇上说出来，容臣想一想，再议对策如何？"高颎放下酒盅，眨着血红的眼睛说。

　　见桌上的酒坛已经见底了，杨坚又命宫女搬来一坛。他知道高颎的酒量，喝到这份上，也只是五成的量，虽然酒色染红了脸，但越是这样，高颎的思维越清晰，有时兴之所致，便会作出一首朗朗上口的诗来。

　　与高颎不一样，杨坚虽称得上海量，然而喝得再多也面无春色，好像喝下的是白开水而非醇浓的老酒。

　　今晚，杨坚已连饮了十数斛，虽面无春色，但却显得乌云盖顶，愁绪写满了脸庞："这道菜是朕为你所点，酒醉鸡，味道甚是鲜美，尝一尝！"

　　听到这儿，高颎感到手中的竹筷似有千斤重，抖了几下才夹起一块儿来，颤抖着放入口中，方知是块儿鸡肋，呷摸了片刻，也没有什么特别之处。往日的美味，今日咋就全变了呢？

　　"有醉鸡的味道，但不甚足。"高颎很客气地道："如同品茶，谷雨之后，哪怕只有一天的差别，味道就是不同。老臣平日爱吃这道名菜，但也不能在这个季节里吃，那味道差远了。"高颎善品茶，于是借茶论菜，也算是不离"本行"。

　　"是啊，季节不同，味道自然有别，独孤兄不愧是吃家。"杨坚说着也放下了筷子，叹口气说："朕原来也想借此平陈大捷之际重赏群臣。天下只算初定，江南尚有隐患，环境也未安宁，朕思来想去，还不到君臣共享天下太平的时候，但朕又不能不赏，一时难下决断。"

　　杨坚顿了一下，舒了口气，望着高颎接着说："比如独孤兄你，自伐陈以来，随着捷报而来的还有对你的赞赏，朝中就有人说你的功劳最大，但接着就有小人散布谣言，说公欲谋反。当然，对这种无事生非的小人，朕已处斩了，咱们君臣之间岂是一般青蝇所能离间的！"

　　高颎听后，心中陡然一惊，手中的竹筷竟失手落地。高颎忙弯腰去拾，掩饰了一下心中的慌乱，感觉额头已有微汗渗出。这时，老母的忠告又回响耳边："万万不可贪功，官高风险大，爵显是非多。"他猜不透皇上的用意到底何在，但有一点他是铁了心了——绝不受封。

　　于是，高颎整理了一下思绪，说道："多蒙皇上的信任和垂爱，高颎永记心中。其实，朝中所议俱属实，伐陈的千军万马中，要数功劳最大的当然非晋王莫属，臣等也只是从旁相助。怎能去妄言功劳？"高颎专拣杨坚爱听的讲。

　　笑意从杨坚脸上倏然闪了一下，随即又恢复了愁眉不展的样子。

　　高颎越发狐疑：我既已明志，不再要求寸功之赏，皇上为何仍不见高兴？按说，晋王的功劳中有我多少贡献，皇上不是不清楚，我不显山露水就是为了众星捧月，更突出晋王的作用。皇上聪明过人，不会不解我的用意吧？

　　高颎瞅了杨坚一眼。杨坚把酒又要和高颎对饮，高颎只得满斟一斛，边饮边思。猛然间，一句古语钻进了高颎的脑海——鸟尽弓藏，兔死狗烹，难道……

想到这儿，高颎反倒平静了许多，恭恭敬敬地说道："皇上，臣久有一桩心愿，便是趁自己还能动弹，能终日伺候年迈的老母。现江南已靖，四海归一，臣有意辞官回乡了此心愿，望皇上恩准！"

听罢此话，杨坚的眼睛瞪得滴溜溜的圆，诧异地说道："独孤兄，国家正值用人之际，百事待举，岂能轻言辞归？怕是独孤兄想得太多了吧！"

杨坚虽是口中这样说，心里却在嘀咕：他莫不是一种以退为进的策略吧！

"皇上！"高颎一脸严肃地说："臣非是不愿为陛下分忧，也不是不愿为国尽力，确定感到自己已是江郎才尽，不堪重任了！"

"何出此言？"

"与晋王殿下共事数日以来，常有此感慨。"高颎采用了迂回战术，曲意吹捧起杨广来，想以此赢得杨坚的信任。

"广儿是长大了，也成熟了许多，但毕竟太年轻，若不是独孤兄您常伴他左右，他能否顺利平陈，恐怕就难说了！"杨坚的脸色温和了许多。提起他的皇子们的神勇睿智，就如同挠到了他的最痒处。

高颎闻听皇上提起将士，遂说道："将士的英勇固然是胜利的重要保证，但若没有英明的皇上在，又哪来臣子的功绩？臣认为，一切皆是由皇上至尊的成法所致啊！"

杨坚不觉莞尔，神情也自然轻松多了。

高颎此时灌了一肚子的酒水，虽然肚子剧痛，但脑子却异常清醒，他似乎明白了评功会上自己该如何表现了。

"这个高颎，不愧是百官之首，如此善解人意。不贪功名，有甘做绿叶之心胸。我欲使广儿身居首功，将来顺理成章地做太子，兄弟们共守这铁打的江山，使我大隋朝一世二世乃至万世。无论怎么说，打仗还需亲兄弟，上阵还需父子兵，我不能让大权旁落到外姓人手里。广儿人聪明又仁义，得安抚住他，重重赏赐他，让他感觉到父皇的苦心。"杨坚想着，不觉从心底涌了笑出来，神采更加焕发。

此时，高颎举箸间也多了几分优雅，完全摆脱了适才的窘状。他猜得到，皇上是想借此树立杨广的威信，让这个文武全才的皇子更加有所作为。真是的，这本是他们皇家自己的事，一块大饼到底怎么分，皇上说了算呗，何必要来问我这外姓臣子呢？不过，话又说回来，他这样做，也是在显示一代名君的风度。眼下，就个人而言，自己已走到了人生最辉煌的顶峰，这也是前世定下的。记得母亲曾告诉自己，高不过宰相，现在已全部实现，还有何希求呢？皇上愿意为杨广铺路，作为臣子，我只能顺水推舟，况且杨广确有过人处。

高颎的脑子很清醒，他此时感到醉酒鸡的味道越来越合口了。

杨坚怀着满心的兴奋回到了后宫。夜已很深了，几个宫女还陪着独孤皇后在灯下欣赏一件精美的刺绣。

"什么宝贝，你们这么高兴？"杨坚刚进门便听到了唏嘘的赞叹声，遂不禁探问道。

独孤皇后忙起身相迎，几个宫女跪地迎接。

"广儿送来的越绣！"独孤皇后将绣品展开，那青色的绸面上，美女西施的形象栩栩如生。

"广儿来过了？怎么不叫人通报一声？"

"他小坐了一会儿便回去了，听说陛下在召见大臣，就没去打扰！"

"就为送这幅美女图？"

"当然不是。广儿说，在这批俘虏的陈国大臣中，有不少真正有贤德的人。广儿想让我在陛下跟前替他们讲一下情，不要尽杀之，有些尚可大用，对安抚江南，说不定会有意想不到的好处。"

"尽杀之"三个字让杨坚觉得很刺耳，他心中不禁暗想，难道我杨坚是嗜杀之人？虽然曾杀过北周的宗宝，杀过叛乱的尉迟迥，但那都是不得已而为之。

"陛下以为呢？"独孤皇后见杨坚沉吟不语，便追问道。

"噢！噢！"杨坚心不在焉地答着。

"广儿可真是越来越成熟了！"独孤皇后紧跟了一句。

杨坚纳闷：这个孩子，这种话为何不先告诉我呢？为什么什么事情都向他母亲禀明？但转念一想，他毕竟才二十一岁，还有些孩子气，和小时候一样，还是有些怕我的。想到这儿，杨坚又不禁笑道："现在宫外的事，你可以不通过朕就知道了，孩子还是跟娘亲。"

独孤皇后笑道："那当然。现在孩子们都大了，都是镇守一方的将军，朝政的事自然是听你的，但又不敢向你建议，怕言多有失。何况，你有一班文武大臣帮着出谋划策呢！儿子自古以来和娘亲，心里的话自然向母亲表明。以后，宫内宫外有什么事，我也有儿子汇报与我，免得我还得观察你的脸色，云里雾里地揣测。"

独孤皇后抖了抖手中的越绣，忽然想起了一件要紧的事，说道："听说陈室宫眷美女如云，不知陛下如何处置？"

杨坚的心猛地一缩，暗想，难道皇后的妒忌病又犯了？几个宫女都容不下了？为何反反复复问个没完没了？本想把话岔开，可见皇后的大眼珠子死死地盯住自己，她手中的越绣美女图在眼前晃来晃去，便不冷不热地说道："此前不是说过了吗？一部分赏与众将，一部分没入宫中，皇后难道有什么更好的处置办法吗？"

独孤皇后赶紧赔笑道："臣妾能有什么高招？不过问问罢了。听说那些宫女中颇有些能干的，我想亲自去挑几个，顺便给广儿的府上带几个。他那府上尽是些又老又丑的宫女，虽是能干，但不免有些太碍眼，挑几个顺眼的，也好撑撑门面。"

独孤皇后本欲把杨广的话全部说完，但话到嘴边又咽了回去，因为怕杨坚生疑、责怪，便又换成了自己要亲自挑。她想，反正是自己随意挑，挑几个漂亮的，不也就遂了广儿的心了吗？这么大的小伙子，就是再纳一房妾也不为过，总比那太子强多了。

杨坚打着哈欠，伸着懒腰，笑着对皇后说："眼皮都打架了，明儿还要举行评功封赏大典，又是一个劳神的日子。"

没等吩咐，几个宫女便各自准备去了，独孤皇后则把手中的刺绣交给一个细挑的圆脸宫女，并嘱咐道："好生收着，明天还要用！"

月光泻下，轻轻地将花影揉碎，几只夜行的小动物在月影里快速穿行，很快便消失得无影无踪。

宫中一片宁静。

第二天清晨，艳阳吐瑞，万点金光遍洒，浸染了红墙碧瓦，沐浴着皇城内外的万物。

庄严的大殿上，杨坚身着龙袍，头戴皇冠，胸佩十三环玉带，足蹬六合靴，端坐在高高的龙榻上。此时，众臣已躬身肃立，寂然无声。

朝臣们身着簇新的朝服，举目望去一片锦绣，山呼万岁后，人人脸上都洋溢着喜悦的春光。杨坚一声赐座，功臣们便按品序分列两旁坐下。

晋王杨广、秦王杨俊、清河公杨素、大将贺若弼、韩擒虎、王世积等人坐在一边，高颖、李德林、薛道衡等一帮文臣坐在另一边。薛道衡进京稍迟几天，但终归是赶上了大典。

杨坚望了望大家，欣然说道："开始吧！"

苏威清了清嗓门，扫了一下群臣，朗声念道："此次一举平陈，马到成功，实乃天意相辅，命数使然，更有赖诸公努力，各路军马皆连战连捷，足见大隋天兵之威猛。朕着及封赏，以表忠彰勇，使天下人永记诸公的功勋。平陈统帅兼一路元帅晋王杨广，晋太尉，赐辂车，乘马衮冕之服一身，玄走，白璧一双。"

杨广听到这儿，提到嗓子眼的那颗心放了下来，于是继续听宣。

"二路元帅秦王杨俊晋为司空，所赐同上。"

高颖知道，若论功劳，杨俊尚不及杨素，但皇上为了搞平衡，不使杨俊难堪，故将杨俊排在杨广之后、杨素之前。

"三路元帅清河公杨素，晋爵为越国公，其长子玄感加封为仪同三司，晋爵为清河公，赐锦万缎，粟万石。"

待苏威宣读毕，四人叩首拜谢："谢主隆恩，愿吾皇万岁万岁万万岁！"

这份赏赐分量，杨素不仅本人加官晋爵，还荣及儿孙。杨广的心里微微一震，暗想，父皇真是有一手！

按功劳大小排序，按下来无论如何也该轮到高颎了，但苏威的舌头像钳住了似的，开不了口，因为他看到，那下面一长串名单中独独没有高颎。他疑惑地望了望杨坚，又怜惜地望了望高颎，见高颎一副神情自若的样子，苏威更觉纳闷。可这毕竟是皇上亲自审核的颁赏名单，绝不可能是疏漏，即使是疏漏也定有其因。我只管宣读，别的暂且不管。

想到这儿，苏威把目光又聚焦到那长长的名单上。

"先锋贺若弼率先过江，突破了陈朝赖以护国的天然屏障，用智谋取胜，不损一兵一卒，奇功一件；蒋山决战，力克陈军的一字长蛇……"

杨广起初没听到高颎的名字，怀疑是杨坚的失误，但又暗暗窃喜，总算替我报了那杀死张丽华的一箭之仇。可转念一想，为什么呢？不管怎么说，高颎是功不可没的。难道父皇疏远了高颎，或许是他居高自傲？但高颎不至于事先一无所知吧！你看他的样子，还得意异常呢！

不对，高颎才不蠢呢？或许这是父皇和高颎有意这样安排的。杨广的脑子飞速地想着，当读到贺若弼时，他又是一愕，心想：贺若弼虽是有勇有谋，未免有些妄自尊大，他擅自和南陈决战，险些坏了我的大事，若不是众将求情，早把他执行战场纪律了。现在他居然位于韩擒虎之前，真不知父皇唱的又是哪出戏了。

"朕决定，加封贺若弼为上柱国大将军，晋爵宋公，赐锦八千缎。"待贺若弼谢恩过后，杨坚忽然开口："其余诸公与宋公相比，自行论功，朕随即逐一封赏，如何？"

说着，杨坚拿起御案上的战报，说道："这些，如果要逐一记下来，朕的国库怕是又要被掏空了！"

杨坚言罢，除高颎、苏威外，其余臣工均面面相觑。杨广觉得父皇真是个令人难以捉摸的人。如此大事近乎儿戏，这不等于把血腥的战场摆到了宫廷之中吗？荒唐！荒唐！再节俭也不至于节俭到克扣军功上，那可是将士们拼着性命换来的啊！现在北疆未靖，江南也有点点星火，国家正当用人之际，万一……

杨广实在是猜不透父皇的用意。他斜眼瞟了一眼韩擒虎，韩擒虎是个脾气暴躁的人，贺若弼的军功在自己之前，他早已是心中不快，又听到杨坚刚才的那番话，心中的火如同浇了沸油，暗想：不错，贺若弼是有功，但不能不提我先入建康吧，何况陈国上至国君下至宫中侍女，都是我老韩俘获的，那成车的珠宝，成山的典籍，也全是我老韩一样不少地带回来的。这些功劳都一夜间给忘了吗？

韩擒虎心中这个气呀，猛一抬头，看到贺若弼洋洋自得的脸，心中按捺不住，两只豹眼叽里咕噜地转了一圈，正和杨坚的目光相遇。

"韩将军，"杨坚和蔼地说："你不妨先说说。"

"臣领旨。"韩擒虎毫不客气，粗声粗气地说道："臣奉晋王之命，渡江后计划与贺若弼两路夹击，共取建康，可贺若弼无视王命，擅向敌挑战，致使将士伤亡增加，险些陷入敌人重围。"

突然，他感到杨坚的目光严厉起来，自觉话已跑题，遂改口道："臣以五百精锐之师飞渡长江，夜袭敌营，迅速攻占要塞，兵不血刃地攻入建康，首先降服蛮奴，活擒了陈叔宝，据其府库，悉数运到大兴。"

说到这儿，韩擒虎似出了口心中的恶气，又补充了两句："可有些人贪天之功心切，急功冒进，受到军纪处分，今天却落了个功臣之名！"

杨广听罢直皱眉头，他担心，韩擒虎这把火烧大了。

贺若弼也是不依不饶，他见有杨坚撑腰，更是气壮如牛，一步便跨到韩擒虎的前头，争辩道："韩将军怎能如此不讲道理？幸好有众将作证。你口口声声说先入了建康，可你为何能先入伪都？明眼人一看便知，正是我贺若弼率领大军先期直扑敌巢，陈国才集结众兵阻我前进。正是我贺若弼在蒋山死战，破其精锐，擒其骁将，振我军威名，才有韩将军的乘虚而入。韩将军试想想，你俘获了几位能征善战的陈将？至于说晋王给我军纪处分，我甘愿受罚，但过是过，功是功，不像有些人为了抬高自己，非死命踩踏别人！"

贺若弼一口气说完心中的话，说得有理有节，明显比韩擒虎胜出一筹。

其他两路的将领也纷纷出列评说韩、贺的得失，并自夸功劳，一时在大殿上吵作一团。

杨广在旁静观事态的发展，渐渐地，他看出些门道来了，心中不禁对父皇的"怪招"有了几分敬意。是啊，只论功不进过不是真正的圣明天子，如此评功，功不显而过愈彰，到头来，只需薄赏群臣便会感恩戴德。再说，此招一出，众臣必然分裂，纷纷投靠父皇，唯父皇的脸色行事。同时，父皇还可以于争功之中看出众将的心思，识别那些急于贪功的人。

老谋深算！老谋深算！杨广心中暗暗叫绝。父皇不愧是人中之杰，自己远远不及呀！

正想着，只听杨坚哈哈大笑，说道："好了，好了，众爱卿，朕只想告诉大家议了得失，好继续苦读兵书，潜心修炼武功，更好地带兵打仗，为国再建新功，可不能把功夫用到吵架上去啊！"扫过众臣，杨坚的声音提高了八度，掷地有声地说道："诸位都是大隋的栋梁之材，只要为国建功立业，朕是不惜爵位和金帛的。此次平陈，贺、韩二将军俱立奇功，都属上等功勋，韩将军亦进位上柱国大将军，赐锦八千缎！"

众人又是一阵欢呼。杨广用眼角瞟着场面，感到大家的情绪在父皇的三言两语中来了个急转弯，不禁暗想，驾驭群臣并非难事，人皆趋利避害，只要顺其自然，就能牢牢把握大局。

杨坚一番许诺后，又转而对高颎言道："独孤兄，你也谈谈吧！"

高颎早有所料，不慌不忙，语气淡淡地说："贺若弼为将，志在平陈立功，先有平陈十策，后又奇兵渡江，再又死战蒋山，可谓有勇有谋。韩将军一胜而再胜，直到攻入建康，陈军闻其名，不战而自溃。与二将相比，臣一文吏，实在是不敢言功。"

"这个家伙真够滑头的，听听，这话天衣无缝，在这种场合里谁都不得罪，可又没有什么实质内容。"杨广在心里做着评判。

杨坚龙颜大悦，对高颎的襟怀大加赞赏。面对满朝文武，欣幸地叹道："诸公听到高相国的话了吗？这才是宰相的度量，这才是人臣的品性。以前总有人疑心高相国办事有预谋，那是处理政事的策略，而非心有私意。朕现在就加封高相国为上柱国晋齐国公，赐锦九千缎。"

这大出高颎的意外。他认定这是杨坚的情绪化的产物，而非计划之中的安排，这样容得下自己一味地推辞吗？没办法，他只得躬身说道："谢皇上！"

对高颎的受赏，群臣各怀心思。在李德林看来，那是故作姿态。杨广则以为，这里面一定有文章，而受过高颎提携的贺若弼、韩擒虎二将则由衷地向他祝贺。

封赏继续进行。有功将士按军功大小，赏赐有别，挂在每个人脸上的表情，代表了他们的所获。朝堂之上，也响起此起彼伏的谢恩声。

在封赏之后，献俘仪式开始进行。根据杨广的提议，被俘君臣都得到了相应的安置：

赐陈叔宝良田百亩，房宅两处，从三品；

封陈国的尚书令江总为上开府仪同三司，从三品；

封仆射袁宪、骠骑将军萧摩诃、领军任忠开府仪同三司，从四品。

文臣袁宪危难关头，挺身护主，尽显忠臣本色，杨坚下诏表彰，特授昌州（今湖北枣阳）刺史；周罗睺坚守长江上游，忠诚王事，受到杨坚的亲切接见，许以富贵，授上仪同三司；散骑常侍袁元友因直言劝谏陈叔宝，被擢为吏部侍郎。

看着一班人都有了着落，杨广的心总算放下了。

"父皇还是很在意我的意见的！"杨广内心一阵窃喜，"这么说，我的那件请求就有了些眉目了！"

【第四回】

欺良民哪堪为父母，惩贪官方可称英雄

转眼间，夏去秋来，中秋佳节快到了！

杨广要在月圆之前赶到京都，准备和父皇母后一起度过这个团圆的节日。

萧妃已于两天前由张衡护送着去往京都。萧妃离开并州那天，秋风劲吹，黄沙漫天，但杨广还是把她送出了南门外。

杨广不和萧妃同行，理由只有一个，就是借回京的机会微服私访，体察沿途的民风民情，作为一份厚礼敬献父皇。

春末夏初时，他拜别了父皇母后又一次来到了北方的重镇并州。这一次，他是以太尉身份兼任并州总管，风光自然与昔日不同。虽然在旧吏乡绅面前更显尊贵，但杨广总觉得有些生分——相互间的距离明显拉大了，有些话在他听来都是客套有余而真诚不足。

杨广有几分失落，他只想多听听真话。并州靠近边境，辖区内情况错综复杂，父皇之所以钦点自己镇守边镇，用意不说自明。所以，他还是想多了解一些百姓的生活和心声。送走了萧妃，他安排了自己走后州尹、府衙的事务，只带了随从刘成、刘威，装扮成富商模样沿官道南行。

杨广一离开官衙，爱玩的天性便立刻显现出来。他骑在马上，一边哼着刚学的民间小曲，一边尽情地欣赏着路两旁的田园风光。

满眼都是即将成熟的庄稼，谷子、高粱、大豆……小河里游动着成群的白鹅和麻鸭，远处山坡上散放着白云般的羊群……

今年准又是丰收年！杨广陶醉了。

平陈胜利后，杨坚曾颁诏：陈朝旧境，免赋十年，其余诸州，免当年租赋。

真是双喜临门，秋季又迎来了这样的好收成。他想，百姓们的粮仓今秋肯定要装得满满的了。并州是个大州，地广人稀，只要没有天灾、兵祸，百姓的日子就都能过得去，更何况有父皇的天恩呢？

　　杨广今年整整二十一，他目睹过北周时的民生凋敝，亲身经历过隋初的动乱和饥馑，对眼前的一片丰收景象，由衷地感到自豪。

　　杨广一路走村过镇，边看边想。正行间，一匹快马由北向南急驰而过，转眼便消失在黄尘中。"定是有什么急事！"杨广呆望着腾起的烟尘，暗想："不会是突厥又起兵吧？"

　　杨广的心里七上八下。

　　自开皇八年，沙钵略之子雍虞闾继位，长孙晟持节到其牙帐，册立其为都蓝可汗。这两年边境一直平安无事，更何况平陈的空前胜利，使隋朝的国力更加强盛，他们没有理由兴兵犯境。如果是那样，他们岂不是自讨苦吃、自取其败吗？

　　杨广想着，安慰着自己。但转念又一想，事情常常会有例外，所以他急命随从刘成回并州打探消息，自己则催马继续向前赶路。

　　一口气跑了二百来里路，杨广和随从刘威才勒住缰绳。看看天色已晚，就投了路边的一家小客栈。

　　杨广草草地吃了几口饭，又让刘威弄了些热水，随便洗了洗。正准备上床休息时，前面传来了争吵声："告诉你们两位了，上房都住满了，您让我到哪儿再腾房子去啊？"

　　"我们也没难为你，我们只要看过了房子才相信！你干嘛不让看呢？留着待高客？"

　　"瞧您说的，我们做买卖的图的是个百事顺溜，谁给银子谁就是大爷，都是我们的衣食父母，没有个高低贵贱之分。您来晚了一步，最好的那间倒是有四个铺，可惜让俩爷们儿全包了，我也没辙！"

　　"什么没辙？你是看人下菜！你这种小老板我见得多了。你是瞧着我们布衣草履，怕付不起房钱，故而推却。告诉你，我们今日不是达官，保不准明日就是显贵。再说，我们又不会欠你的银子！"

　　"我的爷，二位真是叫小人无地自容啊！我这就领你们二位去后面瞧瞧，说一句假话，让你们敲掉我的大牙！"

　　杨广坐在床上听得真真切切，正要让刘威前去瞧个究竟，店老板已领着两人来到了门前。店老板一指亮灯的里屋，说："您瞧见了，可不都住上了！"

　　杨广站起身来，走到门口，打量着眼前的两个年轻人，见这两人一高一矮，青衣方巾，背着包袱，一副书生的打扮。

　　"兄台如不嫌弃，我这里尚余两张闲床，可进来同住，也好有个照应！"杨广微笑着做出了请的姿势。此话一出，刘威不解地望了望杨广，欲言又止。店老板也一脸的茫然，怕是听错了。两个书生更是你看看我，我望望你，一时没了言语。

"都是行路之人，于人方便于己方便嘛！"

还是店老板转得快，一拉两位的衣襟，催促两位书生道："您二位真是遇见真佛了，往常哪有这等美事？还不快谢谢这位爷！"

两个书生如梦方醒，连忙揖手道："萍水相逢，怎便打扰！"

"四海皆兄弟嘛，何必多礼，请吧！"

两位书生又谢过杨广，才进屋落座。

借着灯光，杨广细看这两人。高个儿的面皮白净，长脸修眉，最多二十出头；矮个儿前额宽大，双目炯炯有神，和高个儿年龄相仿。

坐下后，杨广料他二人还未吃晚饭，便又吩咐店主弄些酒菜来，要和两个书生同饮几杯。

不一会儿，酒菜摆了上来，杨广邀他二人上座。二人哪肯，便请杨广坐了上首，刘威站在一旁侍候。

两位书生端起酒杯，站起身来，对杨广道："兄台如此豪爽，真乃侠士风度。不知兄台大名，可否一告？"

"哪里！哪里！本人姓杨名英，不值一提！"杨广原名杨英，是后来杨坚听了术士的话才改为杨广的。

"天地之大，我们能相会于一隅，也算是此生有缘了。来，杨兄，我们借花献佛，敬您一杯。"

"好，同饮此杯！"说完，杨广一饮而尽。

一杯酒下肚，两人又各道出了自己的名姓。原来这二人就是并州人氏，是欲往京中求取功名的。高个儿的叫王友，矮个儿的叫张义，乃同窗好友。

看杨广对两个人如此客气，刘威越发地不解了。其实，杨广就是想多了解一下民风民情，也想借此一解途中的寂寞。

"适才两位和店老板争吵，却是何故？"杨广嘴里嚼着猪耳，问道。

"杨兄有所不知。时下，众人都有一样的毛病，就是看不起读书人。人们敬的，第一是为官为宦的，其次是从商有钱的，连占山为王的山大王都比读书人受人尊敬。"矮个子的张义愤愤不平地说道。说完，端起酒杯猛喝了一口。

听完牢骚，杨广拍了一下张义的肩膀，劝慰道："张兄说得未免悲观了些。其实，君子敬的是君子，小人才怜惜小人。君子爱德敬才，小人只看名利。"

说着，杨广站起身来踱到窗前，此时月辉清朗，如水泻地，万物沉浸在清朗的月华里。杨广重新坐到桌前，对二人说："两位想必有什么不顺的事吧？趁着这良宵美景，不妨说开去，都付与清风明月吧！"

张义苦笑了一声，抹了一把嘴头的油，缓缓地说道："我二人苦读经书十余年，又游学于大师文中子王通老先生，可称得上是学富五车，但如今仍是贫寒书生！而有的人不学无术、胸无点墨，却可凭着是高门大户，平步青云，为官作宰。这种现象，想必杨兄也见怪不怪了吧！"

"不错，这确是国家的弊端。但据说，朝廷要彻底改变这种弊端呢！好在皇上英明，各个皇子又都能干，情况会一天天好起来的。"杨广说完，又是夹菜又是劝酒，二人说得更多了。

"皇上英明，那是尽人皆知的，他为老百姓办了太多好事！驱突厥、退西戎、沟田地、轻租庸、修长城、疏河道，老百姓总算有了安生日子过。但说起那几个皇子来，小弟可不敢苟同！"张义喝了一口酒，说道。

闻听这话，杨广内心猛地一惊，但脸上仍风平浪静，问："此话怎讲呢？"

王友抢话道："就说太子吧，闻听这位储君喜好名马珍宝，又爱在美女丛中厮混，迟早昏君一个！"王友嗓门较粗，快人快语地说道。

"何以见得？"杨广又问，转而摇摇头，说道："人非圣贤，孰能无过？再说仅凭道听途说，岂能下此结论？太子弱冠之年，些许瑕疵，怎能掩瑜？"

"不不不！德不厚而求尊位，岂能长久乎？草无根不生，水无源不流，话无音怎会流传？太子既有失德之处，又怎能瞒得住众人之眼、堵得住众人之口呢？"王友摇头晃脑，一副不容置辩的架势。

杨广暗想，都说宫深似海，但现在看来，好事不出门，坏事传千里，宫中之事也概莫能外。他担心自己的那点儿小事也被传扬出去，便又不露声色地劝了会儿酒菜，赞赏似的说："真是秀才不出门，能知天下事，你们二位的确见多识广啊？"

"我们说的可都是有根有据的。就说四皇子蜀王杨秀吧，他心狠手辣，已成为川西一害。"

"有那么严重吗？怕是他得罪了谁，编出些故事中伤他吧！"杨广故意一脸的惊讶。他对这个四弟的荒唐有所了解，但绝没想到他的行为会为人人所不齿。他有些将信将疑。

"他强抢民女、杀人放火、掳掠人口、聚敛钱财，弄得一方百姓怨声载道，敢怒而不敢言。这谁不知道啊！"

"居然有这种事？"杨广不禁有些震惊。他也曾风闻杨秀做事莽撞，但何至于杀人放火呢？想到这儿，杨广也不禁愤然作色，"这简直比山贼、土匪还坏！"

"那秦王杨俊也好不到哪儿去！"王友冷笑道。

杨广见说，心中不悦，暗想：难道我们兄弟五人，没有一个口碑好的吗？

"杨家总算有个出息的人。"张义插了一句。

"谁？"杨广追问道。

"晋王杨广！他才德俱佳、待人和善、子民拥戴！"

"就是有点傲气！"王友添了一句。

这时，站在杨广身后的随从刘威直直地白了王友一眼，正欲发作，门被哐的一下推开了，进来的是一个粗实的汉子——此人正是被派去探听消息的随从刘成。

看到两个陌生人在场，刘成欲言又止，只擦了把满脸的汗水，憨笑了两声算是打了招呼。杨广立刻招来店小二，安排给刘成打水洗脸，上饭。

杨广起身来到门外，刘成也跟了出来，附耳说道："北边安然无恙，一场虚惊！"

原来，高句丽王子高元率众秋猎，在追赶猎物时不知不觉进到了与奚族交界的地方。奚族人口虽不多，但大都尚武且剽悍异常。偏巧这天奚族一群手执兵器的年轻人正聚在一起切磋武艺，看见高句丽人烟尘滚滚地朝这边奔来，以为是入侵之敌，便吹响了号角，燃起了狼烟。很快，守边的将士误以为是边境有急，便未辨真伪就飞书传信。也难怪，以往突厥入侵，也大都选在这个时候。

"这么说，罪在高句丽王子了？这个不成气的王子，真会给人找麻烦！"杨广苦笑了一声，又长长地出了口气，转身朝上房走去。

王友、张义二人虽已醉意朦胧，但心里却不糊涂，杨广不俗的言行举止和高雅旷达的气质令二人开始生疑。趁杨广等人出门的工夫，两人有过一番交谈。

"这位杨先生绝非生意场中人，定是有大来头，我二人恐失言有多啊！"

"无妨。我观此人不是那种鸡肠狗肚之人，待会儿咱们只说好事情，不提阴暗面，看看他的反应。"

"就这么办！"

刚说完，脚步声由远及近，杨广笑盈盈地走进屋来。杨广添酒夹菜，向二人说道："抱歉得很，搅了适才的谈兴，我赔礼，先干为敬！"说完，杨广仰脖喝下杯中的酒。

二人面面相觑，忙说："杨先生真乃诚信之人，小事尚且如此，何况天下大事呢？"

杨广何等精明的人，已品出了其中的味道，眼睛一转，哈哈大笑道："二位仁兄过奖了！适才家人捎了个平安信让我宽心，家中老父老母总是怕我挂念他们，时不时便带信来。这不，我已习惯了。"杨广说得极为自然，眉宇间绽放出一缕抑制不住的欢欣。

王友和张义二人对视了一下，忙送上笑脸说："记得恩师文中子曾言：'若要立一番事业，除了精通孔孟的教义，还要四方游历，结识天下同道。'我俩虽是愚钝，也已看出来杨兄的非凡举止。杨兄何不弃商从文，在仕途上成就一番作为呢？我俩愿与杨兄结为金兰之交！"

"多谢二位的美意。其实，你们不了解我，我没读过多少书，只能做个小买卖什么的。至于结拜，我看，我一个生意人怕是有些高攀了！你们读书人，读圣贤书，见多识广，能与你们为伍，实在是三生有幸啊！"杨广几句话便说得二人有些不好意思了。

夜渐渐深了，四周静悄悄的，只有微风送来秋虫的低鸣和落叶飘落的声响。

一夜无话。第二天早饭过后，杨广又邀张义、王友两人同行，两个随从本就不喜欢他们，以为住一晚便可摆脱他们，没想到又要一起走，气得嘴撅得老高。

路上人来车往，川流不息，有推着太平车的、担担儿的、骑马的、乘轿的，更多是步行的，在黄土道上有说有笑，一派太平祥和的景象。

前面就是临汾县城了，城楼上黑色的牌匾已隐约显现。一路上，杨广同他们谈笑风生，到了这里，好像劲头减小了，只是提缰缓纤，眺望着高高的城墙。

快到城门口时，一阵嘈杂的声音吸引了他们的注意力。王友是个爱凑热闹的人，拨开里三层外三层的人，看见地上坐着一位白发苍苍的老者，身旁坐着一个面黄肌瘦的小女孩，头上插着一根枯草。两人都衣衫褴褛，面无表情，老人身旁一个破竹篮，里面放了一个缺了口的大黑碗。王友知道，这是在卖孩子。

围观的人无不投以同情的目光。卖儿卖女，在兵荒马乱、饥馑遍地的年月本不是什么稀罕事。谁不想找条活路？可现在连年丰收，家家丰衣足食，怎么还会有这种事情出现呢？王友摇摇头，不禁为这一老一少叹息不已。

杨广见王友这副样子很是好笑，待问清原因，杨广也惊呆了。"什么？在今天仍有这样惨痛的事？这到底是为什么？"杨广在内心拷问着自己。

他未及多想，便让随从刘成把那一老一少都领了过来。

老者对眼前这位衣着考究的年轻人心有狐疑，浑浊的眼睛游移不定。

"老人家，你不用怕，我家公子想帮帮你，说吧，为什么要卖孩子呢？"刘成扶着他，想让老人家的神经放松下来。

老人听罢，哈腰作揖道："多谢老爷们，多谢老爷们！"

杨广看出来了，这位老人是不信任自己，便笑着说："您不是要卖孩子吗？我要了，您看得多少钱？您要是不卖，我也可以给您一笔钱，让您有个着落。您要还是有难处，我带您到我家去，给您养老送终，您看行吗？"

老人浑浊的眼睛忽然一亮，一行热泪滚落下来："恩公，今个儿苍天开眼了，我遇到救星了！来，孩子，我们给恩公叩头，快！"

老者激动地说着，拉着小孙女就要叩头，杨广急忙阻止道："老人家，不要忙谢，俗话说：'救人一命，胜造七级浮屠。'我家二老常教我尊老爱幼，我又怎能看着您老有难不帮呢？"

杨广的话说得入情入理，老者只知一个劲儿地喃喃说着："好人哪！好人哪！"

杨广安慰道："您老有什么难了，遭什么灾了，尽管说，看看我能帮多少忙！"

"对，老人家，您就说吧。"王友几个人也跟着附和道。

老者瞅瞅杨广，又环顾了其他几人，嘴唇翕动着，话未说，眼泪已如泉水般涌出。他抹了一把眼水，讲起了自己的辛酸！

原来老汉姓钟，住在城南三十里堡，家境虽不算富裕，倒也不愁吃穿。均田时按丁分得了百亩好田，除了植桑十亩外，其余都做了粮田，一家人就靠这份田产赖以生存，宝贝得像眼珠子一般，因此下力气侍弄着它，精耕细作，蓄力施肥，地里的土似乎能冒出油来，那长出的庄稼油光光的，绿中透黑，煞是喜人。

天有不测风云。今年夏收过后，地里的秋苗已铺满了地。这天，县令乘轿路过这里，下轿小便时被眼前的庄稼吸引住了——这块田与相邻的庄稼明显不同。像有法术催动一般，他弯腰抓了把土，嗅了嗅，连声赞道："好土，好土！"

他眼珠一转，冒出来一个坏点子，便向身边的两个衙役嘱咐一番，两衙役依计而去。

两人很快找到这儿的里长。里长是个五十开外的黑汉子，一脸的"麻雀蛋"。他一见县衙衙役，忙不迭地要端茶弄饭，赔起笑脸。两人端着架子，不冷不热催着里长去见县令。里长不敢怠慢，跛着一条腿朝村外奔去。

来到县令的轿前，里长哈腰向县令问候，可县令坐在轿里不给脸看，却问道："你这个地方叫什么名？"

"回老爷的话，小村名叫大钟村，村里村外的除一家姓陈外，都姓钟！"

"谁问你这么多了？问什么你回什么！"两个衙役瞪眼训斥道。

"是是是，老爷您要问什么尽管问，我把知道的全告诉您！"

"无礼！有你这么跟老爷说话的吗？"里长又挨了一句骂，被弄得手足无措。

这时，县令才慢腾腾地从轿中出来，抖了抖衣袖，慢条斯理地白了里正一眼，说："你不用害怕嘛，本县此次外出，看到你们这儿民风淳朴，甚是欣慰，特嘉奖于你！"

听县令这么一说，里长本来悬着的心才算定下来。他舒了一口气，抬眼瞄了县令一眼。只见此人约莫三十出头，三角眼，阔嘴巴，一脸的阴气。

凭直觉，里长感到这位县令绝非等闲之辈，心里不禁倒抽一口凉气，边说边寻思着应对的办法："回老爷，小人这个庄子地瘠民贫，上托皇上之福，下赖老爷的恩惠，丰年里尚不愁吃喝，若是遇上灾年……"

里长说到这儿，偷偷瞥了县令一眼，没敢往下再说。果然，县令不高兴地把脸一沉，不满地说："你这个人怎么不知趣呀？刚想抬你两句，你倒跟本县哭起穷来了！"

"不敢！不敢！"

"你这分明是搪塞本县！"

"老爷呀，打死小人也不敢！"

"什么地瘠民贫，看看，看看，这么好的庄稼地，地里能长出金子，还跟我喊穷，是租赋给你加多了，还是本县向你伸手了？"

"老爷呀，小人不是那个意思，我是说……"里长又怕又急，舌头不听使唤，竟一时语塞。顿了一下，里长结结巴巴地道："小人是没见过世面的人，不会说话，还请老爷……明察！"

县令冷笑一声："本县要恭喜你们啊！"

"恭喜！"里长似乎品出了其中的味道，仍一脸茫然地望着县令。

"皇上要在你们这块风水宝地修建行宫，你们今后可以瞻仰圣容了！"

"不不！老爷啊，盖了行宫，我们可到哪儿去呀？这田地可是我们的活命田啊！求求您了，求求您老人家了！"

里长跪地叩头，县令却在一旁直摆手，说道："这是皇上的圣意，求本县又有什么用？不过，作为你们的父母官，我也不能袖手旁观。这样吧，你们自己也商量商量，可不能叫本县为难啊！"说着，一双三角眼在里长的脸上扫来扫去。

里长半晌说不出一句话来，好像一团东西塞在了心口间，眼前也一片昏花。

也不知过了多久，里长才清醒过来，县令什么时候走的他不知道。他闭着眼，一瘸一拐地挨到了家。

里长活了五十多岁了，哪里经历过这种事，连急带吓竟一病不起，又不肯延医治疗，不出几天便病入膏肓。临终前，里长拉着同宗兄弟老钟头的手，哀求道："一切都拜托你了！我是个无能的人，心里放不下事才落得这副模样，你读过书，心里明白，可要替咱村的父老想想办法！"

望着快要咽气的里长，老钟头还能说什么呢，他重重地点着头。老钟头一生谨慎小心，何曾与官府打过交道，但为了全村的老少爷们，也为了自己，他硬着头皮应承下来。

里长的丧事刚办完，两个肥头大耳的衙役便捎来了县令的口信，说是为了减少村民的损失，他可以出钱购买那片土地。钟老汉陪着他们到村外一看，恰恰就是自己的那份田。

"天哪，为什么是我的地呢？"钟老汉失声惊叫，脸变得煞白。

所幸的是县令给的价格不菲，比平常的地价高出两倍。衙役拿出事先写好的地契文书，不由分说，当即便要钟老汉签字画押。钟老汉刚想找个借口拖延一下，怎奈两个虎狼一般的壮汉生拉硬按，便糊里糊涂地按了手印，至于地契上写的是什么，他根本不知道。

钟老汉唉声叹气地回到家中，家人一听经过，齐说："受骗了！"

"不会吧，堂堂一县的父母官，会卑劣到这种地步，他难道就不怕名声受污？"

"是不是骗局，一兑银子便知晓了，他们不是说明日到衙取银子么？但愿，但愿我是多虑了！"钟老汉的儿子不无忧虑地说。

一家人在黑暗中苦熬一夜，无人入睡。天未亮，钟老汉便带着儿子上路了，他们直奔县城而去。

到了城内，问清了县衙的地方，爷儿俩便专候县太爷升堂。

太阳升起老高时，县太爷才迈着方步走上了大堂。他抹了一把嘴角的明油，清了清嗓子，正色道："升堂！"

老钟头后面跟着儿子，战战兢兢地挪到堂前，声言要找县太爷。

"找本县干什么？"县令拖着长音问道

"县衙的官爷让我们来这领买地的银子！"

"噢，你们是城南三十里堡的钟家庄人吧，那地价还满意么？"

看来，县太爷还记着这事，老钟头心里踏实了一些，遂道："老爷在上，草民正是钟庄卖地的爷儿俩！"

"好，来人哪，把买地的银子给老人家带回去！"

钟老头眼前一亮。只见一个衙役手托一个大托盘，上蒙红布，来到了钟老头的跟前。钟老头总算一块石头落了地。可是掀开红布一看，钟老头傻眼了，托盘里没有银子，全是铜钱！

"这……是买地的钱？"钟老头强打精神，声音都变了调儿。

"这是剩下的钱，整头，昨天不就付清了么？"

"什么？你们……"

县令的话如晴天霹雳，震得钟老头晃了几晃，几欲栽倒。儿子在一旁再也忍不下去了，手指堂上的县令，厉声骂道："你……你……你这个吃人不吐骨头的魔鬼，披着人皮的豺狼，我跟你拼了！"

老钟头一把拽住儿子，痛苦地摇了摇头，半句话也说不出来。

"你这个刁民，竟敢辱骂本县，给我抓起来，关进大牢！"县令声嘶力竭，面目狰狞地喊道。衙役们如狼似虎，一拥而上。

老钟头只觉嗓子眼一阵发腥，一口鲜血喷涌而出，随后就什么也不知道了。

他醒来时已是月上中天，凄冷的风吹得他瑟瑟发抖。他望望四周，浓黑的夜像是张着血盆大口的恶鬼，令人不寒而栗。

"儿子呢？对，儿子到哪儿去了呢？"他自言自语。他记起来了，在他口吐鲜血时，儿子就被虎狼般的衙役锁走了！

"天哪，这是什么世道，这是什么王法，难道就没有天理人性了吗？"他欲哭无泪，坐在冰凉的石板上，渐渐地心也跟着凉了。

又一个黎明到来了，老钟头又拖着病体来到县衙。他央求着看门的衙役，打听儿子的下落。所幸有个疤眼的老衙役尚有点儿同情心，悄悄告诉他，快快回去准备银子，县太爷见银子放人，一准有效。

回到家中，一家人看着老头失神落魄的样子，追问结果。老钟头声泪俱下地讲述了自己的遭遇，一家人抱头痛哭。

哭了半天，老少又商量着如何救人。买地一分钱没拿到，现在又要筹一笔巨款，一家人唉声叹气，无计可施。

"咱们村子本来就穷，向谁能借到这么多的钱呢。即使人家有心，也没这个能力啊！"老钟头说出自己的看法。

"家里没什么值钱的，这几间旧草屋又能值多少钱。再说，卖了房，一家大小又到哪儿住去！"老太婆开口说道。

"可总得救他呀！"儿媳妇已半天没说话了，现在焦急得不知所措。她只有一个愿望，尽快见到丈夫。

"那就把我卖了吧！"说话的是老钟头的大孙女，十岁的云娘。孩子稚嫩的话语震惊了全家人，孩儿她娘一把搂住女儿单薄的身子，放声大哭，一家人又哭成了一片。

"娘，你不要哭，咱们家不能没有爹爹呀，卖了我，家里还有弟弟妹妹啊！"

小云替娘亲擦干脸上的泪水，大人似的安慰着。可越是这样，孩儿她娘哭得越凶，边哭边说道："孩子，娘死也不能卖了你呀，你是娘的心头肉，我怎么舍得呀！"

正在一家人痛哭不已的时候，隔壁的老陈头走了进来。他提着水烟袋，头上冒着热气，想是刚吃完饭，听到哭声过来瞧瞧。

钟家人稍稍停住了哭声。老陈头了解原委后叹了口气，说："我的一个堂兄早年间也吃过衙役这碗饭，我曾听他讲过不少官府的黑幕、狱中的奇闻。像你们这种事，宜早不宜迟，迟了怕是夜长梦多，狱中死个人跟死个耗子一样平常，大不了报个暴病身亡就完事了！"说完，他抽了口水烟，又深深叹了口气。

"大爷，我不想让孩子他爹受苦，也不想眼睁睁地卖掉自己的骨肉，您说，我该怎么办呢？"儿媳妇的眼泡肿得跟桃子似的，她用乞求的眼神望着老陈头。

老陈头吧嗒了两口烟，抚了抚脑门，慢悠悠地说道："现在想两全其美，怕是难了，只能紧一头齐了！"

儿媳妇默默地点了点头，把怀里的孩子亲了又亲，起身对钟老头夫妇说："爹，娘，我心头闷得慌，想出去走走。"

刚走两步，身后的几个孩子也嚷着跟娘一起出去。儿媳妇转回身，把孩子们从上到下看了个够，哄着说："娘一会儿就回来，你们要多听爷爷奶奶的话！"说完，抬腿向村外走去。

不到一顿饭的工夫，有人匆匆跑来告诉老钟头："你家儿媳妇投河自尽了！"

"天哪！"老钟头一下昏了过去。

这天晚上，为了给一天水米不沾牙的小孙女弄口热水喝，奶奶烧完火昏头昏脑地忘了关灶门，残留的火种燃到了灶门前的乱草。是夜，野风呼啸，火借风势，立刻席卷了几间草屋。老钟头看到火起，一把抱起身边的大孙女冲了出去，等放下孩子再要进去时，房子已被大火完全吞噬了，就连柴门也成了火圈。老钟头几次想冲进去，都被烈火逼了回来。

左邻右舍被惊醒了，提着水桶、端着水盆纷纷赶来。火灭了，草屋成了一片灰烬，好端端的一家人，此刻只剩下爷孙两个人。

老钟头几乎完全崩溃了，一路乞讨，流落到了县城。而孩子时刻不忘救父，劝说爷爷只要自己能再见上爹爹一面，她不怕被卖上十次八次。

听罢事情的来龙去脉，杨广气得双拳攥紧眼冒火星，刘成、刘威也气得在地上来回转悠，而王义早已剑眉倒竖，咬牙切齿，说道："杨兄，似这等害人的狗官，我们到京都给皇上递个万言的折子，罢其官，判其刑！"

杨广没有言语，他叫过刘成低声嘱咐了一番，刘成点头会意，急匆匆地走了。然后，杨广又让刘威去安排老人爷儿俩的住宿。

杨广猛一转身，对王友、张义两个人说："咱们前去会会这个狗官如何？"

"好啊！好啊！"张义孩子似的叫起来。

"我也正有此意！"王友附和道。

"咱们去瞧瞧，看这个狗官到底有几个脑袋，竟敢如此丧心病狂！"

"也听过不少贪官的劣迹，但像这样的主儿，还是第一次听到，竟到了无所不用其极的地步！"

张义在地踱了两步，仰天慨叹："简直是赤裸裸的掠夺，这种无耻之徒怎么坐到县令的位子上的呢？实在令人难以相信！"

"依我看，这不过是冰山之一角，这样的贪官酷吏多得很！"

"多得很？何以见得？"杨广眉头一皱，反问道。

"何以见得？咱们会会他就有了答案。不过，须得杨兄如此这般！"三人把头攒在一起，小声地商议着。过了一会儿，三人都爆出欢快的笑声。

"好，就依王兄之见，不过这个戏要演得像，绝不能砸！"

这时，刘威也回来了，杨广自然又是仔细地交代一番，刘威笑道："遵命！"

来到县衙前，刘威向衙役们递上帖子，称是京城的杨公子前来谒见县台大老爷。看到一行人华装丽服，衙役的班头不敢怠慢，连忙向里面呈递，片刻间便跑回来，满脸谄笑地点头哈腰道："各位，辛苦了，县台大人更衣便来迎接！"

"啊呀呀，杨公子此来，敝县三生有幸啊，未能远迎，还望海涵，海涵啊！"人未见，声音早飞出来了，只见县令身穿一件簇新的官服，跌跌撞撞地迎着杨广等人小跑出来。

来到近前，县令双手抱拳，热情地说道："失敬啊，失敬啊，杨公子。"

说着，县令用那双乌亮的眼上下扫描着杨广。见杨广雍容华贵，气宇轩昂，眉宇间一般英气咄咄逼人，心中不禁暗自称赞：不愧是世家弟子。再看身后的人，也是个个精神、气质不俗。

杨广微微一笑，客气地抱拳回了个礼，道："打扰贵县了！"

"不不不，小县请还请不来呢！"说着便躬身导引着众人向里边走，边走边说道："请杨公子屈尊到敝衙小坐。请！请！"

一行人鱼贯而入。王友边走边看，大眼珠子忽闪忽闪地没个闲空，嘴角不自觉地向一边撇着。来到正堂，县令引着杨广坐了上座，自己在旁陪着，其余人等依次坐下，张义、王友、刘威立在杨广的身旁。

这个正堂布置得颇为华贵，锃亮的桌案、精致的花窗、一人多高的定窑瓷瓶，墙上还挂有一幅王献之的墨宝。

杨广不禁暗暗惊叹，一个县令的家里居然会有这等品级的物品，不是个"硕鼠"才怪呢！

"请用茶，这是上好的碧螺春。"县令待侍女冲完茶水，脸上自豪的神情抑制不住，介绍道："这是我的一位朋友从江南专门捎来的。据说就是在当地，能喝上它也是不易！"

"这么说，我们可是沾光了！"杨广哈哈一笑。

"我们公子可是天天喝它。"站在杨广身后的刘威冒出一句，立时让县令窘了个大红脸。

县令忙自我解嘲道："杨公子见多识广，自然不能相比了。"

"哪里哪里，不过，县台大人说得一点儿不错。在当地，这种茶只用于进贡和官府收购，民间极少买卖。我喝这种茶，已有多年，所以略知一二。"

县令眼珠转了几圈，试探着问道："请问公子……"

县令的话未说完，杨广指着王献之的墨宝打断了他的话："县台真是有雅趣啊，'二王'的真迹存世不多，有幸收藏也是人生一大快事啊！"

"杨公子抬举了！不瞒您说，我也是装装门面，不管它是真是假，挂起来好看就成。让杨公子见笑了！"县令抚了一下后脑勺，显得有些不好意思。

"这个杨公子到底是什么人？朝中杨姓当大官的那么多……难道是皇族中

人？他来这儿干什么？我问他话，他为什么支开不言？难道是个冒牌的假货？"县令细细品着茶，心里可敲开了鼓。

"这个家伙不是个笨蛋，他想摸我的底牌。既然如此，我必须反将他一军！"杨广察言观色，将手中小巧的茶盏一放，轻声道："贵县府上是……"

想不到杨广反过来盘问自己，县令有些措手不及，但眼睛一眨，计上心来，笑着说："敝人出身低微，不值一提，我看杨公子气质高雅，定是高门大户，如果可能，也许可以攀附攀附，杨公子……"

杨广哈哈一笑，道："怕是县台在怀疑我是个假公子吧？"

"不不不，岂敢……岂敢……"县令像被重重击打了一拳，脸上挂着极不自然的笑容。这又是他始料不及的。

杨广笑完，大度地说："没关系的，换作我，也会这么想，很自然的嘛！我这个人就是这样，喜欢天马行空，独来独往，不爱前呼后拥，我就讲究四个字：吃、喝、玩、乐。人生在世嘛，几十年的工夫，一眨眼就由弱冠到古稀了，不玩儿才是傻瓜呢？你说呢，县台大人？"

听杨广这么一说，县令如释重负，心想：原来也是个玩儿家，那就好办了。但转念一想，不行，他说的是真是假呢？如果是假，他另有企图呢？这几年自己得罪了多少人，有些事一旦被发现，可不是仅仅免职就能解决的。看来，说话、办事得防着他点。

想到这儿，县令的脸笑成了一朵花，道："杨公子所言真乃真知灼见，下官佩服！佩服！"

杨广也显得格外高兴，似乎是兴之所至，便道："贵县可有什么土特产，比如熏鸡、酥肉……"

"杨公子是想尝尝本地的新鲜物？好办！来人哪，把聚仙阁的大厨子找来，请他为杨公子献上自己的拿手菜！"

不多大工夫，酒席备齐，真是"山中走兽云中雁，陆地牛羊海底鲜"，满满一桌子，应有尽有。杨广边吃边品评，县令仔细听来，句句在行。

"看来还是个吃家，若是外行，绝不会分析得这样透彻，一针见血。是个真公子！"县令的心松弛了三分。

酒饮到五分醉的时候，杨广满口酒气地问县令："咱们说了半天话，又喝了这么多的酒，还未请教县台大人高姓，实在是失礼，我自罚一斛！"

未等县令说话，杨广就一饮而尽。此时，县令也已有七分的醉态，眼角分外明显地嵌着两团眼屎，舌头僵硬地说道："我胡龙行不更……名，坐……不改姓，杨公子看得起某人，我也干了这一斛，你看我……不装孬，满满的！"说完，也一口喝完。

杨广已听出了胡龙的醉意，便进一步说道："胡兄，人家做官的都有个后花园，你有没有呀？"

"有，我胡某人的花园，比……比州官的还漂亮，告诉你你也不信！"

胡县令想站起来，可脚步轻飘，踉跄着迈了两步，指着窗后说："我这儿有山有水，有亭……有榭。不似江南，胜……胜似……江……南！"

"我信，我绝对信，这才是人生——有品位的人生！"杨广又引诱着胡龙继续往下说。

"不错，不错，我这辈子没白活，我吃了、喝了、玩了，够本了！"说着，他手臂一挥，正巧打在了桌前上菜小丫鬟的双乳上，疼得小丫鬟失声大叫一声，失手将一盆滚烫的乌鸡汤全洒在了自己身上。

胡龙大怒，抓起女孩便要打，被杨广一把拦住，并向另一个丫鬟道："胡县令喝多了，快带她下去疗伤！"

两个丫鬟逃命似的下去了。

胡龙似乎余怒未消，手指着离去的丫鬟骂道："晦气，搅了本老爷的雅兴……看我怎么收拾你。"突然，胡龙脚下一滑，立时摔了个大跤，狼狈相十足。

刘威手疾眼快，一把从地上拉起他，皱着眉头，扶他坐上了椅子。

谁知胡龙一跤摔得清醒了几分，看到自己的样子不但不恼，反而哈哈一笑："今日与杨公子痛饮，真是酣畅淋漓，快哉！快哉！"可却在心中暗暗责备自己不该与姓杨的比酒量，人家能喝多少，自己又没有底，看来自己不敌姓杨的。

此时，杨广的脸上只是显示出一些酒意，但却没有醉意。杨广似乎猜透了胡龙的心思，心想：我何不装醉，趁机探探情况。想到这儿，他便也顺着胡龙的话，附和道："胡兄真乃酒中豪杰，来，斟满。"

刘威不明就里，还以为杨广喝疯了呢，悄悄拽了拽杨广的衣襟，但杨广不以为然，谈笑中，一大斛酒又来了个底朝天。

"再满上一斛！"说着，杨广又喝了个干净。如是者三，杨广看起来有些支持不住了！

杨广一把拉过目瞪口呆的胡龙，脸贴着脸，喃喃地道："胡县令……府上……不，不，县中可有绝色的美人？"

"县中的女人哪及京都繁华之地的美人漂亮！"胡龙嘴上说着，可却在心里打起了鼓，心想：这姓杨的到底啥意思，我必须谨慎小心！

杨广听完，把头摇得拨浪鼓一般："不可能……不……可能！胡县令……一表人才，可做事如何这等不痛快，何吝一女子拂我意乎？"

这话正点中了胡龙的要害处。他平生最忌人说他不爽快，现在一听，顿时血往上涌，腾地站了起来，朝门口喊道："来人，把咱的伶人全喊来！"

不一会儿，七八个婷婷袅袅的女孩操着各色丝竹鱼贯而入，垂首立在胡龙的眼前。胡龙不耐烦地命她们全抬起头来，只见一个个明眸皓齿，万种风情，红樱桃般鲜嫩。

杨广虽是见过世面的人，但此时也不禁眼一亮，暗暗惊叹。

"杨公子，是否有可意的？"胡龙殷勤地问道。

杨广故意装作没听见，眼睛只朝伶人的脸上、身上扫去。杨广本来是性情中人，又有烈酒助兴，眼睛烧得通红。

王友、张义不知就里，都替杨广捏把汗，怕他当众出丑，遂用脚踢凳，暗中提醒他。可杨广似乎浑然不知，依旧扫望着众位佳丽。

胡龙在一旁看得真切，小胡子也一翘一翘的：原来和我同道，都是酒色之徒！看来，还是我姐夫说得对，十个男人九个色。可不是嘛，英雄还难过美人关呢，更何况是官家子弟！

正在这时，门外闯进来一人，胡龙正要喝问，杨广瞥见来人正是刘成。

刘成像是没瞧见胡龙似的，径直走向杨广，俯在杨广耳旁低语两句，随后便退至一边，头高高地昂起，一副不屑的神情。

杨广的脸上顷刻间便没了醉意，适才的嬉笑样也顿时没有了踪影，缓缓站起，对胡龙说："胡龙，你知罪吗？"

这句话如晴天霹雳，除刘成、刘威外，其他人都痴痴地望着杨广。原来，刘成去了百里之外的青州州衙，向知州李蒙了解了胡龙的底细。

县令胡龙是老将梁士彦的内弟。梁士彦原是北周大将，杨坚建隋代周时，他又投了新主。平定尉迟迥叛乱时，他暗中与叛军书信往来，若不是监军高颎从中阻拦，行军总管韦孝宽就要执行军法了。

梁士彦六十五岁时又纳了一房小妾。独孤皇后闻听气不打一处来，她最讨厌男人那种德性，便派了一个内侍去奚落了梁士彦一番。可梁士彦却满不在乎，居然正经八百地过起了"蜜月"。那小妾有个弟弟胡龙，吃喝嫖赌，无所不为，但他是家中的独苗，所以家里人也就任由他胡来。后来，他父亲就干脆叫他胡来了。

蜜月未满，小妾请梁士彦给无所事事的弟弟谋个职位，梁士彦满口答应，暗中出钱给胡来谋了个县令的职位。

这些事，都是胡龙酒醉后向李蒙吐露的。

李蒙对这个胡龙是极为不满的。李蒙乃上柱国李穆的侄儿，陇西公李询之弟，他为官清正，曾与杨广同窗共读。他接到刘成的传书，便亲自带人拘捕胡龙来了。

"你这个狗官，休说是花了银子捐来的，便是功名是上赐的，承荫袭封的，也依法当查、当办！"杨广手点着浑身筛糠的胡龙，厉声责骂："你干了多少伤天害理的勾当，聚敛了多少民脂民膏，你给我大隋朝脸上抹黑啊！你这种人，就是杀你千次万次也不足以平民愤！"

一旁的王友、张义也从惊愕中醒来，不禁向杨广投去敬佩的目光。

胡龙被押走了，查抄也即刻进行。仅仅当了三年县令的胡龙，竟娶了六个小老婆，查抄出来的金银珠宝摆满了一厅堂，令人眼花缭乱，积下的案子也堆得像小山一样高。狱中的囚犯拥挤地住在一起，有的已被无故关押了三年。

杨广不无慨叹地对李蒙说："我实在闹不明白，三年之中怎么就没有发现这个赃官呢？上边来人查时，他便做做表面文章，大概来人也是走马观花，发现不了什么问题。再说，他有梁士彦给他撑着，别人也多少都给他些面子，谁也不想得罪这位树大根深的主儿。"

"那你呢？你是他的上司啊！"杨广对老同学也不留面子。

"说来惭愧！胡龙曾派人给我送礼，被我两次拒绝。我当时只觉得官场向来如此，并未深究。后来，听说他连续娶了几个老婆，我也只认为那是他个人的嗜好。虽鄙其为人，但也奈何不了他。后又传扬他有不法之行，但又苦无证据，也就拖到了现在。现在想来，臣亦有失察之责啊！"

李蒙真是个老实人，几乎是毫无保留地说出了自己的不是。

杨广握着李蒙的手说："不能全怪你。现在的吏治的确需要整饬，不是一人一地的问题，要大刀阔斧地全面抓一抓，我回去便拟一份折子，上奏父皇。"

"谢晋王！"

两人一对一答，并没有其他人知晓。杨广想继续微服私访，多了解一下真实的民情。

离开了临汾县，一行五人又一路走州过府，迤逦往京城而来。这一日，天将偏西，他们来到了古都洛阳城外。

城池在夕阳的余晖中更显得古朴苍然。站在高处，杨广感慨良久。

这座古城曾先后被东周、东汉、曹魏、西晋、北魏诸朝当作都城，是居天下之中、依山带河的形胜之地。它东南接嵩山余脉，西过秦岭、崤山，北邻黄河天险，沃野千里，物产丰富，是一块风水宝地。

进到城内，几人在白马寺旁寻得一处僻静的客栈住下。

王友早就盼着去白马寺了。别看他读了不少的儒经，可对佛经却也并不陌生，他在家乡拜佛读经如同一日三餐。

"听说白马寺因白马驮经而得名，始建于东汉。从那以后，佛教才在中国传播开来。"王友颇为得意地向大家介绍着。

其实，杨广早就知晓这些掌故，对王义的卖弄也装着不懂的样子，认真听着。大家看杨广如此，也就都不吱声了。王友见此，便更来劲了。

"既然大家这么有兴趣，我们何不明早一游呢？"杨广笑着征询几人的意见。

"愿随晋王一同降香！"通过夜审胡龙，杨广的身份已暴露。王友、张义二人对内便称晋王，对外仍称杨公子。"据说白马寺香火很旺，签子很灵，明日我就拜拜佛祖，乞求佛祖让我早遂心愿。"

张义的话立刻引起刘成、刘威二人的兴趣："求佛祖保你娶个漂亮媳妇儿？那不如求月老，有他老人家在月中为你牵线搭桥，你想要什么样的美人就能得什么样的美人，遇上他老人家高兴，兴许能送你一妻一妾呢！"

"谁说是要媳妇儿的事？你们真会编排人，我是盼着早登龙门，晋见天子！"张义不善开玩笑，几句话弄得他面红耳赤。

看他窘迫的样子，杨广也不禁开怀大笑："只要你高中榜首，佳人便会纷纷来投。书中自有颜如玉嘛！"

"越说越没谱了，也不怕惹恼了西方佛祖！"张义红着脸反击道。

白马寺的钟声悠悠传来，整个夜色都笼罩在浓浓的佛韵中了。

一宿无话。第二天，晨雾刚刚散去，一行人便已伫立在白马寺的山门前了。

他们随着三三两两的游人进入了庄严的大殿，金身的佛祖法相庄严，令人望而生畏。香烟缭绕中，杨广来到盘膝打坐的老僧面前，合手问讯。老僧微动白眉，轻启双目，略一打量，便沉沉答道："贵人霜晨拜佛，必是有求于佛祖，何不抽签求果？"那声音犹如旷野之中传来的清响滚石之声。

杨广闻听，内心惊奇：这老僧不称施主，张口就称贵人，甚是有些不同，我倒要问问这其中的缘故。杨广话刚要出口，那老僧却说道："请乞退左右！"

"你们暂且回避！"杨广向张义等人挥了挥手。

"施主相貌主贵，贵不可言！"

"愿闻其详！"

"天机岂可泄露？天意难违，签上自有明示！"

在好奇心的驱使下，杨广向签筒走去，他连抽三次，均是那两支签，道是：古往今来一奇人，亦功亦罪任凭说。这是什么意思？杨广连连摇头，不得其解。

杨广又在寺中转了一些地方，但脑子里只有那句含混的话。熙攘的人群，嘈杂的人声，他似乎视而未见，充耳未闻。

他忽然想起父皇初登皇位不久，请南陈使者韦鼎为兄弟几个相面的事。事后，韦鼎悄悄地跟自己讲过："公子一脸的贵相。"只是当时的自己稚气未脱，并未对这句话太过在意。

现在想来，如果说韦鼎有讨好的嫌疑，想结识自己这个皇子，那眼前这个素未谋面的老和尚又意欲何为？自己是偶然来访，绝无特意而为的可能。再说，那签上的话也颇让人费神！

杨广苦思不得其解。

"公子！"刘威拽了一把就要撞上古柏的杨广。杨广一惊，继而失声叹了一声："善哉，善哉，险些撞坏了一件古物。"

这一惊，把杨广从沉思中唤了回来。他们又边走边议，忽然几截断碑引起了几人的注意。

"香火旺盛的白马寺居然会有残碑断碣，会是何人所为？"王友抚摸着无言的石头，似在叩问断碑。

"莫非是周武帝灭佛时留下的罪证？"杨广自言自语道。

"灭佛？"刘成追问一句。

王友说道："周武帝禁佛，我也有印象。那时，我已经懂事了，只记得大批的僧侣们纷纷脱下僧袍，蓄起头发，又去耕田织布了。据我所知，周武帝大概并未下令毁掉佛寺，却把佛寺都赐给了达官显贵做私邸了，算是一种温和的禁佛吧！"

"既是禁就无温和可言，不然哪能政令畅通呢？禁佛如此，禁道、禁儒也莫不如此。可笑的是，禁了之后，被禁之物反而会获得更大的发展！"张义说到这儿，愈觉失言，遂戛然而止，拿眼偷瞟杨广一眼。但杨广似乎并未在意，只是痴痴地想着什么……

不错，他的脑子里正回想着父皇当年在佛寺受教的情形，想起关于他的传说，想起般若寺，想起那位传奇的法师。一股激情在杨广体内涌动着，他眼睛顿时格外地明亮起来，步子也迈得更大了。

他望了望天，晨雾已完全隐去，露出一片蔚蓝的天。

太阳已升起来了。

这时，人群中出现了四五个精壮的后生，他们紧盯着杨广一行人，相互耳语一阵又快速离去，只是杨广只顾望天并未在意。

"那江南真的乱起来了，不然，我那货也不至于被人抢走。我是真怕打仗，战火一起，我的生意可就没法做了！"

"说的是。不过朝廷会派兵的，那姓高的估摸着成不了什么大气候。咱们给佛祖上炷香，求他保护咱安安稳稳过日子，求求战祸早日结束。"

两个衣着讲究的中年汉子边走边说，语气焦虑，神情黯然。

杨广紧随其后，一把抓住那高个儿的手臂，急切地问："你们说的当真？"

两人一回头，瞪了杨广一眼，没好气地说："谁敢乱说？我刚刚从江南归来！"

"谢了！"杨广未及多问，便着火似的匆匆离去。

杨广心急似火，带着刘威、刘成纵马向西驰去。

过了平原绕过一个绵延百里的松林，便是高高低低的丘陵，三匹马在群山之中仍是如飞般地疾驰，山路两侧的风景纷纷向后倒去，窄窄的山路蜿蜒着伸向远方。

太阳明晃晃地照着，令人倏然产生一种焦灼、燥热的感觉。马蹄践踏山石的杂乱声，伴着山风的呼啸一股脑儿地倾泻而出。

"看！"刘威在身后大叫了一声。杨广勒住马，手搭凉棚向前方望去，只见远处一队兵开了过来。

"上山！"杨广纵马向山上攀去。刘威、刘成疑惑地对望了一眼，明白是山路太窄，容不了往来的行人，只能单行。

三人下马休息。杨广打开水囊，润了一下发干的喉咙，又吃了两块点心。近几天，他们几乎每天如此。

队伍走近了，一杆大旗在风中飘扬，旗帜上书写着斗大的"韩"字，后面是推着独轮车的一字长蛇。队伍缓缓地行着，像一群黄褐色的蚂蚁。

"看来，队伍在向南边调，可如此速度岂不误事？"杨广有些发急。

"这是支运粮草的队伍，行动慢，大部队应该早过去了。"刘成一边给马松着肚带，一边安慰着杨广。

"这条古道太窄了，想快也快不了，这里是卡脖子的地方。"刘威无奈地说。

"不错，这种地方应当拓宽，不然这么重要的地方，紧要时会误大事的。"杨广站起身来，指着山下说道。

"怕是工程太浩大了吧。不然，可能早就拓宽了。"

"再浩大，只要需要也应开拓。长城不是很浩大吗？秦始皇建了它，后代尽受其惠。至少，老百姓可以免受掳掠之苦了。那个孟姜女的故事，只能说明老百姓反对暴政，并不能说修长城是多余的。"

"晋王论事就是与众不同。记得在洛阳时您说洛阳天下形胜，是个天然的京都，依山傍水而建，若在形势险要之处再用沟堑相连，真成了攻不破、打不烂的城池了。"刘威的眼中闪烁着敬佩之情。

人叫马嘶的运粮队伍走了一个时辰，山坡上杨广三人躺在稀疏的白草上攒足了精神。

晚风中，三匹马箭一般地向西飞去。

过潼关，入关中，眼见着大兴城就在眼前了。

回到王府，杨广草草地洗漱了一番，旁边萧妃睁着火辣辣的眼睛盼着亲热一会儿，可杨广只在她的脸上亲了一口，便道："军情紧急，孤现在就得进宫！"

"总是忙！"萧妃噘着小嘴，手指在杨广的额头轻轻戳了一下，嫩嫩的脸蛋上立刻飞起了两片红霞。

"欠债还钱，回来少不得加倍还你！"

"谁稀罕！"

门旁的小丫头禁不住哧哧地笑出了声，杨广瞟了她一眼，眼中冒着火辣辣的光芒："回头，把你也捎上！"

"又来了，快走吧，二圣正等着你呢！"萧妃白了杨广一眼。

杨广扮了个鬼脸，转身而去，身后传来萧妃训斥丫头的声音："再敢放肆，撕了你的嘴！"

杨广已有半年多未进宫了，平时也只是写些书信问候父皇母后。此时，他真想一步跨到宫中，见到久别的双亲。

他拎着小包，在执事太监的引领下，来到了母后的寝宫。此时，杨坚和独孤皇后正背对着门欣赏宫女们的绣品。

"瞧，这小猫的眼睛多亮多有神，毛蓬松浓密，跟真的一样啊！"杨坚赞不绝口。

"江南的女孩子手就是巧，听说这孩子家就在吴王宫附近，灵山秀水出才女啊！"听到这儿，杨广的心猛地颤了一下，但随即又恢复了宁静。

这时，杨坚惊叹道："百鸟朝凤图！真是巧夺天工，比画更好看！"

"她们几个用了一个月的时间赶制的，臣妾准备重赏她们呢！"

"是要好好奖赏奖赏，可以让她们多教几个徒弟，不能让这手艺失传啊！"

"皇上说的是，臣妾已经安排下了，让她们养蚕、织锦、刺绣。她们都乐得学些本领，不然，她们会闷出病来的。"

正说着，执事太监禀报晋王来见，二人齐齐转过身来。

"叩见父皇母后！"杨广叩了一个响头。

独孤皇后一把拉起杨广，上上下下地看了个够。

"黑了也瘦了！怪不得你媳妇说，只知道白里黑里地忙，身子骨儿要紧，不能像老身到老净是病！"

"谢母后，儿身体棒着呢，忙一些不碍事的。看，给您老人家带的！"说着，杨广从小包里拿出一件白狐皮坎肩，银毫雪白，实属一件上乘珍品，"这是北地的一位老猎人送给儿臣的。儿臣派金钊医好了他老母的病，他无以为谢，便硬把一张银狐皮送给儿臣。儿臣多次推阻，他执意不肯，儿臣只好收下，但暗中给他送了不少柴米。母后有风湿病，最用得着此物，早晚天凉时，正可御寒。"

"朕倡导以'孝'治天下，正是要天下臣民皆以孝为本，教亲爱人，忠君爱国，天下归心才可固其根本。虽朕一向崇尚节俭，反对奢侈，但今日例外，广儿孝心可嘉，你就收下吧！"杨坚饱满的前额上泛着亮光，嘴角的线条里分明地藏着几分慈爱。

杨广谢过父皇，又从小包里掏出一副用银狐皮做里子的手套："父皇，这也是用狐皮做的，待冬日里父皇御寒用。虽是您儿媳妇拙手而成，倒是实用。"

杨坚接过一看，果然轻柔，戴在手上一试，顿感一阵舒适。

"好，好，戴在手上，暖在心里啊！"杨坚又是一阵赞许。

"父皇，儿臣在返京途中，办了一件官司，不知妥否，请父皇御裁！"

"讲来听听！"

于是，杨广便把如何搭救钟老汉、制服胡龙的经过细细说了一遍。杨坚听后，沉吟片刻，问道："那胡龙招了什么没有？"

"他只说梁士彦结交了不少朝野中人，特别是和宇文昕关系最密，他的县令就是宇文昕给他暗中做的手脚。"

"又是他们俩！"杨坚的脸色变得严肃起来，"当年，老将军韦孝宽临终前给朕留下一言：'谨防此二人反复！'看来，对他们真的不得不防啊！"

"对了，你来得正是时候！"杨坚忽然话题一转，"江南的事你想必已知晓了吧？叛乱者气焰十分嚣张，内史令杨素已经率军出发了，估计快过江了。你也去吧，仍为扬州总管，那儿你熟悉，杨俊没能控制住局面！"看样子，杨坚似乎有很多话要讲。

独孤皇后见他们爷儿俩谈得正浓，便又到一旁看宫女刺绣去了。

杨广见父皇对自己办的事并无疑问，便先放下心来，又听父皇让自己再平江南，执扬州总管，心底不禁一阵窃喜，道："儿臣遵命！在路上，儿臣已望见队伍的调动了，正有请缨的想法，那么何时可以动身？"

"你休息两天，余下的事由高颎向你交代。记住，这一次要从根本上铲除分裂势力，要剿抚并用。江南不能乱，那里是天下的粮仓！稳定了江南，北国才会真正安宁。动作要快，不能久拖不决，杨素很能打，你要重点在政治上瓦解敌人。"

杨广一一应下，随后又和母后聊了一会儿，便告辞回府。

杨广满载而归，满面春风，一进府便把兴奋分享给所有的人，连丫鬟婆子听了都笑嘻嘻的。

烛光下，夫妻两人推杯换盏，小酌了数杯。白日里，两人便春心乱动，此时被这酒一浇，萧妃的情态便越发妩媚。杨广手一挥，几个宫女知趣地退出门去。

帐内，萧妃娇声啼啼，杨广在峰顶浪尖上推波助澜。锦被下，两人大汗淋漓，颠鸾倒凤，畅快抒怀，萧妃被弄得云鬓不整，粉面再添花容。

几番云雨之后，萧妃慵懒地舒张着四肢，面带微笑，神色安详。烛火的柔光中，她那羊脂般的肌肤呈现出一种光洁透明的色彩来。

杨广满足地伏在一侧，散漫而舒适，悠闲地注视着萧妃。

"想什么呢？"萧妃轻声问道。

其实，杨广想的是白天的事。

下午，刚出宫门，杨广正迎着薛道衡。四目相对时，杨广发现薛道衡的眸子里除了几许问候，似乎更多了几分忧愁。这不由得让他想起绿珠很少给自己多少笑脸，而当薛道衡出现时，她便快活了许多，脸上也绽出灿烂的笑容。在押解俘虏回京的途中，杨广就遭遇过绿珠不下三次的冷遇。当时他真想找个借口把薛道衡给揍一顿，但他拿不准是绿珠故意报复他，还是真的倾心薛道衡。

记得安置俘虏那天，绿珠公主在殿下抬头望君的一刹那，一老一少都凝住了。

杨坚被摄定了。登位这么多年，他第一次真切地被一个女人瞬间俘虏！他骇然地张着大嘴，完全忘却了玉阶下满朝的文武百官。

"你愿入宫侍朕吗？"

"罪臣愿往！"

两句毫无雕饰的白话跨越了千山万水！

那一刻，杨广的心都碎了！他没有料到，这个绝美的女子会有这手！他想不通，明明白白给母后说好的，却……

抑或是她早已设计的。他已有预感，父亲会像儿子一样地为色乱性，抑或是父皇的临时决定——他无法自持。

直到绿珠被领下，杨广仍痴痴地妄想奇迹的出现，但却未能遂愿。

绿珠成了父皇的宣华夫人，而薛道衡也是空欢喜一场。杨广心里顿觉释然。

这个绿珠真是鬼精明，多少宫人想接近父皇都被杖毙在母后的威严之中，而独有这宣华夫人，不但没有引起母后的恶感，还和母后相处得像一家人似的。真是想不明白。

"临行前，再到太子府去一趟吧！"杨广还沉浸在白天的事情中，萧妃突然提议道。

杨广暗暗佩服萧妃的周到——他带到宫中的礼物也是萧妃早就准备好的，现在又提醒自己去拜访太子杨勇。看来，这个王妃也是少不得的。

从江南凯旋后，他曾与萧妃一起登门拜访过太子一回。尽管来去匆匆，但太子夫妇还是着实感动了一把，太子妃更是抱病陪萧妃说了会儿话。

说心里话，他不想去。小时候，兄弟俩无话不说，长大以后，却似乎没什么共同的话题了。再说，言多必失，谁知道身为太子的他现在真正想的是什么。

"殿下几时离京？"

"还有什么事？"杨广认真地问。

"请求殿下一件事，不费殿下多少时间。"

"说吧！"

"烦请殿下凯旋之日绕道江陵，代臣妾为养父养母烧把纸，聊表一下臣妾的心意。臣妾多年前就有这个心愿，只是不得其便。昨晚，梦见养父养母，他们对臣妾颇有怨言，说臣妾得了富贵便忘了他们。其实，臣妾也未曾忘记，只是身不由己啊！"

"是这样，应该的。那地方孤去过。大婚那年，我们曾拜祭过他们。那个小山坡，周围是松柏，孤记得很清楚。"

一别故乡十余年了，故乡的山水一直萦绕在心间。回想起往事，萧妃不禁热泪盈眶。

见萧妃流泪，杨广以为是为离别而流泪呢，开心地道："肯为孤流泪的女人，才是孤的心上人。刚才，你托孤办一件事，现在孤也托你办件事。"杨广故意顿了一下。

"说吧，别卖关子了！"

"看好咱们的昭儿和号儿，不要有半点儿松懈！"

"殿下放心，昭儿和号儿都是听话的孩子，读书又用功，将来不会让您失望的！"

"看来，在你面前，孤的一切顾虑都是多余的。"说完，杨广又在萧妃艳红的薄唇上结结实实地吻了起来。

早上，刚起床，杨广在外屋舒展了一下筋骨，准备到后花园中走一套拳。这是他的惯例。刚要迈步出屋，刘成便气喘吁吁地闯进来，差点儿和杨广撞了个满怀。

"出了什么事，这么急？"杨广对这个毛手毛脚的侍卫瞪起了眼。

"那小子给逮住了！"刘成抹了一把汗，笑着说。

"没头没脑的，说清楚些！"杨广嗔怪道。

"就是在白马寺里，那几个探头探脑的家伙。他们一直跟踪我们，我留了神，今天他又在王府附近窥望，被我逮个正着。"刘成一口气没停地说完了，等着晋王的表扬。

只见晋王眉毛拧了一拧，问道："问清情况了吗？跟踪孤的目的是什么？"

"那小子死硬，不开口，不过从他身上搜出一张纸，王爷请看！"

杨广接纸在手，上书：见字如晤，从速解决。没有落款，也没有时间。

"这个人肯定负有特殊使命，要好好看管，待会儿孤要亲自审讯。"

刘成答应一声，退了下去。杨广暗想，他们会是谁派的呢？究竟想要干什么？

杨广顾不上去后花园了，更衣完毕，健步来到银安殿，传令把人带来。

过了一会儿，刘成脸色煞白地跑到银安殿，"扑通"一声跪倒在地："王爷，处分奴才吧，那小子，没提防，让他一头撞死了！"

"什么？"杨广拍案而起。他真想把刘成骂个狗血喷头，可他压住了火，静了片刻，手一摆，示意刘成下去。

"居然会有这种事！"杨广心中不悦，暗想，"又是一桩悬案！"

大雨如注，江淮间的红土地一步一滑，杨广骑在乌龙驹上，顶风冒雨地指挥着队伍。

接到杨素的军情通报后，杨广感到形势严峻。他不敢懈怠，准备把队伍带至预定区域，那里贼势正猛。

江淮间的丘陵地带高低起伏，上坡路滑，下坡路更滑，经过人马践踏以后，路已经不成样子，简直就成了个烂泥潭。人陷进去，半天拔不出脚来，鞋子根本就穿不住，所以，多数兵丁都是赤着脚前行。骑马的也是步履艰难，高头大马每前进一步都要使出很大力气。

看到这种情况，杨广心急火燎，他诅咒这该死的天，诅咒这该死的路不给自己便利。

"照这个速度，何时才能过江？"杨广跳下乌龙驹，狠狠地在地上踏出一个坑来。

"有什么办法啊，这路害死人了！"侍卫刘威也陪着杨广站在泥地上。

"看，那小船多快！"

不知谁喊了一声，大家的目光全向迷蒙的远方望去。果然，在河面上，顺风而行的帆船飞快地行驶着，不多时便隐在雨幕中了。

"要是今儿能坐上大船，那该多畅快！咳，这罪受的！"又是一声慨叹。

杨广脑中一闪，一个想法便形成了。挖条河，把旧有的河道连接起来，下雨路滑的困难不就解决了？

雨中，杨文传令下去，天黑前到江边坐船。士卒们欢呼起来，劲头儿更大了。其实，杨广清楚，过了江还是泥泞的道路。

"这连绵的秋雨，啥时候是个尽头呢？"杨广自言自语地说道。

跋涉了整整一天，过江后，天已黑下来，他们便在江南的一个村镇旁安营扎寨。

村镇明显遭到过破坏，到处残垣断壁，依稀还可以闻到焦煳的臭味。村旁是一个很大的荷塘，塘中的片片残荷在风雨中凄凉地挣扎着。

平明时分，巡哨来报，在村头的大柳树上吊着两个女人，身上还插着一个纸卷。纸卷已被血浸透了，血迹已经发黑，但还是能依稀辨出五个粗大的字："隋狗的下场！"

"娘的，太猖狂了，走，看看去。"杨广很少在人群中骂娘，今天，他是被激怒了。

远远地就看见老树上两个惨白的身子，人们有些不寒而栗。走近看时，才发现是两位少女，下身被黑血糊住了，饱满挺括的乳房上挂着几个小铃铛。杨广眉头紧皱，喝令士卒将尸体放下来，用油布盖上。尸体僵硬，推断应该是昨天被害的。

杨广四处转了转，忽觉得这地方眼熟，那座小石桥，那条弯曲的小村道……

想起来了，平陈之后，他曾和高颎等人来过此地，还亲自和一家人交谈过。那家男主人是个结实的汉子，身后有一对双胞胎女儿，十二三岁的样子，模样挺清秀。

杨广正在回想，"吱呀"一声，一位老妇人走出了小房子，她满头的白头，牙齿都掉光了。她颤巍巍地来到杨广面前，上下打量了一会儿，愤愤地说："你们还想干什么？能烧的烧了，能杀的杀了，还嫌不够吗？我老婆子快八十了，不怕死，你们这群畜生！"

"胡说什么？你看清楚了再说！"刘成见老太婆认错了人，不禁有些恼火，很想训斥她几句，却被杨广制止了。

"我们是来抓坏蛋的，专打那些祸害人的禽兽。"杨广搀着老太婆，耐心地解释道。

"大娘，这就是我们的晋王，带大军来平定叛乱的，你老人家不用害怕！"刘威也过来架住老太婆的一条胳膊。

"你们是大隋皇帝派来的？阿弥陀佛，这下可以为孩子们报仇雪恨了，苍天无眼，你们要早来一天，那两个孩子也不会……"

原来，那两个女孩都是陈老三家的。陈老三当年在陈朝时是个佃户，一寸土地也没有，陈亡后，隋朝分给他十亩水田，那土地原来都是地主钱老财家的。

陈老三分到了土地，逢人便夸隋天子。陈老三人很义气，平时就爱打抱不平，在村里人缘也很好。李忮叛乱后，钱老财的大儿子也聚众造反，村里很多年轻人都被逼着参加了叛乱。陈老三也被迫参加了叛军，却不肯为叛军卖力气，曾偷偷逃回来一次，又被抓了回去。

陈老三听说当年到他家的隋朝王子又带队伍打回来了，就把叛军中的情况都写在纸条上藏了起来。

陈老三只上过一年学，可脑子聪明，识了不少字。但没想到，他藏的纸条被钱老财的大儿子发现了，逼他说出是谁指使他干的，可陈老三就是不吐口。钱老财的大儿子使出了毒计，把陈老三带回村里，把全村人集合起来，又抓来了陈老三的两个丫头，把两个孩子的衣服剥光，威胁陈老三，陈老三气得眼都滴出血来了，痛骂钱家老大不得好死。那畜生招来乱兵，几十个人当着全村老少的面，活生生地把孩子们给糟蹋死了。

陈老三被砍了，他家的房子也被烧了，全村人能跑得动的都被押走当兵了，不愿去的就被烧了房子……

"这帮恶魔！"刘成握着拳头，恨恨地说道。

杨广望着刘成变形扭曲的脸，理解地拍了拍他的肩膀。

刘成的两个姐姐就是被乱兵强暴后杀死的，死时大姐十六岁，二姐十四岁。那时，刘成虽然很小，但惨象至今还难以忘却。

埋葬了死者，又安慰了生者，杨广部署部将郭衍南进，而他自己还要协调四十四州军事事宜，只好渡江北上，坐镇广陵。

郭衍的大军开到了太湖之滨。太湖之滨，烽烟滚滚！

杨广不断接到军报，忙得两夜未合眼了。这时，张衡和金钊赶到了广陵——他们是萧妃请示杨坚后安排的。

此时，江南的大体情况已经基本摸清。

南陈全境几乎全反了，大股的有数万人，小的也有数千，尤以东南地区的士族最强，声势最大。其中，婺州（今浙江金华）的汪文进、会稽（今浙江绍兴）的高智慧、苏州的沈玄侩都自称天子，署置百官；乐安（今浙江仙居）的蔡道人、饶州（今江西鄱阳县）的吴世华、温州的沈孝彻、泉州的王国庆、杭州的杨宝英、交州的李春等自称大都督。

起兵叛乱的还有苏州的顾子元、京口的朱莫问、晋陵（今江苏常州）的顾世兴、无锡的叶略、南沙的陆孟孙、歙州的沈雪、番禺（今广东广州）的王仲宣、临贺的虞子茂等。

"怎么会有这么多人同时叛乱呢？"张衡看着一张张军报，纳闷地问杨广。

"我们的措施有扰民之嫌呀！"金钊代杨广回答了张衡的问题。

"还不完全是，关键是很多措施，包括土地政策触及那帮士族豪强的权益。没有这一条，他们是不会铤而走险的。这倒值得我们深思！"

金钊点了点头。他记得在江南时，曾亲耳听见过这种不满的声音，也曾提醒过杨广。只是那时捷报频传，他的话，晋王大概当时根本没在意。

"那普通老百姓为何要卷入叛乱呢！"张衡一副打破砂锅问到底的样子。

"这分几种情况。一种是被煽动起来的。豪强们哄骗他们说，朝廷要把江南的百姓迁到荒凉的壮地，不去就充军。你想，这不等要了他们的命？他们不反才怪呢！还有的是被诱骗上当的，豪强们许诺他们成功后可以获得土地，不用交地租、服劳役，看，这多有吸引力。还有的，是被挟持的。"

"这么说，大多数人是听信谣言才反叛的。如果咱们揭穿他们的谎言，人心不就归顺了吗？"张衡若有所思地说。

"张衡所言极是，来，咱们合计合计！"

一番计议，杨广抬起头，兴奋地说："就这样，你们分头行动，要快！"

第二天，一封杨广的亲笔书信传到了智颛和尚手中，云："至尊拯溺百王，混一四海，平陈之日，道俗无亏。而东南愚民，余烬相煽。爰受庙略，重清海演……"

看完来信，智颛和尚微微颔首，道："晋王所言至情至理，应当设法说服叛首，使之迷途知返，放下屠刀，免得兵戎相见，涂炭生灵。此乃大善之举，老衲定当全力以赴，拯救生命。"

智颛和尚乃天台派首领，在江南颇有威望，在豪门大户中亦有不少朋友。他给杨广的复信中就列举了几十位德高望重的俊才，若请他们出面，定可动摇其军心，不战而胜。

"好消息，好消息，陆知命连下十七城！"振奋人心的消息像长了翅膀，迅速在广陵城传扬开去，百姓们欢呼雀跃，杨广的总管府更是人声沸腾。

陆知命何许人也？陆知命，字仲通，吴州富春人，其父为南陈散骑常侍。知命少时好学，长大后被授予博士，在宫中太学中任教。陈亡后，赋闲在家。

晋王在智颛和尚的信中了解到他的威望后，让金钊专程到其家中拜望。

陆知命正值而立之年，举止温文尔雅、谈吐不俗，虽只是一面之交，却与金钊有故旧之感。金钊递上晋王的亲笔信札，陆知命双手接过，揽纸展读。

信中无非抒思慕之情，恨相识太晚，恭请仲通先生出山，为黎民、社稷、圣上分忧解愁，也好施展才华，英雄有用武之地。

但陆知命看后却只是盛赞隋皇的不世之业，称晋王的贤能大德，绝口不提出山之事。金钊几次提及，都被陆知命拿话岔开。

"仲通先生，人都说官司难断，但先生经手官司无数，每断必清，真可谓奇迹。不知先生有何诀窍？"金钊想找个轻松的话题，想以此劝说陆知命服命。

"都在这儿和这儿！"陆知命用手指点了点脑袋，又拍了拍胸怀，然后又眨了眨眼。

"先生是指学识和良心吧！"

"不完全对，还须经验和胆略。"陆知命点头说道。

"胆略，胆略……"金钊呢喃着，他一时不明白胆略在审案中的作用。

"案情复杂，会牵涉到达官显贵、三教九流，稍有犹豫，便会前功尽弃。"

"先生能不能讲个具体的案子？"金钊意犹未尽。

"就讲一个当时朝野皆知的案子。"

"会稽太守章华是一个深受百姓尊敬的清官，但为了替百姓执言而得罪了张丽华的表兄尤平，被一纸状子告到了刑部。刑部的人碍着张贵妃的面子，明知章华是冤枉的却不肯替他讲半句公道话。我接过案子后，很快发现了案情上的疑点，便令他们对簿公堂。那尤平不学无术，是个不长脑子的人，几句话后便说得牛头不对马嘴。

"我让他当堂出了丑，又判章华无罪，他恼羞成怒，大闹公堂，被我逐出。从此，张贵妃便对我怀恨在心，伺机报复。但我不怕，因为我的声誉在三吴一带已有影响，就是陈叔宝也不得不考虑民心民意。

"可惜章华这个骨鲠之士，最终没有逃脱张丽华的黑手，被陈叔宝活活打死在朝堂上。"

"听说章华是因为直言上谏被打死的，怎么还有这一背景？"

"直谏只是借口，可以掩人耳目。"

"这件事正映出了先生为民请命的拳拳之心。陈朝君臣昏聩、贪官横行，先生欲行大志，而无用武之地。如今时代不同了，大隋立朝虽只有十年，但气象一新，皇上勤政爱民、任人唯贤，百姓安居乐业、唯思皇恩。清明的政治环境正是先生一展鲲鹏之志的良机，望先生不要错过。"听着金钊诚恳的话语，陆知命陷入了沉思。

"好女不嫁二夫，忠臣不事二主"的古训在他的脑海里冒出又浮下，浮下又冒出。片刻，陆知命抱拳相向，对金钊道："非是陆某不从王命，实乃才疏学浅，难以承命啊！"

金钊悻悻而回。

杨广闻听后，拊掌大笑。金钊莫名其妙，愕然地望着晋王。

"岂不闻三顾茅庐的佳话？"

金钊恍然大悟，笑道："臣这一趟注定要空手而归的！"

"但这一趟又必不可少。明日孤亲自走一遭，事可济也！"

"会不会需要第三趟啊？"

杨广摇了摇头，不容置疑地说道："两趟足矣！他有自知之明。"

金钊会心地点了点头。

第二天，杨广去了，没有车马护卫，只两个人、三匹马。归来时，三人并驾齐驱。晚上，杨广喝得大醉，同醉的还有陆知命。

陆知命果然不负所望，只身深入虎穴，以三寸不烂之舌，智斗群顽，晓之以理，动之以情，终使陈正绪、萧思行等三百余人相继归顺。

杨广以其奇功，表奏皇上，授职仪同三司，这是后话。

【第五回】

少年郎赌斗心如马，将军汉射覆意似猿

三九严冬，窗外飘起了雪。外面，呵气成霜，滴水成冰，但屋里却暖烘烘的。炭火烧得正旺，映得人脸上红艳艳的。

“王妃，您多躺会儿，您身子弱，不该久动。”刘妈一把把萧妃按在床上。

“刘妈，我没事了，总躺着怪难受的。”

“又逞能，不然也不会小产，多可惜啊，又是个千岁爷。”

“刘妈，你又来了，你说多少遍了！”

看到萧妃噘嘴了，刘妈又心疼地替萧妃捶着肩，叹气道：“虽说咱们是主仆，天地之别，但老身一向把你当成女儿，看你受累，我就心疼！”

“刘妈，我知道，只是……”萧妃欲言又止。

刘妈听出来了，萧妃这是想让自己少说几句，于是知趣地自我解嘲道：“人老了，这嘴就碎了！好，好，保证今后少说。雨烟，快把乌鸡汤端来。雨荷，拿两块儿干布来。”

“知道！”两个宫女几乎是异口同声，把两个字音夸张得像台词。

“晋王一天没来看你了，也该来了！”刘妈又唠叨上了。

“他不是忙嘛，宇文将军还没走，郭总管又来了！”萧妃耐心地替晋王解释着。

“平叛的时候忙，几天顾不上家，现在四海升平，也该陪着王妃享几天福了！”

“你以为晋王和你老人家一样？瞎操心！”雨烟甩了刘妈一句，吐了下舌头，跑到外屋去了。

“看我不撕烂你的小嘴儿！”刘妈也笑着要追过去，被雨荷拦住。

“禀告王妃，金先生来了！”雨烟进来轻声说道。

“快请进！”

　　宫女、婆子给金钊请过安，退到一旁。金钊是熟人，又是大夫，用不着回避，便在床边的小兀上坐下，给萧妃号脉。

　　"王妃一切正常，只要仔细调养就行了。王妃的身子骨结实，不几天就可以下地活动了！"

　　说完，金钊收拾着脉枕，准备起身告辞。

　　"给金先生上茶！"萧妃吩咐宫女道，接着又道："金先生这些天辛苦了！灾区那边咋样了？"

　　"赈灾的东西都发下去了，灾民也都安置好了。灾民们都念叨王妃呢，说这么大的雪，您还去看望他们，为这，您还受累受苦，他们从心里感恩戴德。"

　　"老百姓就是这样，你为他们做的每一件实事，他们都不会忘记，并以加倍的感恩之举回报你！我能做的也就是去慰问他们，真是感到做得太少了！"萧妃的眼眶湿漉漉的。

　　"他们走了吗？"萧妃问的是宇文述和郭衍。

　　"还没有！"金钊的话说得很缓，似乎后面还押着几个问题。

　　"你看他们人怎么样？"

　　金钊感觉萧妃问得有些唐突，但见她又是一副极认真的表情。他脑子快速地转了几圈，笑着反问道："他们不都是晋王的得力助手吗？"

　　"我想听你的实话。"萧妃的眼神亮而逼人，"你是晋王最好的朋友。"

　　"宇文将军有些傲气，但谋事周密；郭总管有谄媚之嫌，他知道晋王好碧螺春，一次就送来上百斤，而晋王似乎很喜欢他这一点。"

　　"人嘛，都爱听顺耳的，喜欢听话的，这也是人的弱点。但我看，晋王还是能用其所长的，他未必没看出郭总管的不足。"

　　"王妃说的是，臣也是随便说说。"

　　"他们现在忙什么呢？"

　　金钊闻听这话，望了望周围，萧妃马上向仆女们使了个眼色。看到宫女婆子们退到门口，金钊轻声说道："商议取代东宫之事！"

　　"是吗？"萧妃一惊，很快又平静下来。

　　"臣以为此事不可行，弄不好……"

　　"不要这样说。俗话说：'树欲静而风不止。'你想安分守己，可别人不想。你不干害人之事，可别人干。晋王从平陈以来，几次险遭不测，是何人所为，至今不得而知。宇文述捉到了那个萧珏，原以为可以问些线索，可没想到他服了慢性毒药，结果人死了，线又断了。不过他临死前说早晚会有人替他报仇的，那会是谁？皇权争夺，历来是你死我活，即使晋王不夺，也会有人夺的。

　　"奉诚寺的刀光剑影还记得吧？那只是开始。上回晋王从并州回京，一路上又两次被人盯梢，若不是走得及时，后果实难想象。这都是偶然的吗？晋王在诸王中军功最大，也最受忌恨，且不说他的才能、他的大志，就是这无与伦比的军功，待父皇百年之后，就够他喝一壶的了，想安安分分过日子，门儿都没有！"萧妃可能是过于激动，不停地咳嗽起来。

稍稍定了定神，萧妃又接着说道："我和晋王虽是夫妇，但这件事却是心照不宣，从没正式谈过。他既然提出来了，主意是不会轻易改变的。他这个人脾气就是这样，宁折不弯，轻易不改主意。如果他问起你的态度，你顺着他便是，不要和他撞车。

"我知道你的为人和个性。你不贪图功名利禄，为晋王做了这么多事，只是为民、为朋友、为良心。很多事你干了，但是违背着自己的意志，你的不安和痛苦，我能理解。"

"谢晋王妃，有人能理解我，这也就够了！"金钊诚恳地向萧妃致谢。

"王妃，你休息吧，不要太操劳了，明天我再来看你！"金钊起身告辞。

金钊回到住所。住所里冷冷清清的，只有两个十七八岁的杂役。

金钊早年练武、行医，直到二十五岁时，家里为他订下一亲。但那女子命短，未及结婚便病死了。金钊本来无心成家，乐得逍遥自在，但自从在回春馆见到菱花后，菱花的影子便伴着他度过无数个不眠之夜。

但有情无缘，菱花最后以身子不洁为由遁入空门，这让金钊懊恼了好一阵子，便也去了成家的念头。杨广一再劝其娶个太太，都被他婉拒了。

洗漱已毕，金钊倒头便睡，但辗转反侧，难以入眠。

扬子江头的老渔翁、西市口的高僧、鹤发童颜的孙思邈，一个个人物又浮现在他的眼前。自己是不是出世之心太重？红尘中还有多少缘分？匆匆四十余载，所学所为又有多少价值？金钊扪心自问。

他又想到了故乡辽西一望无际的大草甸子。春天里，百花盛开时，成群的蝴蝶是最好的玩伴，他会追逐着彩蝶，追逐着梦幻。夏日里，暴雨过后，空气格外清新，俯下身，拨开草丛，那里有令人惊异的蘑菇群和拣都拣不过来的地皮。秋日里，他会在衰草间打着滚，寻找唱歌的蝈蝈和蟋蟀。当冬天终于到来时，那洁白的雪被上也有无穷的乐趣，支起筛子捕鸟是他至今仍津津乐道的趣事。

在自然与利欲之间，哪个是值得追求的？在道义与理想之间，哪个分量更重呢？

还是高僧指点的对啊，该退步时应及时抽身，身后才是自由的天地。与世无争，自然和谐才是自己最想得到的，为什么要去追求自己不喜欢的东西呢？

想到这儿，金钊的心终于平静了。夜风无语，白雪送情，今夜，好美！

宁静的夜晚悄然隐去，一个新的黎明又来到了。

　　杨广早饭后，刚刚回到密室，贴身侍卫刘威便送来一封信，禀告杨广道："金大人的仆人送来的。"

　　杨广疑惑地拆开信，扫了一眼，顿时失声叫道："金先生走了！"

　　"走了？"宇文述和郭衍也惊疑地站起身来。

　　杨广把信递给他们，郭衍念道：

　　晋王，臣金钊走了，到臣该去的地方去。也许臣有些累，需要一方宁静的天地来休憩一下。拜别之际，谨献上臣一片至诚之心，臣无论是在天涯还是海角，都会永远为您祈祷。请相信，在您他年需要臣时，臣钊会如约而至。

　　顺致王妃康健，两位将军安好。

　　请不要找。

　　郭衍念完，怔怔地望着杨广。由于事情来得过于突然，杨广几乎没有反应过来。

　　"什么时候走的？"杨广问。

　　"说是后半夜。"刘威机械地回答道，"王爷，当务之急是把金先生追回来！"

　　"对，王爷，不能不追啊！"郭衍和宇文述附和道。

　　"不必追了，该去的留也留不住！"杨广颓丧地坐回椅子里。

　　"不追不行啊，他万一……"宇文述的话说了一半。

　　"不会的，孤是了解金钊的。孤相信他，他就是刀架着脖子也不会背叛孤的。他这个人，就是个性强，他走有他的道理。"

　　"可他为什么要走呢？王爷待他不薄，他至少也该打个招呼的。"郭衍眉头紧锁着。

　　"是不是这次密议他未参加，心中不平才……"宇文述推测起来。

　　"王爷几次让他参与，他都说他忙完外面的事就来，我们没有排斥他，是他自己找借口不来的。"郭衍摇头否定道。

　　"但他确实了解密议的内容！这太危险。"宇文述仍是原先的态度，因为他密议讲得很多，主要的内容都是他策划的。

　　"他不管是真有事还是找借口，他了解计划的主要内容，这是事实，孤没有亏待他，这也是事实，最主要的是孤深深地了解他。可以肯定的是，他的出走对于计划的实施不构成任何威胁。所以，孤再一次明确，不得伤害他！"

　　宇文述和郭衍只得缄口不语，默默地退回到座位上，可两人的心里仍在打着鼓。

原来，就在昨天，当着金钊的面，郭衍献计说："如果夺嫡不成，可以割据江淮，仍不失天子之尊，郭衍愿以身家性命力保王爷登上太子之位。"这话要是传到皇上的耳朵里，一百颗人头也不够砍的。

宇文述则提醒杨广道："现在朝中最能影响圣上的只有两人——高颎和杨素。高颎是太子的亲家，因而杨素则是唯一影响废嫡之事的人，不把杨素拉进来，事恐难成。"

正在这时，张衡推门进来了。进来后，感觉气氛不对头，便问："为金先生出走的事吗？"

"你怎么知道？"

"刘威刚刚跟臣说了。"

"你怎么看这件事？"

"顺其自然！晋王还记得在并州时，金钊的话吗？"

杨广猛地一怔，继而连连拍着脑袋："亏你提醒！他当时说：'如果有一天臣不辞而别，请不要寻臣，臣会选择一个恰当的时机归隐山林。'"

"其实这个时机他选对了。"张衡接着说："他为平陈立下了汗马功劳，但在评功论赏时，他只字未提，把皇上的赐物全分给了部下。故而，他是个视金钱、权势为粪土的人，即使他不走，今后也不会有更大的作用，反而会带来麻烦。"

"何出此言？留下来会添麻烦？"郭衍不解地疑问道。

杨广和张衡笑而未答。

杨广回到后堂时已是子时二刻，他使劲地搓着手、跺着脚，想把一身的寒气驱走。

萧妃还没有睡，正在烛光下给宫女雨烟算命呢。雨烟看见晋王挑帘入内，便机灵地站起问候、倒茶。

"很冷吧，先烤烤火！"萧妃挣扎着想坐起来。

"躺好，不要动，你现在是病人！"杨广赶到床头，示意她睡下。

"金先生来看过了，说很快就可以下地了。"

"金先生不会再来了。"

"他怎么了？"

"他走了，就在昨晚上，留下了一封信。"

萧妃喃喃道："怪不得，昨天过来的时候，说话就与平常不一样！"

"他说什么了？"

"他说话就是那么直率，对你们的计划有些不理解。"

"他这个人性情耿直，忠心不二，一点儿假都不肯掺，可惜不知权变，成不了大事！"

萧妃床前的烛火一明一暗，不停地跳跃着，萧妃翻了一下身，静对着仰面凝神的杨广，杨广两手交叉，箍住后脑勺。

"你们商量了多时，有个眉目没有？"

"办法总是人想出来的。重要的是分清敌我，弄清谁是自己可以依靠的，谁是必须打击的。现在看来，最难通过的是高颍。高颍的地位高而且稳，乃群臣之首，而群臣之中经他提携的上柱国就有多位，可以说是树大根深。更主要的是他深得二圣的欢心，多年来和二圣建立了牢固的友谊。对高颍，二圣也是听之任之，地位几乎无可替代。"

"殿下说的是他前些年的光景吧？现在他的地位仍是牢不可破？"

"当然，事在人为嘛。现在杨素的地位正构成对他的威胁，二人之间正暗暗较劲呢！"

"这不就有文章可做了么？"

"不错。孤，对，还有爱妃，主要是要打通二圣的关节，干扰和影响他们对高颍及太子的看法，让宇文将军沟通杨素兄弟，张衡主要对付东宫，让郭衍去对付几个上柱国。各个击破，待条件成熟后再发动总攻。"杨广胸有成竹，"古人云：'能者居其位。'我大隋若要国祚久长，不能不由能者统驭，东宫之位迟早要归由孤去领受，孤要把这件事做得完美无缺。"

这是一座典型的贵族庄园。高大的门楼、巨大的石狮、重叠的院落，厅堂、花园、家庙错落有致。穿过青砖铺地的甬道便是重檐翘首的客厅，这里常用来接待重要的客人。

这座宅院就是越国公杨素之弟杨约的宅邸。此时，客厅的紫檀木方桌四面围满了衣着华丽的男男女女，一场惊心动魄的赌博正在进行。

杨约今日赌运正盛，一旁的红木箱子很快就被金条、元宝装满了。

他们玩儿的是"双陆"，这种赌具的玩儿法既快又简单。两人各执一木，投出后按颜色数点，谁的点大谁赢。若是黑色便是头彩，若出白色便输定了。

此时，宇文述已输得一塌糊涂，两眼发直。

"还玩儿不玩儿？"杨约料定宇文述今天翻不了本了。

"玩儿，不玩儿是孙子！"说完，宇文述从怀里掏出一物，往桌上一拍，"敢赌吗？"

啊，祖母绿！鸽蛋大小的祖母绿！杨约的眼睛也变绿了。

这可不是寻常之物，如果输了呢？把赢来的加倍赔上也不够。可那祖母绿太诱人了，放在桌子上晶莹闪烁，光华四射。

赌！今天的手气不坏，不赌白不赌！杨约想到这儿，狠了狠心，高声说道："我老杨舍命陪君子，把所有的金条全押上！"

宇文述先掷。他执木在手，闭眼低语，然后叫了一声："黑！"

双陆转了又转，最后停在了红色面上，还不算太坏，下面还有白色垫底呢！宇文述神情稍安。

杨约的眼角掠过一丝得意，他觉得自己已经有了八成的胜算。他把双陆在大手心里捂了捂，又放到胸口停了停。双陆掷出去了，他目不转睛地盯着木块狂叫："黑来！黑来！黑来！"

木块的颜色在变，停下时，正好停在了黑色面上！

人们屏住呼吸的刹那间，杨约一把抢过祖母绿，狂吻着："赢了！赢了！我赢了！"

他把宝石递到每个人的面前，忘乎所以地说道："这是我的！是我的！我的祖母绿！"

而递到宇文述面前时，宇文述淡淡一笑："我还玩儿，玩儿更大的！"

"什么？你疯了！"

"只有我们两个人，换一种玩儿法。"宇文述说完，扫了一眼其他人，又把目光收回到杨约的脸上，轻轻地说："敢吗？"

"敢！就我们两个！"杨约一挥手，所有人都退了下去，并随手关上了门。

"玩儿什么？"杨约颤抖地说道。听得出，他已明显有些底气不足。

"玩儿前程，玩儿身家性命！"宇文述平静地回答着。

"什么意思？"杨约脸色突变，怯怯地向身后退了两步。

他以为，今天宇文述输得精光，一定是恼羞成怒了。确实，换了自己，也会悲从中来。都怪自己只想着赢，一点儿后路也没给人家留。事到如今，只有舍财免灾了，不然，宇文述的双手足可扭断自己的脖子。在赌场上，他胜了宇文述，要论武功，那就差远了，自己走官运还不是靠着哥哥杨素的影响？

想到这儿，他把揣到怀里的祖母绿哆哆嗦嗦地拿出来，谄笑道："只是玩儿玩儿，何必当真，原物奉还！原物奉还！"

"收好吧，杨大人，他根本就不是我的。"

"不是你的，那是谁的？"杨约咀嚼着宇文述的话，百思不得其解。

"是晋王的，所有的财宝都是晋王的，我只是奉命送来。"

"送给我，为什么？我……"杨约的眼睛瞪得大而圆。直到现在，杨约才回过味来，这所谓的赌博，其实就是送礼，宇文述就是冲着"输"而来的。

"别急！我且问你，当今众臣之中，谁最受圣上宠爱？"

"当然是高颎了！除此之外，就是家兄了！"杨约不假思索地说道。

"不错！但你再设想一下，圣上百年之后呢？你还能再拥有这华宅、美妾吗？"

听到此处，杨约不禁打了个冷战。他知道，家兄杨素和高颎现在是水火不相容，虽然表面上都装得很大度，其实已成死结。万一皇上归天，太子登位，高颎必然得势，到那时，还会有家兄的半点儿好吗？

杨约脑门冒着热汗，求助似的望着宇文述："愿闻高见！"

"请坐下细说！"

到现在，杨约才发现说了半天话，自己一直是站着的。适才紧张过度，现在心总算放了下来。

"眼下太子失德，皇后久有废黜之意，皇上也在考虑此事，如果令昆仲借此发力，促成此事，他年晋王荣登宝座之后，还愁富贵荣华吗？此事关乎令昆仲的生死荣辱，当从速决断。"

"多谢宇文大人指点，请向晋王问好，杨约愿相随左右。"

杨约话音刚落，急促的敲门声响起。打开门，只见一个家丁背着一个满脸是血的人走了进来。家丁哽咽着哭诉道："四少爷让韩擒虎的三儿子给打了！"

"窝囊废，活该！"杨约气不打一处来。

"息怒，杨大人，让孩子慢慢说。"宇文述劝解着，又让家丁唤来郎中。

"孩儿在酒楼吃酒，无意中说了句'老虎屁股摸不得'，没提防被正在吃酒的韩三虎听到了，他骂孩儿是在污辱他的父亲，孩儿不服便和他对骂，他却对孩儿动起手来。他们人多，孩儿如何打得过他们？"杨约三子杨东哭诉道。

其实，杨东这话隐去了很多细节。吃酒时，他是和一青楼女子在一起，而韩三虎和他隔着一桌，同桌的还有高颎的小儿子高乃仁及表兄李靖。

杨东喝着酒，一只手去拧那女子的肥臀，女子哧哧地浪笑着、躲闪着，引得众人侧目，杨东一把揽过女子，高叫道："看你这老虎的屁股摸得还是摸不得！"

说话时，杨东的目光正巧与韩三虎相遇。韩三虎也是个好惹事的祖宗，听出话中有刺，岂肯罢休，刚要发作便被表兄李靖和高乃仁扯住："他自是和那女子调笑，不关我们的事，坐下饮酒！"

"他小子分明是冲我来的，不教训一下他还以为我好欺负呢！"

说完，韩三虎甩开二人，腾腾地来到杨东面前，用手一指，骂道："兔崽子，你敢污辱老子，想找碴儿是吧？"

"侮辱你又怎样？你想打架不成？"

两人越说声音越大，李靖和高乃仁怎么也劝不住。韩三虎抓起桌上的酒壶向着杨东就砸了过去，杨东躲闪不及，正中前额。

酒楼的食客一看打架便纷纷散去。李靖和高乃仁怕事情闹大，拉着韩三虎急急离去，杨东也被家丁背回了家中。杨东怕父亲责骂，便隐瞒了狎妓的细节。

杨约气咻咻地数落着狼狈不堪的儿子，眼睛却在不停地打着转，寻思着如何打击气焰嚣张的韩家，便转头向宇文述说道："宇文大人，此事当如何处置呢？"

宇文述神秘地笑了笑，来回踱了两步，道："此事何劳大人亲自动手。大人，还记得韩、贺二人金殿争功的事吗？"

杨约咂摸着宇文述的话，忽然灵光一闪，计上心来："有了，一场两虎相斗的好戏就要开场了！哈哈哈……"

笑声中，宇文述起身告辞。杨约将宇文述送出了大门，随后便乘轿来到了越国公杨素的府上。

寒暄之后，杨约开门见山，把宇文述之言转述给兄长杨素："眼下已到了我兄弟俩生死存亡的关键时刻，望兄长三思啊！"

杨素手捋长须，微闭双目，嘴角有节奏地搐动了两下："宇文述所言不差啊！去累卵之危，成泰山之安，唯在废立之事上。不过眼下形势尚未明朗，不可不谨慎从事，绝不能被别人握住一点儿把柄！"

杨约点头称是。

杨素接着说道："今后做事，做就要做得周密些，越周密越好！近几日，皇上要特别宴请有功之臣，届时许多一品大员都要赴宴，韩擒虎也会去，到时候选一个精细的人……"杨素的声音越来越小，杨约只顾连连颔首。

两天以后，在刚刚开张的绸缎铺前，满面春风的店老板迎送着进出的顾客。

"贺公子，哪阵风把您给吹来了，贺大人还好吧？"

"张老板，听说你开了一家新铺面，货色全京城最齐全，东南西北的货全有！"来的是位二十多岁的公子哥，一身的锦绣，身后跟了两个家人。此人正是贺若弼的二儿子。

贺若弼有五个女儿，却只有两个儿子。这个二公子有个一般男人没有的嗜好：爱好丝绸。不仅爱穿丝绸衣服，还爱买丝绸。贺家人对这个二公子过分宠爱，寻思着这点儿爱好不是什么大毛病，也就由他去了。

他爱逛绸布庄，只要听说哪儿有好货，他便非去不可，所以他跟绸布庄的老板都很熟。

张老板可不能慢待了这位财神爷，忙前忙后地介绍着新货。二公子看了一会儿，在一匹新品前停下了。展开一看是牡丹图，花色不俗，颇显富贵气。二公子满意地点了点头，回头对张老板道："给贺府送几匹过去！"

"好的，不过这品种现在只有这一匹了，您看……"张老板讪笑着看着二公子，对公子的美意甚感抱歉。

"一匹就一匹，来了再送！"贺公子倒是很好说话。

"好的，就遵公子的吩咐！快，准备着，给公子送去！"张老板乐呵呵地支派着手下的伙计。

伙计刚要搬动那匹丝绸，旁边大摇大摆来了几个人，对着伙计就喊："别动，这是韩公子看中的，谁也不能动。"

二公子一看有人搅局，还口称是韩公子的人，便不满地问："哪个韩公子？"

"当然是韩擒虎将军家的公子了。怎么，这韩公子你都不认识？真是白活了！"

一听这话不对劲，二公子身后的家丁可不依了，瞪着眼，指着来人说道："这位可是上柱国公贺将军家的二公子！"

"哈哈！我们韩将军也是上柱国公，你们贺家算什么东西？"来人边说边哄笑着。

这些人盛气凌人的样子一下子激怒了贺公子："若是今日换了别人，我二公子都可让与你，独有你韩家，我是半寸布也不给留！"

贺若弼、韩擒虎二人早有恩怨，后又因平陈争功之事，两家人一直耿耿于怀，不见面没有争执也罢，若是一旦点起火来，双方都没有让步的可能。

二公子怒从心头起，喝令手下道："给我抢！"

两个家丁纵身去抢，来人也不示弱，一时间你扯我拉，互不相让。

张老板吓得面色煞白，对双方又是磕头又是作揖，但谁也不理他。

韩家的人不光抢布，还抄起家伙往贺家家丁身上打，一个为首的，竟拔出刀来向二公子刺去，二公子喊都没喊便倒在了血泊中。

来人一声呼哨，夺路而逃。临出门前，还狞笑一声："天大的事，有韩老爷挡着，有种的就来找！"

大路上围观的人像潮水一般。

贺府家丁顾不上自己头破血流，背起二公子就往家跑去。二公子回到家时，鼻子里只剩下一口气，他无力地抓住母亲的手，只说了半句话便咽了气："找韩家报……"

贺若弼在儿子死后两天才赶到家——他督造水渠去了。

家丁在路上没敢据实相告，恐他受不住打击，只说家中有急事，太太不好了——太太亲口交代家丁的。

贺若弼回到家中，映入眼帘的是这样一幅惨景！他几乎支持不住了。二公子是他的心肝，平时不要说打骂，就是大声训斥也极少有过。看到面敷黄纸的儿子，他悲愤交加。

过了许久，他渐渐从惊骇中苏醒。家丁向他哭诉了经过，他浑身颤抖，没等听完，便挥剑斩去了桌子的一角，咬牙切齿地说道："韩擒虎，不是你死就是我亡！"

太太一把抱住他，央求道："将军三思，万不可再去拼命！"说罢昏死过去。

贺若弼悲愤欲绝，仰天怒叫："此仇不报，天诛地灭！"

"老爷，奴才誓死为公子报仇！"家丁们也怒吼起来，一百多号人横眉立目，持刀执剑，只待贺若弼一声令下。

正在此刻，看门的家丁来报，高颎大人到了。高颎不待贺若弼反应，已来到院中，眉头紧皱地观察着这紧张的气氛。他上前握着贺若弼的手，安慰道："老夫刚刚听说此事，颇感震惊，对令公子的不幸深表哀痛，望贺将军节哀顺变，暂且息怒，容老夫查明原委，定给你一个交代。"

贺若弼本来就是火燎毛的性格，烧起来不会轻易降温。他谢过高颎，冰冷地答道："此事就不必烦劳高公了，若弼自会处理。是非曲直，我定要与那韩擒虎有个了断。"

"你现在这个状态，能解决什么事情呢？只会把事情搞复杂！"高颎想以长者之尊，力争说服贺若弼。

"老夫以为，若真是韩府所为，曲在他，谅他韩擒虎也不敢抵赖，自有国法处置；若是你现在直趋韩府，纵然打他个稀巴烂，韩府付出了代价，但于你又有何益处？充其量是出了口恶气，一旦理论起来，曲在你呀！于今之计，你暂且隐忍，让官府秉公处理。到那时，你屈伸有度，进退自由，既申了冤、报了仇，皇上面前也有个交代。"高颎说完，静观其态。

贺若弼听罢，虽觉有理，但心理上却无法接受，仍咬紧牙关，抱拳相谢："话虽至理，但若弼失子之痛难以抚平，不复仇无以平愤！"

"请问你为将几载？"高颎突然转了话题。

这还用问，高大人一手将自己由一介村夫培养成战将，大小战阵无数，这点阅历，高大人和自己一样清楚。但突然间，贺若弼明白高颎是在提醒自己要头脑冷静，要运用谋略，情绪也一下子平静了下来。

是啊，自己为将一世，英雄半生，如果一时鲁莽，一世的英名便会荡然无存。他望着亦师亦友的高颎，百感交集，想起自己刚才的言行，羞愧难当！

"若弼悉听高大人安排！"贺若弼紧握着高颎的手说道。

从灵堂回到内屋，高颎眉头紧皱，半晌，他才缓缓地说："韩擒虎虽是有些粗鲁，但他行事向来是有章法的，应不会纵容家丁如此猖狂闹事，即使其子不屑，也不至于这样无法无天！这其中必有隐情，老夫前去查一查！"

韩擒虎从皇宫回府便闷闷不乐地睡去了。韩擒虎号称海量，喝得越多越有精神，但在皇上面前只能喝个兴致。虽然不能开怀畅饮，却很少像今天这样郁郁寡欢。

"舅舅，还是高大人问起的那事让您不开心？"寄居韩府的李靖关切地前来问候。

"舅舅没干那事，怕什么？都查了好几遍了，咱们根本没有人去动贺家人的一根毫毛！就是皇上亲自过问，咱们也是理直气壮！"韩擒虎一脸的不屑。

韩擒虎就这脾气，宁折不弯，一生坦坦荡荡，也不肯吃一点儿杂面。

"得失皆由此吧！"李靖想到，他小心地在舅舅背上捶着，试着说："既如此，更说明这件事不寻常，舅舅以为呢？"

韩擒虎将头左右摆了摆，说："他'一撮毛'敢害我不成？谅他也不敢！"

"舅舅，您和贺若弼一向不和，金殿争功也是尽人皆知。古人能二桃杀三士，如今也有人利用它挑拨离间呢！"

李靖见舅舅微微有些气喘，转身端来一盏温茶，送到韩擒虎面前，说："舅舅今日一定喝得不少，以往不见您这么喘。"

韩擒虎喘了两口气，道："按说也不算多，可总觉心口闷，大概是没休息好吧！"

他又喘了两口气，若有所思道："舅舅近来夜里总睡得不踏实，做了不少乱七八糟的梦，似乎有种不祥的预感，好像将要发生什么可怕的事情！也许是舅舅年纪大了，想得太多了吧！"

别看李靖年岁不大，毛头小伙一个，可非常有头脑，常和舅舅讲论兵法，故而韩擒虎有什么心事也常向他说起。

见舅舅如此说，李靖偏着脑袋，忽然道："舅舅的话让靖儿想起一件事。在贺家出事之前，表弟曾在酒楼间同杨约家的儿子打了一架，我觉得喝酒打架没什么要紧，也就未放心上，未同舅舅说。杨家公子挨了打，却没有纠合人前来报复，完全不符合他们以往的做派，令人生疑。接下来便有人去行凶，还大张旗鼓宣称自己是韩家的家丁，又是一疑。而行凶的对象偏偏是与韩家一向不和的贺家，岂不是有意为之？舅舅不觉这其中存在某种关联吗？是不是有人故意在做手脚，嫁祸于我们呢？"

韩擒虎含了一口茶，静静地听着，半晌才回过神来，道："细想一下，两件事真有些关碍，但咱们家与杨家向无冤仇，还跟越国公杨素大人一向交好，他们何苦要害我们呢？再说，子弟打架也犯不着小题大做吧！还有，你表弟打架也不是头一遭，谁知道他在外面得罪了谁呢？"

"靖儿也只是这么猜测，并无真凭实据，只是提醒舅舅罢了！"

"难道是贺家人故意诬陷？"

"我去绸布庄问过，张老板的确听到了就是韩府的人！"

"他是不是被收买了？"

"看样子不像！"

"贺若弼向来诡计多端，他什么损招儿都想得出来！"韩擒虎说着话，捂着肚子，脸上汗水不断。李靖见状，忙拧了个手巾板儿递给他。

"舅舅，您跟贺家到底有什么冤仇？"

"其实，我们两家原是很好的世交，他父亲还是舅舅的塾师呢！只是后来两大家族争购一块风水宝地，我们彼此都加入了械斗，从此才互不服气，常常争斗。高大人倒是替我们调解过几次，但心里的疙瘩不是轻易可解的！"

"原来如此！"

韩擒虎的脸色更难看了，李靖不安地道："不能再挨着了，我去请郎中！"

"不用，不用！舅舅没那么娇气，休息一会儿就好！当年跟尉迟迥打仗时，舅舅背上中了两刀，眉头也没皱一下！"

李靖了解舅舅的秉性——不爱看郎中，总认为那是懦夫的行为。

不得已，李靖拿出了银针。李靖祖上学医，尤精针灸，所以受家学的影响，他也学得粗浅的医术。

行了几次针，韩擒虎才长出一口气，道："适才肚子疼得很，像有千百银针在扎，现在好多了！"

李靖收了针，道："这也只能止一时，必得个郎中查查病根！"

正说着，派出去打听情况的家丁回来了："奴才守在贺家门口对面，见不时有人登门，高颎大人也去了！"

"这不足为奇，丧事嘛，总有人吊唁的！"韩擒虎不以为然地说道。

第二天早晨，李靖照例给舅舅韩擒虎请安，顺便说起了凌晨之际发生在府门口的一桩怪事："今日凌晨，咱家门口突然出现王者的仪卫！仪卫分列两旁，各执竿、毕、青龙、白虎、玄武、朱雀之旗，立二十四戟……左邻右舍都看见了，一位上了年纪的人前去询问，其中为首者回答说：'来迎接大王！'那邻居顺势一瞧，果然见一位宦官手捧远游冠，恭敬地跪在门口。他以为舅舅晋封为王，急急地前来告知，可是我们出来再看，除了薄雾，什么也没有了！"

"什么？"韩擒虎手中的茶盏摔落在地上，心中骇然，在府第门前私建王者的仪卫，不只是僭越，简直是图谋不轨的谋反大罪！

韩擒虎的脸几乎变形了："手段如此卑劣，分明是要陷我于灭顶之灾！"

李靖目光灼灼，忽听门外一阵骚乱，只见一精壮后生叫嚷着闯入门来，口中不停地叫着："我要见大王，见大王！"

韩擒虎厉声骂道："何处的野种，乱叫什么？"

那后生捣蒜似的叩头道："大王饶命，大王饶命！"

"这里没有大王！"韩擒虎一拍几案，震得案上的杯盏乱颤。

那后生转向韩擒虎，连声大叫："您就是我要找的大王，是阎罗王，您就是阎罗王，阎罗王饶命！"

"谁派你来的？大胆的狂徒？从速招来！"韩擒虎的眼睛都快爆出来了！

再看那后生，此时已口吐白沫，一头栽倒在地上，死了！

在场的人皆面面相觑，不知所措。韩擒虎脸色煞白，颤抖着指点着死尸，怒道："这分明是要陷害老夫！"

"舅舅千万要冷静，急则生乱，乱则生祸啊！"

"怕什么！我生为上柱国公，死为阎罗王，够风光的了，管他暗箭射自何方！想当年，有人为我预言，断言我必死于冷落，看来是言中了！"

"舅舅，事情绝非如此简单，您想想，会不会是一场政治阴谋！"

"管他阴谋阳谋，我韩擒虎岂是好欺负的？大不了舍了这条老命，跟妖魔鬼怪斗一场。来吧！"

"舅舅，你脸色怎么这么难看？"李靖关切地来到近前，语气急急地问。

"死不了！找不到元凶，我岂能撒手而去？靖儿，准备一下，我们到高府去一趟。"

"去见高大人？也好！"

韩擒虎动了一下四肢，好像陡然长了精神似的。

拜访高府，韩擒虎虽不是第一次，但每一次都很讲究。更衣、正冠，深深吸了口气。

高颎刚刚从宫中回来，还未来得及换下官服，便有家丁来报："新义公韩大人求见。"

"来得正是时候！"高颎这样想着，举步出门迎接。

来到客厅坐定，韩擒虎神色忧郁地将发生在韩府内外的奇事细细说来。说罢，求助似的望着高颎。

高颎闻言不禁耸然而起，凝神片刻，复又坐下，问道："新义公准备怎样处置此事？"

韩擒虎望了一眼近旁的李靖，叹了一口气道："前些日子，齐国公问擒虎家奴一事，擒虎甚是惊诧，府中并无此等目无王法的悍奴。但擒虎始终不解，是谁冒我韩府之名，陷我于不义之地？现在又怪事连连，除非仇家所为，不然……"韩擒虎欲言又止。

高颎接过话茬儿，反问道："你是在怀疑贺府？"

"擒虎也只是猜想。好端端的，谁肯与我为敌呢？"韩擒虎脸色又有些发白。

"新义公的猜测也不是没有道理，按常理，贺若弼最值得怀疑，一报还一报嘛！"高颎停住话头，眼睛平静地注视着门外，接着说道："不过，即使是他有这份心，也无这份胆。冒充王家仪仗，该当何罪？他不会不知轻重、如此冒险的，贺若弼不会去干的。老夫以为，这其中必有文章，而且是大手笔。"高颎语气重重地作结。

"依齐国公之见……"高颎话音刚落，李靖便紧问了一句。

"暂不要惊动圣上，免得节外生枝。近年来，圣上的情绪波动很大，朝堂之上连续多人被殴毙。另外，圣上疑心太重，这一点，新义公不也亲眼所见了吗？"韩擒虎点头称是，黯然失神地喘着粗气。

高颎缓声说道："修仁寿宫，说明皇上的精力已开始分散。那数以千计的役夫死于劳役、酷热，而总监工杨素非但未损一根汗毛，反而青云直上，可见圣上有时也有失察之事啊！今日所谈事关重大，万勿传出一言一语，至于诸种怪事，只能暗中查访了！"

韩擒虎默然无语，脸色也愈加的惨白，不时有汗珠沁出。

"舅舅，又疼了？"

"新义公这是怎么了？想必是忧郁所致吧？"

李靖抽出白丝绢帕，替韩擒虎拭去额头的细汗，又向高颎述说了舅舅从宫中回来的情形。高颎眉头拧成了一道线。

"你们赶快回去，请最好的郎中，不，让老夫请御医来，越快越好！"

李靖拥着韩擒虎回到府中，看到舅舅只有出的气，没有进的气了，忙招来舅母和表兄弟们，叮嘱道："舅舅分明是他人所害，但可怕的是我们现在还一无所知。打仗要看对手是谁，我们找不到对手就无法复仇。看来，眼下我们只能隐忍，只能装作一无所知，然后细细查访。留得青山在，不怕没柴烧！"

表弟韩世谔把拳头捏得紧紧的，脖子上也暴起了青筋，恨恨地说道："父亲为大隋立下汗马功劳，不能就这么不明不白地死去！我要对皇上禀明，请求查明凶手！"

"有用吗？皇上对身边的几个上柱国公早就猜疑在心了，巴不得他们一个个早点儿离开人世。没有个合理的借口，皇上是不会去替你费力追究的，岂不闻'狡兔死，走狗烹'之理吗？"

"不会的，皇上对父亲一向很器重！"韩世谔抚尸大哭，竟一下子昏死过去。

高颎带着太医赶到时，韩府已是哭声震天了。想到韩擒虎一世的英名，竟落得如此的下场，高颎心里也阵阵抽搐，不禁暗想："难道这就是名将的下场？"

高颎不知何时也已泪流满面，他为老部下扼腕叹息。但直觉告诉他，韩擒虎之死只是一个开始，更大的暴风雨还在后头。

高颎猛地想起了李靖告诉他的一件"不经之谈"，说是一帮朝廷一品大员下朝后，请名士测字算命，聊作玩笑，不料测出的俱是凶相，其中便有韩擒虎、贺若弼、虞庆则等人。高颎听后只是一笑置之，谁想现在竟在韩擒虎身上应验了。难道这是冥冥之中天注定的吗？抑或是那名士能洞察世事、预测未来？

高颎越发感到内心空虚起来，昏昏然回到府上时已是黄昏时分。刚想躺下休息，家丁来报，有一个青衣老道要求拜访。高颎一心只想休息，哪肯见客，便让家丁回绝了。但家丁说，那老道死活不肯离去，定要见到人才走。

高颎心烦，只是喝退家丁，躺在床上闭目养神。

片刻，前院吵吵嚷嚷之声不绝于耳。高颎大怒，正待用家法警戒无知的家丁，一个小童跑来报知，老道人强行闯了进来，还打伤了几个人。

"什么野道人？这么无礼！"高颎来到前院，见众家丁正围着那道人，高颎觉得似曾相识，只是一时想不起来了。

那老道见高颎过来，也安静下来，稽首道："贫道见过高大人！"

"仙道执意要见高某，有何指数？"

"贫道别无他求，只为度大人出家！"此语一出，众皆哗然。

"真是一个疯道人！高大人乃群臣之首，国之栋梁，怎么会跟你遁入深山，流落江湖？真是一派胡言乱语。"一个管家嗤笑着喝止老道。

不料老道却冷冷一笑："笑人者自笑，休看今日闹哄哄，他日冷落堪人怜。不如今天猛回头，免得来日身首异！"

高颎一惊，此人相貌奇特，语出怪异，遂笑道："仙道可否明示？"

"施主既读圣贤书，应知天下事，怎奈身在局中，心在局外。君不识'爵高担险，树大招风'之理？月盈则亏，物极必反，不若急流勇退，流连山水，退身守道，彻见真性，自达圣境。那时，岂不趣味无穷、知是乐极？"老道说得悠然，高颎听得入定。

老道说完飘然离去。高颎立在原地，如一尊木雕一般。

许久，高颎才猛然想起，此人不正是大名鼎鼎的杨伯丑吗？高颎不觉生出几分归隐之意，遂急步追出门去。街上空荡荡的，早已不见了那杨伯丑的踪影。

高颎正在张望，忽见一行华衣丽服的人从门前匆匆而过。高颎定眼一看，那骑在高头大马上的不是晋王府的参军段达吗？此人一向是跟随杨广的，他此时来到京城干什么？

段达刚刚从黎明阁酒家出来，送走了姬威准备回王府呢。

段达是通过张衡认识姬威的，比起张衡来，段达更有自己的一套绝活——无论多么生疏的关系，一回就能套牢。他了解到姬威贪财而好色，便花高价从江南购来一个十六岁的美艳吴女，又在僻静处为他购置了一处小宅院——金屋藏娇，正称了姬威的心愿。

今日，姬威带着几分酒意回到私宅，嘴里哼哼唧唧地唱着小调。

姬威看上去三十多岁，宽脑门，阔嘴巴，笑起来眼睛会眯成了一条缝，双下巴上有一颗黑痣，乍看上去是个敦厚老实之人。

他刚进到内屋，就听到一声娇滴滴的吴音，姬威酥软得像吃了一百二十个人参果，浑身透着舒爽。

那吴女的确不俗，在灯下更见标致：腰肢柔媚，似风前垂柳纤纤；体态风流，如雨后梨云冉冉；一双俊目，如秋水低横；两道蛾眉，似春山长卷。白雪凝肤而鲜妍有韵，乌云绾鬐而滑腻生香。真是天生的尤物。

"我的心肝，想死我了，快让我亲亲！"姬威裹挟着满身的酒气，一把搂住娇羞的吴女，接着就是一阵狂吻。

"大人为何许久不来，想煞奴家了！"

"宫中事体太多，哪得清闲啊！"

"分明是不疼爱奴家，借口罢了！"吴女小嘴一努，摆出一副生气的样子。

"太子爷最近心绪不好，谁敢偷懒？就是前前后后伺候着，还生恐有什么不周之处。"

"太子爷会有什么不开心的？骗人吧！"

"你哪里知道，自从太子妃元妃病逝后，太子爷受到二圣训斥，就一直闷闷不乐，除了喝酒解闷，便是和云氏一起上山打猎，十天半月里才去一两次教武场习武。"

"那太子爷也怪可怜的，老婆死了还得挨骂！"

"谁让他只宠云氏，冷落元妃的？虽然元妃生性孤僻，长相一般，但那是皇后亲自选定的，冷落元妃岂不就是冷落皇后？都怪他那个性子，自己惹火烧身。"

"这么说，太子爷是个挺可爱的人！"吴女笑得花枝乱颤。

"你是不知道啊，这个太子专挑皇上、皇后不喜欢的事干。皇上倡导节俭，他却喜爱奢侈，衣着华丽、吃食讲究，连坐骑用的都是金鞍。皇后最忌妻妾成群的人，太子却娶了一房又一房，情人、儿女一大帮。"

"这不是挺好吗？想干什么就干什么。"

"可他是太子啊，是未来的皇上啊，哪能想干什么就干什么？得为治理天下做准备！"

"那么累，还不如做一个平民自由呢！"

"累？皇子中多少人向往那个宝座，为了抢到这个宝座……"姬威发觉自己失言，忙住了口。虽身在幽室，姬威仍不忘自己的特殊身份。

"大人，明天陪奴家过一天如何？就一天！"吴女央求道。

"不行啊，小乖乖！当差的，身不由己啊，明天要随太子去仁寿宫，要几天才能回来呢！"

"就你的事多，借口！"吴女不高兴了，小脸像挂了层秋霜。

"小东西，不就是想图个乐吗？我来了！"姬威抖擞了下精神，恶战吴女。吴女被压得连加求饶，妖声连连……

姬威并没有欺骗吴女。第二天，他们一行多人果然随太子去了仁寿宫。

太子杨勇今日衣着简朴，所乘暖轿也是半新不旧的。这是在太子府洗马李纲的力争下，才如此装扮的——杨勇对李纲的诤谏开始重视了，到仁寿宫问候二圣就是李纲的主意。

李纲劝杨勇振作起来，拿出太子的勇气和胆略来，劝他用自己的实际行动洗刷自己身上的污垢，并多向高颎等重臣请教。杨勇试着去做，力争用行动转变自己在母后眼中的形象，力挽将倾之势。

仁寿宫位于京都大兴城西面，坐落在群山环抱之中，壮观华美，与巍峨的山峦、蔽天的林木相映生辉。

进了山，登时清凉多了，杨勇的心情也变得清爽起来。

"这次一定要在父皇、母后面前尽力表现，留下一个好的感觉，也学一学杨素，力挽狂澜。"杨勇这样想着，轿子便进了宫门。

他让当值的太监向父皇通禀，自己则立在门外看风景。没多大工夫，那太监回来了，阴沉着脸回禀道："回太子爷，皇上因连日接见外国使臣，身体倦乏，着令太子爷回府休息，择日再行接见。"

杨勇仿佛当头泼了一盆冷水。"父皇以前从未有过拒见儿臣的事。"杨勇悲从心起，"看来，父皇对自己的看法越发不如从前了，我这个太子怕是要当到头了！"

入秋以后，独孤皇后胃部常感不适，饮食少得可怜，太医千方百计诊治仍疗效不佳，人明显瘦了。她很少揽镜自照——她是个不很讲究打扮的人，外国进贡的珠宝，虽然举世罕有，但她一粒也不肯戴。这一天，她忽然心血来潮，对着铜镜左顾右盼，映出了自己花白的头发、瘦削的脸孔和一对深陷在眼窝里的黄浊的眼睛。

见了铜镜中的模样，独孤皇后暗道：这哪里是当年那位光彩照人的皇后，分明是位憔悴不堪的老妇人。

"叭！"镜子被皇后狠狠摔在了地上。这一突然举动把身旁的一宫女吓得啊了一声，顿时面色蜡黄。

"一惊一乍的，叫什么叫。来人，拉下去，打二十大板！"

"皇后开恩，奴婢不是有意的！"

眼看同伴无辜受罚，一个胆子稍大一些的宫女跪地求饶："皇后，看在她日夜辛劳的份上，饶她这一回吧！"

被罚的宫女近来日夜衣不解带地照料着独孤皇后，所以宫女们想以此唤起皇后的同情心，却不想招来了更粗暴的呵斥："大胆，岂敢跟本宫讲什么辛劳，不敲你几下，你是不晓得规矩的！来人，重打二十大板！"

皇后还是不解恨，把屋内的所有镜子全都扔到了院子里。

这一气，皇后的病加重了，每次会诊，太医全都战战兢兢的，生怕因为一句话惹来灾祸。他们虽然知道这是皇后心情不好带来的，但不敢吐半句劝解的话。

杨坚倒是劝了不少话，但回应的更多的是叹气和哀伤的话。这让杨坚有些不耐烦了，劝导的话渐渐少了。

"皇上，您是不是觉得臣妾老了！"

杨坚劝导道："伽罗，别胡思乱想了！你是一国之母，保重身体要紧！"

"臣妾觉得自己老了，不能再替皇上分忧了！"她还是少气无力的样子。

杨坚温柔地拍了拍皇后没有多少血色的手，笑道："朕都没感到老，你比朕年轻多了，敢说老？朕还想让你给朕再生个儿子呢！"

"皇上拿臣妾开玩笑呢！皇上再老都是皇上，可臣妾年老色衰就不一定是皇后了！"

杨坚一惊。他待皇后一向尊重，虽说偶尔召幸别人，但从未想到过其他事，惊道："伽罗，何出此言？你这岂不是自寻烦恼吗？"

话刚出口，杨坚便觉得话有些重了。她一个病人，何必跟她计较呢？于是，便又半开玩笑地说道："等朕老的那一天，就和你天天厮守，可惜朕就是老不下来，大概是吃了什么灵丹妙药，明日也寻几粒给你，免得你不老也喊老了！"

"有皇上的这份心也就够了！瞧瞧，皇上您这头发！"

"国事家事天下事，事事操心，能不秋霜染白发吗？说实在的，谁也逃不掉衰老这一关。人老无碍，关键是你的心不老。十几年前不是就有人上书，请求朕让位于太子吗？可朕不愿当那享清福的太上皇，朕并未到老眼昏花的地步！"

"太子？皇上提那不争气的东西干什么？他哪像是个大隋的太子，他是专门给他父皇母后找气生的人！"一提太子杨勇，独孤皇后便气不打一处来，硬邦邦地说道。

"还记挂元妃的事呢？都过去了那么久，你就消消气吧！"

"臣妾一辈子都不会原谅他。一个连原配夫人都不爱的人，还指望他去善待天下的子民吗？再说，他哪一点能赶上广儿？"

"好了，好了，不说也罢，越说你越来气！"

"生气？还不都是这小畜生给气的？辛辛苦苦得来的天下，交给这样的太子，谁能放得下心？臣妾一提改立太子，皇上就推脱，推到什么时候才是头儿啊！"

"你又操心了不是？废立太子事关国家稳定，岂是一朝一夕便可定夺的？再说，勇儿不是也在改吗？"

"再改也是个左撇子！狗能改得了吃屎？皇上千万不要看他做戏，那一套把戏能骗得了皇上，还能瞒得过臣妾的眼睛？"

"不要急嘛！这事朕也同高颎谈起过，看他的意思，那是绝不能更改的！高颎的话是有道理的，他可是朕最信得过的人！"杨坚伸了伸腰，想结束这次没完没了的谈话。

可皇后却没有结束的意思，嘴里唠叨个不停："忠心，也未必没有私心！他当然不希望自己的亲家只当一位藩王！"

高句丽盛产稻米，山中有人参、宝石等特产。居民高大魁梧，以农业为主，少数从事渔猎。高句丽男人自古以来养成了剽悍的性格，能饮酒、能吃肉、好刀弓、爱斗勇。

这时的高句丽是高元掌玺。这高元自登王位以来，便把开疆拓土当成自己的长远目标，野心勃勃地修治兵甲。

在高句丽北部有许多大的游牧部落，高句丽崛起之后，一些部落便投靠了强大的高句丽王，以获得强大的援助，于是便有越来越多的部落前来投靠。有了那么多肯为自己驱使的游牧勇士，高元便开始了新的梦想——他要使疆土进一步向契丹人世代居住的辽河流域推进。于是，他不断指使边境部落制造事端。

开始时，高句丽人还只是个别人越境抢些猪、牛、羊或其他生活用品，后来他们便成群结队地明抢暗夺，不但抢东西，还抢人，把抢到的男人当作奴隶，抢到的女人当作老婆。边境一带警报不断，弄得人心惶惶，居民不断内迁。

边患惊动了朝廷，杨坚专门派遣了使节调解此事。高元表面恭敬，并当众处置了一些"案犯"，但使节一离开，他就制订出更大的西侵计划——占据辽河两岸的肥沃土地。

进攻是试探性的。初时，他们只往隋境推进十里八里就停驻下来，见反应不大便不断推进，若是隋军猛烈反击，他们则退回国境。如此，反复几次。

本来，边境小规模冲突也难以避免，但这样明目张胆地侵扰不能不引起边将的高度重视。他们不得不向朝廷请求诏令，请示是发重兵讨伐高句丽，给其毁灭性打击，还是有限度地给以惩罚。在这件事情的处理上，高颎和杨素的分歧很大。杨素坚决主张灭掉高句丽，而高颍则倾向于攻心为上，使其永远臣服。

"臣以为，不可轻言用兵讨伐。高句丽山高林密，地势复杂，又兼路途遥远，山海相隔，运输补给十分不便，若深入其腹地，必受其害。"高颍出班奏道。

"高大人所言未免有畏敌之嫌吧！高句丽兵少将寡，土地窄狭，乃弹丸之地，倾邦之兵又能有多少？他地势复杂能胜过江南吗？而路途遥远也言过其实了，陆路从涿郡出发，能有几何？他区区小邦本应安分守己、称臣纳贡，竟然心生妄想，屡有不臣之举，实是自取灭亡。似此狂妄小邦，不伐不足以扬国威、震远地，天兵到时，高句丽必然束手待毙。"杨素面对杨坚侃侃而谈。

杨坚听罢，暗暗称赞，不禁轻轻点了点头。

高颍奏道："高句丽是小邦，但绝非弱邦，况他准备有年。高句丽王高元也非庸碌之辈，岂会坐以待毙？右仆射不是在痴人说梦吧？"

"高大人莫要长他人志气，灭我大隋威风，他高句丽乃小邦、蛮荒之地，一帮乌合之众，怎堪我铁拳出击？小王愿提偏师深入敌邦，定将不知高低的高元小儿捉到殿前。儿臣不才，愿为父皇、为大隋略尽绵薄之力。"杨坚的小儿子汉王杨谅奏道。

一看他那不可一世的态度，高颍直皱眉头。

"汉王不愧皇家壮哉青年。为将者，先要气胜他人，方能战之。今形势如箭在弦上，不得不发，现在已不是战与和的问题，而是如何战、谁挂帅的问题。臣以为汉王若能整军挂帅，定能扭转危势，壮我大隋之国威！"杨素唱和道，将杨谅说得像花儿一样。

杨谅此时任并州总管。按其职责，正该守土卫国、捍卫边庭，但他好左右游移，办事举棋不定，同高句丽多次交锋，胜负各半，但他报喜不报忧，所以杨坚只知他善于用兵，士兵亦皆为其所用。今儿听杨谅的豪言壮语，心里陡然升起一股激情，便道："谅儿激流勇进，肯为国效力，为朕分忧，实愿朕心。高元狂徒，不知上下尊卑，心存不轨，屡犯边庭，朕本欲亲率龙尉扫荡巢穴，吾儿既愿勇挑重担，便可替朕出征。"

杨坚说完，又向高颍望去："高爱卿所言亦有道理。昔日圣人以德治国，能化干戈为玉帛。此是美谈，朕也羡慕不已。但此一时彼一时，高句丽不遵教化，不守仁义，与他讲德义如对牛弹琴。当今天下，当以武力征服为主，辅以教化，才会收神奇之效。爱卿文武之道皆通习之，可做汉王府的长史，军中大事由爱卿定夺，与汉王同心协力，完成又一桩惊天动地的事业，让高句丽永不复活！"

杨谅闻听，闪身出班，叩头谢恩："儿臣绝不辜负父皇的厚爱，以生命和鲜血誓死保卫国土，把高句丽赶回老家，赶下大海，用胜利的喜讯回报圣恩，扬我国威！不完成使命，绝不回还！"

杨素在旁心花怒放，用眼睥睨着高颎，嘴角挂着淡淡的冷笑。

高颎暗暗叫苦：汉王杨谅求功心切且年轻好胜，此去必不肯受我调遣。如果有功倒还罢了，万一军事失利，我这个长史岂不是罪责难逃？皇上啊皇上，您这不是把我往火坑里推嘛！高颎心焦如焚，但也没有办法。

转眼间便到了寒露，这一天辰时，天空寂寥而空蒙，几只野雀打破了清晨的宁静，它们在枝头间跃动、和鸣着，像是久别重逢的老友。

扬州总管府的后花园内，一身白绸练功服的杨广徐徐吐纳，收了最后一个架势。一个梳着双角辫的小童递过一块雪白的丝帕，杨广轻轻拭着额头上的汗，又把挽了两挽的长袖放下来。

坐在水榭的红色木椅上，杨广四肢放松地闭着眼睛，小童站在身后也一言不发。

这是杨广的日课，晨练是雷打不动的。杨广似乎安于这样的状态：静静地练，静静地思索。

朝晖冲破云层，投射到环流的小河上，洒下了点点金光，与岸上婆娑的树影相映成趣。

"王爷，到进早膳的时间了！"看到日影爬到水榭的檐头，小童俯身轻唤闭目养神的杨广。杨广伸了伸胳膊，舒了舒腰，迈着舒缓的步子走下青石台阶。

刚走上几尺远，一个家丁急步趋前，报："禀王爷，太子府来人，在内厅候见。"

"走！"仿佛换了一个人，杨广三步并作两步地往后厅赶去。

"什么时候到的？快坐吧，不必拘礼！"杨广一进门便让着来人。来人是个小伙子，一身短打扮，浑身透着精明劲儿。

小伙子受宠若惊，手里捏着从衣角处掏出的白绢条。

"你先拣要紧的说说！"

"是，王爷。近来，太子常和一些朝廷大员及江湖人士往来，交往最多的是贺若弼和虞庆则。江湖的武林高手有几个是从东海海岛来的。"

"贺若弼与云氏有亲戚，不要管他，虞庆则你们要盯牢实些。至于那几个高手，知道他们在干什么吗？"

"听说他们几个都有绝世武功，善用暗器。太子待他们为上宾，出入都神神秘秘的，具体在干些什么，一时还没查清楚。"

"这个非常重要，孤自有办法。太子情绪如何？"

"太子的情绪变化很大。时而欢欢喜喜的，时而又悲悲戚戚的。前几日，因为长子杨俨生病，他还哭了一半天呢！"

杨俨乃宠妃云氏所生，是杨勇最疼爱的儿子，也是杨坚最疼爱的孙子。

"想必病得不轻吧！"

"是的，险些过不去了，连高颎都去看了。"

"那也犯不上哭天抹泪的，死了一个，还有九个呢！"杨勇共有十子，多半是云氏所生。

"听说皇上最疼爱这个皇孙。太子妃死后，太子连受责骂，如果长子再有闪失，不知又会受到怎样的训斥，他不担心才怪呢！"小伙子很在理地分析着。

杨广点头称是，又问了些其他琐事。杨广很是满意，并赏了小伙子一顿早饭和一包赏银。

"看来太子已经察觉到什么了，至少已尝到了渐渐失宠的味道。在这关头，他不会睡大觉，也不甘被冷落，他一定会有所反应，甚至是激烈的反应。应该化解掉他的冲击，有备无患。"杨广在客厅中回想着刚才的对话，在心里盘算着。

"要严密设防，不能有丝毫大意，现在步子已经迈开，只有大步往前走，稳些，再稳些！"杨广用手指叩击着自己的脑门，自言自语道。

"禀王爷，'西山五虎'前来辞行，是否召见？"

"请，快请！"杨广不假思索地说道。侍从的请示使他茅塞顿开——这"西山五虎"如能为己所用，岂不是化废为宝吗？杨广不禁为自己的设想陶醉了。

"西山五虎"是一个月前杨广在剿灭山贼土匪之役中俘获的五个山贼头目。五个人各有一个绰号，且都带一个"虎"字，分别是"坐山虎""震山虎""过山虎""拔山虎"和"巡山虎"。

五人出身不同，性格各异，又都有一身的好本领，天撮地合地聚到一块儿，占山为王，聚众为寇，大碗喝酒，大块吃肉，当起了一方的山大王。

随着长长的"请"字传出厅外，五位壮汉鱼贯而行，走进了会客厅。

"草民叩拜王爷，谢王爷不杀之恩！"五人异口同声地说道。

为首的"坐山虎"面目白净，黑髯朗目，四十岁上下的样子，稳重老练。老二"震山虎"膀阔腰圆，形如铁塔，一身黑衣更衬托其威武雄壮的神态。老三"过山虎"生得精壮，动作敏捷，一望便知轻功了得。老四"拔山虎"和老五"巡山虎"像是一对亲兄弟，都生得结结实实的，长着一对大虎牙。

五个人往那儿一站，绿林本色便显现出来了，举止中的狂放虽是收敛了不少，但依旧不同于一般人。

杨广也豪爽地一笑，向侍从道："给各位看座。"

说罢，又面向五位壮士问道："诸位今日道别，不知今后有何打算？"

"坐山虎"欠了一下身子，回道："草民哥儿几个原来俱是有家有业的人，回去之后，自食其力，绝不再做为害一方的恶事，请王爷尽管放心！"

"座山虎"是想让杨广打消顾虑，不必再为他们五人的行为存有戒心。

"这样固然很好，但你们的一身功夫可就无用武之地了。孤甚为惋惜！"

只见"坐山虎"眼睛一转，接着说："本来，冲锋陷阵、舞枪弄棒是我们的最爱，但事到如今也只好放弃了，我等毕竟是戴罪之人！"

杨广微微一笑："既是英雄，怎能无用武之地？眼下国家百业兴旺，朝廷正是用人之际，只要你们忠心耿耿，愿意为国效力，孤王愿做一回'伯乐'！"

闻听此言，"西山五虎"高兴地站起来，叫嚷道："不治罪不杀头，还给官做，天下还有这等好事？"

"王爷，你说的是真话？""震山虎"摸着后脑勺问。

这直白的话让人觉得很不是味儿，但杨广一笑置之，点头道："孤王岂能说谎？众英雄不必疑心，本王用人向来是用人所长，你们都有自家的绝活，今日不妨当众表演一下，也让孤王开开眼界。不知众英雄意下如何？"

听说让他们表演看家本领，哥儿几个纷纷摩拳擦掌，跃跃欲试，尤其是"震山虎"，是沉不住气的那种性格，杨广话音才落，他便闪出座椅，抱拳道："我早就手发痒了，恨不得把天能戳个窟窿，只是这巴掌大的地方怎能施展开来，到那山野开阔处，方称我心！"

"二哥要天地开阔，小弟偏要狭窄之处，眼前这个地方便可！""过山虎"话音刚落，便身形一闪，跳到丈许高的中梁上去了。众人叫好之际，他却倏地不见了，杨广左右寻找时，他却躲到了杨广的背椅后面，又赢得了大家的一阵喝彩声。

"真是胜过猿猴啊，不知这叫什么功夫？"杨广竖起拇指，询问着。

"这便是江湖人称'无影术'的轻功，翻墙越脊，如履平地。""坐山虎"代为答道，"这是在深山老林中练就的，与别派的轻功又有不同。"

"三哥的精彩，偏俺的不中看？""拔山虎"的尖嗓音骤然响起。

只见他腾跃跳起，又轻轻落下，脚下的方砖已经碎裂。他面不红、口不喘，将手中瓷盅掰成了几大块，又在手心碾了几下，两手一抖，碎屑细土般纷纷扬扬。

"好功夫，好功夫！"杨广不禁喜上眉梢。

"巡山虎"不待"拔山虎"回到座位，便噌地蹿到杨广面前，先来一招白鹤亮翅，然后耍起了自创的"虎拳"。一扑、一掀、一卷，招招样式独特，刚柔相济，暗藏杀机，舞到精妙处，只见拳脚不见身形，似有千百只手脚在护卫，耳畔唯有呼呼的风声。

杨广也是行家，深知若没有千锤百炼的功夫，如何能够出神入化？看着看着便鼓起了掌，余者也跟鼓掌。

"巡山虎"看到众人被倾倒，不觉脸上带笑，大嘴一咧，哈哈大笑："这不算什么，比起大哥'坐山虎'差得远了！"

"诸位英雄，适才的展示，孤已大开眼界，今日孤宴请你们，以祝各位的加盟。"

"西山五虎"欢呼雀跃，江湖野性展现无遗。杨广心中更乐，有了这"五虎"，何愁大事不成？这真是捡来的便宜！

想到这儿，杨广忙命人将宴席摆上，与"西山五虎"吃喝起来。酒过三巡，菜过五味，"五虎"开始有些酒意。陪酒的府中侍卫头目刘威、刘成不高兴了，附在杨广的耳边嘀咕了几句，而杨广似乎没有听见，继续招呼让五人痛饮。

刘威、刘成对无罪释放"五虎"本来就有意见，现在晋王又待若上宾，心中更是不快，只是王命难违，不得已而为之，看着"五虎"那种狂劲，岂能心静？

"我等费死力才将其擒获，现在优待得快超过我们了，如此下去，今后府中还有我们的地位吗？"两人越想越不是味，三杯两盏之后，愁肠百结，心如苦瓜，泪如泉涌。

杨广早看在眼里，也心知其意，但并未发作。他对两员爱将的心性脾气了如指掌，对他们多年来鞍前马后的服侍也十分满意，只是毕竟是行伍出身，眼界自然小了些。

"你们怎知孤的良苦用心？君欲取之必先予之，只要他们能俯首称臣，一官半职尚不吝惜，又何必在乎小节呢？再说，为王者一定要海纳百川，大肚能容，何况是孤眼下用人之际呢，你们有什么委屈就暂且隐忍吧，以后你们会明白一切的！"杨广心中暗自释怀，只是不断用眼神警示一下，让他们注意场合。

"坐山虎"是读过书的，遇事好往深层去想。虽然现在也已是酒意逼人，但他并无醉态，看着刘威、刘成的举止，他也瞧出些眉目来了，心想："今日之事，是祸是福？晋王为人到底怎样，真的是思贤若渴、不拘一格用人才吗？他的佐将能容下我们吗？不可高兴太早，至少得再试探一下晋王的诚意。"想到这儿，他冲着杨广一抱拳："王爷千岁，蒙您不弃，重用我等罪人，足见千岁有过人的胆识。求贤的决心和容人的雅量，但我等山野莽夫，缺少礼数，不懂法度，恐难当王爷所托大任，惶恐之至，乞求还我等自由之身，任凭自生自灭吧！"

说完，"坐山虎"用目光扫了扫其余四人。他们是久在一起的，对各自惯用的手法十分熟悉，顿时明白了用意，便一齐道："我等也有此心，望王爷见谅！"

杨广何等精明，一眼便看穿了其用意，爽然大笑，端起满满一大杯酒，望空祝道："苍天在上，孤诚待英雄之心，天日可表。孤一向用人不疑，疑人不用，诸位尽可一百个放心！"说完，杨广又朝刘威、刘成望去。

二人见状，只好附和道："王爷一向有孟尝之美名，各位不必顾虑！"

"坐山虎"闻言，心中稍定，但忽又有所感，遂请求道："王爷千岁，今还有一事，不吐不快，望王爷容禀。"

"但说无妨！"

"我等五人，虽不是一母所生，但生死之交胜过同胞兄弟，不求同生但求同死，分派差事时，乞求同处一地！"

"孤能理解。其实，这也不是什么过分的要求，孤照准就是了！眼下有件事体，正需英雄们去做，不知肯否应允？"杨广说得十分诚恳。

"千岁尽管吩咐，赴汤蹈火，我等在所不辞。"

"父皇密旨，令我对蜀王秀和秦王俊进行监视。此事为最高机密，事关国家大事，需既忠心耿耿又胆大心细之人，孤信任你们，决定把这事交给你们。你们一定要慎之又慎，绝不能暴露身份，更不可将此事告人，哪怕是亲娘老子也不能吐半个字。你们只需将他们的行止侦察清楚，便可返回，事成之后，孤不会亏待你们。"

"五虎"肃然而立。他们万万没有想到，晋王会交给他们如此重大的任务，顿时受宠若惊。

杨广为什么敢将这种机密交给"外人"呢？其实，杨广自有自己的打算。"五虎"没有任何政治背景，只要拢住其心便会一心一意地为己所用；"五虎"虽然张狂，但很讲义气，不会轻易地出卖自己的利益，值得依赖。而假以皇上的命令更显任务的神圣，使其更有被重用的感觉。至于如何完成使命、侦察何种消息，自有张衡去布置。

"五虎"被委以重任，一下子收敛了许多，酒也不喝了，狂话也少了，立等晋王给他们细说详情。却见晋王只是笑吟吟地劝酒、说笑，"五虎"倒显得有些局促不安了。

午时开宴，直到申时方罢，杨广显出明显的倦意，被刘威扶着入内宅休息。"五虎"待杨广离席，也一同回到住处。

征讨高句丽的三十万大军终于集结完毕，急不可待的主帅杨谅立刻下令全军北上。

时为九月，正是天高气爽，却不料刚启程就下起了雨，绵绵缠缠，几日不绝。高颎看着秋雨中瑟瑟发抖的兵士，请求主帅杨谅暂缓几日。

"不行，一日也不能停！我们集结队伍已浪费了不少时日。兵贵神速，让他们冒雨继续赶路！"杨谅的话让高颎感到比秋雨还凉。似这样行军，即便赶到前线，又有几人能战呢？这种鬼天气，不生病才怪呢！

见高颎的请求都被硬邦邦地顶了回来，隋军的其他总管只好闭嘴。贺若弼等人虽有怨言，也只好私下里发泄了。

果不其然，军中病号逐日增多。

高颎不得不向杨谅陈情，杨谅不屑一顾："现在天气渐凉，难道会暴发瘟疫？有病治病，不要危言耸听！"

高颎无言以对，但心中却蒙上了一层阴影。

天转晴了，可病号还在增加。晴过几日又忽然暴暖起来，热燥燥的天，闹得人心暗动。

虽然行军的速度在加快，但病死的兵士却还在不断出现。

贺若弼等人又进言高颎，希望能稍事休整："兵士的体能在下降，况病卒日增，未接战而战斗力削弱，如何征伐？"

高颎叹曰："我岂不知？只是元帅迎敌心切，听不得下情啊！现在每营中都病死者，若蔓延下去，后果不堪设想！眼下，我们同去进谏，或许有些用处！"

听完众人的进言，杨谅惊道："疫情甚于敌情？甚于缺粮？不至于此吧！我原想趁天寒之前破敌而返，孰料天不助我！众将且不要急，容孤再想想！"

杨谅停了一会，对高颎说："咱们一起到营中走一走，看看情况再做定夺，如何？"

高颎的心忽悠一下飘荡起来，心想：元帅这句话，总算说到点子上了！

高颎、贺若弼等人陪着杨谅在军中察看。

缓缓的队伍远看去像条游蛇，行进在起伏的岗峦间，步卒们带枪携剑，迈着沉重的步子移动着。走近看，他们低着头，脸上毫无表情，木然地望着脚下的黄土和顽石。偶尔抬一下头，擦去额角的汗水，全不顾身旁欢唱的雀鸟和飞奔的野兔。

担架上躺着呻吟的伤员，焦黄的面皮使人顿生怜悯。间或有一个快骑驶过，也是催促行军速度，马蹄声过后，一些胆大的兵士在队伍中咒骂着："老子的腿脚是肉长的，不是铁做的，有本事，下马来走走！"

杨谅骑马走近一队挑担的兵卒，他们一个个痛苦地扭曲着面目，汗如雨下。其中一个身量中等、体格健壮结实的兵卒引起了杨谅的注意。这个兵虽然也是身负重担，但神态自若，如悠闲散步一般。

杨谅令人招来小兵，好奇地问道："别人都感痛苦，你为何不苦反乐呢？"

小兵想了想，回禀道："小人李贵禀帅爷，小人虽然受罚，却是心甘情愿的。"

"你为何受罚？"

"因为殴斗！"

"为何殴斗？"

"为了……为了……为了一桩奇遇！"

"奇遇？军中会有什么奇遇？你说说看！"

"这……既然帅爷要问，那小人就全说出来。只是，只是帅爷要替俺保守秘密！"

"你说吧，本帅答应你。"

于是李贵缓缓道来一段离奇的经历。

"当初队伍集中后，小人和一个叫萧剑的分到了一个队伍里，同吃同住，又是同乡，很合得来。只是他有些地方很让人纳闷：比如解手，别人都是随地拉撒，可他偏选没人的地方，问他，他说从小就这样，习惯了。睡觉的时候，别人都爱脱光了睡，可他裹得紧紧的，还说我们太麻痹大意，当兵的应该时刻保持警惕。更让我好奇的是他长得白白净净，活像一位可爱的女孩，他却逗我说：'爹妈给的，有什么办法？'我用手去摸他的脸，被他一把挡开，还说要和我比力气。我们掰手腕，他的力气大得惊人，次次都是他赢我。"

"他的声音呢？"杨谅忍不住插了一句。

"底气特厚实，听不出有什么不一样。有一天晚上，我睡得迷迷糊糊的，感到我的右手搭在了一块软绵绵的东西上。"

杨谅屏住呼吸，头伸得像采食的老鹅。

"我的心顿时凝固了。我感觉到，躺在我对面的萧剑肯定是个女儿身！"

"你没有……"杨谅试探着问。

"我没有打搅他，但我从此开始盯他的梢儿。我发现他最爱去的地方是伙房，和伙夫陈老大最谈得来。

"这一天，他又去了伙房，我就跟在他后面也溜了进去，看见他正躲在一角洗澡呢！那光洁的身子，又白又嫩，不胖不瘦，像是西施再世。正看着，我的肩头被人重重地捶了一下，回头一看，原来是满脸怒容的陈老大。

"我结结巴巴地想说什么，却惊动了里面的玉人儿。她娇喘吁吁地穿好衣服出来，一看是我脸顿时红了，像是盛开的芙蓉花。

"你且不要声张，给我到里面去！"陈老大命令我。我自知理短，便乖乖地跟了他们进去，准备任由他们发落。

"为什么要偷看，你不嫌害臊？"陈老大责备着我，语气比先前缓了下来。

"我原不是看她洗澡，只是怀疑她的身份，想证明一下自己的判断，谁知就撞上了。"我低着头，不敢和他们的眼睛对视，怯怯地说。说完，我长长地舒了口气，偷偷地看了他们一眼，他们好像也并不很生气。

"你什么时候开始怀疑我的？"萧剑的眼直逼着我。

我把想法直率地说出之后，萧剑又红了脸说："既如此，你看咋办呢？"

"咋办？我能咋办？"我也摸不准该怎么办，遂含糊地说，"任打任罚，全由你，你总不至于一刀宰了我吧！"

他们俩相互看了看，还是陈老大开了口："我看你也不像个坏人，你们俩就结拜为兄妹吧，对外以兄弟相称，你看咋样？"

"能与她兄妹相称，实在是求之不得的事，我爽快地答应了，并保证保守秘密，暗中帮助她。这一天，萧剑向我说明了她女扮男装的经过。"

"原来，萧剑的家里现在只有一个孪生哥哥。萧剑的哥哥天生体弱，父母为了让他健体，求一个会武功的亲戚教他习武，时间一长，哥哥没练出来，聪明的妹妹倒学了个八九不离十，三五人近她不得。"

"今年恰逢征兵，他们家男丁两人，应出一兵，如果让他哥哥当兵，不用打仗，跑路就累死了。万般无奈，萧剑头发一甩，对哥哥说：'昔有花木兰替父从军，荣归故里，今日里小妹替兄从军，绝不会给列祖列宗丢人，打败了高句丽人，我就回还。'

"就这样，她脱去旧时衣，穿上了新战袍，冒名顶替，走进了军营。"

"最早发现这个秘密的是火头军陈老大。陈老大见多识广，一眼就看穿了萧剑的女儿身。她虽平日里阳刚十足，但女孩的小动作还是不经意间就暴露了出来。陈老大是好心人，悄悄把萧剑找去，告诉她的破绽，并让她不方便的时候便去伙房找他。所以，伙房就成了她常去的地方。"

"怎么会因她打架呢？"杨谅追问道。

"事情是这样的。最近几天天热，每到宿营时，便有人到营地附近的河里洗衣服、洗澡。前天萧剑从河边洗衣刚要回来，一群同营的兄弟便涌到河边来，他们一看见萧剑，便邀她一同下河。萧剑推说不想洗，他们不依，非让她留下不可。几个人已经光溜溜地下去了，萧剑看也不看，他们就逗萧剑，说想看看萧剑的白屁股，还没下去的几个兄弟真的开起了玩笑，抓住萧剑就要脱衣服。萧剑急了，左推右搡，但摆脱不掉，河中的几个一看几个人治不了萧剑，也赤条条地上来一起围堵。萧剑本不想和他们认真，但若不打趴下几个，他们会一直闹下去的。萧剑使出看家的本领，一下子扫倒了一大片。众人不怒反喜，爬起来又往上冲。这些人以前都练过三拳两脚，正愁没地方练呐，都想借此舒展舒展。"

"我在营中看萧剑迟迟不回去，心中正担心，远远听见河边闹哄哄的，便往河边跑。一看见一群人和萧剑打架，我怒从心头起，不由分说便扑了上去。"

"我是真打，招招见血，一群兄弟闹不明白怎么回事，已被我打得满地找牙，有的捂着肚在地上打滚，有的趴在地上半天不出声。我一看萧剑没事，拉起萧剑跑回营中。"

"我事后感到有些鲁莽，但我是为了萧剑，我的兄弟，虽受罚，心里并不感到委屈。"

杨谅听完，拍了拍李贵的肩头，说："本帅会告诉他们，减了你的刑期。"

"谢帅爷！"李贵的心里热乎乎的。

在队伍里转了半天，杨谅的情绪更糟了，只有这件奇事才使他稍稍平静。他不得不慎重考虑高颎等人的建议。

"看来，是得休整一下，不然，怨言一多，这兵就不好带了！"杨谅最后下了决心。

队伍停了下来。杨谅将大本营设在一座古庙里。

高颎先指挥众人延医治病，又派出游骑四处侦察，以防高句丽人的偷袭骚扰。

军中因有高颎经管，杨谅本来就没干过什么事，现在一休整，就更加悠闲起来。平常在王府或总管府，他是少不了杯中之物的，自领兵以来，他便未能痛饮，现在一空下来，他的酒瘾便上来了，就让侍卫悄悄拿出暗藏的杜康酒，细斟细饮，慢慢品味起来。

酒与色是一对孪生兄弟，酒上头，色欲便慢慢降临。若是平常在府中，他早已是左拥右抱，极尽风流之能事。可这是在军中，都是一色的"和尚"，他只能靠想象解决问题了。

蓦然间，李贵所讲的那段"艳情"跃入他的脑海。

"何不让那个可人的小女兵来伺候本帅呢？"他暗自得意，"说不定，这是一段旷世奇缘呢！"

他让侍卫去营中寻找，侍卫面露难色："几十万大军，到哪儿找去？"

"猪脑子！想不出办法来吗？"

侍卫挨了顿臭骂，脑袋似乎瞬间开了窍，就先找到李贵"聊天"。很快，萧剑的倩影便出现在古庙内。

萧剑果然仪表不俗。修长的身材，纤而不弱，挺拔刚直；鹅蛋脸，英俊逼人，淡扫蛾眉，朱粉不施。

杨谅立刻有惊艳之感。他吞了下口水，上下打量着萧剑，那神态像是欣赏一幅春宫画。他一把逮住萧剑的手，往自己手心里一合，道："听说你小小年纪，力气不小，孤倒要看看这是双什么手！"

这双手白皙而柔滑，是青春少女所特有的。杨谅把玩着，意态飘忽，心旌摇动，亲自倒上一杯酒，端到萧剑唇边。

"陪本帅喝一口！"杨谅劝道。

"谢元帅美意！小人向来不沾酒，况军中严禁饮酒，违者重罚，小人岂敢蔑视军规，明知故犯？"萧剑轻轻一推，杨谅顿感一股强大的力量从其指间射出。

杨谅没想到，一个小兵竟这样难以对付，心想：当年的花木兰也是如此吧。看来，女子未必不如男。要得偿所愿，得费点心思。

于是，杨谅改口道："说得有礼，理应如此！若不是本帅欣逢生日，也是滴酒不沾的。好吧，在这里，无有尊卑，不分上下，你随便，可以饮茶，也可以喝点白水，陪陪我就行了。我们可以交个朋友嘛！"

萧剑不知元帅招自己来干什么，心里狐疑不定。当听说仅仅是陪着说说话、喝喝茶，防备的心便稍稍敞开了些，低眉轻声说："属下怎敢高攀？元帅有什么吩咐，属下照办就是。"

不知不觉间，萧剑已现出了女子的柔顺，这令杨谅暗自高兴。他指着一旁漂着茶叶的盖碗，满脸挂笑："你喝那个。对了，你叫什么？家住哪里？"

萧剑口含清茶，秀唇嚅动，手不自觉地在耳鬓抿了一下，道："属下姓萧名剑，字破石，徐州人氏。"

"好地方！好地方！当年楚汉九星山一战，项王被打得大败，败退垓下，上演了一场悲壮凄美的霸王别姬。云龙山，本帅也曾登临，不甚高却别具风味，是个兵家必争之地！"

萧剑淡淡地点了点头，没有现出杨谅所期望的那种赞许的目光。

杨谅自我解嘲地端起酒，冲萧剑一举，道："为了古老的徐州干杯！"

萧剑犹豫地端起茶碗，象征性地呷了一小口，算是回应。

杨谅搔了一下头，搜肠刮肚地寻找着关于徐州的话题。

"徐州为九州之一，自古以来，它经历了多少兴亡，演绎了无数的悲欢。楚汉时，它是西楚的国都，东汉时遭受过曹操的屠城，埋葬过一代名医华佗。你在家乡没听过徐州的美丽传说？"

萧剑仍是轻轻地摇了摇头，道："属下生在穷乡僻壤，未听过什么传说。"

杨谅一心想创设一个和谐热烈的氛围却屡不如愿，萧剑就是不予配合。杨谅此时热血沸腾，脑子飞速地在旋转，只有让她饮了那"茶"，等她安眠了，才好……

杨谅此时佯装半醉，要与萧剑猜谜语，说定若是自己输了便喝酒，萧剑输了只需饮茶。

萧剑应道："请帅爷先说！"

"你先出题。"杨谅高挑着眉毛，似乎胸有成竹。

"好，我说。帅爷听真：'一个小姑娘，生在水中央，身穿粉红衫，坐在绿船上。'"

"太简单了！孤的后花园内满池都是，夏日来临时，荷花可是最美的啊！"说着，一双眼睛在萧剑的脸上肆意地游走着，"喝茶，喝茶，要满饮此碗！"

萧剑自幼长在乡村，哪里猜过什么猜谜，只是儿时伙伴们玩耍时说过一些，浅显得很。

"萧剑听着：'一时欢乐一时愁，想起千般不对头。如若想得千般好，自解忧来自解愁。'猜吧！"

"你说的不就像猜谜语吗？"萧剑喃喃地说道。

"猜对了！"

她心中好笑，原来自己的运气这么好！

"我喝光了，你看看，我不耍赖！"杨谅把铜爵底朝天，抖了又抖让萧剑看，"你再说，我肯定还能猜得出！"

萧剑低着头，想了想，道："坐也是卧，立也是卧，行也是卧，卧也是卧。猜一活物！"

杨谅用拳头轻轻敲着额头，想了又想，忽然大叫道："是蛇！对吧？"

萧剑这回笑了，她这次是把看家的本事都使出来了。她只得又饮了一碗。

"再说一个，肯定难倒你。听着！"杨谅刚开口，便看见萧剑眼皮打架，头一垂，悄然入眠了。

"原来这药的药力这么快！"杨谅暗自说道。他喜不自禁，抱起萧剑就往里间急急走去。

其实，萧剑所饮的"茶"是被做了手脚的，里面放了江湖上常用的蒙汗药。

来之不易的娇娃，杨谅并不急于享用。他望着甜睡的美人，先是坐在一旁静静地欣赏，欣赏那起伏的节律和嫩如春花的脸蛋，然后俯下身去吻着娟秀的头发，嗅着她的芳泽，将那高高的鼻梁和红樱桃似的鲜唇一一探了个遍。

一阵温柔的缠绵之后，杨谅无限满足地躺在了一旁，懒散地垂着双臂。这阵搏击，了却了他多日以来的沉郁，他的脑子也开始由浊而清。

侍卫用车把昏沉沉的萧剑送回了营地，但杨谅的心里却七上八下，有着一种别样的感觉。他做了亏心事，心里直犯嘀咕。

萧剑迷迷糊糊中感觉被人背起，又放到床上。她想站起但四肢绵软无力，只觉下身火辣辣的疼，头也像炸开了一般。

"千刀万剐的杨谅，我还是着了你的道了。完了！我这不干净的身子没人会要了，也不配嫁人了。"悲愤交加的萧剑泪如雨下。

"萧剑，我回来了！"随着一声喊，李贵从外面闯了进来，"你猜，我是怎样回来的？"

李贵只顾喊，却没有得到萧剑的回应。见萧剑不应声，李贵不解地问道："你怎么了？病了？怎么躺在床上啊？"

"回来了，你受苦了！"萧剑沙哑着嗓子，有气无力地说道。萧剑看到因为自己而被罚受苦的人回来了，心里酸溜溜的。她发现，自己已悄悄地爱上了这个傻小子。

其实，李贵同样也爱着这个小"弟弟"，受罚以来，这种心情更加强烈了。这几日，他只要一静下来，心思便无一时不在她的身上，他恨不能一步也不离开自己的小"弟弟"，厮守终日，相伴永远。

"你嗓子怎么哑了？怎么还哭了呢？"李贵急切地问着。

"你不要问了，能见上你一面，我知足了！"萧剑已泣不成声，索性扭过脸去。

"你这话什么意思？你快说，我要知道！"

萧剑经不起李贵的百般询问，遂把刚才的遭遇大概地说了一遍。

"天哪，是我害了你，我这张臭嘴！"李贵抡圆了巴掌猛扇自己的嘴巴，他恨不能把这烂舌头挖出来，扔给狗吃。

"你这又是何必呢？又不是你的错！"

"你不知道，就是我把你的事告诉他的。怎么也想不到，杨谅他竟是这样卑鄙无耻。你放心，他就是天王老子，我李贵也不会放过他的！"说完，李贵噌噌噌地跑出了军帐。

"李贵！"萧剑想制止，可哪里喊得住他。她只得挣扎着爬起，踉跄着挪着步子，试图走出军帐，但一阵眩晕使她差点儿摔倒。她扶住帐门，停了停。

李贵早已消失得无踪无影。她伫立门前，遥望着远方，遥望着遥远的云龙山，喃喃说道："哥哥，小妹对不住你。我的受辱让家门蒙羞，族人无颜！我做不了花木兰，没人需要花木兰，花木兰已经死了，彻底地死了。我也要走了，去做天上的白云，做风中的蒲公英，做一只永远美丽的白蝴蝶。"

她失魂落魄地来到一条清水河畔，清凌凌的河水潺潺地流着，水中的倒影支离破碎，如同自己那颗破碎的心。

"哥哥，一切全靠你自己了！"一个大大的涟漪从水中向四周扩散，渐渐融入其他水涡中。

就在同一时刻，元帅大帐内，一场刀光剑影的搏杀正在进行。李贵只身闯帐，同杨谅的几位侍卫打得正酣。

李贵的武艺并不很高，但他是来拼命的，所以气势逼人，锐不可当。一开始他还真的占了上风，但只手难敌双拳，饿虎尚怕群狼，只几十个回合，李贵便被高手们的剑锋罩住，身上多处中剑，鲜血淋漓。李贵不愧一条硬汉子，至死骂声不断。

杨谅虽未伤一根毫毛，但仍惊出一身的冷汗。李贵已经被杀，而他的声声叫骂却如同利箭直刺心窝。

一个投水，一个被杀，火头军陈老大也一夜间自缢身亡。军中开始议论纷纷。

一波未平一波又起，隋军的前卫部队又遭到了高句丽兵的伏击，死伤惨重，可怕的瘟疫也在一天天地蔓延，并且已经有人把它和李贵等三人的横死联系到了一起。

谣言越传越盛，很快传到了杨谅的耳中。

"什么？是上天对本帅的惩罚？岂有此理！准是有人暗中作祟，企图改变孤的战略部署。你们几个好好查查，看看到底是谁主使的！"

几个贴身侍卫出去转了一天，一无所获，只好说，军中人人都讲，没人说得清源自何方。

侍卫刚走，高颎一身疲惫的来见杨谅，可以想见他近日的辛苦。

"高长史，军中情况如何？"杨谅故作平静地说道。

"很不好。疫情日甚一日，每日都有数百人不治身亡。军心浮动，兵无战心，实在令人担忧！"

"以高大人之见，当如何处之呢？"

高颎听杨谅问计，遂不假思索地答道："以目前军情军心而言，不如罢兵回朝！"

"什么？退兵？你真想得出来！千里遥远，千军万马，是来看风景、逛花园吗？无功而返，让本帅如何向父皇和母后交代？你竟然会这样想，太让本帅失望了！"杨谅一脸乌云，没好气地责备着高颎。

"臣此番话绝不是心血来潮，而是经过深思熟虑的。早一天撤军就少一些损失，不然，大军无力支撑下去！"

"一派胡言！病死几个人，可元气并未大伤，一仗打败了就说丧气话，你想动摇军心吗？"

"汉王明鉴。老臣所言，句句肺腑，天日可表。对朝廷，臣不敢言功但耿耿忠心，几十年来从未动摇，'二圣'尚频频称许，殿下怎说老臣动摇军心呢？此等弥天大罪，老臣实不敢当。"高颎不亢不卑，不软不硬地回敬着杨谅。

杨谅适才口不择言，话出了口方觉不妥，但又不肯承认，只好说："大敌当前，拿出两全其美的破敌之计才是当务之急，本帅虽是三军之首，可高长史乃是全军的主心骨，你不能乱，也不能软，此役的胜利还有赖高大人的智谋和统筹啊！"

"恕老臣直言，现在军中传言很盛，且与元帅相关，敢问元帅如何解释军中女兵自杀的悬案？"高颎的话直指要害，杨谅的脸一下子变了色，空气仿佛也渐渐凝固起来。

"我正怀疑这无稽之谈源自何处，高大人不打自招啊！"杨谅冷冷地回敬道。

"元帅何必遮遮掩掩？元帅曾同李贵在路边交谈，成百上千的兵士都曾目睹，何止老臣一人所见。元帅曾让侍卫将萧剑请出送回之后，萧剑投河，李贵被杀，陈老大也随后自缢而死，这些也都有很多人看见，怎能说是老臣在造谣？萧剑代兄从军本是件可资利用的好事，广为传诵还可以激励斗志、提高士气，定会产生神奇的效果，可元帅却将它用歪了，起了反作用，怎能无端责怪老臣呢？"一席话说得杨谅无话可说，脸红一阵青一阵，直喘粗气。

夜已深了，杨谅仍无困意，气呼呼地坐在那里生闷气："高颎老儿休要猖狂，他日孤定报这一箭之仇！孤要让你，不，你们，知道笑到最后的是谁？"

侍卫又来催他入睡，他不再发脾气，吹了烛火，倒头躺下。可他哪里睡得着呢！高颎的话又在他心头泛起。他望着窗外，长叹了一口气，暗道："本来说可以一举而取胜，谁想竟有这么多的意外！孤的那个锦囊妙计也会如此吗？"

正想着，杨谅忽见窗外一个黑影倏地一下出现又消失，他的心猛一紧，忙叫侍卫。侍卫在窗外四周看了一遭，什么也没发现。

过了好一会儿，那黑影又在窗口闪现，杨谅又让侍卫搜查，仍是一无所获。

一夜之间，如此反复数次。

是鬼、是人？是刺客，还是窃贼？杨谅心中战栗着，索性把头缩到了锦被里。

杨谅一夜惊魂未定，第二天早上时已是全身发烫，陷入昏迷。紧张的救治在高颎的亲自主持下有条不紊地进行着。

杨谅苏醒后呓语不断，像是对索命的冤魂告罪求饶，听得旁人面面相觑。

瘟疫进一步扩大，病亡的人一天升至千人。士兵们怨气冲天，将官们也心乱如麻，高颎像热锅上的蚂蚁，期盼着杨谅的苏醒。

"不能再等了，再拖延下去可能会酿成一场更巨大的灾难，士兵中已经出现开小差的了，激出兵变，谁来负责？趁着还未被瘟疫吞噬，请高大人速作决断！"行军总管们再一次恳请高颎。

人心都是肉长的，谁愿做无谓的牺牲，把尸骨抛置在异乡，死前见不到亲人的面？

"各位的心思我全明白。眼下的关键在元帅，他现在仍处昏迷中，撤退的将令要由他下达，不过你们可以先做启程的准备，估计近日便可拔寨回京。"

众将转身离开，各自准备去了。高颎把全军最好的医生都召集起来，要他们想尽一切办法，一定要尽快把杨谅从昏迷中解救出来！终于，功夫不负有心人，经过一番施救，杨谅慢慢睁开了眼睛，出人意料地说道："我是死是活？"

高颎和医生们都异口同声地答道："元帅，你醒了！"

杨谅立刻命令高颎，全军火速拔营，一刻也不要停留。高颎终于松了一口气，但他不明白的是杨谅为什么这么快就改变了主意。

高颎一声令下，千军万马立刻欢腾雀跃，除断后的人马外，余者拔寨启程，熙熙攘攘，望南而返。

精神复苏的杨谅，一路上想得最多的是，如何向父皇交代以及那个神秘的人影来自何方。

"王爷，情况就是这样。"西山五虎之一的"过山虎"禀告完毕，退到一旁，和"震山虎"坐到了一起。此次出行，两人形影不离。

"你们干得不错！依爱卿所言，北伐的大军近日便要空手而返，汉王是白欢喜一场！"

"三弟的轻功无人可比，他在元帅大营内如入无人之境，那些侍卫高手成了他手中的玩物。""震山虎"不失时机地为三弟表功。

原来，让杨谅始终疑惑不解的黑影就是"过山虎"。那夜，他探听到元帅杨谅的住处后，便趁着黑夜的掩护潜到杨谅的窗下，当听到杨谅叽叽咕咕地骂高颎时，便好奇地探了一下头，恰好被杨谅看到。杨谅急喊侍卫时，"过山虎"已隐到了别处。待看到侍卫离开后，他又幽灵般地附到了窗前，听到里面杨谅斥责侍卫无能，大发脾气。而侍卫出门后却口有怒言，小声地数落着什么玩弄女兵、引起公愤的话，这更引起"过山虎"的浓厚兴趣。于是，他又把头伸到窗前探个究竟，又被正对着窗外出神的杨谅看了个正着。

杨谅的神经质更刺激了"过山虎"，他像风一样地来去无踪，戏耍着杨谅，闹得杨谅大病一场，侍卫们也更是手足无措。

这出闹剧，让"过山虎"在二哥"震山虎"的眼中提升了整整一个档次，成了"大侠"，所以回扬州禀报情况，他极力推崇"三弟"！

对晋王的赞扬，"过山虎"感到满足，而一向探奇问胜的他对晋王的推断却大感不解。

"王爷如何知道大军近日要回撤呢？"

"这就叫知己知彼。孤了解汉王，了解高颎，也了解了前方的情况，故有此断言。"

"佩服，佩服！根据这些东西就能作预测，真是方外高人，怪不得王爷平陈时能指挥若定、稳操胜券。"机灵的"过山虎"顺着杨广的思路，恰到好处地拍了一下马屁，直拍得杨广一脸灿烂的笑容。

"过山虎"忽然想起什么似的，问道："王爷，老四、老五回来没有？"

"蜀地路途遥远，且出入不便，怕是要晚些时间才能到。"杨广半是安抚地说道。

老四"拔山虎"、老五"巡山虎"奉命入蜀前去探听蜀王杨秀的消息，屈指算来也该回来了。

"坏了！我们回来时，在饭铺听到了一个消息，几个出川做买卖的人闲聊时，说蜀王杀了一只内地的什么'虎'，手段残酷。我们当时仔细询问他们几个，他们也说不清楚，我怀疑跟老四、老五有关。""过山虎"瞪着鸽蛋般的眼睛，努力想从杨广的表情中寻出什么答案来。

杨广心里咯噔一下。依他对蜀王秀的了解，这种事十有八九是真的。

事情到底是怎样的？事情还要从两"虎"入川的路上说起。

他们走的是水路，是从长江溯流而上。自古入川两条道：一条是经由古栈道，穿山越岭入蜀，这条道路途遥远不说，主要是道上匪患丛生，太不安全；另一条取道三峡水路，直抵川蜀，但三峡江水汹涌，滩多浪大，需要船老大的丰富经验才能化险为夷。

他们便是乘船沿长江溯流而上，船抵夔门时触礁而沉，"拔山虎"两兄弟在陆地是英雄，到了水中便成了狗熊。他们只会几下狗刨儿，到了这等湍急的江水中，那点儿本事根本不管用了。

天无绝人之路。他们呛了几口江水后，便被人双双救起。救命恩人不是别人，正是同船的两个生意人——两个地地道道的蜀人。

救命之恩当以涌泉相报。上岸以后，"拔山虎"一口一个恩人，从心里感激人家的大恩大德。因为是同往成都去，所以结伴一起，同吃同住。"拔山虎"二人像是遇见了知己一样，无话不说，大有相见恨晚之感。

就这样，他们把此行的目的和盘托出。但他们哪里知道，这两个"恩公"却是见利忘义之人。乘船时，发现"拔山虎"二人出手阔绰，豪爽大方，极易接近，便有意结识二人，希图路上能揩些油水。无意间听到二人的身份后，商客便打起了算盘："他们的身份少说也值百儿八十两白花花的银子，这不等于是天上掉下来的财宝？"

在成都，人们都知道蜀王秀喜欢赏钱，只要让他高兴，没准儿就喜获一份意外之财。蜀王特恨跟他作对的人，抓住"反叛者"轻则打个半死，重则酷刑致死。

　　两个商客算计着，对这两个专侦蜀王行动的人来说，蜀王绝不会开出低价，说不定紧俏货能给出个天价呢！

　　他们计划一到成都便开始行动。"拔山虎"哥俩没看出一点儿问题，对两客商言听计从，他们还巴望着到了成都依靠他们呢！

　　"拔山虎"二人一路上只顾贪念着蜀山蜀水和那水一样的川妹子，哪里还顾及两位"恩公"的悄声密语。

　　到了成都，两客商先把二人热情地安顿在相识的客栈里，然后借着"拔山虎"哥俩儿休息的当口，偷偷来到蜀王府大门前，用从"拔山虎"那儿骗来的几两碎银子做见面礼，送给了门前当值的侍卫。侍卫见钱眼开，笑嘻嘻地告诉两人，蜀王打猎尚未回来，让他们明天再来。

　　明天就明天，反正他们也飞不了。

　　客商回到客栈时，正逢"拔山虎"一觉醒来。"拔山虎"一直惦记着客商给他描述的川妹子的好处，便央求客商带他们出去见识见识。

　　客商正求之不得呢！这样一来，又可以多骗他们几两银子用用，于是很爽快地答应了。

　　成都的妓馆多得很，有名的、没名的、当街的、巷里的，只要肯花银子，什么样的货色都有，一应俱全。

　　商客把他们领到了一处叫魁花楼的上等妓馆，老鸨子是旧相识，嫖资是可以打折的。

　　一见面，花枝招展的老鸨子便热乎得叫人受不了，左一声公子，右一声老板，喊得人晕晕乎乎的。随着老鸨子的招呼，嘻嘻哈哈从楼上涌下来一群美女，看得"二虎"眼花缭乱。

　　这些风月场中的老手，一看眼前的两只呆鸟便呼啦一下围了上来，你争我抢、莺啼燕语的，煞是好听。

　　"二虎"毕竟是习武之人，片刻之后便野性勃发，竟左拥右抱地进了花房。

　　两客商见兄弟二人都入了花巷，便同老鸨子调笑了一会儿，讲了价钱，定了回扣，也欣欣然地享受去了。

　　次日，待到日上三竿时，"二虎"才起身。

　　"四哥，恩公呢？"

　　"他们能闲得住，还不是和咱一样？咱们就在这等他们，他们一准儿来！"两人边等边吃着小丫鬟送来的稀米饭加榨菜。

　　此时，两客商正在蜀王府的银安殿内。

　　蜀王高高在上，厉声问道："你们说的句句是真？"

　　"绝不敢说半句假话！他们现正在魁花楼的花房内。"

"谅你也不敢戏弄孤王，但如果有一句谎语，孤会抽了你的筋、剥了你的皮！"

"不敢，不敢！"

"什么？"

"不，不，不！"

两个客商紧张得有些语无伦次，看着他们的窘相，蜀王哈哈大笑道："如果捉到了细作，孤是不会亏待你们的"。

"谢蜀王，谢蜀王！"两个客商早已吓得面如土色，大汗淋漓。

"众将官听令！"蜀王高声喝叫，声如洪钟。

"在！"一群竖眉立目的偏将、牙将站成了一大片，都是些不要命的主儿。

"你们随他二人到什么楼去捉拿那两名要犯，不得有误。谁放跑了人犯，谁就提头来见！"

"遵命！"于是，众将提刀仗剑随商客往魁花楼奔去。

再说"拔山虎"哥俩吃完了饭，在楼里头坐着闷得慌，便溜溜达达地来到了街上。成都的街面很繁华，与扬州又有些不同，各种土特产琳琅满目，令人目不暇接，玉器、铜器、皮具、竹木器皿等应有尽有。两人在人家铺子里东挑西拣，爱不释手。

就在这时，只听街上人声嘈杂，循声望去，只见两个客商身后跟着一大帮顶盔冠甲的人，一个个凶神恶煞，咋咋呼呼的。

"不好，我们中计了！"直到这时，"拔山虎"才如梦方醒。凭他多年的江湖经验，他意识到自己遇上了奸诈小人。

他扯了下"巡山虎"，示意他转过脸来，并附耳道："速速离去！"

两人也不回客栈，随着人流朝南门而去。他们俩也不辨南北，只想着尽快出城，暂避一时。

这边哥儿俩在逃，那边蜀王府的人却在四处查询搜索。

客商本以为哥儿俩仍在房中，可以手到擒来，等破门而入后才发现已人去房空。一问老鸨子，才知道哥儿俩已出门多时了。

"追！"蜀王府的人立刻撒开天网在街上盘查、追堵。

立等猎物的蜀王闻听人犯逃掉，顿时暴跳如雷，下令要立刻处斩两个报信的客商。

蜀王杨秀的师爷张良，立刻谏道："人犯见逃，正说明两人必是嫌犯，举报的两人该受奖赏。有他两人在，那两只'虎'就成了两只羊，早晚定被擒获。若杀了他们，一切线索都断了，此案必成悬案。"

杨秀品了品师爷的话，甚觉有理，便说道："暂把两人放回家，每人奖一百两银子！"

师爷笑道："蜀王宅心仁厚，厚赏薄罚，士人归附，若水之归于大海，可敬可赞。不过，这两个商客却不是士人，而是两个唯利是图的小人，奖赏可以，但不能放其归家。"

"为什么？"

"他们卖友求利，必受报应，用不了多久就会被'二虎'撕得粉碎。为其安全考虑，可把他们暂且安置在王府内，然后……"

"好主意！好主意！"看见师爷的手势，杨秀立刻明白了师爷的意思。

"眼下，先做好这样几件事。"

未等师爷说完，杨秀打断了他的话，说："你看着办吧！你的忠诚和智慧都是孤甚为欣赏的。有了你的辅助，孤不仅能雄踞川蜀，还有实力问鼎中原呢！不过，孤只愿做个蜀王，不想别的！"

"臣明白！"师爷回答得非常干脆。

逃出城门的"二虎"暂避在一座尼庵中。

在成都乃至在整个蜀地，杨秀的"土政策"是"连坐法"，即一人犯法，亲属、邻舍连带受处罚。二人不愿因自己牵连更多的人，故选择了这样一个别人不易想到的去处。

但是，蜀王府的势力超乎二人的想象。在蜀地，成都就是"朝廷"，蜀王就是"皇上"。蜀王说谁有罪谁就有罪，衙门便会依据蜀王的要求做判决，一丝的改变都不允许，否则打死你个州县的刺史、县令，就跟杀个鸟兽一般随意。追捕的府衙更是遍布川蜀，使他们白日里无处可去。

即使在尼庵中，他们也是躲起来的，不敢声张。亏得一位法号慧圆的年轻尼姑的暗中帮助，他们才不致有冻饿之虞。

他们在庵中已躲了一天。外面的风声依然很紧，衙役们已画影图形，张贴了告示，明令蜀人不要窝藏要犯，不要通风报信，举报重奖。

慧圆从外面听得告示，心也提到了嗓子眼，脚步匆匆地往回赶。她担心蜀王府家丁若来此搜查，众姐妹必遭灭顶之灾。想想蜀王的残暴，她就不寒而栗。

"把他们请出尼庵，让他们到别处躲藏方为上策。"她这样想着，"不能因他们让众姐妹遭受凌辱！"

回到庵中，她悄悄来到后院的一座盛放杂物的小房中。这座小房的底下有个小洞，是紧急躲难时用的。昨天，两人越墙而入时，恰逢慧圆从小房里取东西出来，他们说明来意后，恳请慧圆能暂避一时。

慧圆犹豫地望着这两个陌生的外地男人，一时不知如何是好。

"小师父，我们不会连累你的，你只装作看不见就行了，躲过此劫，我们捐善款来修整庵堂。"

"既然你们是被蜀王府追杀，小尼便救你们一回。"

于是，二人跳入洞中，度过了一个漫长的白天。

现在，慧圆要让他们离开尼庵，他们俩都觉得很突然，不解地问道："既然师父要救我们，为何不救到底呢？"

"你们走吧，如若他们发现了你们，小庵就永无宁日了。"

"拔山虎"似乎听出了弦外之音，拉着"巡山虎"给慧圆行了个大礼，以谢容留之恩，然后在后门外腰身一晃，越过了后墙，消失在茫茫竹海中。

"四哥，为什么不再求求那尼姑呢？"走在铺落竹叶的竹海中，"巡山虎"饥肠辘辘，颇有些怨言。

"五弟，咱们'西山五虎'什么时候做过不仁不义之事？想想咱们初识客商时，他们所讲的蜀王的禽兽行为，你知道我们继续留下去，会给她们带来什么吗？那是出家人无法容忍的耻辱。"

"四哥说得也是。不过，我们将托身何处呢？"

"五弟，凭你我的本事，会没有出路？你看，前面有户人家，咱们先去讨些吃喝！""拔山虎"一边指着不远处掩映在竹林深处的小屋，一边说道。

"蛇！""巡山虎"一把拉过四哥，惊叫道。"拔山虎"抬头一看，一条两尺多长的竹叶青正吐着信子朝他们示威呢！

"拔山虎"虽然长在江南并不惧蛇，但竹叶青的剧毒他是晓得的，一旦被咬上，离阎王殿也就不远了。

这让"拔山虎"倒吸口凉气，于是他们的步子放慢了，细细地搜索着前行。

正行间，只听砰的一声，两人瞬间被高高地吊起——他们中了猎人的罗网了。

"娘的，真是虎落平阳遭犬欺啊！""巡山虎"气得哇哇乱叫。

"五弟，忍着点儿，这点儿小把戏能难住咱们吗？"说着，"拔山虎"准备用牙去咬那粗粗的牛皮绳，但试了几次都未成功。他熟习硬功，但对这柔软的牛皮绳却无能为力。

"咳，悔不该把短刀留在客栈里！""拔山虎"急得汗珠子直滚。

两人被吊在半空中，开始你一言我一语地互相埋怨。

正在这时，他们忽然听得一阵低沉的熊吟由远而近，两人晃晃悠悠地看见两只黑狗熊，正一前一后朝他们的方向走来。走着走着，那只前面的忽然停下来，四处嗅着，当看见两个吊着的人时，它们咆哮着冲向"猎物"。来到跟前，它们立起了身子，足有两米多高，前腿一伸，要用毛茸茸的爪子去抓二人。

千钧一发之际，只听嗖嗖两箭正中熊的眼睛。两熊负痛，咆哮不已，转身去寻找仇敌。

二人刚才吓得脸都变色了，一看有人搭救便齐齐地叫喊："壮士，再射两箭，结果了它们。"

呐喊声中，忽然两条猎犬从近处一片茂密的竹丛中狂吠着冲出，直袭两熊，胡乱地撕咬起来。

这种场景，"二虎"还是第一次见到，竟忘乎所以地拍着巴掌，在旁加油助威。

"白狗，加油！"

"大花狗，咬死它！"

也许狗熊中箭太深，最终倒在猎犬面前。两只猎犬朝远处叫了两声，从竹丛后面转出一位装束奇特的猎人来。只见这猎人着绿色包头巾、绿色草裙、草鞋，赤膊，浑身布满耀眼的花纹，脸上也是花里胡哨的。

他打了个呼哨，两只猎犬围着他欢蹦乱跳。两只猎犬负了些轻伤，不断地舔舐着伤口。

望着刚才的一幕，再看看眼前的情景，"拔山虎"相信，他们遇到了经验丰富的猎人。于是，他在半空口开口求救。

"告诉我，你们是什么人？来这深山老林干什么？要实话实说，否则吊你们三天三夜。"听得出，猎人的年龄并不大，还带点奶腥气呢。

那"巡山虎"一听乐了，哄小孩似的逗他："小壮士，刚才你要把我们放下来，也用不着你的猎犬了，两只熊我哥儿俩全包了！"

"别吹牛，老熊差点把你们给撕了，是我救了你们，再不快道谢，我可要回去了。"

"别别别，四海之内皆兄弟，救人一命胜造七级浮屠，你是猎人，我们也是，都是同道，不看僧面也该看佛面。""巡山虎"嬉皮笑脸，满嘴的大杂烩。

小伙子也不言语，只打了个响指，两只猎犬便冲着"巡山虎"龇牙咧嘴地上蹿下跳起来。

"拔山虎"知道是"五弟"耍贫嘴惹了祸，便耐着性子说着好话："小兄弟，我们确实不是歹人，只是进山迷了路才弄成这样，我们几天水米未沾牙，又累又困又饿，再不放下，我们就快不行了。"

"你们说自己不是歹人，有什么凭证？要是蜀王府派来的杀手呢？"

"拔山虎"一听有门，便试探着问："被蜀王府追杀的人都是坏人吗？"

"胡扯！蜀王府的人才是坏人呢，被他追杀的人全都是好人！"

听着这稚气未脱的话语，"拔山虎"心中有数了：这个小猎手肯定是和蜀王府有深仇大恨的人，我们有救了！

想到这儿，"拔山虎"严肃地说："小兄弟，不瞒你说，我们哥儿俩就是被蜀王府追得走投无路的人。不然，谁愿钻这有毒蛇猛兽的林子！"

小孩子歪着脑袋想了想，又围着两人转了几圈，然后说："你的话我相信。好吧，放你们下来，正好帮我弄走这两头熊！"

小伙子开始乐呵呵地摆弄着机关。

两人解开了罗网，一屁股坐在地上，轻轻揉捏着被吊麻了的手脚。

"奶奶的，哪辈子受过这份罪，真不如当个老百姓！""巡山虎"有气无力地发着牢骚。

"当老百姓就自由自在了？这么说，你们还不是老百姓！"小伙子警惕地注视两人。

"拔山虎"责备地翻了兄弟一眼，赶紧打圆场："不是一般的老百姓，是得罪了蜀王府的江湖中人。"

"拔山虎"吸取了口无遮拦的教训，又一次撒了个小谎。

"看你们的样子，准是饿坏了，走，到小屋里弄点吃的去！"小伙子蹦跳着在前头带着路，二人一瘸一拐地抬起两只熊在后边跟着，两只猎犬也前后奔跑追逐着。

小屋的门开了。看得出，这里许久没人住过了，到处是尘土和蛛网。

"拔山虎"明白了，这是间猎人小屋，是供猎人临时休息之用的，他在江南见过。

小伙子熟悉地从房梁上解下竹篮，里边除米、盐和火石外，竟然还有一大块咸腊肉。

小伙子淘米做饭，"拔山虎"帮个下手，两人边干边聊："小壮士，你救了我们哥儿俩，还不知你的高姓大名呢！"

"不要叫我壮士，喊我阿林就行了。告诉你们，你俩真走运，我往常都是十天半月才来一次。要是这回晚了，你们恐怕就坐不到这小屋里来了。那两个套夹子是为捉狗熊埋设的，不想被你们给撞上了。"小伙子边说边嘻嘻地笑着。

饭熟了，小屋里弥漫着饭香、肉香，"二虎"也顾不得吃相，一人抱起一个大黑碗狼吞虎咽地吃起来，桌上的饭顷刻间便不见了踪影。

"你们几天没吃饭了？"看着两人的饿相，阿林忍不住地问。

"好几天了。在尼姑庵内憋了一天，滴水未进。今儿才算吃了顿饱饭！""巡山虎"抢着说。

"你们去了尼姑庵？她们收留了你们？"

望着阿林惊异的神情，"拔山虎"感到其中必有隐情。

阿林问完话，神情一下子黯淡下来。接着，他缓缓地讲起了一个几年前的故事。

在竹海尽头，住着几家猎户，日子虽穷，但相处得跟一家人一样。

一次，蜀王杨秀带着一帮人打猎途经这里，一眼看上了挑水回来的竹妹子。竹妹子是猎户老陈的女儿，时年十七岁，已与猎户老楚的儿子崖仔换了庚帖。竹妹子虽是山里娃，但出落得水灵，一头瀑布似的长发尤其招人喜爱。

杨秀看上竹妹子了，生生地就要带竹妹子回府，闻讯赶来的崖仔挡住蜀王府的家丁，质问为什么强抢民女。岂料那些家丁狂笑一声，反问道："这蜀山蜀水，一草一木，哪一样不是蜀王的？带她走是蜀王抬举她，有人想进王府，蜀王还不乐意要呢！"

看着这群无法无天的走狗，崖仔肺都气炸了，大吼一声："你们这帮强盗，我跟你们拼了！"

说着，他便同面前的家丁厮打起来。崖仔虽不懂武功，但有的是蛮力气，连扯带拉地打倒了四五个。趁着混乱，竹妹子钻进了竹林，任家丁如何寻找也找不见踪影。

崖仔终敌不过"群狼"，被五花大绑，推推搡搡拴在马后带走了。被带到蜀王府后，崖仔竟被他们给阉割了，留在蜀王府上做了苦力。

蜀王并没放过竹妹子，一天趁黑摸到了她家，强奸了她。竹妹子在家待不下去了，便出家做了尼姑。

讲完了故事，小伙子沉默了一会儿，然后红着眼睛说："竹妹子就是我姐姐，现在她的法名叫慧圆。崖仔哥仍被关在蜀王府，每天披枷戴锁地做牛马。出事那年我还小，我爹娘因为受到惊吓，至今仍精神恍惚。"

"原来如此，这个该死的蜀王真该千刀万剐！可是，人们为什么不告官呢？""巡山虎"愤愤不平，一拳砸在地上，地上顿时现出了一个深坑。

小伙子苦笑着摇了摇头，一脸无奈地说："这天下都是他们杨家的，是官三分向，谁能拿他怎么样？他早就有话：'谁跟我过不去，我就跟他过不去，谁不让我好过，我也不会让他好过。我想干什么就干什么，我是大隋的王子，我想干的事谁也阻止不了。'你们听听，他这个样子，谁敢告他？"

"真是无法无天！""拔山虎"义愤填膺，眼睛几乎迸了出来。

"还不止这些呢！"

"不要说了，气死我了！""巡山虎"是个急性子，最容不得横行霸道的事。他一把拉住阿林的手，怒气冲冲地说，"阿林，你家的仇就是我们哥儿俩的仇，这个仇我们报定了！"

"算了，他们是惹不起的人，再说，你们两个外地人能斗过他们吗？官府向着他们，财主们向着他们，寨主、洞主都和他们穿一条裤子，整个川蜀都是他们的，他们跺一下脚，半个川蜀都得颤几颤，除非皇上治他的罪，不然……"阿林把话又咽了回去。

"你说得对，我们就是奉了……" "巡山虎" 还要继续讲，被 "拔山虎" 狠狠地扭了一下。

"四哥，你真是，阿林都快把心掏出来了，你还怕啥？"

"巡山虎" 说完把脸转向阿林："告诉你，我们就是奉了晋王的命令为皇上办差的，我们只要把他们的恶行禀给皇上，准治得他们拉稀！"

"这么说，你们是京城来的大官，小人有眼不识泰山，适才多有冒犯，请多包涵。" 阿林的态度来了个大转变，变得毕恭毕敬起来。而 "巡山虎" 俨然成了大官，居然摆起了架子。

"好说！好说！我们替皇上当差不是三两天了，你们家的事，我们报给皇上，皇上看在我们的面子上也得办他个抢夺少女罪！"

听着 "巡山虎" 信口胡扯，"拔山虎" 气得直翻白眼，只好抢过话头："阿林，现在成都内外风声很紧，我们躲到你家，你不害怕吗？"

阿林直摆手，连忙说："不要紧的。我在屋后挖了个洞，通到竹林里，原是防备蜀王府那帮人的，现在正好用上，你们在里面可以吃、可以睡，还可以到竹林里散步，外人是不知道这个秘密的。怎么样？"

能有这么个地方，还有什么说的呢？于是，两人扛起两只狗熊，随阿林向竹林外走去。

一晃十天过去了，两人在竹林里憋得直上火，央求阿林再去成都望望风。

阿林匆忙去了，回来告诉他们说："在茶馆里听茶客们说，蜀王把两个客商揍了一顿，说两人谎报军情，还把赏钱都要回去了！"

"这么说，已经没事了？" "巡山虎" 一听兴奋了。

"你看城门口查得紧不紧？"

"没有人盘查，街上也没有'狗'了。"

"难道蜀王真的以为那两个人谎报军情？没这么简单吧？" "拔山虎" 自言自语道。

"他们又不是诸葛亮，怕什么！"

"怕的是他们变成诸葛亮。我总觉得这里面有文章！"

"四哥，你怎么变得这么婆婆妈妈了，胆子也变小了。像这个样子，咱们什么时候才能完成使命啊？"

这个老五真是越发不像话了。在家时，有大哥主舵，自己不用操心，可现在自己不操心行吗？再说，大哥也有话在先，出外时要听兄长的。于是，"拔山虎" 装作没听见，硬生生地说："不管怎样，现在还不能贸然行事，再忍耐一下，等他们真正松懈下来以后，我们再行动不迟！"

"咳！""巡山虎"长叹一声，进地洞睡觉去了。

"阿林，你设法让你姐姐再到城中探试一下，这几天我们开始做准备。"

阿林应声去了。

要进王府探听情况，现在看来恐非易事，一定要有把握才好。所以，"拔山虎"谋划着进城的细节。

等阿林顶着一头热汗回来后，"拔山虎"决定把自己的想法向阿林和"巡山虎"说明一下。可是，在洞中找了个遍，却没有找到"巡山虎"。

"会不会到竹林里去了？"阿林疑惑地挠了挠头。

两人在竹林周围找了个遍，仍不见人影。

"看，这里有人走过！"阿林叫着，并循着足迹走了一段。

"这是通向林子外的路。他出林子了！"

"糟了，他一准儿是和我怄气，独闯蜀王府去了！""拔山虎"顿足道。

"我这个五弟，一旦犯起倔来，十条牛也难拉得回！"

"那怎么办？"

"我们不能等了，现在就去找你姐姐，我们得接应他才行！"

找到慧圆，按照她的意思，他们俩装扮成头陀，一人一个木鱼，口诵着经文上路了。天刚擦黑，他们进了城。正像阿林说的，街面上很平静。

他们在一处砖塔旁站定，小心地辨着方向。突然，他们被人捅了一下，两人一惊，回头一看竟是"巡山虎"。三人找了个僻静处，"拔山虎"刚想责备五弟，"巡山虎"却抢着说："我以为蜀王府是什么铜墙铁壁，原来稀松得很，我刚从那儿回来！"

听到这儿，"拔山虎"向四周瞧了瞧，确信没人跟着，才低声问道："府内守卫怎样？"

"比晋王府还松呢！弄清了蜀王的住处后，我就出来了。"

"既如此，我们二更天再去。记住了，不许胡来，一切要听哥哥的！"

"巡山虎"吐了下舌头。

二更天转眼就到了，"二虎"装束已毕，使出飞檐走壁的功夫，眨眼间便消失在夜幕中。他们隐蔽在蜀王府的一处假山旁，观察着周围的情况。

蜀山府院落很大，大院套着小院，房屋无数，或轩敞，或小巧，各个院落还有各色的小景，自然天成。

这时，两个小丫鬟踏着细碎的步子，边走边说："困死我了，也不知道能喝到几更！"

"大概快了，蜀王的舌头都快硬了！"

"二虎"不约而同地向一处灯火通明的大房子望去，隐隐约约地听见吆五喝六的嘈杂声。

他们一溜烟儿蹿到了屋顶，像两只野猫紧贴在屋顶上，轻轻揭开瓦片，灯光立刻从缝隙处射了出来。只见屋内一溜小几上歪歪斜斜地坐着十几个半醉的、华衣丽服的人，每人怀里都拥着一伴酒的娇娘，背后都站着一个随时添酒的丽人，酒气透过缝隙直钻"二虎"的鼻孔。

两人不禁咽了下口水。要知道，他们有日子没沾酒了。

"王爷千岁，你要的女娃子，臣下全部备齐，都是百里挑一，是各寨子、山洞里最漂亮的。"

"不错，干得好，千万不能马虎！这可是给太子爷准备的，他来信说，他顶喜欢蜀地美女，味道鲜美呐！"

"太子爷倒是有雅兴，不知道殿下他是喜欢美玉还是美女？"一个尖嘴猴腮的人淫笑着。

"好东西他全喜欢！你小子送美玉，他肯定忘不了你。你小子有眼力！"壮得像条牛的蜀王杨秀搂着两个半裸的少女，摇头晃脑地说着。

"王爷千岁，您啥时进京，也带臣下去开开眼界，拜访一下太子殿下，日后……"献媚的是个肥得像猪的家伙。

"你小子猴精，攀上了太子爷就等于攀上了天……"未等说完，杨秀就被一个饱嗝给咽住了。

那圆滚滚的家伙乐得直啃怀中的美女，把伏在屋顶的"二虎"恶心得直反胃。

正在二人聚精会神地往屋里看时，忽听得下面有人高喊："屋顶上有人！"

二人惊起，只见十几个黑影嗖嗖嗖一齐飞身上屋，将二人团团围住。

"拔山虎"两人定了定神，将脚下的瓦片捏在手中，一齐发力，只听两声大叫，有人中了瓦片滚下了屋顶。就在同时，只见银光一闪，二人顿感有暗器袭来，便急用双手遮挡，但"巡山虎"还是"哎哟"一声，大腿上中了暗器。

"哥哥快走，我来掩护！"直到此时，"巡山虎"方知中计，悔恨莫及。

"巡山虎"知道自己带伤突出重围实在困难，弄不好连四哥也一块儿搭进去，便催促"拔山虎"赶快离去。但这又谈何容易，未等"二虎"多想，对手就突然跃起，向两人拔剑刺来，在屋顶上激战。

一接手，"拔山虎"便知对手都不是平庸之辈，身手都十分了得，而且出招狠毒、怪异。

"拔山虎"擅长硬功，短兵相接，只要击中要害，对方非死即伤，而"巡山虎"则长于长器，他善使两个铜锤，有万夫不当之勇。但他今天赤手空拳，威力自然大减，况且又带着伤。

蜀王府的爪牙已倒了四五个，可围上的人越来越多。

"巡山虎"流血过多，已渐感不支，他冲着"拔山虎"大声嚷道："四哥快走，复命要紧，告诉大哥，老五没丢脸，快！"

"拔山虎"身形一晃，消灭在浓夜中。

第二天，满成都城的人暗传着一个好消息。昨晚，层层把守的南城门，悬挂的人头不翼而飞，戒备森严的蜀王府被杀了几十口，院墙上公然写着杀人者的姓名：江南拔山虎。

【第六回】

斥巫蛊李纲说玄理，救侠女唐凌赠青骢

高颎与杨谅在撤回的路上大干了一场，几乎酿成一场灾难。那天，天气暖得像小阳春，杨谅经过精心调养，精神已大好。天好，心情也好，他执意要下车骑马走一段。

医官是老成的御医，怕他身子弱，出意外，便好心劝他，但杨谅哪里肯听？无可奈何之下，他们搬来了高颎。

"元帅乃一军之主，眼下身子刚刚恢复，怎能有半点儿差池？请元帅回车中休息！"高颎不容置疑地说道。

杨谅一听就火了，心想，你这哪里是劝我，分明是命令我。于是，他没好气地说："孤既是元帅，那么所有的人都该听孤的命令，是吧？"

高颎一听，觉得味道不对，说道："元帅何出此言？医官也是职责所系，是对元帅的一片关爱之情！"

"是吗？你们只要少限制孤一些，孤就很感激了！"杨谅的语气中透出了不友好。

"元帅，这不都是为了您的身体嘛！"

"又来了！孤不能主宰我的军队，难道还不能主宰孤自己的身体吗？"

高颎一听，感到此语不善，本不想理会，可是仍控制不住自己，便反问道："依元帅之意，到底是谁主宰了军队呢？"

"回答我，队伍回撤的命令是谁下达的？"

"是元帅亲口所说，难道还有谁敢冒元帅之名下达命令吗？"

"可孤从来没下过这个命令！"

"什么？"高颎感到事态严重，"元帅，这话可非同小可，您这不是要老臣的命吗？"

"你要孤的命倒是真的！"杨谅的脸昂得高高的，话语如刀剑一般尖利。

"此话从何说起，千岁？"

"孤今儿高兴，不想同你理论！让开，孤要遛遛马。"

高颎被晾在一边，半晌说不出一句话来。

杨谅自幼承独孤氏溺爱，成人后又被一帮臣子捧着，别说是挫折，就是一句逆话也极少听到。可自从出征高句丽以来，他觉得处处受高颎的辖制，心气难平，今天终于等来了这个机会。

高颎毕竟是历经磨难的人，稍后，脸色便恢复了正常。

回到京城时，大军只剩下十之六七了，望着出征时威武整齐的队伍，老百姓们感慨良多。那些望子回归的老者、翘首望夫的少妇都一个个在队伍中找寻熟悉的身影，悲喜交集。

而高颎的心情是悲凉的。从军以来，没有哪一次出征作战像这次这样狼狈，不仅没有拿下一城一地、带回俘虏和财富，甚至还丧失了十之三四的人马。此刻，他简直有种灰溜溜逃回京城的感觉。遥想当年平陈归来时，自己是何等的荣耀，而如今却是……这种反差，只有高颎感受得最为强烈。

隋文帝在武德殿接见了高颎和行军总管们，虽多有安慰，但气氛仍是沉重的。

回到府上，高颎早见几个伶俐的丫鬟垂手侍立，热烈地呼唤着自己，心中一乐，便让管家摆酒，管家一愣。

高颎自妻子亡故之后，极少在家待客，而主动喝酒却也属首次。管家担心相爷肚子疼的毛病再犯，想劝高颎，但高颎只是笑了笑。

管家不明就里，又不便多问，只好安排下去。

灯烛齐明，整个厅堂恍若白昼。

高颎的旁边立着儿子表仁，管家在下首坐着陪侍。高颎今儿高兴，不像以往那么严肃，儿子、管家也不显得那么拘谨了。

喝了几杯之后，高颎犹觉未尽兴，索性玩起了酒令。

高颎的酒量毕竟不行，看看已有了八分的酒意，高表仁便示意丫鬟扶老爷就寝。

高颎趔趄着，被两个高个儿丫鬟搀扶着进了内室。打水洗了手脚，高颎眯着眼睛要水喝。一个丰腴的少女端着热水走到高颎的床前，把水送到高颎面前。

高颎忽觉眼前一亮，只见这少女体态婀娜，如风摆杨柳，上宽下窄的瓜子脸，面似敷粉，柳叶眉、杏核眼、悬胆鼻、樱桃小口，牙如碎玉，垂着一对白嫩嫩的元宝耳朵。

"你叫什么？"高颎觉得面生得很，遂问道。

"奴婢叫柳叶，是刚从王将军府上来的。"

高颎想起来了，这是日前上柱国将军王世积送给他的。因王世积常来高颎府上做客，见高府缺少伶俐且有姿色的侍女，便答应送他几个，这个柳叶便是其中之一。高颎日里忙、夜里乏，哪注意过这些下人的名姓和长相，因此，虽是府里的使女，却仍觉面生。

听着嘤嘤细语，高颎觉得如五月春风拂面，不觉心旌摇动，一把把柳叶揽入怀中。那柳叶不备，惊叫一声，引得名唤柳絮的姑娘急忙奔来，见柳叶和老爷缠在一起，以为遇到了麻烦，便近前来看，也被高颎瞧上。原来，这柳絮比起柳叶来更胜一筹。

转眼过了残冬，人们迎来了一个明媚的春天。高颎惊喜地发现，柳叶怀孕了。

原来自己并不老，还算得上是雄心犹在，而且雄风犹有。高颎的精神陡然一振。

适逢突厥突利可汗内附，杨坚盛宴招待，高颎奉命作陪。那突利可汗正值壮年，酒量惊人，行起酒令来他是不行，可论碗喝酒，可就无人匹敌了。那突利频频向高颎挑战，高颎本不想和他论什么高低，但架不住众人的撺掇，便狠下心慨然应战。

众人在旁助战，呐喊声声，场面火爆，杨坚也欣然当起了裁判。

随着一碗碗见底，两人的神情也渐入佳境，都飘飘然地吐起了真言。热热闹闹的宴会便在二人的真言真语中结束了，大伙都乘兴散去。

杨坚回到寝宫，意犹未尽，喋喋不休地说起了高颎的趣事。独孤皇后正与紫叶说话，闻听此言，忽然语气重重地骂了句："可恶！虚伪！"

杨坚一脸的落然，急问其故。

独孤皇后愤愤不已说："从今往后，皇上还能相信高颎吗？"

"你慢慢说，到底是怎么回事！"

"皇上还记得吗？去年你要替他做媒续娶，他推辞说自己老迈，已没有必要。可现在居然娶了两个小，还要生儿子了。可见当初，他是故意那样说，说瞎话欺骗你。他若真的已对女人不感兴趣，那么，他爱妾肚里的孩子是从哪里来的？这不明摆着在欺骗你吗？"

杨坚猛然醒悟，道："不错，是有这么回事，幸亏你还记得。这个高颎，会阳奉阴违？"

"岂止这件事。皇上只知出征高句丽时军中瘟疫流行，哪知那高颎在军中独断专行，不容别人提一点儿意见。谅儿就因为多说了几句，竟险些被杀，结果落下了一场大病。"

"有这等事？朕从未听说。"

"臣妾恐有离间君臣之嫌，怎敢轻易地禀告？现在皇上这么看重他，他当然会有恃无恐了。"

"岂有此理，这个人也太嚣张了，简直不知天高地厚！"

看到杨坚暴怒，独孤皇后不禁窃喜。

第二天早朝，群臣叩拜完毕，杨坚高坐在龙榻之上，表情凝重地等待着百官的奏事。

高颎率先出列。他手持笏板，清了清嗓子奏道："遵皇上旨意，划拨给突利可汗用的牧场已经算好，约需……"

高颎话未说完，杨坚便截住话头，冷冷地说："这是度支（户部）尚书的事，你另奏吧！"

高颎从未遇到过这种事，脸颊顿觉阵阵发热，只得接着往下奏道："高句丽王又遣使通好，还……"

"那是礼部的事，你揽得太宽了！"

高颎蒙了。皇上今天怎么了，往日奏事，他总是频频点头，今日却说出这种话，分明是对自己不满。可原因何在呢？莫非昨晚酒后失态？可皇上有言在先，可以不计较的。

他这边想着，有人却拿眼在睃他，特别是杨素，眼中闪着幸灾乐祸的神情。

照皇上的意思，下边的事也一概免奏，应由各部自己去奏。高颎只得悻悻而退。

其实，高颎乃百官之首，所奏之事概与他有关，谈不上这部那部，他是从左仆射的角度去提建议、谈办法的。

杨坚的这一态度就是晴雨表，表明他今日不高兴。群臣心里打起了鼓，高颎尚且受到冷落，其他人会有什么好果子吃？免了吧，免得惹火上身。于是，朝堂上变得鸦雀无声。

退朝回家，高颎越想越不对劲。两天之间，皇上的态度变化如此之大，绝不是一件偶然的事，其中必有缘故。

高颎决定试一试皇上的真正意图，于是隔天朝会上以身体欠佳为由，乞请休息几日。杨坚想也未想，照准！

若是以往，朝堂之上，隋文帝定会问其饮食、服药、休息诸事，以示关怀，但今天却什么都免了。

高颎暗想：皇上开始收回圣眷了，看来自己的仕途要走到尽头了！

他忽然想起杨伯丑的话来，直觉得大师真是未卜先知。他有心再去求取真言，但又羞于薄面，只好顺其自然了。

高颎赋闲在家已有十余日，一天忽听家人传说上柱国将军王世积犯案了，据说是谋反罪。高颎百思不得其解：说几句牢骚语，和罪臣有过交往，家中器物的使用有僭越之嫌，就定为谋反罪，是按隋法办案吗？

对王世积，高颍是了解的。王世积屡立战功，在历次关键战役中都作战勇猛。隋初定国之时国无良将，高颍亲手挑选、擢用了一批有为的将领，王世积就是从这时脱颍而出的。凭着英勇善战，王世积累功至上柱国，实属不易。

其实，王世积坏就坏在自己的这张嘴上。

本来，征讨高句丽的大军已然返回，隋文帝也认可了撤军的理由——瘟疫，而且高句丽的使臣也紧跟着来到国都向杨坚道歉，但王世积偏偏说本来就不该去征战高句丽，白白死了几万人马。

这话渐渐传到了杨坚的耳中，杨坚下旨严查。圣旨一下，大理寺雷厉风行，把王府翻了个底朝天，将"罪证"罗列于庭，结果王世积下狱，家人入宫为奴，财产充公。

王世积喊冤，但杨坚不听，又下旨追查同谋者。

有人举报，王世积同高颍交往甚密，有书信为证，王世积还赠送侍女与高颍。最要紧的是，高颍的言论和王世积的污言如出一辙，高颍罪责难逃。

于是杨坚下令，高颍与王世积同罪。

这个诏令如同晴天霹雳，高颍不知所措，很多朝臣也不敢相信。贺若弼是最不相信的，第一感觉便是高颍被冤屈了。

高颍的人品、作为，在朝、在野无人指摘，除非是别有用心者。这一条，贺若弼最清楚。高颍为了让贤，曾主动要求辞高就低，要把仆射之职让给能者居之，只是因为杨坚反对才作罢。高颍也并不贪功，平陈胜利后，众人评功，高颍只说自己是一个文人，比不得出生入死的将领，不肯受奖。当时，杨坚和众将都十分敬佩他。

仅以高颍与王世积交往便要定罪，实在荒唐。因为经高颍举荐和提拔的官员很多，这些官员都和高有着密切的联系，此乃人之常情，不足以定其罪。

高颍的冤情还牵动了不少的平民百姓，他们纷纷私下评说，为高颍鸣不平，街头巷尾，三五成群，全都面露不平之色。

"这样的好官也会下狱，真是苍天不长眼！"

"高颍受难，有没有人替他说话？他不该就这样完了！"

"咱们求人写个万民书，呈给皇上，也让皇上明白老百姓心里咋想的。"

你一句，我一语，都把高颍当成了亲人。

贺若弼走在街上，听到老百姓的议论，更加心潮难平。回到家里，他奋笔疾书，给皇上写了一份陈情表，诉说高颍的冤情。

杨坚在一天内收了十几份折子，都是为高颍鸣冤叫屈的，有上柱国公贺若弼、吴州总管宇文颖、刑部尚书薛胄、度支尚书耶律孝卿、兵部尚书柳述等人。

"难道高颎只有功没有过？难道高颎的人品德行就真的无懈可击？难道他们就真的那么了解高颎？"

杨坚把一份份奏折高高举起，狠狠摔下。

"朕说他有罪他就有罪，谁也改变不了。太可怕了，六部的人居然有一半的人替他说话，六部成了他的天下！"

杨坚压了压火，暗想，明日早朝，朕倒要看看到底有多少人同情高颎。真是不识抬举！此时，杨坚心里自然地出现了一条界线。

早朝之上，人们屏住呼吸，静静等待着杨坚的最后决定。可杨坚却把这个机会给了大臣："众爱卿，你们以为应如何处置高颎才最合理合法又合情？"

"高大人本无罪，不应受到处罚，应为其昭雪正名！"贺若弼态度非常鲜明、坚决。

而吏部尚书、礼部尚书则主张应与王世积同罪，方显王法的尊严。

正在双方互相争执不下时，武班里又走出一人，杨坚定睛一看，乃是晋王杨广。杨广昨日近晚时到京，还未来得及同"二圣"晤面。

杨广环视着众臣僚，向杨坚禀道："儿臣以为，将高大人与王世积同罪处理不妥。高大人的问题与王世积的案子有着极大的不同，不必定罪，只需罢免官职，放其回府做齐国公便可。儿臣斗胆放言，知无不言，言无不尽，望父皇圣裁！"

杨坚不悦，很怪杨广多嘴多舌，但从群臣的反应便知，杨广的主张很有代表性。

"把高颎的官职尽皆免掉，对高颎已经是不小的打击了。"杨坚思忖着，"如果真的把他杀了，群臣民众会如何评价朕呢？高颎到底是个有影响的人物，要兼顾到方方面面！"

想到这儿，杨坚下旨道："就依晋王所奏去办。"

此时，贺若弼一颗心总算放下来了。不管怎样，高颎的命总算保下来了。而保留着爵位，乃是意外的收获。

贺若弼开始对晋王有了几分好感。

银烛闪烁。晋王府的客厅中，晋王杨广和右仆射杨素在秘密地交谈着什么。

"王爷可谓一石三鸟，妙极，妙极。"

"越国公过奖了，这里面有你的功劳。高颎罢官只是第一步，第二步是削职为民，甚至……"杨广抬手做了一个砍头的动作。

"臣明白该如何做了！"

"杨谅的文章做足了方有今日的结局，谋反的文章需多做几篇，才能有高颎的彻底垮台！"

一个月后，一个曾在高府做过厨子的胖子向官府告密："高颎的儿子高表仁近来对高颎说，从前司马懿假装有病，闲住在家里，不问朝政，后来夺取到了天下。父亲眼前的这种境遇，谁知是不是福呢？"

杨坚怒不可遏，立即下令逮捕高颎，交大理寺卿审理："不可姑息，要查明真相，挖出同党，寻找新的证据，把这个隐得最深的阴谋家的伪装全部撕掉！"

于是，又有人主动向大理寺卿揭发，说高颎的朋友真觉和尚为高颎说禅，当高颎问及国家的前景时，和尚神秘地告诉他，明年国祚必有大丧。高颎听后非常高兴，说："我等了这许多年，等的就是这一天。一旦太子临朝，我便可步魏晋之故事，取而代之。"

杨坚五内俱焚，早朝之上，怒斥道："古来帝王都是天命注定的，不是随便可以得到的。孔子，能说他没有才能吗？他为什么没有爬到更高的地位呢？缺乏天命啊！高颎同儿子谈话，竟敢自比司马懿，野心何其大也！帝王的寿命也是有天数的，岂是无知之人妄加推测出来的？高颎负朕，高颎负朕啊！"

于是，杨素提议道："似此大逆不道之徒，不杀不足以平民愤，请皇上明断。"

杨坚沉吟半晌，却说："杀不得。去年杀右武侯大将军虞庆则，今年杀上柱国王世积，如今若再杀齐国公高颎，天下人会怎样评价朕呢？算了吧，将他除名为民，永不录用。"

在牢内静候处斩的高颎忽逢大赦，心中复杂莫名，有悲有喜，有怨有恨，又有几分释然。记得自己初任左仆射时，老母曾反复告诫自己："你现在的富贵已经到顶了，但弄不好就会被砍头的。你可要时刻记住，凡事谨慎小心才好呀！"

此话听来，如在昨日。

高颎忽然记起一句话："浮生若梦，为欢几何？"人生脚步匆匆，不像梦又像什么？

高颎的案子尘埃落定，可有人欢喜有人愁。愁者何人，太子也。

高颎下狱时，身为高家儿媳的郡主找到太子杨勇，泪水涟涟地乞求父王去皇爷爷跟前做个证明，证明公公高颎的赤胆忠心，证明高家的无辜，而杨勇则哭丧着脸，将手一摊，道："以父王现在的处境，我还能做什么呢？天知道，父王什么时候会步高大人的后尘！"

郡主跪在杨勇面前不肯起来，哭诉道："高府与太子府唇亡齿寒，荣辱与共，高府盛则东宫稳，高府败则东宫暗无天日，难道父王要坐看高府被暗算而无动于衷吗？"

杨勇仰天长叹："天要灭我，谁能挡得了？"

郡主愤然起身，看着木然的父亲，愤然说道："灭东宫者东宫也，非他人也。若丈夫一家不存，女儿甘愿伏剑自刎。"说完，头也不回地离开了东宫。

目睹这一场面的丫鬟们，不禁为郡主的刚毅所感染，对半死不活的太子报以冷眼。

又是一个大雾弥漫的天气，远近的一切景物都消融在乳白色的浓雾中，喷薄的朝阳也被遮住了光芒，只露出一个圆圆的轮廓。

用过早餐，姬威不知从哪儿冒出来，探头探脑地凑过来，献媚道："臣暗地访得一位高人，懂天象、识风水，能祛恶避邪，定能保太子爷福禄永在。"

"还是姬威理解孤，孤没有白疼你。既然如此，你就看着办吧，果有成效，孤会重重赏你！"

姬威说的这个人叫王辅贤，与姬威算旧相识了。姬威请他到太子府去，他竟一口答应，大大出乎姬威所料。

姬威带着王辅贤先拜见了太子，太子一见王辅贤便掩口而笑，但王辅贤却不以然。原来王辅贤相貌清奇，额头大而前突，鼻梁扁平，用杨勇的标准衡量，百分之百属于奇丑。但他目光炯炯，态度安详，杨勇自然也不敢小觑。

"闻先生法术深不可测，能禳灾祈福，能否说来听听？"杨勇带着好奇的口吻，想一探王辅贤的深浅。

王辅贤淡淡的一笑，回敬了杨勇一个软钉子："草民的法术乃先师所授，只能演示，不可道破。"

"听说道行中门派林立，各有师承，不知先生所学何门何派？"杨勇仍然兴趣盎然。

"不管多少门派，无出其上、中、下三类。上者，能延年益寿，得道成仙，这是练的长生不老之术；中者，能望气，可预知，学的是占卜之术；下者只能炼金丹、做法事，求的是入门之学。草民所学，正是太子所需。"

太子见问不出个所以然来，便任由他去。

翌日，王辅贤进见杨勇，不安地说："草民夜观星相，见白虹贯东宫，太白袭月，此乃不祥之兆。"

"有何不祥？"

王辅贤抬眼看了看杨勇，没有应声。

"但说不妨！"

"天象表明，太子有被废之危险！"

"不会有错？"

"草民不敢胡言！"

杨勇沉默不语。

"太子放心，草民有法术御之。"

"何法可御？"太子陡然来了精神。

"草民可用铜铁五兵造诸厌胜之法，连做七七四十九天，情形可转。"

"孤该做些什么呢？"

"太子可在后花园建造一处庶人村，穿布衣，睡草席，吃粗劣食物，住简陋草屋，像穷苦百姓一样生活，以此来应天象。"

"也要七七四十九天吗？"

"天数不足不能破灾！而且在此期间绝不可接近女色，天不可欺！"王辅贤语气非常坚决。

杨勇垂头丧气地说道："只好如此了！"

李纲听说了此事，先把姬威臭骂了一顿，又要找太子，被人给拦下了。

过了两天，李纲绕过侍卫，从一拐角处钻进了庶人村。

此时，杨勇赤着脚，穿着草鞋，正在用瓢饮水。看见李纲，惊问："爱卿是怎么进来的？"

李纲一语双关地道："臣前两日想进来未能进，今日终于进来了。臣窃以为，只要想干的事，用心了就没有办不成的。"

杨勇知道他又要发长篇宏论，不想搭茬儿，只是让他坐在乱草上。

李纲盘膝坐在草铺上，凝神片刻，自言自语道："救人莫如医，惑人莫如巫。做人当从阳面做起，勿从阴面做起。光明世界，但有实像，断无幻境。世果有神仙，则秦皇汉武可以不死。未能事人，焉能事鬼？未知生，焉知死？尽人事乃真君子，诿天命非伟丈夫。"

杨勇闻最后两句，面有不悦之色，诘问道："卿乃儒士，竟不信天命？孔子云'不知命无以为君子'，你以为是对是错？"

"太子既以为然，不妨说来听听！"

"好吧！命不外乎贫、富、贵、贱、死、生六个字，然而老鸨累千金之富，贤士家徒四壁；鄙夫登三事，大儒无一命；病巷长者多耄期，而善人或早夭，这是谁定的？不是命又是谁？"

李纲正色道："太子所言有之，但非命之使然。太上之初，言德不言命，故善恶分明而贫富对应，贤愚分明而贵贱对应，惠逆分明而死生对应之。所以文王传位武王，不传管蔡，就是这个道理。顾夷齐仁而贫，陶猗反富。孔孟圣而贱，骧贾反贵，颜子贫而夭，盗跖反寿。人们言德，求其说而不得，于是把它们全部归同到天，说这是命。这就是天命之说的由来。假如上天果有意志，那么它一定至尊而且明达，一定不会贫夷齐则富陶猗，贱孔孟而贵骧贾，夭颜子而寿盗跖。此天命之说盛行，使君轻其国，臣怠其职，农不事耕稼，妇不事织纺，士不事学业，天下衣食之源，富强之机必至立窒。"

李纲滔滔不绝，杨勇默然良久，忽而说道："卿所言，好像与陈胜之言近似。"

"似也不是。陈胜'王侯将相宁有种乎'就是对天命的否定，而其行为又是妖言惑众，利用了天命之说，号召一切。陈胜之鸣狐，张角之妖书，大行荒诞之计，迷惑无识之民。不信天命方能愤而起，起而作，争一城一地，登至尊而雄视天下。"

"卿所言不尝无理，但眼下之颓势非人力所能为，故退而求其次。"

李纲闻听，起而走出草庐，抚青竹而叹息道："青竹啊青竹，你未出土时先有节，须凌云时冲霄汉，不愧是草木中的君子啊！你宁折不弯，经冬不凋，是何等的气节！"

"我不及竹木啊！竹木有节，人而无志，先生所教甚是！"

"知而能改，善莫大焉！"李纲欣然面露喜色。

"为今之计，当如何去做呢？"杨勇抹着眼泪，问道。

"首先亲贤臣、远小人，收揽人心，招有才学者，去三惑、畏四知，修养自律，卧薪尝胆，然后游走朝野，深入民间。"

"二圣会改变看法吗？"杨勇仍心有余悸。

"谁会不喜欢知过能改的人呢？"

"是啊，是啊，孤也是父亲，能体会到的。孤一定斥奸退佞，重用忠贞之士，振作精神，从头做起！"说完，杨勇抬头望天，只见天蓝似海深广无边，一只苍鹰自近而远，振翅高翔，直穿云日，身姿矫健，是那样的高傲。仿佛只有这样，它才能与高远的天空相匹配似的。

再看看李纲，他是那样慈祥，往日严肃古板的脸上像有古莲花正在盛开。

一个沉闷的午后，一场暴风雨骤然而至。随着一阵狂风骤起，昏天暗地，飞沙走石，大树在摇晃，房屋在颤动，黑云压顶，滚动着阵阵雷鸣，闪电像一条条闪亮的巨龙在九天发作，张牙舞爪，搅动周天。

忽然，豆大的雨点劈头盖脸地从天而降，斜斜地泻入大地，泻进门窗内。一瞬间，天地合为一体，形成了一个水的世界。狂风裹着疾雨肆虐着，远处的大柳树无助地摇动着臂膀，像在乞降，又像在抗争。凌厉的雨点无情地击打着大地，小草和花木在雨中被压得抬不起头来，只能乖顺地俯首向地。

暴风雨在渭河平原上狂暴着，在大兴城的上空狂放着。独孤皇后的脸色也像这午后的天空一般，浓浓地隐藏着一股杀气。

"今天广儿离开时，哭得很伤心，生怕此去，不知道哪天才能再见到我们。"

杨坚安慰道："不必难过，每次走不都是这样嘛，人之常情啊！"

"不，他有难言之隐。广儿平时是懂得礼数的，对父母、兄弟都做得仁至义尽，可不知道怎么就得罪了东宫！广儿去拜见他时，他竟冷言冷语、恶言相待，还发誓说将来一定要置广儿于死地。广儿成天提心吊胆的，生怕有一天落在他的手上，求生不得求死不能啊！"

"太子也太不像话了！"

"当初他害死元妃也就罢了，现在他居然打起广儿的主意来了。我们现在活着他就这样，我们百年之后，他还不把广儿当成敌人对待？这个逆子太让我们失望了！"

杨坚听罢，愤愤地说："既然他如此缺乏德行，我们也只好重新考虑东宫的人选了！明儿就派杨素到东宫去看一看。"

雨，还在下着。突然，一道闪电划破长空，紧接着，震耳欲聋的炸雷在人们耳际响起。

昨天的雨水给石板上带来了更多的黄泥，踩在上面，随时都会有摔跤的危险。杨素乘着大轿来到了太子府门前——他是奉杨坚之命来查看的。临来前，杨坚交代他要全面看、看仔细，回去据实呈报。

杨素悠闲地下了轿，抖了抖朝服，掸了掸朝靴，站在门前赏看起两个威猛的石狮来。

门前的侍卫们已列队恭候，只待杨素举步迈上青石台阶。他们凝神等待着，可杨素似乎没有立即进去的意思，竟在门前散起步来。

"他在等什么呢？"侍卫们很是纳闷。

太子在接到门卫的呈报后，认真地做着准备。他昨天一时荒唐，自己坏了自己的规矩，后悔不已，决心将功补过。不过他也心有疑虑，怀疑是有人做了手脚。

他衣冠整齐，朴素而大方。他饮了几口清茶，把精神提了又提，准备以最佳的状态同右仆射做一次深入的面对面的交谈。他要抓住这次沟通的机会。

太子等了又等，久不见杨素露面，不觉焦灼，便派人去看。贴身侍卫回来说杨素正在门前散步，太子不禁怒从心头起，刚欲发作，抬头看见了李纲题赠的"制怒"二字，便又压住了心头的火气。

杨素在门前来回走了数趟方才尽兴，再看侍卫均有不悦之色，杨素内心甚喜：我要的就是这效果。

他进到银安殿，迎着太子施礼道歉："老臣是有脚疾，行走不便，故而来迟，望太子见谅！"

杨素的话让太子十分反感：分明是有意拖延，却谎称是有脚疾，真是撒谎不知脸红。但太子却装作全然不知，爽然一笑："越国公何必客套，能亲赴东宫，孤已十分感谢，怎么会怪你呢？"

　　杨素细心观察，见太子的气象果与以前不同。若是往日，仅这一慢便会激出他的全部怒火，可现在竟平静如常，真像换了一个人。

　　太子并不知晓杨素此行的真正目的，只认为是例行的拜访，不认为是奉旨而行，故而只展示有为的一面，使出浑身解数，想给杨素带来更多积极的印象。

　　两人谈得最多的是刘居士的案件。这是太子奉旨追查的一个大案，涉及的人中官员众多，但杨坚以为查办得不够，教唆犯并未查出，责令太子继续督查，直到追出主凶。

　　太子的办案速度是不慢的，但一报给杨坚就打了折扣，令杨坚十分不满。

　　谈了一会儿正事，太子又问杨素的足疾，杨素答道："些许微疾，何劳太子挂心，老臣尚能行走，所虑的是为皇上办事不够多，为太子做得太少。"

　　杨素还了太子一个沉甸甸的礼。

　　隔天，杨素进宫，把在东宫的情况细细地向皇上做了汇报。

　　"太子似有怒气，说话的语气能得看出，恐有事要发生。他对皇上督促他追查刘居士同谋一事也颇为不满，他唾沫横飞地对我说：'刘居士的党羽早已全部伏法了，叫孤还去追查谁？谁想追查谁去追好了，关本太子什么事？'又说：'如果一步走错了，孤自己会首先被诛戮，孤名义上是太子，其实还不如几个弟弟，什么事也当不了家、做不了主，整天被圈在东宫里，像是待在棺材里一样，一点儿也不自由。'"

　　杨坚一听，气不打一处来，立即传旨加强宫卫，自玄武门到德门，每隔几步便设置一名侍卫暗探，专事侦察杨勇的举动，并随时禀报。同时，皇宫的侍卫增加了一倍，而对东宫的侍卫也进行大调整，几乎所有健壮的侍卫都被调离。

　　杨素走后，杨坚仍余怒未消，他对身边的张权说："朕的五子犹如朕的五指，俗语十指连心，每根指头都少不得，但若手指坏死，则必须切除，痛彻心扉也只得强忍。除去坏指方能保住好指，这是不得已的事情啊！秦王杨俊喜奢侈豪华，不遵朝廷制度，竟放高利贷盘剥百姓，引得吏民严重不满，因他受罚而受牵连的还有百余人，但他并未接受教训而有所悔改，反而又大兴土木修建府第。他又建水榭，香涂粉壁，玉砌金阶，梁柱楣栋之间饰以明镜，间以宝珠，每日与宾客妓女，弦歌于其上。如此奢华，岂不是效尤管仲何曾？孔子说：'奢则不逊俭则固，与其不逊也宁固。'又说：'以约失之者鲜矣。'都是告诫后人要以俭为美，不可追求奢靡。杨俊的所作所为，在有些人看来，或许只是浪费一点儿官物，可在朕看来，他们是在破坏朝廷的制度律令。世上没有专门为皇子制订的律令，周公那样伟大的人尚且诛戮了管蔡，何况朕远不如周公呢！杨俊罢官是必然的，他的痴疾也是咎由自取。

"太子更让朕心寒。当年他追求奢侈豪华，朕曾教导他、告诫他：天道是大公无私的，谁有德行就能得天意，历来的帝王没有哪个能够长久的，作为皇储，如果不能上称天意、下合民心，将来是不能够高居于百姓之上的。但他并不理解朕的一片苦心，反而变本加厉，府中侍妾成群，出则香车宝马，入则锦绣蔽日。不光这样，他无视君臣礼仪，安坐东宫接受百官朝拜。竟狂妄自大、忘乎所以到了如此的地步！元妃死后，朕与皇后训斥他，他岳父元孝矩怀疑女儿是被害死的。杨勇居然当众说：'我非把元孝矩杀死不可。'他明明是对朕不满，却迁怒于元孝矩，故意这样发泄而已。他刚生下儿子长宁（杨勇的长子长宁王杨俨）时，朕和皇后爱孙心切，共同抱来抚养，他因心中有鬼不断派人来，非要把儿子抱回去。"

杨坚越说声音越大，张权不断地点头称是，不动声色地等着杨坚把火气泄完。

"他宠爱的那个阿云，是云定兴的私生女儿，谁知道她的父亲究竟是谁？从前有晋太子娶了个屠户的女儿（晋惠帝司马衷的谢才人），生下的儿子便专喜割肉。杨家倘若也出了那样的人，还了得吗？"

杨坚说了半天，嘴角都生起了白沫，但仍不肯停下来："杨勇曾招引大臣曹妙达和云氏同席，以致后来曹妙达逢人便说：'我和太子妃一起喝过酒，还向她敬过酒呢。'听听，还有没有章法了？杨勇知道他的儿子们都是姬妾所生，会有人不服，所以故意骄纵云氏，想借此提高她的身价。像这样的太子，还能承统大位吗？这种儿子还指望他给家门增辉吗？朕一忍再忍，现在忍无可忍，不得不痛下决心了！"

这时，侍卫来报，称东宫的管家姬威来求见皇上，说有紧急情况须面陈皇上。

姬威面色慌张地说："太子现在正召集人员开会，让东宫所有人员都高度戒备，分发马匹和武器，臣诚恐太子会一时失去理智，做出不臣之举动，故来传信。恳请皇上有所准备，以防万一！"

"果如杨素所料，这个逆子要狗急跳墙。不过，朕早有防备。他翻不了船！既然你肯揭发太子的不臣之举，那么来日朝堂之上，你就做个证明。"

姬威谢恩领命而去。

姬威行在路上，果然见到明岗暗哨，已有布防，心中思忖，皇上是在准备动手了，看来我的苦心经营终于要见成果了。只要晋王登上太子宝座，我的荣华富贵不就像喷涌的泉水那样源源不断吗？

姬威回到东宫，急急地寻找太子。侍女告诉他，太子正闭门读书呢！

姬威让侍女传话，说有十万火急之事需面陈太子。侍女进去片刻，便传旨让姬威进去。

"太子爷，大事不好，臣适才出去，看见东宫至皇宫的路上布满了岗哨，看来是冲着咱们东宫来的，咱们怎么办？不能不防啊！"

太子乍听猛惊，须臾又复平静，沉静地说道："父皇早有废我之意，这一天终于到了。不必惊慌，该来的迟早要来，挡也挡不住。孤自信平日并无大恶，父皇废我太子之位，最坏也就是除去爵位，不会杀我的。父子之情，父皇是不能不讲的。"

姬威还想讲些什么，太子一摆手，示意让他出去。这时，外面猛然有人高喊"圣旨到"，杨勇抖了抖素服，从容地迈步出门。

李纲从后面追上来，问清原委，表示愿随太子一同赴宫。当然，同去的还有总管姬威。

皇宫内外如临大敌。执戟的兵士站满了街道，皇城内戒备森严，所有宫卫都全副武装。杨勇边行边看，心头疑云丛生。

来到大殿门外，几个宫卫一齐上前，将杨勇等人的全身搜了个遍。

大殿内空气紧张，杨坚端坐在龙榻上，百官两行站立，形同泥塑。

进到殿中，杨勇先行大礼。按一般的礼数，跪拜之后，皇上便会令其立起，站到一旁回话。但杨勇跪下后，杨坚却厉声质问道："杨勇，你知罪吗？"

杨勇一惊，心里当即明白，此次是在劫难逃了，便脖颈一挺，回道："儿臣不知！"

杨坚冷笑着，轻轻拍了下巴掌，只见前额突出、鼻子扁平的王辅贤从殿外惶惶然走了进来。

"王辅贤，你当众说说，杨勇对你说些什么？"

"太子，不，杨勇约臣去东宫禳灾祈福，曾说过在开皇二十年，就是今年，国有大丧。"

"国有大丧？你是盼着朕早日归天，你好早登皇位！你的歪主意打错了！"

"父皇，儿臣冤枉！儿臣……"杨勇大惊失色地说道。

"冤枉？你调动宫卫，厉兵秣马，意欲何为？每次朕从仁寿宫回来，你都沿途戒备，想干什么？不是心怀鬼胎又是什么？"

杨勇越听越糊涂，想自己对父皇的敬意，如今却成了谋逆，正常的操练兵马却被认为是在磨刀霍霍，心里暗暗叫道："天啊，这哪里是问罪，分明是诬陷！"

杨勇按捺住不平，抗辩道："父皇，儿臣耿耿忠心，天日可表，所陈诸条俱是不实之词！"

"忤逆！事到如今，你还敢强辩！杨素，你把杨勇的罪责公之于众，让众位爱卿听听，其中的是非曲直，让他也心里有数。"

听到杨坚点名要杨素讲，朝臣的眼睛一齐投向这个朝中的大红人。

杨素已意识到众人的目光，这里面有希望他推波助澜的，有祈盼他澄清是非的，也有盼望着他能助太子一把的，而杨素则有自己的打算。

杨素不愿在朝臣面前暴露自己长期参与诬陷太子的机密，更想借此良机引诱一些不知深浅的劲敌落入为太子所设的陷阱，所以便只罗列了杨勇的一些尽人皆知的劣迹和怨恨情绪，"重大案情"隐下不说，欲擒故纵。

果然，五原郡公元旻上前启奏："废立大事，望陛下慎之又慎，详察事实，以免造成冤狱。据臣所知，太子一向恭谨，怎么可能构成对皇上的危害？恐怕是有些人故意罗织罪名，以求一己私利。"

元旻与太子有交往已有多年，和高颎私交也很厚，一向以忠诚厚道著称。元旻的话还未完，杨坚在心里就骂开了："真是个不识时务的蠢货！"

元旻的奋然一击，立刻招来了同情的目光，贺若弼有心要出来辩白，但因和云氏有表亲关系，目标太大，易引起众人疑忌，所以他强按住自己，没有迈出关键的一步。

而上柱国将军史万岁却一步抢上前来，奏道："太子的仁厚，在朝中已不是秘密。只因小过而受重罚，非天下人所愿。自古旷世难遇一仁厚的君主，今既遇之，又轻废之，分明有人从中搬弄是非，致令父子不谐。唯望陛下明察！"

史万岁乃一代名将，上马擒敌、下马血战令敌人闻风丧胆，但他有一个致命的不足，就是父母为他起的名字——"万岁"确实忌讳太多，别人喊起来尚可，可当今皇上喊起来，心里不起腻才怪呢。

杨坚对他本来就有些反感，听他的话更觉得有些刺耳，立刻问道："你说有人搬弄是非，你敢指出来吗？"

史万岁心想：皇上你是明知故问，搬弄是非的人又何止一人，让我在此都一一指出，这不是故意让我作难吗？让我讲，我就讲个大的。

于是，史万岁用手一指杨素，朗声道："就是他。高颎冤深似海，暗中有他的手脚，现在太子之事，也是他一手暗中操纵！臣与他共事多年，深知其人翻云覆雨，臣在他手下为将时，他便故意把功劳揽在自己身上，北击突厥一役便有人证物证。望陛下切莫受他挑唆，使万世之业受累！"

史万岁的话如石破天惊，令众臣面面相觑。眼看史万岁将矛头转向杨素，杨坚又气又急，大声呵斥道："岂有此理，诬告大臣是要坐牢的，你知道吗？越国公的功绩是任何人也抹杀不了的。"

史万岁又要反驳，杨素先他出班，奏道："臣的功过自有公论，眼下是太子一案的审定，请陛下传姬威上殿作证，以明太子之罪的确凿！"

杨坚点头准允，立刻传姬威上殿。

姬威何尝见过这等场面。他行为猥琐，走一步看几眼，眼睛不知往哪儿放，众臣看他那样都觉得好笑，都觉得这种人居然能成为太子的心腹，可见太子用人失察。但他毕竟掌握着太子的一等机密，所以大家一齐把注意力转移到他的身上。

他反反复复，颠来倒去，说的与杨素相差无二，急得杨素抓耳挠腮，不得不连连咳嗽，以示提醒。

姬威仿佛明白什么似的，开始转入"正题"："太子接受过蜀王赠送的美女多人，那些川蜀女子别提有多美了。太子一高兴就和她们淫乱，有时候一对二，有时还一对三……"

姬威说得津津有味，唾沫星子乱飞。他看到大伙都直着眼睛盯他，以为自己讲得格外精彩，便更加得意起来。

太子跪在地上，听到这些不堪入耳的证词，真想找个地缝儿钻进去，心中直埋怨自己的糊涂，竟养了这么一条没有心肝的白眼儿狼。

杨素越听越恼火，心想：这个蠢物只会说花哨的，最要紧的却只字不提！想到这儿，他不得不截住姬威的话头，命令似的说道："不要扯得太远！"

果然姬威猛省，这是在皇上面前，不是在侃大山！于是，他谈起了太子的谋逆举动——养战马千匹，蓄养死士，积有燃火之物，意在图谋不轨。

"皇上若不信，可到府上查验，从东海岛上请来的死士近日都外出办事去了，战马尚有数百匹在栏，燃火之物现有放在库房内。"

不要说这三条，仅其中一条就够杨勇喝一壶的了。杨勇在心中暗暗叫苦："养马是我的爱好，作为太子多养几匹好马又算得什么？那些所谓的死士，原是请来做保镖的，与刺客相差何其远矣，而那燃火之物，本来是冬天的取暖之物，居然被这个奸贼指为火攻皇宫的物证！"

太子简直无话可说，脑袋都大了。

姬威说完，邀宠似的朝杨坚和杨素笑了又笑，活像一条恶犬在咬过人后向主子请功，令人作呕。

大殿之上，一片死寂。杨坚环顾群臣，正待说话，殿外忽然传来孩子的哭闹声。一个孩子边冲向殿内，两只小腿跑得比侍卫还快。

"爹爹！"

这不是阿筠吗？杨勇转过头去，正与迎面跑来的爱子目光相遇。阿筠跑到近前，抱着杨勇的头便大声哭叫："爹爹，为什么他们都站着，而你却跪下呢？你犯了什么错了吗？孩儿替爹爹罚跪！"

这突然的场面弄得大家一时全没了主意。杨勇抱着幼子，喉头发紧，泪水止不住地往下流。杨坚没想到场面会这么乱，厉声喝道："还不快把孩子抱出去！"

两上宫卫上前就要硬拉孩子，孩子两手扣住杨勇的脖子死也不松，小脸上挂满了泪水和鼻涕，嘴里不停地喊着："我要和爹爹在一起，皇爷爷，你让我和爹爹在一起吧！阿筠听话，不惹皇爷爷生气！阿筠好好读书，给皇爷爷捶背！"

听着孩子稚嫩的话，众臣都不禁眼圈发潮。两上宫卫也难以下手，只是垂着手，呆望着眼前只有四五岁大小的皇孙。

杨坚又一次催促把孩子抱走。杨勇抚着孩子的小脸，轻声说道："阿筠乖，爹爹跟皇爷爷有话要说，你先出去，爹爹不会离开阿筠的！"

阿筠似懂非懂地点了点头，边走边回头喊道："爹爹，阿筠等你，你快点来啊！"

杨勇心如刀绞，只能以泪代答，心中默念：孩子，谁叫你是爹爹的孩子呢！

刚才被孩子一搅和，杨坚要说的话全给忘了，只好又训斥起杨勇来，却无外乎是一些陈词滥调。教训完了，杨坚说道："各位爱卿，适才你们都听见了，不知你们有何感想？"

"臣有话要说！"众人一看，说话的乃是李纲——他早就等皇上这句话了。

杨坚点头应允。

李纲上前一步，目光如炬，望着高高在上的杨坚，大义凛然地说道："废立太子是国家的大事，今天的事，相信所有的文武大臣都知道不能这样做，但是有几个人敢于站出来讲话？我李纲食国家俸禄，不敢贪生怕死，愿冒斧礁，——为陛下重新把事情说个明白。

"太子虽有不少缺点，但并不是个朽木之材，假如陛下当初能选择正人君子辅弼、教导他，他也足可以继陛下之后，守隋朝大业，但陛下让唐令则为左庶子，邹文腾为家令，此两人都只知道用弦歌、鹰犬让太子取乐嬉戏，以致到了今天这个地步。这不仅是太子的悲哀，也是陛下您的过错！"

杨坚听后，简直有些坐不住，想发火却又耐住了性子。细想一下，这个不怕死的李纲真讲到了点子上了。

李纲换了种语气，缓缓地说道："自以来，国家随意废立太子，无不倾危，愿陛下您深思熟虑，审慎行事，切不要做将来后悔的事情。太子尚年轻，不是不可救药。再说，他经过这次变故，定能痛改前非，重新开始，望陛下慎取之。"

看来李纲说话还有点分寸，虽显刚直却不令人反感。于是，杨坚便抚慰道："朕欣赏你的忠勇精神，但废立太子之事木已成舟，不可更改。"

于是，杨坚令内史令苏威宣读了第一道诏书：

……太子之位，实为国本，苟非其人，不可虚立。自古储副，或有不才，长恶不悛，仍令守器；皆由惰溺宠爱，失于至理，致使宗社倾亡，苍生涂地。由此言之，天下安危，系乎上嗣，大业传世，岂不重哉！废太子勇，地则居长，情所钟爱，初登大位，即建东宫，冀德业日新，隆兹负荷。而性识庸暗，仁孝无闻，昵近小人，委任奸佞，前后衍尤，难以具纪。但百姓者，天之百姓，朕恭天命，属当安育，虽欲爱子，实畏上灵，岂敢以不肖之子以乱天下？勇及其男女为王、公主者，并可废为庶人。顾唯兆庶，事不获已，兴言及此，良深愧叹！

杨勇昏沉沉地听完了诏书，知道未获死罪，有点绝处逢生之感，便照例感谢皇恩："儿臣本应被诛，暴尸街头，用以训诫后人，有幸被怜，留下一条命，实在感恩不尽！"

言毕，垂泪哭泣。

接着，内史侍郎宣读第二道诏书，东宫僚属伏地待判。

太子左庶子唐令则、太子家令邹文腾、左卫率司马夏侯福等人处以死刑，就地执行。

此后而受连累的则有一大批。元旻被杀，车骑将军阎毗、东郡公崔君绰、游骑尉沈福宝等人杖刑一百，妻子资财田宅悉数没入宫中。

而史万岁虽逃过了此劫，却从此和杨素结下不共戴天之仇，如头悬利刃，不久也被杨素设计陷害致死。

一干人中，只有李纲因祸得福，被杨坚钦点为尚书左丞。

建康城西门外，有一座酒楼，名曰望月楼。

日落黄昏，不是上座的高峰时刻。楼上只有三五个散客，大家或凭栏独酌，或遥望远处的日落，或欣赏山顶的晚霞。

突然，官道尽头，红尘滚滚，一骑疾驰而至。来到近处，只见马上是一位姑娘，此时只听得咴咴咴的一声嘶鸣，那白马一个前跪，连人带马一齐跌倒在地。再看那马，已嘴吐白沫，蹬了两下腿，停止了呼吸——已经活活累死了。

那姑娘紫色花布包头，紧身衣裤，肩上斜背着一张弯弓，腰间挂着箭囊，足蹬薄底牛皮快靴，右手马鞭，左手宝剑，满脸风沙，双眉微蹙，显然一副女侠打扮，格外引人注目。

她刚刚下得马来，便满眼怜惜地抚着浑身冒汗的白马，难过地低了下了头。蓦地，她身形一晃，一个踉跄栽倒在酒楼门前。

酒楼迎客的伙计被吓得一声惊叫，引来了楼里楼外的许多人围观。

众人围观着倒地的姑娘，有人说是受了内伤，有人说是中暑所致，也有说怕是虚脱了……众人纷纷猜测，七嘴八舌，议论的多，但动手救治的却没有一个。

这时候，有人朗声喝道："各位，请让开！"

大家立即闪开一条路，只见一位中年文士走近姑娘身边，低头一看，便叫：

"掌柜的！"

掌柜的赶紧从人群后面挤了上来，赔着笑，躬身说道："唐爷，有事情吩咐？"

中年文士说道："叫人给我雇辆车子，要快！"

掌柜的连声称是，然后眼皮扒拉扒拉，探身问道："唐爷，您是要……"

中年文士冷冷地说道："掌柜的，这位姑娘得了急病，要立即医治，要是在你这里误了事，出了人命，你是要打人命官司的！"

掌柜的脸唰地就红了，转身吆喝着伙计。

不一会儿，马车来了。

中年文士拾起宝剑，取下弯弓，然后双手托起姑娘放在马车里，自己则跃上车前座，挽起缰绳，随手扔下一锭银子。

"这是……"

"酒菜钱！"

"多……"掌柜的话没说完，马车已蹿出好远，只见车后的那淡淡的红尘。

楼上有位酒客倚着栏杆，朝下面问道："这人谁啊？你们不怕他把姑娘给……"

掌柜的白了他一眼，拦住话头，大声说道："他不会！"

"你咋知道……"

"你知道他是谁吗？他是圣手唐凌，远近闻名的神医！"

这位神医不是别人，正是当年离开晋王杨广、隐姓埋名、做了易容术的金钊。金钊因俗缘未了，又辗转来到了建康。

建康郊外有一处密密的竹林，围着一处庄院。东边的一间房子，窗子里透着灯光。

房里，床上躺着一位姑娘，如云的秀发散在枕上。双目阖着，气息均匀，看样子正在熟睡。床旁坐着一位老妪，正在细心看护着一个红泥小火炉，炉上放着药罐子，飘散着阵阵药香。桌上的烛台，蜡烛已化成了一堆烛泪。屋外已经有了鸡啼报晓声，隔着窗纸，些许的微光已经透了进来。

床上的姑娘微微地呻吟了一声，刚刚微睁双眼，老妪便趋前轻声说道："姑娘，你到底是醒过来了！"

姑娘的眼睛顿时睁大了，满脸诧异地翻身坐了起来，警惕地问道："婆婆，这是什么地方？我咋会来到这里？"

还没等老妪回话，唐凌便从外面推门进来，朗声说道："这里是建康西郊的竹溪岗，又叫归来岭。因为你长途奔波，急火攻心，晕倒在了西门外的酒楼前，是我用马车将你接到此处的。"

　　姑娘看到的是一张和善微笑的脸。

　　姑娘刚要离床行礼，唐凌立刻止住："你现在身子虚弱，还需要多加休息。等你感到身轻体畅了，就可下床活动了。"

　　"多谢恩公搭救！"姑娘谢道。

　　唐凌拉过一张竹椅坐下，自我介绍道："在下姓唐名凌，是个大夫。你当时的情形，若不及时救治，轻则致残，重则送命。医家以救死扶伤为己任，不能不救。但你毕竟是一位单身姑娘，故而我的行为多少有些冒昧。至于恩公，委实承受不起。"

　　"我只顾赶路，所以就……"

　　"看当时的情形，非十万火急不必求那个速度，连大白马都活活累死了！"

　　"我确实是有急事在身，眼下我已经感到好多了，必须马上就走！"

　　"姑娘，若不治好病，天大的事也办不了啊。来，你且喝了这碗药再说！"

　　"我喝了这碗药，就走！"

　　唐凌笑了笑，站起身来，指着满山满坡的竹林说："你若不养好身体，怕是连这片竹林也走不出去啊！"

　　"不会吧！"

　　唐凌又坐回椅子里，用温和的目光望着姑娘说道："看得出，你是个懂武功的姑娘，你先把这碗药喝下去，运用调息行功之法，助长药力在体内循环，功行一周之后，等你醒来再说。"

　　"多谢唐先生！"说完，姑娘从老妪手里接过药碗，一口气喝下去，随即便盘坐床上，调息行功。

　　功行一周醒来时已是日上三竿，院子里洒满了阳光，姑娘下得床来，顿觉神清气爽，精神百倍。她已经许久没有这种感觉了，心里充满感激之意，但身负的使命又让她坐卧不宁。

　　"好些了吗？"不知什么时候，唐凌已站在屋里了。

　　姑娘把目光从远处收回，歉意地笑了笑，说："唐先生，您请坐。我想……"

　　"我知道。姑娘现在的气色很好，这说明你的功力不浅哪！你若是急着要走，唐某也不强留，但有需要帮忙的，姑娘可再来找我。"

　　"薛青再谢唐先生的大恩！"姑娘一时激动，自报了名姓。

　　"薛青，你刚刚恢复元气，缺不了脚力，我的青骢马送给你了。不过，你可要爱惜这马哟！"

　　"这，萍水相逢，薛青实在受之有愧！"

　　"我一时用不着，就算借你用好了！"唐凌指了指拴在树下的青骢马，认真地说道。

薛青深鞠一躬，跨步出门，解下缰绳，跃马扬鞭，眨眼间便消失在绿竹丛中，只留下清脆的马蹄声。

"她的身影多像当年的菱花啊！"唐凌深深地吁了口气。

原来，唐凌的"凌"字就是为了怀念"菱花"而改叫的，而唐则是为感谢唐国公李渊救母之恩而改的。

那年，金钊带着归隐田园的决心离开了晋王，先是回了趟家乡辽西，看望了老迈的父母。自己离开故乡多年，这还是第一次回去。

父母确实老了，头发已经全部花白，腰也弯了，耳眼都不听使唤了。听说儿子回来了，老母亲跌跌撞撞地跑来，抱着高大的儿子就哭开了，弄得金钊也不由得眼泪直往下掉。

母亲给儿子做了他最爱吃的蘑菇烩肉。吃饭时，她还不住地往儿子碗里夹菜，嘴里唠唠叨叨地说起这些年的生活。

"那年为了寻你，行到岐州境内时，身上的盘缠用光了，我又病了，你父亲急得团团转。赶巧唐公，也就是岐州刺史外出归来，见你父亲为人写字筹款，累得险些昏倒，问明情况后，便把我和你父亲接到唐公府，为我们延医治疗。过了些日子，待我好了，又送给盘缠，还派人帮我们打听你的下落。"

还没等母亲没说完，父亲又接茬儿说道："我一生见过不少好人，但像唐公那样仁义的官还是第一个。儿啊，你可不能忘了人家的大恩大德啊，你自己要学人家做善事啊！"

父母老迈，自己无法远行，金钊只得留在家里陪伴二老。好在家里还有几亩薄田，足以糊口。可一段日子之后，父母亲竟在一天夜里双双无疾而终了。

金钊埋葬了双亲，散尽了家业，进山寻找到杨伯丑，执意要做杨伯丑的徒弟。

杨伯丑明晰地告诉他，他红尘中事未完，待十五年后再来找他。

金钊寻思，心上最难割舍的，仍然是远在江南的菱花。菱花虽然芳颜依旧，但青丝不再，心如枯井，早已抛却了人间的恩怨情仇。

金钊为了能经常见到口诵佛经的昔日恋人，便更名改姓，变了容貌，隐居在青竹环抱的竹溪岗，并又为其起了"归来岭"的名字，以示自己的归隐之心。

至于人间的恩恩怨怨，他一概不问，只是不定期去酒馆，以针石之术为附近村民治病。若不是薛青姑娘的出现，他断不会想起沉淀已久的往事。

嘚嘚嘚，马蹄声碎。唐凌眼中一热，薛青回来了！

未等唐凌问话，薛青便先开口了："真倒霉，我刚到街上便被几个无赖缠上了，我好不容易甩开了他们，又被几个小子用计赚去了包袱。现在落得分文皆无，只得再求唐先生。"

"先进屋再说吧！建康城的痞子，骗人的招数多着呢！"

　　"烦请唐先生多指导指导，免得下次再被骗！"

　　"看样子，你在江湖上也是闯荡惯了的，怎么会被骗呢？"唐凌一边为她准备银两，一边不经意地问道。

　　薛青的脸上红一阵白一阵，气恼地说："都怪我太大意了！"

　　"是啊，江湖风浪险，一点儿也马虎不得！薛姑娘，你既然身负重任，就要处处小心呐！"

　　"你咋知我身负重任？"薛青疑惑地问。

　　"我也只是猜想，你既从京城来，想必京城发生了重大的变故吧？"

　　"京城？你怎会知道？"薛青疑问的语气更强了。

　　"昨晚，你在昏迷中多次念叨，所以推想你应从那里来。"

　　"京城，他——也不知道怎样了？"

　　唐凌把准备好的小包袱轻轻放在薛青的身旁，在薛青面前踱了两步，试探地问："薛姑娘，你如果信得过唐某，不妨把你的要事说出来，兴许，我能帮上你一些忙！"

　　薛青坐下又站起，站起又坐下。只见她银牙紧咬朱唇，凝神片刻，最后，澄亮的眸子盯紧着唐凌，一字一顿地说："这是掉脑袋的事，不，这是灭九族的事，你，肯帮吗？"

　　"造反？"

　　"不，救人！"

　　"救钦犯？"

　　"比钦犯还重要！"

　　"那是……"

　　"当今太子！"

　　"杨勇？该来的终于来了！"

　　"你认识——当今太子？"

　　唐凌没有回答，背着手立在窗前，静静地看着那竹林。良久，他才问道："太子被囚禁了？那高颎也一定遭难了！"

　　"是的，就在开皇二十年九月戊申日。"薛青停了停，便把几天前发生在京城的这场政治阴谋，从头到尾讲了一遍，"我这次来，就是寻找那几个哥哥回去救太子的。"

　　原来，薛青就是东宫结交的"东海六魔"中的老小，那几个异性兄长，当初在太子府时因闯了祸被太子驱逐出去，而自己却被留了下来。她目睹了太子的荒唐，也看到了太子的仁义，觉得太子被废实在太冤枉，所以决心尽快找到五位兄长，说服他们救太子于缧绁之中，以报太子的知遇之恩。

听到"东海六魔"的名字，唐凌激灵灵地打了个冷战。

"是他们！"唐凌暗想：真是冤家路窄，"东海六魔"现在算是到齐了！

唐凌做梦没有想到，如此美艳的姑娘会与"东海六魔"联系起来，且会有如此侠义的风范。他的心中矛盾异常：这个"小魔女"若是知道那五个哥哥全死在我的手里，会做出什么反应？会以死相拼吗？既如此，何不先下手为强！可这么可爱的姑娘，谁会舍得下手呢？

"把事情的真相和盘托出，看她做何反应！"一个大胆的想法在唐凌的脑海中形成。

"薛姑娘，如果你肯坐下来，我愿讲一个惩恶扬善的江湖故事。"

薛青知道，这个时候的故事绝不是什么趣闻轶事，大概另有深意，于是便微笑着点了点头。

一天晚上，一个夜诊归来的郎中在回家途中，忽然看见有几个黑影以极快的速度移动着。凭多年的经验，他知道这夜行人非侠即盗，于是他迅速跟了上去。

凑近方才明白，这几人正燃薰香用竹筒往窗眼里吹呢！

他认识这户人家，曾来这家治过病。这家一个老婆婆养着四个女儿，个个出色，如花似玉。不用说，这几个家伙必是色魔无疑，一定是白日里踩好点，晚上趁黑夜下手。

如果不立即制止，那四朵鲜花必被摧残，惨象可想而知。四女若是刚烈之人，必不肯偷生，若此，岂不白白丢掉四条性命？

那郎中想到这儿，便飞身上墙，摸起一块碎砖掷向吹头筒。那些人见有人挡路，便低声报上名号，想吓退来人，但来人却警告他们不要继续作恶，残害弱小。

那些人仗着人多，便群起而攻之，想一哄而上把多事者干掉。他们刀剑齐舞，手法狠毒，但对方一把纸扇，却杀得歹人连连后退。

此时，那些歹人若是退而远遁，也就有惊无险了，可那些人中偏有人不服输，向郎中抛掷了浸毒的暗器。郎中拔去臂上的毒镖，运功疗毒，可那些歹人以为郎中已经无力反抗，便一齐挺剑刺来，殊不知郎中以闪电般速度以掌为刀，瞬间结束了一场搏斗。

唐凌讲完之后，静观薛青的反应。

薛青目光呆滞，嘴唇微颤，一言不发。半晌，她突然发出了裂帛似的一声悲号，让唐凌吃了一惊："哥哥，你们，怎么就改不了呢？"说完，薛青昏死过去。

这是急火攻心之症，唐凌急忙抢救。他已做好了准备，万一薛姑娘悲而发怒，他会退避三舍，只守不攻。

薛青醒过来了，她的态度出乎唐凌的意料——她反过来安慰唐凌："先生的故事我懂，不必担心我。我和五位哥哥虽有金兰之契，但对他们的所作所为，我极不赞成。我是一个姑娘，理解被辱的痛苦。我曾无数次地劝过他们，但他们执迷不悟，一意孤行，即使不是先生，他们也终有一天会遭此劫难。"

薛青的话至情至理，让唐凌感动不已。

"唐先生，他们的坟墓在哪里，我前去拜祭一下，也算是对义兄们的最后一次交代！"

"姑娘想得周到，我带你去！"

竹林深处，排列着五座新坟。

薛青一边焚着纸钱，一边历数着他们的好处。从薛青的哭诉中，唐凌更佩服起眼前的奇女子，竟然能和五个淫贼同门学艺、共同生活多年而依然冰清玉洁，这得有何等的正气才能压得住他们啊！

从坟地回来，薛青提出要立刻北归，她担心夜长梦多，太子会出意外。这个时候，唐凌不得不把自己的经历毫无保留地讲了出来。

薛青瞪着眼睛看着唐凌，心中不禁生出一种奇怪的念头：若是能和这样的人生活在一起，那该是多么幸福啊！这念头一闪而逝，他们之间毕竟隔着二十岁的距离。

"姑娘若是不反对，唐某愿相随前往京城。"

薛青喜出望外。能有唐先生陪伴，那是求之不得的啊！薛青心中暗喜。

"唐先生真是位秉性难改的人啊！"

"彼此，彼此！"

愉快的笑声惊飞了树上的一对喜鹊，它们飞着、叫着，叽叽喳喳地叫个不停。

这是一处快活林。遮天蔽日的大树下，南来北往的人都爱在这儿歇脚，喝碗凉茶。

三五成群的客商、独行僧人、抱小孩的农家大嫂、江湖卖艺的男女老少、背着书囊的书生等，把一座茶坊坐得满满当当的。

那边，几个书生模样的人挤坐在一起，正谈得起劲儿。

"知道吗？当今太子被废了。一家子的大小王子、公主都被废了，往日的太子府，现在成了他们的囚室。这才真是'朝为大贵暮为囚'，世事难料啊！"一个衣冠周正的白面书生向众人散布着消息。

他的话立刻引来了不同的声音。一个身背书剑的雅士语出惊人："这可是大乱之兆啊！自古以来，随意废止太子者，未有不亡也！"

"那也不一定吧！一家子人里有愚有贤，你是让愚者当家，还是贤者当家？

一家子这样，一个国家不也是这样吗？"黑黑的妇人不以为然，反问雅士道。

听罢妇人的话，有人赞同，有人摇头。

"按说是这个理儿，但天不变道亦不变，自古长幼有序，废长必立幼，于古制不谐呀！"商人把茶碗一推，也说开了。

独行僧人听了众人之言，也唱了个喏，道："什么广狭长短，什么喜忧安危，富贵若浮云，人生苦短暂，苦海茫茫，回头是岸，凡事随缘，方能物我两忘，渐入全真之境。"说完，打着饱嗝离去。

众人经他一说，不禁嗟叹不已。

唐凌与薛青独坐一旁，默然无语，却把众人的话慢慢品味着。

临行，那几个书生又悄悄议道："太子既废，那新太子又会是谁呢？"

"那还用说，诸王之中唯晋王当之无愧。据说，那晋王聪慧仁义、能文善武，有乃父遗风，不是他是谁？"

"那其他几个呢？"

"捧不上手。"

"不一定吧？"

"那咱们就打赌，看看到底会是谁成为新太子！"

"赌什么？"

"赌一生的富贵如何？敢不敢？"

"不敢是王八！"

"若是输了，大考得中也弃官不做！"

"一言为定！"

唐凌闻言，抚掌而笑："好啊！好啊！无事为福，无欲而寿，何为真乐？顺应自然，退即是进，予就是得。"

唐凌的怪论招得众人扭头观瞧，随即啧啧称奇。

出了那片快活林，他们上马继续沿官道北行。这一天，他们来到一座繁华的市镇。两人下马，进到一家宽敞的酒馆。

里面的桌上，有几个白发老叟在摆龙门。仔细一听，说的竟是晋王杨广路过此地，开仓放粮、奖掖青年的故事。讲的人有板有眼，讲到精彩处，竟手舞足蹈起来。听的人则津津有味，旁边的老叟竟也乐悠悠地和着。

见此情景，唐凌和薛青也不觉开怀笑了起来。

再往北便是三秦大地，黄土高坡的沟梁上，绿草与白羊相映相衬，别有一番情趣。两马并行在黄土道上，薛青情不自禁唱起了高亢的"信天游"。

"跟谁学的？味道蛮正的！"

"太子府的小宫女。她最爱唱山歌，唱一天都不觉累。"

"你现在不记恨晋王了吧？"

"既然老百姓都说他好，我又何必唱反调呢？反正都是他们杨家坐天下，能为天下苍生着想，就是好人、好皇上！"

"能这么想就好。其实，救出太子立即会殃及无辜，甚至会引起一场更大的血腥屠杀。所以，切莫以个人的好恶掀起一场举国的骚乱！"

唐凌那博大的慈悲胸怀深深感染了薛青，薛青的脸显得更加红艳了。

唐凌终于达到了最终的目的，不仅制止了薛青的无谓牺牲，也留住了这万花丛中的一朵奇葩，心情自然是不胜欢欣。

"你和晋王相处这么久，真的认为他就是最佳的接班人？"

"这么说吧，大隋朝是一匹烈马，正左突右冲地往前奔。这时，你如果要选一名合格的驭手，你该选谁呢？"唐凌巧妙地把问题又推给了薛青。

"那当然是晋王了。他二十一岁便挑大任，平江南、止叛乱，人才难得，治理辖区文武并用，以德服人，百姓安居乐业。还有他坚毅自信、永不言败的性格，更是必不可少的条件！"

"有道理。大隋朝定鼎二十年了，内政、外交都有了空前的发展，但繁荣的背后有哭声，平静的下面有暗流啊！大隋朝就像一艘带病航行的大船，如何才能经受住惊涛骇浪的冲击？现在看来，必须要彻底地检修一下了。但当今天子事事无暇，也无力检修了。他是创立人，更不愿再去触及深层的东西。而晋王既有经天纬地之才，又有气吞山河之势，是历史选择了他，上天选择了他。"

"也是自己努力的结果，对吗？"薛青顺口补了一句，半嗔半怒。

"兵法上说：'两军相逢勇者胜。'"

"兵法上还说：'兵者，诡道也。'胜利者也常常是善用'诡道'者，是阴谋家！"薛青故意和唐凌唱起了反调，想把一直板着面孔的唐凌逗乐。

"军事是政治的继续，政治是最高形式的军事，自古有军事就有政治，两者岂能完全分得开？两国之间，政治解决不了的问题，只好拿到战场上去说，谁的实力强，谁就是赢家。世人往往只注重结果，而并不看重过程。不是这样吗？"唐凌只顾有感而发，未曾注意到薛青的逗笑，脸上依旧是凝重的思索。

"这么说，晋王就是逐鹿的最后胜利者了？"薛青歪着脑袋，若有所思地说道。

"还不能这么说，即使他做了皇帝，也还不能这么说！"

"为什么？"

"俗话说：'螳螂捕蝉，黄雀在后。'谁知道在晋王身后有没有一只更大更可怕的黄雀呢？晋王获得的是诸君，岂知那黄雀的胃口会不会更大？"

薛青连连掩耳，说道："我不听了，宫廷阴谋这么可怕，一不小心就会被网住，成为别人的口中美食。既然这样，为什么还有那么多人一心往高处爬，当了小官盼大官？"

"这就是'贪'字作祟啊！贪欲就像一把刀，将许多美好的东西都斩得面目全非。因为贪，亲情化粪土，人伦成草芥；因为贪，美丽变丑恶，善良无处寻。而江湖上也莫不如此，为了武林至尊的虚名，多少人引刀喋血；为了一本武林秘籍，数不清多少英雄好汉葬身陷阱。你身在江湖，自然会有这样的体验。"

"先生分析得透彻啊！你像是站在九天之外笑看、点评人间的是是非非，令薛青眼界大开，茅塞顿塞。人常说'与君一席话，胜读十年书'，今日薛青所得又何止十年书啊！"薛青眨动着美丽的大眼睛，俏丽的嘴角洋溢着迷人的笑意，让人觉得，她的每一根发丝、每一寸肌肤都是那么的可爱。

【第七回】
少殿下酒后弄云雨，大将军阵前叱风雷

绿纱半透着烛光，为朱江的门扉平添了几分光彩。微潮的空气中，飘荡着跳跃着的江南丝竹声。

扬州总管府，晋王杨广正在与心腹属官祝贺自己的生日——杨广今年三十一岁。从京城传来的消息，让杨广着实兴奋了一阵子，近十年的心血终于可以结出硕果了。

杨广和萧妃坐在锦座上，左有宇文述，右有郭衍，皆面有春色。

宇文述着宽袍广袖，高擎玉杯，粗声大气地向杨广道："皇上果断英明，见微知著，废去了不遵纲纪、祸国殃民的太子，真是上应天意下合民情，使我朝又获新生，真是可喜可贺。今又逢王爷寿诞，借此寿宴，恭祝王爷早遂心愿，大展宏图。"

说罢，宇文述将杯中酒一饮而尽。杨广也笑而回敬。

郭衍站起身来，走到杨广面前，醉意朦胧地敬酒，道："当年臣为王爷谋划，幸甚至哉，今分享喜悦，亦幸甚至哉！臣今生得遇殿下，无限幸运，愿今生今世永承雨露，得沾天恩。"

郭衍当年为晋王出谋划策，可谓竭忠尽智，甚至设计出一旦在皇上那儿失宠，可以退而求其次，经营江南一隅的下策。

杨广虽沉浸在欢歌中，但心里却冷静得多。父皇现在还未宣布自己入主东宫，只要父皇一日不下诏，这个太子之位就还是个悬念，谁知道会发生什么变故呢？

眼下的一切行为都必须慎之又慎，绝不能步杨勇的后尘，所以他把自己的生日宴会安排得既简朴又不失热烈。

杨广不但要自己头脑清醒，也要让为自己鞍前马后辛劳的人免生半点骄矜之气。而这两者中，他尤其担心后者，因为邀功请赏似乎是自然而然的事情，很难完全避免。

杨广的大脑在飞快地旋转，思索着可能出现的各种状况。

"王爷，臣有一点小小的请求，请王爷指点。"宇文述的眼中闪动着异样的光彩。

"爱卿何必客气，但讲无妨！"

"臣有幼子，聪明过人，且形貌俱佳，曾言要折桂附凤，现已至束发之年，意欲在皇族中觅一才貌相当者为偶。臣思来想去，记得殿下长女南阳公主品貌无双，私下里认为如果能得王爷应允，实在是我宇文家族的幸事。臣斗胆为子求婚，多有唐突之嫌，希冀王爷见谅！"宇文述借着酒劲儿，厚起脸皮，当众向杨广求亲，这多少有些出乎杨广的意料。

南阳公主乃杨广的长女，自幼受母亲萧妃和杨广的影响，酷爱读书，不光涉猎妇德妇言的书，"经史子集"也多有旁顾，因此，养成了知书达理、聪慧多智的品性，深得父母疼爱，被视如掌上明珠。萧妃还常叮嘱她切莫养成公主的脾气，以免出嫁后因天生贵胄看不起婆家。公主也一一遵行。

杨广夫妇有心将爱女许配给才德上乘的青年，只是一时尚未有合适的人选。今天，宇文述的请求虽不免唐突，但也在情理之中。而杨广今日心情正好，宇文述也正是看准了时机，想置晋王于无路可退的地步，认为他非答应不可！

果然，杨广显得很兴奋的样子，笑对宇文述说："吾两家若能结为秦晋之好，乃大隋的幸事，孤岂有不允之理？"

其实，杨广对这门亲事应允还是因为守文述的实力，而非其他。

郭衍看到宇文述的请求被很爽快地应了下来，心中悬了很久的心思也活跃起来。郭衍有个同父异母的弟弟，学无成就，乡试屡屡不中，曾多次央求哥哥给谋个体面的官职干干。在隋代，吏可以由基层任命，而官则必须由考试取得资格，会试通过方可获得官员的资格，由皇上下诏任命。而科举实行以前，凭的则是门第关系，叫"九品中正制"，主动权往往把握在豪门大户手里，走"下层路线"即可。

郭衍禁不住弟弟三番五次的请求，这次又看到晋王高兴，便索性把话说得很白。他硬着舌根道："王爷，臣也有琐事要烦求您高抬贵手放行。臣的胞弟已届而立之年，却依然是白身一个，如果能得王爷提携，他定能肝脑涂地，不负王爷的知遇之恩，恳请王爷允诺。"

郭衍的话未尽，就感到四面八方的眼光一齐聚来。他嚅动着喉结，还是把话抖了个干净。

杨广心中不悦，他不禁在心底埋怨郭衍在这个时候给自己出难题。

"这个东西，黄汤灌多了，什么话都敢往外扔。孤虽知恩必报，但强人所难的事叫孤如何应允？此风一开，谁还愿苦学成才？实行了近三年的以试取才的制度岂不就要面临崩溃？郭衍啊郭衍，你为何聪明一世糊涂一时呢？"

杨广心中暗暗责备着这个铁杆近臣，但表面上却笑着应答："郭爱卿所虑不差，孤一向爱才惜才，为国选才，再得一贤也不多，但孤要面试他的才情，亲试他的笔底风云，郭爱卿该不会反对吧？"

杨广的话里柔中有刚，明是答应，暗是婉拒。如果确是个人才，哪怕稍逊一些，应下又何妨，但假如是个脓包，自我暴露，郭衍也自会惭愧，屏去念头。

那郭衍此时稀里糊涂，未听清说的什么便高声谢恩了。

宴会继续热烈地进行着，众人酒意已酣，言语间也多了几分轻狂，和着乐声，居然也学夷人载歌载舞起来。

夜阑人静，众人散去，杨广也回到了内宅。他斜卧在锦榻上，似乎依然沉浸在刚才的宴会氛围里。

"殿下，今日张衡像是有什么心事，一直闷闷地饮酒，很少说话，殿下没有注意到吗？"

"他比宇文述和郭衍老到多了，没有向孤讨赏，也没有出难题。他可能是病了吧，有些精神不济！"

"不像，他说不定明天会向殿下说明！"

"且不管他。孤问你，宇文述求亲的事，你怎么想的？孤当时在那种情形下也是不得已而为之，没有和你商量，请爱妃谅解！"杨广真诚地向萧妃致歉。

"殿下是干大事的人，想的、做的自然不能按照常人的习惯去做，臣妾岂能不理解？再说，南阳真的嫁过去也不会受委屈的，当娘的也只是盼他们能和和美美、相伴终生。"

"爱妃真是个识大体的人。女儿是你所生，是你所养，最疼她的莫过当娘的。按理，女儿的终身大事由母亲做主方合人情。既然爱妃没有异议，就请爱妃和女儿说吧！"

杨广洗了脚，揩了身，就和萧妃屈肘而眠。

"杨约今日未至，如果在，不见得不比郭衍叫得更欢。杨约比他哥哥杨素有时来得更鬼，他怕是在心里早有了打算，他会要价更高。"杨广望着屋顶，像在自言自语。

萧妃搂着杨广的脖子，安慰道："他要价再高也得殿下点头，再说他还不至于漫天要价。臣子就是臣子！"

"但愿如爱妃所言！"杨广沉吟着。

在漫长的等待中，杨广终于迎来了辉煌的时刻。开皇二十年十一月三日，杨坚下诏，立晋王广为皇太子。这一刻，距太子勇被废为庶人仅二十四天。

诏书是张权捧读的。他神采飞扬地扫视着金阶下的百官，把目光在杨广的脸上定了片刻，然后朗声开读。

金殿中静如深海，只有殿外的飞雪飘落的声音。杨素满是得意的眼眸中储满了激情，仿佛一个亘古不遇的盛业已经诞生，他身着锦绣朝服率领百官恭颂着新皇上的登基……

像杨素一样，杨广没有在意那些华丽庄严的套话，只把心思放在观察和遐想上了。

苏威简直像一根木头，面无表情地立在那里，宽大簇新的朝服穿在身上，似乎有些不协调——昔日的风采已完全被花白的须发、浑浊的双眼淹没了。

贺若弼夹在杨素和宇文述之间，蹙起的双眉似乎告诉人们他心中的不快，与平时的欢愉形成巨大反差。

杨广用眼角的余光搜寻着群臣的反应，但所及之处也只有左右两行人。真是可惜！

他是不能有异常举动的，父皇锐利的目光能捕捉到哪怕是再细小的反常举动。所以，杨广只能遐想！

他想把大隋的江山造得铁箍一般，绝不容许游牧部落的铁骑踏进中原一步，让后人把自己的名字和秦皇汉武并列在一起，永受后世的崇拜；他要把纵横万里的肥田沃土变成旱涝不惧的永丰之地，让滚滚的粟米装满每一个谷仓，让黄河之滨麦浪如潮，长江两岸稻谷飘香，在岁末年尾，普天之下的百姓都能在丰收的祝福声中欢笑如海，歌声如涛；他要脚踏泰山之巅，跨过广阔的高原，领略四海的风光，亲历最动人的险地，把穆天子走过的道路重游一番，让阆苑的传说演化为今日的故事……

杨广的思绪如江水澎湃，一泻千里。

不知过了多久，杨广的后襟被人轻轻拽了一下。他猛然醒悟，诏书已颂完，该谢恩了。杨广长跪玉阶下，叩头领旨。

百官朝贺后，杨坚颁旨赐宴。

这是一年中少有的盛况。杨坚满面春风，妙语连连，而杨广则是神清气爽，穿梭在百官之中。觥筹交错，人声鼎沸，加上丝竹的喧嚣，整个武德殿俨然成了欢乐的海洋。

杨素、杨约兄弟俩一向豪饮，今日更是开怀，一杯接着一杯，仿佛喝下去的不是烧心灼肺的烈酒，而是清心爽口的琼浆。

"来来来，我们再满饮三大杯！"已有三分酒意的杨约来到宇文述跟前，一拍肩膀，牛气十足地说，"宇文兄，万岁赐的御酒，平常难得享用，今日不痛饮更待何时！"

宇文述已经是酒意朦胧了，见杨约来邀顿时来了精神，喝令宫女斟满酒，抖抖地端起，道："今日乃朝廷大喜、太子大喜、群臣大喜的日子，喜酒不醉人，休说三大杯，便是十大杯，又有何惧？"

众人闻言，皆从旁喊道："真是酒中豪杰，何不一比高下，让大家见识一下手段！"

宇文述鼓着牛眼，哧哧地笑道："你们只道我……我说的是诳语，我……我宇文述什么时候装过孬？来来来，杨兄，咱们端起来！"

众人齐声叫好。杨约被满斛的酒逼得无处可逃，抖擞精神应道："有种！装孬是孙子！"说罢一饮而尽！

宇文述也一口气灌下，抹了抹嘴角的酒，嚷道："再来！"

"来！"

又是一片掌声！

两人你追我赶，眨眼间便有五六杯下了肚，两人都有些飘忽忽的感觉，看周围的人开始出现双影。

杨广也被热闹的场面吸引过来，看到两人的牛劲，唯恐有所闪失，便笑阻道："二位将军不愧海量，今日孤算是见识了，不过酒多必伤身，留着量，明日再饮不迟！"

哪知杨约红着脸，眼一斜，嚷道："不见高低，如何能停？来，宇文兄弟，喝！"

杨广登时不悦，但碍着众臣的情面，又加上杨约已是神态飘飘，便忍住气，笑道："今日不比往日，此处不同别处，岂可率性而为？"

这话声虽不甚高却字字坚实，听来掷地有声。杨素轻推了把杨约，杨约似乎一下子醒了酒，猛地心里一颤，自觉有失礼之处，忙道："太子爷，臣有失礼之处，还望海涵！"

杨约悻悻地退到一边，杨广的嘴角瞬时浮过一丝得意。

群臣给杨坚敬酒，杨坚微笑着，兴奋地把酒杯高高举起。他是满足的，年届花甲之时终于如愿地为隋家天下定下了继位者。这是上苍的意旨，更是他与皇后多年合作书写的得意之作。

群臣也纷纷向杨广献酒，但杨广今天却控制得恰到好处，每个人敬的酒他都喝，但只是呷一小口——这已经是很给面子了。今天，即使是刘伶再世，怕也难以应付，杯杯尽饮。

宴会进行得十分圆满，连殿外纷纷扬扬的雪什么时候停的也没人注意。

群臣散尽后，杨广望着银装素裹的美丽世界，深吸一口气，一种从未感到的舒畅闪电般地流过全身。

他俯身捧起一把晶莹如玉的雪粒，放在鼻端，出神地看着、嗅着，那股神情不亚于在细细品读一位至圣至纯的女神。

"雪是优良的清新剂，你告诉孤，未来的路该如何走？可孤绝不能像你一样，纯洁得看起来无可指摘，但太阳一出，你便消失得无影无踪！孤要成为一座高山，风吹不倒他，雨浇不垮他，闪电雷鸣也只是为他舞蹈歌唱！"

雪水从他的指间流淌下来，凉凉的，杨广甩掉手上的残雪，只把长长的足迹留在了如银的雪被上。

杨广回到王府时，萧妃依然在烛光下半躺着，藕荷色的紧身锦袄将她扮得分外艳丽。看见杨广迈步进来，她利索地抢到门口，甜甜地贺道："恭迎太子殿下！臣妾已望眼欲穿了！"

"贫嘴！孤灌了一肚子酒，当紧的是醒酒汤，不是甜言蜜语。"杨广半嗔半怒道，"整整两个时辰，满耳朵灌的都是溢美之词，都快生出老茧来了！"

"还好！太子爷既没有被美酒灌晕，也没有被美言灌晕，真大丈夫也！"

"又来了！孤最怕你的酸辣汤了，又酸又辣，呛得人直翻白眼！"

萧妃被杨广的俏皮话逗得更乐了，捂着肚子嚷道："殿下好胃口，居然还惦着臣妾的绝活儿。也罢，今天是特殊的日子，索性让你吃个够！臣妾亲自下厨。"

萧妃所言的酸辣汤的确是她的一绝，吃起来酸辣难当，但回味起来又有挡不住的诱惑——这种汤尤对醒酒有特效。

杨广倒在床上，拉过锦被，刚要去睡，过来两个清丽的小丫鬟，一人手端铜盆，一人手执香巾来到床前，轻呼太子，把拧干的香巾递给杨广。

杨广也不睁眼，接过湿巾，在脸上胡乱擦了一把便又躺下。小丫鬟接过湿巾，放到一旁，又缓缓地替杨广除去鞋袜，将水撩到脚上，轻轻地揉捏着。

"好舒服，再用些力！"杨广此刻被一阵折腾弄得睡意全无，一边享受着温柔的按摩，一边神思飞扬。

他想到了曾撩人心扉的绿珠公主——今日的宣华夫人。最近以来，宣华夫人似乎改变了以往的态度，对杨广的馈赠照单全收，偶然见面，居然能赏给几个笑脸。

"不管怎么说，她现在是自己的庶母，对她只能远观，不能近瞧，更不可有非分之想。至于她对自己的暗中帮助，那只能心有感念之恩了。"

杨广曾悄悄委托张权捎了几件小物件给宣华夫人，后来又捎去几句话，大意是希望她永远健康美丽，宣华夫人都表达了谢意。杨广听到张权的回禀后，真是又惊又喜，她居然没有拒绝！

据张权说，宣华夫人曾几次在杨坚跟前以赞叹的语气说起杨广平时良好的组织才能，而杨坚都以微笑作答。

"殿下，酸辣汤来了！"萧妃火辣辣的叫声打断了杨广的思绪。随着一声叫，一盆热腾腾的酸辣汤端到了炕桌上。

杨广呼地坐了起来，撩开锦被，深深地吸了口气，连称"好香"。他溜溜地吸了两口，吧嗒着嘴，道："味道没变，跟前年宴请父皇母后那次一样，酸辣适度，正合我口！"

"当然了，都是瞄着太子您的口味嘛！"

"应该说是瞄着'二圣'的口味量'口'定做的，是吗，孤的臂膀！"

"太子不忘臣妾的小功，臣妾何其幸也！"

"怎么能忘呢？连母后夸赞的那四道菜，孤至今还记忆犹新呢！"

"太子还能记得？"

"让孤说与你听！"杨广像说书人一样，慢慢道来，"第一道唤作'草甸春景'，又叫作'香菇菜心'；第二道名唤'荷韵晚晴'，也叫'荷叶粉蒸肉'；第三道叫'菊歌鱼舞'，又叫'菊花青鱼'；最后一道乃'雪城望松'，别名'松鼠鱼'。四道菜分别代表四个季节。"

"好记性，一点儿不差，太子当时夸臣妾的菜不但好吃，还有诗意，有文化的内涵！"萧妃一副神往的样子。

小丫鬟轻盈地捧着细花瓷碗，双手呈给杨广。杨广接碗时，无意间触到了小宫女的手指，一股细滑温柔的感觉闪电般传了过来。

"好爽！"杨广心中暗想，"这个小东西的身体不知该有多柔美。今天，乘此良宵，何不发挥一下余威呢？只是碍着萧妃！"

杨广想着，眼睛直勾勾地看着小宫女。这个名叫星儿的小宫女是年前才到晋王府的，未谙世事，但发现太子爷用火一样的眼光注视自己，顿时脸红到了耳根。这一切被一旁的萧妃看得明明白白，她了解贪嘴的杨广，能钻到他肚子里看个一览无余。

"德性！准是又看上这个嫩得出水的宫女了。要是不尝尝鲜，他肚子里能生出虫子来！随他去吧，正好做个顺水人情！"

想到这儿，萧妃抖了抖眉梢，樱唇轻启，道："太子爷，看来这盆淡汤解不了您的馋，得来点儿鲜美可口的。今儿是您的好日子，理应献上臣妾的一片心意，奈何无以为礼，这个清纯的小丫鬟权当臣妾的侍礼了，就让她今晚陪寝吧！"

乍听此言，杨广欢喜莫名，心想，这个萧妃，真有她的，真是"知我者，萧妃也"。于是，他大嘴一咧，说道："恭敬不如从命！"

萧妃向杨广做了个鬼脸，带着另一个小宫女悄悄退了出去。

杨广尽管此时欲火中烧，但还颇有些君子风度，把怯生生的星儿揽到怀里，慢慢抚摩着星儿微微淡黄的长发，星儿瞪起圆圆的双眼左观右瞧。

"不错，是个妙曼的人儿，今年多大了？"

"回太子爷，奴婢十四岁了！"

"家住哪儿？"

"回太子爷，奴婢原在东宫当差，老家在川蜀，是去年被蜀王送到东宫的。"

"蜀王送你们来时，怎么交代的？"

"让我们好好侍候太子，干不好就要杀我们全家！"

"你们共来了多少人？"

"少说也有三四十个！"

"其他人后来去了哪里？"

"奴婢实在不知！"

"不错，你哪里会知道呢？皇宫、王府、丞相府，或许杨约的府上就有不少，这个大理寺丞，一定捞了不少！"

星儿低头捻着衣角，一副不解风情的憨态，杨广一把抓住星儿的玉腕，火辣辣地亲了一口，然后开始动手剥星儿身上的衣衫……

又是一个绯红色的黎明到来了。

杨广完成了一个又一个礼节之后，移驻东宫，但却是永久的驻扎。他成了这座庄严宫殿的新一任主人。

他荡漾起的笑脸和属下们的恭贺构成了如诗的画卷，他现在的寝宫就是杨勇当日寻欢作乐的地方。

杨勇连同妻妾子女们被管家安置到另一处清静的宅院——太子妃当年归天的后院。

杨广来看哥哥了，看着杨勇满脸的憔悴，泪流满面道："皇兄暂且静养，你的心，父皇最终会明白的。生活上如果有一丁点儿不如意，你跟弟弟说，我会打断他们的狗腿，让他们知道什么叫尊卑上下！"

杨广狠狠地说着，眼中闪着寒光。

杨勇头也未抬，苍白的脸上表情凄惨。屏风后的云氏可按捺不住了，连连几声假咳，示意杨勇也借机反击一下，讥讽讥讽这位春风得意的表演者。

杨勇什么也没说，嘴角抽动了几下，抬起头茫然地望着远方。他知道，对眼前的这位新太子什么都没法说，什么也不必说，而且说了可能比不说更糟！

死寂，可怕的死寂，尴尬的相对。杨广白了一眼眼前木然的杨勇，起身走到门槛处，突然回首，认真地说："孤会向父皇禀告你的心境，或许用不了多久，你就能见到父皇了！"

一瞬间，杨勇的眼眸中闪过一道亮光。

杨勇斜倚在门边黯淡的目光，出神地望着周遭高高的粉墙，喃喃自语道："三弟死了，我被废了，下一个该是谁呢？"

朔风劲吹，卷起阵阵黄尘，弥漫在长天大地之间。寒气逼人，污浊满天。此刻，杨广宽大的客厅内却温暖如春。

"殿下，蜀王太嚣张了，居然公开散布谣言诋毁殿下。如果任其妄为，殿下的名誉可要大受其损，殿下当作何决策？"宇文述愤愤然，探着身子，颌下的长须颤抖着。

杨广听罢却不以为然，把手中的碗盖轻轻放回到青瓷茶盅上，淡淡一笑："那是枉然！真金不怕火炼，孤的才德配得上太子之位，朝廷内外、举国上下，谁人不识谁人不晓？孤暂且不去管他，但相信损人者必自损，弄谎者终会搬起石头砸自己的脚！"

杨广离座踱了两步，声音忽然提高了："眼下，突厥又起十万大军犯我北疆，北地频频告急，这才是国之大祸！孤为太子，当领兵御敌，退敌于国门之外，使皇上安心，百姓安居，是为国之头等大事！"

"太子考虑的是，非得好好教训教训突厥不可！边境刚刚平静几天，他们又来挑衅！"宇文述气得胡子一撅一撅的。

"收到什么新消息了吗？"杨广转身问杨素。

杨素半天没吭声，见杨广发问，便不慌不忙答道："去冬今春以来，突厥各部均不同程度遭遇雪灾，牛羊损失惨重，还饿死不少人，这是他们出兵原因之一。想阻止东突厥部众来降，是西突厥犯境的另一个原因。"

"他们缺粮缺牲口就来抢我们的，什么道理？"宇文述猛拍了一下桌子，震得桌上的杯盏乱响。

"这确实是个结！只要他们一遇灾就必然兴兵南犯，古来如此，问题是怎样解开这个结？"杨广在自问，又像是在发起讨论。

"他们凭借的是兵强马壮，凭借的是荒野的辽阔。他们无城无郭，逐水草而居，水草丰而牛羊壮时，他们还能安分一时；若遇上天灾，他们则四处掳掠。而如果对手强大他们则可能以和亲的方式求得和平，求得大量的援助；如果对手弱小，他们则会对其任意宰割。眼下，我大隋朝的国势如喷薄的旭日，正在冉冉升起，已到了和突厥清算的时候了，非把他们狠狠地痛击一顿，他们才会知道今日的大隋不可侵略。"

杨素的话刚落，杨广便愤然道："此次出征，孤要亲自统兵深入大漠，直捣他们的老巢，把他们全部赶到大漠以北的荒凉地界，让他们再无复兴之日！"

"如若使突厥人提起太子便胆寒，纷纷来降，纳贡称臣，世代友邻，岂不更妙？"杨素声音不高，但底气十足！

杨广点了点头，但眼角的余光似乎冷冷地瞥了杨素一下，只是速度极快，旁人轻易不会察觉到。

一场决定突厥命运的反击战渐渐拉开了序幕。

杨坚欣喜地批阅了杨广的奏章，朱笔一挥，圈定杨素协助杨广完成这次重大的反击战。

"他们是老搭档了，定能不负朕望！"杨坚搓着手，舒展着肩膀，缓缓站起身来，自言自语道，"希望和平的曙光永照长城内外、大江南北，让我大隋的子民永沐安宁平静的清风，铁打的江山千秋万代，万代千秋！"

清凉的风紧一阵慢一阵地低吟着。

滔滔的黄河岸边，浊浪排空，弥漫的风沙在劲风中更加肆虐，远处一片迷蒙。风里，战马的嘶鸣显得高亢、苍凉，与涛声、风声交织成一曲气势雄浑的英雄之歌。尖厉的风声过后，间或可以听到对岸枣林中传来的悠扬的胡笳声。

黄尘稍歇，兵士们从一个个灰蒙蒙的军帐中走出，只听一个带着几分稚气的声音响起："好大的风沙，快把帐篷给掀掉了。"

"没见过吧？大风能吹走牛羊、卷翻茅屋，掀掉帐篷是家常便饭。"一个苍老的声音答道。

"那突厥人可怎么生活呀？"

"他们呀，全部是喝风沙长大的！"苍老的声音中又多了几分悲怆。

"看，元帅来了！"

不知谁喊了一声，大伙一齐回头，只见一匹火炭似的骏马上，端坐着金盔金甲的杨广。他一手执缰，一手和并排而行的长史杨素比画着什么。

看到杨广行近，红着眼睛的老兵紧走几步，一下跪倒在杨广的马前，悲愤地说："元帅，您可一定要为父老乡亲们报仇啊！"

这种场面杨广见得多了，赶紧翻身下马，轻轻拍了拍老兵的肩膀，安慰道："放心吧，皇上派孤前来，就是要驱除这些害人的妖魔，仗一日不打胜，孤就一日不返京。孤与诸位将军计议已毕，这仗非要把突厥兵打得梦里都怕。到时候，你有本事就使吧，多杀几个仇人，亲人的仇不就报了？"

"对了，听口音，你是本地人吧？你对附近的地形地势都熟悉吗？你给元帅说说，或许我们能用得上！"杨素此时威严地站在杨广的旁边，诱导道。

"俺明白！"老兵爬起来，边走边说，"这地方自古就是兵家必争之地。听老辈人讲，秦朝时，公子扶苏和大将蒙恬在这一带打过仗，还修了长城。"

"不错，当年蒙恬灭掉齐国之后，又率兵三十万，在这一带击退匈奴兵的猖狂进逼，并奉命修了数千里的长城，一代名将，千古流芳啊！"杨广若有所思地回忆着。

停了片刻，那老兵又接着说："听说后来卫青、霍去病也在这儿打过胜仗，把匈奴赶得无影无踪！"

"那是在西汉时期！"熟悉典故的杨广接过话头。

"如今该是太子建功立业的时候了，若是卫大将军、冠军侯（霍去病封爵）地下有知，也会一同祈祷的！"杨素笑吟吟地附和道。

"看，那凸凹不平的便是古长城！"顺着老兵的手指，杨广看到，沿着黄河的堤岸有一条残垣蜿蜒着伸向远方，上面长满了枯草。

杨素随着杨广继续往前慢行，杨广突然问道："对了，杨大人，那个猎人找到没有？"

"会找到的，可能今晚就会有消息。"

"长孙大人的推荐不会有错的，他可是个突厥通！"

杨素听到这儿，心里泛起一阵醋意，暗想："他不就是一箭三雕吗？去了几趟突厥，就成了'突厥通'了？"

杨素心里这么想，嘴上却说："皇上发现和提拔的人岂能有错？没有长孙大人的不俗表现，就没有后来战略布局上的重大变化！"

"说得好极了，确实是功不可没，大隋的历史上将会重重地写上这一笔！"杨广说到这儿，才发现杨素脸上极不自然的表情，想到刚才杨素说"皇上"二字时的加重语气，才意识到杨素的自尊心受到了损伤。他知道，在杨素面前，提不得同僚的功绩，尤其是近几年来，这种情形越发地厉害了。

渐近长河，二人勒马伫立，天边的红日缓缓西坠。这时，一匹枣红色的骏马飞驰而来，来到近前，骑兵飞身下马，施礼禀报："猎人已找到，一切准备停当，何时动身，请元帅下令！"

杨广与杨素对视了一下，挥了挥手，简洁地说道："按原计划进行，无需再报！"

骑兵应了一声，消失在烟尘中。

暮色更浓了。空旷的原野上除了滔滔的水声和断断续续的马嘶，一切都复于寂然。而在这寂然中，一场刀光剑影的厮杀正在酝酿中。

渡过冰冷的河水，一行人全冻得瑟瑟发抖，毕竟此时还是早春时节。

"来，一人喝两口，这老烧酒会让你们暖个透儿。"老猎人递过酒葫芦，抹了一把白胡子上的冷霜。

"虎爷，你咋不多弄点来，就两口酒，怎么过瘾啊？"小顺子咂巴着嘴低声笑答。

"别急，等你娶老婆的时候，灌你个够！""大个儿"拍了下小顺子的肩头，调笑着。

"嘘！"领队的李将军做了个手势，他担心万一被突厥哨兵听到，一切计划都完了。

人们都缩着头，静听着李将军的号令："虎爷前面引路，翻过左面的沙丘，穿过沙柳林，待命！"

老猎人束了束腰带，把葫芦里的残酒吮了吮，迈开步子迎着刺骨的寒风向沙丘奔去。

午夜的风像刀子一样，尽力地搜刮着人们身上的热量。小顺子牵着老猎人的长腰带，头快要缩进脖子里了。"大个儿"身背鼓囊囊的牛皮袋，一言不发地紧随其后，他的身后是长长的队伍，百来人全都缩着头、弓着腰。

正行间，前面传来尖利的猫头鹰的叫声——老猎人发来了危险信号，队伍立刻伏在地上。片刻，一队巡逻的突厥骑兵在暗淡的星云下急促地行进着。

"好险，差点儿撞了个正着，不然就麻烦了！"小顺子擦了把额头的冷汗，悄悄说道。

"这群笨蛋，离这么近也没发现我们！""大个儿"不屑地嘟囔道。

"你没闻到一股腥臊味？他们在上风头，又缩着头，所以没发现咱。咱们这是运气！"老猎人白了"大个儿"一眼。

"怪不得呢，刚才光紧张了，也没细想！""大个儿"不好意思地搔了搔头。

"李将军发话，要做好战斗准备，不可有片刻懈怠！"后面的传上话来。

老猎人把身上的武器逐个检查了一遍，回头向小顺子低语一句："不要再拉着我了，免得碍事！"

听罢，小顺子不自觉地握紧了背后的两把钢刀。

老猎人——十里八里都称他为"虎爷"，因为他身材魁伟、精通武艺，有上山打虎、下水擒蛟的功夫。他行猎几十年，踏遍了周围几百里的山山水水，他的箭射倒过无数的野兽，他也获得了"虎爷"这么个雅号。

老猎人的妻女就是因突厥兵而丧命。他不愿别人提及这段往事，那等于是揪他的肝肠。

在每年的中秋月圆之时，他会跪拜月神，请求月亮之神降下神威，让他们一家在冥冥之中团圆，然后他就在月光下狂饮大醉，因为只有在睡梦中，在飘忽的云中，他才会见到贤惠的妻子和聪明的女儿。

"如果女儿活着，该有小顺子这么大了！"他这样想着。

"趴下！"老猎人威严地传着话，后面的人应声隐蔽起来。

见两匹快马正朝着自己的方向飞驰而来，老猎人抬手一甩，两道银光一闪，马上的人哼都没哼便掉落马下。老猎人一招手，轻声说："上！"

身后的小顺子、"大个儿"三蹿两跳，敏捷地跳到死尸旁，将两具死尸拖了过来。

"正中咽喉！"小顺子啧啧不已。

"搜搜，看身上有什么物件！"不知啥时候，李将军也来到了近前。

"半夜三更出来，准有急事！"老猎人在一旁轻声地念叨着。

"看！"小顺子摸出了一只精致的小羊皮口袋。

李将军抓在手里，掂了掂，回头交代一个兵头："速速送往大营，亲手交与元帅，不得有误！"

兵头带了两个兵匆匆去了。

一行人跟着老猎人继续向沙丘爬去。脚下的流沙又软又滑，踏下去便是一个坑，沙丘看着很近，可费了半天劲才到半腰。小顺子嘟囔着嘴，道："这个死沙丘，还真较上劲了，再爬半宿天就亮了！"

"闭上你的乌鸦嘴，不出声能憋死你？""大个儿"在后面狠狠地推了一把。

翻过沙丘，不远处就是一片稀稀疏疏的沙枣林，光光的枝条在冷风中摇摆着。透过树林，可以清晰地看到前面突厥军营中闪动的灯火。

"到了，终于到了！"老猎人舒了一口气，停住了脚步。

李将军赶了上来，望了望前面，然后压低嗓子说："与所报情况大体一致，就按原计划进行吧！"

"是！"兵卒们自觉分成了十组，纷纷解下行囊，取出物件，而老猎人单独带了小顺子和"大个儿"悄悄地接近了营门。

营门两边各有两个缩头缩脑的突厥兵，跺着脚，缩着脖子。

黑暗中，老猎人朝小顺子和"大个儿"耳语一番，二人会意而去。少顷，夜空中传来几声清晰的狼嗥，令人毛骨悚然。几个突厥兵顿时警觉起来，侧耳细听。

他们做梦也没想到，几支锐利的飞镖像长了眼睛似的迎面射来，不偏不倚，正中咽喉，四人轰然倒地。

与此同时，两个黑影快速地从暗处蹿出来，迅速剥下他们的外衣，披在自己身上，尔后一挥手，一个个黑影纷纷冲进军营。

"不好，巡哨来了！"小顺子眼尖，看见了远处有一队巡行的士卒，正急急地向营门走来。

"来得好，我一块儿送他们回老家！"老猎人恨恨地说，"我解决前面的五个，剩下的，你们一人两个！"

"没问题！""大个儿"得意地说。

"我干掉最后的两个，他们个儿小些！"

"要利索些！"老猎人吩咐道。

还有两丈远，老猎人一点头，嗖！嗖！嗖！群镖齐飞，"大个儿"的铁蛋也同时飞出，可小顺的飞刀慢了一步，前面的兵一倒下，最后的两个人惊叫了起来。飞刀没立刻扎死他们，他们躺在地上呻吟了两声，被飞身过来的"大个儿"

用刀结果了性命。

惊叫声引来了旁边帐篷的人，一个兵探出头来想看个究竟。就在这当口，老猎人捏着鼻子，又学起了狼嗥。

"妈的，是母狼在寻它的小仔儿了！"那兵悻悻地骂了一句，又缩了回去！

夜风中，突厥大营中的草垛、粮堆几乎同时起火，一时间火借风势，迅速蔓延开来。

睡梦中的突厥兵士被噼里啪啦的声音惊醒，见火已向自己帐篷烧来，顿时像炸了锅一样哇哇乱叫，有人吓得光着身子逃命去了，惊魂未定的将官们再也约束不了手下，你夺我抢地准备骑马逃亡。

奇袭得手的大隋将士们此时斗志正高，挥舞着利刃左劈右砍，百十来号人俨然千军万马一般势不可挡。老猎人挺一杆长枪，骑着一匹黑马来回突击，碰着的即死，挨着的即伤，宛如千军万马中一员上将，有万夫不当之勇。

就这样，突厥兵将蒙头蒙脑被杀得一败涂地。东方泛起鱼肚白的时候，老猎人一行人又回到了隋军大营。一百多人除几个轻伤外，全数安全地回来了。

"你们这么一闹，突厥大汗可不高兴了，把人家的家底儿一把火给点着了，人家今后吃什么，还怎么打仗啊！"杨广一脸灿烂的笑容，把欢迎的气氛烘托得更浓了。

"这全赖元帅的运筹帷幄啊！"杨素不失时机地拍着马屁。

"照这么个打法，突厥那些兵将还真不值一提了！"李将军抖了抖战袍，一脸的得意。

杨素回望了他一眼，杨广的目光也冷峻地扫了他一眼，瞬间却又笑道："本帅以为，此役虽胜，但远不足以撼动其军心，小胜岂可自满啊？"

"是啊，突厥兵可不是一仗便可吓跑的，恶仗还在后头呢！"杨素附和道。

李将军听罢，自知失言，忙不迭地点头称是。

这位李将军只有二十来岁。他虽年纪轻轻，却生长在将门，又有祖父李穆的荫庇，故而升迁极快。如今杨广把他带在身边，也有提携之意，让他亲自指挥这场破袭战，便是出于对他的信任。

这场仗打得实在是太顺利了，以至于他以为突厥之兵不堪一击，殊不知，战场上的一切好运全都让他给摊上了。不然，一点儿意想不到的差错，都会给他们这些人带来难以想象的困难，但天老爷却偏爱他。

"对了，李将军，你的那封信送得太及时啦，达头可汗的爱将想讨我们的便宜，结果让你给搅黄了！"

就在众人沉浸在胜利的喜悦中时，老猎人悄悄来到了一处荒草匝地的坟茔。他从腰间掏出一个油布包，一抖落，几只血淋淋的耳朵落在坟前。

"孩儿他娘，孩子，我来看你们来了！"老猎人说完，滴滴清泪从苍老的脸颊滚落。

"你们的仇，今天我给报了，你们可以合眼了！"老猎人哽咽着。三年前的仇恨像山一样一直压迫着他，今天，他总算长出了一口气。

四周死一般寂静，沙沙沙的风声击打着他的耳鼓，他枯干的双手捧起一把把沙土，不一会儿，坟头又多了一层新土。

不知是嗅到了血腥气还是发现了老猎人孤独的身影，一只苍狼远远地盯着老猎人，一动不动在风中立着，似乎他注定是它的一顿美餐。

"天杀的突厥贼，今天的祭刀才是刚刚的开始！从此，你们就再无宁日了！"老猎人说完，突然瞥见了远处的孤狼，心中陡起杀机，一甩手，孤狼瞬间倒地。

"虎爷，您老人家怎么跑到这儿来了，元帅正到处找您呢！"小顺子一副急急忙忙的样子，当看到虎爷脚下的死狼时，他又兴奋地大叫，"狼！太好了，好久没吃上香喷喷的狼肉了。虎爷，真有您的，多大工夫，您就满载而归了！"

"带着走吧！"老猎人虎着脸，没有一丝笑容。

小顺子心里直打鼓，不敢多问，扛起沉甸甸的猎物先走了。

风又起来了。

猎猎的狼头大纛下，达头的牙帐内，一个满脸是血的汉子被五花大绑地推出帐外。就要迈出帐门的一瞬间，汉子猛一转身，双膝跪下，以头抢地："可汗，小人死不足惜，但小人的话句句是实，没有半点儿虚言，那杨广绝非等闲之辈，万不可轻敌啊！"

"小子，死到临头还长他人的威风，再怎么求饶，可汗也不会免你一死了，是你的怯懦使上万壮士惨死在烈火刀剑之下！"监斩官冰冷的声音使受刑的汉子哑口无言。他被缓缓地拉起来，迈着沉重的步子，低头向行刑木桩走去。

汉子被紧紧缚在桩桩上，仰天长叹道："至尊的天神啊，突厥的灾难就要降临，你为什么不开启你的法眼，警示万民啊？"

"去你的吧！"刽子手将刀一挥，一腔血柱喷薄而出，化成一道弧线，溅在枯黄的草地上。一阵狂风劲吹，牙帐外的狼头大纛被吹得呼啦啦作响。

这个被斩的汉子就是被老猎人奇袭逃归的守将。堆积如山的军资被付之一炬，一万多名精兵死于烈火中，这是无法容忍的失败，也是无法弥补的损失。

守将是叶护的胞弟，但叶护也只能眼睁睁地看着胞弟被杀。守将的文才武略在突厥军中是一流的，打过不少漂亮仗，也正因如此，才被委以重任，看守军中粮草。守将自以为安排布置得无懈可击，光巡行的小队就有十余个，但终是被老猎人带领的这支小分队钻了一个大空子，突袭得手！

叶护是达头可汗的智囊，就是他推荐弟弟去守备粮草的。现在的情形，他实在有些心惊胆战，怕达头可汗翻脸不认人。

达头可汗自从盟友阿波可汗被得到隋朝支持的莫何可汗（处罗侯）击败后，实力已受到巨大影响，心里一直不痛快，情绪也如夏日的天气，变化莫测。

突厥自伊利（土门）可汗立国，经乙息记可汗、木杆可汗至佗钵可汗时，控弦之兵数十万人，北周、北齐争相拉拢突厥。佗钵可汗曾傲慢地对臣下们说："只要我在南面的两个儿子孝顺，就不愁贡物不滚滚而来！"

佗钵可汗病故后，经过明争暗斗，佗钵属意的侄儿大逻便和儿子庵罗最终都没能继位，倒是乙息记可汗之子摄图登上了汗位，即沙钵略可汗。

沙钵略可汗是耍尽了手腕才入主汗廷的，内部人心不服。为了安抚，他不得不增封诸汗，东有其弟处罗侯，西有族叔达头，而庵罗退位后独居洛水，称第二可汗，而大逻便则被封为阿波可汗。

隋廷利用这一良机，由对突厥国情甚为了解的长孙晟策划并实施了离间之计。长孙晟带着大量礼物，来到了达头可汗的汗廷，转致敬意，并赐以狼头大纛。

突厥人以狼为图腾崇拜，赐狼头大纛，表示尊其为突厥君主。达头可汗大喜过望，便遣使入隋。杨坚又依长孙晟之计，故意将其使者地位置于沙钵略使者之上，使沙钵略的猜忌和愤怒陡增。

与此同时，长孙晟又携带大量金银等物到东北收买依附于突厥的奚、契丹等族，又和处罗侯促膝长谈，许以愿望，使处罗侯不觉动心。

开皇二年，内外交困的沙钵略动员五可汗集合全部兵力四十余万南下掳掠，不但没捞到多少便宜，而且死伤惨重。达头可汗为保实力率部北返，长孙晟又施手段悄悄告诉沙钵略侄子染干一条"绝密"消息：北方的铁勒部落正调兵遣将，打算偷袭牙帐。

沙钵略本有退兵之意，又见后院起火，便把占领地的人、物掳掠一空，匆匆退回塞外。第二年春天，实力并未大损的沙钵略卷土重来，且来势异常凶猛，但仍遭到坚守以待的隋军的迎头痛击。

深入沙漠深处的隋军以其悲壮之举，令阿波一部陷入进退两难的境地，长孙晟看准时机，派人离间阿波可汗："沙钵略每战必大胜，而你阿波可汗却遭此大败，这不是突厥之耻吗？难道你内心不愧吗？摄图与你本来就不合，现如今，他摄图以胜利被众人崇爱，你却失利，为国生辱。这样，摄图必然借机归罪于你，实现他的凤计，灭掉你的北牙帐，希望你好好考虑一下自己的处境。"

阿波本来是叔父佗钵可汗的中意继承人，就因母亲出身低贱而不得确立，于是便派人与隋军联系。长孙晟口吐莲花般地为阿波出谋划策："现在，达头已与隋讲和，他摄图不也控制不了他吗？可汗你为什么还要为他人出力，不如效法达头，依附隋朝，联系达头，相合为强，乃为上策。不然的话，丧兵损员，难逃摄图的黑手。"

阿波被说动，遂与长孙晟立盟。

此后，长孙晟又散布谣言，说阿波暗通隋朝。沙钵略闻讯，信以为真，把失败带来的所有怨气一股脑儿地倾泻给了阿波，杀了他的母亲，收了他的部众。

阿波率众归来时已是满目疮痍，惨不忍睹。他决心以牙还牙，到素与沙钵略不和的达头可汗处借得十万精兵，浩浩荡荡向沙钵略杀去。从此，东西突厥遂成分裂之势，两股势力水火不容，兵祸连连。

西突厥以达头、阿波为首，东突厥以沙钵略、处罗侯为首。

沙钵略去世后，隋王朝扶植处罗侯之子突利可汗染干，并以宗室之女安义公主联姻，拜其为启民可汗，借以冷落突厥大可汗都蓝（沙钵略之子）。而在此之前，阿波已被处罗侯擒获。

之后，都蓝可汗被其部下杀死，等待时机的达头可汗乘机东迁漠北，自立为步迦可汗，突厥大乱。

隋文帝杨坚命染干派人往漠北招慰，使突厥各部纷纷来附。一心要统一突厥的达头见势不妙，急忙纠集兵力再次寇犯边塞，企图阻止突厥部众降附隋朝。现在本想大捞一把的达头出师不利，积攒的粮草被烧了个精光，他岂能不怒？

"这个乳臭未干的杨广想阻止我的千军万马，还嫩了点儿！汉人打仗就知道要手腕、弄诡计，有血性的就明里来，真刀真枪拼个你死我活！"

叶护见达头两眼充血，脸上那道刀疤更是一颤一颤的，便小心地趋前低声道："大汗息怒，杨广虽一向诡计多端，兼有杨素扶持，不过他要想占得上风，还不是那么容易。他昨日是侥幸得手，我们主力未受损，士气正盛，大汗不必担心，只要展开决战，杨广他必然败下阵来。"说完，叶护下意识地望了望达头脸上通红的刀疤。

叶护清楚地记得，这块疤是在开皇二年，一名叫史万岁的隋将给他留下的。当时史万岁自报家门，阵上连赢三将，之后放马冲入军中，混乱中一刀正中达头面部。如果不是叶护用剑挡了一下，那达头这颗人头早就给削掉了。不过这也把达头吓得个半死，拉了一裤裆屎。

达头见叶护瞅自己的伤疤，犹如在自己脸上狠狠掴了一巴掌。他右手恨恨地抚摩着疤痕，左手紧紧地攥着腰间悬着的利剑。达头的目光又落到叶护的脸上，见叶护一对老鼠眼半合半开着，似乎又在打着什么主意。

叶护的父亲曾协助过木杆可汗实现突厥在北方的统治地位，可谓功劳甚高。他的主意，木杆汗从来都是言听计从。可到了叶护这里，他的主意一个比一个臭，主张和阿波联合对抗沙钵略的是他，现在主张与大隋兵戎相见的也是他，如果不是听从他的主张派他弟弟去守粮草，这仗也不至于败得这样惨。那对忽闪忽闪的老鼠眼不是什么吉兆！

想到这儿，达头的内心一阵恶心。

"你以后少给我开口！"达头此话一出，不仅让叶护全身颤抖，连帐内的几员部将也都面面相觑，不敢出声。

达头可汗的脾气真是坏极了，而行军打仗最忌的就是这种情绪。

"启禀大汗，出使契丹的使者回来了。"卫兵报告。

"快进来！"达头仍是余怒未消，大声叫道。

"启禀大汗，臣出使契丹，递上了可汗的御书，但契丹王却借故不见臣，颇为怠慢。臣打听到，契丹王现在正同隋室密切往来，大概他们同高句丽也翻脸了。"

"好一个不讲信义的契丹王，真会见风使舵，谁的腰粗就抱谁的！"

"臣回来的路上，还打探到其他情况！"

"好，你说吧！"

"那个神出鬼没的长孙晟最近一直在北方一带穿梭，契丹的态度陡变，大概和他有些关系！"

"不是大概，而是肯定！他是配合杨广来对付我的。"

长孙晟的名字在突厥人中相当响亮，当年他护送北周千金公主去和沙钵略成亲，被羁留在大漠，从此声名远播。

当然，成就长孙晟大名的不仅于此，他将远交近攻的离间之计应用得出神入化，在突厥和北方各族中都被神化了。

达头与长孙晟有一面之缘。当年在沙钵略的牙帐内，长孙晟的沉默寡言给了他深刻的印象。记得叶护说过，他的沉默更显示了他的神秘莫测。现在，自己联合契丹诸部进攻隋朝的计划被长孙晟给破坏了，真是祸不单行！

"出使室韦的使臣也该回来了。"叶护提醒达头道，"他们也许能带来些好消息！"

"不能指望他们了，我们现在粮草牛羊被焚，军中乏食，只能速战速决了！"

"大汗言之有理，请大汗下令！"臣下们齐声奏道。

"好，勇士们，明日就同杨广决一雌雄，用隋兵的血祭染我们神圣的战旗！"

"可汗万岁，可汗必胜！"帐中诸将一阵欢呼。

而在众人发狂的欢声中，只有一个人异常冷静——他就是叶护。

他对老对手杨广的了解不亚于任何一位突厥王，十几年间他曾两次同杨广对阵，领略过其不同凡响的手段。如今，杨广已是位战功赫赫多谋善断的将领，声名远扬；他手下的大将也个个身经百战，智勇双全。明日决战，实在是凶多吉少。

但此情此景，他又能说些什么呢？不过，他也清楚，目前突厥已别无他途，只好勉为其难了。只是他没有想到，形势会变得如此糟糕。

"愿太阳神保佑我们！"他祈祷着。

达头可汗的战书一送到，杨广便放声大笑，道："达头终于耐不住性子了。"

突厥信使被杨广的风采震慑住了，那股咄咄逼人的气势只有大汗才有啊。

杨广没有立即回书，而是让李将军陪着突厥信使在军中转了两圈。那威猛的士卒、充盈的军资和一片轻松的气氛真让突厥信使看傻了眼，一切都默记于心间。

杨广的回书是这样写的："三日后于原上会猎，勿违。"

杨广想再拖他达头几天——用杨素的话说，是再玩一玩他，像是玩老鹰捉小鸡的游戏似的。

"既要捉住这只雄鸡，又不要被鸡啄了眼，这才是玩家！"杨广的话轻松得不像是在谈作战方案，倒像是在漫谈趣闻。

"要不先给他来点反的，比如摆个战阵什么的让他们见识见识？"杨素建议道。

"此议甚好！"杨广赞同，随即一一分派下去。

待突厥信使回到大营，呈上回书，又将下书的经过细细回禀了一遍，达头勃然大怒，撕掉回书，大骂杨广懦夫："我约他明日决战，他却推至三日后，分明是怯阵，是女人行为！"

看到下面群臣鸦雀无声，达头指着低头闭眼的叶护咆哮道："养兵千日，用兵一时，你是我的左右手，现在正要你出谋划策，你却像个呆鸟一般，有什么好办法，快说！"

叶护被骂得狗血喷头，表面上依然不慌不忙，内心却也骂开了："你的末日快要到了，还在这里耀武扬威，看你还能嚣张几日！"

"大汗待我恩重如山，我岂敢不效犬马之劳？依我之见，杨广这几日一定在积极备战，我们何不多派些人手前去探听？再者，用这几日时间多积累些物资，不问远近，能弄来的都弄来。还有，杨广偷袭我军粮资得手，我们为什么不能也搞他一下呢？"

听了叶护的话，达头不以为然："你说的这些我都想过了，没一条新鲜的。还有吗？"

叶护听了，心越发地凉了。忽然，一个大胆的念头腾地跃了出来。

是夜，两个身穿缁衣的夜行人悄悄接近了隋军大营。他们往四处看了一会儿，然后径直走向营门，向守卫嘀咕了一会儿，便被领着向中军大帐走去。

在大帐外，他们被彻底搜查了一遍，然后放行入内。此时，杨广已端坐在元帅椅上，显出一副威风凛凛的样子。

卫士刚才报告，突厥有密使求见，杨广心里略微一震：大战在即，剑拔弩张，此时求见，更为那般？难道是……

那密使行过大礼，恭恭敬敬地呈上一封羊皮书。杨广展信一看，满篇的蝇头小楷，不禁暗暗赞道：好漂亮的字！突厥国中居然有如此人才，难得！难得！

待读完书信，杨广心中一阵窃喜，但略一沉思，又把书信看了一遍，脸上透出的喜色才渐渐隐去。他当即吩咐安排密使，又令人招来杨素等人。

这突如其来的消息，着实让杨素也兴奋了一把："这是笔合算的买卖，一本万利啊！"

"也不是没有代价啊！"杨广敲着案上的书信，眼睛却远眺着帐外。

"不就是让我们支持他做可汗嘛，以往我们也不是没这么做过。"杨素有些随意地说道。

"是的，我们扶植过染干、启民可汗，但那是名正言顺的。染干乃前可汗处罗侯之子，谁肯不服？就算他叶护能威服众人，也不能答应他。"

"为什么？"

"长史还记得多年前皇上回绝吐谷浑太子的那件事吗？"

"元帅是说……"

杨广没等杨素说完，便接着说道："当年吐谷浑太子要反叛，上书给父皇，父皇语重心长地告诫群臣：'朕以德训人，怎能助其为恶呢？我们当以大义教化他们啊。'父皇向以《孝经》治天下，子叛父为不孝，臣叛君为不忠，在大隋律令中，它们被列为'十恶'之一。现在，叶护的要求若是应允，岂不是有悖于父皇的一贯教导？"

杨素一时无语。

"此其一。开皇八年，吐谷浑名王招拔木弥也曾请求背主降附，同样遭到父皇的严词斥责。这些，都是咱们的前车之鉴啊！"杨广的态度十分认真。

杨素幡然而悟，立刻对杨广的做法表示由衷的钦佩，试探着问道："元帅所言极是。既如此，这眼下当如何处置？"

杨广笑着从怀中取出一绿色锦囊，这让杨素颇为诧然道："难道又是北地来的？"

昨日，李将军从突厥使者身上搜出一个羊皮袋，交与元帅杨广。杨广展读后大悦，原来是突厥达头可汗的使者从北地的室韦、奚等部落带回的国书。国书上明确告诉达头，他们不愿参与同隋朝的战争，送去的礼物他们照单全收。

杨广阅后，曾同杨素等人嬉笑道："达头对老师'远交近攻'的战略没学到家，得把老师再请回去多学几年才行。"

今日，见杨广又拿出一锦囊，杨素以为又是收到了北地的好消息。

"这是大军出发前，老师长孙晟留给本帅的。那日，我们祭祀轩辕黄帝，进献过太牢，行三献礼后，老师悄悄拉过本帅，递过这个锦囊，说：'若遇突厥主力，大战之前，可解开这个锦囊。'今天，我们一起看看这里面到底说了些什么？"

打开锦囊，只见一方素绢上工工整整地写着一行小楷：于水源处施毒，敌不战自溃！

"本帅以为什么锦囊妙计，原来是这一套，本帅用过的。"

"好，好！"杨素轻易不夸别人的，此时却连声叫好，大出杨广的意料。"长孙晟久居沙漠，深谙沙漠用兵之道，果然厉害。这下，臣有方法了！"

正在这时，李将军报告，说有重要情况要面见元帅。杨广传令进来。

"元帅、长史，小将请来的老猎人向我说了这么一件事。他今天在野外打了一只野狼，士卒们就忙着煮吃狼肉，有好事的几个小兵又从野外采来了几种野菜，谁知老猎人一看，说他们挖了毒野菜，那东西毒性很大，一点点就可致人而死。臣听后便有点儿想法，如果把突厥兵的取水之处放上这种野菜的毒汁，不就可以事半功倍了吗？"

"讲下去！"杨广听得津津有味。

"小将便将这种想法和老猎人一说，他顿时来了精神，说这方圆几百里的地方，只有一条小河穿行其间，那些突厥兵肯定也要饮用这河水。他对这条河十分熟悉，可以带我们去！"李将军说到兴奋处，脸上现出红扑扑的色彩。

"好，破敌功成这之日，本帅一定为你们请功。你们现在就去准备吧！"

李将军兴冲冲地出帐去了。

杨素又将自己的计策如此这般地叙说了一遍，杨广连连点头称好。杨素也下去准备去了。

一切安排妥当，杨广顿觉一身轻快。他走出军帐，一片炫目的日光刺得他眯起眼来，他深吸了一口气，一股高原特有的气息直冲脑门。他忽然想起刚才李将军说起的狼肉来，不觉涎水多了起来。

"走，尝尝鲜儿去！"他一挥手，几个卫兵拉过他的乌龙驹，他飞身上马，在卫兵的引导下，向李将军的营盘奔去。

他们来晚了，别说狼肉，就连肉汤也被喝了个精光。看着满地的狼骨头，李将军红着脸说："刚才是小将疏忽，未能给元帅送去一些！"

"你们啊，别说是一只狼，就是一头牛怕早吃光了。本帅只是来看看你们，顺便散散心，不必介意的！"

"元帅，您要真对狼肉有兴趣，小人愿替元帅猎一只回来！"老猎人在一旁甚觉过意不去，便提议道，"只需一个时辰，小人保您吃上狼肉！"

"怎么？此地狼很多吗？"

"确实不少。现在这个季节，狼无处藏身，喜欢在羊圈外溜达。"

"那好啊，本帅也许久没放松了，何不亲自猎一只呢？"

"元帅，此地离敌营不远，还是不要亲赴险地吧！"

"笑话，突厥之兵何足惧哉？袭击本帅的敌人还没有生出来呢！"杨广不等众人劝说，催马便走，李将军、老猎人只得紧紧相随。

走了一段，别说野狼，就连一只野兔也没见到。杨广回头问道："不是说野狼不少吗，为何一只飞鸟都不见？"

"元帅，似这样浩浩荡荡的，有也早逃走了。"

"言之有理！李将军，只他们几个跟随就行了，余下的回军营吧，你们还有重任在身呢！"

"元帅，末将都已安排下去了，还是护卫元帅要紧。"李将军坚持着。

"你也太过虑了。眼前一条大河，敌人难道会飞过来不成？"

李将军想了一下，便对手下的一员偏将耳语一番，偏将就地留了下来，除了老猎人等十余人外，其他人众都在原地静候。

杨广今天的兴致特别好。望着大河，他不觉诗兴大发，高诵低吟起古人的诗句。突然，一只灰狼从河边衰草丛中猛然跃出，惊恐地向远处逃去。

"哪里去！"杨广拍马便追，其他人也快马加鞭，一路追过去。马蹄急行，腾起的烟尘被风吹出了很远。

谁知，这一壮观场景被隔河的突厥游骑看在眼里，领头的是个久经战阵的千总。他勒马观望了一会儿，断定那个领头纵马疾驰的人必是隋军最高指挥。他觉得自己的运气来了，兴奋地叫道："兄弟们，我们发财的机会来了，捉住那个骑黑马的人，回去向可汗领赏啊！"说着，他带头冲进了冰冷的河水中。

马识水性，加上河水不深，水流不急，他们很快游过了大河，顾不上喘急，直扑杨广的马队。

今天，那只灰狼像成了精一样，杨广连发数箭都被它巧妙躲过，且速度丝毫不减。老猎人倒是想出手相助，可被李将军止住了。因为在这个时候，最需要显示的是元帅的勇武，这是元帅的脸面，谁能不保？

他们只顾往前走，没注意到敌情。等听到身后急促的马蹄声时，他们才发现有敌兵紧追，但这时他们已经远离大营，连李将军带出的人马也早已在视野之外了。

"不好，突厥兵还在过河！"

小顺子的喊声把杨广震得一愣，但很快镇静下来，急令："李将军，带几个人截住他们，我们绕行回去！"

边塞的路四通八达，杨广掉转马头，斜地里向右退去。

敌人越来越近，李将军一声令下，一排箭放了出去，放倒了最前面的几个，但这并没有减弱敌兵追击的速度。

李将军边打边退，弓箭用光了，但敌人还是奋力往前追赶。李将军最担心的是元帅杨广的安危，他眼看敌人越来越多，便横担着长枪，对老猎人说："虎爷，元帅就交给你了，就是剩一口气也要保护元帅的安全。你去吧！兄弟们，今天让这帮兔崽子尝尝咱们隋军的厉害。冲啊！"

老猎人含泪注视着李将军的壮举，一甩马鞭，紧追杨广而去。乒乒乓乓兵器相撞的声音越来越远，他知道，李将军他们今天要血洒疆场了。

眼看元帅杨广就在前面，老猎人刚想喘口气，忽见一群突厥兵蜂拥而至，拦住了杨广的去路。几个卫兵挺身向前，几杆大枪在敌群中飞舞起来。

老猎人大吼一声冲入敌阵，高喊："随我来！"手中的双刀在前面舞出两条白龙，只听敌兵哀声不断，老猎人硬是开辟出一条血路来。

杨广此时也异常镇静，手中的长枪也是指南打北，指东打西，愈战愈勇。

这一切虽然不过是片刻工夫，但对于老猎人来说，却如同过了一百年。他眼见几个卫兵倒下去，但敌人却依然黑压压的，并不见少。

正在危急时刻，一彪人马直冲过来，鲜明的衣甲让老猎人长舒了一口气。

原来，杨素办完事返回军帐，不见了元帅，一问方知杨广的去向。他心中一惊，不祥之兆袭上心头。他急忙亲率一支人马向杨广出猎的方向疾驰。而这个时候，正是杨广最危急的时候。

幸亏来得及时，杨广才在众军士护卫中离开杀声不息的战场。

回到大帐，杨广脱去沾满血污的战袍，对一帮一言不发的战将们深情地说了声："众将辛苦了！"

似乎惊魂未定，大伙仍是默默低着头。

"你们一定在为本帅的安全担忧，本帅由衷地感谢。不过，你们过虑了，本帅毛发未损，这只不过是本帅预先安排的一个节目。"

"什么？"有人惊异地脱口而出道，"那也得多带一些人去呀！"

"怪本帅没和你们通气？告诉你们，如果说了，这场戏能演得这么逼真、这么刺激吗？今天少说也斩杀他千余人。"

杨素在一旁暗暗纳闷："他真会自圆其说，当场编瞎话竟能面不改色心不跳。"

杨素在一旁寻思着，思谋如何替杨广遮掩一下，以便把戏演得更精彩些。这时，杨广一边安慰着大家，一边洗去一脸的污垢。突然，他停了下来，对身旁的卫兵道："看一看李将军和老猎人回来没有，快去快回！"

杨广似在自语又像是对大伙在说："李将军忠心可嘉，危急时刻镇定自若，有大将风度，是个人才啊！老猎人虽年过半百仍神勇异常，报功名单中不可少了此人啊！"

话刚说完，外面卫兵便抬进一个人来。只见他满身像从血水中捞出的一样，鲜血仍从担架上不断地往下滴。

"回元帅，李将军他……"一个兵士哽咽地说不出话来。杨广三步两步来到近前，发现李将军身上到处都在往外渗血。杨广紧紧握住李将军的手，轻声呼唤着。

李将军缓缓睁开双目，望了杨广一眼，头一歪，死了。

"李将军被救下来时，身上中箭七处，可他仍在低声命令要保护元帅，我们告诉他元帅已安全脱险，可他非要看元帅一眼，谁想……"医官的话让杨广悲痛不已，他执意亲自为李将军清洗身体。用了一盆又一盆水，仍未能揩净满身的血痕，他的胸部、腹部、背部几乎处处是伤，连肠子都看得清清楚楚。

杨广含着泪，为他换上了崭新的戎装。

"厚葬，所有阵亡的将士一律厚葬。他们的家小免去所有赋税徭役，你们记住了，到什么时候也不能忘记他们啊！"杨广的话让所有人都为之动容，止不住的泪水直往下流。

"老猎人呢？他也……"

"他领人去河对岸了。他没受伤，只是双刀卷刃了！"

天忽然阴了下来，突厥军营中人心惶惶。由于食物短缺，兵卒开始抱怨，偷偷宰杀战马充饥。更坏的消息接踵而至，偷袭的队伍偷鸡不成蚀把米，渡过河的人一个也没回来，气得达头在帐中直骂娘。

不知谁又在暗中传着可怕的预言，太阳神要降灾祸给突厥，就在近期。

突厥人相信太阳神，把一个人的福祸，乃至国家的福祸都寄托在信仰的神上。

所以，预言或者干脆说是谣言，一日之间就传得沸沸扬扬。达头气急败坏地下令追查来源，可查来查去，就连他自己对此也将信将疑。

晚饭过后，不少人抱着肚子在地上打滚，疼痛难忍。这种症状迅速蔓延，一半的人都在呼天抢地。

医官忙得团团乱转，不知道到底发生了什么。

达头坐在大帐中垂头丧气，看着巫师驱邪。

巫师头扎红绸，腰系绿丝绦，脸上红一块白一块的，抹得见不到肤色。他手执一面羊皮鼓，边敲边跳，脚上的响铃叮叮作响。

他的嘴里叽叽咕咕，不知念的什么咒语，一会儿又向着陶制的太阳神顶礼膜拜："现在太阳神要娶新妇，要娶漂亮有灵性的姑娘，不然神就不会撤去符咒！"

"去办吧，越快越好！"达头颓丧地摆摆手，示意他们出去。

"莫非神真的要惩罚我的罪愆吗？我真的冒犯了至高无上的天神了吗？"达头厘不出一点头绪来，"都说上天是有眼的，谁做下了什么事，天神都一清二楚，给有罪的人以惩罚，给为善的人以奖赏。难道说惩罚我的日子到了吗？"

正在冥想间，一个守卫慌慌张张地进来报告，太阳让天狗给吞了！

一直心惊胆战的达头腾地跳了起来，他脑子里第一反应就是——预言应验了，天灾来了！他跑出大帐，只见天上地下一片昏暗，红红的太阳不知被天狗叼到哪里去了！

"逃吧，也许远走是最好的出路。"此时，他忘记了自己的身份，牵过一匹战马夺路便逃。

达头的逃遁立刻引起了连锁反应，兵营里仿佛炸了锅一般，混乱中就听有人高喊："可汗逃跑了，天神发怒了！跑啊，不跑就没命了！"

"跑啊！"声音从四面八方响起。

兵败如山倒，溃兵迅速向北退去。

隋军分多路向逃兵压去，他们高擎着战刀，风驰电掣一样卷过乱兵，直杀得荒漠上一片鬼哭狼嚎。

老猎人举着一柄开山大斧冲在前面，他所经过的地方是一条长长的血路。

残阳如血，凝重而空旷的沙漠里，除了群群撕食遍地尸首的秃鹰和野狼，再也没有任何其他生灵。

隋军大营的军帐内，几个身着突厥衣帽的汉子恭谨地并排坐在一旁，并不时地朝挂着卷帘的帐门口张望。一个留着卷曲胡子的汉子，一边品着茶，一边紧锁着眉头，独自在想着心事。

好大一会儿，帘子撩开了，随着一束光柱的射入，门外进来了十余人，为首的一个三十多岁的人，高贵的气质和逼人的英气让人为之一振。他一身戎装，手握着金色的佩剑，目光所到之处便像一道寒光闪过。

他向几位起身致礼的突厥人抱拳回礼，道："庸事在身，让你们久等了！"

卫士向突厥人引荐道："这就是我们的元帅，大隋朝当今太子殿下。"

"恭迎太子殿下！您的臣民，突厥达头可汗帐下叶护祝太子殿下千岁千岁千千岁。"

"免礼平身！看座！"杨广一副和蔼可亲的样子，"你们能归附我大隋，孤表示由衷的高兴。叶护大人，你不但配合大军击溃了达头的进犯，还带来了数千忠顺的子民，你立了大功，孤一定为你请动，保你一生富贵。"

"都是太子殿下神机妙算、运筹帷幄，小臣只是谨遵太子的钧旨，略尽绵薄之力罢了。再说，达头多行不义，冒犯天朝圣威，实是咎由自取。而突厥臣民从此可以摆脱虎狼的淫威，归于教化，也是突厥臣民的一大幸事！"

"孤十三岁封晋王、拜上柱国、出任并州总管，十四岁时任河北行台尚书令，从那时起至今，孤与突厥打交道有二十年了。其间与突厥打了多少仗，孤已记不起来了，但孤却越来越体会到，隋军由弱而强，愈战愈勇，而突厥则由强转弱，愈战愈疲。不因别的，实由突厥可汗恶行所致，故恶得天怒人怨，致有败迹。"杨广说得十分激动，"其实，孤已算定达头必有今日之败，就连天神也向他示威，借吞日而发怒，孤对此了然于胸。达头今日虽已逃遁，但必然逃不出天神的惩罚。"

众人都听得发愣。太子竟有如此法力，能掐会算，料事如神，看来有惊无险的行猎遇敌确是有意而为之了！天哪，太子就是太子，非常人所能比拟的。

杨素闻之，嘴角掠过一丝不易察觉的冷笑。而叶护几人听罢，却都不禁肃然起敬。

取得了大捷，将士们自然高兴，可杨广做的第一件事却是厚葬阵亡的将士，并亲自开挖了墓穴的第一锹土，令在场的所有将士都为之动容。

在上报的功劳簿上，第一个便是已阵亡的李将军，而对他自己的功劳却只字未提。

看了上呈的折子后，杨素也有些摸不着头脑：太子为什么不提自己的军功呢？论理，他才是第一功臣！

待杨广找寻立下汗马功劳的老猎人时，却早不见了踪影。有人说他去了塞外——他要手刃达头。有人说他可能削发为僧了，因为他曾说过，只有报了仇，他便来个了断，一了百了。

杨广听后，心头不禁掠过一丝惆怅。

【第八回】

陷囹圄杨秀遭幽废，登仙籍文帝终驾崩

七月七，民俗中，这一天是天上牛郎织女相会的日子，也是女子们的节日。这个日子里年轻的姑娘媳妇们会成群结队到郊外嬉游，在月光下说着悄悄话，把藏在心底的愿望向嫦娥诉说。

今年的七月七，萧妃早就准备妥当了。她让宫女们用纱绢做成了各式各样的面具，有传说中的仙人，有各种动物，还有想象中的各类妖魔，五颜六色，美丑相杂。

本来是女子们的活动，可杨广知道了也偏偏要去。他是个爱热闹的人，岂肯错过这么好的机会，便央求萧妃算自己一个。萧妃故意不悦，推说按规矩男子从来都是回避的，今天的嬉游是不准有男子的。

杨广一听便乐了，笑道："这游戏若少了男子，会多么无味？再说，规矩是人定的。古人的规矩怎能束住今人的手脚？本太子就要破一破这规矩，从此让男子一同享受郊游的快乐。"

"好吧，听殿下的，那就破一破旧俗。其实，臣妾也认为大家同游更快乐。既如此，待会儿大家齐聚在后面园子里，殿下扮作牛郎，臣妾扮作织女，如何？"

"不好！不好！只有我们两个在玩，岂不扫了众人的兴？孤看你这面具里面有丑陋的魔鬼、妖怪什么的，就拿给孤吧，你们都扮个狗、猫什么的，孤来个魔鬼捉群兽，怎么样？"

"好玩儿！好玩儿！"萧妃拍起巴掌来，显得十分兴奋。

"好倒是好，只是日间玩起来不如月下玩的刺激，不如这样，我们白天不分尊卑，饮酒作对、唱小曲，晚上去月下畅游，一举两得，免得孤晚上冷清清一个人！"

"殿下又出歪点子，自古哪有这个玩法？那样不就变了味儿了？"

"你又来了，嬉游的目的是寻找快乐，不一定要遵从古法。古法是当时制定的，适合当时的情况，情况变了，规矩也该变变。孤最见不得因循守旧的人。你想，月色朦胧，可以造出一种幻境，大家戴着面具，如同神游于月宫，嬉戏于仙界，这是何等的乐趣？岂不远胜于日光下清清楚楚的玩法？诗讲究意境，这嬉游也是一样！"

"殿下就是殿下，毕竟与众不同！"萧妃佯嗔道。

"做人嘛，就是要活出个性来，一百个人都是一个活法儿，岂不太苍白了？"

"殿下总是爱这么说！"

"不仅爱这样说，更爱这样做！"杨广一副嬉皮笑脸的样子。

正说话间，宫卫报告，宫中来人了。杨广与萧妃急忙出迎，见来人正是紫叶。

紫叶许久未到东宫了，一见到杨广夫妇就要行大礼，被萧妃拦住了，嗔怪道："你看，这是家里，还讲究什么？"

"太子，太子妃，皇后病了，已有三天了！"紫叶面色凄凄地说。

"为什么不早说呢？"杨广登时就急了。

"皇后不让啊！原以为是老毛病，吃几服药就成了，谁知这病却一直未见好转，皇后的饮食也明显不济了。"

"马上进宫！"杨广拉起萧妃，与紫叶一起匆匆进了宫。

在皇后的永安宫，几个太医正急得团团转，看见太子进来，忙跪下行礼。杨广没理会他们，径直来到母后的病榻前，跪下轻声说道："母后，广儿看您来了！"

独孤皇后微微睁开眼，勉强地笑了笑，颤抖着手抚摸着杨广的头，有气无力地说："是紫叶这丫头讲的吧，她的嘴真快。母后这是老毛病，养一养就好了，你也不必挂在心上。"

接着，独孤皇后又对后边的萧妃笑了笑："可能是年纪大了，治起来有些慢，都是母后有些贪凉……"

话刚说到一半，独孤皇后又上气接不上下气了，脸憋得通红。

"快，太医！"杨广疾呼。

经过太医的一阵忙活，独孤皇后才缓过气来。杨广生怕母后说话太多，只得拉着萧妃悄悄退到一旁。杨广招手叫过一个老太医，两人来到外屋，询问着母后这次旧病复发，为什么去得这么难。

"太子殿下，容老臣回禀。皇后当初致病是因为阴阳严重失调，病根至今已有三十多年了，身体受损已极度严重，外界温度稍有大的变化都可能引致旧病复发。若在民间，这种病，说句大不敬的话，怕是早就顶不住了。"

"孤知道你们都已尽力了，但孤还是要求你们想尽一切办法，哪怕是要天上的月亮，孤都不惜一切代价弄来。孤的话你听懂了吗？"

"老臣明白，老臣完全明白，老臣一定竭尽全力！"

"这就好。孤就不相信没有过不去的坎儿，只要你们把所有的办法都试过了，本太子是不会责怪你们的。"

"回太子，前半晌，皇上也诏命过老臣，老臣敢不承命？"太医诺诺而退。

一提到父皇，杨广立刻又想到了宣华夫人。"万一母后归天，能取代母后地位的怕只有她了。"于是，杨广心中稍安。他相信曾经在她身上下的功夫，终将得到回报。

忽然，一阵轻纱曳地声响起，杨广猛抬头，正和宣华夫人的目光对在一起。

杨广没有移开自己的目光，而是火辣辣地看着眼前这位绝代佳人。而宣华夫人只是礼貌地朝杨广颔首，便低头快步走过，在宫人的扶持下，向内屋走去。

"如果母后仙逝，取而代之的非宣华夫人不可，而这个尤物非得搞得父皇精疲力竭不可。如果父皇身体不济，那么……"杨广在外屋踱来踱去，脑袋里乱成了一团麻，"如果出现危急的情况，力撑危局的只能是我了，但我应该首先做什么呢？"

"见过太子！"杨广的思绪被一个熟悉的声音打断。

"兰陵！"杨广很吃惊，原先左一口二哥右一口皇兄的小妹妹，现在却改叫"太子"了。杨广听得出来，这一声"太子"里，分明有股冷冰冰的寒意。

"母后刚刚安静下来，切勿打扰，不要说话！"

"有太子亲自服侍，我们都是多余的！"

杨广被狠狠地噎了一下，真想给这个不甚恭敬的皇妹一点儿颜色，但还是压住火气，回敬了一句："既如此，小妹为何不早点来呢？女儿总比儿子更细心吧！"

"太子还真看得起小妹，小妹不胜惶恐！"

"瞧你这语气，为兄哪儿得罪了你，你话中尽是刺儿！"杨广的火气被撩上来了。

"小妹哪儿敢啊？大哥杨勇何尝得罪过你，不也被打入冷宫？"

"不要说了。你的心情为兄完全能够理解，你同情大哥，为兄又何尝不是呢？小时候你跟随在我们身后，像一只小尾巴，那时候是何等的快乐！谁想现在都长大了，亲情反倒淡了。而改立太子一事，为兄也是身不由己啊。再说，大哥的确有很多事情没做好，也怨不得父皇、母后，更怪不得为兄啊！"

"你当别人一无所知呀？难道你事事都做得圆满吗？"

"此时此地讨论这个问题，是不是有点不合时宜，有时间我们兄妹之间再好好地论一论！"

兰陵未置可否，小嘴撇了撇，哼了一声便直奔内室。而杨广却好似胸口被人重重地擂了一拳，隐隐作痛，暗道："兰陵，你为什么还如此耿耿于怀呢？"

杨勇被废，杨广新立，兰陵虽不清楚其中有怎样的曲折，但她觉得二哥杨广肯定做了不少手脚，而以大哥杨勇的性格看，他肯定是被冤枉的。更让她不安的是，废嫡立幼往往会招致一场巨大的灾难。她认为，这一切都源于哥哥杨广。

"都怪从小宠坏了她，没大没小。"杨广长出一口气，转身抬步，刚出外屋，迎面走来四弟蜀王杨秀。

杨秀不在属地，回京城干什么？什么时候回来的？

这事要从"拔山虎"大闹蜀王府说起。

自"拔山虎"离开川蜀，杨秀便疯了一样四处缉拿他，折腾了好一阵子才消停下来。这一日，他心血来潮，要去庙里降香，于是带着一群侍卫吆五喝六地来到郊外的一处庙宇，烧了香，布了施，又四处转悠，竟来到了附近的一座尼姑庵前。

因为蜀王的驾临，女尼们不得不悉数出迎。这杨秀哪有心思拜观音，只见他一双色眯眯的眼睛在众尼姑的脸上、身上扫来扫去。突然，一张低垂的俏脸映入杨秀的眼中。

"是她？躲到这儿修行来了？小乖乖，能逃得出你王爷的手心吗？"

杨秀淫心荡漾，遂向庵中主持道："明日王府中要做法事，烦劳师父遣几位高徒到府中助兴，不知可否允诺？"

主持老尼岂敢怠慢，回道："既然王爷盛情相邀，老尼岂有不允之理？但凭王爷支派。"

"就她们几位师父去吧！"杨秀指着年青的尼姑向手下人努努嘴，几个侍卫心领神会。

慧圆有心逃走但苦于无机可乘，直急得暗暗饮泣，自叹命苦。那杨秀将慧圆弄回王府，便急不可耐地让侍卫把慧圆带到他的密室。

密室是他的销魂窟。在这里，不知有多少良家妇女被迫献出了她们最宝贵的东西，遭受着非人的摧残。

慧圆一进来，就有两个女仆献上一盅香茶，茶香悠悠，令人陡然一震。

慧圆本不屑一顾，但那清香实在太诱人了，她不由得颤颤地端起细瓷碗啜了一小口，微甜，似有蜂蜜的清香，看看四下无人，便索性喝了个底朝天。

稍停，慧圆口有焦灼感，脸庞微热，内心躁动，两只眼睛盈盈地荡起清波，不觉迷离。就在这时，杨秀从一个暗门满脸淫笑地踱了进来。

一觉醒来，慧圆发现自己赤条条地躺在一间华屋内。她惊恐地四下一看，满屋子竟挂满了不堪入目的春宫画，再看看旁边，这不是曾强暴过自己的仇人吗？

她又羞又怕，悄悄穿好了衣服，直到这时她才感到下身的剧痛。她艰难地迈动着脚步，企图寻找逃走的路，但这间屋子，根本看不出门在哪里，更没有窗。

她内心焦灼，悲愤、恐惧一齐袭上心头，暗想：这是个什么魔窟，怎么没有一点儿人气？我今天就是死，也不能死在这种肮脏地方！

她又看一眼昏昏沉睡的仇敌，恨得咬牙切齿："这个畜生害得我好苦，我今日就叫你偿还我的清白。"

想到这儿，她四下搜寻着下手的东西，除了沉甸甸的楠木方椅，屋里再没有可手的东西。

"也罢，就这个也够你享受的了！"她悄悄举起了木椅。

就在这时，杨秀翻了个身，慧圆失声喊出，杨秀被惊醒了。

杨秀一眼看见慧圆正把木椅举过头顶，一个鲤鱼打挺站了起来，赤裸着身子拉开架势，口中秽言污语，骂个不停。

慧圆此时已横下一条心，用尽全身力气把木椅狠狠地丢了过去。

杨秀狞笑着躲开了。他精通武艺且膂力过人，二三十个壮汉也不惧半分，何况一个弱女子？他猫戏老鼠般地寻着开心。

他玩够了，从一幅画后扭动一个龙头把手，墙上面立刻出现一门，门开处，几个侍卫垂手而立。

杨秀打了一个响指，侍卫立刻跪地道："恭请王爷吩咐！"

"把这个破货赏给孩儿们！"说着，杨秀一把提过慧圆，甩给了他们。

"谢王爷千岁！"几个侍卫过来，淫笑着扯走了羔羊般的慧圆。第二天，慧圆被满身血污地扔到了郊外的乱坟岗上。

得知姐姐惨死的消息后，阿林气得口吐鲜血，在家里昏睡了两天。但他知道自己势单力薄，要在川蜀报仇是万不可能的，只会是白白送了性命。还是赶到扬州寻找"拔山虎"，请求他引了自己到皇帝驾前呼冤为上策。

这样想着，阿林变卖了家财，沿路向东而行。可他毕竟是个孩子，从未出过远门，哪知道途中的辛苦。走了一天，阿林便分不清东南西北了，不禁有些慌张。

说来也巧，恰有一批来买药材的客商，急于赶路程，要投宿店。阿林见状，便不顾一切地上前询问。那些客商已走得乏了，见有人搭话便攀谈起来。一个年纪稍长的大胡子告诉他："我们是要回陕西去的。"

阿林一听，心中凉了半截，又问扬州如何走，那大胡子摇了摇头。

阿林心想，他们既是到陕西，必到京城，干脆和他们结伙到京城再说。于是，他眉头一皱，计上心来，紧抓住大胡子的手，双膝跪下，泪流满颊哭诉道：

"大伯，求您行行好，带我一起去吧！阿林有一个远房的叔叔在京城为官，曾托人捎来信，让我有难时便去投他，现在我父母双亡，田又被人占了，在家无依无靠，想去又不识路径，实在是没有法子了！"

见大胡子犹豫，阿林又说："大伯您放心，所有应用的舟车盘费，阿林自行承担，绝不连累大家。另外，在家时，粗重活儿我都干得，需要我做什么，你们吩咐便是。"

那帮药材客人听说，都对大胡子："也罢，权当你收了个干儿子。老胡，今晚你要请客的！"

老胡想了想，又问："你既是要到京城投亲，为何又问扬州的路途？"

"大伯不知，阿林有个嫡亲的哥哥，早年跟着我那远房叔叔出门，听说现在扬州做丝绸生意，故而要问。"

老胡一听，爽快道："看来，咱们是有缘，这样吧，你就跟着我老胡，我一路照顾你！"

阿林喜不自禁，在地上连叩了几个头，道了谢，随着一帮人日行夜宿。

一路上，两人越谈越投机，阿林便拜了老胡为义父。经过一番跋涉，阿林便跟着老胡来到了都城大兴。老胡本打算只把阿林带到大兴，并不准备随阿林到他叔叔父家叨扰，就对阿林说："令叔那里我就不去了，见了面，替我问个好就行了！"

到了此时，阿林方把事情的真相原原本本地和盘托出。老胡子又惊又喜，对阿林肃然起敬，便道："既是如此，你只好暂时在客栈里安身，你的正事须得慢慢来。"

于是，老胡领了阿林，在南门大街的一家客栈安下。

老胡本是个侠肝义胆的人，见阿林如此年轻却有大丈夫气概，便决心帮人帮到底，替阿林打好这个御状。

好在老胡有个朋友在晋王府，于是他就专程打听"拔山虎"的消息。而晋王府已经改换门庭了，要找"拔山虎"，须去太子府。但"拔山虎"不在府上，门卫告诉他："要找这位爷，得一个月以后。"

老胡犯愁了。这天他正在街上行走，迎面来了一个人，招呼道："胡老板，你好哇！几时到的大兴，要上哪儿去？"

老胡抬头看时，原来是从小相识的一个老友。他乡遇故知，老胡格外欢喜，便道："原来是你啊，好久不见了。"

说着，两人走进一家酒店落座。那人问老胡："这些年生意可好，这回销了多少货？"

"实不相瞒，此次非为销货，而是为一场官司？"

“官司？”

见老友诧异，老胡便将实情全说了出来，那人听了哈哈大笑："天下竟有这么巧的事？"

老胡搔着后脑勺，有些费解。那人却移步上前，附耳一番，老胡的脸上立时堆满了笑容，不住地点头，连声说好。

酒过三巡，菜过五味，两人不觉有些微醉，那人红着脸，抱拳道："明儿一准过来好了！"

老胡兴冲冲地回到客栈，一见到阿林便眉飞色舞地道："我的儿，今天撞大运了，你的大仇就要得雪了！"

阿林皱着眉问道："义父此话当真？"

"我的儿，义父骗你不成？方才我在街上遇见了一个多年前的老友，姓吕名途，现在在皇帝驾前最得宠信的越国公、左仆射杨相国杨素老大人那里充当一名亲随，深得杨素大人信任。他邀我在酒肆里面饮酒，我便将你的事情说与他听了，你道他怎么说？"

"怎么说？"

"这件事全包在他一个人身上！你猜猜这到底为何？原来，杨秀向与太子杨广不和，彼此多有戒备，杨广正想找个由头扳倒杨秀。如今这件事恰是蜀王的不法行为，这打着灯笼都找不到的好事，他们能不高兴吗？"

"原来如此！那这件事全仗义父成全！"

"不是我成全你，你得自己到越国公府上去，亲自向相国陈述冤情！"

"可我怕说不好啊！"

"还有比你报仇更要紧的吗？"

阿林沉吟片刻，道："一切听义父的安排就是了！"

"好，咱们明天早上就去越国公府。"

听罢，阿林又兴奋又伤心，匆匆吃了几口饭，便躺在床上盼着明天快快到来。

就在这时，客店伙计领进一个人，老胡一见正是吕途，便让阿林上前见过，尊称叔父。吕途也连夸阿林有胆有识。

"好样的，有志气，小小年纪竟能做这样的大事！"

阿林接口道："全凭叔父大人，替阿林申冤了！"

吕途对老胡道："我正为此事而来的。我回到府中禀过相爷，相爷即带了我同至东宫。太子闻听此事深为震惊，因事关重大，特命我来唤你们二位到相府陈情。"

阿林听罢，只当是做梦一般。两人草草收拾了行李，随吕途一同离开客栈，往相府而去。

工夫不大，两人被领到相府的门厅坐定，吕途进去通报。稍稍一会儿工夫，阿林被告知，相爷已在客厅等候。阿林见了杨素倒身便拜，杨素却含笑道："你且起来。"

阿林遵命站起。杨素细细端详阿林，见他身瘦体矮，容颜憔悴，一对眸子闪着期待，心下暗暗称许，便道："你的冤情我已略知，只是尚不十分详尽，还需要你从头到尾细细说来！"

阿林深深叹了口气，愤愤说起，说到悲惨处不禁声音哽咽，泪流满面。说罢，阿林又拜，道："望相国为小民做主，来生当牛做马亦是心甘情愿！"

杨素颔首，手捋银须，道："你快起来，不要悲伤。老夫敬你小小年纪，竟有这个胆量和勇气，确实难得。你尽可放心，暂于此地静候数日，老夫替你奏本申冤便是！"

送走阿林，杨素便于烛光下挥毫泼墨，洋洋洒洒，一气呵成，将蜀王欺男霸女、草菅人命的种种恶行罗列其上，不一而足。

写完奏章，天已过酉刻。杨素用冷水洗了把脸，换上官服，乘着夜色来到了东宫，将奏章交与杨广过目。

杨广仔细阅了一遍，交还杨素道："相国的笔墨如风云流水，再妥帖不过了。蜀王之罪真是触目惊心，咎由自取，咎由自取啊！"

及至天明，杨素怀揣奏章到了金殿。礼毕，杨素率先呈上奏本。

杨坚见相国有本启奏，便信手翻了一下，阅后不禁龙颜大怒，急问杨素道："你道那阿林现在何处？即刻招来，朕要亲审！"

时间不长，阿林被带到了金殿上。杨坚仔仔细细一一问来，阿林的哭诉让杨坚更怒，待阿林退下后即下手书，召蜀王秀还都。

蜀王接旨后情知事情不妙，不想回京，但属官们怕连累自己，纷纷劝蜀王回京，认为或许还能争得事情的转机。杨秀无可奈何，只得硬着头皮日夜兼程。

一路上，杨秀几次想套使臣的口风，怎奈使臣一字不吐，他也只好作罢。

杨秀刚进京便惊闻母后病重，于是急匆匆先赶往后宫。独孤皇后这会儿好多了，半倚在兰陵公主的怀里，努力地呼吸着。

杨秀进来时谁也没惊动，见兰陵公主和萧妃都在，也只是微微点点头。独孤皇后却一眼瞥见了杨秀，招手示意他过去。这时，一个太医趋前低声道："王爷，皇后不宜讲话，万望慎言！"

杨秀瞧也不瞧太医，伸出手把他拨到了一边，来到榻前跪地问安道："不孝儿秀特来探望母后，望母后安心将息，勿再以朝务为念！"

独孤皇后听毕，猛烈咳嗽起来，大概是她想要讲什么，一口气没调匀，呛着了。

这下吓坏了太医，赶忙请兰陵公主帮着独孤皇后捶背、揉胸，过了片刻方才安定下来。太医埋怨地瞅了杨秀一眼，嘟囔着："王爷你就……"

话音未落，杨秀勃然大怒，揪住太医猛地一推，将太医推出足有两丈来远，吼道："臭狗屎，小心把你的口条给红烧了！"杨秀的暴怒吓得那太医伏在地上，筛糠般发抖。

目睹了眼前的一切，独孤皇后气得嘴唇发紫，手指指着杨秀，半天说不上一句话。

兰陵公主一边帮着母后擦汗，一边数落着眼前这个无法无天的兄长："王兄，你也太不像话了，惊吓了母后你才安心？"

杨秀刚想辩驳，一个小太监来到他面前，恭敬地说："太子在外面等着千岁爷呢！"

杨秀白了兰陵公主一眼，一甩手出去了。

"这个畜生，早晚要生出事来。"独孤皇后终于说出了一句完整的话，"我若不在了，可要提防他啊！"

"母后，您会好的，千万不要胡思乱想！"兰陵把脸贴在皇后的额头上，劝慰道。

"母后，太子正在派人去外地采药，太医说药到病除，请母后宽心！"说着，萧妃接过宫女递过来的药碗，轻轻吹着热气，又在唇边试了试，笑着说道："该吃药了，母后！"

杨秀见过杨广，仍是一脸的不高兴，杨广正色道："你呀，怎么可以在母后的病榻前耍脾气呢？你让为兄说你什么好呢？"

"太子爷，我杨秀一人做事一人当，见过父皇，该杀该剐，自有说法，你不必操这个闲心！"

"何必呢？为什么非要把事情弄得一团糟才罢手？"

"我嫌累。有什么话我就说什么话，有什么爱干的事我就干什么事，我是为自己快乐地活着，不为别人！"

"那么，见着父皇呢，也是这样？"

"也是这样！"

"为兄这是替你着想，父皇的脾气你是知道的。"

"谢了，恕不奉陪，我还要去受审呢！"

望着恨恨而去的杨秀，杨广不禁摇摇头。

杨秀入宫拜见杨坚，杨坚怒容满面，也不与杨秀多言，命人将他付诸法司。

杨秀哭拜道："儿已知悔，望父皇容儿改过。"

"呸，不可救药的东西，似你这般作恶，大隋朝的江山早晚要毁在你手中！前次秦王靡费，朕以父道相责，如今你竟祸害百姓，草菅人命，朕怎能饶得过你？"

随即，杨坚命杨素、苏威、牛弘、柳述等人细细查问。第二天，杨素复奏："臣与诸人共审杨秀，所言皆与阿林所述契合，并非虚构！"

"既如此，拉出去斩了！"

群臣大骇，跪伏殿廷，代为乞免。杨坚不允，怒道："王子犯法与庶民同罪，他身为王子，不思为国尽忠，反而知法犯法，罪不可恕！"

群臣又请求，正当此时，杨广也与众王集体为其开脱，杨广伏地启奏："四弟年幼无知，触犯国法，按律当斩。但其尚有心思改过，乞请父皇法外开恩，允他反省思过。"

众臣一齐请求，杨坚余怒方消，改由法司暂时拘押。

杨素罢朝后直奔太子府，暗中和杨广议道："今日皇上虽然盛怒，但仍未予治罪，日后皇上念起父子情深赦免了蜀王，也是有可能的。只要他一日还在就一日不会消停，对殿下就是威胁，殿下以为如何？"

杨广不语。杨素又道："臣有一计，可让皇上彻底断了幻想，必置蜀王秀于死地。"

"你看着办吧！"杨广显得很疲惫。

"您不听听怎么说？"

"孤不想听，真的！"

"臣明白！"

皇后的病越发重了。杨坚也被搅得寝食不安，成宿地待在那里。这天，时过正午，太医发现皇后的脉象越来越弱，都慌作一团，一面急救一面派人向皇上禀告。

杨广携萧妃也匆匆赶来，想看母后最后一眼，但终未能见上。顿时，后宫成了白色的世界，一片哭声震天。

杨坚望着安详而去的爱妻，几十年来的生活历历在目，不禁悲从中来，眼泪直流。此时，杨广早哭成了个泪人儿，他一身重孝，凄惶的神情叫人看了心酸。

杨谅也一身重孝地赶来了。他看看灵堂内除了太子外，几个哥哥都不在，不禁悲痛欲绝，隐隐感到一丝不安。

独孤皇后的大丧办得轰轰烈烈，虽不十分奢华，倒也算排场。独孤皇后享年五十九岁，谥号文献皇后。

丧礼上，杨广哭得最为伤心，以至于把嗓子都哭哑了。回到太子府，他脑袋还如灌满了泥浆般沉重，晕乎乎地一头栽倒在洗脚盆里。萧妃还算有几分清醒，尽管她衣不解带地陪侍了独孤皇后近半个月。

"母后走了，安详地走了，她老人家不再有什么遗憾了，该做的她都做了！"萧妃用发干的嘴唇劝慰着一脸痛苦状的杨广。

"可孤有憾事啊，千里迢迢弄来的'神药'没派上用场，就……"

"殿下，您怎么还是这句啊？说了都有一百遍了。人的命天注定，您已尽力了，何憾之有？殿下，您就别自寻烦恼了！"

"你哪里能体会到孤的心情啊！如果没有母后的疼爱，哪有孤的今天。"

萧妃轻柔地抚摸着杨广的脸颊，道："母后是偏爱殿下。不过，殿下能有今天，似是天意所致，非人力之所能为！"

"天意"二字虽不响亮，却大大撞击了杨广的心扉，他的脑袋好像一下子变得清晰起来。

"母后这一去，谁来照顾父皇的起居呢？"萧妃忽然换了个话题。

杨广没有回声。

萧妃看了床上的杨广一眼，见他闭着眼，像是在冥想什么，便也挪过去偎在杨广的身旁，用手指抚弄着杨广的青须。

"填补母后位置的一定是宣华夫人！"想到这儿，杨广的心里有了一丝欣慰，也多出几许酸楚。

杨秀悠闲地在大理寺狱中晒着太阳。他跷着二郎腿，津津有味地啃着一只肥鸡翅，一个小狱卒在旁边给他斟美酒。

"王小三，你小子好好伺候着本王爷，待孤出去后，好好提拔你。那时候，你就会有享不尽的荣华富贵。不过，本王爷还要在这儿待上几天！"

"谢王爷的抬举。其实，您老在这儿一根汗毛也伤不了。虎毒尚且不食子，更何况您是皇上的亲儿子，怎么着也不会对您动大刑，最多让您在这委屈几日。小人机灵着呢，您老有事尽管吩咐，小人随叫随到！"

"你小子比柳述他们都有出息！"

"承王爷的吉言，柳大人可是皇亲国戚，小人如何能比？"

"什么皇亲国戚，一点儿情面都不讲，全他娘的听杨素老儿的摆布。等我翻身的那一天，一定饶不过他！"

"在您到来之后，还真少有达官显贵来探望您，除了太子外！"

"别提他，再提他我跟你急！"

"那为啥？"王小三不解地望着杨秀。

"你不懂，他这是猫哭耗子假慈悲。他向来是杀人不见血！"

"是吗？听说太子联合诸王向皇上替王爷您求情呢！"

"这套把戏哄得了别人，可哄不了本王爷啊！"

王小三闭口不言了，似在品味杨秀的话。

"有朝一日，孤手持三尺龙泉剑，定斩下妖头祭苍天！"

王小三吃惊地看着眼前满面酒色的杨秀，心中不住地盘算着。

当晚，王小三悄悄面见杨素，将杨秀狱中的言语一字不差地和盘托出。原来，王小三是杨素秘密安插在狱中的一个亲信。

杨素听完，大大夸奖了王小三一番，又赏了一锭白花花的银子，王小三乐滋滋地离去。

过了两日，杨素面见杨坚，奏道："臣依圣命审理蜀王一案，发现蜀王甚有不臣之心。"杨素把"不臣之心"故意加重语气。

"有何异举？"杨坚的情绪激动起来。

"蜀王埋怨皇上对其太苛，久怀怨恨之心，做木偶缚手钉心，上书'请九天神圣，速遣神兵，收取杨坚、杨谅神魂'云云，又将其埋于华山下面。证据确凿，现已收在大理寺。"

"这个孽障！"杨坚气得说不出话来。

"皇上息怒！"杨素劝道。稍停，他又继续奏道，"另察，蜀王妄称京师妖异、蜀地祯祥，又曾伪作檄文底稿送逆臣贼子，专弄权威，有'当即整师问罪'等语。臣知其案情重大，不敢擅自决断，特呈于皇上。"说完，杨素把奏章递上。

杨坚气得脸色发白，一句话也说不出来了，半晌方说："天下竟有这样不肖的子孙！"

随即，杨坚废杨秀为庶人，幽禁内侍省，不准与内宫相见。

杨坚正当盛怒，近旁的人谁也不敢多言。杨素一阵窃喜，庆幸又替太子除去了一块心病。一段恩怨情仇就此打了一个结，但被幽禁在内侍省的杨秀怎么也想不到，自己会轻易地毁在了一场阴谋中，时也？运也？他只有在漫长的幽禁中去深悟了。

杨坚盛怒之下将蜀王秀贬为庶人，过后思量，不免也有些后悔。长子杨勇被废，三子杨俊已死，现在杨秀又被贬为庶人，独孤皇后的王子已仅剩太子杨广和五子杨谅两人了。当年引以为自豪的儿子们，现在为什么都变了呢？他想不明白。虽有悔意但金口既开，便不能再更改，更不能再行赦免。这让杨坚感到一阵烦恼。

这一天，杨坚忽又想起杨秀的好处来，心中甚觉苦闷，退朝下来后便不时地长吁短叹，百无聊赖。宣华夫人见了这般光景，便知他为朝政烦心，便婉转而言："现在正是春光绚烂之时，圣上为国事辛劳，难免心神烦闷，何不到仁寿宫去，玩赏一回明媚的春景！"

自从独孤皇后病逝后，杨坚便把情思转到了令人销魂、千娇百媚的宣华夫人和另一个大美人容华夫人身上——这和太子杨广的猜想完全相合。

杨坚本来深宠新美，又兼心头的确难舒，听宣华夫人说到仁寿宫去散散心，自然一拍即合，便用手抬起宣华夫人凝脂般的下颌，道："爱妃去了方有情趣，不然……"

宣华夫人钩住杨坚的脖子，撒娇道："去去去！臣姜乃皇上的影子，岂能不形影相随呢？不过，贱妾还有一事相求。"

"心肝，快说！"杨坚在宣华夫人柔美的颈项上深情地吻了一下。

"容华夫人也要去，皇上何不召容华夫人一同前去？三人一起也更热闹些。"

"爱妃真是大度，你就不怕她夺你所爱？"

宣华夫人咪咪地笑着，倒在了杨坚的怀里："皇上有龙马精神嘛！"

杨坚调笑了一会儿，才说："就依爱妃之言！"

不多时，容华夫人应召而至，宣华夫人也已收拾停当，二人便与杨坚一起，旗幡招展、浩浩荡荡地直奔仁寿宫。

宣华夫人、容华夫人依偎在杨坚左右，不时夹杂着几句香软的吴语，挠得杨坚心痒痒的。杨坚左拥右抱，开怀大笑。

容华夫人也是南陈宫人，说得一口香软的吴语，且美貌异常，深得杨坚的喜爱。

时近晌午，杨坚及两位夫人拾级登上了仁寿宫的最高处，一派灿烂的景色尽现眼底。杨坚陶醉在美丽的景色中，把两位夫人的玉腕抓得紧紧的。

"今晚酒后干什么呢？"杨坚忽然说道。

"洗温泉。听说仁寿宫的温泉能治病延年，皇上，是不是这样？"宣华夫人贴近杨坚的耳朵说道，樱唇都快贴到了杨坚的脸上。

"怪不得皇后的皮肤那么嫩！"容华夫人也打趣道。

一提起独孤皇后，杨坚的脸色骤然阴沉下来。独孤皇后死后，杨坚因为过度悲伤，便不再立后，也不准再提"皇后"二字。这已成为定规，宫人们都默然遵守着，没想到容华夫人只顾高兴，竟一时忘了规矩，吓得她小脸煞白煞白的。好在杨坚今日心绪不错，若放在往日，掌嘴是免不了的。

宣华夫人眼头儿活，看到杨坚生气，忙用话岔开去，佯装不知地问："都说骊山温泉天下闻名，那到底是骊山的温泉好，还是仁寿宫的温泉好啊？"

杨坚的脸色稍微缓和了一些，答道："各有千秋吧，待你用了两处的水后，自己去评判吧！"

"今宵酒宴后，三人共洗鸳鸯浴如何？"

"姐姐不知羞！"

"与皇上共浴，何羞之有？"

"还是宣华夫人能体贴朕啊！"

宣华夫人得意地还了杨坚一个香吻，惹得容华夫人狠狠地剜了宣华夫人一眼。

他们三人的这一幕被不远处的一个宫人看在眼里。这个宫人不是别人，正是曾红极一时的紫叶。

紫叶在独孤皇后死后便失了宠，被发在仁寿宫主事。昔日，她被杨广送到杨坚的身边侍应，曾得到过杨坚的临幸，只是因为独孤皇后的关系一直没能成为杨坚的妃子。今日目睹杨坚的所作所为，心中不禁醋意陡生。

有朝一日，我也定要做出一番惊天动地的壮举来，显示一下自己的能量，也好在杨广面前邀宠得势。她愤愤地想道。

"咱们走着瞧！"她望着三个人搅在一起，轻轻甩下一句话，走了。

晚宴上，端盘换盏的宫女们络绎不绝。杨坚红光满面，宣华、容华二夫人轮流把盏，金樽空处，红袖争添。席下是一班女乐，奏着据说是陈廷曾用过的曲子，轻柔绮丽，令人想入非非。

杨坚左拥右抱，满怀欣快，早将废黜杨秀的不快抛到九霄云外去了。

就在杨坚与两美人尽心欢宴之时，太子杨广也在东宫与众人饮酒作乐。蜀王杨秀被废，杨广自然开怀，酒宴之上少不了吟诗作赋。

酒至半酣，作陪的杨素捋髯笑道："说起来，这次扳倒蜀王，真全仗了那个川蜀少年阿林，也算是蜀王命该如此吧！"

杨广点头道："爱卿说得是。眼下那个少年在哪儿，孤倒想见见他！"

"殿下若是要见他，甚是容易。如今他暂留在老臣家中，尚未回到原籍，只要命人到老臣家中将他宣来好了。"

杨广酒酣耳热，即命内侍到杨素家中，将阿林带入了太子府。

不多时，阿林来到了太子府。杨素对阿林说道："上座的即是太子千岁。你能报得大仇，皆是殿下之功！"

阿林急忙跪地称谢。

杨广细瞧眼前的这位少年。只见他细条条的个子，虽显得不够强壮，但棱角分明，眼神灵活，透出一股机灵劲儿。杨广甚是喜爱，便有心留他，说道："你今年多大，孤有心用你，你肯留下吗？"

杨素见状，忙替他回答："阿林别看年龄不大，但忠肝义胆，是个不错的苗子。阿林曾多次叩请，希望能为殿下出生入死。另外，他还有个朋友，据说就是太子府的'拔山虎'，'拔山虎'去川蜀时，曾得到过阿林的帮忙呢！"

"噢，那个智勇双全的小英雄就是你啊！只可惜现在'拔山虎'尚在边塞，不然，见到故友会高兴地叫起来呢！"

阿林现在才知道，当今的太子就是当年的晋王，"拔山虎"原来就在太子府当差。阿林也显得格外兴奋，便欣然答应留下。

阿林又向杨广陈述了义父老胡的义举，杨广夸赞了一番，赏银百两作为行商的川资。老胡得了一大笔银钱，高高兴兴离京返家。

花开花谢，花谢花开，转眼间已是仁寿四年的正月。

杨坚这两年明显见老了，六十出头的人头发已全白了，脸上的褶皱更多更深了，虽然一日三餐享用上佳的补品，但腰肾的毛病却不可遏制地向他叫板了。

尽管太医把脉时一再提到肾虚，可杨坚好像并不在意，三天两头招幸宣华夫人、容华夫人。一次，张权递送完壮阳的丸药刚要走时，杨坚叫住了他。

"张权，这些灵丹妙药怎不见功效了，是不是假的？"

张权一听便吓傻了。这话实在是要命，是他向皇上推荐了炼丹药的黄天师，如果丹药有假，岂不连自己一起玩儿完？张权毕竟是久经风浪的角儿，稍定一下情绪，便叩首道："此丹的秘方乃道家秘宗真传，须长期服食才可采补而不泄。古人服此丹药一夜御十女而不疲，就是久服的缘故。陛下刚服十二天才算一个周期，三十六天方为小周天，服至七十二天大周天时便可经久不泄，行房昼夜不倒。陛下暂且隐忍一时，所谓'功到自然成'啊！"

"你这个东西，是不是在糊弄朕？你以为朕不懂道家的什么周天说？朕说给你听，道家认为，世间万物从无中来。无中生有，即为太极，是一个封闭的圆。由太极而生两仪，两仪生四象，四象生八卦，直到万物。所谓的周天就是一个循环，三十六天为一小周天，七十二天为一大周天。你一知半解的，如何瞒得过朕？"

"皇上圣明，奴才确是一知半解，而且还是听天师讲的。但奴才绝不敢欺瞒皇上，奴才愿把心肝掏出给皇上看，衷心希望皇上能遂心愿！"张权跟着杨坚几十年了，可越到老越感到杨坚的喜怒无常，伴君如伴虎的感觉更强了。

前段时间，杨坚搂着娇躯无法尽兴，便暗中嘱咐张权为他张罗"仙药"。张权几经周折，才请来了据说在终南山修炼了几百年的黄天师。

杨坚本不好道，生性只信佛，但一听说"仙药"的灵验，便什么都不顾了。当下服下几丸，果然威武雄壮，弄得两位夫人飘飘欲仙，杨坚也浑如九天之上。但几次下来，杨坚发现"仙药"的功效大不如前，所以烦恼顿生，责问起心腹张权来。

张权战战兢兢地出来，正遇见风姿不减当年的紫叶。紫叶虽失宠于杨坚，但和张权的关系并未降温，当然，这里面有太子杨广的影响作用。紫叶是杨广的人，曾为杨广做了不少事，张权非常清楚这些。

紫叶见张权满面愁云，步子迈得沉重，不由得问道："张公公也会有烦恼事啊？"

张权一听语气有点儿不对劲，本不想搭理，但紫叶又问了一句："皇上身体还好吧？"

张权瞪着她，心想，皇上的身体是随便可以谈论的吗？你怎么连这点儿常识也不懂啊？真是白混了这么多年！

见张权直瞪着自己，紫叶方发觉自己有些失态，竟忘了这是属于最高机密，便笑了笑，飘然离去。

满脸阴沉的张权望着远去的紫叶，狠狠唾了一口："呸，瘟神！今天的晦气，一定是这个贱货带来的！"

他一边走一边寻思着，内心如洪水般翻腾起来："照此下去，皇上的龙体还不得早晚被掏空，六十多岁的人怎经得住这汹涌波涛的冲击？就算圣上有所谓的真功夫、身子骨厚实、元气充盈，可老本毕竟有限，咳！"

张权老态的步子放得更慢了。

"莫非，皇后在地下太孤单，故意作法让他快快归西？"张权猛地想起小时候听来的阴间故事。想到此处，他不由得偷偷四处瞟了瞟，生怕有人窥视了内心的秘密似的。

"如此下去定不会久长，要不要立刻禀明太子呢？"

张权的脚正踏在一方小石块上。他皱了下眉，轻轻将石子踢进道旁的花池内，激起层层叠叠的涟漪。

"事关重大，必须尽快让我兄弟张衡报知太子。太子的心思最难猜，也最好猜，也许他早就盼着这一天了！"

张权低头走过一株粗壮的紫藤，一转弯，消失在幽径深处。

在东宫的银安殿内，太子杨广正在大发雷霆。

"你看看，这推举的所谓贤能，有几个是名副其实的？除了名门还是名门，难道寒门子弟都是白痴吗？"说着，杨广把手中的花名册摇得哗哗作响。

上个月，杨坚要各州县推举一批贤能，可那些层层推举上来的人，经杨广查证考核，基本上都是地方豪门大户的公子哥儿和他们的亲戚、朋友、族人。这些人大都不学无术，一个个油头粉面、方面大耳，好看不中用，提笔写不出文章，下马提不得刀枪，所谓的美玉般的品德又有几分可信呢？

"这群废物，荐来何用？"

被骂的人吓得大气不敢吭一声。这个太子属官本来就胆小，这下更是战战兢兢地立在那里，吓得不知所措。

"你呀，做事太毛糙，为什么不对每个人深究细察呢？"

"这……"属官是这次举荐的活动主持人，虽说责无旁贷，但他确实也有难言之处，单是那盘根错节的关系就叫人难以厘清楚。他一肚子苦水，不知从何说起。

正在属官左右为难之际，杨素风风火火地走了进来。杨广挥手屏退闲杂人员。

"好消息！据报，突厥日前大乱，达头可汗、铁勒等十余部皆降于启民可汗！"

"好，怪不得喜鹊儿叫个不停呢！这真是我大隋的一件幸事，北方从此再无强虏了！"

"殿下看，是否立刻禀报？"

"也好，父皇如今最爱听喜讯，容不得一点儿杂言啊！"

"也许，这就是皇上吧！"杨素略显忧郁地说。

杨广仿佛什么也没听见，接过话头道："宫里传来消息，父皇的精神大不如前，两位夫人像影子一样伴随左右，近来还让父皇服了'仙丹'。"

说完，杨广静等杨素的反应。

见杨广望着自己，杨素拈着胡须，沉声说道："既如此，殿下就速速做好登基的准备吧！"

"你……"

"殿下还犹豫什么呢？皇上说不定正在宫中盼你呢！"

杨广怔怔地望着满面银须的杨素，微微点头。此刻，他的眼前，一个美丽的影子晃了一下，倏忽不见了。杨广心中默默地念叨："绿珠，你在干什么呢？"

绿萝掩映下的花阴里，清风徐徐吹来。

宣华夫人身披一袭白色的衣衫，隐约现出玲珑的曲线和泛着光泽的雪肌香肤。她披散着乌发，伸展着娇躯，慵懒地半躺在杨坚的怀中。

"宝贝，回内室吧，朕今日越发感到周身乏力。难道朕真的老了吗？"杨坚的声音显得苍白、嘶哑。

"不嘛，臣妾就要和皇上共享妩媚的春光！"宣华夫人那娇滴滴的声音，一如山林中啼唱的百灵。

"朕真的累了！"杨坚推开了怀中的宣华夫人，缓缓站起身来，宣华夫人却如蛇般地缠绕着他，两只细长白嫩的玉臂扣住杨坚的脖子左右摇晃着，仿佛淘气的小儿在同爹爹撒娇："臣妾屡劝不止，您为什么不好好歇一歇，多抽点时间尽情享受一下人生的快乐呢？"

杨坚未置可否。

"皇上，如今您亲手缔造的大隋帝国，四方宾服，八方进贡，河清海晏，国泰民安，历史上有哪个朝代如此繁荣昌盛、万民同乐？您身为立国之君，事必躬亲，即便是铁人也要磨损了，况且这血肉之躯？不是臣妾多嘴，如果让满朝文武多分担一些，把剩下的都交给太子，也不至如此嘛！"

杨坚手一摆，淡淡地说："这是政治，你懂什么？"

话未尽，杨坚只感到一阵眩晕，宣华夫人连忙扶住，嗔怪道："皇上只顾体恤万民，全不顾惜自己的龙体，人生百年，何必这么苦自己呢？偌大一个国家，数不尽的财富，就是多享受一点儿，后人也无可非议！"

杨坚深深叹了口气，道："朕又何尝不想呢！"

说罢，杨坚在宣华夫人的樱唇上深情一吻，接着说："你的话也不无道理，可话虽如此，但这么多年了，朕已习惯了，怕是改不了！"

"皇上，龙体要紧啊，臣妾还要陪皇上过八十大寿呢！"

杨坚还想说什么，但只感到脚下绵软，心中燥热，嗓子发痒。

"咳咳咳！"杨坚剧烈地咳嗽着。宣华夫人连忙命宫女端来参汤，杨坚喝了两口，便示意宣华夫人搀扶着自己。到了内室，杨坚低声道："朕头痛得有些厉害，怕是受了风寒！"

"皇上安心休息，臣妾传御医就是了！"宣华夫人一面把杨坚安顿在龙床上，一面命人传唤御医。

杨坚面色潮红，紧闭着双目，忽然大睁着眼睛，一把抓住宣华夫人的双手，惊恐地问道："朕的心里很热，莫非所食的仙丹有假，是他们图谋害朕吗？"

宣华夫人被问得魂飞魄散，张口结舌。

"你为何不答？"那手抓得更紧了。

"皇上，御医马上就到！"宣华夫人答非所问。

杨坚此时面露凶光，惊得宣华夫人花容尽失。

"蜀王杀了没有？他诅咒朕，要朕早死。史万岁还在吗？不能让他叫什么万岁，朕才是万岁，朕才叫万岁爷！"杨坚语无伦次的话，使内室的空气仿佛凝固了一般，宣华夫人只是胡乱地应着。

几个御医跌跌撞撞赶了过来，宣华夫人这才舒了口气。

"怎样？"

"先退了烧再说！"御医摸了摸杨坚的额头，回道。

此时，处于迷乱状态的杨坚如同一位亢奋的醉汉，指着几个围上来的御医，怒道："你们几个莫非要谋害朕吗？侍卫，拉出去斩了！"

这一下，慌得几个御医连连叩首，杨坚忽而又笑，道："饶尔等不死！"

　　几个老头趴在地上，身体像筛糠一般，一剂清热安神的方子更是写了许久才交由宫女去抓药。汤药端来了，散发着一股浓浓的药香，可杨坚怎么也不肯服，直嚷里面掺有鹤顶红、砒霜。

　　内侍和宣华夫人费了很多唇舌才让杨坚勉强服下，把一圈人弄得身上都汤汤水水的。

　　宣华夫人和御医们静静地守在一旁，看到杨坚安静地睡去才松了口气。

　　"皇上的病实在蹊跷！"狼狈不堪的御医们凑在一起，其中一个稍胖的老御医一脸的茫然，边说边揩去腮边的药汁。

　　"是啊，即使是高烧也不至于此呀！"秃顶御医附和道。

　　御医的嘀咕让龙床旁的宣华夫人眼睛为之一亮，扭过腰身，从一个精致的小柜内取出一方雕花的紫色小匣，启开，伸手拈出一丸暗红色的颗粒。

　　矮胖御医捧药在掌心，仔细端详，接着又嗅了嗅，掰开一点儿放在口中尝了尝，有辛辣味，顿悟道："圣上的病，多与服用此药有关！"

　　"请明示！"宣华夫人急切地问。

　　御医望了望龙榻上的杨坚，欲言又止。

　　"但说无妨！"

　　矮胖御医向前凑了凑，压低声音道："此药多由道士炼就，说是'仙丹'，有固精壮阳的作用，其实副作用很大，久服必然慢性中毒。"

　　众人悚然。宣华夫人看了一圈，正和刚从外面进来的张权打了个照面。

　　张权一进来就嗅到一股浓烈的药味儿，又听到御医在悄悄说什么"仙丹"是假的，顿时警觉起来。他走近御医，瞪了他们一眼，压低嗓门呵斥道："无中生有的话切莫乱说，乱说是要杀头的！"

　　御医们惶然地望着满脸杀气的张权，不禁害怕起来，头上冒着虚汗，双腿也禁不住不停地哆嗦起来。他们知道张权的手段，谁都不敢再说一句话，只顾闷坐在那里，低头饮着茶。

　　约莫半个时辰，杨坚醒了。张权见状，抢前一步躬身问候："皇上醒了！适才皇上高烧不退，奴才急得心里祈祷佛祖保佑。皇上，您好些了吧！"

　　张权善于逢迎，深知杨坚崇佛向佛，故而把佛祖抬了出来。

　　杨坚微微点头，算是回答了，但看到几个御医神色不定不觉有些诧异，一丝不祥之兆掠过心头，便问御医道："朕到底怎么样？"

　　几个御医见皇帝问起，互相望了一眼。矮胖御医最年长，他硬着头皮蹭到龙床前，细密的汗珠布满额头，哆哆嗦嗦地说道："皇上……"

　　话刚出口，杨坚更觉情形不对，便打断了答话，屏去所有人，只留下几位御医。

"爱卿，你且如实讲来，朕不怪罪于你！"

这个御医素来胆小，经不住杨坚的询问，只得把"仙丹"的药性一一道来。杨坚听后气得七窍生烟，立即传命侍卫将献丹的道士和张权立即处死。

张权为宦官首领，服侍杨坚多年，极少受杨坚的斥责，没想到这次办事如此不力，竟把老命搭进去了。

众人刚要求情，杨坚怒道："谁敢求情？"

杨坚盛怒之际，再无人敢吭一声。杨坚怒气未消，又把平日里与张权密切的几个宦官内侍一并处死。

宣华夫人冷眼旁观了整个过程，她一言未发，但内心里却有一种获胜的满足感。这是她多年来最开心的一件事。

一场屠杀让整个宫中都充满了恐怖。人人屏气敛息，生怕因为一点儿失误而横遭不测，只有宣华夫人一如往常地服侍着杨坚。

"宝贝，你说，这个张权，到底该不该杀呢？"杨坚病未痊愈，只得躺在床上，他似在问话，又似在自语。

"也许，皇上更需要龙体的康健，皇上时时快乐、天天舒心，做个忘忧翁岂不更好？"宣华夫人依然甜蜜地笑着。

可杨坚神色冷峻如铁一般："朕如今是想做'忘忧翁'而不可得啊！"

宣华夫人听出了弦外之音，但仍佯装不知："谁有天大的胆，敢阻止皇上做事？"

"谁敢？逆子杨勇、杨秀不敢吗？恶奴张权不敢吗？现在朕怀疑张权背后有人主使！"

"受人主使？"宣华夫人猛吃了一惊，她不明白杨坚究竟在怀疑谁，"难道我的行踪他掌握了吗？或者我的意图他识破了？或许他怀疑杨广了？"

宣华夫人的脑子在快速地运转着，但她仍不动声色地说道："既然皇上这么说，何不派人彻底调查，弄个水落石出？"

宣华夫人现在必须摸清自己是否有潜在危险。常言道："伴君如伴虎。"一旦自己成了嫌疑，恩宠从此休矣，其他一切努力也都将付之东流。

"朕会的！"听得出，杨坚的这句话是从牙缝中挤出来的。

宣华夫人不觉感到一丝凉意透过脊背，那凉意通过四肢传至指尖。她偷瞟了杨坚一眼，见杨坚仍是恨恨的样子。

"肯定有后台，不然这个奴才不敢这么胆大妄为！"

宣华夫人猜不透杨坚的心思，但转念一想又不禁释然，自己毕竟有所获，何憾之有呢？想到这儿，一道不易察觉的笑意在眉宇间闪过。

"无毒不丈夫！"她在心里默念着，一条妙计在心里酝酿开来。

杨坚很快又昏昏沉沉地睡去了。宣华夫人服侍完杨坚，溜出大宝殿，沿着曲曲折折的小路，在一处冷落萧条的院宫前停下。轻叩朱门，一个小宫女探出头来，见是宣华夫人，便闪出一条门缝，宣华夫人便消失在朱红小门内。片刻，宣华夫人又匆匆出来，急急地赶回大宝殿。

天渐渐黑了下来，几声稀落的钟声响起，禁宫内更显神秘，无数的宫灯在夜风下，明灭不定，像一双双醉汉的眼睛。

"听说，昨儿个给皇上瞧病的三个太医都畏罪自杀了！"

"还听说是他们陷害了张公公，让张公公不明不白地死去！"

"活该，害人害自己！"

这些话，像一阵风一样传遍了皇宫内院。

杨坚躺在卧榻上，宣华夫人则守候在床边。杨坚的气色好多了，眼神中又溢出多情的温柔，他抚摸着宣华夫人的秀发，悄悄耳语道："宝贝，你辛苦了！那些庸医的医术还赶不上你的柔情蜜语的神效呢！只要有你在，朕就永不会感到寂寞！"

宣华夫人莞尔一笑，捶着杨坚的肩头，眉飞色舞地说道："臣妾可不是神仙，怎会妙手回春？陛下您是上天之子，自有上天护佑，保佑您祛病延年，万寿无疆！"

"朕的病虽有所缓解，但一时还难以根除，朕现在意欲卸下担子，好好休息一下，我们也好再流连于山野之上、泉树之下！"

"圣意已决？"

"君无戏言，现在，太子也该挑一挑大梁了！"

"皇上圣明！既然太子能替皇上分忧，那何不早颁圣旨，以慰万民之心？"

"夫人着的什么急，难道……"

宣华夫人内心一惊，却反讪笑道："臣妾一心为皇上，岂有他意？"

杨坚干咳了两声，抚摸着宣华夫人的脸蛋，解嘲道："算了算了，朕也是与你开个玩笑，何必当真？太子是朕的亲生儿子，朕是了解他的，让他经营朝政，朕岂能不放心？"

宣华夫人一言未发，只是轻轻地舒了口气，小嘴翘得老高。

又是一个清爽的黎明来临了，东方的朝霞艳红而亮丽，整个皇宫沐浴在灿烂的霞光里。杨坚已两天未临早朝了，今天却随着更鼓起了个早儿，在大宝殿的内室里接见众臣。今日来的都是当朝的显赫人物，太子杨广领班，杨素紧随其后，其余朝臣分两列跪在杨坚的面前。

朝贺完毕，杨坚从病榻上坐起，清了清嗓子，缓缓说道："朕染病多日，朝政多有荒疏，朕还要休养一个时期，所以自今日起，朝中大小政务悉由太子来处理，诏书也已拟好，众臣应勤勉自律，大力相助。众爱卿都是随朕多年的忠臣，望你们能不负众望，再立新功！"言毕，杨坚粗粗地喘了几口，大有上气不接下气之感。

杨广听后叩头谢恩，神情凝重地说："父皇安心养病，万勿以国事为念，儿臣将竭忠尽职，与众人一起处理好每一件事，绝不辜负父皇的重托！"

众臣亦叩头谢恩。

此时，太子杨广喜忧参半。喜的是终于主政，而忧的是父皇猜疑之心日益严重，稍有不慎便有可能前功尽弃，甚至搭上身家性命！

那日，张权被处死的消息传至东宫，杨广便坐立不安了。为什么？因为张权的胞弟张衡现在东宫执事，而杨坚向来喜欢连坐，万一张衡被牵连，他这个太子之位还能稳当吗？幸亏有主内指点，找了几个替死鬼，才免去了一场虚惊。

怀着这种复杂的心情，杨广同父皇告别时，没有表现得喜形于色，低调异常。他清楚，如果这时过于张扬，传至父皇耳中后可能会是一种危险的情形了。

轿子到了太子府时，杨广仍在轿内沉思。下得轿来，杨广立即召集东宫的属官，叮嘱：不许在近日迎来送往，更严禁在各处张扬，违令者杀无赦！

好在属官们都习惯了杨广的作风，在东宫的这几年中，大家一直都遵循着杨广定下的规矩，不显山不露水，默默地做事。

众人退去后，张衡留了下来，杨广招呼他坐在一旁。见他仿佛遭了秋霜一般，杨广开口道："令兄的不幸，孤也感到难过，他无辜受戮，孤也清楚，有朝一日，会替他平反昭雪的，但现在不行！"

张衡无语，已是泪流满面了。

杨广接着说道："你现在无论如何都要控制住自己的情绪，干大事的人，不能感情用事，不然的话，影响的绝不是你一个人，懂吗？"

"臣明白！"张衡哽咽着。

杨广起身拿来一条帕巾，递给张衡道："想哭就放声哭吧，今天都把泪哭完！"

张衡听罢反而停止了抽泣，用袍袖揩净了涕泪，说："男儿有泪不轻弹，臣亦懂得此理，可臣一想起兄长的不幸，便不禁悲从中来！"

"你说说吧！或许心里敞亮些！"

"一言难尽啊！"张衡换了一种语调，"我哥哥是十二岁那年净身的。那时家里穷，我们兄妹又多，哥哥为了给家里省一口饭便瞒着父母，偷偷自个儿用镰刀净了身，等到发现他时，他已不省人事了。"

"真不简单！非常人所能做到的啊！"杨广了不禁脱口叹道。

"三天后，哥哥才从昏睡中醒来，当看到父母都红着眼睛围着他时，他却淡然一笑，劝慰父母不要担心，说他不嫌疼！"

说到这儿，张衡又说不下去了，低垂着头抽泣了半晌。

"后来，他进了宫，情形稍微有点改观时，又托人从乡下把我弄到京城读书。我能有今天的发展，全靠了我哥哥啊！"

"是啊，他真是个有情有胆的人啊！"杨广也怜惜起那个见人只知低首问好的张权。

"他一生谨慎小心，忠心耿耿，到头来竟遭此横祸，他死不瞑目啊！"

"不要再深想了。人死不能复生，孤厚葬他就是了！"

"谢谢太子！"张衡深深鞠了一躬。

"你也回去休息吧，要节哀顺变，不能因悲而伤身啊！"

张衡点头退出。

杨广还未从张衡带来的情绪中走出来，越国公杨素又跨了进来。

杨素向来无事不登门，他到太子府必有要事相商。他进太子府不必通报，见太子不用预约，随来随见。

"殿下，据报，皇上在召见过您之后，又单独召见了元岩、柳述等人。那元岩曾与杨勇过从甚密，现在又深得皇上信任，被任命为兵部尚书，此人不可小觑。那柳述……"

"柳述与孤虽是亲戚，但面和心不和。他是孤的妹夫，可他始终对孤有成见，见了孤不冷不热。父皇此时又召见他，不知是何用意！"

"依老臣看，皇上的沉疴恐难回春，圣意难测加上猜疑日重，如果误听谗言，情形可能会急转直下，到那时……"杨素的话留了个尾巴。这是他惯常的做法，含而不露。

"那依越国公之见呢？"杨广倒显得非常镇静。

"是啊，譬如弈棋，现在就是在走残局，每一步都至关重要，稍有差池便有可能前功尽弃。眼下老臣与殿下同在一辆战车上，荣辱与共，生死同命，敢不竭尽全力？"说罢，杨素便在杨广的耳边低声说出自己的主意。

杨素自从仁寿元年由尚书右仆射升迁为左仆射便达到了权利的顶峰，上朝时前呼后拥，下朝后一呼百应，那种被尊崇的感觉悠悠然如在云端，这种来之不易的地位岂能失去？杨素明白，如果能稳稳地把太子杨广推上九五之尊，也就等于给自己的高爵显位加了保险，否则，无论是其他任何皇子夺了皇位，不仅现在的一切都将化为烟云，就连身家性命都将难以保住。一朝天子一朝臣，历史就是这样写就的。

"臣这就去安排！"杨素一抱拳，转身大步离开。杨广目送着这位权高位重的同盟，心中隐隐有一些不安弥漫开来："此人过于阴毒，不得不防啊！"

送别杨素，杨广匆匆吃了几口饭。今天萧妃亲自下厨，烧了满桌子的拿手好菜，但杨广的胃口并不好，把小米粥端起又放下，对萧妃道："给紫叶的信写好了吗？记住，一定要在她看完后立即销毁！"

"你就放心吧，派去的人办事老成，不必多嘱了！臣妾倒是担心殿下的饮食，越是当紧越要养足精神。"萧妃笑着说，她想到即将到来的辉煌时刻。

"现在是'镇山虎'他们出山的时候了。只要一有风吹草动，他们会立刻钢刀出鞘，谅元岩、柳述之辈能奈我何！"

"不如早些动手！"萧妃已经有些迫不及待了。

"不可，岂能打草惊蛇、自乱阵脚？如果父皇察觉，如何得了？"杨广摇着头，低头做沉思状。

"那殿下怎知别人不在磨刀霍霍呢？他们若是先下手为强呢？"萧妃不无担心地说。

"现在情况不同，不可盲目行动。杨素现正打探消息，届时会相机而动。这个杨素，他可是只灵猫！"

"既如此，依臣妾看，杨勇当尽快解决。留下来迟早是个祸患，不如早早除去，以免节外生枝！"

"又心急了不是？这不是在故意给自己找麻烦吗？杨勇现在已是个废人，整天神思恍惚，半死不活，他的命就捏在我们手上，何时了结，不全在我们吗？又何必忙中出错呢？"

"臣妾只不过提个醒罢了，自然是殿下考虑得周全。那宫中侍卫怎么办呢？"

"内外皆由杨素调度。他为人精细，当不会有什么闪失！"杨广一副踌躇满志的样子。

"看来应该是万无一失！"

"还不能下这个结论，但孤唯愿如此！决战时刻，不能有一点儿侥幸！"

已至二更，杨广仍毫无睡意。通明的烛光下，白天的事仍在他的脑中回旋。

"这次多亏绿珠帮了大忙，这个妙人儿，她竟然会想到移花接木的高招，真是不可多得！她这么不顾一切，难道是想另攀高枝，向本太子献殷勤或是另有所图？"想到这儿，他不觉有些脸热，"她毕竟已是自己的庶母了啊！"

想到此，杨广不禁有些笑自己胡思乱想了，便想掐断对宣华夫人的非分之想。

杨坚的病疴日甚一日，御医们束手无策。到了满地黄叶的七月，杨坚自知前路无多，便诏命百官至床榻前。

多日不见，杨坚已形容枯槁，面容憔悴，颤颤的声音如秋风中枯叶的呻吟声。百官之中有人抽泣起来，整个病榻前，俨然成了一场生死诀别。

太子杨广怕杨坚伤悲过度，便示意众人与杨坚辞别。众臣只得洒泪而别。

杨坚特诏左仆射杨素、兵部尚书柳述、黄门侍郎元岩入室照顾，侍候医药。接着，他又诏令太子杨广入居殿中——杨坚准备向他们安排后事。

杨广此时也是心乱如麻，担心父皇万一有什么不测，自己没能做好必要的准备工作，但苦于同杨素日日相见却无法面谈，便写了封信，详询杨坚驾崩后的应急措施。信密封后，杨广特意让宣华夫人的贴身宫女转交杨素，但宫女却按照宣华夫人的指点，故意递给了杨坚。

杨坚此时仍清醒如常，看后大怒不已，脸色由黄变红，又由红变黄，一口鲜血吐到了地上。宣华夫人在旁暗暗高兴，但杨坚的愤怒还不足以达到废掉太子杨广的地步。怎么办？宣华夫人灵机一动，计上心来，索性一不做二不休，豁出去了！

第二天一早，宣华夫人梳妆打扮已毕，亲自服侍杨坚喝了碗莲子羹，便外出更衣去了。不多会儿，宣华夫人衣衫不整、神情慌张地匆匆跑回内室。杨坚见状，心生疑忌，忙追问根由，宣华夫人以袖掩面，只是嘤嘤地哭泣，杨坚更加怀疑，怒而问道："何故不答？岂有此理！"

半晌，宣华夫人方流着泪答："他，他，他……太子无礼！"

杨坚不听则已，听罢如闻晴天霹雳，呆呆地望着宣华夫人。片刻，怒火中烧的杨坚才回过神来，狠狠地说道："畜生！"

杨坚浑身颤抖着，挣扎着要下床，宣华夫人劝也无益。杨坚步履蹒跚地仗着剑，来到外屋杨广的床前，却不见了杨广的影子，便用尽全力把剑劈向床沿，却累得气喘吁吁，险些跌倒，口里不住地骂道："畜生，忤逆，何足以托付大事啊！独孤氏误朕，独孤氏误朕！"

这一通闹腾引来了当值的宫女、宦官，还有柳述、元岩。柳、元二臣惊问其故，杨坚脸色蜡黄，上气不接下气地命令道："快！快！马上召见朕的儿子！"

柳述还以为是要让杨广来呢，正要派人去找，杨坚急急摇头道："错了，错了，杨勇才是朕的儿子！"

柳述、无岩恍然大悟，赶忙出内室起草敕命文书。

杨素闻听，吃了一惊。原来，杨素一早就被喊回去了，说是家中有急事。待回到家中，家人却摸不着头脑，杨素猛省，方知中计，待回到内室，远远听见杨坚还在那痛骂杨广呢，情知有人做了手脚，便直接找到正在晨练的杨广，明了事态。杨广蒙了，杨素不待杨广表态，便做了一个骇人的动作——砍头。杨广断然反对："万万不可，绝不能伤及父皇，可以先把父皇保护起来，再用父皇的名义逮捕元、柳二人。形势严峻，应谨防不测啊！"

谁知不多时，杨坚却猝死了。

杨广仍在呼天抢地地大哭不已，紫叶却在一旁冷笑道："殿下所求不就是身履至尊吗？多年追求今朝实现了，何悲之有？"

紫叶的话令张衡吃惊不小，更令杨广大吃一惊，心里暗道："她的胆子太大了，简直无所顾忌，莫非她疯了吗？"

杨广止住了哭，怒视紫叶道："好你个贱人，竟敢如此大逆不道！"

"殿下，您在说我吗？"紫叶委屈地望着杨广，话语中含着失望、不满，泪花在眼圈里打转转，"殿下，紫叶为了您的夙愿，抛却了自由和尊严，跟在文献皇后身边，受了多少委屈，遭受了多少白眼？文献皇后仙逝后，紫叶被打入冷宫，过着非人的生活，但紫叶人虽贱，但一日不曾忘记殿下当年的嘱咐。上次紫叶冒死送信，殿下才免于被疑。紫叶把一生乃至生命都献给了殿下，如今却成了大逆不道？"

说着说着，紫叶不禁悲从中来，呜呜地哭将起来。

张衡急忙劝道："你怎么也哭了，岂不是越哭越乱？太子心里难受，你怎能不理解呢？"

张衡又转向杨广道："殿下，现在是非常时刻，当断则断，切不可陷入悲伤、贻误万千良机啊！"

"孤且问你，父皇到底是怎样死的？你要从实讲来！"杨广逼视着张衡。

"殿下，这是何意？莫非怀疑张衡谋害皇上不成？借给张衡十个胆儿，张衡也不敢犯上作乱，这可是诛灭九族的大罪啊！"

张衡边说边想：现在是什么时候，居然有心情来诘问是非，真是冲昏了头！

杨广正要发火，杨素一步跨了进来，一进门便向侍卫传令道："传太子之命，封锁皇宫，只准进不准出，没有太子的命令，百官不准擅离半步！"

杨素又转回头，对杨广道："殿下，皇上的事臣已知晓。为今之计，只能是暂时封锁消息，如传到汉王那儿，他未必肯来奔丧，他若对殿下有异心，国家必然要遭受一场浩劫！"

杨广此时的头脑总算清醒了，他腾地站起，握着杨素的手说："爱卿处理得果断，正需如此！"

但杨广脑子里仍悬着一个问题：父皇果真是猝死的吗？他觉得张衡和紫叶二人都有谋害父皇的动机。原因非常简单，张衡与皇上有杀兄之仇，而紫叶被打入冷宫，也是由父皇一手导演的，其刻骨仇恨早已深藏于心底。

他忽而明白了，杨素为什么会用这两个人来"服侍"父皇，难道杨素早有所谋？不过现在是非常时刻，即便如此也只能装聋作哑，事后再图了。

他来到内室，揭开蒙在杨坚身上的白纱，见杨坚惊恐的双目依然张着。他颤巍巍着用手合上，但这双眼睛却牢牢地印在了杨广的心中。

他更加相信自己的推断，父皇一定是被张衡、紫叶谋害的！不，应该是被杨素谋害的。他担心，自己从此可能要替他们背上这个沉重的黑锅了。

杨坚的葬礼在大宝殿举行。王子皇孙、文武大臣、勋爵诰命、各国的使节皆缟素戚容，为杨坚举哀。

在众臣之中，一对父子尤其引人注目，那就是唐公李渊和他五岁的儿子李世民。仁寿元年，也就是独孤皇后病重的那一年，李渊夫妇曾携两岁的李世民来看望过独孤皇后，受到杨坚的接见。

李渊和杨广是姨表兄弟。在独孤皇后的姊妹中，大姐是北周明帝的皇后，四姐便是李渊的母亲，于公于私，李渊夫妇都是应该来探望的。

"四姐因何不来？十多年了，哀家不能去，她也不肯来，眼见我们都老了！"一见面，独孤皇后便动情地问。

"回二圣……"李渊跪地答话。此时，李渊三十多岁，正值英气勃发的年纪，风神俊美的仪容令高高在上的独孤皇后立刻想到了漂亮的姐姐。

"叫什么'二圣'？叫七姨，你这个孩子！"

"是，七姨。母亲前年大病一场，虽然保住了性命，但从此便神志不清、行动不便了。再说，七姨乃一国之母，日理万机，母亲到来既不能分忧，也给您带来诸多不便。"

"瞧瞧，连你也这么说。哀家虽贵为皇后，实际上也是个孤家寡人，找个说话的人都难啊！"独孤皇后抬手示意李渊起来，然后又道，"渊儿，四姐由住所回京，往后便可长住下来。她虽然病着，但总不至于连亲妹妹都不认得吧？哀家就是一闲人，哪有什么万机可理？尽管来吧，兴许御医有办法治好她的病呢！"

她理了理头发，又问道："四姐她吃什么药？伺候得周到吗？"

"回七姨，母亲的药一直未断，都是由内人亲自伺候的。"李渊躬身应道。

直到这时，独孤皇后才留意到李渊身旁的窦氏。只见她身形丰满、壮硕，眉宇间隐隐有股逼人的英气。独孤皇后不禁怦然心动，不由得想起年轻时的自己。"此妇绝非俗人！"她心里这样想着，脸上却露出似笑非笑的神情。

"你能这样尽心伺候婆婆，实是渊儿的福分、四姐的福分啊！"

窦氏忙施礼称谢。

独孤皇后看到窦氏怀中的幼儿，不哭不闹，很是乖巧，便朝幼儿招手道："来，孩子，让姨奶看看。告诉姨奶，你几岁了，叫什么名字？"

那幼儿不慌不忙地离开母亲，上前两步，奶声奶气地说道："启禀二圣……"

"快起来，快起来，多乖的孩子。不要喊'二圣'，叫姨奶，懂吗？"

幼儿懂事地点点头，声音清亮地回答："回姨奶，我叫李世民，今年两岁了！"

"好孩子！"独孤皇后把李世民揽在怀里，喃喃地说，"多像广儿小时候，又乖又聪明！"

独孤皇后吻了吻孩子圆圆的小脸蛋，逗趣地问："告诉姨奶，为什么取名李世民？"

这一句着实让李渊夫妇吃惊不小。李世民回望了父母一眼，答道："父母给我起名叫李世民，就是希望李世民好好地读书做人，做个太平盛世的良民！"

"正是这样。"李渊夫妇急急附和道。

三年过去了，李渊仍记忆犹新，那段经历使他对爱子李世民更加疼爱，也决心让孩子多历练历练。这次为杨坚吊丧，他有意带上李世民，想让孩子多熟悉一下礼数，见识一下世面。灵堂前，李世民学着大人们的行止，稚嫩中显出几分老练，引来许多注目的眼光。

李渊扫了一眼皇家人员，发现小表弟汉王谅没有在灵堂露面。他不禁有些纳闷。

杨谅自幼深得杨坚宠爱，历任雍州牧、并州总管。眼下，自崤山以东，东到大海，南至黄河，五广两州尽属他统辖。开皇十八年，他还被钦定为征辽大元帅。

如今，皇上归天，他这个儿子怎么会不到京凭吊呢？

他再仔细搜寻，诸王子中，唯太子杨广在场。

他恍然大悟。

如今，杨广兄弟五人中，长兄杨勇被废，至今生死难卜；三弟杨俊因靡费财物，盛治宫室而获罪，已于开皇二十年病故；四弟蜀王杨秀也已被废，成为庶人，幽禁内侍省。目前，只有五弟杨谅还称得上是自由人，大概惮于京城多变故，不肯轻离领地吧！

李渊深感权力旋涡的无情，心中自慰道："有一方安稳地足矣！待新皇登基，不求升迁，但求保住禄位就值得一贺了！"

历史小说

好大喜功

田芳芳◎著

杨广

（下册）

中国铁道出版社有限公司

CHINA RAILWAY PUBLISHING HOUSE CO., LTD.

【第九回】
承皇统杨广继帝位，断食水越公辞人间

七月乙卯日，杨广在仁寿宫即皇帝位，封杨素之弟杨约为内史令，撤换京师留守，委任长孙晟为内衙宿卫、知门禁事，并拜长孙晟为左领军将军。

宣华、容华二夫人入居仙都宫，远离了仁寿宫，而紫叶又回到了萧皇后的身边，重做了司仪。

原来，杨坚临终前急转直下的态度和再废太子的决定令杨广百思不得其解，最后，经杨素点拨，他把疑点落到了宣华夫人的身上。联系她件件往事，杨广断定，宣华夫人一直在不动声色地利用他、玩弄他、报复他，甚至要置他于死地！但他不想杀掉她，对于这条美丽的毒蛇，他有更高明的处置方式——冷淡她，让她永远忍受阴谋流产的痛苦！至于容华夫人是否同谋，杨广不得而知，姑且就让她们生同居死同穴吧！

对于这种温和的处罚，杨广颇为得意！

虽然是紫叶亲手将杨坚送上了极乐世界，但杨广并未怀疑到紫叶的身上。况且多年来她为杨广受了不少罪、担了不少惊，杨广心如明镜，不待萧妃请求便主动提了出来，好在紫叶没有任何名分，只是一名高级宫女而已。

可怜废太子杨勇，在听到父皇驾崩、杨广登基后真的疯癫了，一天夜半，竟跳入后花园的深池中捉月亮，结果溺水而死。随后，他的几个儿子也被杨约的一壶毒酒夺去了性命。

而在北地并州属地的汉王杨谅对京城的变故一无所知，仍日日处心积虑地构建他的"皇帝梦"。这些年来，他眼见二皇兄势力日盛，心中不禁怀忧。太子勇被废后，他也曾为兄长的命运流下同情之泪，但旋即又高兴，因为对于自己来说，毕竟少了一个竞争对手。

杨谅原本有个自鸣得意的策略——做一个后发制人的"黄雀"。

平陈之时，他虽然年少，却暗暗使了一着阴招——造谣诽谤杨广，以致谁也没有想到会是他所为，弄得杨广疑神疑鬼，加剧了杨广同其他三兄弟之间的矛盾。

别看杨谅统兵打仗不是好手，但搞些小动作他是得心应手的。他对心腹炫耀说，别看那几个大的蹦得欢，笑到最后的还是你们的汉王爷。他似乎远离权力纷争，给父皇、母后的印象也极好，在秦王、蜀王纷纷落马后，他才感到了事情的发展远非自己想象的那样简单。他寄希望于父皇对杨广失望，但他过分低估了二哥的本领。及至年纪稍长，杨谅开始为自己网罗人才，不管是杀人越货的江洋大盗还是忤逆不孝的奸佞小人，只要愿意为他所用，他就乐意供养。

他还派人秘密与高句丽王接触，许以金帛、美女，相约如果起事将暗中以兵相助，只是高句丽王思之再三，未敢贸然答应，只同意相机而动。高句丽王的算盘是，如果杨谅胜利在望，他顺势出兵，做个顺水人情；而如果杨谅败了，他可以趁火打劫，捞到好处就跑。

他试探着打通突厥的部落，希望从他们那里赢得支持，但突厥各部都要受制于汗王，不得自由结盟。结果，他花了不少银钱，送了多个美人，只换来了一批军马。他又搜罗梁、陈的旧人，这批人不乏智勇之士，梁将王颁、陈将萧摩诃都被收在帐下。

起先，他借口防备突厥，在并州招用亡命之徒，缮治器械，日日操练兵马，渐渐有了气候。蜀王秀被废后，杨谅更加不安，谋乱的步子进一步加快，不断从突厥购入大批军马，积聚的粮草不计其数。没想到，一切准备之后，杨谅接到了朝廷的诏书，命他火速赴京，这使他坐立不安。

原来，独孤皇后病重期间，杨谅回京探望，其间与父皇深谈并相约，今后父皇若下诏书召他回京，便在"敕"字旁点一个点作为暗记——这是杨坚为防万一的一个高招。而杨素命人仿造的皇书，却不知有此约定，所以杨谅一看便知京中有了非常之变。

杨谅与众智囊商议。一番激烈的争吵之后，杨谅拍案道："京中有变，父皇生死不明，为人臣者岂能坐视不管？众将军，杀入京都，铲除奸佞！"

并州总管司马皇甫诞先是一言不发，这时却又劝道："臣斗胆进言，臣以为大王的兵将、军资难与京师相抗衡。加上君臣早已定位，以数州有限之地与天下相抗，是为以下犯上、大逆不道，纵使士兵精良也难以取胜。人心思定，割据分裂不得民心啊！臣伏请大王奉诏入朝，恪守臣子之节，其必有松乔之寿、累代之荣。如果一味执迷，恃强动兵，必有叛逆之名，一旦不如意，求作布衣黔首不可得也！"

杨谅大怒："胆小鬼，为求保一己之私，竟置多年恩义不顾，替贼人张目，惑我军心，来人，推出去斩首！"

皇甫诞闻言，纵声大笑："殿下不能等到臣下目睹败亡惨状再施极刑吗？"

众人也跪地替他求情，杨谅免其一死，暂且将其囚禁于幽室。

萧摩诃起身奏道："近日，街市广为流传一首童谣，甚得人心：'一张纸，两张纸，容量小儿做天子！'"

"容量小儿做天子！"杨谅在口中细细品着。他忽而兴奋起来、眉飞色舞起来，喜滋滋地说，"我幼时字阿容，'量'与'谅'同音，且我于兄弟中最小，这不正应在孤身上吗？"

于是，杨谅打出"诛杨素"的名号，举旗造反，跟从杨谅起兵的州仅十九州，不及隋朝所辖数的三分之一。

王颖为杨谅分析，有两种策略可供选择："殿下所部的将吏家属都滞留在关西，若要重用他们，作长久计，宜长驱直入占据京都，此所谓'迅雷不及掩耳'。如果殿下想割据山东，应任用山东的士人。"杨谅举棋难定。这时，总管府兵曹裴文安进言："窃以为可以四路出兵，南出太谷（今山西晋中市太谷区）取河阳（今河南孟州市），东南出滏口（今河北磁县西北）取黎阳（今河南浚县东），东出井陉（今河北井陉西）掠燕赵之地，北自岚州（今山西岚县北）攻雁门（今山西代县），而精锐主力攻京师。"

"此计甚好，既可广造声势又有侧重，就依卿计而行！"

仁寿四年八月，叛乱拉开了战幕。此时，登基后的杨广早已严阵以待："杨谅违背天意，违背民心，以不义之兵妄图螳臂当车，是自取灭亡！"

于是，杨广派右武卫将军丘和去往河东，镇守入关要道蒲津（今山西永济蒲州）。

丘和刚刚接手防卫，时至日暮，便见到一群乱哄哄的穿着红绿衣裳的人涌向城门，其中一人娇滴滴地哀求道，她们是杨谅的宫人，要赶回长安，请军爷放行。她们全部以幂罗蔽身，遮住了面容。军兵生恐有诈，挑开一人的幂罗，果然是红颜娇娃，于是抬手放行，一群人足有数百之多。

谁知半夜时分，城中多处起火。火光中，一个个精武的汉子操刀舞剑，喊杀声震天，丘和在梦中惊醒，透过窗子见外面已亮如白昼，那刀枪的撞击声也越来越近。他不及多想，抓起随身的宝剑就往外冲，刚到内室门外，大门就被撞开了，"活捉丘和"的喊声听来十分刺耳。

他急忙退往后院，趁乱越墙而逃。

杨谅初战告捷，喜形于色，忽接探马来报，杨广征调四方几十万人马正布置在通往长安的要道上。于是，杨谅又一改亲自制定的战略目标，传谕先锋官裴文安立即回返并州。

此时，裴文安正日夜兼程赶往蒲州，距蒲州城已不足十里。

裴文安马不停蹄地赶往太原，听到的却是要烧断河桥、据守蒲州进而固守旧齐的命令。裴文安久经战阵，颇通兵法，听完杨谅的一席昏话，不禁叹息道："打仗靠的是先机，讲的是出其不意，本打算秘密渡河打他个措手不及，然后乘胜西进，争取主动，而现在殿下随意改变策略，看来攻取长安的大计不复存在了！"

杨谅似乎没在意他唠唠叨叨地说些什么，只是另派人去守蒲州，对裴文安又有了新的任命。

形势并未按照杨谅预期的那样发展，他派往各方作战的部队无不溃败，官军则连战连捷。

北方，李景率数千战士坚守月余，刺史杨义臣突破外围防线，星夜驰援，内外夹击大破杨谅三万劲勇。东方，李子雄率幽州三万步骑，与长孙晟南北合围抱犊山，击败强敌，解了井陉之围。南方，史祥屯军河阴（今河南洛阳市），大败自太行而下的叛军，而后挥军东进黎阳，一路斩杀万余溃兵。此役打得有板有眼，很得兵法之妙，杨广闻讯，欣然命笔，赋诗赞曰："伯炯朝寄重，夏侯亲遇深，贵耳唯闻古，贱目讵知今？早摽劲草质，久有背淮心。扫逆黎山外，振旅河之阴。功已书王府，留情太仆箴。"

杨广遣使往各处慰军，军心更齐。更让杨广兴奋的是，杨素所率的主力顺利收复蒲州，正向并州进发。原来，杨素以突袭之法，白日里不见旌旗，夜间却乘船悄悄渡河，天亮时，蒲城守军还在睡梦中便成了杨素的俘虏。守将王聃见大势已去，便投降了杨素。

杨广作出嘉奖，任命杨素为并州道行军总管，率数万精兵溯汾水进讨，浩浩荡荡，直捣并州。

大军经过晋、降、吕三地时，不围不攻，仅留兵两千进行牵制，主力不做停留，全速北进。这一招，杨素称之为"掏心术"，仿佛当年魏军直取蜀汉都城成都，隋军先取建康后掠其全境一般。

杨素大军来到了高壁（今山西晋中）被迫停下，这里有杨谅的精兵布防。此地谷道狭窄幽深，易守难攻，一夫当关，万夫莫开，被杨谅称作"铜墙铁壁"。

杨素并不急躁，只是围而不攻，摆出一副长期对垒的架势，把精兵都放在两军对垒上，其他地方倒不放在心上。杨素高挂帅旗迷惑敌人，自己却亲自率领一支骑兵自高壁东南的霍山冒险潜入崖谷，随行士卒望着腾起的谷中云雾心中发怵，不敢进入，以致贻误出发时间。杨素把畏缩不前、争留谷口的三百人悉数斩首，于是再无一人敢留。杨素从谷中急进，终于找到一处出口，当他们突然出现在叛军军营外时，叛军疑是天神下凡。杨素纵马冲杀，鸣鼓纵火，叛军大乱，自相践踏，死伤数万，血流成河。

这一战，杨谅损兵折将数万，上下一片惊恐，方知杨素用兵实在是神鬼莫测。稍定心绪，杨谅亲自带兵十万拒守泽（今山西汾阳市北），但不久他又担心并州老巢失守，不顾部将苦劝，雨中退守距并州三十里的清源。王府主簿豆卢毓被杨谅视为心腹，被委以重任，但看到杨谅缩头乌龟般的举止，方知杨谅根本不是杨广的对手，深为自己的冲动行为而悔恨，不禁想起苦劝杨谅的皇甫诞。

皇甫诞被监押在王府的地牢里，豆卢毓决定夜访皇甫诞，请他为自己把把脉。

阴暗潮湿的牢房里，皇甫诞衣衫褴褛，乱发披肩，脸色苍白，两只眼睛显得出奇的大。

"皇甫兄，你受苦了！"

看到豆主簿到来，皇甫诞淡淡一笑："豆兄，想必是王爷下旨了吧！好吧，在下算来，余下的日子不多了！"

"皇甫兄说谁的日子不多？"

"哈哈哈，还不是一回事嘛！杨谅如果获胜，我或许侥幸免一死，当然他要获胜又绝无可能，最多能得到一些暂时的便宜；如果兵败，我必死无疑！"

"为什么？"

"杨谅少谋寡断又妄自尊大，败是必然的，而他的性格决定了他的前程！他为了泄愤必然害我，岂肯以忠臣待我？孔子周游列国，奔走呼号，一心要恢复周礼，他是明知不可为而为之啊，只不过尽责而已。我皇甫诞食禄多年，当为国尽责，为君尽忠，岂能为保蝼蚁之命而放弃自己的职责？"

听到这儿，豆卢毓羞愧地低下了头，少顷又问："皇甫兄猜猜，豆某来此是何目的？"

"你是杨谅的内兄，杨谅跟前的大红人，你此来无非一事，何须明言？不过，如是你背杨谅而来，当是另论。"

豆卢毓暗暗佩服皇甫诞的判断力："既如此，豆某跟你明说了吧！现在杨谅一败再败，主力耗费殆尽，而杨素大军正虎视并州孤城。依先生之见，豆某应如何行动？"

"其实，皇甫早已看出来了。为今之计，只有阵前倒戈才可保住全城的生灵，豆兄才可将功折罪。"

"皇甫兄言之有理。来人啊，为皇甫大人除去刑具，沐浴更衣！"

杨谅在清源军中忽闻并州城中哗变、妻兄豆卢毓放出皇甫诞，图谋投降官军，不禁火冒三丈，大骂豆卢毓忘恩负义，于是便率领五万精兵欲擒"反贼"。豆卢毓、皇甫诞等人抵抗不住，节节败退，最终躲入王府抵抗，被奸细杀害。

杨素见叛军营中有变，便驱动大军猛冲敌营，如秋风扫落叶一般，把杨谅最后的残余部队消灭殆尽，领军统帅萧摩诃被擒。杨素奚落道："十年前之败与今日之败，感觉有何不同？"

萧摩诃白了他一眼："将军不要得意，萧某因战败而被擒，死又何憾？若将军战胜而亡又有何感想呢？"

杨素无语。

杨素乘胜追击，将并州城围得铁桶一般。

军士疲惫，百姓怨恨，城中粮食愈来愈少，每日里除了死亡就是逃亡，杨谅开始悔恨自己不该轻开战事，以致现在无处容身。他想投降，但却又想：皇兄能原谅我吗？他决定派人去杨素军中探探虚实。在杨素离京前，杨广曾有过交代，只要杨谅肯罢兵，可以饶他不死！

杨素立即修书一封交给杨谅，晓以利害，明以大义，应允他只要开门出降，不予杀害。杨谅如捞到救命稻草一般，率百官匍匐在路边，迎接杨素进城。

杨素将杨谅等一干人犯以重兵护送西入大兴城，自己留下清理余烬。杨广收到捷报，大喜道："战祸既已结束，（国家）从此四海升平了！"

情之所至，杨广找来薛道衡弈棋，薛道衡领旨。战至酣处，杨广忽问薛道衡："汉王雄兵数十万，战将百员，拥并州险要之地，据山东广大沃土，为什么气焰如此之盛，仅有数月而败亡呢？"

"回皇上，道衡试析之。皇上平叛是维护国家统一，上应天意，下合民心，而杨谅是制造分裂，荼毒生灵，离心离德。故兵将虽多，终不为所用。再加上越国公指挥得当，众将士浴血奋战，故能在短期内剪除凶暴，澄清天宇。"

"是啊，除此之外，杨谅临机而不决断，调兵遣将缺乏章法，使得兵将不明其意，所谓上下不能同欲也！"

"皇上切中肯綮，道衡受益匪浅。"

"治国、用兵一如弈棋，要有全局观念，要有宏大气魄，否则就难得最终的胜利！"

"皇上真是三句话不离本行，这不，臣又输了！"薛道衡自嘲地笑了笑，又说，"听皇上的意思，国家近期似乎将有大的举措，不知道衡猜对了没有？"

杨广心想，这薛道衡果然是个聪明人，能猜透我的话中之话，不光诗写得好、讨女人喜欢，做大官肯定也是上料，但不知他肯不肯用心，何不试他一试？

"爱卿真是灵透，像钻到朕的肚子里看过一样。朕欲营建东都，爱卿以为如何？"

"营建东都？"薛道衡内心吃了一惊，想到：这可不是一般的工程啊！皇上即位之初，即颁布"妇人奴婢，蠲除课税"的改革，百姓们欢欣鼓舞。如果此时便修建东都，那需要多少人力啊，岂不是又要增加了百姓负担？但皇上既是征询我的意见，定然是已经有所考虑了，多半是出于政治上的考虑，再说哪朝哪代的百姓不是纳粮服役？

想到这儿，薛道衡探身答道："洛阳乃天下之中心，夏墟汤都，绵延千年，而周已建洛邑至今又历千余年了。东周、东汉、北魏都以此为都，北周时也曾一度重修洛阳宫，大规模移民，如今其规模壮丽，已远胜汉、魏，只要稍加整治、便可重现昔日辉煌。"

杨广闻言龙颜大悦，暗想：这薛道衡的见地竟与长孙晟不谋而合。

"陛下是木命人，雍州是破木之冲，不可久住。听说开皇之初曾有童谣说：'修治洛阳还晋家。'陛下曾封晋王，这就是验证。"杨广对长孙晟的话向来是有八分相信的。

当初杨坚执意要去仁寿宫，长孙晟竭力劝阻，说去了就再也回不来了，结果惹得杨坚大怒，竟命人将长孙晟给关了起来。后来杨坚病笃，想起长孙晟的话，叮嘱杨广要善待像长孙晟这种忠贞有为之士。

长孙晟是个奇才，不仅文武全才，还懂得阴阳八卦、相面、风水。杨广与长孙晟本就十分交好，所以对其自然另眼相看。杨广虽多次途经洛阳，但毕竟只是走马观花，现在要建起都城，还需亲往洛阳去一趟，心里方才踏实。

过了几天，杨广率一队人马过潼关越渭水，向洛阳进发。路上观赏山水，体察民情，非止一日。他们先拜访了永宁寺、白马寺等佛家圣地，烧香许愿，尔后又往洛水之北，凭吊了汉魏故城。这里虽然多残垣断壁，但仍可以看出当年建筑规模之宏伟，无言的砖石仿佛都在诉说北魏战乱中的苦痛。

"据说，当年战火之后，城内城外的官寺民居十之二三皆反，城阙一片狼藉，昔日的繁华全化为了青烟！"杨广若有所思地说，"我朝立国后，承继西魏、北周，定都长安，但因汉长安城凋敝残破，水皆咸卤，父皇又在旧城东南新建大兴城。新都虽然有着无可比拟的规模和气势，但它却偏于西北一隅。如今，关中一带的农业命脉——郑国渠、白渠河床下切，水量减少，灌溉面积骤减十之八九。开皇三年、开皇五年、开皇十四年，关中三次大旱，而京师和畿辅地区人多地少，更兼漕运艰阻，供应中断时有发生，供养官员和大量军队日益困难。"

杨广说了这么多，意在说明现在的长安已不再是作为都城的最佳选择了。杨广的话音刚落，官员们便纷纷附和，有的建议迁都，有的建议修治东都，引经据典，言之凿凿。

第二天，恰好天朗气清。杨广兴致勃勃，沿着羊肠小路向邙山之顶攀登。山间的荆棘不断阻挡着去路，杨广笑言："如此登山，不光要用力攀爬，还要清除障碍，否则就会影响你的脚步。"

他的身后是高颎和苏威，两人一听都不禁愣了一下。苏威自从被擢升为右仆射后，言行更加谨慎，轻易不表态，只把真实的思想埋在心底。

"皇上的障碍不是清除了吗？现在杨谅被解入京，叛乱的盲从者也受到了处罚，还有什么障碍呢？对了，还有杨素。他可能是皇上的下一个障碍！"苏威只顾想着，没留神踩在一块圆石上，一个趔趄，险些跌倒。

高颎急忙扶住，轻声说："山路多险，小心脚下！"

这话若是别人讲，杨广可能根本不放在心上，但高颎不同。高颎于开皇十九年被削职为民后，在家闲居五年，不快的时候常饮酒作诗，其中不乏讽喻之言。杨广即位后，又重新起用高颎，虽然只是个管管礼乐、卜祝、医药的太常卿，但毕竟给了高颎第二次政治生命。高颎上任后，寡言少语，非到不讲不行时才开口。

刚才那句话虽然很轻，但杨广听得十分真切。杨广有些不悦，他怪高颎又说牢骚话。

"皇上，到山顶了！"引路的张衡兴奋地大叫了一声。

杨广喘着粗气，站到一块高起的山石上，四下观望："好啊，南接洛阳，西连崤山，北临黄河，真是美不胜收啊！"

看着看着，杨广用手一指，问道："那儿不是龙门吗？自古为何不以此为都呢？"

苏威接过话茬儿答道："自古不是不知道龙门伊阙，而是在一直等待陛下去下决心！"

杨广高兴得合不拢嘴，顺口答道："既如此，还等待什么呢？朕今日就下诏！"

众人都称："皇上英明，大隋又开新纪元了！"

下山回到临时别宫，杨广仍意犹未尽，凝神片刻，挥毫在手，眨眼间，一篇营造东都洛阳的诏书就亲自拟就了。诏曰：

乾道变化，阴阳所以消息，沿创不同，生灵所以顺叙。若使天意不变，施化何以成四时，人事不易，为政何以厘万姓！《易》不云乎："通其变，使民不倦。""变则通，通则久。""有德则可久，有功则可大。"朕又闻之，安安而能迁，民用丕变。是故姬邑两周，如武王之意，殷人五徙，成汤后之业。若不因人顺天，功业见乎变，爱人治国者可不谓钦！

然洛邑自古之都，王畿之内，天地之所合，阴阳之所和。控以三河，固以四塞，水陆通，贡赋等。故汉祖曰："吾行天下多矣，唯见洛阳。"自古皇王，何尝不留意，所不都者盖有由焉。或以九州未一，或以困其府库，作洛之制所以未暇也。我有隋之始，便欲创兹怀、洛，日复一日，越暨于今。念兹在兹，兴言感哽！

朕肃膺宝历，纂临万邦，遵而不失，心奉先志。今者汉王谅悖逆，毒被山东，遂使州县或沦非所。此由关河悬远，兵不赴急，加以并州移户复在河南。

周迁殿人，意在于此。况复南服遐远，东夏殷大，因机顺动，今也其时。群司百辟，佥谐厥议。但成周墟堞，弗堪葺宇。今可于伊、洛营建东京，便即设官分职，以为民极也。

夫宫室之制本以便生，上栋下宇，足避风露，高台广厦，岂曰适形。故《传》云："俭，德之共；侈，恶之大。"宣尼有云："与其不逊也，宁俭。"岂谓瑶台琼室方为宫殿者乎，土阶采椽非帝王者乎？是知非天下以奉一人，乃一人以主天下也。民惟国本，本国邦宁，百姓足，孰与不足！今所营构，务以节俭，无令雕墙峻宇复起于当今，欲使卑宫菲食将始于后世。有司明为条格，称朕意焉。

写完，杨广又从头至尾细看了一遍，然后满意地盖上玉玺，当即便发布了诏书。

听完诏书后，薛道衡醉酒般地涨红了脸，竖起大拇指道："圣上的御旨俨然就是一篇治国之纲要，堪称是缔造大隋帝国的蓝图啊！圣上的气魄、才情、能力，的确是无与伦比的！"

"薛大人高兴得未免太早了些吧！"高颎见四下无人，拍了拍薛道衡的肩头，"你算过没有，掘一道长达千余公里的壕堑，需要投入多少人力吗？而这还仅仅是修治东都的开始。"

"高大人不是也曾督修过大兴城吗？那时不是也没听到过百姓的怨言吗？"

"此一时彼一时啊！你看看谁来督办这件事，就会知道百姓的命运将怎样了！"高颎叹了口气，"先前修一个仁寿宫就死了那多人，如今修这样一个偌大的洛阳城，不知又会有多少无辜的生命被葬送啊！坦白地讲，杨素领兵打仗确是一把好手，可谓所向无敌，但监修工程还真不敢恭维，可圣上偏偏让他监修工程，真是的！"

"道衡也有所耳闻。他监修时用的是领兵打仗的方法，完不成任务就是罚，甚至杀头！"

"宇文恺也不是什么善良之辈！他只求皇上高兴，其余概不放在心上。"高颎顿了顿，拍着薛道衡的肩头说道，"等着瞧吧，老弟！"

虽然还只是十月，天气却已出奇的冷。在野地里待上半天，人就像掉进了冰窖里，冻彻骨髓。

今日是杨坚的安葬日。泰陵是杨坚生前修好的，现在终于成了他老人家的安息之地，杨广不禁有些悲伤。

杨广坐在辇车上，听着窗外呼呼的北风，心中烦乱。而最近发生的几件事，让他不得不对杨素进行重新审视。

　　杨素一向颇受杨广的信任和重用，是杨广倾心倚重的老臣，不但在登基之初就任命他为尚书令，还将重建洛阳城这一重大工程交给了他。但杨素似乎并不领情，说话、办事处处透着一股不可一世的架势。十日前，杨素从洛阳返回，面君禀明洛阳城的进展情况。

　　"如今每日役使人夫两百万人尚不够使用，臣欲再增加一百万！"

　　"两百万已是很劳民了，若是再增加百万人丁服役，国家岂不乱了？"

　　"陛下不必担心，别说增加这些人，就是再添一倍，有老臣在，国家也照样稳如泰山。陛下，起草诏书吧！"杨素的语气有些不容置疑。

　　杨广心中不悦，但仍和颜悦色地坚持道："耗费这么多人力，百姓们刚刚得到的实惠必然化为泡影，也势必会削弱国力，不利于国家的长治久安。爱卿赤心为国，朕岂能不知？但操之过急，过犹不及啊！"

　　杨素闻言，银白的长须颤动着，眼中冒着寒星。半晌，他才缓缓地说道："老臣本是想加快速度，争取大业二年正月全部竣工，给陛下登基周年献礼。陛下既然不恩准，老臣只好另谋他途。不过，如果因为工期的急迫而造成民工的伤亡，陛下莫怪老臣不体恤民力。"

　　杨素抖了抖袍袖，转身就要离去，杨广叫住了他，面有愠色地说道："相信爱卿会以社稷为重，不会令朕失望的！"

　　杨素窝着一股火，气鼓鼓地回到了家，饭也不吃，茶也不饮，只枯坐在客厅内发呆。

　　杨素是杨府的"皇上"，他的不快情绪像水波一样迅速向四周传播开去，府内的人都仿佛患了瘟疫一样，一个个小心翼翼，如履薄冰。

　　就在这时，府门前一片喧闹。原来，杨素的四公子杨积善打猎回来了。他骑着高头大马，臂上架着一只凶猛的苍鹰，咋咋呼呼地指挥着手下的一班家丁。这群人个个身着鲜亮的锦袍，有的用枪挑着山鸡野兔，有的背着花鹿白獐，还有的抬着肥硕笨重的野猪，一如从战场上得胜而归。

　　此时，早有门前的小头目跑到杨积善的马前，向杨积善连说带比画着，杨积善这才注意到门前的动静……往日是一副嘻嘻哈哈的热闹景象，今日却是个个屏声敛息，轻举慢行。他即刻一挥手，止住了家丁的吵闹声。杨积善虽平时有些横，但脑子活泛。再说，家法他是领教过的。

　　于是他蹑手蹑脚地走进大门，一看四下无人，便一溜烟儿往自己的跨院跑去。

　　杨素的府第规模宏大，规格仅次于皇宫，后又几经扩建，大院套小院，皆有游廊相连，府中有大花园、小花园，有山有池，光演武场就有三个。杨积善的跨院在西侧，但要经过大哥杨玄感的院门口。

　　他正闷头小跑着，不料竟一头撞在了大哥杨玄感的身上。

杨玄感被撞了个满怀，一看是四弟，便脸一拉，训斥道："不好好走，慌张什么？成何体统？"

一看是长兄，杨积善顿时矮了半截儿，吞吞吐吐地解释道："大哥有所不知，适才听说父亲不知何故正在客厅里生气呢！积善刚刚打猎回来，怕父亲责骂，故想快点躲起来。"

杨玄感是个孝子，平日早晚两次请安，父母生病时便亲自端药送水。今日听讲父亲生气，吃惊不小，因为父亲虽威严有余，但生气的时刻毕竟很少。于是，杨玄感不满地数落道："既如此，更应去劝慰才对，怎能避之不问呢？你呀，如何才能改掉毛手毛脚的毛病？"

杨玄感虽然只有三十多岁，但显然比四弟成熟得多。那表情严肃中又透着温和，让人不得不接受下来。

杨积善搔着头，红着脸说："还是大哥去劝吧，你的话他老人家一向听的。不像我，整天挨训。"

杨玄感将手按在杨积善的肩头，诚恳地教导道："看看你，都老大不小了，成天价领着帮下人东蹓西逛，不干正经事儿，时不时还要闹出点花样来，挨训，亏了你了？"

"大哥，我不是怪你们，是说这会儿跟你去没用，只能添乱。与其那样，我还不如回自己院子！"杨积善嬉皮笑脸地说着，双手一会儿抓头，一会儿挠耳朵，全然没有大家公子的样子。

"不长进。上次李密来，父亲让你跟人家多聊聊，长长见识，可你倒好，三言两语就溜了。要不是我在父亲跟前替你开脱，一顿家法怕你是免不掉的。"

"可不就是大哥疼我吗？大哥心眼好，又能说会道，十个我也抵不上一个你啊！"

杨玄感也不禁笑道："还知道自己的斤两啊？算了，你回去吧，我去劝劝父亲！"

杨积善如遇大赦一般，扮个鬼脸，跑开了。杨玄感整整衣服，向客厅走去。

杨玄感止住了下人的通报，径自走进了客厅。

这个客厅宽敞明亮，轩然大气，能容百十来人议事。但此时，偌大的厅堂只有杨素一个人在缓缓地来回踱着步子，那背影似乎比往日佝偻了许多。

"孩儿叩见父亲！"

杨素回转身，挥了挥手，算作回应。

"父亲为何眉头紧锁？是朝中的事吗？"

杨素看着儿子急迫的眼神，缓声说道："你不知道也好，免得心中不安！"

"孩儿愿替父亲分担忧愁！"

杨素叹了口气，语调悲凉地说："兔死狗烹，鸟尽弓藏，皇上对为父已发出不信任的信号，恐怕过不了多久，杨广就要卸磨杀驴了。"

"父亲不妨说来听听！"

杨素把事情的经过大致说了一遍，最后仰天长叹道："老夫难咽下这口气啊！"

"其实，父亲不必这么悲观。依孩儿看，事情也许没有那么糟！"

"说下去！"杨素精神为之一振。

"从皇上的诏谕看，他是想成就一番伟业，建立一个庞大的东方帝国，远逾秦皇，直攀汉武。因此，他的每一个动作都具有震撼性，修建洛阳城只是个开始，可谓前无古人。他要将一条壕堑开掘成千里长堑，将洛阳城打造成铜墙铁壁的堡垒。这绝不是平常人想出来的。皇上刚刚身登龙廷，万事待定，正需父亲为他出谋划策，前后奔走。他虽有时不能尽遂父亲的意愿，只因为他是皇上，皇上就是皇上。"

杨玄感说话的时候，一直在注意父亲的面部表情，此时见杨素没有吱声，他估摸着，或许父亲的气消去了一大半。

"皇上不是那么好对付的，想糊弄他，小心被他抓个正着！"杨素终于开口了。

这句话让杨玄感猛然感到：父亲是不是真的老了？当年的不可一世的锐气哪里去了？

杨玄感为父亲端了一杯热茶，轻声问道："依父亲看，皇上有哪些缺点呢？"

"他的缺点，老夫了如指掌。"杨素啜一口茶，指头点着桌子说道，"好大喜功，讲究排场，喜欢女色，喜功不喜忧，只不过他做皇子和太子时表现得不充分罢了。老夫与他相处多年，如何瞒得过我的眼睛？"

杨玄感连连称是，又为父亲添满了茶。

"荀子说：'君子善假于物也。'我们为何不利用他的弱点呢？如果他的弱点都被利用了，父亲的地位不仅会更加巩固，还有望提高呢！"

杨素听到这儿，下意识地向四下张望了一下，压低嗓音说道："此话岂可乱讲？"

"孩儿失言！"

"走，密室里再细说！"

杨素在前，杨玄感在后，爷儿俩一前一后走进了密室。

"适才所言，除非在这儿，其他地方概不能说。"杨素擦了把额头上的细汗，又叮嘱了一句。

"孩儿遵命。孩儿想说的，父亲未必没想过。父亲文才武略不在杨坚父子之下，为什么要甘心去侍候他们父子呢？再说杨坚也是从孤儿寡母的手中夺来的江山，他能夺，父亲为什么不能呢？"

杨玄感的话着实让杨素吃了一惊："你从什么时候有此念头的？"

"从父亲让孩儿跟李密结交的时候！"

"为父也只是偶尔想想而已，岂敢奢望更多？"

"现在构想未为迟也！"

杨素没想到，平日里言语不多的儿子会有这么宏伟的计划，不禁暗暗赞叹，道："说起来，杨坚父子也堪称世之雄杰，尤其杨广，聪慧绝伦、能文能武，非等闲之辈。但再密的篱笆也有缝隙，再强的巨人也有软肋。对付杨广，必须智取，必须从长计议。"

"可以分三步走。第一步是想尽力法进一步取信于他，让他对您信心百倍，绝不猜疑。这个时候，把各种关系网络建立起来是重中之重。第二步，利用各种关系网制造和激化各种矛盾，挑起人们对杨广的不满情绪。第三步，待社会危机全面爆发，需要父亲出来收拾残局时，父亲便可仿照司马懿，逐渐控制朝政，取而代之就是水到渠成的事了。"

杨素惊讶于儿子的城府，颇有几分怀疑地问："这是李密的主意，还是你的心思？"

"李密可不敢这么说，是儿子的想法，不过是受了他的一些启发。"

"也罢，今儿在这儿讲的倘若宣扬出去，都是灭门的大罪，千万要保密！为父再想想，好好思谋思谋。现在也该考虑进退的事了！"

"逆水行舟不进则退，唯有进才可避免退。依现在的形势，怕是父亲想退也无路可退了！"

儿子的一席话，使杨素彻夜难眠。想一想，儿子的话确有几分道理。

取信于杨广，虽说不易，但也不是绝对做不到的，大不了厚着脸皮、失去血性，一味讨好就是了。至于关系网，即使不用再花力气，现在的朝廷上下，自己一手提拔的官员又何尝能数得过来呢？但利用他们去闹事，却不是那么容易，谁愿意拿自己的前途和身家性命去开玩笑？

怎样充分利用关系网，恐怕还得照儿子的办法去干，瞄准杨广的缺点，"因势利导"地放大他的缺点。只要将他的缺点放大了，矛盾也会随之产生。

杨素转念一想，如果事情败露怎么办？几十年来被没官抄家、杀头灭族的痴想者不计其数，他目睹了一幕又一幕。越是在权力的顶峰，争夺越是残酷，刀光剑影愈是繁密！

他心绪乱极了，一时厘不出头绪来。五夫人见杨素辗转反侧，便知他一定怀着心事。

五夫人是宣华夫人的胞姐，陈宣帝的六公主，是平陈后杨坚赏赐给杨素的。这位五夫人不比她的小妹逊色多少，亦是千娇百媚，多年来深得老杨素的钟爱。

由于她吃斋念佛，笃信佛教，平日里从不过问杨素的政事，今日忽见杨素烦忧异常，遇事难决，便顺口劝道："老爷既然俗务缠身，何不到昭成寺拜佛进香，求取卦签，也好感念佛祖的指点。"

昭成寺是皇城内一座由高僧主持的寺院，僧众甚多，香火旺盛，据说寺里的签十分灵验。

杨素乍闻，陡然一振，答道："多亏夫人指点，你明日一早就陪我去一趟昭成寺。"

第二天一早，杨素与五夫人来到了昭成寺。庄严的大殿内，释迦牟尼的金身坐像笼罩在袅袅的香烟中，氤氲着一层别样的神秘。杨素与五夫人顶礼膜拜，口中呢喃着颂词。

跪拜已毕，杨素又让五夫人捐了黄金白银。杨素在寺僧的引导下抽取了竹签，闭目默念良久，才展开来读。

"什么？下下签！"杨素心中一紧张，竹签落在地上。

"再抽一次！"他合掌祷告。

竹签在手，睁眼一看，居然又是下下签，气得杨素狠狠地将竹签掷在地上。

"难道天要亡我？"他在心中自思。

"这不是越国公吗？"一个清亮的声音把杨素吓了一跳。杨素定睛看去，却发现是多时不见的宣华夫人和紫叶姑娘。

二人不施粉黛，素衣打扮，但看起来却别有一番韵味。只是这两位何时来的，杨素全然不知。

正当杨素发愣之际，五夫人一步赶上前，一把抓住了宣华夫人的手，凝视许久才慢慢地说："没想到，我们姐妹居然还能见上一面……可惜哥哥……"

"别提他，提他做什么？他早该死了！"宣华夫人恨恨地说道。

听话听音，杨素闻言不禁想起杨坚临终前的一幕。

"不错，一定是她，是她一手策划了对杨广的陷害，才使得杨坚盛怒之下起了废掉太子之念。"杨素暗暗寻思着，"这个女人真是不简单，居然不动声色地躲过了独孤氏的迫害，又闲看杨广毁掉杨勇、杨秀，最后又利用杨坚的昏聩再嫁祸杨广。一组缜密的连环套，确实是个心思老道而又心狠手辣的女人！难道这一切源于复仇？"

杨素顿然生出敬佩之感，思忖着："我堂堂五尺男儿居然不如一弱女子刚强，真是惭愧！假如利用宣华夫人联手进击杨广，岂不更好？"

想罢，杨素的目光投落到宣华夫人的身上。此时，姐妹二人正相拥而泣，引得紫叶也在一旁陪着落泪。

"小妹，你现在好吗？"五夫人小心翼翼地问。

"好？聊胜于死吧！也许死了倒干净。"宣华夫人愤愤地说道，瞥了杨素一眼，"小妹可比不上六姐，现在是权倾天下的越国公的宝眷！"

杨素见宣华夫人话语尖酸，便打岔道："夫人今日也是进香上殿？"

"我来寻找我的魂灵！"

"找到了吗？"杨素笑问。

"当然。我曾在九天之上寻，也曾于八荒之野找，寻寻觅觅，上下求索，我的魂灵原来就在佛光的最亮处。"

"夫人真是幽默得很啊！为不曾丢失的魂灵大唱挽歌，如此说来，你的魂灵将永存天地间，与日月争辉了！"

两人一番对白，让五夫人和紫叶二人都有些摸不着头脑。五夫人拉着小妹的手说："阿弥陀佛，佛祖面前说话可要心对口，口对心，不可打诳语！"

宣华夫人倒显得十分从容，淡然一笑："姐姐，我们这种人还惧怕什么？怪罪、天谴，该来的都来了！"

宣华夫人不经意的一句话，倒是戳到了紫叶的伤心处。

那么，这个曾经大红大紫的人物是如何跟青灯黄卷联系起来呢？是什么让她低下了那颗高傲的头的呢？

原来，那日宫中上下为萧皇后祝贺生日，紫叶忙得脚不沾地，把通身的本领都使了出来。因为萧妃许诺她，明天日出后，要给紫叶一个大大的惊喜！

紫叶一整天都合不拢嘴，到了晚上，敬过萧皇后后，她按捺不住激动的心情，多饮了几杯酒，带着深深的满足酣然入梦。大概是兴奋过度，紫叶睡梦中喃喃道了一个天大的秘密——她亲手勒死了杨坚！

服侍她的小宫女不敢隐瞒，报知萧皇后。

萧皇后大惊，她面临着艰难的选择：禀报皇上必然会牵涉到自己，但若隐而不报，一旦东窗事发，便更不利于自己。

她暗暗拿定主意，迅速把告密的宫女秘密处死，将紫叶发配到最为偏僻的居仙宫。事后，她向杨广解释，说紫叶狂妄无礼，不宜册封。

杨广摇头苦笑道："要求册封的是你，现在把她幽闭起来的也是你。后宫是你的天下，随你的意吧！无论如何，紫叶也还是你的陪嫁丫头！"

两日之内，紫叶从天堂跌到了地狱。她清醒了许多，意识到自己已是个多余的人了。

她同宣华夫人本来水火不容，现在居然泯灭恩仇、同病相怜起来，连她自己也为之惊讶。二人日日诵念经卷但却都无法入定，守着窗儿，眺望着深邃的天空。两人虽被幽禁，但特许可以瞻仰昭成寺，所以，昭成寺就变成了两人烦闷时的去处。

宣华夫人精心布置的一切落空，内心的失落宛如冲天巨浪不断撞击现实，人变得乖戾刻薄起来，行为也与以前大不一样。紫叶虽然也怀着一肚子的不满，但她依然有着原有的风范，行动上含蓄节制。

杨素听罢宣华夫人的牢骚，不但不恼，反而笑容满面地说道："我们毕竟是亲戚嘛！夫人如果不介意的话，杨素可以帮助当今天子重新认识昔日的绿珠公主，当然也包括紫叶姑娘！"

"越国公不怕玷污了自己的清白？"

"只要我杨素想做，没有办不成的！"杨素气壮如虹，就差猛拍胸口了。

"我们就静候您的佳音了！"宣华夫人仍一脸的戏谑。

五夫人紧紧抓住妹妹的手，生怕她逃掉似的，叹气道："我们姐妹虽近在咫尺，却远似天涯，不能终日厮守一起，令人愁肠百结。"

紫叶听着，也眼圈红红的，心有所思。

杨素二人离别了昭成寺，也告别了宣华夫人、紫叶二人。离别时，五夫人早已泣不成声，而宣华夫人也强忍住悲伤，挥手频频。

杨素回到府上尚未坐稳，家人来报，老道章仇相访。

"他来得正是时候！"

杨素初为偏将时，章仇曾预言杨素将有将帅之贵，那时还是北周武帝时期。二十年恍然过去，如今来访，必有密语相告！

章仇布衣芒鞋，神清气爽，与二十年前更无二致，一开口便说起自己在洛阳的见闻："那日在洛阳郊外，我在大树下歇脚，忽听树上一声鸟鸣，声音洪亮，穿云破月，遂大感惊奇，循声望去，只见一只黑色巨鸟憩在树杈上，向西引颈。"

"是什么鸟？"

"从未见过，大概并非凡鸟。那鸟鸣了几声，似有悲凉之感，接着便展翅向东高飞，其翼约有丈余，不多时便从云间坠落，哀号而死。"

"因何而坠落？"

"依章仇看来，那鸟想一鸣冲天以至九天，力不能及，心力交瘁而亡，其必然也。此鸟只可悯，不可效啊！"

杨素愣怔了：难道章仇已明白我的心志，欲借事喻理，提醒我来了？章仇深不可测，能预知人的命运和事物的发展，他的话定不是信口雌黄！杨素的心里反复掂量着。

章仇高高的鼻子和深陷的眼窝，显得此人怪而不俗，此刻正摆出一副若无其事的样子。

杨素想换一个话题，便笑指着章仇的脸调侃道："章仇先生的故事别致，脸也别致，近日眼窝与鼻尖的距离又大了！"

"越国公有所不知，这鼻乃脸上的高山，这眼乃脸上的深潭。山不高则不灵，潭不深则不清。有此高山深潭，山水之乐尽有了。"

"人之乐尽在山水之间吗？"

"山水之乐乃自然之乐，顺乎无须强求人性，岂不远胜万钟之乐？"章仇整了一下粗布衣衫，道，"人若效法自然，定会日月永恒，且天道忌盈，业不求满；而一错皆非，万全方能无悔。越国公如今不妨忙里偷闲，养花种草，以求至乐。"

杨素沉思不语。想那书呆子薛道衡也曾在有意无意间劝过自己，但无论章仇还是薛道衡，他们怎能理解无限风光的妙处？算了，明日还是先回洛阳吧！

洛阳城在日夜不息地修建中，二百万役夫在修筑着宫殿、园林、道路、河渠……

工地上不断传来役夫的号子声、叮当作响的敲击声、监工的吆喝声和皮鞭抽人的啪啪声。

营作大匠宇文恺跟在杨素的身后，指指点点，杨素一会儿点头，一会儿摇头，有时侧头交代几句。这时，一队长长的民工喊着号子，拽着一根磨盘般粗细的长木，几个民工忙不迭地前后跑动着，置换长木下的小圆木，长木缓缓地向前滑动着。

一个上年纪的役夫显然是太虚弱了，跑着跑着便一头栽在地上，另一个年轻役夫刚上去搀扶，就被赶过来的监工照着脊背抽了一藤条，嘴里还杂着不干不净的叫骂声。

挨打的民工全然不顾，边扶边喊："四叔，你醒醒！"

说话的当儿，青年背上又挨了几下，他抱着老人，转身怒视着监工，一字一顿地反问道："你也是爷娘生的，也是吃五谷杂粮长大的，你就没有一点怜悯之心？你看看，他都瘦成什么样子了，你们不给治病，不让休息，眼看就要……我求求你，就放了他吧！他的活儿我干！"

监工瞪着三角眼，咆哮如雷："好小子，吃了豹子胆了你，敢跟老子顶嘴，骨头痒了是吧？工地上没有闲人，谁也别想偷懒，工期是上头定下的，一天也不能延后，老子的这颗脑袋还想多长几年呢！放下他，快给我干活儿去！"

说着，监工又要抽人，青年劈手夺过藤条。

老人苏醒过来，伸出枯枝般的手拽住青年，声音嘶哑地劝说道："孩子，别这样，你要活下去，你是咱家的独苗！我不行了，就随他们吧！"

"四叔，咱们村出来的民工死了多少呀，他们根本不把我们当人看！这一根长木从豫章运到洛阳，跋山涉水，累死了不知多少人，如今到了工地他们还这样逼我们，难道要把所有的人都逼上绝路吗？"

"你小子胆大包天，要煽动造反呀？快来人，把这小子给抓了！"

呼啦啦，又有几个监工围了上来，工地顿时显得乱糟糟的。

杨素看得真切，便朝宇文恺示意了一下。宇文恺会意，来到青年近前，喝令监工放开手脚，朝肇事的监工甩了两个耳光，申斥道："胡来，弄出乱子来，要你的狗命！"

他又朝青年努努嘴，道："青年人，火气不要太盛嘛，给那个老者弄点吃喝，让他休息半天。"

"到哪儿去弄吃喝？不干活是不给吃的的！"青年冷冰冰地说。

宇文恺被噎了个半死，他朝监工和役夫一齐喊："都散开，各干各的！"

青年被带到了杨素跟前，杨素上下打量着这个衣着褴褛的小伙子，道："年轻人，刚才你说你们村的民工有累死的，有多少？"

"十个！不光是累死，有的是被你们给活活打死的，还有的是受了伤不给治的！"青年的口气仍是硬硬的。

杨素听完，眉头紧皱，继而面露凶相，对青年人恶狠狠地说道："看来你不得不死了，因为你心中满怀着仇恨，留着你迟早会坏事的。来人呀，把他吊死在工地的长杆上！"

工地的长杆是专门为役夫而设的刑具，那上面已吊死过不少人了。

"加快施工，对闹事者绝不姑息，不过要注意防止激起民变！告诉役夫们，修建洛阳乃是圣命，工期也是圣上亲定的，圣命不可违，违者斩首示众！"

大业二年正月，杨素上表奏请杨广移驾巡幸洛阳——东京洛阳的修建前后仅一年零两个月。此时，杨广正在江都。

正月里的江都，天微微有些寒意，一阵阵北风吹来，吹皱起一湖寒水。杨广正在傍湖的暖房埋头批阅奏章。房内的熏香沁人心脾，几个宫女立在一旁昏昏欲睡，而杨广则精神饱满，一边饮着碧螺春，一面笔走龙蛇。

"好！"杨广看到杨素的折子，不禁拍案叫好，吓得几个宫女登时啊地叫了起来，杨广哈哈大笑道，"不要怕！朕看到洛阳城竣工的表奏，怎能不兴奋？偌大的洛阳城只用了短短一年多的时间，而裴矩三个月就完成了皇城内全部官府衙门的修建，真是令人惊叹啊！"

"恭喜皇上，这是皇上的恩德感动了他们。"一个在旁磨墨的小宫女嘟着红红的小嘴，甜甜地回道。

"人的潜能是惊人的！谁能相信，三五年的工程竟能在一年多的时间里竣工？这是众役夫怀着敬意卖力气，越国公及众卿通力协作的结果！朕……何等的开心！"

正在这时，一个小太监递上一份密函，仅凭信函上的红色暗记，杨广便知道这是从洛阳方向来的。

杨广展信细读，眉头渐渐拧成了疙瘩。原来，信中写道，杨素滥用民力致使役夫死伤甚众，甚至还在公开的场合以皇上的名义残杀役夫，致使百姓们怨声载道。

"岂有此理！老匹夫着实可恶，竟害我子民！"杨广心中暗暗骂道，"这种人断不可留，可找个由头，尽快除之！"

大业二年四月庚戌日，杨广从江都赶到洛阳，亲自主持了盛大的入城仪式。数万人的仪仗队伍盔甲明亮，旗幡招展，鼓乐喧天，人声鼎沸。队伍从正南门端门鱼贯而入，向端门之上的杨广山呼万岁。

杨广满面春风，向臣民挥手致意，心中涌动着一种从未有过的成就感。想一想，自登基以来，自己首先挫败了杨谅的叛乱，维护了国家的统一，继而大刀阔斧地在吏治、经济方面进行革新，而通济渠、邗沟的开凿，洛阳东都的建成更是前所未有的伟业。

那高高的城阙、入云的青塔、浩渺的园林、笔直的大道，无不让人怦然心动、壮怀激烈。

自河阳之变和遭侯景焚毁以来，洛阳终于迎来了它的春天，如今它可以体面地充当南北东西的枢纽，扮演着东西方文明古国之间的商贸和文化交流中心了。

杨广高兴，群臣也乐得自在，而杨素、宇文恺、裴矩等更是喜在眉梢，他们的心里都在畅想着如何接受封赏，如何更好地讨取圣上的欢喜。

杨素已经是尚书令了，地位已达到了顶峰，而这一职位在杨坚执政时一直虚而不置，如今他却坐上了。他最关心的是杨广今天和今后的态度，不过，这一点很快就见分晓，也许就在今天的庆功晚宴上。

晚宴在洛阳宫的永安殿举行。宴会丰盛而热闹，杨广在宴会上出足了风头，或酒或歌，群臣或和之或舞之，至晚方散。

在晚宴前，杨广的诏书让杨素喜忧参半。喜的是杨广又给了他大量赏赐，三千匹绣缎装也要装几百车，而忧的是将自己改封为楚国公。

为什么改封使他忧心忡忡呢？杨素精通史卷，知道"楚"将承应"天变"，"楚"将要替代"隋"去"倒大霉"！因此，整个宴会，杨素都是一副魂不守舍的样子。

"看起来，我的日子不多了，怕只怕会殃及家族啊！"

同僚们三三两两地来跟杨素敬酒，溢美之词不绝于耳，而杨素只是应景，心中的凄凉是美酒无法弥补的。

"什么取信于皇上，什么和宣华夫人联手，都是扯淡，杨广现在巴不得我早一天死去！"杨素黯然神伤，连杨广都以为他喝多了，让人把他送回府上。

"曾几何时，杨广亲笔下诏书，盛赞我什么'疾风知劲草，世乱有诚臣，公得之矣'，都是虚与委蛇。老夫聪明一世，也糊涂一时啊，为什么？为什么人总是老得特别快，聪明得又太晚！"

回到家中，家人早就等待多时了，要与他祝贺。这次杨素受赏又是头筹，家中早接到通报，阖家老小没有不高兴的，特别是听说又赏了无数的贡品，更是欢呼雀跃。

杨素爱财，家人也有此好。其实，杨素的资产遍及各地，房产、田地、茶楼、买卖多得数不清，但他们再多也不嫌多。这些资产有皇上赏的、群僚贿赂的，也有巧取豪夺的，滚雪球一样越滚越大。

而这次杨素却灰着脸回来了，家人甚是纳闷。五夫人在家中最受宠，摇着莲花步上前询问："老爷不舒服吗？"

杨素点头，样子很勉强。

"叫御医来诊治一下吧！"

杨素摇摇头，显得极不情愿。

杨素平日脾气乖戾，既如此，谁敢多问？于是，五夫人亲自把他扶到了内室。

此时，窗外月白风轻，室内幽香如兰。这是他在洛阳新居过的第一夜。一切都是美好的，但唯有心情是糟糕的。

他望着室中摆放的山水盆景、古玩字画，不禁想起他的老友薛道衡来。

往日里，他总嫌薛道衡书呆子气，可现在看来，他才是聪明人，心灵的宁静比万贯家财更令人向往。杨素不禁慨然叹道："什么时候能再自由自在地回到幽山僻谷之中，像齐国的愚公那样终老山中，也是一种化境啊！"

五夫人闻言，忙附和道："老爷参悟了！赏花以含苞待放时最美，喝酒以微醉为适宜。老爷不如急流勇退，过与世无争的常人生活，了无烦恼，才不枉人活一世啊！"

"夫人所言极是。仁寿二年，杨坚告诉我不要再管尚书省的杂事，其实就是在削我的权。当时，如果我能顺势而下，也不至于又被猜忌。人啊，千万不可太贪，贪欲是无止境的。"

"既如此，老爷何不上书乞请告老还乡呢？"

"夫人有所不知，杨坚父子都是疑心极重的人，我如果上书辞官，他定怀疑我有其他企图，疑心加重，反为不美。倒不如在家养病，以观其态度。"

"也好。只要能阖家平平安安，比什么都强！"

两人你一言我一语，不觉天已微明。

杨广昨夜也睡得很晚。他酒酣耳热之际，招幸了宇文恺送上的两位越地美女。两位美人温柔似水，清纯如玉，把杨广伺候得飘飘如仙。杨广多日来政务缠身，不曾亲近女色，这一夜，他把积攒的力量都用上了，如狼似虎，乐不可支。

云雨之际，他脑子里忽然跃出了宣华夫人的影像，心中不禁暗暗责骂：那个贱人，被逐出皇宫之后，也不知怎么样了，还真不能饶了她，她居然想算计朕！还有那个紫叶，若不是皇后苦苦请求，也许应该让她做一辈子下人，虽然她也有些功劳。

时近五更时，杨广才合上酸涩的眼皮，沉沉地睡去。过不了多时，鸡鸣钟响，天光欲曙，早朝时辰将到。帘外，值事太监前来报时。杨广挣扎着起床，觉得阵阵倦意袭来，本想免了早朝，但转念一想，罢了，今日事今日毕，也许他们有重要的事要启奏呢！

还真让杨广猜着了。

乾阳殿上，杨广高坐在金龙椅上，文武百官两旁站立，太监总管李乐站在金阶上高声说道："有本出列，无本退朝！"

话音落地，昨日受到重赏的宇文恺站了出来。宇文恺奏道："启禀陛下，昨日封赏的石匠李春不愿为官，请求回乡务农！"

"什么原因？"杨广追问。

"据他说，他不习惯做官，倒是乐意造个桥、修个房什么的，穿着官服坐衙门，他嫌别扭。"

杨广答道："多少读书人梦寐以求的事，这个能工巧匠都不屑为之，真是与众不同。不过，这种能人可遇不可求，要留住他，退朝后，朕要劝劝这个今世的'鲁班'。"

"陛下求才若渴，不拘一格真是古今罕有！"宇文恺不失时机地恭维道。

"先帝以试取才，择优录用，朕要将其发扬光大，不仅要看笔试，还要重实际。有些百业工匠、渔夫水师虽未读过书、拿过笔，但聪慧过人，机巧胜过天工，这也是我朝的宝贵财富，他们中的佼佼者就可以重用，让他们充分发挥自己的才智，这对其他人也是一种激励。国家有了大批各式各样的人，何愁事业不成？诸位爱卿为国育才、为国选才、为国荐才，责无旁贷，对举才有功者，朕当嘉奖。"

今日早朝，朝臣皆至，单单少了尚书令杨素。杨玄感为父亲告假，说是昨晚突发高烧，正在家中静养。

杨广闻言，令御医速去诊治，却并不言亲自前去探望。杨玄感内心不悦，心想，一个小小的石匠李春你竟亲自去看他，而我父亲生病在家却只打发御医去，冷热何其明显！

现在，杨素真的正在家中围着锦被发抖呢。昨日，杨素陪着杨广折腾了一天，回到家后方感到四肢发沉，昏昏沉沉地便睡下了。到了夜半，五夫人才发觉杨素额上发烫，急急叫来郎中，诊断为重感冒。病虽不大，但看上去病情不轻，脸色蜡黄，精神萎靡。

服了一服药后，杨素身上的高烧渐渐退去，头也不痛了，咽痛感也减轻了许多。这时，宇文恺等人随着杨玄感一道来看望杨素，众人的温言暖语让杨素的精神很快恢复过来。

"楚国公，您只管安心养病，尚书省的大小事务，我们每日向您呈报，大事还是您来定夺！"兵部尚书是杨素一手提拔起来的，他恨不能自己代杨素生病。

杨素仰卧在床，看到这么多自己亲手提拔的后起之秀围住自己，心中甚是安慰，便道："老夫只是偶染小恙，劳动诸位大人，心中实是不安。年纪大了，身体不行了，老夫还能做什么？诸位努力吧！"

这话听起来令人多少有些伤感，众人本想劝慰几句，被杨玄感做手势制止了。

"诸位大人，谢谢你们百忙中拨冗前来探视家父，玄感铭记肺腑，改日定当登门致谢！"

大家一听这话，知道杨玄感是想让杨素单独休息一下，于是纷纷告辞。但杨玄感没有走开，他要同父亲长谈一次。

众人结伴看望杨素的事很快传到杨广那里，杨广颇为不快，暗想：杨素仅生一小病有这么多人去探望，可见其影响力之大，现在必须采取步骤，以免真的形成尾大不掉的局面！但杨素刚被改封，如今有无戒备之心不得而知，不如单独会会他，摸摸他的底！

次日，杨广驾临太液池，叫两个太监传旨宣杨素入宫。

杨素偶患小疾，又有御医悉心调理，早已痊愈。正与五夫人在花园凉亭对弈避暑时，听得有旨宣诏，杨素心想，大概是杨广又遇到什么难题了，便坐了一乘凉轿，带领随从，往朝中而来。

杨广迎下殿来，接着赐座。杨素也不谦让，竟只是一拜而坐。杨广道："爱卿身体可痊愈了？送去的补药都吃了吗？"

"谢陛下牵挂，日下已全好了，多蒙陛下的恩赐！不知陛下今日诏臣有何圣谕？"

杨广笑道："今日并无要事，只是久不见卿，心中思念而已。今见殿角微凉，碧柳清泉，游鱼可数，故诏卿来同观垂钓，以放松身心！"

杨素回道："老臣先谢过陛下。不过臣尝闻：'纵禽则荒，纵兽则亡。'昔时鲁隐公观鱼于塘，《春秋》讥之，舜歌《南风》之诗而万世颂德。垂钓虽能娱情但易使人丧志，望陛下以虞舜为法，不当效鲁隐之尤。"

杨广内心骂道：这个伪君子，日日搂着爱妾风花雪月，却反倒规劝起朕来了。但他嘴上却说道："爱卿误会了！朕闻蟠溪叟，一钓而兴周朝八百之基；贤卿之功，何异于此？朕念卿功不能忘，故有钓鱼之命。"

杨素听罢，暗暗思忖道："这杨广难道是良心发现了，或者是高烧烧糊涂了，居然为老臣考虑？不，他定是另有所图！"

想到这儿，杨素佯作大喜状："陛下既以此念臣，臣不敢不以此报陛下。"

说罢，二人相视大笑。

杨广命近侍移席到池边看鱼。原来，这太液池引入的是活水，外面与江河相通，虽宽不过十数丈，却设计得透迤绵延，四周环绕过殿来，正当中有一道白石桥，岸边都种着参天高的柳树。此时清风徐来，碧影交加，池边半点儿暑气皆无。

杨广与杨素一边说笑着，一边缓缓地走了到池边。池中的鱼儿，此时果然是红成行、青作队，无数游鱼在清泉中来往，或翘首浮游水面，或锦鳞跳跃波心。这边红鲤悠然而去，摆尾摇头；那边三两条鱼儿傍着浮草吹沫，宛如顽童……二人饱看了半晌，各怀心思。

杨广说道："游鱼鲜美可爱，朕欲亲钓一尾，为爱卿聊作馔肴！"

"怎敢劳陛下大驾？还是老臣钓了献给皇上吧！"

"既如此，朕与爱卿一块儿来钓，以先得者为胜，后得者罚一巨觥，怎么样？"

"圣谕最妙！"

杨素暗笑，我乃垂钓高手，定要赢他个烂醉如泥！一试方知老夫的手段。

杨广叫左右取丝纶，又命人将两张金交椅紧紧移到池边。此时也不分个君臣上下，二人竟并排坐了。柳荫中，忽微微筛下些许日影灼人，杨广又叫取伞盖来遮。左右忙拿两把黄罗伞盖，一把罩着杨广，一把盖了杨素。

杨广瞥了一眼杨素，杨素也瞥了一眼杨广。两人将香饵系于钩上，执竿在手，投于清泉之中，随着波痕来往而钓，引得无数宫人争相看热闹。

钓不多时，杨广将手往上一提，钓起一尾三寸来长的小金鱼来。杨广大喜，转头对杨素笑道："瞧见了，朕已先得一尾，爱卿可要加油啊！"

杨素因执竿在手，恐惊了鱼群，竟只微微地把头点了一点。忽见浮头一点，待扯上来看时，香饵却没了，只得重放饵料，依旧将钩儿投下水去。杨素不禁皱了皱眉头。

不多时，只见杨广又钓起尾小鱼来，活蹦乱跳的，足有三寸多长。杨广边取下小鱼，边说："朕钓得两尾了，爱卿又要罚一觥了！"

杨素见浮子猛一沉，料定是条大鱼，忙道："看我的大鱼！"说着便用力往上一扯，却又是空钩。众宫人看了，不觉都掩口而笑。

杨素哪里受得这般讪笑，脸上不觉微有怒色，便向宫人道："燕雀安知鸿鹄之志！这两个小鱼，不足辱王者之纶；待老臣施展钓鳌之手，钓一个金色鲤鱼，为陛下称万年之觞，何如？"

说这话时，杨素中音极足，分明是在向杨广叫板。

杨广心下十分不悦，便把鱼竿放下，只推说要净手，便站起身来径向后宫而去。杨素头也没抬，只是专注地钓鱼。

杨广满脸怒气地走入后宫，萧皇后迎上前来，问道："今日之事如何？"

"老贼无礼，竟敢在朕的面前公然放肆！留下老贼必成后患，不如今日就了却此事！"杨广欲安排"坐山虎"几人化装入宫，杀了杨素。

萧皇后急忙劝阻，道："陛下何必操之过急？杨素乃先朝老臣，又有功于陛下，今日宣他赐宴，无故杀了，外官必然不服，有碍陛下圣名。况他又是个猛将，'坐山虎'几人万一失手，一时撕破了面皮，他尚有兵权在手，猖獗起来，社稷岂不又受震荡？陛下要除他并非难事，只需水到渠成，陛下以为如何？"

杨广想了想，道："皇后之言是也！"

于是，杨广更换了衣服，依旧到太液池来，却见杨素还低着头在那里钓鱼。杨广从背后走来，留心看他，只见他稳坐在黄罗伞盖下，风神秀异，相貌堂堂，几缕如银的白须随着微风飘起，恍然有帝王气象。杨广看了，内心如沸汤翻滚。

杨广悄然就座，见杨素依旧了无收获，不觉畅快，于是笑着问道："爱卿这会儿钓得几个？"

杨素淡然答道："化龙之鱼，能有几个？"

话音未落，杨素将手一提，恰恰钓起一尾金色鲤鱼，浑身赤金，长约一尺二三寸。杨素将竿儿丢在地下，朗笑声道："真是有志者事竟成！陛下以为老臣如何？"

杨广心中气闷难耐，却笑道："不愧是钓坛宿将，有爱卿的这般手段，朕更安心了！"说罢，杨广命人备宴。

二人立身将行，只见一个小太监走来奏道："门外有个洛水渔人获了一尾大鲤鱼，金鳞褐尾，有些异相，知是神物，不敢私卖，愿献给万岁。"

杨广命人取来看看，不多时，两三个太监抬着一个大盆来到跟前。杨广与杨素仔细一看，真是个少见的活物——那鱼有五七尺长，鳞甲上的金色堪与日争光，鲜明可爱。

"好个鲤鱼，好个鲤鱼！"杨广看了，不停地咂着嘴说道，转头又对杨素说道，"卿于池中钓得一尾小者，朕即将此一尾大者补入，可谓小往而大来啊，恰好平衡，水府之中又添一王者！"

杨素端详半晌，连连摇头，道："恐非善策！此鱼似有灵气，恐怕不是池中之物，不如杀了，免得日后有风雷之患！"

杨广却不以为然，笑道："若果然是成龙之物，朕虽想杀它，怕也不可得吧？不过一小小的鲤鱼，何足虑哉？"于是命左右将金鱼放入池中，又叫人厚赏了献鱼人。

杨广同杨素上殿饮酒。二人分席而坐，你来我往饮了许多时，不外乎听歌观舞、谈诗论文，俱是文人雅士，推杯换盏间，二人都感微醉。

正谈笑间，宫人已将钓起的三尾鱼切成细块，做了两碗鲜汤，捧将上来。杨广叫近侍满斟了一巨觞，送与杨素，说道："适才钓鱼有约，朕幸先得，爱卿理当满饮此觞，方不损君子协议！"

杨素并不多言，一饮而尽，将觞口朝下抖了抖。杨素也叫过近侍斟了一觞，亲手递与杨广，说道："老臣得鱼虽迟，却是一尾金色鲤鱼。陛下也该进一觞，赏臣之功。"

杨广接过，也干了，又说道："朕钓得两尾，爱卿是不是还该补一觞？"说罢，杨广又吩咐左右斟了递与杨素。

杨素此时已有八九分醉意，嘿嘿一笑，道："陛下虽是两尾，但都这么丁点儿，不如臣的一尾大。陛下若非要以多寡赐老臣，老臣就以大小敬陛下。"

杨素用手比画着，连连打了两个酒嗝，接着说："听说陛下把那个修桥的李春封了个四品，他算哪家的鸟？没有家业，没有出身，造个破桥就捞个四品，他这样的十个也不抵宇文恺一个！"

近侍听得此言，吓得脸色发黄，生恐杨广按捺不住，但却见杨广笑呵呵地答道："爱卿所言差矣！那安济桥的设计，天下之大有谁能比？不要说那气势，就那拱形的桥孔，就从没人干过。这种人百年难遇，不提拔他还能提拔谁啊？他出身虽贫寒，但技艺却高超，这就是朕的不唯身世、唯论才干的主导思想！"

杨广虽有八分醉意，但说话还没离谱："若论出身才能做官，那纯粹是迂腐之论。"

杨素把头摇得拨浪鼓一般，瞪着眼珠子道："山雀怎能和凤凰相提并论？李春又怎能和二刘并论呢？"

杨素所言"二刘"，是指信都（今河北衡水冀州区）刘焯和景城（今河北献县东北）刘炫。刘焯曾考定洛阳石经，兼通数学和历法。刘炫博学强记，能左手画方、右手画圆、口诵、目数、耳听五事并举，无有遗失，是时下少见的人才。"二刘"均由杨广亲授官职，被传为佳话。

杨广以玉箸敲桌，道："朕早就下过诏令，若有名行显著、操行廉洁者，一艺可取，咸宜访采，将身入朝。爱卿为何还喋喋不休呢？今日不论政事，先把你那鲋鱼汤饮下再说！"

左右又将鱼汤送到杨素面前，杨素将手一推，道："臣不敢奉旨！"

这一推，左右不曾防备，当的一声，巨鲋落在桌上，溅了杨素满脸满怀。杨素先时钓鱼不着，见宫人含笑，心下已是怒气。此时又泼了这一身的污秽，他勃然大怒："你们这些蠢材，怎敢在天子面前戏侮大臣，要朝廷的法度何用？"立时便叫左右拿去重责。

杨广也被溅了满脸，正要发作，不想杨素竟旁若无人地喝令叫打。杨广见状，心中恼怒，脸似秋霜打过一般，不言不语，场面一时死寂。

众宫人见杨广默然无语，又见杨素张眉立目，无可奈何之下，便将那端汤的宫人扯下去打了二十下。

杨素刚要向杨广开口，却见杨广拂袖离席，冷冰冰地丢下自己一个人而去。杨素愣了半晌，抓起桌上的酒壶又饮了数杯，直至醉意十足方休。

杨素回到府中已烂醉如泥，如同死人一般，家中上下都十分害怕，幸得杨玄感安抚众人，大家才安下心来。

第二天日暮时分，杨素才从昏睡中醒来。家人问及宫中之事，杨素一一道来，杨玄感有心责备父亲，但看到父亲虚弱的样子，便又把话咽了回去。

那杨积善不知从哪里得知父亲在宫中被辱的事，难以咽下这口气，竟冒冒失失地要夜入皇宫去行刺杨广。

别看杨积善平日里吊儿郎当的样儿，若论孝心，他不比哥哥们差半分。他自恃跟老师学了点儿武功，总想找机会试试。于是，他准备了全套夜行的装备，准备深夜潜出。他唯恐计划泄露难以成行，所以只告诉了自己的贴身家丁，千叮咛万嘱咐，不许跟家里透露半点儿消息。那家丁还算清醒，左思右想之后还是告诉了杨玄感，杨玄感听后又气又急，派人把杨积善找来，劈头盖脸地训示了一顿。

"胡闹！你这不是去帮忙，是去找麻烦，这个麻烦足够诛灭九族的！你不明真相，妄自决定，简直是天下最大的傻瓜！"杨玄感气极了，口不择言，骂得杨积善低头不语。

杨玄感现在还不敢把这件事捅给父亲，怕父亲听后再出事端。他怕杨积善不听劝阻，暗中安排了几个功夫了得的家丁，昼夜看守着这个惹事儿的祖宗。

杨素想在家将养两天，不料旧病复发，又倒在了床上，且这一回比上次来得更猛。

一波未平一波又起，还未等杨素的病情稍稍好转，改任杨素为司徒的诏书便被送到杨素的病床前。

下诏的太监刚走，杨素便把身旁的药碗扔在了地上摔了个粉碎："杨广小儿在向我举屠刀了！看来我的病也不必再治疗了，如今，我已走到了尽头。"

杨约专程来看兄长了，他捎来了更坏的消息——假使杨素不死，迟早要诛灭九族！

杨素急问："你从何而知？"

"兄长忘了，宫中有咱们的耳目呢！此话肯定是杨广说的，其他人也编不出这种话来。兄长想想，他为何这么说？"杨约对哥哥和杨广的事不甚清楚，急于弄清细节。

"这还用问，我兵权在握，又有庞大的关系网，他不忌恨才怪呢！他抢了别人位子，也担心有朝一日别人抢他的位子，和他老子一样，猜疑心太重！"

杨素并没有把自己的预谋和盘托出，虽然是自己的亲弟弟，但他觉得，密谋之事，知情人越少越好。

"兄长言之有理。"杨约先应和一句，之后话语一转，"不过，兄长是否有些不妥的言行，比如说……"

"你以为像小猫一样温顺，他就会放过我吗？他老子是怎么得天下的，不就是韬光养晦吗？他懂，他自己就是这方面的老手，比他老子还精通！"杨素打断杨约的话头，心底的话狂泄而出，"古来如此，概莫能外，该来的祸躲是躲不开的。我认了，只是告诉你们，千万不可乱来！"

杨约听出了些味道，忙问："兄长有何打算？"

"我还能有什么打算？一个行将就木之人，就等着那一刻了！"

"兄长别这么想，杨广也许只是嘴上说说，他当真不念你我的功劳吗？我看你还是看开些，大不了当个平头百姓！"

"你也老大不小了，怎么想得这么简单？他这个人说到做到，现在还没到时候，时候到了，他什么都干得出来！"

杨约被抢白一句，方觉兄长的话确是如此，迫不及待地问道："兄长以为我们今后该怎么办呢？"

杨素叹了口气，缓缓说道："杨广所忌者是我，如果我不在了，他会更加优待你们的！"

"为什么？"

"只有这样，才能显示出他对有功之臣的关爱，让更多的人为他卖命。他这样做是给别人看的，对于你们，他不会真心信赖的！"

杨约默默地点了点头。他相信哥哥的话肯定没错，因为哥哥对杨广的了解远胜于己。

一阵钻心的疼痛袭来，杨素紧咬住牙关，脸色也灰暗下去，这让杨约感到兄长的病情更重了，心里不觉也酸楚起来。

每天，都有杨广派来的御医来杨府诊视，并赐以良药。御医一离开，杨素便骂道："这哪儿是来给我治病的，是来催我早上黄泉路的！杨广小儿，你这是黄鼠狼给鸡拜年，没安好心！老夫会死的，但你的江山就稳如磐石了吗？"

杨素的病一天重似一天，他不吃药，连饭也很少吃了。

杨府上下都在求他，求他吃药治病，但他铁了心，每日只是静静地等待着日出日落。

这天黄昏时分，杨素感到心爽神明，他知道这就是人们常说的回光返照，便把儿子们都叫到床前，叮嘱道："我走后，你们不准干傻事儿。你们斗不过杨广，万一有什么急事，就去找蒲山公李密！"说罢，杨素气绝身亡。

杨素的死让杨广大大松了口气，他对萧皇后说："杨素不愧是个聪明人，他最后既保住了自己的声名，也保住了家族的福禄，朕还是佩服他的！"

杨广亲自为杨素题写碑文，题曰："垂名迹于不朽，树风声于没世！茂绩元勋，劬劳王室，竭尽臣节，协赞朕躬。故以道迈三杰，功参十乱……"

就在杨广忙着为杨素的丧事排兵布阵之时，一个令他始料不及的噩耗突然传来——他的爱子——东宫太子杨昭突然死去。这宛如晴天霹雳，把杨广一下子击倒了。

好端端的太子怎么会突然死去？杨广立即责成宫廷卫士立刻调查。

调查出奇的顺利，第二天即被告破。

原来，杨昭身为太子，总想为父皇做点儿事，一来想博得父皇的赞许，二来也想在群臣面前露一手，以提高威望。但父皇似乎并没给自己留下多少机会，思来想去，便选中了对付杨素。他见杨素与父皇的微妙关系越来越明朗化，究竟怎样解决，杨昭自有一套，他想给父皇一个惊喜。

一开始，他想派杀手去行刺，选择一个时机，入杨府了结了他。可他派去的两个人太脓包了，两次深夜入宅都无功而返。因为杨素的宅院一到夜间，看家护院的便层层设岗，严密得风雨不透，而且这些人个个都身怀绝技，硬功轻功都十分了得，让两人根本无法接近。

如果硬冲，肯定是寡不敌众，不仅杀不了杨素，还可能害了自己性命。如果智取，比如调虎离山，又恐杨府的那帮人不买他们的账——那些人深谙兵家之道，知道如何应付突发事件。

故而，行刺的事一拖再拖，杨昭最终只好放弃。

杨广与杨素的关系越来越紧张，杨昭在东宫密切关注着杨素的动向。获悉杨素最近经常服药，便有人向杨昭建议投毒，杨昭也认为这是个绝好的机会！

杨昭让人把上好的补品用慢性毒药处理好，送到杨府。他原想杨素会欣然接受，以示对太子的感激之情，但杨素对赠予或上赐的东西一概不用，置之一旁。

他不是不放心，主要是杨府中根本不缺这些东西，何必要用他人的呢？

杨昭在送出药料后，静等着杨府的消息，但除了隐隐约约的生活起居方面的消息外，杨素似乎没有中毒的迹象，但杨昭自己这时却突然病倒了。

本来，杨昭的身体素质并不算太差，对伤风感冒一类的病症全然不放在心上，但这一回的病却来得猛，他挺了两天还是躺下了，而且高烧不退，满嘴胡话。

俗话说："病来如山倒，病去如抽丝。"平时不常生病的人生起病来往往会来得更加猛烈，杨昭的嘴角生满了燎泡，但御医们并不慌张，因为这是小毛病，只需按时服药，注意多喝开水就行了。就这样，杨昭的病只三两天工夫就痊愈了，毕竟小伙子身体棒。

但杨昭的奶妈却心疼杨昭，说他大病初愈必须进补，好心地嘱咐厨房多炖些补品，并力劝杨昭每日进补两次。

就在这时，杨素的死讯传来，说是病死而非中毒身亡，杨昭顿感释然，但又多少有些遗憾。看来他送的"补品"没有派上用场！

杨素死后第二天，杨昭突然感到不适，吐血不止，御医用尽了各种方法，仍是上吐下泻不止，且排出的全是污血。御医断定，太子有中毒之症，无药可医。果然，没出半个时辰，杨昭暴死。

毒从何来？这也是补品惹的祸。

原来，杨昭炮制的"补品"还剩下一半，是准备再送一次的，因见没有动静，所以管库房的小吏就把"补品"单放在一处了。那天去库房取用时，奶妈不明就里，随手就把它给捎去了。那管库房的小吏也全然没有在意，就大大咧咧地放行出库了。

"这是天意吗？"杨广仰天长叹，泪流满面。他痛苦地狠抓自己的头发，指甲快要陷入肉里了。

杨广十分疼爱这个长子，赠谥其为元德太子，并将他的几个儿子都同时封王。

杨广丧子的悲痛刚刚淡去，居仙宫的宫女来报，宣华夫人病笃。

杨广带了两个小太监，悄悄地去了居仙宫。杨广到了宫内，问了病情、饮食、医治情况，心知宣华夫人已是病入膏肓。他走到床前，宫人轻轻揭起帐来，只见宣华夫人人比黄花瘦，弱柳浑无力，半曲着身子，紧蹙着眉头，眼角残存着泪痕。头发如乌云般披散，正暗自伤神呢！

忽见杨广驾临，宣华夫人挣扎着要坐起来，杨广示意不要勉强，道："夫人安心养病，不要起来！"

"谢皇上。贱妾罪孽深重，以至于此，还望陛下谅解。看起来贱妾就要离开人世，能在最后再见到陛下，贱妾死而无憾了。"

但凡在临死之时，人们会突然顿悟，明白人生的真正意义。杨广安慰道：

"夫人不必悲伤，此不过是一时之病，稍加调理自然就好，用不着如此悲伤。"

看到这里，杨广心中甚为悲悯，对宣华夫人的怨怒也随风散去了，只留下昔日美好的回忆。

宣华夫人淡然一笑，道："皇上也不必宽慰我了，贱妾已病入膏肓，料不能生，皇上有所不知！"

宣华夫人娇喘吁吁，还要往下说，杨广连忙用话引开，道："现在是三伏天，想是天气炎热，中了暑吧？"

"深宫大殿，暑从何来？"

"不是中暑，或是夜里贪凉久了，或是睡觉蹬了被子，感冒了也未可知。"

"也不是寒！"

"既不是暑，也不是寒，难道此病无因而起？"

宣华夫人道："病虽有因，但却道不得！"

"为什么？"杨广双眼瞪得大大的。

"既是不能说出来，又何必提它？"宣华夫人暗自抽泣。少顷，她揩了把泪水，幽咽地说道，"请皇上屏去他人。"

见众人离去，宣华夫人缓缓说道："自从国破之日起，贱妾就深恨隋家天下，痛恨你们父子，并着手一步步地实施复仇计划。当年我帮你登上太子之位，就是想在朝臣中看到混乱，后来又想诬陷你，把你拉下马来，造成大的动荡，可惜两次都没有得逞。现在我把一切都说出来了，请求陛下的惩处！"

没想到，杨广并没有宣华夫人想象的那般暴跳如雷，只是语气平静地说道："你既然敢于把事实全部讲出来，说明你有着惊人的勇气，这一点，朕至为佩服，朕此时再惩罚你已没有什么实际意义。朕身为至尊，这是天佑朕也！"

宣华夫人再次谢恩。

华灯初上时，宣华夫人一缕香魂渐去渐远。杨广怅然若失，下诏厚葬宣华夫人。

【第十回】

膺大任李春谈疏浚，定国策杨广开运河

这些日子，京城里的葬礼一个接着一个，忙得修造大匠宇文恺不可开交，由他亲自主持设计的王陵，虽因过于仓促而稍显粗糙，但仍不失王者风范。

杨广对三座王陵也颇为满意，盛赞宇文恺是"多面手"——不仅善造宫室，又能开河、建陵墓。宇文恺兴奋异常，又向杨广建议修造皇陵："古来帝王都十分重视自己陵墓的修建，无论贤愚，概莫能外！"

"朕不是说过了嘛，陵墓之事暂缓，现在的精力要放在社稷的巩固和建设上，修一条河可以造福当代，修一条路能方便运输，促进交往。而修一方坟墓，只能让死去的人安息，无益于国家和社会，所以朕不主张生前修坟墓的做法。"

"陛下所言，实在英明，皇上一心为民，臣却不能不为皇上分忧，依照惯例，现在应该开始选址了！"

"哈哈哈！朕以为该选址的应该是开河而不是陵址！"

宇文恺立刻献上媚笑："是是是，开河是利国利民的好事，应当优先考虑。"

杨广目光炯炯，凝望着远方，仿佛在想象着国家未来壮丽的前景："众爱卿，争论到此为止，朕意已决。现在正值春暖花开、开河挖沟的好季节，朕即刻颁诏，通济渠的第一锹土要由朕来挖！"

此时已是大业元年三月初一。

仁寿宫宝殿上一片肃静，主张修渠的宇文恺等人面露喜色，而反对开工的薛道衡、高颖等人则垂头丧气。

薛道衡反对的理由是不能滥用民力。修建洛阳的工程刚刚完工，现在又起更大的工程，百姓们会不堪重负的。

宇文恺反驳说薛道衡是书生之见。修建洛阳的民工来自一个地方，开河的民工来自另外的地方，况且服徭役的时间仅是三个月，不会使生产受到太大影响。

其实，他们的争论没有影响杨广的决心，因为开挖运河的想法很多年前就在他心里生根了。

杨广为王子、太子时，每每领兵打仗，最让他头疼的是运输问题。陆地运输耗费大、时间长，遇到阴雨天，道上泥泞不堪，车马在烂泥里寸步难行，吃尽了苦头。而水运则快捷方便得多，尤其是多雨地滑的南方，更得依赖水路。他在扬州的日子里，琢磨最多的就是将来若有可能，一定挖出一条贯通南北的运河来。

那时，杨广最感兴趣的便是对古代运河和当代运河的考察。

读《禹贡》时，杨广注意到那时的人们就已经开始探讨江河之间的南北通道了。西线溯嘉陵江经汉水上游入渭水，渡黄河；中线从江沱溯汉水，翻越伏牛山入洛河，至黄河；东线，由淮河入泗水、荷水以通黄河。

这三条线中，最方便、最经济的是东线。因为西线和中线要翻越秦岭、大巴山或伏牛山，最主要的是不可能用水路沟通全程。

杨广在所读的经史中，弯弯曲曲地画了不少示意图。外人不解，以为是星象图，萧皇后则笑他为"运河痴"。

杨广答道："水利是农耕的命脉，不关心水利的国君不是合格的国君。父皇在开皇四年凿通的广通渠，灌溉了关中万亩良田；开皇七年修成的山阳渎（古邗沟）方便了商旅，给当地百姓带来了福祉，清水溪中流，稻花香千里，鱼米之乡又添一景。"

"若是通济渠修好了，南北畅通了……"

"通济渠只是运河的一段，还要整修邗沟呢！到那时，皇后若是想重访扬州，就不用吃那么多旅途之苦了！"

"那太好了，皇上快下诏书吧，臣妾都有些等不及了！"听罢，萧皇后竟撒起娇来。

"哈哈哈，这修河可不是出去游花看景，下道诏书就成了。这么大的工程，要耗费无数的人力、物力、财力，不规划齐备就仓促上马，怎能保证工程质量？开河的事复杂着呢，比方说路线怎样定，两水之间的水位如何调节，怎样利用原有河道等，还要做详细的筹算！"

"宇文恺他们不是行家里手吗？记得皇上曾说广通渠就是由他负责设计的。"

"皇后所记不差。那条渠是他设计的，而且设计得非常好，它使潼关到长安的漕运畅通无阻，而且还兼向京城供水，大大改善了渭南平原的灌溉条件。不然，何以叫'富民渠'呢？"杨广如数家珍地念叨着。

"岂止宇文恺能设计，听说有个善于造桥修河的名叫李春的工匠，他也不在宇文恺之下。"

"朕也是刚刚听说。据说有一次他经过一个造桥工地，打凿的石材都散在一旁，只见他掏出尺子，挨个量了一遍，然后不声不响地离开了。造桥的工匠都好奇地望着他，不知他要干什么。等到起桥的那天，工匠们发现，桥拱中间恰好缺了一块。这下他们急了，忽而想起那个奇怪的人，等找到他时，只见他刚刚凿好一块石料，尺寸正好，搬回去放在桥拱上，分毫不差。"

"天下竟有这么神奇的人物！皇上开河有这样的人才，一定会造得又快又好！"

"嗯。这是个不可多得的人才，朕欲重用他，让他尽情发挥他的聪明才智！"

"宇文恺和李春比，谁更高明呢？"

"应该说都很高明。宇文恺是个天才啊！他出身贵族，却独对建筑兴趣浓厚，为这事，他家里人不知跟他闹过多少别扭。他一钻研宫廷建筑就什么都忘了，有一次竟对着宫廷建筑两天没吃饭都不觉得饿，临摹了厚厚两沓图纸，愣是让家人押着回去吃的饭。"

"臣妾觉得，宇文大人若做个辅佐陛下的官员，可能更出色！"

"朕还是觉得他做个匠作少监更合适，他主持规划和修建的大兴城、洛阳城不就是明证吗？他现在正在撰写《东都图记》，准备把他的经典之作——洛阳城的设计系统地整理一下呢！"

"这么说，宇文大人可以称得上是一代建筑大师了。那么李春呢？"

"这么说吧，李春能在长河激流、波涛鼓荡之间架起一座座坚固、美观的桥梁，飞跨江河两岸，任桥下舟楫往来、致远通济，桥上走牛乘马、车运人行，这很了不起。"杨广说得十分兴奋，深吸一口气，接着说，"不仅如此，桥还能聚集人才物资，促进经济繁荣，增添大地生机，所以，桥有补天济世之功、利物济人之德。朕准备明日召见宇文恺和李春，让他二人都谈谈这运河该如何去开！"

"让二杰同场竞技，一定十分精彩，可惜臣妾女流之辈，不能目睹盛况，只好也只能借皇上的金口描述了！"

"这有何难，朕召见二人时，皇后垂帘旁听便是了，只是不能出声，免得吓着他们！"

萧皇后得了承诺，自然欢喜，连忙谢恩。

第二天，宇文恺先一步来到，见到李春东张西望进殿的样子，不禁露出一丝轻蔑的笑意。

李春拜过杨广，被安排在宇文恺的下首坐了，他紧张得直朝宇文恺点头。

杨广微笑着安慰道："李爱卿不必拘谨，喝点茶！怎么样，东都的街道都看了吗？"

宇文恺见杨广先和李春聊起来，心中顿生一丝失落，但听到问及洛阳的街道设计，他又感到几分自豪，等着李春的回答。

李春本来一紧张就有些口吃，这下又听要让他说洛阳的街道，更是面红耳赤，额上的汗水顺着面颊流了下来。他在心里恨恨地责备自己："没有出息，临来时舅舅如何交代自己来着？既不想做高官，缘何如此紧张呢？"

于是他抹了把脸颊上的汗水，深吸一口气，答道："洛阳城的确很漂亮，街道又宽又直，宫殿富丽堂皇，商铺一家挨着一家，货物品种繁多。"

李春就他所见，一一如实道来。洛阳到处都是新的，宫殿、官衙、民居都是簇新的，给人耳目一新的感觉，这给初次来京的李春一种全新的印象。

杨广微微一笑，道："你是搞设计的，懂得门道，评价很中肯。这次召你入宫，就是想听一听你对修河的看法。"

李春从小跟着父兄修桥，对修桥的事能滔滔不绝地谈上三天三夜，但对修河，他还一时不知从何说起。李春习惯性地搔搔头，看看杨广又瞅瞅宇文恺，心中琢磨着。

宇文恺本来对杨广召见李春就有些纳闷，现在看杨广把自己置于一旁而把李春当成主角，心中更觉被抽了一鞭子似的。他冷冷地瞟着李春，想看看这个"土老帽儿"到底有几多斤两！

"臣听爷爷和父亲讲，很早的时候，因为船的承载远大于车，水上运输既经济又省力，所以人们开始用船交通，后来人们又学会了开凿运河。在南方，在那些水荡湖汊较多的地方，用运河把几条天然河湖相互连接，既省力又便捷。"

"你听说过它们叫什么名字吗？"

"记得有一条叫'子胥渎'，是楚灵王在郢都附近开的一条渠，沟通了汉水和江水的联系。后来楚昭王时伍子胥率吴师伐楚，就是利用了这条运河。"

"你爷爷和父亲懂的还真不少！他们都是修河的？"

"他们一辈子都修桥，也修河！"

宇文恺坐了好一会儿冷板凳，再也憋不住了，想把满肚子的学问都抖搂出来，震慑震慑眼前的这个"乡巴佬"。他抢过话头，接着说："李春所讲的只是其中一条。春秋时期，吴国的阖闾、夫差，在伍子胥和孙武的辅佐下进行了一系列改革，使得国力昌盛，他们为了攻伐楚越，北上中原争霸，曾先后开凿了多条运河，有北接姑苏南连浙江的百尺渎，有连接姑苏与广陵的古江南河，有扬州蜀岗到淮安的邗沟，还有连接济水与泗水的荷水。"

宇文恺一口气说了这许多，脸上不觉掠过一丝不易察觉的傲气。

"宇文大人不愧是熟读经史的饱学之士，朕有爱卿，可以无忧了！"

李春见杨广夸宇文恺，又见皇上这么随和，便渐渐气壮起来，竟也开始侃侃而谈了："还有呢，秦始皇伐南越时，在湘水和漓水之间开凿一条渠道，后人称之为'灵渠'。这条运河有七八百年了，至今仍在造福当地百姓。西汉时，汉武帝开凿了漕渠，东汉时开凿阳渠，使漕船可直抵洛阳城下。"

杨广已看出二人之间的微妙情绪，觉得好笑，便说道："早期的运河开凿缺乏统一规划，只是以沟通局部地区为目的，因而多是些地方性运河，构不成全国规模的水运网。那些运河往往不能定期疏浚，极易淤堵，造成了极大浪费，对经济的作用也较小。不过有了它们，我们今天就知道怎么做了，不是吗？"

二人没料到杨广对运河也颇有研究，钦佩之情油然而生，连声应道："是是是！"

杨广发现，李春不光是位修桥的行家里手，也是对修河很有研究的不可多得的人才，当下便对李春道："眼下，国家正在用人之际，朕封你为检校将作大匠，望你能为国尽责，为朕分忧！"

"检校将作大匠，这是个什么官啊？我可不是个做官的料啊！"李春嘴里嘀咕道。

"还不快点谢恩！想什么呢？"宇文恺扯了把李春，他真想狠狠地拧这个小子几把。宇文恺的心里开始有些不平衡，不知不觉地便挂在了脸上。

"好了好了，咱们还是说说运河的线路吧！"杨广忙打了个圆场，他真担心今后这两位的合作会出问题。

宇文恺说道："陛下，洛阳至江都的开河线路，臣已勘定好。大梁西北有一条旧河道，秦时大将军王贲曾在此处掘引孟津之水直灌大梁，如今年岁日久，河道已湮塞不通，如果广集役夫，从大梁起首经由河阴、陈留、雍上、宁陵、睢阳等处，一路重新掘开，引孟津之水，东接淮河，总共不过一千里路，便可直达江都。"

未等宇文恺把话说完，李春便按捺不住地补充道："如果从洛阳西苑起，引谷、洛之水横贯洛阳城，再折而向东达偃师东南，利用一段东汉阳渠故道入洛水到达黄河，沿着黄河下行一段到汜水（今河南荥阳汜水镇）的板渚，引黄河水在荥泽入淮，再接大梁故道，岂不更畅达？"

杨广点头称是。

宇文恺翻了李春一眼，接着说："臣曾听说，睢阳有天高之气，昔秦始皇时，建康亦有王气出现，始皇使人凿断砥柱，后来王气遂灭。今掘河必要从睢阳境穿过，天子之气必然挖断。这样会一举多得！"

杨广大喜，道："若将你二人的设计合二为一则大善！朕也补充一点，要在沿河修筑御道，道旁植柳。既开了河又修了道，可以大省一笔修路的费用呢！"

"好主意！"李春叹道。

"皇上圣明，臣等不及也！"宇文恺忙跪下叩了个响头。

杨广面露春色。

三人又说了一阵，看看天色已晚，杨广便道："今日所谈，更坚定了朕开河的决心。明日早朝，朕就向百官公示，你们二位今晚就留宴宫中吧！"

而萧皇后在帘后听完他们的谈话后，回到正观殿就忍不住想笑："这人呀，总没个消停的时候！你想超过我，我想压过你，小官这样，大官也这样，就连同行之间也是你不让我我不让你的，这么个斗法，世上永不会寂寞。今天这台戏真是滑稽透了，两个工匠都使出了浑身解数，像两只斗红了眼的公鸡一样！"

萧皇后乃后宫之主，平时需摆出仪态万方的国母架子，但有时也会于不经意间自然流露出固有的率真天性。今天她就不时地用锦帕掩嘴而笑。

杨广很爱看萧皇后的这种掩嘴窃笑的姿势，便追问起缘由来。萧皇后便谈起她今日的感受和对两人的看法："以臣妾看，宇文恺一向春风得意，屡屡受到重用，他是不会容忍别人跟他争宠的，可笑他连一个小小的没有什么资历的工匠都不肯放过！"

萧皇后见杨广此时很平静，便饶有兴趣地分析道："但臣妾也坚信，李春是个不甘久居人下的能士，他虽没有宇文恺辉煌的过去，但凭他的聪慧，他可能会后来居上的！"

"宇文恺不正担心这一点吗？"

"皇上圣明，皇上有何打算？"

"明儿早朝就颁旨，让他也安下心来！以宇文恺为开河都护，麻叔谋和荡寇将军李渊为开河副使，以李春为开河将作大匠。"

李春被生生套上了个将作大匠的官职，有心推辞却又辞不掉，好生烦恼。往日在家，心里不痛快时，可以和哥哥李通、李膺他们唠叨，而如今在京城，举目无亲，只得独自溜达到街上的一个小酒馆里去喝闷酒。

刚到门口，背后突然有人喊了一声："李春！"

听口音像是冀州老乡，李春心想，在东都谁会认识我啊？转过身，他发现原来是位官府中人，黑脸膛，大脑门，颔下一缕长胡须。李春的脑子电一般闪了一下："很面熟，好像在哪见过！"

就在他迟疑的工夫，对方又问道："足下是修那安济桥的李春吧？"

李春点了点头，反问对方道："官爷是……"

"嗨，老弟，什么官爷不官爷的，我是张义呀，你家对门的张义！"

"原来是你张义兄弟呀，我做梦也没有想到是你呀！"说着，二人亲热地拉起了手。

"走，进去喝几盅，我正愁找不到人喝酒呢！"

张义也不推辞，一同跨进了酒馆。

这个张义就是当年杨广微服私访结识的朋友。当时，和他同行的人叫王友。

张义喊来店小二，吩咐道："把你店里最好的酒菜都端来！"

酒菜上齐后，两人就推杯换盏地对饮起来。

"李春老弟，近来传闻因一座桥被当今圣上恩赏四品官职的，可是你吗？"

"别提了，我正为这事犯愁呢！你说我一个穷工匠，哪有那福气去当官呢？也好，你是吃官饭的，你给我出个主意！"李春把酒在手，一副苦恼的样子。

张义三杯酒下肚，话也就多起来了："哥哥也是有苦无处诉呀！你看哥哥我这身装束，现在才刚刚混上个令史，跟在杨玄感的屁股后面转悠呢！"

"你不早就来到京城了吗？凭你的学问，少说也得是个县令了，难道你……"

"一言难尽啊！"张义把酒端到唇边又放下道，"开皇年间，我和同窗好友王友游学中无意结识了晋王杨广。到了京城，我们凭着他写的推荐信找到了右仆射杨素，在他的府上做了主簿，也因我过于耿直，不善逢迎拍马，又没有什么出身背景，多少年来右仆射杨素的职位一升再升，而我却原地不动。有时想起来心灰意冷，有时又感到心底澄亮，毕竟自己没做过什么亏心的事，死后也不至于下地狱！"

他把斟满的酒一饮而尽，接着说："要说本事，咱不缺，缺的是狼心狗肺，缺的是贱媚的骨头！看着他们昧着良心说假话、大话，昧着良心去骗人、坑人、害人，我真想仗一柄倚天剑，扫尽天下不平事，可我一介儒生，又能做什么呢？"

二人都沉默了。

"说实在的，在杨府吃喝不愁，天天有鱼肉，顿顿有美酒，在别人看来浑然天堂般的日子，可实际上除了压抑，就是担惊受怕。"

"大树下面好乘凉，你怎么会担惊受怕呢？"

"言多必失，谁知何时会招来杀身之祸！"

"我觉得，你出来这么些年，变化最大的应该是勇气的锐减，胆子越来越小了！"

"胆子是小了，见了那么多血雨腥风的场面，不变才怪呢！你知道贺若弼、史万岁、李纲、柳述他们是怎么被陷害的吗？他们可都是朝中的重臣，没有毛病也能给整出几大筐罪名来！"

"听说杨素家的亲属和戚友都发了，有这事吗？"李春好奇地问。

"小声些，让杨府的人听到，你就别想活了！"

"杨府的势力可够大的！"

"当然。不要说他嫡亲的，就是他的属官、门生，也是朝内朝外遍地开花。杨素刚死，长子杨玄感便袭了楚国公的爵位，拜了礼部尚书。杨家大院内，光奴仆就有千把口子人。不少奴仆还做了县令、州府的官，要是杨家打个喷嚏，整个京城都得抖一抖！"

"谁要得罪了杨家，那可了不得！看来，这官我还真做不了！"

"你是当今圣上钦点的，又另当别论了！"

"可我觉得，宇文恺这个人有些阴。皇上没封我时，他还有点儿人味，自打被封了官，他见了我鼻子不是不鼻子脸不是脸的，处处找我的别扭，要不是皇上苦苦留我，我早卷铺盖回去了！"

"照这么说，你还真有点儿麻烦，那宇文恺跟杨家有着很深的渊源。两家又是世交又有姻亲关系，怪不得你的事在杨府传得那么邪乎，原来如此啊！"

"他跟杨府是亲戚？我的天呀，一个宇文恺就够我招架的了，又添上那么有势力的大家族，我注定是要栽了！不过，要是皇上护着我，兴许没事吧！"

"那就看你的造化了！自古以来，皇上都害怕藩王、贵族的势力过分膨胀，当今圣上也是如此。如果圣上是位英明的君主，他一定会想方设法削弱藩王、贵族的特权和势力的！"

"你既然说自己跟当今圣上是朋友，为什么不找一找老关系，让他提携一下呢？"李春把心中的疑团抖了出来。

"起初几年我倒是想过，但我这人死要面子，几次想去却又都缩回来了，总觉得那样做是在乞讨。我宁可受苦受罪，也不想失去尊严。"

"兄长为什么不辞官回乡呢？置数顷田、盖几间草屋，读书耕作，不正遂了你的心愿吗？"

"你有所不知，我是身不由己啊！我现在已有妻室家小，有高堂老母，还有故友亲朋，我总不能拿他们的性命开玩笑吧？"

"什么事这么可怕？"

张义端起酒壶给自己斟满了，一饮而尽，抹了下嘴角的残酒，喃喃道："兄弟，我难啊！我今天离开杨府，说不定明天我的家人就要横尸街头啦！"

"你是说，你有短处被他们捏着？"

"不，我不能说，原谅我吧！"不知不觉间，张义两行清泪流了下来。

两人在酒店里洒泪作别，李春一直看着张义消瘦的身影消失在来来往往的人群中。

李春刚回到住处，跟班的衙役就急匆匆地跑来，喘着粗气说道："我的爷呀，你可回来了，宇文大人都找您三趟了！有急事啊！"

"宇文大人亲自来了？"

"派人来还不一样吗？听说宇文大人都发火了，大人您可得当心呀！"

"好，知道了，我这就去！"

"等会儿，您得换了官服再去呀，不然，人家会不高兴的！"

"什么事呀这么麻烦，不换不行吗？"

"老爷，这是规矩，您见官就要穿官服。不然，别人会笑话你的，弄不好会引起误会的！"

衙役笨手笨脚地帮着李春穿上了崭新的四品官服，还拿过铜镜让李春照了一下。李春撇了一下嘴，自嘲道："人模狗样的，穿了官服还是那么回事儿！"

李春一进宇文恺的家，就觉得气氛不对劲儿。

此时，宇文恺正端坐在会客厅的主座上，板着个驴脸，看见李春进来施礼，他一拍桌子，呵斥道："好你个李春，官帽才戴了一天，架子就端起来了！"

宇文恺现在是工部尚书兼运河总监，训起人来自然官腔官调十足。

李春是有备而来的，所以态度从容地上前答话，道："大人不是放了半天假吗？李春未曾远行，且没有误时！"

宇文恺每次开工前总是给所有参与工程的官员放半天假，以安排一下个人的生活、准备行装、与亲友辞行等，这一次自然也不例外。

李春的反诘让宇文恺更加恼火："圣上颁诏征发河南、淮北诸郡男女百余万人参加开河，工程浩大，前所未有，本尚书已在皇上那儿立下军令状，半年内完工。你身为开河将作大匠，拖拖拉拉，松松垮垮，如何能够按期完成圣命？"

李春仍是不慌不忙地作了一揖，道："李春孤身一人，在洛阳又无亲无故，所需行李不过一个小铺盖卷和一只大黑碗而已，早已准备停当，只待宇文大人一声令下，随时可以动身。"

宇文恺又碰了一个软钉子，索性龇牙向李春怒道："完不成任务，误了工期，本官拿你是问！"

"李春也是奉皇命而来，定当使出全身的力气，不必大人多说也知道其中的厉害。"

两个人你一嘴我一嘴的，磨了半天的牙，宇文恺并没占到什么便宜，反而自取其辱。两人斗嘴时，麻叔谋从旁相劝，李春便卖了个人情，坐在麻叔谋下首，闭起了嘴巴。

麻叔谋性情残忍又贪婪好利，是杨素一手提拔的。他今日升任开河副使自然满心欢喜，所以接到宇文恺召唤便欣然前来。而李渊将军性甚仁厚，晓得开河要坑害生命，不肯前来，便上表称病辞任。杨广恩准李渊的请求，改以左卫将军令狐达代李渊为开河副使。

李春见李渊称病不来，便也心生一计，欲诈病辞官！

回到住所，他先让跟班烧好一大盆热水，又备好几大盆冷水。他先跳入热水盆泡了一会儿，待泡出了汗，便又到冷水盆中去泡，如此反复几次，他还真的病了，随后便报知宇文恺。宇文恺正在杨府与杨玄感、麻叔谋一道议事，闻说此事，不禁大怒道："欲学李渊推病不上任，他算老几？叫上郎中，给他瞧瞧去，若是虚报，定打他个半死，方解我恨！"

麻叔谋插话道："不去便罢，管他个屁，少个碍眼的倒爽心！"

"你晓得什么？这种人少他不得，眼下又要重开邗沟，本官要两地来回跑动，没个懂河工的怎么行？我准备让你全权监理通济渠的开凿，我去邗沟。让他回乡，皇上那儿无法交代，我们也有损失！"杨玄感轻轻敲了下矮儿，向麻叔谋道，又用手指点了点自己的太阳穴，"要动动这个！"

"属下明白！"麻叔谋诣笑着，点头哈腰地说道。

"不过，这种人过于傲气，要想办法杀杀他的威风！"杨玄感漫不经心地补充着，"当然，最主要的是把活儿干得漂亮，让皇上满意！"

麻叔谋似懂非懂地向宇文恺眨巴着三角眼。麻叔谋面似黑漆，一脸暴立的胡须，只有一对白眼仁儿还能显出点儿可爱。

"给李春几天假，派最好的郎中照看，一天看望他一次！"

"是，属下就去办！"麻叔谋一副不甘情愿的样子。

"还有，"宇文恺看见麻叔谋出去，又喊了一声，"征发民夫的事，你打算如何办？"

"回大人，臣已下达通告，凡十五岁以上、五十岁以下的都要赴工，如有隐匿者诛其三族。挨村挨户登记，无论男女都要按期到大营报到！"

"好，不错，下去吧！"杨玄感挥了一下手。

李春生病的消息很快传到张义的耳朵里。自那日与李春别后，张义一直注意着李春的动向，他担心李春意气用事，吃亏上当，杨玄感无意中透出的消息让他着实为李春捏了一把汗。

他编了个理由溜出杨府，找到了李春。此时，李春正被上吐下泻折腾得面黄肌瘦，躺在床上闭目养神。

见周围无人，张义推醒了李春，埋怨道："你这是何苦呢？我知道你的心思，但若是被察觉，被扣上'欺君'的帽子，你就要吃大亏了。依我看，你还是去开河工地吧，那里的确需要你。现在，宇文恺奏请皇上，让麻叔谋为开河总监，此人为人狠毒，手段残忍，若没个遮拦，开河的民夫可就惨了。为了无辜的百姓，你也该去！"

"皇上怎么会任用这样的人呢？"

"都是宇文恺从中做了手脚，皇上对宇文恺的话深信不疑，再加上杨素的党羽为其说话，黑的也变成白的了！"

"皇上为什么那么信任宇文恺呢？"

"宇文恺会做戏，他的技术、才能的确高超令人佩服，可他品行低劣、才胜于德，是个十足的小人。眼下，皇上太看重他的才华而忽视了他的品行。他这个人只看皇上的眼色行事，完全顺着皇上的意思去办，皇上怎能不赏识他呢？当年修仁寿宫时，杨素日夜赶工程，许多民夫累死病死，惨不忍睹。正当杨素担心皇上追究而无计可施时，宇文恺给杨素出主意，走了独孤皇后的门子，结果不仅未予追究，而且受到了重赏。"

"这样下去，皇上不了解下情，岂不是容易为人利用吗？"

"这也正是我所担心的！一个君主甚至一个府县的长官不了解下面的基本情况，就不能做出理智的判断，当然也就做不出正确的选择。让麻叔谋这样的人监管开河，只能给百姓带来无尽的伤害，最终损害的是皇上的英名！如若皇上能像当年那样微服私访，该有多好啊！"张义的眼光中显出无尽的茫然。

在人声鼎沸的开渠公署，开河总监麻叔谋和开河副使左卫将军令狐达拿着河工花名册，向下属指指点点地做着布置。

细细查点后，计有开河丁夫一百二十万人，从中选得年青骁勇者三万余人为节级队长，负责催督河工。又动员附近老幼、妇女数十万人供送饮食、茶水，共计一百八十三万余人。

分派齐备，开渠公署择了吉日，拜了上苍、河神，便分段开挖起来。

工地上，众丁夫二百名为一队，一千人为一营，都一字儿排开，百万人的河工排了几十里地远，是自古及今未曾有过这样的壮观场面。丁夫们挥锹成云，提篮如雨，场面如火如荼。

在兵丁和节级队长的督促下，丁夫们只得拼着性命去干，一锹锹地挖，一铲铲地甩，河道渐渐宽了、深了，但丁夫们却越来越疲劳。一天到晚，没有人敢偷懒，怠工者轻则遭鞭打，重者被枭首示众。

就是这样，麻叔谋还嫌不够快，一味指责节级队长督促不力，把督促不力者重罚了几个，弄得人心惶惶，心惊胆战，每日天微亮就要督促丁夫动工，直到天黑透才停工。夜间春寒透骨，住在四处透风的草棚内就是好的，更多的人只能在河边泥草地上蜷身睡上一宿，就算妇女、老幼也是如此。

晴天里，明晃晃的太阳照着亦是天赐，若遇上下雨的坏天气，也只好在雨中开挖，汗水、泥水淋漓，活脱脱地把丁夫们搞成一条条泥鳅。强壮些的被拖得筋疲力尽，体弱的没几天便要生病，可怜他们生病又不许告假，直挖到死方能住手。

李春实在看不下去，欲找麻叔谋理论，但想一想，那个满脸恶相的黑铁蛋果真会买自己的账吗？他只好找到开河副使令狐达。

"李大人，我也没有办法，麻总监手里掌着生死大权，动不动用皇上的名义压人，我也心有余力不足，睁只眼闭只眼算了。遇上受伤的、生病的，悄悄替换下来也就罢了！"令狐达曾跟随杨广征讨突厥，又在平定杨谅叛乱时立过功劳，这次是他和麻叔谋第一次共事，官场如战场，不了解对方，他不肯轻易出招。

李春悲愤地指着河岸上一位奄奄一息的老人，声泪俱下地说道："大人，您看看，他们是血肉之躯啊，一日三餐吃糠咽菜，干的却是牛马活儿，一刻不停地干，便是个铁人也消耗不起啊！都是父母所生，为什么不能讲些仁慈？照这样催逼下去，他们不是死光也得造反啊！"

李春站在冷风中，一任料峭的寒风吹着面颊，原先泛黄的面孔此刻涌起阵阵红潮。他只觉得热血直往上涌，恨不能撒豆成兵，替下那些泥水中挣扎的丁夫们。

令狐达慢慢踱过来，把李春一把拽过来，把他按坐在板凳上。令狐达不愧是战将出身，两臂有千斤之力，他的动作让李春有些招架不住。

"年轻人，光生气还不行，麻叔谋可不是一般的来头，在朝中他是拜过门子的。他现在是督促河工，即便是苛刻些也无甚大过，你能参他的本？没用的！老夫我何尝不同情这些丁夫，充其量只能是改善一下他们的生活，让他们少淋些雨，能吃上口热饭，但工程紧，不这样也不成啊！"

李春闷坐在那里，半天不说一句话，眼睛直愣愣地看着远处。其实，李春在琢磨着另一件事。

家乡水井上的辘轳给了他灵感。现在河道已经很深，运土实在是件繁重的活儿，如果用辘轳帮助，丁夫们不是省去许多劳累吗！

他做了一个实验，让两个身强力壮的丁夫摇辘轳，一个人掌着手推车的把，一车土便会很轻快地运到了岸上。

李春请来令狐达一同观看，令狐达手捋胡须，频频点头："快多了，至少提高三倍的工效，人少了活多干了。好，李大人，再改进一下，争取更快更好。"

李春也十分兴奋，废寝忘食地反复琢磨。李春是爱动脑筋的人，凡事爱求个新鲜、别致，而且不达目的誓不罢休。

他把动力装置改成了驴子推磨式的拉动转盘，加粗辘轳的直径，手推车的容积也加大了，前面的挡板设计成活板，车子被拉上岸后，只要把活板一抽，土就全部倾倒出来了，既快捷又方便。

一大早，李春邀上令狐达一起来找麻叔谋。麻叔谋前晚醉酒还未睡醒，被叫起来时，老大的不高兴，一看李春也在场，便劈头盖脸地训道："听说你一天到晚不务正业，这会跑这儿干什么？"

令狐达接话道："李春为老大人办了一件大好事，能成倍地提高工效呢！老大人请到河岸边去看一看，您一准高兴！"

　　令狐达这么一说，麻叔谋白了一眼李春，道："当真可以加快进度？"

　　"请大人验看！"李春做了个请的动作。

　　一行人上了高高的河岸，只见一头灰驴正围着一个大个的辘轳转圈，拉动的盘子带动一根长索，牵引着一辆大号的手推车向上快行。片刻，推车便被拽上河岸，车手用力一送，一大车河泥便全部倾倒出来，比那些四人拉一人推得快多了。

　　看到这些，麻叔谋阴沉的脸上开始有了些许笑意："李大人果然是不同凡响！好，待我奏明皇上，依样多造些辘轳、推车，让工地上都用上了它们。"

　　李春徐徐吐了一口气，他想借机向麻叔谋建议，张了张嘴却又不知从何说起。正在这时，令狐达向他使了一下眼色，他会意，只好闭上了嘴。

　　自打工地上用上了李春的辘轳和大推车，开河的速度成倍地提高，一些病号和伤员也在李春的安排下得到了休整。一时间，工地上纷纷传扬着李春的恩德，说他是九天仙人下凡，来拯救穷苦百姓的，李春的住所每日都有进进出出的人。

　　麻叔谋嗅到了一些气味，但他并未发作，像是在等待着时机的来临。

　　这一日，一队丁夫开到一处，才挖有丈余深浅，忽见下面隐隐露出一条屋脊。众人看了都惊讶起来，随着屋脊一寸一寸地慢慢挖下去。挖到下面时，却是一座古时的堂屋，约莫有三五间大小，四周都是白色的花岗岩砌成，十分坚固。正中间有两扇石门，打磨得平平整整，关得严严实实，几乎没有一丝缝隙，俨然一整块石壁，几个力大的上前推时却纹丝儿不动。众人纳闷，都道是古时王侯的墓穴。

　　忽然一人低声说道："既是帝王的坟墓，定有值钱物埋在里面，说不定有金银宝器之类的物件，我们何不一齐打开了，各人都拿些，也不枉这辛辛苦苦一场！"

　　一个年老的丁夫劝道："莫发身外财，若是被官家发觉了，没收了物件还要搭上性命，不值！"

　　另一个驳道："怕什么，我们若不说，谁能知道？马无夜草不肥，人无外财不富，今日不得，等到何时？"

　　一群人都附和道："这位大哥说的是！我们是奉旨开河的丁夫，不是偷盗坟墓的毛贼，更不是白日里打抢的强盗，这石屋拦着官河，我们原该挖去，挖开了有什么金银财宝，大家随便拿点儿，有什么不当？"

　　众丁夫齐声应道："该挖！该挖！"

　　于是众人一齐动手将锹锄铲挥向着石门，"乒乒乓乓"的一阵乱敲乱掘。不想那石门就像生铁铸的一般，任凭狂敲乱打，分毫不见动静，众人砸了一会儿，都吃惊地道："真是怪事，不过是两扇石门，这么多铁器竟撼它不动！"

几个累得虎口发疼、两臂发麻的小伙子叹道："或许我们原不该得这一注横财，上天故意不容我们打开！"

这边一乱，各营丁夫齐奔过来，也望能得到一杯羹，于是这一队叮叮当当地一阵打，那一队乒乒乓乓地一阵敲，有上屋凿打的，有从地下开掘的，忙了个七荤八素，但也只能空手而回。

个中有胆小的，怕惹出事来连累大家，忙报知队长，队长也不敢隐瞒，便报知了麻叔谋。麻叔谋听说有这等奇事，眼睛都绿了，心中美滋滋的，以为发横财的机会来了，便骑着快马直奔石屋而来。

看见是石屋，麻叔谋问众人道："你们为何不打开进去？"

有个队长讨好说："专等大人来开！"

麻叔谋微微点头，道："快些动手，不要耽误时间！"

几个胆大的民夫回道："适才已打了半日，但任凭百般敲打，却不见半点儿动静！"

麻叔谋狠狠瞪了那队长一眼，又近前敲了敲石屋，道："你们这些丁夫，可知这是什么材料制成？它乃是花岗石制成，极坚极硬的，你们手中的家伙如何开得动它？"

他回头对队长道："去，找几个石匠来，用铁锥铁钳凿打，准能打开！"

不多时，石匠们都来了，按照吩咐乒乒乓乓凿了好一会儿，竟也凿不出半点儿痕迹来。麻叔谋大怒道："你们不肯卖力，如何凿得开？"

众石匠只得使尽平生力气凿将下去，只见火星乱迸，而那石门仍不见动静！

麻叔谋怒气不止，一张黑脸如猪肝一般，将手中的马鞭甩得啪啪响："难道两扇石门竟打它不开？"

于是，麻叔谋叫军士搭起一个木架，用绳子吊着大石板去撞那石门，连连撞碎了三五块石板，石门却连一个印痕都未留下。直到这时，麻叔谋心下才有些慌了："奶奶的，就算是一块生铁也应有些裂缝了，这倒是有些怪异！"

麻叔谋心中怪怪的，无奈之下，只好差人去请令狐达和李春来。令狐达知李春是石匠出身，便让李春先去探个究竟。

李春围着石屋转了几圈，又拿着铁锤四处敲敲，听听，转身对两位总监说，"这座石屋是上古高人所造，整个石屋都是用巨大的石板扣接起来的，没有用任何其他材料，石板厚重坚硬，非一般铁器所能克之，故而凿之不开。这两扇门大概也是扣连在一起的，愈是硬推愈是打不开，它是有机关的，找到机关才能打开！"

"既然如此，你就赶快把机关找出来，还需要什么，尽管说！"麻叔谋恨不能立刻打开它，所以听李春说可以打开，便迫不及待地催促起来。

李春选准屋角上最小的一块石头，运足丹田之气斜推出去，只听哗的一声响，石板露出一条缝，再推，石缝扩大到一尺多宽。

李春本是石匠世家出身，祖祖辈辈同石头打交道，能够根据声音判断石质的疏密、板材的厚薄和结构形状等。他的父亲也是一位手艺精湛、见识颇广的工匠，远近闻名，曾经和李春说过古人扣石构房的事。正巧，李春今天就遇上了，只是这座石屋造得更加精巧，石板更厚而已。但不管石板扣得如何严密，最后总要留下一块手板石，作为开启的钥匙。

众人见李春将石屋启开都十分惊讶，疑其为神人。李春又挑拣了十几个精壮的汉子，举着火把从屋顶入内。

李春率众人进入古屋，四壁一照，果如李春所说，那石板一块扣住另一块，密实合缝，巧夺天工。李春赞叹道："古人的技艺真是神鬼难测，我们不如啊！"

他让壮汉们将撬棍插入预先留好的凹槽内齐声喝号，那石门渐渐松动，然后李春调开众人，双手发力，石门吱的一声豁然洞开。

门开处，一缕冷风卷起，阴森森的、冷飕飕的。麻叔谋不觉头皮发麻，两股打战，定了定神，方和令狐达带领众人进石屋来看。李春指着墙壁和屋顶解释着石屋的构造，但麻叔谋哪里听得进去，一心只想寻找财宝。

再往里走，只见四壁上都是五彩画成的壁画，这边是奇花异草，那边是怪兽珍禽，所绘的蛟龙虎豹都宛然如生，还有些鬼神山怪，有千手千眼的、三头六臂的，点缀得庄严肃静。周围的人似乎都屏住了呼吸，只能听到火把燃烧的噼噼啪啪的声音。

再往前走，只见正当中放着一个石匣，有四五尺长短，上面都是细细的花纹，凿得很细致。李春用手抚摸着，脸上溢着钦佩之情。麻叔谋见了，心下便生出几分胆怯，不敢走上前来。

往前两步是一个圆洞，洞中笔直地停放着一口石棺，石棺不大。麻叔谋认定其中定有宝物，便要令人开棺。令狐达说："开棺是可以的，但切不要亵渎了逝者的亡灵。"

于是，麻叔谋叫人安排下香案，念着祝词，拜了几拜，方将棺材抬出，轻轻打开。只见里面仰卧一人，发黑肤白，道家装扮，宛如沉睡中。细看时，道人长发至足，手上的指甲有尺余长短。

"怪哉，分明是个神仙模样，快些盖上，莫扰了仙人的清静！"麻叔谋退了出来，与令狐达商议，"眼见得这是神仙的居处，可又挡着河道，该如何办才好？"

令狐达回望着石屋内的东西，道："何不打开石匣？或许能找出办法来！"

二人又进去将石匣打开，见里面只有两块青石板，上面用朱砂写着蝌蚪般的鸟兽文字，茫然一片，百辩莫识。

麻叔谋苦恼地说："这些是上古的籀文，一时难以辨认，又是件烦心的事儿！"

令狐达安慰道："人多识广，或许众人之中有能相识的！"

话未了，李春走上前来道："我来试试看！"

"你？"麻叔谋不禁皱起眉头，心想，一个石匠有几分力气倒也罢了，怎能识认这深奥的文字？

李春也不解释，拿起石板认真辨认，但看了半天，只识出一个"金"字和一个"千"字，还有"麻叔谋"三字。

李春指着几个字说与麻叔谋听："这个石偈倒与麻大人有些关碍，这'金'和'千'字，李春是认得的，不会有错！"

令狐达也有些奇怪，便问李春："你如何能认得的？"

"李春早年曾在家乡也挖出过一块古碑，那上面写着和这一样的鸟兽文字，一位老学究认读过它，我当时很感兴趣，便向他学了些时日，因此认得些许。"

众人都用敬佩的眼光看李春。

麻叔谋适才听说文中有"千""金"二字，料想这定与财宝有关，便说："只认得几字，还没多大用，且让丁夫们再往下挖，看还有何物！"

令狐达知他意思，忙阻止道："认不全也不要紧，传令下去，不论官吏或老幼男女，如有认得石上鸟兽篆文者，即免其差役！"

麻叔谋虽不情愿，但还是同意了。

正在这时，一伙丁夫熙熙攘攘地拥来一位老人。走到近前，麻叔谋与令狐达将那老者上下打量，只见他鹤发蓬松，约莫七八十岁光景。一双黑白鲜明的眸子，三缕雪白的一直垂到腹下的胡须，眉棱骨高高耸起，手指甲长近尺余，一双大耳轮直压肩头，两道长白眉一直连到鬓角。头戴一顶破方巾，脚蹬两只烂皂靴，活脱脱一个南极仙翁下凡。

李春在旁看时，只觉甚是面熟。

那老人见了麻叔谋、令狐达二人也不行礼，只是朝上一个长揖，两人也慌忙答礼。

老者道："听说二位要找一位识得鸟兽篆字的人，贫道想来试试！"

"敢问道长尊讳？"

"老朽乃山谷野人，不值一提！"

麻叔谋只好客气地请老人到石屋一看，道："我等奉朝廷严旨开掘运河，不想才挖数里便有这一石屋拦路，内有这么个仙人的遗骸，我等众人不敢轻举妄动。现幸找到这个石偈，若认得石板上的文字便好区处，只可惜认不得这仙家之物，望老人家指教！"

"你们不是已有人识读了吗？"老人淡淡地说。

麻叔谋内心一惊，这老头莫非也是神仙，如何知道李春识读的事？于是便敷衍道："下官等俱是凡人，仙家的玄奥怎能识得？"

老人道："取石板来！"

麻叔谋叫左右将石板取到当面，老人近前仔细看了一遍，说："这是个石铭！"

"敢烦仙长读与下官等听一听！"

老人道："上边有大人的尊讳，老朽不敢唐突！"

令狐达道："这也好办，烦请仙长抄译出来，我等一齐观瞻！"说罢，便叫人取来笔纸，请老人一一写来。上书：

我乃大金仙，死来一千年。

数满一千年，皆下有流泉。

得逢麻叔谋，葬我于高原。

发长至泥丸，更候一千年。

方登兜率天。

麻叔谋不解其意，便问道："敢问，此事是吉是凶？"

老人拈须而不答。

麻叔谋又问："我等开河，能成大功否？"

老人点头。

"成功后富贵如何？"

老人又是笑而未答。

麻叔谋心有不甘，仍要再问，老人却拂袖而去，边走边作歌道："亦真亦幻，亦喜亦忧，富贵浮云，大道自成。"

众人望着他步履如飞，向西而去，须臾间变不见了踪影。李春望着他背影，猛然想起："这不是当世的活神仙杨伯丑吗？"

他记得在舅舅孙思邈的草堂内曾见过杨伯丑一面，不过那是十几年前的事了。当时杨伯丑望着自己，笑着说，我们将于新河之滨再见。想来人世间万千事件都是有定数的，富贵、功名俱是过眼烟云。此时，李春只顾想着杨伯丑的道歌，却没在意到麻叔谋正用恶毒的眼神看着自己。

麻叔谋见老人飘然而去，随即与令狐达商议道："大金仙既然知道今日的情形，我们就给他改葬，料他也不会怪罪我们，就让李春依照旧样替他修处新的吧！"

"也好，给他选处高爽的地块，隆重地下葬，也表我等敬重之心！"

于是麻叔谋亲自勘察，寻得一处风水之地，厚葬了大金仙，然后命李春集齐石匠，日夜不息地另造了一座石屋，气势与先前无二。

这件事虽然过去了许多时日，但丁夫们除了议论大金仙之外，更加敬服李春。关于李春的传闻，再经过众人添枝加叶的加工便越发神奇了，最后竟被传成大金仙第三十世传人。

李春听后哭笑不得，但杨伯丑那充满玄机的话语却让他百思不得其解。他如何知道我能辨识古之篆文呢？我虽曾见过他，但也只是一面之缘啊！看来，神仙世界确非常人所能理解。

次日，太阳落山之际，李春正在冥想，忽觉有人拍了拍自己的肩头，扭头一看却是张义。张义没等李春开口，便道："随我来，有要事相告！"

两人来到一片松林旁，见四周无人，张义急急地说道："兄弟你马上将有杀身之祸，快些逃吧，晚了恐怕就走不掉了！"

"此话当真？"

"我冒着生命危险前来告知，岂能大放狂言？那杨玄感和麻叔谋等人串通好了，要设计陷害于你，我也是偶然听到的。我一刻也没耽误，就来送信了！"

"那帮匹夫为何要与我为仇呢？我也只是与他们有些口舌之争，并无深仇大恨啊！"

"你有所不知，杨玄感为报父仇，早已蓄谋已久，这只是他们报复皇上的一部分！"

"你说的我越来越糊涂了，他们之间争斗，为何要牵扯上我呢？我只是一个无足轻重的草民！"

"他们要借开河制造混乱，从中渔利。你虽无过，但他们选中你也是有原因的！"

"什么原因？"李春急得一头雾水。

张义又瞅了瞅松林四周，声音小得只能够贴近耳朵听："杨玄感要举兵造反，但总找不到合适的时机。近日听麻叔谋密报，说你在开河工地如何深得丁夫的敬重，把你看成是活神仙、大救星，他们便想充分利用这点，派人鼓动丁夫或逃或反，然后给你捏造一个煽动丁夫造反的罪名，杨玄感好从中做戏。"

"这太复杂了。就算给我的罪名好捏造，他杨玄感有多大的能力能撼动这大隋的万里江山？"

"你不知道吗？皇上营造东都死了不少丁夫，开河又死了这么多，他近日又在边地开互市，耗费无数钱财，几个奸臣合起伙来弄得人心惶惶，而皇上并未察觉他们的奸谋，还以为他们是功臣呢，这样民心能稳定吗？假如他们学西汉时七国之乱，打着'清君侧'的旗号，百姓能不响应吗？再说杨玄感他们党羽甚多，不少人都有背叛之心，只要他们善于利用各种矛盾，对皇上的打击肯定很大。"

"这帮人为了自己的一己之利，竟想方设法害人，真该千刀万剐。他们是怎么设计害我的？"

张义正要回答，忽见两个兵丁骑着快马朝这边奔来，张义只好与李春道别："我必须回去了，晚了他们会生疑的，你尽快脱身就是了。保重！"说完，张义快步消失在小道上。

两个兵丁来到李春近前，一个翻身下马，禀报道："李大人让我们好找，属下奉命来请大人，麻大人有要事相商。"

李春心里一惊，想：他们就要动手了吗？

李春牙一咬心一横，心中暗想：俗话说"是福不是祸，是祸躲不过"，命当如此，随他去吧。他们不仁我也不义，顶多一个死，不行就跟他们拼，拼一个够本，拼两个就赚一个，凭我的功夫，他们要想拿我也不是件容易的事儿！

李春边走，边想着如何来对付他们。

大营并没有重兵把守，只和平常一样，没有一点儿紧张的气氛，这让李春的心稍稍放下一些。也许是虚惊一场吧！他在心里祷告着。

进到麻叔谋的大帐，麻叔谋起身相迎，道："来来来，李大人，请坐！快上热茶！"

他热情的态度让李春有些吃惊，反倒有些不自然起来，心中暗想：不能上你的当，你想来软的，我可不吃这一套！

他没有坐，更没有去饮热气腾腾的香茶，而是神情严肃地问道："大人这么急着找属下，有什么重要的事？敬请吩咐！"

见李春单刀直入，麻叔谋的黑脸上挤出灿烂的笑容，道："这一回还要仰仗李大人！"

"麻大人不必客气，吩咐属下就是！"

"是这样的，今日工地上出现一个怪事，他们在雍上地界准备挖掘一个坟墓时，发现一个洞穴，因为恐怕得罪了当地的神灵，需得探明了才好挖掘，但所有丁夫都胆小如鼠，兵丁们又不堪使用。有人向本官推荐了你，说你不仅武功卓绝，胆子也特别大，如果李大人肯前去探查一下，麻某人一定为你再记一大功，不知李大人可否前去一探？"

李春想，反正是一死，不如死得光明磊落些，于是说道："如果大人确实需要人，李春倒想一试，不过，李春有个小小的要求！"

"有何要求？请讲！"

李春此时多了一个心眼儿，想让麻叔谋的贴身侍卫一同前往，便说道："一个人下去恐怕有些孤单，李春想让大人的贴身侍卫一同下去，您看如何？"

麻叔谋压根儿没想到李春会提出这个要求，这多少让他有些手忙脚乱，他支支吾吾地说道："这……这……没有必要吧，一个人已经足够了。再说，麻某也离不开他呀，你说是吧？"

李春显出很无奈的样子，狠狠地将了麻叔谋一军："李春的胆子不是别人所说的那么大，平常晚上走黑路都要别人陪，何况是这样凶险的地穴呢？恕李春不能从命！"

"也罢，舍不得孩子套不了狼，豁出去了！你横竖逃不出我的手心。"麻叔谋心里盘算着，显出很痛快的样子，说："李大人肯为国出力，本官还有什么可说的呢？你们去吧，我等着你们的好消息！"

那侍卫也不明白麻叔谋的真正意图，便遵命随李春去了雍上。

原来，雍上一处茂密的树林中隐藏着一座坟墓，坟墓的堆土足有丈许，占地长宽皆有二十余步，上面有一座三开门的祠堂，四围是巨树和一遭土墙，隐隐有几分灵气，看上去不是一般的祠堂，仿佛曾有过世外的高人的足迹。

一个上了年岁的人说道："据传这是一座隐士墓，这座墓最有灵气，近村的牛羊根本就不敢走近它，就像有人看守一样。附近百姓也不敢上去。"

这个洞穴就在坟墓的下面。先时大家都不敢下手，待得到麻叔谋的准许才七手八脚地开始挖掘。先把周遭的围墙拆了，又开始掘土，挖下去三五尺深，忽然露出一层石板。只见那石板缝里都长起了灵芝瑞草，异香扑鼻，众人中有不忍下手者，旋被监工鞭答，只得继续挖掘，不一会儿便把第一层石板全部掀去，不想掀了一层还有一层，在监工的逼迫下，众人只得再挖，待挖到第四层时，正中现出一块石板。那石板不大不小，方方正正，恰好位于河道中心。众人掘又掘不起，只得按着监工的话，乒乒乓乓乱凿起来，霎时间将一块石板打得粉碎，不想引来了隆隆一阵巨响，碎石和人一起坠落下去，众人方知这石板是个空穴的盖子。只见地穴处冒出一股股白烟，凝在空中，经久不散。众人更觉诧异，纷纷后退。

麻叔谋听到报告，也不知道主何吉凶，遂与令狐达一同前来商议。麻叔谋不无担忧地说："这又不知冲撞了哪路神仙，恐怕要降灾给我们吧？"

"还是先备礼焚香，祈求一下吧！"对这位凶狠而又莽撞的上司，令狐达只能这样安慰。

"还要拜？拜了大金仙又拜了留侯庙，现在又要拜隐士墓，哪路神仙不拜到，都要给我们颜色瞧！天下的神仙何其多啊！"麻叔谋唠叨归唠叨，不拜还不行，遂命左右将祭礼摆下，点起香烛，同令狐达一起望洞穴拜了四拜。起身之后，令狐达还将开河的圣旨宣读了一遍，只听洞内哗啦啦的一阵响，然后便寂然无声。

"这洞内会有何物呢？会不会有什么稀罕的东西？如果……"一个恶毒的念头跃上麻叔谋的心头，"对，让李春下到地穴去，活着出来就照杨尚书的计策行事，出不来也正消了我的心头之恨！"

就这样，李春被请来"勘察地穴"。

李春先是趴在洞穴边向下面扔了块儿碎石，好大一会儿才听到落地的声响，他放下心来，估计此穴有十余丈深浅，不是无底深渊。

于是，他和麻叔谋的侍卫都腰系绳索，先后深入下去。初时感到四周黑漆漆的，伸手不见五指，过了一会儿竟发现下面有微光。两人来到穴底，发现穴底又有一个横穴，那微光就是从横穴中射出的。

他们摸索着往前走了十几步，又遇着一个直穴，深不见底，只感到一股凉气嗖嗖直往上蹿，竟将手中的火把给吹灭了。二人大恐，侍卫拉住李春央求道："李大人，咱们回去吧，黑咕隆咚的，怪瘆人的，回去就禀告他们说，已经走到尽头了！"

李春虽有些好奇，但还是勉强同意了。正在这时，李春听见隐隐地从地穴深处传来袅袅的管弦之声，音乐之美妙，闻所未闻，同时地穴中霎时灯火通明，如同白昼。

在好奇心的强烈驱使下，李春决定一探。

"李大人，你要下去的话，小的没什么说的，我在上面给你招呼着！"

那侍卫生恐李春连累自己，便借故想要溜走，李春知道这一定是一处神仙的府第，一定会有某种玄机，既来之则安之，索性探个明白，也不枉来此走了一遭！

想到这儿，他很爽快地答应了那侍卫，现在两人的身上都还系着绳索，只需继续拽紧它就行了。侍卫帮着顺绳子，李春开始往下滑，越往下去音乐声越大，大约十余丈后又有一处横穴。

李春顺着光亮往前走，刚走几步，就听上面轰隆一声巨响，上面一层横穴坍塌了。李春想那侍卫肯定被压在下面了。现在自己已无退路，只有碰运气了！

行不多远，只见几支碗口粗细的蜡烛一字排开，原来亮光就是从这儿发出去的。正想着，只见一个七八岁的小童走上前来，深施一礼，问道："足下就是李春大人吧，我家老爷有请！"说完，头前引路。

李春听到自己的名字，心里便踏实了许多，边走边问小童道："你们家老爷的尊讳怎么称呼？"

小童笑笑，道："见了你就知道了！"

李春心生疑惑，难道这里还会有老熟人？不过这里的一切都与地上无二，一些景物、建筑都眼熟的很。

又走十几步，一所府邸出现在眼前，两个威武的大石狮子蹲守在大门两旁，朱红的大门耀眼夺目，奇异的花草香扑鼻而来。

小童做了个请的动作，说："我们老爷在堂上等您呢！"

大门开处，两名装束和小童一般的垂发少年前来迎接："遵主人之命，特来迎接李大人！"

李春还了礼，跟随少年进了这座颇为讲究的宅子。随着少年"李春大人到"的喊声，适才一直不断的乐音戛然而止。

李春抬头望去，只见一位白发过膝的长者端坐在客厅的上首，慈眉善目，笑容可掬，亲切中隐着一份飘逸，李春感到似曾相识可又一时想不起来。老人家见李春请到，便开口道："李大人远道而来，乃家中稀客，老朽欢迎啊！"

那声音洪亮有力，透着一股苍劲。

李春深深鞠了一躬，道："在下李春得睹仙颜，实乃三生有幸！"

"你乃一代名匠，你的大名千百年后将会成为后世人的骄傲，今日相会也是你命中注定。还记得留侯张良吗？他是我的学生！"

"黄石公！"李春惶恐不已，"请老神仙指点迷津！"

黄石公让小童献茶。茶香四溢，李春感到从未有过的清爽直逼脑际。

"自三皇五帝至今，中华历史一治一乱，循环不已。当今的皇帝本是一位旷世的雄主，但可惜将毁在一帮奸佞小人之手。他不辨忠奸，好大喜功，只听顺言不听诤言的性情会使国运由盛而衰，历史将在这里转上一个大弯。你是明白人，不可再恋红尘，到山中去找你师父去吧！"

李春忽然想起了那日杨伯丑辨识篆字的情形，明白了自己的将来将系于此人。

黄石老人又叫童子拿来一张黄纸，交予李春，上书一列人名。上面的人名，李春有些识得，有些不识，也弄不清楚是何用意，便问老人："这些人都是做什么的，交予我有何用途？"

"此乃天机，不可泄露！"

那一长串名字，李春又读了一遍，渐渐地又多出许多字来。上写着：

杨玄感起兵于黎阳

刚看到第一行，李春就吃了一惊，不禁想起张义曾讲过的话，明白了他当初不便言明的话。他又往下看去：

翟让起兵瓦岗寨

刘元进起兵晋安

刘武周起兵山西

林士弘起兵豫章

罗艺据守幽州

李子通起兵海陵

徐元朗据守兖州

薛举起兵金城

杨仲达据守豫州

张善相据守伊汝

郭子和起兵榆林

王德仁起兵邺

李义满据守平陵

綦公顺据守平陵

窦建德起兵河间

徐师顺占据任城

蒋弘度占据东海

王须拔起兵定恒

杜伏威起兵淮南

王薄据守齐郡

蒋善和占据郓州

李密起兵洛阳

左才相起兵齐郡

田留安据守章丘

张青涛据守济北

臧君相据守朔方

苗海潮据守永嘉

孟海公占据曹州

周文举据守淮阳

梅知岩据守宣城

冉安昌据守巴东

宁长真据守郁林

⋯⋯⋯⋯

李春看了，大惊道："天下竟会有这么多人造反？"

童子一旁回道："还有呢，一张纸写不完，这只是一部分！"

李春不解地问："敢问仙长，这么多天机让李春知道，其意何在呢？"

"你不避风险，冒死在历史洞穴中穿行，总不能空手而归吧？世人只知争名夺利，哪知道一切因果都是上天所定。莫恋那浮世红尘，去山中找一个清平世界吧！"

李春长揖道："李春铭记在心。今奉麻叔谋之命入穴探取吉凶，不期误入仙府，现进退无路，伏乞老神仙指示。"

黄石老人道："你的未来明明白白，不须多嘱，而麻叔谋小人得志横行，罪不可赦。他开棺掘墓放走了邪魔魔，那十八家反王、二十四路盗贼一旦回到人间，天下便从此不宁了！为感谢他的功劳，明年当以两把金刀相赠！"

接着，黄石老人又吩咐一个绿衣童子道："你可引他出去！"

说罢，黄石老人与李春拱手作别！

李春跟着绿衣童子转过几棵巨树，眼前豁然开朗，再回头看时，那童子已不见了影子。李春只好沿着路径往前赶，不多时，天已现出星光，不知何时已上了大路。

李春在地下一日，地上却已过了三天。

麻叔谋派李春入地穴，在穴口等了一会儿，猛然一声巨响，那个横穴忽然崩坍了，接着连带上面的直穴也坍了，将许多拽绳索的丁夫都压进土中，幸而麻叔谋跑得快才免去一劫。他定神后忙叫各队丁夫都一齐来挖，要将崩坍的浮土掘去，好救出他的侍卫。

但众丁夫左挖右挖都挖不见洞口，待将一处偌大的墓坑挖成了一条河道，也未寻见洞口。麻叔谋心有不甘，还要派人去挖，令狐达劝道："不必寻什么洞口了，还是开河去吧，就算寻找到了，他们也不会生还了！死生有命，由他去吧！"

麻叔谋这才罢休，便令丁夫继续开河。

杨府豪华的会客室内，身着锦缎常服的杨玄感倒背着手来回走动。他显得很生气，从工地上回来密报情况的家丁垂手而立，吓得腿肚子直哆嗦。

"蠢货！饭桶！草包！他把我的计划全给打乱了，真是成事不足，败事有余！"听说麻叔谋强令李春下地穴探险，结果深埋地下一去不返，杨玄感勃然大怒，"这头蠢驴，只知道泄一时私愤，却让我苦苦等待的机会付之东流了！"

家丁曾把杨玄感的部分计划密告过麻叔谋，当时麻叔谋似懂非懂，以为除掉一个李春是手到擒来的事，便爽快地答应了。

"我再问你，李春确实死在地穴中了？"杨玄感多希望家丁所报的不是事实，便又追问了一句。

"回老爷，当时小人也在现场，李春下去不久就听不到声响了。又过了一会儿，地穴中隆隆作响，接着地穴就坍塌了。丁夫们挖了一整天，根本找不到洞口，坟墓全挖完了，地下掘出了水也不见人的踪影，就连尸首也找不到了！"

"怎么会这样？肯定是丁夫们不肯用力，给我打了马虎眼，明明有洞，怎么会找不到洞口？为何会活不见人，死不见尸？"

家丁想把当时从洞中冒出云气的奇怪事禀告杨玄感，但一看到杨玄感那副怒容，又把话咽了回去。他怕挨骂，怕杨玄感骂自己胡说八道。

发够了邪火，杨玄感刚坐下，便有一阵环佩之声由远而近，随之飘进一股异香，一个妖艳的少妇扭着屁股闪了进来。

这是杨玄感新娶的小妾，刚进门不到一个月，新婚燕尔，半日不见便又寻来了。

杨玄感见娇宠骤至，便赔上笑脸，忙打发家丁道："你速去工地，让麻叔谋见机行事，我的书信你着意带好，不可马虎！"

家丁出去不到一个时辰便又匆匆赶回，急如火燎地要见杨玄感。可丫鬟告诉他，主子和新媳妇正在卧室忙着呢！

家丁等了好一阵，杨玄感才和新媳妇心满意足地走出卧室。他接过丫鬟递来的热手巾揩了下手和脸，梳了梳油光可鉴的头发，又理了理宽大的衣衫，才坐到高背太师椅上，端着香气四溢的茶杯，摇头晃脑地哼起了小曲。

家丁立在门边等他哼完了，才敢开口。

杨玄感一愣，问："你怎么不去工地？还有什么事吗？"

"小人策马赶去工地，路上听一个客栈的老板说，李春正在客栈吃饭，被一队官军给抓走了，正押向工地！"

"好，你快马赶到工地，告诉麻叔谋，让他看好了李春，一切按原计划进行！"

"小人遵命！"

"回来，让账房给你支一百两银子，算是对你的奖赏！"

"谢老爷！"家丁咚咚咚磕了三个响头，转身离去。

原来，李春循着大道走了一宿，也不知走了多少里地，到了什么地方，只觉得两腿发沉，举步艰难，更兼饥肠辘辘，便向道边的一处客栈走去。

一打听，方知这是通向洛阳的大道，距离洛阳已经不远了。谁知道刚坐下，一队官军便赶到店前——是从工地回洛阳催粮的人马，官兵中有不少人认识李春。

乍看到一脸疲惫的李春坐那儿大模大样地吃饭，官兵们以为又见到鬼了，明明传闻他被压在深深的地穴下，怎么会突然出现在这里？一定是使了法术逃出来的。

于是，领队的兵头上前试探着喊了一声李春的名字，李春很自然地扭过头去点头，他想，一定又遇到熟人了。

兵头是个贪婪的家伙，盘算着如何套住这个大猎物。他向手下的人使了个眼色，众兵士一齐上前，将猝不及防的李春按倒在桌上，抹肩头拢二臂，捆了个结结实实。

"李大人，得罪了，麻叔谋大人正在四处寻你，你却躲到这里，有什么说的见了麻大人再细细说吧！"

李春被押到了麻叔谋处。麻叔谋不听李春的任何解释，也不听令狐达的劝告，执意要将李春解往京师问罪："他一定使了什么妖法害了我的侍卫，又使个什么法儿从穴中逃出。若不然，地穴塌了，他何以完完整整地逍遥在外呢？"

入夜，麻叔谋的大帐里钻进一个人去，贴着耳朵向麻叔谋交代着什么。这个人不是别人，正是杨玄感的家丁。

黑漆漆的野地里，几个人鬼鬼祟祟地在河道上捣鼓了一阵子，然后鬼一样地消失了。河岸上熟睡了的丁夫们谁也没有在意前方河道上发生的一幕。

天刚微亮，监工们便提着皮鞭来吆喝了。丁夫们大口地打着哈欠，舒展着酸疼的腰背。一个矮个儿丁夫想必是乏得很，睡得死，稍稍迟了一些，被监工劈头盖脸地抽了两鞭子，打得矮个儿丁夫抱着头哭爹叫娘地乱叫着。

这一幕，丁夫们看在眼里，恨在心里，他们条件反射一样地抚摸着自己身上的伤疤，眼中喷出愤怒的火焰。虽然没有一个人说话，但无声的抗议是最可怕的。

一个干瘦干瘦的老头沙哑着嗓子对着监工道："大人，今日您还是让我替他受罚吧，他一个后生，还没娶妻生子呢！"

"又是你这个老东西，我看你是骨头又痒了，找抽啊！"监工气势汹汹地把鞭子甩得山响。

"我不是活腻了总想着法儿找罪受，人得行善积德才不会下地狱！"

"你敢辱骂我！好，我让你行善积德，我还让你到极乐世界去！"说着，监工冲到老头跟前，将手中的鞭子雨点般抽在老头枯瘦的身体上，鲜血四溅。

丁夫们忍悲含泪，只好在皮鞭和刀剑的威胁下起身离去。这时，麻叔谋领着一帮侍卫赶到。监工跑上前去，点头哈腰报告："这老头带头闹事！"

麻叔谋的黑脸上立时充满杀气，喝令："立时斩首！"

丁夫们看到仗义执言的老人家竟要被斩首，几个胆大的忙跪地求情，其他人也纷纷求情："求大人开恩，求大人开恩！"

麻叔谋手指着跪地的众丁夫高声骂道："你们这些贱骨头，敢违抗皇上的旨意吗？聚众闹事就要问斩，你们知道，本官可不是什么菩萨心肠，知趣的快给我干活儿去！"

丁夫们忍悲含泪，只好又在皮鞭和刀剑的威胁下起身离去。

老人家被砍下的头颅，高挂在木杆之上。

丁夫们从微明挖到日中，个个累得筋疲力尽，眼冒金花，可谁也不敢急慢，都艰难地熬着。忽然，一个丁夫从土层中掘出一只石羊来。石羊雕得惟妙惟肖，高昂着头，一副威武雄壮的样子。大家好奇，都来凑过来看新鲜。

一个人抚着羊身，抹下些许泥土，竟现出一行文字来，标准的篆书，仔细看时，下面还有一行，一个丁夫小声地念出声来："此羊一出天下反，十八子春坐龙床。"

"天呀，这是反诗，快报告队长"

"反，早该反了，不反也是活受罪！"

"十八子春是谁呀？"

"小声些呀，小心杀头！"

"十八子春，不就是李春吗？"

一时间，丁夫们议论纷纷，看热闹的人也越聚越多。监工队长害怕了，将皮鞭子藏到了身后，躲得远远的，生怕哪个愣小子给自己两锄头。

令狐达怀疑这事件背后有文章，所以他决心弄个明白。

麻叔谋紧张得脑门直冒冷汗，那闹哄哄的场面让他一直担心难以控制，如果这真演化成了动乱，那升官发财的美梦不就全完了？他有些后悔听信那头"羊"的鬼话，闹腾好了无非给个尚书当当，可万一泄密，不就是诛灭九族的罪吗？一时间，麻叔谋心乱如麻，手足无措。

李春此时被关在临时囚牢里，外面的事能清楚地传到这木头搭建的屋子里。"'十八子春'，这不明显指的是我李春吗？原来杨玄感玩儿的是这种借刀杀人的把戏，卑鄙又拙劣，只怕他到头来只会是搬起石头砸自己的脚。得赶快想办法逃走，晚了就来不及了！"

还是令狐达头脑清醒，找到麻叔谋，提醒道："眼下最要紧的是辟谣，乱从谣言来，要稳定就得先把那个石羊给移走，把那个惹是生非的监工给宰了！除了他，让他背起造谣生事的责任，才能平息丁夫们心中的愤懑。眼下只是人心不稳，没有动起手来，要快刀斩乱麻！"

"就依你说的办，老兄，你代劳吧！"

"不不，这事必须得麻大人出面，别人无法代劳！"令狐达婉言谢绝。

"好吧，上刀山下火海钻油锅，我去！"麻叔谋无可奈何的样子，让令狐达感到十分好笑。

河底已经没人干活了，丁夫们都站在长而宽的河岸上，人山人海，人声沸腾。

麻叔谋没想到事情会弄成现在的样子，哆嗦着来到大堤上。他按照令狐达的主意，派几个人先移走石羊，放到了一个秘密的地方，又派人抓来了作恶多端的监工，当场宣读了罪名，当场杀头，最后又把年长河工的尸体掩埋了。这些措施顿时产生了效果，丁夫们虽然朝不保夕，但感觉到还有些盼头，都盼望着能早日完工，回家与家人团圆。暴乱到这一步，对绝大多数人来说，不到万不得已的地步，是不会轻易迈出的。

工地上的风波有惊无险，让麻叔谋长长地出了口气。他准备把气都撒到李春头上，但侍卫的报告却让麻叔谋气个半死：李春居然披枷带锁地逃走了，还拐走了两个监管他的兵士。

又是一着臭棋！麻叔谋无处发泄内心的郁闷，只好把侍卫们大骂一通。

而令狐达经过一番细致、秘密的调查，发现这石羊背后藏着一个巨大的阴谋。他拿不准这阴谋的主谋到底是谁，但却能肯定不是李春，李春只是个牺牲品而已。他决定把这次风波写成折子呈给杨广。

这场风波没有造成什么损失，丁夫们继续劳作着，但他们感觉到，从那以后，监工们不敢肆无忌惮了，肚子也能稍稍吃饱了，生病伤残可以公开地休息调养了。但麻叔谋却为此生了一场怪病，整日头痛不止，请了许多郎中，服了不知多少味药，居然就是无法治愈。

有人给他出主意，高价悬赏，无论贵贱，只要能治好他的病，他愿用千两黄金酬谢！

这条爆炸性的消息旋风般传遍了整个治河工地，大家争相议论。

话说离运河工地不远有个叫旺庄的小村子，住着几十户人家，合村的人都姓丁，只有一家逃荒到此的姓巫，只有爷爷和孙女两人。因家中遭了难，儿子和媳妇都死了，爷爷便带着十岁的孙女小梅一路讨饭来到了此地，几个行善的给他们搭了间茅草屋，权且避避风雨。谁知祸不单行，爷爷住下后竟一病不起，孙女小梅便风里雨里地到各村去乞讨，与爷爷相依为命。

这一天，小梅要饭经过一个酒馆，酒馆内有一桌客人正在津津有味地谈着开河总监麻叔谋悬赏求医的趣事，其中一个白脸客人说道："他那怪病倒也好治，只是……"

"吹，吹死了牛，等着吃牛肉！"大家一齐哄笑道。

"听老辈人讲，有个土法能治这种病：用一只未见天日的羊羔斩头去尾，只留精肉，蒸得烂熟，只需吃上几块便可立竿见影！"白脸客人一本正经的样子吸引了倚在门旁的小梅的注意。

"蒸羊羔当然味美了，不过听说味道最美的还要数人肉了！"一个三角眼客人神秘地说道。

"朗朗乾坤，尽胡说些什么？就算人肉味道好，你能学介子推割股救主吗？"

客人们的谈话句句印在小梅的心上，她想如果能有只母羊该多好听，有了母羊就会有羊羔，有了羊羔就可以献出去，就会有很多金子，爷爷的病就会好了。

她带着半罐残汤剩水回到家中，仍不忘刚才的事。

第二天，她壮着胆子向左邻右舍的爷爷奶奶、叔叔阿姨们求助，邻舍们齐声劝她："傻孩子，那是客人们的玩笑语，那土法要灵，他们不会试，哪能轮到你个小姑娘发财？再说了，就是借给你母羊，等到有了羊羔，兴许人家的病早好了！孩子呀，别傻想了，该是什么命，抗也没有用！"

小梅闷闷不乐地回到茅屋，看到爷爷那痛苦的样子，心里还是惦记着献羊羔的事，躺在茅草堆里翻来覆去睡不着。

"没有羊羔，人肉不也可以吗？不过，人肉又到哪儿去弄呢？"她想到乱坟岗子，她听说那里经常有被胡乱丢弃的死婴，可是那里到处是荒坟，她有些害怕！

"割自己的肉行吗？不行！那会疼死我的。上次，狗咬伤了我，疼得我直掉眼泪。"她很快又打消了这个念头。

"要是别人抢先献了呢？那不就没有机会了吗？"爷爷的病痛又袭上小梅的心，"爷爷太可怜了，他要是不在了，谁还疼小梅？小梅就再也没有亲人了！"

她摸摸自己的腿，用力掐了一下，很疼，她咬咬牙，又狠掐了一下。

"疼是疼了点儿，但为了救爷爷，再疼我也不怕！"她咬着小嘴唇，横下一条心。

"明儿，到西头的丁爷爷家讨点止血止疼的草药，他准给，他最喜欢小梅了。再到酒馆里讨点儿盐和剩汤剩菜。我去讨过几次，那个新来的小二哥是个好人，每次都能讨到。"

盘算了一宿，小梅开始行动了，她甜甜的小嘴很讨人喜欢，该需要的都讨来了，剩下的就是割肉了。

一想到生生地割下自己腿上的肉，她眼睛就发花，试了几次，刀子一触到肉，手就发抖。

下手吧！她自己先闭了眼，狠狠心，把刀子用力插进了小腿，一股钻心的痛直入心底，简直让她发晕，但她还是用力往下切……

她把准备好的止血止痛药粉一股脑儿地全撒到了创口处，又用破布条一圈一圈地包扎着。包扎完伤口，小梅已浑身湿透。

止疼止血药渐渐起了作用，疼痛减轻了许多，她强撑着支起身子，开始煮肉。弥漫的肉汤香味窜入了爷爷的鼻孔。他从昏睡中醒来，用微弱的声音问："孩子，是什么这么香，让爷爷尝尝！"

"不，爷爷，这你不能吃！"小梅含着泪水，拒绝着重病的爷爷。

爷爷最听小梅的话了，他感到愧对这个可怜的孩子。小梅的苦都是他给带来的，他还能说什么呢？

"好孩子，爷爷不吃，爷爷不饿！"说着，爷爷又昏睡过去了。

小梅边往灶膛里添着枯枝，边咬牙含泪道："爷爷，小梅明儿就给你做最爱吃的米糊糊，小梅有了钱先给你治病，治好病就给你盖个又大又结实的房子。那时候，小梅不用讨饭了，天天在家陪着你，还像以前一样围在你的膝头，听你讲神仙鬼怪的故事！"

小梅挪了挪受伤的腿，还行，还能动弹，误不了明天上工地献"羊羔"。

小梅迷迷糊糊地睡到东方放亮，先给爷爷热了一碗剩粥，服侍爷爷吃完，滴水未沾便要出门。

突然间，一股撕心裂肺的剧痛差点儿把小梅击倒在地。她抹了把额头的虚汗，一眼瞥见爷爷的讨饭棍，她爬过去，握在手里，用未伤的腿支起身子，把最体面的陶罐挂在胸前，一步一摇晃地向前挪着，长长的土路上留下了点点血迹。

守门的兵丁见一个受伤的孩子站在营前，脖子上吊着一个黑乎乎的罐子，以为要饭的来了，便大声呵斥着要赶小梅离开。

小梅舔舔干燥的嘴唇，央求道："好心的叔叔，我不是来要饭的，是来向大人献'羊羔'的，就放我进去吧！"

两个兵丁交换了一下眼神，其中一个向小梅道："多可怜，多可怜，不用你送，我们帮你去送，你有什么话，大人传你时你再说吧！"

"小女子谢谢两位叔叔了！"说完，小梅小心翼翼地取下罐子，交给了兵丁。不多一会儿，里边传下话来，让小孩入内领赏！

小梅一步一哆嗦地来到室内，见上面坐着一位身着官服的老爷，知道他便是自己要见的人。她刚要扔下棍子跪地叩头，上面的人问道："下面孩子免礼！你叫什么名字，为什么要向本官献食？"

小梅想了一下，回道："官爷爷……"

话刚出口，两旁的侍卫都止不住地笑出声来，他们从来听过这样的称呼。这一下倒也把麻叔谋给逗乐了，咧开大嘴哈哈大笑着。

小梅不知他们为什么笑，也难为情地傻笑着，但那笑比哭还难看。

"官爷爷，民女叫小梅，是爷爷取的名。"小梅奶声奶气地自我介绍道，"小梅听说吃羊羔肉能医好官爷爷的病，就送来了！"

小梅的声音不大，但吐字清晰，麻叔谋听得真真切切，才明白眼前的小女孩是为他献食来了，但他还是纳闷地问道："为什么不让你家大人来送？你一个孩子走路也不方便！"

"官爷爷，我家只有我和爷爷，他病倒了，快死了，我……"麻叔谋明白孩子的此行目的了。

"为了想为你爷爷治病，你才献的羊羔？"

"是的！"

"本官问你，这羊羔从哪儿弄来的？"麻叔谋凭自己的眼光判断，对小女孩所说的羊羔肉有些起疑。

"这……"

小梅的表情逃不过麻叔谋的眼睛："是不是偷来的？"

"不不不，小梅从来不偷人家的东西。"小梅略带哭腔地说道。

"好，既然不是偷的，又是从哪儿弄来的？"

"官爷爷，你先尝尝羊羔的味道，我再告诉你。"

麻叔谋没有说话，示意侍卫把罐子打开，嗅了嗅，又点点头，拿起小碗盛了少许，放在嘴边咂了咂，便道："汤是好汤，味道很好！"

说完，麻叔谋又拿起筷子夹了一块肉，放在嘴里品了品，连声说："好吃！好吃！味道鲜美！"

小梅目不转睛地注视着麻叔谋，眼中闪烁着热情。

"小姑娘，我尝了，很好吃，该你说了！"

小梅微微皱了皱眉，说道："官爷爷，人家说要是治好你的病，你会给千两黄金，是吗？"

麻叔谋想也没想，说道："不错，只要治好我的头疼病，我就给他重赏！"

"不反悔？"

"不反悔！"

"官爷爷，你现在还头疼吗？"

麻叔谋没想到她小小年纪，居然能说出这番话来，便晃了晃脑袋，惊奇地说道："怪了，还真不疼了！不疼了！"

"那官爷爷该给小梅赏钱了吧！"

"嗨，我倒叫这个小丫头给治好了，好好，本官这就给你赏钱！"但他转而一想，早知道治病这么容易，何必高价悬赏呢！于是又说道："钱可以给你，可你得说出这个秘方！"

"官爷爷叫我说我就说，官爷爷你看！"说着，小梅卷起了裤腿，现出血迹斑斑的创处。

"你……"屋内所有的人都惊呆了。

良久，麻叔谋才回过神来，顿时感到恶心反胃，作呕吐状。

小梅却不慌不忙，冷静地说："官爷爷，你放心，肉洗得干干净净的，没有留一点儿血在上面。小梅是按一个秘方做的，不会有事的。"

麻叔谋没有吐出来，被小梅一说便安静下来，心想，人肉就人肉，就当是一味普通的药。

"小姑娘，是你自己割的，还是……"

"官爷爷，没有人让我做，是我自己……"话未说完，小梅便嘤嘤地哭了起来，"爷爷他……"

所有的人都被这悲壮、惨烈的行为震撼了。

"小姑娘，你放心，本官说到做到！"说罢，麻叔谋让两个侍卫抬着小梅回去，把沉甸甸的赏钱也带走了。

小梅回到家才发现，千两黄金的赏钱已变成了十两白银！原来，麻叔谋只赏了百两黄金，可到了侍卫的手里却成了只剩十两黄金，到小梅手里就只剩十两白银了。

"这该死的麻叔谋！该死的侍卫们！"小梅咬牙切齿地骂道。

麻叔谋自从尝了人肉后，甚觉鲜美，但人肉岂是易得的？于是嘴里少不得念叨那个肉的好处："人肉原来是那么香，而且是少女的肉！"

这话经侍卫传到了外面，有好利的便把买来的、拐来的女孩通通往麻叔谋的住处送。

起初，麻叔谋也只是割些大腿肉煮了吃，人还给领回去，但随着口味的加重，他变着花样地吃起来，吃大腿、后背、嫩乳，渐渐地就只见活人进，不见活人出了。

一日，麻叔谋多饮了几杯酒，正巧，一个人贩子把一个十五六岁的丫头送到麻叔谋跟前。一过眼，麻叔谋那双贼眼顿时亮了。原来那丫头白白净净，生得十分俊俏，俨然一个大美人。那人贩子讨好地说，这女孩原是京城大家闺秀，知书达理，念过不少书，是在庙中烧香还愿时被熏香熏倒的，特地献与大人享用的。

女孩听这话时，怒目金刚般的表情让麻叔谋喜不自胜，他当即吩咐属下重赏人贩子，让其多找些这样的美人。

麻叔谋本来就十分好色，尤其爱看含怒的春色，今日这个女孩正合他的胃口。

他把侍卫全支出去，只留下姑娘一个人在屋内。麻叔谋用黑炭般的手去抓姑娘的玉腕，姑娘甩手就给了麻叔谋一巴掌！

麻叔谋一愣，没想到一个姑娘家竟有如此的掌力。他不怒反笑，说道："不疼，不疼，美人再多抽几下也不妨事！"

"天杀的狗官，休想在我身上占到半点儿便宜！"

姑娘此话一出，麻叔谋更是乐不可支，拍着巴掌喜道："好嗓子，好嗓子，都说美人的声音甜美如饴，真是不假！姑娘，再骂几句，本官从没听过这么好听的嗓音！"

"无耻之至！"

"好，骂得好，有耻只能做个好人，无耻才能升官发财！来来来，让本官亲一亲！"

"啪！"

这次的掌力比前次更猛，几乎用尽了姑娘全身的力气，扇得麻叔谋双眼直冒金花。他摸着肿起的黑脸，咬牙切齿地说道："真是敬酒不吃罚酒！来人哪，把她给我扒光！"

随着一声喊，五六个如狼似虎的兵丁闯了进来，抓住姑娘的双臂按倒在长凳上，不用几下就把单薄的衣衫剥了个精光。

姑娘拼命地挣扎着，嘴里骂个不停。

"把嘴堵上！"麻叔谋吼道。

他邪恶的目光在姑娘身上扫来扫去，喷着浓浓的酒气，淫笑道："一身好皮肉，光洁如玉，稀世之宝呀！"

他用力猛捏着，姑娘的身子剧烈抽搐了一下，头歪向了一边。

"上，不许停！"

几个兵丁争着往姑娘身上压，也给了在一旁观瞧的麻叔谋强烈的刺激，他如恶魔般的狂笑着。

麻叔谋一边抓过姑娘低垂的头，对着那冷峻、苍白的脸，狞笑着说道："死了也不能便宜你，这白嫩的肉不能浪费，得让老子好好地品尝一下！"

"去，"他回头向侍卫命令道，"把厨子叫来，让他拣最好肉割，老麻我要放开肚子吃！"

此时，麻叔谋眼睛通红，俨然一个嗜血的魔鬼。

麻叔谋吃人的兴趣愈来愈浓，吃腻了少女便又想吃孩子，于是一些地痞泯把偷来的孩子砍头去足，做成美味献给麻叔谋，周围村庄的百姓都提心吊胆的，生恐偷到自己家里，弄得民怨沸腾！

开河副总监令狐达对麻叔谋的所作所为也略有耳闻，细细打听，感觉到事态的严重，他决定把所知的一切再写折子悄悄呈给皇上。

可折子上去已有多日，却始终不见任何动静。令狐达有些着急：为什么折子呈上去总是石沉大海呢？

令狐达哪里知道，凡是参麻叔谋的折子都被中郎将王友给压下了。

王友是张义的同窗，当年同侍卫杨素。王友脑筋活，善于琢磨杨素的心思，所以很受杨素器重，步步升迁，以至于做到中郎将，呈给皇上的折子先要经由他的手。

张义看不惯王友的作为，劝他做事别违良心，忘了师训。对此，王友不屑地回敬道："说实话，现在的世道我算看透了，做个君子，谁拿你当盘菜？得有权有钱才吃得开。像我们这样一无背景二无银钱的人，再死抱着什么仁义道德不放，就等着一辈子受穷吧！官场如战场，你软，别人就会踩着你的头往上爬，既然混迹官场，谁不想混出个模样来？你以为那些达官显贵都是谦谦君子？呸！都是他娘的驴屎蛋子外面光！他们比谁都更肮脏，更卑鄙！什么仁义道德？那是骗人的东西，是聪明人束缚傻瓜用的五彩锁链！我们不是圣人，也做不了圣人，更不愿做圣人！"

张义见王友已经变成这样，知道他已被完全染黑了。自此，两人虽也见面，已没有什么可说的了。

王友在仕途上一路高攀，可谓春风得意。他在官场上的交往面越来越广，只要是能利用得上的，他就千方百计地结交，不惜使用任何手段。

有段时间，他听说高颍又要被重用，就连夜赶往高颍家。他知道高颍不吃请收礼，便特地给高颍送去一套书籍的孤本。高颍爱书到了痴迷的程度，一看到晚辈送这么好的书，便欣然收下，和王友成了忘年交。

麻叔谋升任工河总监后，特意向王友打了个招呼，其用意二人心知肚明。这就等于给麻叔谋上了保险，不管遇上多大麻烦，他都会稳坐钓鱼台。

这些黑幕，令狐达怎能得知？但他隐约觉得，朝中定是出了奸人，阻断了上下的言路。所以，令狐达准备搜集更多的证据，非得把这个作恶多端的麻叔谋给参倒不可。

工地上又频频出现怪事：河道偏离了设计，比原来多了两道弯，多开挖了几十里路，这偏离的线路里肯定大有文章。

原来，麻叔谋爱吃幼儿的恶习被一大户人家探知，这户人家就是离河道不远的陶家庄的陶庄主。陶庄主家有良田数百顷，是远近闻名的大财主。陶庄主有四个儿子，都不爱读书，整日里东游西逛，结识了一些不务正业的闲人。这一日，兄弟几人在酒馆内听人闲谈，知道运河要经过自己的祖坟，兄弟几个不安起来。老大愁容满面地说道："眼见祖坟被掘，我兄弟却束手无策，真是愧对祖先。若是挖去了风水，这富贵哪能久长？如之奈何？"

老二满不在乎地说道："再找个风水地迁坟呗！反正咱家的地方大。"

老三不满地白了二哥一眼，道："瞎说什么呀？风水宝地岂是好找的？再说坟地一迁，祖先地下能安眠吗？不如找几个手段高的朋友潜到营中，把麻叔谋给宰了，省得他再祸害人！"

老四最聪明也最好猾，嘿嘿一笑道："我听说要想取得，必先给予。麻叔谋是个贪财好利的家伙，打听到他最喜欢什么，给他送去，他必会想办法的。"

老大眼睛一亮，说："既如此，咱们快些去探听，也好让父亲对我们兄弟另眼相看！"

于是，几个人分别去了。晚上回家又聚在一起，各自说着。

老二抢先说道："麻叔谋最喜欢金子，见了金子，眼里就放出金光，这是他的致命弱点。如果给他送去几百两黄灿灿的金条，他肯定会帮忙！"

老大连连摇头："送几百两黄金给他？上哪儿弄去，反正父亲不会掏一个子儿，他老人家一两银子也舍不得花！"

老三神秘地说道："他最喜欢美女。这个变态狂把美女轮奸后再杀死，然后割食她们的双乳烹着吃，就像吃鸡吃鱼那样。若是到远村看到谁家的女孩漂亮，夜里便抢了来，献与麻叔谋，求他时，他肯定答应。"

老大听着听着，不满地数落道："你就知道明抢！上次惹的祸还小吗？把父亲气得三天不吃饭，险些起不来了。这次再干那种事儿，惊动了官府，惹恼了父亲，我们都得跟着倒霉！不行，再想别的主意。老四，你说！"

老四也不客气，开门见山地说："我的法儿最保险，也最省钱！"

"快说！"

"那麻叔谋又喜欢上孩子了。听说他改吃孩子肉了，二三岁的小孩儿肉嫩的很，他都吃疯了。我们若是长期供他，他能不高兴吗？"

"好主意！这是笔好买卖，现放着一班飞檐走壁的好汉，何愁那些货办不来？"

四兄弟计议定了，便叫几个手下去盗些孩子回来。几个人都是偷鸡摸狗的行家，个个有偷天盗日的手段。

次日一大早，陶老大便来到麻叔谋的营前，请守门的兵丁将肉献上。那些兵丁倒是乖顺，一面叫人拿进去，一面叫陶老大在登记簿子上把名字、住处都写上，道："上了簿子，便好领赏！"

陶老大便依着写了。稍停，营里走出一名侍卫道："方才献食的快些进来！"

兵丁催他道："去吧，领赏去吧！"

原来麻叔谋梳洗才罢，正要吃饭，忽听献食的来了，便尝了尝，香喷喷的鲜美异常。

陶老大进来便叩头上拜，对麻叔谋有问必答。末了，陶老大说道："小人聊表寸心，只恐乡村疮治，不堪上用。"

"味道非常好，难为你有这手厨艺！看赏！"

陶老大忙推辞道："小人原为孝敬大人，这厚赏绝不敢领受。"

麻叔谋道："赏以酬劳，原是应该，休要推辞！"

陶老大叩首道："若是领了厚赏，就显不出小人的一片孝心了！"

麻叔谋看着眼前这个一脸憨相的人，打趣道："你既然不受赏，那我若是再要时，可就开不了口了！"

陶老大急忙答道："大人肯让小人孝敬，这是小人的造化。大人如不嫌弃，小人情愿日日献食，若是赏赐小人，就是图利了，倒阻止了小人前来！"

麻叔谋笑着，拍了拍陶老大的肩膀，道："也罢，最后一并谢吧！"

"谢大人！"

自此以后，这陶老大每日将孩子肉献来，一来二去的竟成了麻叔谋的座上宾。

一日酒后，麻叔谋问他："你如此卖力气，枉杀了这许多孩童，到底为了什么？"

"大人容禀，小人所做的一切均是为了一方祖坟。小人合族有百来口人共守一处祖坟，这祖坟曾被仙人题破，很是灵验。如果坟上动了一块砖、一方土，小人全族必遭横祸。今不幸这祖坟恰恰在河道界限中间，若掘去，小人合族定逃不出一死。本想求告大人又苦无门路，故小人情愿将幼子杀了，又盗了许多幼童以为进身之地，只求大人开天地之恩，将河道略略改动三五丈地，便是救了小人合族的性命。"陶老大一番说辞说得麻叔谋也有些动心。

"这小子手也够毒的，亲儿子也忍心宰了？可话又说回来，他毕竟为我害了许多性命，若不依他，看他的样子，什么损招都能使出来。万一他把这事张扬到京城，传到皇上那里去，准是一个死！"麻叔谋暗暗想到，但转念又一想，"擅改河道也是死罪啊，这倒叫我为难了！"

可一想到那美味的佳肴，麻叔谋便又转过神来，道："你可知道，私改河道那是要杀头的！不过嘛，你这般情意殷勤，我实在过意不去，就冒死替你保全了，只是……"

"小人明白！今后大人有用着小人之处，小人便赴汤蹈火也在所不辞！"

于是麻叔谋便暗暗使手下人去办了，河道途经陶家庄时稍稍弯了个弧，避开了陶家的祖坟。

一天夜里，麻叔谋忽然想起陶老大来，心想，现在享着口福，全凭他的相助，可一旦运河完工，又到哪里去吃得这般美味？麻叔谋脑子里胡乱想着，不觉渐入梦境。

黑压压的人群围住了他营门，男的、女的、老的、少的纷纷攘攘，哭声遍地，都是被偷吃了孩子的苦家。

眼看愤怒的人群就要涌进兵营，麻叔谋急得像热锅上的蚂蚁，这时陶老大不知从哪儿钻了出来，跪倒在麻叔谋的脚下，哭诉着家中如何被砸，无处安身，求麻叔谋替他做主。

麻叔谋看到那些人个个眼睛发红，嘴里喷着鲜血，知道自己已无处可逃，哪里还顾得上陶老大，便责怪他道："都是你引来的这些村民！你不去挡住反来求我，让我跟你一块儿去受死吗？快出去，把他们赶走！"

陶老大哭诉道："老爷不知，他们还要到州府去告状呢！"

"告状？那是找死！哪个州府敢跟我作对？不用怕，去赶走他们！"

"老爷，他们还要结伴到京里告御状呢！"

"什么？告御状？他们能递上状子吗？中郎将王友是我的莫逆之交，管理着四方的奏章，过不了他那一关，就休想告御状！快去，把他们赶走！"

"老爷，派你的兵去吧，我实在害怕，他们会打死我的，他们全都疯了！"陶老大伏在那里，活像一只断了脊梁的狗。

"我的兵是保护我的，不是保护你的，你现在死也要给我死在外面！快出去，顶住！"

陶老大绝望地爬起来，一把抓住麻叔谋的前襟，死命地拽住，骂道："老匹夫，老子是为了你这只吃人的豺狼才沦落到今天的，你不仁我也不义，走，出去向他们讲个明白。要死，咱们也得一块儿去死！"

麻叔谋顿时觉得被勒得喘不过气来。正在这时，一阵狂风卷过，陶老大不见了，营门前愤怒的百姓也不见了。

麻叔谋正在奇怪，忽见一个衣着怪异的人进来拜见，口称是奉了大王之命请将军议事。

麻叔谋恍恍惚惚，不知所以，只得动身随他前去，不多时便来一处，只见宫殿巍巍，气象不凡，俨然王者的居所。那使者将麻叔谋领到殿前，拜见了大王。麻叔谋抬头观望，好一个威严的长者。

此人面方耳大，细眼长眉，一双手长垂过膝，三缕美髯过脐，三对眸子争日月之光，宽宽的臂膀显虎龙之势，他头戴紫金王冠，身穿绛绡龙袍。看样子，不是王爷就是皇帝。

麻叔谋两腿大战，以为又遇到克星了，慌忙叩头求饶："小人也是受那乡间无赖的捉弄，委实不知，请大王饶小人不死！"

不想那王者淡淡一笑，捋着长须，道："本王今日请总监前来，非为他事，而是想和你叙谈叙谈。"

麻叔谋一听此话，神经顿时松弛了下来，听得更专心了。

"本人本是两千年前的宋国国君宋襄公，奉上天之命镇守在此。如今你开河来此，听说要破坏城郭，本王为全城百姓着想，特请将军来商议一下！"

原来如此，麻叔谋顿时又放松了许多。

宋襄公又说："如果将军能保全此城，那么满城的父老都会对将军感恩戴德的。"

"连前朝大王都有求我麻某人了，真是过瘾！"麻叔谋不免一阵窃喜，但又故作为难地说道："开河是奉皇上之命，小臣不过是奉旨行事，怎敢擅移河道呢？"

宋襄公又道："就是护城也不是小王自己的意思，而是上天之意。此地若干年后当有王者降生，建万业之业，因此万不可把龙脉穿凿坏了！"

麻叔谋好奇，便问："那王者姓什么，建立什么朝代？"

宋襄公说："这些都是秘密，岂可轻易示人？你也不必打听了！"

麻叔谋还要饶舌，旁边闪出一人，俯首道："大王，臣闻此人乃奸佞之徒，和他讲什么道理，只问他肯不肯奉行天意便是了。若是应了，一切皆休；若是吐半个'不'字，只教他受酷刑而死，难守全尸！"

麻叔谋闻听此言，吓得脸都变色了，偷偷看了那人一眼，原是一副十分怕人的嘴脸，叫人望而生畏。

这时，宋襄公说道："本王因要他护城，故而如此，你且问他应还是不应！"

那人走到麻叔谋跟前，一把提起他来，问："护城之事，你是应还是不应！"

麻叔谋早吓得魂飞魄散，哪里还有力回答，只是白着眼珠作垂死状。

那个人把麻叔谋往地上一丢，大声道："灌他铜汁，叫他肠胃俱烂！"

这声吼把麻叔谋吓得清醒了。他连滚带爬地扑向襄公，抱住宋襄公的双腿哀求着："大王饶命，小的愿保城池！"

众人又去拽他，他杀猪般大声嚎道："大王饶命，小人愿听大王号令！"

宋襄公道："他既愿意保城，且放他起来！"

麻叔谋试了几次，才摇摇晃晃地站起来，道："谢大王不杀之恩！"

麻叔谋说着便要辞行，宋襄公又说道："你既肯护城便是有功之人，当赐你黄金三千两。若中途变卦，定不饶你！"

麻叔谋心慌胆怯，哪里敢再多一句话，连声诺诺而退。

待走远了，麻叔谋方想起赐金之语，回首问相送的使者道："方才大王所赐的金子，想是叫你拿着吧？"

使者笑答："谁拿金子来着？"

麻叔谋急辩道："方才大王明明说'当赐黄金三千两'，你如何这般要赖？"

使者正色道："休得胡言，小心铜汁灌口。既赐予你金子，就必有个下落！"

麻叔谋缠着问道："下落何处呢？"

使者答道："都在睢阳百姓家里，明日来献！"

麻叔谋道："百姓献的，大王怎能当作人情？怕不是大王从百姓那里吃回扣了吧？"

使者怒道："休要胡扯，你以为人人都像你这样贪婪无耻？小心大王再把你拘拿了去！"

麻叔谋一听又要拿他，竟急出尿来。这一急，麻叔谋竟猛然从梦中醒来，才发觉乃南柯一梦，摸摸身下，果然水汪汪的一片湿滑。

麻叔谋早晨起身时仍神思恍惚、面容憔悴，仿佛生了场大病。还没来得及洗漱，就有侍卫引入一人，来人一身青衣青帽，悄悄附耳道："小人乃睢阳城中百姓，恐挖河伤损城池，合城百姓共凑了黄金三千两，情愿献与老爷，求老爷开恩回护此城！"

说着，来人一招手，两个壮汉抬进两个箱子来，置于地上，打开让麻叔谋观瞧。麻叔谋心中惊讶不已："果有三千黄金，看来昨夜梦中之事非虚了！"

想起梦来害怕，看到金子又喜，麻叔谋已没有选择的余地了，便说："为了你们的安居，我却要违背圣旨，若是不依，又该责我不讲情面。其实，我是左右为难的。罢罢罢，天大的干系我一人担着，就依了你们！"

那青衣人连连道谢："老爷的天恩，我等没齿难忘！"

麻叔谋又嘱道："事情就这样定了，你们万不可在外面乱讲，快快离去吧！"

几个人叩头而去。

麻叔谋得了金子，爱不释手，遂传令绕过睢阳城，将河道改往向西南转折，这一改道，又足足比原来多挖了二十余里。

令狐达了解了上述真相，气得咬牙切齿，又写了一道奏疏，递了上去。

运河日夜向前延伸着，无数的村镇和良田在它面前消失，代之以六十余步宽阔的河面和两岸平整的大道，两条由绿柳组成的绿色长龙护卫着御道和河岸。

八月，运河全线竣工，而沟通淮河与长江的邗沟也几乎同时完工。邗沟长三百余里，宽六十步（约合五十九米），渠两岸也是修御道、植柳树。

杨广接麻叔谋奏报，得知运河已全线竣工，喜不自胜，对群臣道："自开工至今不过半年时间，偌大的工程便完成了，真是神速！着令嘉奖有功人员，朕不日即前往视察，检查工程质量，诸位可随朕前去。诏令宇文恺、麻叔谋引水入渠。"

麻叔谋领了旨，便与令狐达亲带众丁夫前往孟津去掘河堤。黄河河床较高，比运河的河底高出几丈，只要掘开一点口子，那河水便会顺流而下，奔流不息。掘口那天，随着最后一块挡板撤去，浑浊的黄河水立刻翻波涌浪、滔滔不绝，如一条黄龙迅急地向远方游走，场面之壮观令两岸围观的众人都欢呼雀跃。那水一路向东南奔去，不到两天，黄河之水便奔到了淮河。

【第十一回】

察冤情国法除恶吏，悲世事良言刺昏主

杨广为众臣颁赏，却不见李春，便问麻叔谋道："李春为何不见到来？"

麻叔谋说道："李春在工地妖言惑众，贻误工期，自知罪责不小，恐圣上怪罪，私下逃遁，不知去向。臣多方搜捕，未有其果，是臣管束不力，臣请皇上降罪！"

杨广听罢大怒，说："无名小卒，不思报恩反坏我大事，着实可恨，待拿住这负义之徒，定严厉惩处！"

令狐达在下面听时暗暗为李春叫苦，又对麻叔谋的阴险更增一分愤怒。高颖、薛道衡等人心知这必是麻叔谋陷害李春，脸上皆有不平之色。

众臣看杨广发怒，本来融和欢愉的气氛立刻转了向，都有怨恨麻叔谋之意。

杨广发了火，见众人不语也觉无趣，便又换了一副面孔，道："今日乃大喜之日，朕欲与众爱卿同游，与众同乐，共享这太平盛世。王爱卿，龙船都准备好了吗？"

王弘听到，连忙回禀："回陛下，各种龙舟都已备齐，只等陛下检阅。"

王弘任职黄门侍郎，乃宇文恺所荐，也是一个只知害民邀功的佞臣。

"好，王爱卿造船有功，理应重赏！"

听到此话，高颖、薛道衡等人的脸色更难看了。

罢朝之后，杨广单独留下了薛道衡："薛爱卿，你知道朕为什么独独留下你吗？"

薛道衡本来就有些纳闷，又听杨广这么问他，一时不知道如何应付，只好道："请陛下明示！"

杨广走近一步，道："适才你的脸色告诉朕，你似乎有话要说。"

薛道衡没想到杨广观察地这么细致，心头一震，道："臣没有什么要紧的事，无本可奏！"

"不对，你应该有话！放心吧，你只管说，朕不会怪罪你的！"

薛道衡茫然地望着杨广，不知该不该把所知的情况报给皇上——他对杨广心存疑虑。

"你对朕不敢说？"杨广又逼问一句。

"陛下，如果说非要臣讲的话，臣就讲几句肺腑之言。陛下知道建东都、修运河死了多少丁夫吗？"

"死人的事朕知道，但绝不像有些人所传那样多，再说这么大的工程，伤亡也是不可避免的。不过无谓的死亡，朕也是要追究的。"看来杨广对真实情况并不真正了解。

薛道衡一听杨广又为那些佞臣辩护，更加憋气，便说道："有人假公济私、中饱私囊，百姓们怨气冲天，陛下不知听说了没有？"

杨广惊疑地睁大了眼睛，问："确有此事？"

"陛下只要把各地奏章都看一遍，黑白就分明了！"

"好，提醒得好！朕一旦查明，一定严加惩处！"

"陛下英明！如果陛下能经常到各地看看，了解一下民情，就不会被蒙蔽了！"

"言之有理！明日朕就借游河的机会，多了解民情民意！"

"如能这样，实是大隋之幸，万民之幸！"薛道衡的脸颊有些潮红。

第二天，在鼓乐喧天的乐声中，杨广率后妃与百官一起登上各色龙舟，拔锚起航。一路上伴着管弦之乐和哗哗的桨声，大家都沉浸在高度的兴奋中。

杨广和萧皇后同乘一号龙舟。这条船犹如一座移动的宫殿，华丽而壮观。船分三层，杨广携萧皇后登上了龙舟的最高层，举目四望，御河两岸的景致尽收眼底，整齐的田地、宽阔的御道、绿色长龙似的护堤柳，在秋阳的沐浴下，显得越发妖媚。

迎着秋风，杨广拥着萧皇后伏在朱栏上忘情地饱览这壮美的河山，不禁心潮澎湃，诗兴勃发，几首乐府古韵轻轻地流淌出来。

听着杨广抑扬起伏的声调，萧皇后的眼睛里洋溢着几多自豪和赞美，脸上鲜明地挂着甜甜的笑意："皇上，听说这工程只用了一百七十一天？"

"是啊！从设计、勘测到动工完成，不足六个月，堪称奇迹啊！"

"如此说，治河的人真是了不起，理应重赏！"

"当然！朕已经重赏了开河总监麻叔谋，宇文恺就不必说了，其余大小官员也一并沾了他们的光！"

"这是项历史性的贡献，怎么赏也不为过。其实最应立碑记功的还是首推皇上啊，您是决策人啊！"

"是功是过，自有后人评说！历史不光写在书页上，还写在人们的口中、心上，写在江河大地上，写在万水千山中，它们才是历史的见证！"

"皇上英明！"

天高云淡，前方的河面上波光粼粼，像无数面银镜在闪耀，笔直开阔的河面令人心旷神怡。向后望，船队中，文武百官及各国使节在龙船上边观赏着两岸的风景边打趣说笑着。

杨广乘着龙舟边行边看，不觉太阳已经西斜，群鸟纷纷回巢，杨广才决定回行宫。

下了龙舟，刚到行宫门口，杨广便看见一群百姓呼天抢地地向这边涌来。杨广纳闷，立刻令人打探情况。不一会儿，派出去的人回来禀告说，那是一群告御状的苦主。

杨广顿时警觉，立刻传旨召见他们的代表。不多时，两个衣衫不整、形容疲惫的老头被带到杨广的面前，一看见身着皇袍的杨广，纳头便拜，口称万岁。

"两位老人家请起，你们风尘仆仆，想必走了很远，究竟要状告何人啊？说出来，朕替你们做主！"

听到这话，两位老头话未说，泪却先淌了下来，悲切地说："草民状告麻叔谋！"

杨广一惊，暗想：如果不是民愤极大，百姓们不会冒死来告御状，他们一定有沉冤要诉。于是，杨广安慰道："你们不必悲伤，可以慢慢地说！"

"皇上，那麻叔谋不是人，是吃人的豺狼，比豺狼更坏！"两个老头恨得咬牙切齿地说道，"他没有人性，把我们的孩子活活给吃了！"

"什么，吃人？吃小孩？"

"他让人把我们的孩子偷去杀死，然后吃掉！"

杨广瞪大了眼睛，脸上的疑惑和愤怒交织在一起，半晌没说一句话。忽然，他从震惊中醒来，急问："有多少人受害？"

"不计其数！"

"真是个畜生！"杨广骂道，"真是伤天害理，天地不容！来人哪，立刻把麻叔谋拘押起来，听候审讯！还有，把令狐达传来见朕！"

杨广余怒未消，气冲冲地来到了萧皇后的住所，把萧皇后给吓了一跳，疑惑地问："皇上，到底发生了什么事？您的脸色……"

杨广不说话，只摆了摆手。宫女们都屏气敛声，悄悄退出房门。

稍停，杨广开口道："麻叔谋这个东西简直无法无天，竟然偷食人家的孩子，弄得人心惶惶，百姓四处申冤，真该千刀万剐！"

"皇上，您先消消气，他麻叔谋知法而犯法，自有国法惩治。臣妾倒是觉得，若无什么背景，谅他也不敢！"

"不见得吧，江山易改，本性难移。麻叔谋这种货色只配做屠夫，杀人放火，黑天劫道，欺男霸女，忤逆不孝。就算给他戴上金冠银冠，他仍是个破烂儿货，跟他人有何关系？"杨广坐在翠色锦褥上抖了抖龙袍，将一柄象牙骨的纸扇掷到了地上。

萧皇后俯身拾起纸扇，也不言语，只默默地沏了一壶香茗，那香气立刻充满了整个屋子。

杨广深深吸了一口，闭了眼，似在品味这亲切的茶香。看到这情景，萧妃笑吟吟地用小盏斟了一碗，双手递与杨广，道："消消渴吧，今日天干地燥，正宜饮用。"

正在这时，太监来报，令狐达到了。杨广传旨让他在殿外候着，便整整衣冠出了大殿。

令狐达本来就是开道的，形影不离地跟杨广在一号龙舟游览，适才看到一群黑压压的百姓向杨广的行宫涌去，便知一定是状告麻叔谋恶行的苦主，算定皇上要召见自己。所以，传旨的太监一到，他马上便来了。

待令狐达拜叩已毕，杨广道："令狐将军，你身为开河副总监，半年来一定吃了不少苦。"

说到这儿，他停住了，审视着令狐达的表情，令狐达也在品味着他的话。

"蒙陛下抬爱，臣诚惶诚恐。臣食君禄当为君分忧，假令臣有尺寸之功，也全赖陛下的拔擢！"

"朕且问你，开河以来，工程是否顺利？你和总监麻叔谋合作如何？"杨广没有单刀直入，而是绕着弯子盘问道。

令狐达好像了解杨广的心思一样，也是打着旋地回答："回陛下，御河工程浩大，出点儿麻烦也在所难免。至于和麻大人的关系，麻大人在奏折中已经提到过，臣以为应以国家和大隋的利益为重，不能用个人感情代替国家利益，当皇上的形象受损、百姓的福祉被损时，臣只能舍小而顾大，舍私而为公了！"

"好，朕需要的就是这样的臣子！你说说看，你发现了什么问题？"

"回陛下，臣正有一事不明，恳请陛下明示！"

"你说！"

"臣曾三次上书陛下，禀告开河工地上的怪异事情，却都毫无音信，不知何故？"

杨广惊问："有这等事？朕一定查明原因，把这件事的幕后主使找出来。朕现在就听你详细地把情况禀明！"

"臣遵旨！"令狐达便把前前后后的情况一一奏明。

杨广耐着性子听完了奏报，早已是怒火胸中烧，牙咬得嘎嘣嘣直响，高声叹道："自古及今也难寻这种匹夫，真应千刀万剐，方解朕心头之恨！"

杨广当下又要侍卫去捉人犯，令狐达进言道："拿贼要赃，捉奸要双，麻叔谋老奸巨猾，万一他听到风声，毁了证据，死不承认，捉住他也是枉然。陛下可派人一路去搜集证据，一路去捉人犯，方为妥当。"

杨广准奏，同时又令人去寻李春。

麻叔谋那日领了赏之后，得意洋洋，浑然忘却了杨广要亲自游历通济渠的事情，回到家中胡吹海侃地向属下和家人描述了受赏的盛况。

"皇上亲自为我颁奖，又为我专门摆了庆功宴，还向我举酒祝贺，朝中重臣和王公们在一旁作陪。那些重臣个个眼睛通红，你们知道为啥？那是嫉妒呀！你们想，这么短的时间就修好了这么大的工程，不得了啊，从古到今哪个敢比？也就是我麻叔谋，换个人也甭想这么风光！你们还别说，这运气顺便百事顺，没办法！"麻叔谋手舞足蹈，唾沫星子乱飞，说得下属和家人们都齐声喝彩。

四姨太不以为然，撇撇嘴，嗲声嗲气地说道："得了得了，我的老爷啊，您就少卖弄吧！人怕出名猪怕壮，传扬出去，不一定是什么好事，还是夹着尾巴的好！"

这个四姨太说起话来从不饶人，可麻叔谋偏偏拿她没办法。

"你这个乌鸦嘴，有事也是你唠叨出来的！"麻叔谋最爱讲个面子，当着这么多人，他感到有些难以下台。

众人都来劝解，四姨太转身扭着屁股进了内屋，众人也不欢而散。

麻叔谋回到内室，又在烛光下打开了他的百宝箱，里边除了金灿灿的元宝和耀眼的珍珠、玛瑙、宝石外，还有一株稀有的红珊瑚树，造型别致，颜色诱人。箱底还有一对玉璧，堪称绝品——那是从留侯庙盗来的祭品。

这些都是此次开河的收获，他像珍爱眼珠子一样珍爱着它们。他设想着用这些钱继续打通朝中的各个关节，谋个更有油水的差事，然后再捞更多的钱，置上成千上万亩良田，修一座皇宫似的庄园，娶最漂亮的女人……

这天晚上，他搂着百宝箱睡着了。忽忽悠悠的，他踏着云彩来到了一座庄严华妙的宫殿前。刚到大门前，两个孔武高大的兵士拦住了他的去处，喝道："你是何人，竟敢私闯禁地？"

麻叔谋紧紧抱住百宝箱，怯怯地答道："在下是开河总监麻叔谋，不知这是何仙宫，能否允许一观？"

"既然是大名鼎鼎的麻总监，那就请进吧，不过你手中的箱子不准私带入内，必须没收。"

麻叔谋一听就急了，把箱子抱得更紧了，心想，就是丢了性命也不能丢了宝箱，于是说："二位兵头，既然这样，那就不麻烦你们了。"说完，转身就走。

可两个兵士却抽刀拦住了他的去路，高喊："哪里逃，留下狗头再走！"

这一声，吓得麻叔谋大叫一声，连人带宝箱摔下云头。

麻叔谋汗涔涔地睁开眼睛，方知刚才是在梦中。他抚摸满箱的宝物，喃喃自语道："好在是大梦一场，如果真有劫财的，我非拼命不可！"

迷迷糊糊中，他隐隐约约有一种不祥之感。

第二天天刚放亮，麻叔谋就沐浴更衣，穿戴一新。他预备去庙里祷告一下，祈求人财平安。因为昨夜里睡得不安稳，麻叔谋的黑脸上仍带着浓浓的倦意，厚眼皮显得更肿了。

到得庙中，麻叔谋嘴中念念有词，拈起一签——是一支下下签，吓得他顿时脸色煞白。麻叔谋怔怔地跪在那里，惶惶之情充满了他的躯壳。他决心再算一卦，在心里念了一千遍的阿弥陀佛后才颤抖着双手抽出一支签，闭了眼，放在手里温了一会儿。

他睁眼一看，啊的一声，炮烙似的扔下了签子——又是一支下下签。

麻叔谋失神地望着佛祖，缭绕的轻烟中，佛祖那威严的脸上一丝笑意也没有，是在愤怒、嘲笑，还是在袖手旁观？

他不记得是怎样回到家中的。他以往是不大相信神佛的，也不拜佛烧香，但开河过程中他所经历的事情告诉他，不敬神佛必遭天谴，于是他不得不学会如何跟神佛交往。

"难道佛祖真的发怒了？我真的要死于非命？不行，我老麻在战场上杀人不眨眼，开河时又害过不少命，怕过谁？当真有人来取我的性命，我便和他拼了。我家中现有不少的家兵，他们平日里都誓死保卫我的，现在派上用场了，我要用他们的热血为我组成一道攻不破的防线，我要让他们时时刻刻都不离我的左右，刀枪在手，全副武装！"

麻叔谋几近崩溃了。虽然居室前前后后布满了家丁，但麻叔谋仍紧闭着门窗，把纱帐放下，蒙头缩在锦被下，口里还不停地呓语道："不要抓我，不要抓我！"

妻妾儿女们都惶惑地围在他的床边。郎中来过了，摇着头离开了，家人便又请来了施法的术士。术士挥剑在屋里驱了一会儿厉鬼，烧了三道符，又交给麻家人三张咒符，言明明日午时必然痊愈，可第二天午时过去许久，麻叔谋仍在不停地折腾着。

家里人绝望了。

就在一家人悲悲切切之际，门外来了一位游方道士，声言有仙丹一粒，要面呈府上的贵人。

家人便把他请到内宅，香茶相待。

家人叩问仙长的法号，道士抚须含笑，道："只为救人而来，何必留名留姓？闲云野鹤，浪迹天涯，不求功名利禄之人，要名何用？"

道士命人取来纸笔，展纸疾书，转眼间便写就了一幅苍劲雄浑的草书。家人读那草书，道是："心底无欲，万病皆无；千金散去，乃疾立愈！"

"仙师，仙丹何在？"

"良言一句胜抵仙丹玉露，好自为之吧！"言罢，道士起身离座，飘然离去。

麻府的家人望着道人远去的身影，都面面相觑。

"散财救人，兴许是个法儿，不然老爷他……"

一个小妾话未说完，就被麻夫人骂住："狐狸精，还卖弄呢？不然怎么会有今天？老爷都是你们害的！"

那小妾被骂，红着脸诺诺退下。

麻夫人把那手中的字幅掷在地上，不屑地说："野道人，想着法子化缘，竟骗到麻府了，老娘可不上当！散了银子，那就等于要了老爷的命，只能是加重老爷的病情。"

麻叔谋的大儿子忍不住接道："父亲的病来得快、生得怪，常人常法治不了，为什么不试试看呢？再说，父亲贪财、聚财、守财成癖，把那堆积如山的银子散出一些，周济穷人，让他们感恩于父亲，又有什么不好？"

这话重重刺激了麻夫人。她疾言厉色道："混账东西，一派胡言，都是你那老娘教坏了你，竟敢数落起你父亲来了？他贪财好色，才会生下你这个不孝的孽种！"

原来，麻叔谋的妻子没有生育过男孩，大儿子是麻叔谋与一青楼女子相好时生的。母以子贵，青楼女子便被接入麻府。从此，两个女人的征战从未间断过，让麻叔谋好不恼火，却又束手无策。

麻夫人的恶语果然又点燃了战火，两个女人撕扯在一起，从地下一直打到床上。

几个年轻的妾到底是力气大些，硬是把两只母老虎拉开去。大老婆尤不解气，顺手抄起一只茶盅抛向对手，没想到竟正砸中麻叔谋的头，结结实实地开了一个口子，血顿时涌了出来，吓得众人连连惊叫不迭。

正在大家慌乱之际，麻叔谋从迷昏中清醒过来，忙问身边的人究竟发生了什么事？

大家又惊又喜，倒不知从何说起了。麻叔谋看到满地狼藉的样子，又捂着隐隐作痛的头，叹口气道："家门不幸！家门不幸啊！"

正在这时，府门外一阵喧闹，家丁来报："一队宫中侍卫围住了大门，看样子来者不善！"

这时，只听有人高喊："麻叔谋接旨！"

麻叔谋滚下床来，胡乱穿了官服，战战兢兢地接旨，然后又在家人的提醒下伏地谢恩，但圣旨上的话他一句也没听清。

两个宫廷侍卫架起麻叔谋就走，家中人哭声顿起，妻妾们比死了爹娘老子哭得还悲。麻叔谋被抓走后，家中财产一概充公，只是未株连家人，多少让麻家人等都舒了口气。

经大理寺审结，麻叔谋对杀人吃人之事供认不讳，但却矢口否认和石羊的联系。事到这份上，他已抱定一个死，但谋反之事是断不能吐一个字的。最终杨广颁旨，判麻叔谋以极刑，一同受刑的还有陶家兄弟等一干恶棍。

杀了麻叔谋，杨广的烦忧并未见轻。因为龙脉未断，那"十八子"究竟是真是假尚不清楚。而麻叔谋一死，"石羊"更不好追查了，谜团挥之难去。烦闷之余，杨广便与萧皇后一起登上龙舟去运河游览风光了。

"虽说这事有嫁祸之嫌，但谁又知道这其中隐着多少玄妙的天机？或许真有一个姓李的要与朕争夺天下！果真那样，朕断不能姑息，须及早斩草除根！"杨广心里这样想着，对眼前大片的风景也就睹若无物了。

龙舟在清波中徐徐前行，头顶不时掠过几只黑色的鸟，轻灵、迅捷。

"皇上，杀了麻叔谋，百姓们总算出了口恶气，皇上为何还不高兴呢？"萧皇后并排坐在舱窗前，把杨广眉目间锁着的一丝不快全都看在眼里。

"不知李春找到没有？派出的人已经好几天了！"杨广像在自言自语。他没有回答萧皇后的问题，但聪明的萧皇后已猜到了他的心思。

这时，一个小太监轻声禀告："启禀皇上，突厥使者求见。"

杨广一听，立刻抖擞精神，道："来得正是时候，让他们在正则殿等候！"

小太监答应一声出去了。萧皇后笑着说道："他们也想凑热闹，一路追到这里来了！"

"这热闹凑得好，让他们这些番邦外族见识一下什么是泱泱大国的气势和风范！"

萧皇后附和道："皇上在华丽的龙舟上接见番邦，更显得与众不同。这宽阔的运河，数不清的大船，还有威武雄壮的御林军，无不在向他们展示我中原大邦的富强，定会让他们心存敬畏的！"

"皇后所言极是，朕这就去会见一下启民可汗的使者！"

启民可汗自从归附之后，杨广继续对其优抚，比父皇杨坚又多了几项内容，比如选他们的贵族子弟入太学学习，甚至可以参加选择考试。启民可汗对此心存感念，不断派来使者问候请示诸事，特别是对外的交往，他们必先来向杨广请示。

杨广更换朝服，在众臣的簇拥下，来到龙舟中间层的正则殿——宽敞的临时大殿。使者送上了启民可汗的书信，又送上为杨广精心准备的十颗夜明珠。

"启奏陛下，此次臣奉可汗之命前来贺喜，祝贺伟大的运河成功开凿，顺利启用。同时也是来回禀陛下关于吐谷浑王欲乱之事！"

　　杨广并未在意他的祝贺，听说吐谷浑又要生事便格外关注，急切地问道："你把情形仔细说一遍，一点儿也不要落下。"

　　于是使者便一五一十地把前后的经过说了一遍。

　　原来，吐谷浑王贪婪成性，早就对富庶的中原垂涎三尺，但慑于隋朝的强大而不敢轻举妄动，便试图联络突厥诸部一同南下，一蹶不振的西突厥诸部答应了吐谷浑王的请求，但要求吐谷浑先帮助他们灭掉启民可汗，待大功告成后才肯出兵相援，吐谷浑王爽快地同意了。

　　西突厥部落中有些人与启民可汗交往甚深，得知这一消息，迅速密报给启民可汗。启民可汗大惊。

　　启民可汗的部族经连年混战，部队战斗力已大大降低，哪里经得住两支主力军的联合进击？他便一方面加紧备战，一方面火速向隋朝求援。

　　杨广闻听此言，哈哈大笑道："这个吐谷浑王大概是欠揍了吧！不过，要是再打就绝不能轻饶了他，非打得他连老本都赔光了不可！"

　　使者听到杨广这个态度便放下了心，连连叩头致谢："可汗的臣民有救了，陛下的恩德将像日月一样高，像草原那样亲，我们愿把所有的吉祥都献给您，把无限的忠心都捧给您，您是我们部落的大救星！"

　　杨广更乐了，道："你们既然是朕的臣民，朕当然有义务去帮助你们。事情紧急，你们速回去复命，朕即刻调兵遣将！"

　　杨广以最快的速度下诏廷议调兵，并派宇文述领兵救援启民可汗。

　　处理这件事，前后仅用了两个时辰。

　　杨广离开顶仓，又回到二层的厅堂，见牛弘站在一旁，便转头向牛弘问道："爱卿对遴选英才的考试内容还有何补充啊？"

　　牛弘答道："回皇上，这一点，薛大人有更好的主意，何不请他说说呢？"

　　"言之有理。那就请薛爱卿畅所欲言吧！"薛道衡是以考试选拔人才制度的积极支持者，因此，杨广转头向薛道衡说道。

　　薛道衡倒也不客气，当仁不让地说道："首先应划定考试的范围，就是儒家的经典，包括圣人的《论语》、亚圣的《孟子》，还有《诗》《书》《礼》《易》《春秋》，除此之外，先秦诸子散文、《史记》《汉书》《三国志》《后汉书》等历史散文都应涉猎，这样才能考察出一个人的博学程度。这样一级一级考下来，一定能选到知识广博、能力全面的人。特别优秀的，皇上不妨亲自出题考察，一定可以选出经天纬地的人才来。"

　　"诗文史哲是必须考的，也可以加一些实用性的知识、应用性的技能，将来为官一方，也好造福黎民啊！"杨广补上一句，"官员的素质高低应该看选拔的内容和方法，引导着他们的学习内容的选择，可谓百年大计。大隋朝的千秋大业，就有赖于这些有真才实学的学子们了。"

听着杨广的话，薛道衡的鼻子有些酸，嗓子眼儿有点堵，使劲地咽了咽，道："谢皇上的知遇之恩，臣一定倾其所能把这件事规划严密，真正考出他们的水平，精选出良才来。"

"好，薛爱卿，全力去办这件事吧，朕会记住你的功劳的！"

其实，以考试选才的方法早在杨坚时就已开始尝试，已积累了不少的经验，薛道衡、牛弘都参与过这项工作。不过，他们在具体操作中发现有不少地方尚待完善，这与杨广一拍即合。后来，唐朝名臣杜如晦、房玄龄、李敬等人，皆是在大业年间考中的进士，是李世民经国安邦的栋梁之材。

一直聊到繁星满天时，杨广才想起去吃饭。

杨广今日吃得格外香，将一只熏鸡吃了大半个，半条羊腿也啃得精光，连平日夹不上几箸的蒸熊掌和烧虎鞭都嚼得香甜香甜的。最后，杨广又将一碗香喷喷的小米枣粥喝进肚里，咂咂嘴，舒坦得像个神仙。

"皇上今天食量大增，莫非得了什么彩头？"萧皇后一旁笑吟吟地打趣道。

"皇后猜对了，今日朕得了个头彩，发了个大财！"杨广故意神秘地挤了下眼睛。

"皇上得了彩，得与民同乐方为至美，臣妾也须分得一杯羹！"萧皇后不禁撒起娇来。

"朕怎能贪吃独食？一定会分给你的，但不是现在，要等到子时才可！"杨广一本正经地说道。

"为什么要等到深更半夜？那时臣妾又该困了，怕是您又要什么花招吧？"

"不错，花招是要要的，不然怎么尽兴呢？"

萧皇后羞得满通红，嗔道："皇上好坏，又在戏弄臣妾！"

"你不也常常在被窝里戏弄朕吗？"

"皇上！"萧皇后用双手捂住了脸。

"今晚我们重演龙凤戏珠，朕主演，你和两个妃子做个配角吧？"

"今晚哪个陪侍？"

"就让袁宝儿和妥娘吧！"

"袁宝儿昨儿病了，妥娘那个来了！"

"怎么这么巧？你看着办吧！"

"皇上现在广有四海，多几个美女侍候也是应该的。再说皇上的赏花天赋极高，无论是北国佳丽、还是江南靓妹，探海神针一到便判出个高低上下，皇上永远是不倒的水手！"萧皇后扳着杨广肩头咻咻地笑着，露出两排闪亮的银牙，在烛光中更加妩媚动人。

"你笑什么，还怕朕败在你们手下不成？"

"臣妾知道那虎鞭的奇效，吃了虎鞭，虎虎生风，皇上又要一逞龙马精神了！"

"你休要打趣，给朕列的'群芳谱'呢？不是说有十位顶级的佳人、七十位稀世珍品吗？翻来覆去的就那几个，朕都觉得有些乏味了，也得换换口味了！"

"大龙船上共有三十位可人的佳丽，总不能全上吧！"

"你呀，简直把朕当成配种的公猪了，就是朕铆足了劲儿也不能人人得沾雨露啊！朕毕竟是人呀！"杨广跟萧皇后开惯了玩笑，说起话来有时就没有了忌讳，只是一味地玩乐。

"袁宝儿病得怎样，御医看了吗？"杨广敛起笑容，认真地问。

"也没什么病，早上贪凉，在船头立得久了，经风一吹，头有些痛。她这个人身子骨单薄，又多愁善感，时不时一边流泪一边吟诗，叫人又是怜惜又是担心。"

"你多照顾她些，毕竟才十六岁！"

烛光跳跃着，似乎随着龙船的起伏而摇曳着。水面上完全静下来了，只有岸上的蟋蟀声远远近近、高高低低地轻唱着。

杨广轻轻来到小窗旁，随手打开舷窗，一股清凉凉的风扑面而来，带着几许潮湿和淡淡的桂花香气。

远处一堆堆篝火的余烬还在闪着红光。这些兵士们实在太辛苦了，白天行军，晚上只能睡在露天地里。

"明天，让人慰劳一下他们，吃一顿大鱼大肉！"杨广心里想道。又一阵凉风吹来，隐约有断断续续的女人的歌声传来，声音很低，呜咽幽积，仔细听来竟像是楚地小调，大概是悼念、怀想亡夫的。

"这会是谁呢？一个寡妇或是一个失去儿子的母亲？为什么在这冰凉夜晚低唱呢？"杨广的心被牵动着，再无心欣赏这秋夜的河上风光。他关上窗，回转身，正好与萧皇后黯然的目光相遇。

"怎么，你也听到歌声了？"杨广试探着问。

"是的，我是想到了……"萧皇后是想到了儿子，想到了父亲，想起了兄长。多少年来，父亲和兄长的影像鲜活地在她脑中一再浮现。他们操着浓重楚地方言的哀怨话语，像石锤一样敲击着自己的心扉。

她双手扣住杨广的颈项，光洁的额头紧贴在杨广长须飘飘的下巴上，细语如莺地说道："皇上，听听臣妾的心窝，现在它还在跳动吗？"

杨广的手在萧皇后瀑布似的长发上抚弄着，忽然感觉到怀中的这个女人似乎有什么特别要求，便道："皇后，忘掉不快吧，良宵难得，今晚就着这金风玉露，且受用这美妙的快乐时光吧！"

"让新人陪王伴驾吧，皇上不是爱新鲜幼稚的吗？找一个清水芙蓉、自然天成的来陪王伴驾吧！我若是须眉男子，也会偏爱这一口的！"

"天下竟有如此大度的媳妇，恐怕再难找到第二位了！"杨广激动地心快要飞出来了。

"皇上乃一国之君，人间奇趣略试一二又有何妨？"

"有理有理！想父皇一生勤勉，人生乐趣不识者甚多，匆忙一生如过客、如流星，当享受时拒绝享受，实在是愧对自己啊！"

"皇上是大彻大悟了！事实上，爱江山也爱美人的前代有道明君比比皆是，秦始皇如此，汉武帝如此，晋武帝也是如此。"

"宝贝儿成了专家了，引经据典，信手拈来。一番宏论让朕的确有拨云见日之感，委实受益匪浅！"杨广说着，将手伸到萧皇后的胸前乱摸，虽少了触电的感觉，但那舒适的手感还是能给杨广带来片刻的欢愉。

"陛下猴急了吧？那些莽原上的片片芳草甸也正渴望着陛下强力的铁犁去耕耘呢！没您播撒雨露，青春玉女的春梦永远发不出幽远的芬芳！"

"少贫嘴，你把朕的欲火拨旺了，还不亲自为朕张罗去？"

"遵旨！"萧皇后咯咯地笑着，颇似三月里的春鸽。

一抹朝霞点亮了东方，新的一天如约而至。龙舟今天要过最大的船闸。这座船闸上下的落差达九尺之多，用绞盘制动。

天刚亮，差役们便在堰上堰下用净水泼了，垫上黄土，如同抹了油一般。三部绞盘同时绞动，提着龙舟徐徐上行，让船上之人别有一种感觉。

杨广站在龙舟上，津津有味在看着。眼前的情景让杨广想起了李春，不由得低声询问身边的太监有没有李春的消息。

杨广的龙船过了船闸，眼前又是一派别致的风景。数亩疏林，几片青竹，一带清溪穿林而过，青瓦白墙的矮屋掩映其中，远远望去，似是一处乡间别墅点缀在运河岸旁。

"难得有这样的去处，为什么不弃舟登岸前去领略一二呢？"想到这儿，杨广下令停船，只带了两个侍从，闲适地向瓦舍缓行。

不多时，三人便来到村舍外，一座小竹桥横在溪上。这桥造得虽显拙朴，却透着一股天然。杨广手扶栏杆，低头看那水，清亮的水面、几株水草、一群游鱼构成了和谐的一体。忽然，一尾金色的大鱼抖着身子直蹿到远处去了。

"真是一溪好水，这里的鱼儿也自由自在！"杨广心中羡慕道。

穿过吱吱作响的竹桥是一条鹅卵石铺就的小径，曲曲折折地向林中延伸着。踩在上面，脚下有种痒痒的感觉。那些树，多合抱粗细者居多，树下凌乱地铺着些许落叶，就着野草丛湿漉漉地铺展开去。

"好个乡村野趣，让人顿生禅意佛心。"杨广想着，俯身拾了片路上的枯叶，随手丢在旁边的草地上。

走得近了，杨广才看清小屋的全貌。这原是一个建筑群落，十数间屋子散落在林中各处，随地形而建，既顺了自然的法则，也与周围的景色浑然天成。

"妙！妙！"杨广不禁拊掌叹道，"定是位高手的设计，透着十足的天分。"

杨广喜爱古典园林，小桥流水曲径，松竹假山亭台，虚中有实，实中有虚，兼具写实的美和含蓄的风格。此次巡游的目的地扬州便多有这类作品，令人观之不厌，流连忘返。

杨广来到一处房舍前，见几丛青竹半掩着朱门，两边的墙上爬满了爬山虎、紫藤，院内的嫩枝伸过墙来，与白墙相呼应。

"又是一处妙笔！"杨广越发心痒了，"定要会会这位寓公，也见识一下是哪般的奇才！"

两个侍卫前去叩门。门内传出雄鹅的鸣叫声，接着大门闪出一道缝，一个童子探出头来，询问道："来客何人？"

杨广和侍卫都是便服，像是行路的主仆三人。杨广顺口答道："弘农杨公前来拜访！"

弘农，是杨广的祖籍地。

少顷，大门洞开，映入眼帘的首先是三只雪白的家鹅，它们正引颈向三人鸣叫示警，吓得两个侍卫连连退了几步，逗得童子开怀大笑。

正在这时，只听一声呵斥传来："玉儿不得无理，请客人入内叙话！"

两个侍卫拥着杨广迈步走入。走到屋内，杨广才发现方才说话的是一位须发皆白的老者，此时正一脸慈祥地端坐在长椅上，长长的白眉下面，一对小眼睛眯缝着。

杨广唱了一个喏，问候了老者，老者也起身还礼。他抖着枯瘦的手，叮嘱小童布座、沏茶，老者声音沙哑却充满了热忱、善意："贵客临门，老朽不胜惶恐，三位是从京城来的吧？"

杨广笑答："老人家眼力不错，我们是从关西而来。"

老者呵呵一乐，道："关西，关西……怕是贵不可言吧？"

杨广心惊，想：他一双绿豆眼穿透力还真不差，料也不是寻常中人，方才倒是小看了他。想到此，杨广不禁感叹道："老人家的庄院真是不似天堂、胜似天堂的艺术佳品啊！是它吸引了我们前来叨扰！"

"以君的面貌看，今日定是有缘而来。既然这样，老夫就信口说上几句！"老者仍顺着自己的思路而行。

"敢问老人家，这庄园的设计是何人所为？天造地设，浑然一体，有劳老人家引荐介绍！"杨广穷追不舍。

"贵客属性情中人，艺术天分不浅，吟诗作文、琴棋书画恐怕都有上乘之作，只可惜……"老者叹了口气，戛然而止。

杨广被点了穴道一般，一时发怔。

"贵人面藏杀气，略带几分淫邪和狂傲，将掀起一场轩然大波。届时，老朽这片小小的去处也将灰飞烟灭、难逃厄运啊！"

"老人家何出此言？"杨广有些恼怒，侍卫则早已按捺不住了。

"老朽山野之人，不知避讳，得罪之处望贵人海涵！"这时，老者伸出竹节似的手，以手代笔，在桌面上飞快写了四个字："无欲则刚。"

杨广纳罕，此人像是看透了我的心思，句句话都打中要塞："他是点化朕吗？"

杨广不禁有些心烦，但转而又想："朕要干一番事业，何过之有？"

老者面如止水。

杨广耐着性子，赔笑道："老人家答非所问，言不及义，却为哪般？"

老者立起，以拄杖笃笃地敲击着地面，仰天长叹道："一园一家，一州一府，一国乃至整个天下，莫不是一理。欲使园子相协相契，须得胸中有壑，山水树木、一草一石、一屋一篱都了然于胸，统筹安排，运乎一念之间。除外，无他。"说罢，仍以拄杖有节奏地敲着地。

杨广品味着长者箴言般的话语，目光却落在了堂中的一首诗抄上，道是：

白露立雪，愚人看露。
聪明见雪，智者观白。

杨广悟性极高，对于诗中的禅意参得透、说得出，便且行且言道："同一幅图景，三种人三种视点，境界却高下不同，说得透彻，论得精辟啊！与适才高论正可相互参照。"

杨广长舒一口气，又道："今日一游真是不虚此行，与君一席话让我茅塞顿开啊！"

老者的目光顿时亮了起来，但瞬间又黯淡下去，幽幽地说道："一言兴却，那是治世的奇迹，但片言的分量又能有几何？重不过一项误国的决策，重不过一项扰民的工程，更重不过几个佞臣贼子的花言巧语！"

杨广脑子轰地炸开一般，这老头又暗击了他的疼处，暗自寻思道："大运河这样一项富民工程，当代人也许无法认可了，但后人呢？后代子孙们总不能昧着良心说话吧？"

院外，由远而近传来一阵马嘶声，伴着鹅叫声，凑成了一曲别致的乡村小调。原来，萧皇后及众大臣等久了，生恐杨广出意外，便专派了一队宫中侍卫前来护驾。

"他们一来便扰了此地的清幽，给主人家带来不便，真是多此一举！"杨广知道此时已不必再隐瞒身份，便揖首道："老人家不必惊慌，朕此次只是随便走走、看看、采采民风！"

老者爽然笑道："圣上不必解释。老朽虽拙，但也早已知晓天子威仪，茅屋草舍能得天子眷顾，已属盛事。老朽一介子民，蜷居乡野无知无识，若有冒犯处，见谅见谅。"

杨广拱手作别，老者亦不远送，只是在房门外挥手致意。

"今日真是收获颇丰。"回到龙船上，杨广开口说道，"此地真是卧虎藏龙，一个乡中野老竟有如此见识！"话刚出口又觉不妥，可一时又找不到代用的词，便只是笑，以此来缓解船上尴尬的局面。这倒让他又想起了麻叔谋的案子了。

龙脉未断，石羊的幕后人是谁？

杨广急召刑部官员："'石碣案'有新进展吗？"

"回皇上，案子审到后来，全集中到麻叔谋和陶老大那儿，可是他们又给杀了，案子至今仍未告破。"

杨广听罢，脸上顿时现出不悦之色。刑部官员又接着禀告道："主审人员仍在寻找新的线索，力争早日结案。"

"时间不得拖得太久，就以一年为限，逾期拿你等是问！"

一年的时间对于这个案子不算短了，杨广的时间表不能说苛刻。刑部的官员们不得不保证，上天下海也要追出元凶，绝不超出期限。

龙舟走走停停地穿淮河、过大湖，这日黄昏终于到达了扬州，城中百姓倾城走动，都来一睹这壮观豪华的龙舟队。

因为事先做了安排，接驾的场面十分隆重，舞龙灯、踩高跷、划旱船、扭秧歌，尤其吸引人的是精彩的百戏表演。有壮汉两人持瓮戏于街市中，两人须臾跃入瓮中，激出的水洒落满街，令市人惊讶不已。

不一会儿，又有人抬出一长鲸鱼，喷雾翳日，十分壮观，倏尔化成舞动的黄龙，长七八丈，跳跃而出，引得众人叫好不迭。

这一边也同样热闹。只见一绳系住两柱，相去十余丈，两个曼妙的少女翻身上绳，对舞绳上，舞姿飘逸，险象迭出，她们时而擦肩而过，时而又对甩飞镖，惊险刺激，围观的人皆屏住呼吸，眼都发直了。

"哗……"另一边掌声雷动，人山人海地围着另一个场子。场上一个膀大腰圆、壮如牯牛的汉子正在表演扛鼎的节目。只见他右手抓过一个至少五十多斤的车轮，将车轮置于左手掌心，右手不抖不颤，如同无物，然后转动车轮，从左手传到右手，来回数次，忽而又将车轮抛入空中，在观众骇然之际，用右手食指稳稳地接住车轮。汉子的精彩表演引来了观众们的阵阵喝彩声。

……

杨广今日神采奕奕，在群臣的簇拥下和百姓注目中，来到了新修的离宫。这座离宫紧傍瘦西湖，环境优雅，景色宜人，是三个月前宇文恺亲自选址督造的。

"扬州的百姓还像当年一样热情好客，朕好像又回到了多年以前。"一落座，杨广便赞不绝口地说道，"朕要择日大宴扬州的地方官员和所有乡绅，将六十岁以上的长者也一并请来，朕要好好答谢他们。"

"皇上英明，此举一定深得人心！"有人立刻附和。

"朕自登基以来，众卿无不尽力辅佐，黎民人人努力劳作，上下一心，国泰民安，朕心甚感！朕上承先皇恩德，下赖苍生护佑，所举诸项浩大工程皆圆满完工，是社稷之盛、万民之幸啊。大运河贯通黄河、淮河、长江诸河，使南北的交通条件大为改善，物资运输、大军调运乃至商旅往来都有了快捷的通道，它的价值之高会越来越大地显示出来，必将为两岸的百姓带来长久的福祉。"杨广红光满面，挥动着手臂说道，"这条河圆了朕长久以来的梦想，也圆了许多人想都不敢想的大梦。它是朕开创千古帝业的重要一环，今日朕终于可以自豪地宣布，大运河将成为一座历史的丰碑，永载史册。"

"万岁万岁万万岁！"欢呼声透过庙堂，直上九霄云外。

大业五年二月，虽寒冬已经过去，但人们仍能感觉到冬日的余威。一场铺天盖地的大雪把三秦大地装扮得一片银白，高树低房仿佛成了一件件精致的艺术品。

昨夜的北风还在肆虐着，带着尖锐的哨音掠过树梢，将绒绒的雪团吹落，融入茫茫的雪原上，幻成了弥漫的满天雪雾。

整个天空仍是灰蒙蒙的，原本的丽日蓝天，此时却冻成了僵硬的土块，地上是齐腰深的积雪，已经分不出大小的沟坎儿。

晌午时分，雪原尽头出现了一个黑点，黑点缓缓地移动着，渐行渐近，已现出了它的轮廓——原来是一辆双驾的马车。赶车的人用皮袍裹得严严实实的，只剩下黑黑的眼珠，同样严严实实的车内不时传出焦急地问询："离城还有多远？"

"回公子爷，快到了，您再耐心等等。"

"再快些不行吗？"

"公子爷，这已经是最快了。两匹马都筋疲力尽了，再逼它们，万一倒在雪地里，咱们可就只能走回将军府了。"

说话的公子二十出头的模样，白白净净的，从那一身着装便知是阔人家的少爷。他低垂着头，紧紧地咬住下唇，一副心事重重的样子。

此人名为李可，乃前太师上柱国、申国公李穆之孙，大将军、武安郡公李浑的小儿子。他在路上已经连续颠簸了一天一夜，恨不得一步跨到家里，钻到暖烘烘的炕上，拥着炭火炉嚼着烤羊肉。可是，现在却冻得浑身像个冰块儿，肚子也不住地敲着小鼓，毕竟一天一宿滴水未进了。

"如果父亲知道我一天一夜没吃饭，早该痛骂奶妈粗心大意了。"

在李可眼里，父亲是慈父，母亲倒是严母。因此，每每闯了祸，父亲便是他的避风港，来自母亲的疾风骤雨也奈何不了他。因为他在家中是幼子，俗话说"天下父亲疼小儿"，所以他甚得李浑的关爱。

"悔不该在东都争强好胜，惹下这塌天大祸，现在只好回来求助父亲了。"内心的懊恼已折磨了他一天一宿，现在离家渐近，这种情绪反而愈来愈浓。

正想着，车已到了府门前。

李可踏着车夫的背走下马车，几个府门前当值的家丁争着向前作揖。一看到府门前两个巨大的石狮和兽头大门，李可的心一下便踏实多了。

家丁们早已把府门前扫得干干净净，李可甩开前来搀扶的家丁，大步流星地向内厅走去。走过宽大的门厅和巨大的影壁，又跨过两道内门，便来到了父母的房前。

这是一座四开间的建筑，飞檐翘角，屋顶上虽积着厚厚的积雪，仍可看出各种异兽骑在屋脊上。李可刚到门前，两个丫鬟便带着几分惊喜向内传话道："三公子回来了！"

李可立在帘外，用手捏着一个眉清目秀的丫鬟的脸蛋，嘻嘻地笑道："宝贝，想我了没？"

"坏，没正经！"

"不要走远，老地方见！"李可悄悄耳语，逗得另一个丫鬟掩嘴而笑。

棉帘半挑，李可跨了进去。他扫了一眼屋内，四五个半大的小丫鬟都在学着做女红，他甩了一个媚眼，然后挑帘进了左边的屋子。

"还是这样冒冒失失的，怎么不言语一声？不懂得规矩！"说话的是位四十来岁的贵妇人。虽人已到中年，但这位贵妇人的面相并不见老，白净的面皮，华贵的衣着，一手捏着念珠，一手竖立胸前，看样子是诵经念佛。

贵妇人严肃的表情让李可诺诺连声。

"你见到你李筠大哥了吗？"

"见……见过了！"

"他们都好吧？东都下雪了吗？"

"没有。过了潼头才见到雪，雪太大了，路上很不好走。"

"你不是要再过上半个月才回来的吗？怎么只待了这么几天就回来了？"

"我……我想母亲了。对了，父亲到哪儿去了？"

"东宫！听说朝廷要改官制，你父亲已经有两天没回来了！"

李浑因战功进位大将军，现领太子宗卫卒，担负着东宫的安全保卫的重任。

"是吗？我在东都也听说了，乱七八糟的，我也弄不明白。"

"你是不是在东都又闯祸了，看你的神色不对呀！"

母亲的话让李可陡然一惊，他连忙分辩道："不不，孩子没有闯祸！"

"你瞒不了为娘，快说！"

"孩儿跟大哥吵架了，就这些！"

"是因为女孩子的事吧？"

"不不不，没有的事！"

"已经不打自招了。就你的品性，能干出什么好事来？你早晚要死在这上头，你给我滚出去！"李可遇到大赦一般，灰溜溜地逃了出去。

这位贵妇人就是李浑的夫人夏荷。她并非出身名门，原是一庄户人家的女儿，只因在平定尉迟迥之战中得李浑搭救，后经高颎等人撮合便成了李浑的夫人。

在那场战争中，夏荷被乱兵强暴，但她惊人的胆识使几个衣冠禽兽全部自行伏法。她的美貌尤其是罕有的倔强个性征服了李浑，致使李浑最终冲破门阀观念，不顾一切地娶了她，终被传为一段佳话。

多少年来，那段不堪回首的往事一直不曾从夏荷的心底抹去。她痛恨那些把女人当玩物的男人，但具有讽刺意味的是，她的那些儿子们却个个是色鬼，家中的丫鬟，十个中就有八个被他们玩大了肚子，就连稍有几分姿色的半老徐娘也未能幸免。

夏荷恨铁不成钢，怒斥他们不学无术、荒淫无度，这个家终有一天要毁在他们手里。但儿子们在棍棒下不仅没有改掉恶习，反而愈演愈烈，就连母亲的贴身丫鬟，他们也敢动脑筋用心勾引。

三个儿子中尤以老三最坏，用夫人的话说就是"黄鼠狼生老鼠——一窝不如一窝"。

"这个畜生，不知又做了什么孽，祸害了谁家的姑娘！"夫人不禁长叹一声，语调悲凉。

不知不觉间已暮色沉沉。李夫人望望窗外的微光，她拢了拢一下头发，自言自语道："两天了，也该回来了吧！"

她嘱咐丫鬟柳叶去大门口望着，看李浑回来了没有。不多时，门外传来沉沉脚步声，夫人一听便知道是李浑回来了，忙出门相迎。

李浑气色很不好，进了门一言不发，一屁股便坐到了坑沿上，目光呆滞。

"怎么了你？"

"口渴得很，来杯热茶。"李浑长出了一口气，神情忧郁地说道。

"你从前不是这样的，到底出了什么事？"

"你别问了，我困得很，睡一觉再说吧！反正事已到此了。"

"你总得让我放心才好，你这样子岂不是让别人急死？"

"别添乱了，我不想说，逼我干什么？"李浑两只眼瞪得跟铜铃一般，那声音简直是吼出来的。

"你这是怎么了？你们爷儿俩，一个气我，一个吓我，我死了你们才安心吗？"夫人的话也硬气得很，隐隐有一股凌厉之气。

两人沉默良久，李浑像刚缓过劲儿来一样，沉痛地说："从今儿起，我再没有封爵了，将军的称号也一去不返了！"

"你得罪燕王了？"

"怎么会呢？"

燕王是元德太子杨昭的长子杨倓，元德太子死后，三个儿子都被同时封了王，杨倓被封为燕王，杨侗为越王，杨侑为代王。

杨倓因是长子，留居东宫，杨侗常驻东都，杨侑的王宫也建在东都。

"得罪皇上了？"

"瞎说！得罪了皇上还能回到家？"

"你倒是说呀，说一句留半句的，就是天塌下来也总有个说道儿吧！"

"诏书下来了，除了王、公、侯，余并除之。"

隋初，杨坚为笼络勋臣，置国王、郡王、国公、郡公、县公、侯、伯、子、男等九类，规定封爵可以世袭。现在只留王、公、侯三等，其余六等依例皆除。

杨广新颁律令，确立了五省（尚书省、门下省、内史省、秘书省、殿内省）、六部、九寺的行政体制，规定旧都督以上至上柱国凡十一等，及八郎、八尉、四十三号将军官全部罢去，并省去朝议大夫。官位自一品至九品，置光禄大夫、左右光禄大夫等级，建节、奋武等八尉为散职。

"转眼间就没有了封爵，没了勋官。昔日流血牺牲，今日被剥夺得干干净净！"李浑痛苦地摇着头，呓语般说道。

"老爷，也许我不该说，皇上颁诏书，除去爵位和勋官的又不止咱们一家。再说了，皇上又不是有意和我们过不去，你何必这么伤心呢？"

"你怎么可以这么轻描淡写呢？爵位是家族的荣誉，勋官是男人的荣誉，自周以来，我们李家因功获封岂止一人？我父亲李穆是隋开国的第一功臣，文皇帝就是有了我父亲的支持才登上宝座的。想那时，先皇帝既要对付宇文皇族的反对，又要阻止尉迟迥等皇亲的暴乱，何等艰难，是我父一言定下基调，朝中百官和外地官员才安心拥戴杨氏建立新朝。这一点，皇上难道不记得吗？"

"再说我自己，平定尉迟迥叛乱时我出生入死，立下了汗马功劳，才获得一个小小的武安郡公。后来随杨素大败突厥，方有后来的大将军勋阶。可一夜间，这一切全随风而去、灰飞烟灭了，我能咽下这口气吗？"

"老爷，没有了那光环，你不还照样穿官服、吃俸禄吗？"

"我这一辈有得吃，儿子们呢？他们怎么办？不能承袭爵位、承袭勋阶，他们几个只有讨饭的份儿了！"

"几个不成器的东西，真要挨饿也活该！"提起儿子们，夫人气打一处来，"别提你的宝贝儿子了，他在东都又闯祸了，去了才几天！"

"怎么回事？"

"问你的宝贝儿子吧！"

"真是烂泥糊不上墙！本是出去避祸的，却又惹祸！我也没办法了。"

"还说让这些忤逆承袭爵位呢，依我看除去爵位倒好，若让这些坏坯子当官，还不知把百姓祸害得怎么样呢！大概皇上就是看不上这类膏粱子弟，才罢除了那些爵位的。"

李浑全身抖得厉害，他不承想在这个时候不肖子又会生出事端来："快把李可给我找来！"

丫鬟们应了一声便出去了。

正在这当口，一个家丁来报："东都申国公派人送信来了，就在门外。"

"快请！"

申国公乃是李浑的侄子李筠。李穆一生共生子十数人，李浑是第十个儿子。开皇六年，李穆病逝，而在此之前，其长子，曾任凤州刺史的李惇已经先走了一步。开皇八年，依例由李惇的长子李筠承袭爵位。

一见信使，李浑便迫不及待地询问起李可的事由来，信使只好如实说出事情的经过。李浑听后捶胸顿足，而夫人听罢当即便要把儿子看押起来，待到天晴亲自押送赴东都请罪。

原来，李可在京城因与一帮王公子弟争风吃醋，大打出手，致人重伤后担心报复，便央求父亲出面，送自己到东都的李筠府上暂避些时日。可是他到了东都才两天便旧病复发，惹出另一个事端来。

东都是个繁华之处，城内洛水两岸修建坊市，供市民居住。每坊周长四里，开四门连接大街。坊内居民都是二三层楼房，统一用丹粉装饰一新。

洛水南岸有九十六坊，洛水北岸有三十六坊，大街小巷，纵横相对。每坊居住的人大都操同一职业，如青楼坊、一条街巷等，全都是挂着招牌的各家妓院。

东都的东西两市尤其热闹，因为有洛州大户和诸州富商大贾数万户的迁入，所以整个东都的商业特别发达，各色买卖都很红火，店铺也是一家挨着一家，街市上车来人往，熙熙攘攘。

李可衣着光鲜，大红的锦袍衬得那张脸越发白净。他一步三摇地在前面逛着，两眼不停地在人群中搜寻着什么，后面尾巴似的跟着四个家丁。

李可来到一家酒楼前，见招牌上一个大大的"酒"字。朱门洞开，里面的家什都是簇新的。看这门面，李可就知道这是个高档的场所，不时进出的客人表明了此处非有钱的主儿进不来。

李可一抬腿就进了红门，侍者引领着便往楼上请。

坐在红木的圆凳上，李可环顾着四周的装饰。只见精细的木雕隔窗，讲究的刺绣屏风，别致的钧窑瓷瓶，几幅装帧精美的古字画，透出酒楼经营者的品位和地位。

"真讲究！"

"公子，您要点什么？"侍者躬身问道。

"问什么，可口的饭食只管往上摆！"

"是，公子！"侍者应声下去了。

一个胆子稍大的家丁趋前劝道："公子，恐怕小人带的银钱不够使！"

这句话本是好意，但在李可听来却是故意让自己难看，便劈头盖脸地骂道："闭上你的鸟嘴，钱不够回你主子那儿取去，吃顿饭还要你这个狗奴才管吗？"

那家丁本是申国府的人，是被临时拨给李可候用的："公子，小人完全是一片好意，免得回去……"说到这儿，他把话咽了回去，生怕又招来一顿臭骂。

"我看你是找打，再多嘴多舌就割了你吃饭的家伙！"李可铁青着脸威吓道。

酒菜端上来了，满满的一桌子，但因为刚才的气氛，现在谁也不想动筷。

李可的贴身家丁嚅动着嘴，本想劝上几句但又忌惮李可二百五的脾气，也低垂着眼皮一声不吭。

"你们都是死人啊，为什么屁都不放一个？"说完，李可猛地一拍桌子，吓得几个侍者脸色大变，而家丁们也垂手恭立两旁，谁也不敢多说一个字。

跑堂的以为楼上打起来了，忙从楼下上来赔话，可话说一半就被李可一脚踹下楼去。这一脚太狠了，跑堂的小伙子擦破了脑门，磕掉了门牙，胳膊也碰折了。

老板被惊动了，一问事情的原委，得知不是伙计的过错，便亲自出马会会这个蛮不讲理的主儿。

老板上了楼，用眼一过，淡淡一笑，道："这位朋友，看起来您也是位走南闯北的见过大面场的人，俗话说'四海皆兄弟'，您能来敝处说明您瞧得起我，是对我的关照，下人们有怠慢之处，酒菜有不合口味的，尽管提出来，我一定给您一个满意！您别跟下人们一般见识，动了气，闪了您的腰，小店担待不起！"

老板一面说，一面观察着李可的反应。

李可坐在位子上也在打量着这位衣着谈吐不俗的人，他揣度此人必是老板无疑了，便斜着眼睛道："你是老板？"

"在下便是！"

"你替我好好教训一下你的几个下人，个个不懂规矩！他们搅了老子的雅兴！"李可横眉竖目，几乎从凳子上跳起来。

"他们都受过严格的训练，且本店规矩严，开业以来从未出现对客人不敬的事件，怕是您误会了吧，朋友？"老板的话礼貌中带着几分威严。

"你是说老子不懂规矩，冲撞了你的下人？小子，有你的！"

老板年近四十，经商这么多年，什么人没见过，眼下是第一次碰到这样的二百五。

"朋友，听你的口音像是京都来的吧？天子脚下的人绝不会个个都这样。这是东都，可不是你撒野的地方！"老板有些不耐烦了。

"我怕你一个小小开饭店的？告诉你，我们家族连当今圣上都要礼让三分，太师李穆你听说过吧？"

老板也不含糊，反唇相讥，道："我可不管你是李穆家的还是王穆家的，只要到我的店里，就得守规矩！太师的家里怎么会有这样的孬种？"

"你敢骂人？"

"告诉你，想到本店当癞皮狗，不侍候！"

"哗……"一桌子酒菜全都被李可掀到了地上，溅得老板满身都是。

"好，有种！来人哪，把所有门都给我看好，将这几个给我朝死里打！"

"爷爷，爷爷手下留情，您老先息怒，容小人禀告。我们这位爷刚到东都，还不太熟悉，得罪之处请老爷谅解，贵店的损失由申国府来赔，您老千万别生气！"

"申国府的？有没有搞错，申国府从来没有过这么无法无天的狂徒，你们想冒名顶替，小心剥你的皮！"

"我们是申国府的！我们是！"另几个家丁慌忙回答。

"那好，去一个报信的，他申国公若来，便放尔等回去。给你两炷香的工夫，来迟了，就等着收尸吧！"老板说完，噔噔噔地下楼去了，忙得家丁逃命似的跟着奔了出去。

李可像泄了气的皮球一般，立时耷拉下了脑袋，半晌才悄悄问申国府的家丁："这人咋这么牛，对申国府都敢吆五喝六的？"

"公子有所不知，这酒楼是武士彟的侄子开的！"

"武士彟是谁，势力这么大？"

"听说武士彟是太原的木材商，家财万贯，是纳言杨达的女婿。"

"杨达，是皇族的人吗？"

"小人不知，只知道大家都很给他面子，凡来吃酒的人很多都冲着纳言来的，是捧纳言的场。"

"申国公和老板交情怎样？这帮人会不会……"

"小人不清楚，只听说他们势力很大，黑白两道都吃得开！"

"老子不相信会栽在这个破地方！他要是敢对老子来邪的，我们李家也不是好惹的！"

"公子，你就忍一忍吧，光棍不吃眼前亏。"半天没吭声的贴身家丁趁机劝了一句。这个家丁是李可从家里带来的，是李浑专门为李可挑选的一个老成些的家丁，目的是经常在李可身边，能给这浑小子几句忠告，提醒他少惹事的。

几个人嘀嘀咕咕的，都盼着申国公早些赶到。等了半天，申国公没来，只来了管家。

管家向老板赔笑道："申国公本来想亲自前来，怎奈身体欠安，着在下到贵店致歉。店中所有损失由申国府赔偿，申国公改日再登门致谢！"

武老板本来也只是气话，并未有真正唤申国公来的意思，既然人家给足了面子，也就顺坡而下，回礼道："申国公既然欠安，请代我问候致意。人嘛，你领回去，损失那就算了，几百两银子，小意思！"

"多谢武老板宽宏大量，在下一定转达您的美意。不过这损失不能不赔，在下是奉命办事，不然回去无法复命。武老板，这是五百两白银，请查收，您也别嫌少，就算是我们申国公今天请客了！"

"哈哈哈！"

"哈哈哈！"

武老板和管家都大笑起来。

管家带着李可回到申国府，把经过详细地禀告了申国公，申国公李筠皱着眉头，骂了一句："这个奸商，让他白白讹去了这么多银子，可恶！"

随即，他又换了一副面孔，和气地对李可道："没有伤着吧？你也太任性了，这东都可不是使性撒野的地方，万一撞到歹徒的刀尖剑锋上，我可怎么向叔父交代？"

这李筠年纪并不大，也就三十岁的样子，面色也较为苍白，只是比李可胖得多。

李可知道今日犯了错，只是低头不吭声，等李筠讲完，才喃喃地嘟囔了一句："被他诈去的银子，等我父亲给还上。"

李筠并不想多说这个不成气候的堂弟，既然叔父都拿他没办法，作为堂兄，自己又能有什么新招呢？大不了在府里多住些日子，不值得和他计较。听说要还银子，李筠忙说："谁要你还什么银子，只不过提醒你注意一下罢了。为了给叔父有个交代，你从明日开始便在府里的花园里、书房里待着，再不要出去了，需要什么向管家要！"

李可表面应诺，可心里仍在忌恨那个武老板："讹我们五百两银子，非得给你点儿厉害尝尝不可，不然，我如何咽得下这口气？"

……

"你杀了人，把那个老板给宰了？"

"是孩儿一时气愤，才……"

"儿呀，你跑得了和尚跑不了庙，武家追究起来，为父也保不住你呀！"

"父亲，孩儿知错了，您给皇上求个情，别判我的刑不就成了吗？"

"畜生，你何尝知错？每每都是这么说，如今你父亲爵位没了，勋官也没了，自己的苦恼已经够多了，你又平白无故地给他添乱，你以为皇上那儿什么话都能讲？当今天子最讨厌的就是为非作歹的衙内、不学无术的贵族、一无所成的富家子弟，他设立的进士科、明经科什么的就是鼓励年轻人好学上进的。你父亲不说还罢，若在天子面前求情，不罪上加罪才怪呢！"

"这么说，孩儿就……"李可的脸立时变得蜡黄。

看到儿子的可怜相，李浑的心隐隐作痛，语气也稍稍缓和了一些，叹口气道："小冤家，你且回你的屋子面壁思过，不许擅离，从早到晚每日诵《诗经》一首，做不到，家法伺候！"

李可只好胡乱地应着，心想："背书写字，头疼死了，还不如挨顿板子爽快！"

李可离去后，夫人问李浑："老爷怎么打算？"

"我何尝有应对之策？现在心里堆得满满的，一点儿空隙也没有，真是憋得慌！夫人以为呢？"

"老爷不必烦恼，依我看，多花银子，多赔武家一些损失，或可免灾！"

"那武家经商多年，家里最不缺的就是银子，我看花钱消灾未必可行，不如走走越国府的路子。杨素生前曾与纳言杨达过从甚密，只要杨玄感肯出面，杨达定会卖老面子给他的，有岳父大人的金面，谅武家也不会死缠不放。"

"那就要看杨玄感的态度了，老爷有把握吗？"

"和越国府是老交情了，我心中有数。当年平定尉迟迥，我们各率一支精兵，最后在晋阳城下会师。后来平江南、逐突厥，我又都在越国公的帐下听令，结成了兄弟般的关系。这些，杨玄感都很清楚，多年的关系，关键时刻就显出来了。"

"希望是这样。假如这条路能走通，就算是多花银子、多费唇舌，我们也是心甘情愿。老爷你就抓点紧吧！"

"也罢！别的就都不去想了，我就再用用老关系，疏通疏通。"

窗外，红梅吐艳，瑞雪映照，室内炉火丝丝，香茶浓浓。李浑腮边那长长的疤痕映得更红了。

李浑为了儿子，不敢怠慢，当日便赴越国府。

杨玄感袭着越国公的爵位，但一点儿架子也没有，听说李浑来访，亲自出迎到大门外，热情地问候道："李兄别来无恙？"

"谢谢，越国公真是精神，神威不亚于老国公啊！"

"笑话，笑话，请！"

两人执手来到内室，坐到高背椅上。杨玄感令人温上了水酒，摆上几碟精致小菜，边吃边叙——这是杨玄感特有的交流方式。

"一切都好吧？"杨玄感试探着问。

"真是一言难尽啊！"李浑呷了一口酒，表情中已泄露出内心的苦楚，"穷尽一生光阴换来的荣耀和封赐，一夜间被剥得光光如也。越国公，谁能不黯然神伤、心灰意冷？"

杨玄感没有作答，只是让菜、劝酒："多吃些、喝些，少想那不愉快的！"

"现在是吃不下、喝不好啊！寻思起来，倒不如学五柳先生归隐山林、耕读为乐呢！今日所来，非为别的，是为犬子的一件事。"

"你说说看，你的事就是我的事。"

李浑就把李可的祸事简单地一说，羞愧道："辱没先人，见笑亲友，都是我教导乏力所致。"

李浑猛喝一口酒，接着说："话又说回来，总不能眼睁睁地看着他被送上法场吧？所以，今天上门就是欲借助国公的影响力通融杨讷言，李浑愿尽所有，破财免灾。"

"李将军这么看得起我，我敢不竭尽全力？不过，杨讷言与本府的关系虽然一向不错，但因为他对这件事的态度尚不明朗，所以能帮到什么程度委实难说。你也知道，杨纳言是很固执的，就这个事，按他的个性，很可能一口回绝。"

"就因为这样，才求到您的府上嘛！相信您有能力说服纳言大人，李浑当铭刻在心，涌泉相报。"

"其实，你们李家是隋朝的第一功臣，你也是两朝重臣，依您的家世和资历，请求当今皇上发个特赦令，岂不是省事？"杨玄感似乎认真地说。

"越国公取笑了。那皆是昨日之事了，如今谁还记得李家，记起我李浑啊！"

杨玄感暗自高兴，又道："不体恤功臣，功臣岂能不心寒？似这般怨言，在下已听到非止一次了！那些小财主、小商贩，甚至打鱼的、种地的居然可以凭一篇文章、几句漂亮话就成了什么贤才，大摇大摆，跨市游街，出相入将，真是笑掉了大牙！"

"这样，我们世代的爵位也随之被罢！早知今日，何必当初！"李浑愤愤不平地说道。

杨玄感脸上掠过一丝不易察觉的阴笑。

这时，侍女端来一大碗甲鱼来，那紧闭的尖嘴甲鱼似乎也在暗笑李浑的可怜相。

李浑心情不顺，今日饮酒比平时少了一半，却仍有了八分的醉意。

"我才不怕呢，都是孩子所累，才弄得我人不像人鬼不像鬼的，我迟早会报仇雪恨。如果我的儿子有什么好歹，我这条老命也不想要了。现在过的是什么日子啊！"想不到李浑堂堂七尺男儿，此时竟哭得像个妇人。

"昔日那位疆场上的英雄，现在变成了活脱脱的一只狗熊了，难道这就是亲子之情所致吗？"杨玄感心中颇觉诧异，心中随即一阵窃喜，"看来得激一激，将来讨逆时便用得上。杨广啊杨广，你把如此英勇的将领都驱赶到了自己的对立面，你不是在为自己挖掘坟墓吗？"

"何以解忧，唯有杜康！来，越国公，咱们干杯，一醉解千愁！"李浑早已喝得迷迷糊糊，把盛菜的海碗当成了酒具，晃晃悠悠地端了起来。

"这点儿屁事全吸到心里去了，可见是个心胸狭窄之人，成不了大事，将来只可利用，不可依靠。"不知不觉地，杨玄感竟可怜起李浑来。

"李大人，万一武家执意要令公子偿命，你将会怎样呢？"

"越国公，您吓唬李浑呢？我没喝醉，我清楚着呢，您不会不管，凭咱的交情，您会亲自出马的。不会的！不会的！"说着，李浑一个趔趄跌倒在杨玄感的脚下，弄得满身油污。

"有其父必有其子！"杨玄感心中生出一些厌恶，急令人把李浑送回家去。

李浑死人般地被抬回府中，夫人夏荷一边忙着给他除衣、擦脸，一边唠叨着："何必呢？喝成这样，就不能收着点儿？"

"也不知事情办得怎样！"夏荷不安地摇着头。

"这些孩子里但凡有一个省心的，他也不致像现在这么狼狈。看看人家的孩子，安安静静地一心只读圣贤之书，一旦考中进士，一生的功名就有了，何必让父母操这么多的心？"说着，夏荷轻轻给李浑翻了个身，这时李浑腰间一件晶莹的玉佩骤然引起夏荷的注意。她捧在手心，摩挲着、端详着，一件往事浮现在眼前。

记得自己拜天地那天，恩人高颎拿来一对玉佩，分送给新郎新娘。玉佩是精心加工的，一对鸳鸯相向而鸣，翠绿的羽毛绿得逼你的眼。夏荷把它系在心爱人的腰际，另一只珍藏在箱底。

当时，夏荷心里默念着：婚后相夫教子，为李家培养出几个响当当的人物，文能治国，武能安邦，到时候才对得起郎君的深情厚爱，才能替李家光宗耀祖，自己也算没有白来世上一趟。

真是大梦一场，二十几年过去了，生的儿子一个不如一个，不肯读书不说，还一副花花公子的秉性，令人好不心寒。

夏荷是个好强的人，没少教训儿子，可只要是对儿子们施家法，她就会听到丈夫这样的声音："读书干什么，他们是贵族子弟，生来就是做官的，读书读傻了怎么办！"

于是夫妇俩对儿子们一任放纵，一发而不可收。

夏荷常常冥思苦想：生活在富贵乡里的孩子，自小过得便是"衣来伸手，饭来张口"的日子，无饥馁之忧，所以便以为富贵都是祖上给的，是天经地义的，也就有了"自古纨绔少伟男"之说，真是成也富贵、败也富贵啊！似此，他们怎么能承续祖业呢？即使做了官，又能做些什么？代代因袭，国家不衰败才怪呢！

想起当年的梦，夏荷便觉有一股苦涩，痴想着："不成才，能成人亦是一种安慰。老百姓守着几亩薄田，养几头老牛，不照样日出而作日落而息，老婆孩子热炕头吗？为何有这么多的想入非非？只要能躲过这一劫，那就从头开始，安安分分、平平凡凡地过日子。"

十天过去了。李浑在煎熬中等来的却是一个重大打击——武家拼死也要李可抵命，他们已托了杨达上下打点，杨玄感也无能为力。

李浑有些发蒙了，杨玄感都做不来的事，谁能办呢？难道只能看着儿子等死吗？

"为什么不通过宇文述呢？他是亲戚，又是当今皇上的红人。"情急之中，李浑忽然想起表兄宇文述来。前些日子宇文述统领十万人马将猖獗的吐谷浑打得望风而逃，占据了吐谷浑的全部地盘后胜利而归。皇上不仅给予了大量赏赐，还专门在朝臣中进行了表彰，这让宇文述风光到了极点。只是因为平日里曾和他有过一些小摩擦，李浑才少与他往来。李浑想：眼下暂且顾不了许多，干脆明日备了厚礼，去见一见这位红得发紫的表兄。

宇文述的府第又与李浑的不同，这里处处可以嗅得出喜庆和高贵，即使粗使丫鬟和小厮也仿佛得了神通一般，脸上挂着盈盈的笑，给人亲切和轻快的感觉。

宇文述难得待在家里，多半时间都是在陪王伴驾，随着杨广在西部、北部巡游。

"稀客！稀客啊！"宇文述一见到李浑便惊讶起来，"除了在朝上与弟谋面，在敝府能见到表弟真不易啊！"

李浑苦笑了一下，说："就是想来讨杯酒喝，也没的地方找到你，皇上身边能少得你吗？"

"哪里哪里，你这是在取笑为兄，我哪里有那么忙？见你这么逍遥，我确实羡慕啊！"

两人又相互调侃了一阵，宇文述便吩咐开宴："老弟难得有心情来看为兄，今儿咱们就开怀畅饮，好好絮叨絮叨！"

客随主便，李浑只得顺从宇文述的安排。至于儿子的事儿，话到嘴边又咽了回去。

"今儿休息半日，明天又得护驾，第一杯酒祝皇上身体康健，早日建成强大的大隋帝国。来，干杯！"宇文述只顾说，没有在意李浑皱起的眉头。

"第二杯酒，该为我们老人的在天之灵。"两人又满饮一杯。

宇文述是北周新贵，李浑之父李穆是北周旧臣，宇文述的姑妈便是李浑之母。李穆夫妇早已作古多年，宇文述的父母也在建隋之前便不在人世了。

看着宇文述又要捧起第三杯酒，李浑站起身来，道："这第三个酒，我敬表兄，今儿李浑有一件难事，兄饮了此杯，我再说话！"

宇文述略略一笑，道："你我兄弟还说什么敬不敬的，便是有事，不妨一并说了，免得叫我心中有疑！来，一起喝！"

说罢，宇文述一饮而尽。

李浑拭了一下嘴角的残酒，先叹了一口气，便把李可的事从头至尾又叙述了一遍。

"好了，我知道了，又是这类事情，贵族子弟的通病！"宇文述用玉箸点着桌子道，"这帮孩子吃喝嫖赌样样精通，招惹是非乃家常便饭，不给你隔三差五找点儿事就是烧高香了。事情既然出来了，装孬也不成，你预备着如何处置啊？"

"这不就来请教您了吗？您给拿个大主意吧！"

"按说，若是平民百姓，吓唬一下，丢几个钱就算了，现在偏偏是杨纳言的亲戚，着实有些棘手啊！"

"若有打点的需要，银子的事你尽管开口，你也不必为难。"

宇文述摇了摇头，笑道："就算花个千儿八百的，我还不是应该的，咱这是谁跟谁呀？"

"表兄，你费神就不言谢了，银子的事绝不再拖累你，明儿我就让家人送五千两先用着，一切全仰仗您了！"

"他武家腰再硬也硬不过皇上，只要皇上开了金口，他们能翻上天不成？"宇文述一听说五千两银子，眼睛立刻亮了起来，嘴巴也会讲硬话了。

"有表兄这句话，我李浑就定了心了，还是'有亲向三分，亲情割不断'啊。来，表兄，李浑替孩子敬您一个酒！"

说着，李浑双手将酒奉上，宇文述也不推辞，一口干掉。

两人推杯换盏又饮了十数杯，宇文述眼见有了五分的酒意，便红着眼睛开始嚷起来："说起痛击吐谷浑，不是我口出狂言，那才叫摧枯拉朽、所向无敌。那帮吃羊肉喝牛奶的家伙，别看人高马大、气势汹汹，说起智谋论起兵道就无足道了。他们想寻我决战，我便以少量机动部队牵住他们的鼻子，让他们在荒漠、戈壁里疲于奔命，我则待机而动，不断用精锐之师围歼其疲弱之卒。自恃强大的吐谷浑铁骑再无强势可言，我则终于完成了皇上期盼已久的战略反攻，俘敌数万，斩首万余，敌酋落荒而西窜。此战，既打出了隋军的气势和威名，某也青史留名！"

"表兄真乃神武，虎将之名当之无愧。"

"虎将生虎子，我儿宇文化及天生力大无穷，家传武功，无与匹敌，在敌阵中砍瓜切菜，如入无人之境，百万军中取上将首级如探囊取物，一杆方天画戟重约百斤，舞如轮盘，挨上即死，碰上便亡，密如箭雨的刀枪全然不放在眼里，又是一位不可多得的猛将。"

"原来表侄如此英雄，府上又有承继大业的接班人了，真是令人羡慕！"

"化及以武功见长，士及则以文韬出众。"

"可不是嘛，不然，怎么会成为驸马爷呢？皇上慧眼识才，表侄足可托付大事。"

"表弟，你也有三只虎仔，如何调教不出呢？是你无心育人，还是他们努力不够，我是真真不得解！不是我说你，你英雄一世却糊涂半生，如何跟九泉之下的老人家交代呢？"

李浑被数落得坐卧不宁，脸红一块白一块的，活像一位受审的囚徒。他不禁有些恼怒，心中暗想：这不正应了那句古话"胜者为王败者寇"了嘛！其实，据我所知，你的几个儿子非你教养而成，而是机遇赶得好，化及曾受高人指点，士及颇有心计，别以为他们现在有了些战绩便被捧到了天上，说不定以后还不如我那平庸的儿子们呢！这样想着，他内心渐趋平静一些。

渐渐地，他们的话题转到了皇上巡边的事情上来。宇文述醉眼蒙眬地说道："皇上的仪仗令那些狄夷们大开了眼界。你想，数万人衣甲鲜明，前呼后拥，各色旗帜遮天蔽日，镶金嵌银的车马鞍辔，貌如天仙的宫娥彩女，让那些荒蛮之人无不敬畏，深叹中原文化之浩广深邃，博大精深。"

"一定格外壮观，只是……"

听到这儿，宇文述问道："想说什么？别吞吞吐吐的。你没有亲临，自然体会不到那种油然而生的自豪感和荣誉感。在那一刻，无论是大隋皇帝还是普通一兵，看到匍匐在地的万千异族之民，望着他们惊骇的目光，你不飘飘然才怪呢！"

"我是说，如此铺张，是去炫耀，还是去威服？我倒听说过只言片语，说与其用百姓的膏脂去装点门面，倒不如广施圣泽，让百姓繁衍生息。"

"你怎么如此小家子气？开疆拓土、收服四海是英雄的事业，斤斤计较，岂是大隋的风格？把这灿烂的汉文化向异域推广，让他们接受我们的观念，本身就是件了不起的事，何言败兴的话？"

"就算突厥人都改穿汉服，改姓汉姓，学稼穑之业，弃牛羊马驼，最终会是一种什么结局呢？"

"你是越说越离谱了！启民可汗倒是提到过移风易俗的细节，但被睿智的皇上回绝了。皇上更注重的是人心向背，不在乎一朝一夕的承诺。"

"小弟绝非是刻意诋毁巡边的壮举，只是感到有些劳民伤财。这些年来，修路建城、开挖大河已使民力疲惫了，再加上开市的损失、巡边的损失已是不可估量了，隋朝纵然富裕也经不起无休止的折腾，我以为凡事要量力而行，循序渐进方为明智之举。"

"不瞒你说，巡边是死了不少人，光是在一夜间就冻死过几千人，不过那是在山野之中，属于天灾。既然说到这儿，我可要提醒你，我们都是军人，当兵打仗、流血牺牲是军人的骄傲，作为臣子，也应以忠诚为美德，不应怀疑皇上的决策。"

"且慢，且慢，再说下去我就要脑袋搬家了。咱们酒后论英雄，说的是闲话，再不要提国事！"

"喝酒！喝酒！这可是上好的西域美酒，喝了它便可浑身是胆，雄赳赳，气昂昂，登昆仑，食玉英，横刀立马任驰骋！"宇文述摇头晃脑、手舞足蹈地说着。

宇文述多年来备受恩宠，心态自然优越。

末了，宇文述还没忘安慰李浑："放心吧，我宇文述为你做主，管他姓杨的姓武的，陛下那儿我自有说道。就算要抵命也不用担心，狱中的死囚犯多的是，随便抓一个顶上去就是了！"

李浑千恩万谢，少不得投其所好，奉上一大批黄的白的和数位美女。但数日后一个晴天霹雳传来，李可以杀人罪被逮捕处决了！

"都不是好东西，没一个靠得住。此仇不报，非丈夫也！"听到儿子被处决的消息，李浑变得越发没了理智，闹到宇文述府上，把宇文述骂了个狗血喷头，又闯到杨玄感府上，却被杨府的家丁给拦了下来。

从此，李浑与宇文述结下了深怨，两人不时在朝上朝下钩心斗角，明争暗斗，互不相让。

杨广汗涔涔地在翻阅进士们的考卷。六月天，屋外的暑气正盛，因为有宫女在摇扇，又靠水榭，脚下水道在哗哗流淌，所以屋内凉爽许多。但杨广畏热，汗仍是擦不干。

翻着翻着，杨广不禁拍案叫绝："好文采，好文采，朕又发现一颗明珠！"

"这李靖是何许人也，是生徒还是乡贡？朕必须见见这个后生。"他看着上面的署名是李靖，便决计明日早朝时亲自考察一番。

是时，科举的应试者主要由两部人组成，即生徒和乡贡。

生徒是官办学校的学生，他们修业期满可以应举参加考试。此前，杨广为了扩大生源特下诏恢复被解散的京师和地方郡县学校。乡贡则是各地方自学成才或在民间私塾学成的士人，向本县郡报请应试，经地方预试合格后，再到京师应试。

大业三年，杨广便颁下诏令说："天下不是靠一人治理便能安定的。帝王的功业，岂能只依靠一人的谋略？自古以来，贤明的君王在推行政事、治理国家的时候，何尝不选用有道德、有才能的人，吸收有才能而失意不得志的人？周朝宣称士子众多，汉代扬言能得人才，朕常追念前代风范，而满怀敬仰思慕之情。朕未明即起，背依屏风，整饰衣冠，等待天明，遥望身居于岩谷的隐士，想使他们置身于朝官的行列，希望与众多的人才一道安治各种事务。然而选用贤才的事显得寂寞冷清，垂钓的隐士很少前来，难道是美玉藏匿其光彩尚未遇到优秀的工匠？抑或他们隐居不仕的志操坚如磐石，确乎难以改变？长期借鉴前代哲人访求贤才的经验，往往收效甚微，每想至此，不禁使朕失望和叹息！举凡在职的官员，好比是朕的大腿和手臂，如何渡过大河，大臣们就如同是船和桨。怎么能为保住自己的荣华富贵，却隐藏着你们所知道的人才，只知终年悠闲自得？这是很没有意思的。从前祁奚大夫竭力举荐贤才，优秀的史官认为他大公无私；臧文仲埋没贤才，孔夫子讥讽他窃取官位。探求古代历史，对用人的事并非没有褒贬，你们要考虑举荐贤才，以辅佐朕这寡德之人。

"孝顺父母，尊敬兄长而获得好名声，这是人伦的根本；道德品德诚朴宽厚，这是立身的基础。有的人气节道义值得称道，有的人操守品行纯洁，可借助他们遏止贪欲，振奋习俗，有益于风俗教化。为人刚强正直，执行法令，从不屈服，学问优异聪慧，写作才能美好出众这些人才都可为朝廷任用，确实是具有堪当大任的资质。如果有人具有用兵的谋略就选拔他率兵抵御外侮，如果有人四肢有力、勇猛健壮就让他做武臣，甚至于只有一种技能可取的也应选择录用。各类优秀人才全都被举荐任用，随时都没有被弃置的人才，靠这一点来追求达到天下大治，大概不会是很遥远的事吧！

"有具体职务的文武官员，五品以上，应当按照法令在规定的十项科目中荐举人才。只要有一项符合要求即可，不必求其全能，朕会不按寻常的次序，根据各自的才能提拔他们。那些现在的九品以上的官员，不在被举选的范围之内。"

这一诏令将科举分为十科：孝悌有闻、德行敦厚、节义可称、操履清洁、强毅正直、执宪不挠、学业优敏、文才美秀，才堪将略、膂力骁壮。

两年后，杨广又下诏令将其分为四科：学业顺通、才艺优洽，膂力骁壮、超绝等伦，任官勤勉、堪理政事，立性正直、不避强御。

李靖考的是进士科，内容是"对策"。

"听说有个乡贡考生贫寒之至，曾客居某寺院内，随僧斋餐。诸僧厌怠，经常提前吃饭，待其匆匆赶到时，饭已经被分食光了，只好饿着肚子继续苦读。不知是否就是这类寒士？"杨广寻思着，汗水不知不觉流到了嘴里。"假如是这类上进的青年，一定要让他充分展示才华，大者登台阁，小者驻郡县，使其英雄有用武之地。"

想罢，杨广走出内屋，沿着走廊，向水榭踱去。

杨广高坐龙椅，众臣三拜九叩之后，分立在两旁。杨广传旨宣乡贡李靖上殿。

片时，李靖进殿。礼毕，杨广上下打量眼前这个伟岸的年轻人，只见他书生打扮，通身布衣，面目虽然略黑，但两眼却是炯炯有神，立在那儿，神态自若，自与一般书生不同。

杨广打心眼儿里喜欢，便问："李爱卿，家住哪里？"

"回陛下，草民李靖乃雍州三原（今陕西三原县东北）人。"

这时，吏部尚书牛弘插话道："陛下，他是子通将军的外甥！"

子通是韩擒虎的字，开皇末年，韩擒虎在家中暴死。

"怪不得呢！文采斐然，和你舅舅有点像！"

"谢陛下夸奖！"

"既然是韩将军的外甥，就更要当众展示才华了。朕命你模拟司马相如的《上林赋》，限时作文，你愿一试吗？"

"请陛下稍候！"

杨广命人铺纸磨墨，又令人点上龙涎香火，与朝中大臣一起看着李靖。

李靖略一思索，便手拈竹管，在长纸上笔走龙蛇，洋洋洒洒间，一篇美文便诞生了。停笔时，那龙涎香火尚有寸许未尽。

《上林赋》乃西汉文坛泰斗司马相如几经斟酌而成的传世名篇，而李靖竟能在如此短的时间内模仿而成，堪称奇迹，不仅文章好，字也写得漂亮，且一处未改。众人都看得呆了。

杨广不禁喜上眉梢，命道："爱卿再临一篇王褒的《圣主得贤臣颂》，时间再短一些！"

又换一种文体，是否能把握好？有人替李靖暗暗担心。但李靖似乎早已成竹在胸，一气呵成，行如流水般的文字再次折服了所有的文臣武将，杨广更是乐开了怀，赞叹道："安得有如此敏捷的文思，真乃社稷之幸！"

薛道衡在文臣中原是第一支笔，除已死的杨素外，他是很少佩服别人的，此时也被李靖的表现惊呆了。但他又怀疑这些都是宿构，是早已练习过的，便出班奏道："臣也想请李靖当众写一篇，请陛下恩准！"

杨广准奏。

"请模仿班固的《燕然山铭》写就一篇！"

班固乃一代史学家，又是东汉前朝著名的辞赋家，专业名篇有《西都赋》《答宾戏》《幽通赋》等，但铭文却作的少，应是较为冷僻的作品。

"学生从命！"李靖从容地答道。

杨广对薛道衡有些不悦，因为他疑心薛道衡嫌他出题过浅，所以才显得李靖有才华而压倒了自己，而和韩擒虎私交甚好的人也怪薛道衡多事。

其实薛道衡与韩擒虎交往甚多，对李靖也略有所闻，只是对其才华所知甚少。他出题非为刁难，而是一试才情，当然更不是杨广疑心的那样。

李靖弃笔口诵，从头至尾竟没有一处因文思而中断，仿佛是一篇烂熟于胸的成文，令薛道衡佩服得五体投地，由衷地赞叹道："真是少年英才，后生可畏啊！"

杨广笑问薛道衡道："李靖比爱卿怎样？"

"臣自然不及也！比陛下如何呢？"薛道衡反问道。

杨广呵呵大笑道："朕若参加科举，也定能及第！你说呢？"

薛道衡唯唯而答。

"李爱卿如此才华，师出何门？"

"回陛下，草民师从龙门文中子。"

"原来令师是文中子王通，果然是名师出高徒。王通的生徒们个个才华出众，乃我大隋的骄傲。"

当下，杨广便问牛弘道："似这般才能，何任何职？"

牛弘不假思索道："可任司书。"

"牛爱卿，你太小气了吧！"

"侍郎！"

"不！"

"尚书！"牛弘鼓足了勇气说。

"这还差不多！"杨广满意地回答。

"启禀圣上，臣有个请求，不知当讲否？"李靖躬身请旨。

"爱卿但讲无妨！"

"臣以为为官应从最基层做起，浮在上面不好，易生骄奢。"

杨广不由得点头，道："爱卿所言有道理。就依你所言，由牛爱卿安排吧！"

下了朝，李浑的脸拉了半尺长，同行的高颎猜透了他的心思，小声劝慰道："别自寻烦恼了，这是大势所趋，士族阶层现在已到了尽头，无力挽回了！"

"凭什么？凭什么中个进士就身登龙门，就可以做高官，我们用身家性命换来的却是这样的结局？"李浑气呼呼地说道。

"这就是现实。聪明人懂得因时而动，而不是逆潮流而行。老弟，我们这一生就是悟不透这句话才会一跌再跌！瞧瞧虞世基他们。"

高颎这是劝人，也是自慰。不久前的一次朝会上，高颎忍不住质疑皇上巡边的效果，被虞世基抢白了一顿，还惹得杨广龙颜大怒，差一点儿又丢了官职。现在他来劝李浑，多少有些惺惺相惜的味道，两个不得志的人聚到了一起，牢骚话儿车载斗量，说个没完。

"皇上现在一味急功近利，弄得国库空荡民力疲弱，那帮佞臣贼子却极力瞒哄皇上，完全顺着纵着皇上，全然不顾国力民心。就说张掖的互市贸易吧，本来也是好事，可以互通有无，改善百姓的生活，但可惜用错了人，让小人裴矩主管。这小人揣摩到了皇上好大喜功的心意，问询了几个胡人便拼凑了一部什么《西域图记》上奏给皇上，胡说什么对西域服而抚之，弄得皇上着了魔一般，每天都要把他叫到御座旁，听他谈论西域的事情。那裴矩趁机胡吹瞎侃，极力夸奖西域物产富饶，遍地都是宝，把西域说成了美丽的天堂。"

"我何尝不了解这个奸臣。他靠投机获得了信任，被任命为民部侍郎，专门负责西域的互市。他还未上任就又被提升为黄门侍郎，前往张掖招引西域商人，结果招来十余邦的商人，但花费巨大。他还嫌不够，又到敦煌出厚利做引诱，劝说高昌王等人前去朝见皇上。皇上巡边到达焉支山时，高昌王和伊吾没等排列在道路旁边谒见的共有二十七个邦国之多。令人气愤啊！"李浑越说越气，嘴唇发紫而不自知，他继续说道，"更可恶的是，他一方面鼓动各小邦的代表人人身佩金玉，穿戴华丽，歌舞喧闹，引诱国人，另一方面又命令武威、张掖地区的妇女妆梳打扮得花枝招展的，或骑马或坐车前往观看，浩浩荡荡的队伍绵亘数十里，以此来显示大隋的富强。可皇上见了那个场面竟津津乐道，夸奖他是位外交的天才！"

"就因为这个耍手段的天才，百姓们要付出多么惨重的代价。听说皇上又要征召天下擅奇门异术者来东都，还不知是不是真的呢！"

"您应该知道这事，您是管这一行的！"

"问题是裴矩只要向皇上奏本，没有不准的！"

"大人准备怎样？"

"以死进谏，或许皇上能清醒一些！"

"高公，你这又是何苦呢？"

"这些年，我常常想，君王圣明，臣子忠诚，百姓乐业，人尽其才，物尽其用，天下不就大同了。可这始终是个梦。要论咱们的这位皇上不能说不爱才，但爱才须爱正才，宠爱歪才、邪才、恶才终会带来无穷的祸端。现在朝中邪气越来越盛，前有虞世基，后有裴矩，皇上夹在中间，听的多是阿谀之辞，干的多是悖谬之事，我担心早晚有一天，大厦将倾，我军死无葬身之地啊！"

"高公切莫如此。我们人微言轻，今后闭着眼瞎混吧！"李浑反过来安慰高颎。

"说实话，李靖这个孩子真不错，没想到这些年进步这么快！"高颎经李靖提醒，也发觉刚才扯远了，便又把话题拉了回来。

"韩将军的外甥能差到哪里去？"李浑显然还带着几分情绪，话说的语调阴阴的，发现高颍不言语，便又叹了口气，"其实从心里说，像李靖这样的孩子越多越好。再说，人家是凭本领走上金殿的，跟我也没怨没仇，我不恼别人。皇上想升他们，却要打压我们，这叫我如何心平？"

"我看，像你一样态度的人可能还不少，一旦这种怨气转化为一种仇恨，集体爆发出来，对国家肯定造成巨大的冲击。历史上'七国之乱''八王之乱'什么的，皆由此引起的。"

"高公不愧是政治大家，站得总是那么高，分析得总是那样透彻！"

"今天只有你才会这么给予评价！可惜啊……"高颍苦笑道，但难言之隐一时又充塞了内心，"算了，还是少说为佳，免得隔墙有耳！"

晚间，躺在床上，李浑絮絮叨叨地把白日里的事说给夏荷听。夏荷乍听猛惊，坐了起来，怔怔地说："高公说得出做得到！高公危矣！高公危矣！高公有恩于我，我该怎么办呢？"

李浑不以为然地扯了她一把，道："未必吧，不过是说说而已，你怎么竟当真了呢？"

"起来，我们到他府上去一趟，劝劝他别做傻事，他是好人啊！"

"你呀，深更半夜的，快睡觉，再急也要等明天办。你还是老脾气，沉不住气！"

"明日就要上早朝了，能来得及吗？"

"明儿皇上也不一定早起。他新近大概又有新宠了，早朝也不那么正常了。"

"那是他的事，我可是一刻也不能等，不办完这件事我睡不着觉。"

"你是怎么了？着的什么急！"

"你忘了？当年就是高公帮我报了仇雪了耻，又把我当成女儿送到你们李家。这山高海深的恩情今日不报，更待何时？"夏荷火辣辣地说。

"人家早该安寝了，现在去打扰多不好！"李浑赔笑道。

"老爷，你讲礼仪也要分个轻重缓急。你不是常说当今圣上刚愎自用、不纳良言吗？高公进谏是十分危险的事，我们宁可信其有，不可信其无！你不去，我自己去！"说着，夏荷跳下了床。

李浑知道夏荷的火暴脾气，也理解她的感情。多年来，夏荷都是把高颍当父亲相看的。

"好吧，今儿不依你是不会罢休的。不过到了高府上，你可得听我的！"

"这个使得，劝说还得全靠你呢，我只能敲敲边鼓。说好了，无论如何要使他答应了。"

"放心吧，夫人！"李浑拉着长脸笑道。

天还没亮，沉闷的空气令人焦躁不安。一丝儿风也没有，昨晚没有消尽的热气笼罩着大地，让人身上始终裹着湿漉漉的布衫。天灰蒙蒙的，偶尔滚过几声闷雷，虽不甚响，但给清寂的黎明带来了几句警示。似乎一切都是懒洋洋的，几只灰狗趴在阴凉处，吐着红红的舌头。

一起床，杨广便感到心中堵得慌，心里又像坠着一块砖石，喝了一些凉水，又喝了几口特制的绿豆汤，才开始让宫女给自己更换朝服，但他总嫌这个小宫女的动作太慢，手脚不麻利，不耐烦地训了几句。谁知小宫女竟呜呜地哭了起来，闹得杨广心中更乱，抬脚把小宫女踹倒在地。小宫女的惨叫声惊得旁边端茶的伙伴一时紧张，失手把一盏刚刚沏好的碧螺春打翻在地。小宫女脸色惨白，跪在地上求饶。

杨广平时极少殴打宫女，倒是常常怜香惜玉，即便她们做错了事也抬抬手就过去了，今日异常的表现让宫女们始料不及、不知所措。

杨广似乎余怒未消，对跪地求饶的宫女视而不见，在太监的引领下，上朝去了。

闷热的天气让所有人都感到不适，大臣们萎靡不振地半睁着眼，汗珠在额头上、衣领上小虫一样地爬。

"有事启奏，无事退朝。"主事太监嘶哑着女人般的嗓子高声例行着公事。

阶下一片沉静，杨广巴不得立刻回寝宫，往下看了两遍，正要起身，忽听一个熟悉的声音响起。杨广一听便知是高颍。

"启奏陛下"高颍猛地咳了几声，接着说道，"臣昨晚生了一梦，有幸梦见了先皇，真真切切。先皇神采奕奕，圣容依旧，他言及天上人间俱是一样，和臣叙谈了许久，还特意嘱臣捎话给陛下，可惜醒来后，只记得两句话，不知臣当讲否？"

高颍神色凝重，毫无造作之感。

杨广疑惑地听着，极不情愿地道："朕听着呢！"

"先皇说，百事务要节俭，切莫奢侈铺张，更不能沉湎宴乐、女色之中，当体恤民力，驱民归农，不可鼓励行商，为害天下。还有，要……"

"住口！"杨广越听越气，厉声道，"高颍，你竟敢假托父皇讽刺朕躬，你意欲何为？"

顿时，金殿里充盈着一层紧张的肃杀之气。

高颍却平静地说道："陛下为什么要闭目塞听呢？先皇在时虚心纳言，人人争先为社稷献计献策，是何等的胸怀，陛下……"

"好你个高颍，你再度复出，是受谁的恩惠？你不思回报君恩，反而恶语诋毁朕躬，是何道理？"

"陛下息怒，臣一心一意是为了天下黎民的福祉，是为了大隋的江山根基永固，更是为陛下您啊！"

"朕且问你，你拐弯抹角的，无非是要劝谏朕不要搞互市，不要征调天下的乐人，不要巡边，更不该开运河、建东都，试问这些于江山社稷有何坏处？一个泱泱大国总要有与其相匹配的作为。一个君主，一个有所作为的君王，不能只躺在先代的功劳簿上吃安闲饭，必须要有大刀阔斧革故鼎新的气魄。小打小闹、故步自封的行为，虽不失造就出史学家们津津乐道的太平景象，却写不出全面繁荣富强的盛世华章。虽说多花了些钱，可能还招来一些怨言，但今日之努力是为了明日的强盛，付出一些代价是值得的，不要如妇人一般的见识短浅！"

高颎没有想到万千百姓的泪竟浇不醒眼前这位自以为是的君王，想到天下苍生还要继续忍受无休止的劳役和苦如黄连的日子，不由悲愤至极，哭诉道："陛下，您就可怜可怜那些失去儿子的白发双亲吧！您就可怜可怜那些刚刚失去丈夫的新妇吧！还有那些无依无靠的流浪孩子……"

话未说完，高颎已然是泣不成声。

"高颎，你危言耸听、夸大事实，有意给大隋朝的脸上抹黑，你别有用心，抹杀皇上的历史功绩，简直是犯上作乱、十恶不赦！"虞世基跳了出来，用手指点着高颎咆哮起来。

"作为臣下应听命于皇上，天经地义，怎能以下犯上，对皇上横加指责呢？你休要倚老卖老，高颎，你现在这样，全无人臣的一点儿品性。"宇文述也大为不满地对高颎道，"高大人，你太过分了！岂不闻君君、臣臣、父父、子子？"

杨玄感此时站在高颎侧旁。他扭过头去，阴阳怪气地说道："高大人，你是想效法古人沽名钓誉，企图扮一个匡扶朝政的角儿吧？只可惜，你生不逢时，在圣主面前把戏演砸了！人人都说你是顶级聪明的，可为何现在聪明反被聪明误啊？"

几个人一向察言观色，对杨广的喜怒哀乐尽在掌握中，对上阿谀奉承，对他人落井下石，可谓是一群小人！

高颎怒目圆睁，直斥群小，声音在燥热的空气中更加刺耳："好一帮误国误民的奸佞之徒，你们令人作呕的言行只会招致正直之士的蔑视，皇上是不会受你等挑拨的！"

"高颎，别不识好歹、忠奸不分，朕心中了然。朕现在不需要你了，你还是回去做你的寓公吧！你的家产，到死你都吃不完，用不着再吃皇粮了！"杨广冷冷地说道。

这不啻一记响亮的耳光。高颎晃了晃，勉强稳住了身子，虽然他有充分的准备，但是仍然感到心中隐隐作痛，他的脑海里猛然间浮现出多年前被贬的情形。

"难道真像母亲预言的那样？"高颎喃喃自语，有种被暴雨透浇了的感觉，向他袭来。

"也许我的最后时刻到了！"他暗暗下定决心，"死就死出个样子来！"

想到这里，高颎又向前移了一步，抹了下银灰的鬓角和花白的长髯，躬身向杨广行了一个大礼，这似是而非的君臣之礼弄得群臣们面面相觑，不知将要发生什么事。

苏威有种不祥之感，想制止已然来不及了。他对高颎有着复杂的感情，既感激他的举荐之恩，又夹杂着几分同情和妒忌。高颎居相位多年，苏威位居其下，当高颎从云端跌落到地面时，苏威却用怜悯之情安慰过这位兄长、这位恩师。可他又希望看到高颎的再次下台，希望他永远做一个自己的属官。

大家把目光聚焦在高颎身上。

"陛下，臣感谢您英明的决策，感谢您富有人情的安置。臣蹉跎光阴六十余载，今日总算有个了结了。臣斗胆预言，这看上去稳如泰山、富强繁荣的大隋江山，在你的手中将轻易地葬送掉，而且用不了太久！"

"高颎，你这恶毒的巫师，这邪恶的咒语还是留给你自己吧！来人，把这个找死的恶魔关入大牢，等候处决！"杨广恶狠狠地吼道。高颎的话重重地刺激了他的神经，像万箭穿心般地将杨广置于极端的状态。他脸色红胀，声如巨雷，"这种政治泼皮，自诩为国为民，纯粹自欺欺人。以后有敢以良臣自居、以下犯上者，高颎就是他的前车之鉴！"

殿内死寂，只有汗水滴到青砖上的轻微响声。

片刻，一声恸哭如裂帛般吸引了众人的目光，原来是老臣薛道衡。只见他灰白交杂的长髯颤抖着，浑浊的眼睛中充满了悲戚。他仰着脸长吁短叹，样子十分怪异。

杨广死盯着薛道衡，目光灼灼："薛道衡，你哭哭啼啼的，演的哪出戏？"

薛道衡已泣不成声。

"薛道衡，圣上问你呢！"有人提醒着。

薛道衡全然不顾，竟大声哭唱起来："噫兮也哉！泰山崩坍兮，天地无光，东海决堤兮，汪洋一片……"

"住口！藐视朕躬，肆意妄为，辱君之罪，不可饶恕！"杨广猛击龙椅，喝令道，"打入天牢，等候处决！"

"能与一代名相共赴大义，幸甚也哉！谢谢陛下成全！"

"你这个狂人，割去头颅，让你永远开不了口，做不得诗！大隋朝人才济济，不要以为少你这一狂徒，天下就没人能作诗了！"

于是太常卿高颎、司隶大夫薛道衡被双双押入大牢。

【第十二回】

传童谣李氏遭贬斥，作悲歌王薄反隋廷

杨广气呼呼回到寝宫，对笑脸相迎的萧皇后慨叹道："这些乱臣贼子，自诩良臣，口口声声说是为民请命，实则是对朕改革官制、实行科举不满！"

"皇上说的哪些人啊？"

"还不是高颎和薛道衡！这两个老儿今天在金殿上发狂，都被朕褫夺官职，下了大牢，也让一帮心怀不轨的腐官领略朕改革的决心和态度！"

萧皇后眼珠一转，问道："皇上准备怎么处置他们呢？"

"他们若有悔意，便削职为民，发还故里；若死不悔改，便让他们老死狱中！"

"皇上，高颎太不识抬举了，皇上不计前嫌，法外施恩，委以重任，他竟然带头闹事，实在是无情无义之辈！不是臣妾多嘴，像这种人，留他做什么？难道皇上还让他再来诽谤攻击朝政吗？"

"他毕竟是开国元勋，又执相印多年，经他提拔的官员不可胜数，杀了他，会带来不好的舆论，还是留下的好！"

"只怕高颎有恃无恐，就仗的是朝中党羽众多，若不快刀斩乱麻，养成气候，岂不可虑？"

见杨广仍是犹豫，萧皇后又说："薛道衡只是高颎同党中浮出水面的一个，若是再有十个八个薛道衡，皇上当如何处置？"

"薛道衡，这个恃才傲物的文人确是个烫手的山芋，不杀他他太猖狂，杀了他又恐招来天下人的非议，以为朕容不下一个诗人，让后人吟咏他的名句'暗牖悬蛛丝，空梁落燕泥'时，记起杀他的人，给朕安一个暴君之名！"

"皇上宽厚仁慈，怕是换不来他们的真心悔改！"

"也罢，不说这些了，把你们后宫的快乐事讲给朕听听！"

萧皇后望着帘外潇潇的雨幕，回首对杨广逗笑道："暴雨过后才见蓝天哪！怎么，陛下想换一换心情？"

"下了雨，空气清新多了，人也格外爽快。说吧，有什么趣事一齐共享？"

"臣妾这两日身子不适，不曾出去，倒没有新鲜事，只是昨日梁夫人来过，讲了一些她生日的一些见闻，皇上爱听吗？"

"快点说！"

"梁夫人的生日正是昨日，她邀了几个姐妹一起吃酒作乐，内中杏娘最是可爱，吃了酒便请歌一曲，端的是好听。皇上想知道她唱的什么吗？"

"杏娘最善唱曲，朕如何猜得出？"

"她唱的便是皇上的《白苎歌》。她吃了酒，耍了一会儿，便和宫人们到湖中采莲子，直玩到日落风起才带着满船的荷香回到殿中。谁知她过于乏了，伏在小几上便睡着了。月光照了她的脸，柳叶细眉，更柔媚可人了。大家正在笑她，只见她喘息促急，身体扭动着，像是慌忙要叫的样子。众人连叫了七八声她方醒来，醒来时已是香汗满身。宫女用帕拭去细汗，问她缘故，她坐了半晌，方才说道：'我梦中被惊，若不是被唤醒，此时心已碎了。'"

"众人追问详情，她却死活不肯细说，只说此梦与皇上有些干系，嘴巴封得紧！"

杨广性急，便令人将杏娘唤来。

这杏娘年虽幼小，却清秀可人，出落得如清水芙蓉一般。

杨广拉着她的手，坐在身旁，问她那梦中的情境。她疑惑地望着萧皇后，又望望杨广，极不自然。

杨广笑道："朕只是好奇，并无他意，你但讲无妨！"

杏娘低头轻声说："臣妾梦见陛下有些不吉，不敢妄言。"

杨广拍着她的小手，安慰道："朕有百神相助，怕什么不吉？只管讲来！"

杏娘这才慢慢道来："臣妾梦见陛下像往日一样，携了众人到湖中渠上去闲游，一路上到处是笙歌艳舞、美酒佳肴。陛下正饮酒时，忽见半空中一条白龙从云端里下来，向陛下的项下团团地绕了一遍，依旧飞上天去，倏然不见。忽又见殿四角上开了无数的李花，将陛下围在中间。陛下正看花饮酒，又忽地一阵风起，再看那花时，却不是李花，都是烈腾腾的火焰，顷刻间把殿宇都烧着了，陛下却坐在火焰中不能得出。妾吓得魂魄俱无，四下呼人救护。正在急迫之时，却被人唤醒。此梦不知主何吉凶！"

杏娘说得句句真切。

杨广听着，忽地又想起高颎的"说梦"，怀疑杏娘也是在用"梦"来劝谏，可看杏娘那闪亮的眼睛时，又看不出半点谎情。她毕竟是个孩子！他寻思着。

杨广沉吟了半晌，觉得这梦有些蹊跷，依他的推测，这梦确有些不祥，内心老大的不快，但仍强笑着道："此乃大吉之兆也。"

杏娘不解，眨着澄澈的眼眸问：“为什么呢？”

杨广道：“龙是群侯之象，白龙盘绕是谓四落来朝，日下正有西域各部、突厥等来东都朝拜，正应了梦境。所谓李花围绕，正是富贵的象征。去岁，我大隋全国一百九十郡，一千二百五十五县，八百九十万户，四千六百万户，亘古至今，无与伦比。而梦见死亡，正是反义，是长生之兆。至于火焰，朕以为义有威烈之势，朕坐其中，有擅天下威烈之权的意思，不是大吉又是什么？”

杨广的解释，令杏娘欢喜不已。

适才，杨广言称各邦来朝并无虚言，却独不提高句丽，何故？原来，杨广巡游塞北时，身边常常带着宠臣裴矩，两人曾一起未让侍卫通报便走进了突厥启民可汗的帐幕。那天，正好高句丽派遣到突厥的使者也在那里，启民可汗不敢隐瞒，便介绍他同杨广见面。

回到观风行宫，裴矩禀奏：“高句丽那个地方，两周时是箕子的封邑，汉代划分为三个郡，晋朝时据有辽东。如今他们竟敢不称臣了，先帝是很重视这件事的，很久以前便想去征伐他们了。不是曾经派汉王杨谅去过吗？可惜汉王太没能耐了，未曾搞出个名堂来。现在，陛下执天下权柄，广有四方，怎能坐视不理、听任其冠带之境？只要我们施加影响，威胁他们，他们是绝不敢不来朝拜我们的！”

杨广觉得有理，便问：“具体该怎么个威胁法呢？”

裴矩不慌不忙地回道：“陛下马上正式召见高句丽使者，命令他回去转告高句丽王，赶快来朝觐；如若不然，便要率领突厥等国前去诛戮他。”

杨广因为宇文述和刘方分别在吐谷浑和林邑（今越南）等地频传捷报，此时觉得天下唯我独尊，可以凭借马鞭独步天下了，便不假思索地听从了裴矩的建议。

那使者不卑不亢，只说一定回去转告，但半年过去了，却不见高句丽使者来朝，故而杨广释梦时只字未提高句丽的朝见。

萧皇后见杨广和杏娘说得高兴，便也笑着说：“既是大吉之梦，何不取酒来贺？”

杏娘拍手称好，杨广轻捏着杏娘的玉腿道：“就依你们的话去耍！”

萧皇后便命宫女排出宴来。大家也不点灯，就在月明之下的湿草坪上围着方桌团团而坐。

月初起时，朦朦胧胧不甚明白，坐了一阵，不觉间微云散尽，如金镜一般，照得轩前与白昼相似。

杨广诗兴盎然，乘着酒劲，朗声诵出了王羲之的《兰亭集序》：“天朗气清，惠风和畅，仰观宇宙之大，俯察品类之盛，所以游目骋怀，足以极视听之娱，信可乐也。夫人之相与，俯仰一世，或取诸怀抱，悟言一室之内；或因寄所托，放浪形骸之外。虽趣舍万殊，静躁不同，当其欣于所遇，暂得于己，快然自足，不知老之将至。及其所之既倦，情随事迁，感慨系之矣。向之所欲，俯仰之间，已为陈迹，犹不能不以之兴怀。况修短随化，终期于尽。"

杨广吟罢，将酒一饮而尽。

杳娘笑道："陛下为何有王右军的情怀呢？怕不是受月中嫦娥所感吧？"

"嫦娥果真这般多情？那朕也要举杯邀明月了。看，这浩浩清光，岂不比仲秋时节还皎洁几分？"

萧皇后也笑道："陛下也感嫦娥有情，晓得她月宫寂寞，故置酒在此陪伴。"

杨广左拥右抱，甜蜜地吻着两人，道："月中仙子怎及人间娇娘？月中仙子只可遥想，人间娇娃却可近狎，不是吗？"

萧皇后和杳娘听后一齐用手指戳着杨广的脸颊，道："羞死人了，皇上只顾信口乱讲，臣妾哪有那么……"

月色中，两个娇滴滴的美人儿越发显得妖娆。都说灯下看美人有数不尽的风流，岂知月下赏美更胜一筹？杨广不觉心中涌起阵阵春潮，两只大手在两个人的脸上抚来抚去，而杳娘更是滑腻可人。

杳娘眉目传情，鲜红的樱唇半开半合，看得杨广再也忍耐不住，横抱着娇躯向屋内移去。背后传来萧皇后的浪声："皇上，悠着点儿，好戏在后头呢。"

日出时分，杨广被此起彼伏的蛙声吵醒了。

杨广因昨晚偶感风寒，夜室有些渐热，五更天他便出旨意取消了早朝。他吃了几天丸药，发了汗，刚要迷迷糊糊地又睡过去，却被蛙鸣声唤起。

"皇上醒了！"一直在旁伺候的杳娘惊喜地说道，一股喜悦和期盼从言语间透出。

萧皇后半裸着身子，一只手臂裸露在暖被外，散乱着云鬓，睡相十分可爱。她昨晚半宿未睡，看上去乏得很。

杨广揉了下惺忪的睡眼，又推开搭在身上的萧皇后的玉腿，抽身下了龙床。

太监王义挪了过来，轻声禀道："皇上，外间有大臣求见，已等候多时。"

"什么人？"杨广显出不高兴的样子。

"光禄大夫贺若弼！"

"他来干什么？让他再等一会儿！"杨广已猜出他的来意，"肯定又是来为高颎那厮求情，看他如何说道！"

杨广躺着听了一会儿《白苎之歌》，方传旨召见贺若弼。

贺若弼已非昔日可比，发间大半花白，只是精神头不减少年，仍然双目炯炯有神，身板硬朗。

杨广待他行过大礼，便道："将军见朕，有何急事？"

贺若弼也不作态，直言道："为高颎、薛道衡而来！"

"求情？"

"臣非为二人苦求，而是替陛下宽心来了。"

杨广眉头皱起，不解其意。

贺若弼接着说："高、薛二人目无君王，杀之不足惜。只是臣恐陛下事后后悔，特地代陛下寻些因由。"

杨广不悦，瞥了他一眼，道："说吧！"

"他二人动辄以忠臣自居，不避斧钺，反衬出陛下无道，若杀掉他们必招来非议，有损陛下声誉，以为陛下不纳忠言，不念旧情，陷陛下于两难境地，此其一也；他二人一向傲慢无礼，以为天下除他们之外再无良臣益友、大儒文士，反使诸大臣显得无德无才了。若不求情苦谏，会落得心胸狭窄，妒忌同僚，令百官处尴尬境地，此其二也；其三……"

贺若弼还要继续往下说，杨广冷笑道："贺若弼，朕佩服你的勇气及聪明，可惜呀，你聪明反被聪明误，还要落个投石下井的恶名。朕难道听不出弦外之音？朕不妨提醒你，先管好自己的事，免得自讨没趣，引火上身！"

杨广一边把玩手中一颗淡绿色的珠子，一边悠悠地说道："朕在东宫时，曾让你点评杨素、韩擒虎和史万岁，还记得当时的情形吗？你大言不惭地说什么杨素是猛将，称不上谋将；韩擒虎是斗将，算不得领将；史万岁是骑将，当不了大将。言下之意，只有你贺若弼才称得上是大将。不错，你是员不可多得的将领，但可惜你心胸过窄且自负，即使朕能容让你，世人也容不了你。朕念你有功于朕，不与你计较，回去思谋思谋吧！"

贺若弼刚要开口，杨广做了个送客的手势，王义悄声说："贺将军，陛下倦了，改日再说吧！"

贺若弼只得叩拜而退。

走出宫门时，贺若弼正与进宫的虞世基、裴蕴擦肩而过，与二人互相道了安。

虞世基，字茂世，会稽余姚（今浙江慈溪）人，博学有才兼善草隶书法，曾被徐陵（梁、陈时期官体文学的创始者）称誉为"当今的潘（潘岳）陆（陆机、陆云）"，曾任陈朝中舍人，尚书左丞。陈亡后入隋，因家境贫穷，靠替人抄书挣钱养家，常有被埋没之怨。杨广赏识他的文章，即位后，待虞世基甚厚，提拔他为内史侍郎，专门负责处理机密文书，与纳言苏威、大将军宇文述、黄门侍郎裴矩、御史大夫裴蕴共同参掌朝政，其察言观色的本事与裴蕴无二。

裴蕴，河东闻喜（今属山西）人，任过南陈的直阁将军兴宁令。陈亡后，裴蕴随大批知名人士转入长安，对杨坚歌功颂德，不遗余力，被杨坚破格授予"开府仪同三司"，赏赐十分优厚。深谙为官之道的他，从此青云直上。

二人和贺若弼打了个照面，便从贺若弼的表情中读出了杨广的意思。两人会意地一笑，快步向内宫而去。

正郁闷时，杨广见二人齐到，顿时笑逐颜开。二人更是嘴里抹了蜜一般，句句讨杨广的欢心。两人一唱一和，将高颎、薛道衡二人在牢中的情形添枝加叶，还拿出了薛道衡的近作《高祖颂》。

"薛道衡写作此文，明是颂扬先皇，实是暗讽陛下，手段隐蔽，其心不可告人！他与高颎串通一气，结成可耻的同盟，旨在否定陛下的丰功伟绩，实现罪恶的政治目的。他们弃陛下的宅心仁厚而不顾，胡说什么'不体恤民力，骄奢淫逸'，把陛下描绘成古今第一的'夏桀商纣'，简直是罪不容诛。"

杨广的火气又被撩了起来，两只拳头颤抖得厉害，下旨道："杀掉，全部杀掉，朕成全他们！"

"那贺若弼也不是什么好东西，适才见他时，眼中充满仇恨的目光，留下也是一害！"

"一齐送他们上路，让他们黄泉路上不寂寞！"

二人听到这里，脸上闪过一丝狡黠的神情。

原来，薛道衡在狱中闲来无事，知道自己时日不多，感慨万千，想起杨坚时代的好处，便激情涌动，索来笔墨纸砚，不大工夫便写成了《高祖颂》。

狱吏中有颇识几个文字的，薛道衡拿出与其共赏，这情形都被报告给裴蕴等人。裴蕴、虞世基等人唯恐找不到有分量的罪证，看到《高祖颂》后喜不自胜，狂喜道："皇上最恶别人褒贬自己，尤恶含沙射影，现在这书呆子竟自己往死路上奔，岂不是天意？好好好，让你和高颎老儿黄泉路上伴着走，让你们这些双手沾满我大陈鲜血的刽子手见鬼去吧！公主，你安心上路吧！"

虞世基、裴蕴很早便和宣华夫人有着秘密的联系，宣华夫人临死前密令二人继续完成自己的未竟之事，为陈朝复仇！如今参倒薛道衡果然又大获成功，他们俩不禁喜上眉梢。

被囚的高颎、薛道衡二人在秽气冲天的狱中已两天两夜未合眼了。高颎本来就身体多病，这一下更是雪上加霜，连水也不进了。他躺在角落的草堆中，往事如烟般地在眼前一一闪过。

"我无悔，我是心甘情愿的。孔曰成仁，孟曰取义，哪怕是粉身碎骨也要浩气长存，我绝不苟活于世，与邪恶为伍！"他缩成一团，口中喃喃自语，"幸而老母已逝，我可以放心地走了。只是朝政日渐混乱，群小为所欲为，令人死不瞑目啊！"

高颎眼前的幻景倏忽多变，一会儿是高山峻岭、悬崖陡壁，一会儿是戈壁沙漠、满眼荒凉，一会是血流成河的战场，一会儿又是阴森森的地狱……正恍惚间，牢门被打开了，一个人被押了进来。高颎吃力地睁大眼，影影绰绰地觉得有些眼熟。

"谁呀？"他沙哑着嗓子问。

"高大人，是我呀，贺若弼！"

"你怎么也……"

"我被判诽谤朝政，诋毁天子，和高大人狼狈为奸！"贺若弼蹲在高颎身旁，悲愤地说。

贺若弼扶起高颎并坐在草堆上，高颎则虚弱地靠着墙，他干裂的嘴唇上有明显的血丝。

"也许是我害了你们！"

"高大人，我们何罪之有？无非说了几句实话！为了大隋的江山，我们赤胆忠心，披肝沥胆，如今却落得如此下场！"

高颎挣扎着要站起身来，贺若弼忙起身相扶。

"怕只怕我等被杀，朝廷上再无忠臣良将！"高颎慷慨激昂地说道。说罢，直直地看着牢房外的一抹天空。贺若弼也循着高颎的目光，一同凝望着牢房外一方昏暗的天宇。

翌日，高颎、贺若弼、薛道衡同时被处以绞刑。

杨广得知三人被绞死后，沉默良久，一件件地想起他们的好处来。绞杀三人的诏令刚下，他心里便有种隐隐的悔意，但已不可更改。

"你们为什么不能像裴蕴他们一样顺着朕的意思去办事呢？朕杀你们也是不得已啊，你们的阴魂不要怨恨朕！"他的脑海里总掐不灭对三人的追忆。

一旁的王义瞧出些眉目，捧上一杯碧螺春，轻声说道："陛下，御苑里百花正盛，尤其那牡丹花，千娇百媚，何不去观赏品鉴？兴许见些趣闻，听些雅事，可做晚餐的作料。"

这王义虽是身残但却极有主张，只是不轻易说出。他今见杀了三个忠臣，有心想去旁敲侧击一下，但却知此时不可多言，否则，连自己的小命也会搭进去。

王义跟在杨广的身后，倒腾着小短腿，紧追慢赶地才能赶上，样子十分滑稽。

来到朱栏小桥之上，杨广凭栏远眺，那日光下的两苑湖水波光粼粼，仿佛梦幻一般。他不经意间，瞥到了王义的目光，那目光中满是迷茫，他不禁问道："王义，你莫非想家了？"

"回陛下，王义自从来到东都，来到陛下身旁，便把东都、把皇宫当成了一个遮风挡雨的家。臣把一切都交给陛下了，不敢有所图，只想把皇上侍候好！"

　　杨广听着，不禁把手放到王义的背上，默默地抚摸着。自从张衡告老还乡之后，他就在物色新的心腹。这个"半残废"的小矮人居然有着常人难以企及的忍耐力和机敏性，更可宝贵的是具有无与伦比的忠诚。

　　当初王义被作为贡品献给杨广时，王义只能作为玩物，供杨广开心取乐。但很快，当杨广发现离不开这个"开心果"时，王义却烦恼辈出。他是男人，只能出入外庭，不能随杨广进入内宫。这时，他做出了一大胆的决定——净身。

　　净身就意味着到鬼门关去走一遭。但凡净过身的太监们提起这痛苦的经历，都会不寒而栗。如果是在幼时或少年时，多半是家人或人贩子强迫性地使用"酷刑"，将其阳物割去。而现在，王义已是成人，危险性会更高。他在一位老太监的指导下，硬是把自己的阳物割得干干净净。杨广听后，不禁骇然，为其忠义而惨烈的壮举而顿生敬意。

　　斗转星移，又是几度春秋，杨广发现王义的话越来越少了，似乎换了个人一样。

　　杨广把手从王义的背上移开，轻声问道："王义，你说敢和朕叫板的人都是忠良吗？"

　　王义不慌不忙地接话道："臣听说，苦口良药利于病，忠言逆耳利于行。不过比起善谏来，苦谏显然是背着磨盘唱戏——吃力不讨好。臣乃一区区奴才，不敢妄言朝政和大臣，若是非说不可，奴才以为倒可以学学古代齐威王。听说纳谏是需要很大的勇气的！"

　　"现在静静地想一想，朕确有些滥杀无辜之嫌，他们三人确实不是恶意呀！"

　　此时此刻，王义悬着的心稍稍得以缓释。他觉得皇上虽然专断，并稍近无情，但毕竟有时能知错就改，比起一味拒谏的昏君、暴君要强得多。皇上是聪明人，懂得人心向背的价值。

　　太阳不知不觉已移到了头顶，火辣辣地灼烧着地面上的两个人。直到王义提醒，杨广才感到身上有些微汗，适才竟全然不知！

　　回到寝宫，由王义服侍着，杨广冲了个凉，又在散着清香的竹榻上小憩了片刻，杨广的精神渐渐恢复过来。

　　一阵闷雷从天边滚来，暴雨就要来临了。

　　东都郊外的柳堤上，绿树成荫，两旁婀娜的垂杨与浊浊的河水相映成趣。柳荫中并辔而来的两个年轻人，左边的清秀而微白，右边的则多了几分深沉。那清秀的是李靖，深沉的是李密，二人是约了一同出来走走的。

　　李靖手执马缰，仰望着柳枝间嬉戏跳跃的野雀，自言自语道："禽兽安知人间悲凄！"

　　李密笑着冲柳树上的雀儿喊了一嗓子："嘿！可怜的小生命，别闹了，李大人正不高兴呢！"

"你倒能笑出声来！那官差怎么打发？"

"别烦了！我相信'车到山前必有路'的老话，到时候，自有天助！"

"你别老拿话来宽慰我，你倒是替我寻个两全其美的妙招啊！"李靖很少像今天这样焦急过，他用热切的眼光望着眼前的李密。

"办法总会有的！不过，走了大半天了，肚子也咕咕叫了，你是不是先请先生安慰一下他的肠胃，再提他事啊？"

"要的，还是老地方——怡然酒楼，那儿的酱肘子最合你的胃口！"李靖释然一笑，盛情相邀。

不多时，两人已到东市路旁的酒楼下。熟门熟路，两人在伙计热情的召唤声中，抬腿上了二楼，挑了一个面街临窗的地方落座。店中的客人不多，稀稀落落的。

小伙计满脸挂笑地说道："李大人，今儿您老还是老四样？"

"莫要多问，照旧！"

小伙计乐呵呵地去了。

不一会儿，伙计端来了四盘精致小菜，一壶"夜来香"。二人浅酌慢饮，品起老酒来。

窗外的大街上依然是纷纷攘攘，有挑担推车的百姓，有全副武装的兵士，一拨又一拨的，都朝着一个方向开进。

酒至酣然，李靖喟叹道："我为天下百姓掬一把泪！乱世，天下百姓苦；盛业，天下百姓苦。做百姓，实在是苦无尽头、苦海无边。一场征战，不知要毁掉多少家园、葬送多少生灵啊！"

"冷眼旁观，兄以为这次东征高句丽有几分胜算？"

"倾尽国力，动员数百万之众去对付一个弹丸之地，应该说不会有什么悬念吧！"

"以弟愚见，纵使拥兵百万、气势如虹，终不免落得个无功而返！"

"何以见得？"

"自有见解。我们就此打个赌如何？"

"我还就是不服气，赌便赌！"

"好，我认为大隋虽国势鼎盛，但眼下已开始走下坡路，连年无休止的劳役、兵役已使天下人疲惫不堪，百姓不堪其苦，几乎到了无法承受的地步。俗话说：'人心齐，泰山移。'现虽驱百万之众，但人无战心、兵乏斗志，要取胜，比登山还难！再说，高句丽虽偏远小邦，但上下一心，能不胜吗？"李密有理有据地分析着。

"虽然如此，但打仗关键是将帅，一只老虎驱赶群羊可以产生出虎威，即使士兵懈怠，只要将帅威猛，照样能化腐朽为神奇。我以为这仗胜算更大，因为无论帅还是将，都是身经百战功勋卓著的英才。"

"知己知彼方能百战不殆。高句丽虽小，但境内山水险境甚多，易守难攻，况其国人骁勇彪悍，又是以逸待劳，能不胜吗？"

"高句丽兵勇可能比不上突厥，其地险也比不过江南，隋军中能者甚多，攻城野战三器具早就备足，况且又吸取了以往的失败教训，可以说，只要粮草备足，指挥得当，这仗完全可以得胜。"

"不错，但粮草和指挥却正是隋军的软肋。数百万人，一旦粮草接济不上，后果不堪设想。而能指挥数万人的人从未出现过，一旦协调失误，其必遭败绩！"

"这军资的供给应该不成问题。新开的永济渠南北贯通，直抵涿郡，有黄河、沁水的注入，水量充沛，军资可源源不断输送。据说高句丽国的南邻百济已遣使入朝，愿意配合隋军南北夹攻，届时水军再从海上截断其退路，高句丽多处受敌，军心必然不稳，支持不了多久！"

李密嚼着酱肘子，不以为然地摇了摇头，说："天时不如地利，地利不如人和。眼下朝中奸佞得势，忠良多不得志，皇上已被群小包围，纵然有通天的本领，又能搅动周天的寒彻吗？打仗要上下同欲而胜，将帅离心、兵将离德，其结果会怎样呢？再说，现在被逼而落草为寇的绿林中人又有多少？一旦形成气势，能不牵动征东的大军？"

"不然，此次出征，皇上旨在造成威慑，如同巡边一样，是炫耀武力。高句丽在强大的军威面前，或许会不战而降，送来顺表降书也未可知。"

"兄长此言差矣。这高句丽既不是西域诸邦，也不同于海岛的倭国、南方的赤土之国。西域诸邦或求利于大隋，或与隋朝通婚，是为逐利求色；倭国是为了向隋朝求学才称臣的，那赤土之国与隋结好，是冲着中原大邦的丰富的物产。而高句丽多年来既畏忌中原大朝，又不明显与之争锋，但却始终暗里联合周边各族牵制隋朝，这些皇上也未必不知。此外，在领土方面，高句丽也和大隋各不相让。这些方面，决定高句丽不会轻易束手就擒。再说在同百济等国的争霸中，高句丽已经取得优势，可谓正在巅峰，岂肯降格以求？其必然要尽全力一搏。至于百济，我敢断言，他只是想邀宠，必不肯真正相帮，为什么？他懂得战国时齐国与嬴政而不助五国的道理。所以，高句丽存则百济存，高句丽亡，那百济也离灭国不远了。"

"所论不差，只是这毕竟是纸上谈兵，未可信也，我等且待结果吧！"

"这本来也不关我等之事，管他做甚？不过若你真的输了，还要补一席的！"

两人说笑戏耍，竟忘了他们出来的目的。

就要离席时，咚咚咚地又上来了几个人，原来是两个差人押着囚犯也来此吃酒歇脚。

那囚犯一身的灰色囚衣，满身的尘垢，只是两只眼睛格外有神，魁梧的身材披枷带锁。显然是位落难的英雄。

二人互递了眼神，索性又坐了下来。原以为两个差役要先吃喝一顿，然后再赏些残羹剩菜给囚犯，岂料倒是差役先让囚犯坐，两人一旁一个伺候着。而那囚犯也不客气，与两人一起大块吃肉，大碗喝酒。

吃喝完毕，那囚犯对两位差役道："这一路多谢你们二位了，你们回去后我的朋友们绝不会为难你们，我王薄也是要回去的，咱们还有再见的那一天！"

两个差役连忙回礼，道："这都是兄弟分内的事，您能一路安分地随着走，还救了我们哥儿俩的命，就已经是再造之恩了。回头到了大牢，您把我们朋友的信递上，那牢头一准儿照顾您！"

李密二人稀里糊涂地听着他们的谈话，又目送他们匆忙离开，不禁纳闷："这个王薄究竟是干什么的，为何行为如此不可思议？"

李靖正要招呼小二算酒钱，忽听楼下传来几声呵斥，料定是驱赶上门乞讨的。现在街面上乞讨的人头碰头，都是些老弱病残幼，流落街头，蓬头垢面，十分可怜。

看到桌上还有些残汤剩水，李靖便让小二把讨饭人领上楼来，小二不情愿地引来了一老一少，奇怪的是这一老一少并不是那种浑身上下脏兮兮的人，而是衣着整洁。老的约莫六十开外，少的约有十余岁，从面相看，像是爷儿俩。老的怀里抱着一把琵琶，显然是个盲人，小的手里握着两个竹板，样子很清秀。

爷儿俩来到桌旁，先深鞠一躬，然后少年轻扣竹板清唱了几句，停下后，问二人道："大人爱听什么小曲？"

李靖开言道："曲子就免了，你们先填填肚子，吃不饱就再上几个烧饼。等会儿，你们讲讲你们自己的故事。"

爷儿俩又谢。

大概是好久没吃饱饭了，爷儿俩狼吞虎咽地吃光了所有的东西。李靖又让小二上了四个大烧饼，但少年没有吃，而是把它们包好，揣到了怀里，兴奋地说："奶奶和姐姐也可以吃顿饱饭了！"

听了这话，李靖只感到自己的眼泪在眼圈打转。

稍停，孩子悲悲切切讲述了家中的巨变……

不知过了多久，李靖被李密推了一把，才从沉思中回过神来，抬眼看看，爷孙俩已不在眼前。李靖只依稀记得，那孩子原生在一个颇为殷实的家庭，但自东征的诏书颁下后，州压府，府压县，县里便强压各村，规定的钱物数额必须在期限内缴清，否则，轻则鞭笞重则杀头，那孩子的父亲便是这样被逼得变卖所有家产以应官差，但因迟了一日，便被监押在大牢里，一气之下寻了短见，孩子的母亲也因此溺水身亡。

李靖的心情沉重如铁。李密似乎看透了李靖的心思，拍拍他的肩头安慰道："又捅了你的痛处了吧？别急，附身过来！"

李密在他耳边如此这般地嘀咕了几句，惊得李靖张口结舌道："若是泄露，岂不是杀身之祸？怕是行不得！"

"此乃移花接木之法，只要你不追究，无人过问。天知地知，你知我知，万一上边追究起来，打点一下，什么事都不会发生。其实，这个办法，我敢说天下再无第二个人敢用，唯兄适合。"

"为什么？"

"因为你是英雄，且是大英雄！"

李靖笑道："我这么狼狈，兄弟为何还拿我寻开心？"

"你只管这么做便是了，好戏还在后头呢！"

"好吧，待交了官差，我再到此店请你！"

"你是注定要请的，因为你的赌必输！"

李密何以有这么大的把握？因为他掌握着一个重大机密，这要追溯到户部尚书杨玄感那里。

杨玄感向李密问计，要利用征战之时人心惶惶之际再添一把柴，把火烧到全国，红遍半个天，再伺机起兵。

当初，杨玄感利用麻叔谋陷害李春未成，倒把麻叔谋送了上刑场，对此，他始终耿耿于怀："杨广害我父亲，断我手臂，是到清算的时候了，蒲山公请为我谋之！"

李密早已为杨玄感作了筹划，分析道："杨广素多疑，又深信术士之言，国公早年未完成的文章，现在正是续做的时候。这一次不仅要让他杀掉一家姓李的，还要杀遍天下所有李姓贵族和高官，到那时，被逼造反的又何止千万？"

杨玄感急问细节，李密伸出两个指头，杨玄感不解其意。李密解释道："只需两种人足矣！一种是善于传播流言的男女，一类是搬弄是非的能臣。前一种要在各处传唱童谣、谶语，后者必须是能在朝廷上走动，而且是能言善辩、愿为国公出力的人。有了这两种人，大事可定了。"

"此事好办，朝廷上有虞世基、裴蕴两人足够了。据我想来，如果拿李浑先开力，最易成功。此事若成，蒲山公当立头功！"

"事不迟疑，当赶在杨广出征之前下手。此时他百事缠身，无神细究，只要报有反情，他必全力查处，严厉制裁。"

"我手中既有蒲山公这样的旷世奇才，也有荆轲一类的英雄，还有父亲在时蓄养的众多各色能人，也到了他们施展绝技的时候了，相信不久便有捷报，咱们就等着好戏看吧！"说罢，杨玄感纵声狂笑。

"此事须得谨慎，切莫露了马脚。杨广非等闲人物，不是陈叔宝那类昏君，应假戏真做，不光要做得逼真，还要辅以小手段！"李密见杨玄感有些忘形，有意提醒道，"比如对李浑施以激将法，使其言行过激，露出反相形迹，再收买其府中好利之徒从旁作证。李浑家族庞大，杨广本来对此就有疑忌，多管齐下，他方会中计！"

"言之有理，就依蒲山公计，让他们依计而行，尔后论功行赏！"

两人计议已定，杨玄感密召心腹一一交代，众人领命而去。

杨玄感如释重负，心满意足地眯起眼睛，躺在镶金的乌木椅内，悠然做起皇帝梦来。

杨玄感的自我感觉良好，门第、才学、相貌、性格、品行等诸方面自认为都是天下一流，总想给人留下高贵、娴雅、聪慧、练达、亲善甚至谦逊的印象。事实上，他也的确赢得了一些同僚和大部分下属的好感。

"这是我杨玄感多年来处心积虑获得的，我一定要做出一番轰轰烈烈的大事来，让青史留名，让万世瞻仰。我一定能实现荣登至尊的目标，创出一个崭新的江山社稷来，体验一下身穿龙袍的感觉，看普天下百姓拜在我的脚下山呼'万岁'的盛况。什么是真龙天子？什么是君权神授？都是自己给自己添加的神秘光环。我若是坐上了金殿，一定要编一套比任何开国皇帝都离奇的神秘故事。"杨玄感的心里像流了蜜一般，甜丝丝、美滋滋的，真像登了龙座一般。

正想着，屋外传来一阵喧闹声，杨玄感让侍女到外面去问，侍女回来后答道："不知从哪里飞来的一群乌鸦，占了后面的园子，家丁们赶也赶不走，故而喧闹。"

"乌鸦？"杨玄感心中顿然间掠过一丝不快，满是困惑和无奈。片刻他又释然，乌鸦虽是不祥之物，但群鸟毕至，乐而不去，岂非吉兆？于是下令，不要驱赶，任由来去。

不多时，家丁来报，那群讨厌的家伙不知何时又自己飞走了，只留下一地的鸟粪。杨玄感心里猛地震动了一下，暗想，这群不速之客是专门来和我作对的吗？

天阴沉沉的，密布着厚厚的云层，翻滚着向这边压来。

杨广这些日子来时常在梦中惊醒，太医们诊断说是劳累过度，可杨广却感到似乎并不那么简单。想到连日来的怪梦，不禁有些疑惑：那个梦中举刀砍向自己的壮汉是谁呢？是谋逆的李家子孙吗？李浑不是已经被满门抄斩了吗？

不久之前，杨广听信谗言，无端地把开国第一功臣李穆的子孙全部杀光，弄得朝中李姓臣子人人自危。杨广本人也患了多疑症，看到姓李的都觉得怪怪的，晚上又常常被噩梦搅得无法入睡。东征大战在即，杨广心急如焚。

虞世基、裴蕴又连连进谗，劝杨广一不做二不休，索性将可疑的李氏大臣来个大清洗，宁可错杀也绝不能留下后患！

"为了大隋的万里河山，为了让百姓们免遭内乱之苦，只好痛下决心！"

杨广心乱得很，方寸之间唯有焦躁，便诏令二人对所有在朝和官员及封疆大吏们逐一暗查，如有异常，速速铲除。

二人得了这道诏令，心喜如狂，道："这下隋家天下可热闹了，万事由我们俩说了算，先收拾李氏高官，再回头搅乱天下，最后再让杨氏尝尝痛失江山的滋味！无毒不丈夫，动手吧！"

一把血淋淋的屠刀开始笼罩在关西上空。

李靖已闻到了浓重的血腥味儿。自从他上次依照李密的调包计暂时应付了官差，心里一直不踏实，生恐有人走漏了消息，便日夜派人打探着朝中的动静。

"李花开，杨花败，十八子，上堂来。扫尽杨花迎李花，堂下小儿笑开怀。"忽闻京中盛传童谣，李靖大惊。此时出现这等荒唐之语，分明是有人故意散布，其目的险恶至极！

"这分明是说李氏将要造反！若是皇上知晓，必不肯轻易放过，我李姓岂不大难临头？多事之秋，我当如何自保？"思量过后，李靖让人继续打探消息。

不久，家人来报，厄运已降临到李浑的府上，李浑被以"谋逆"之罪满门抄斩，遭戮人数至数百人！

"听说大理寺还在追索同党，朝廷密探遍布两京，凡李姓高官均人人自危，唯恐殃及自身，都关门谢客，惶惶不可终日。"

闻听此言，李靖细忖：当今天下，李姓官员成千上万，断不至于赶尽杀绝吧？谁家最有可能遭嫉，恐怕要看他的势力和影响是否对朝廷构成威胁了！什么"谋逆"，分明是欺世的谎言！但皇上为什么要出此下策呢？按皇上的才智，他是完全能够知晓此举的负面影响的，莫非朝中有"黄雀"，是他们暗中策划了这些阴谋？

李靖有些惊然，不禁为唐公有些担忧了。

唐公李渊现任楼烦（今山西旧娄烦镇）太守，统一节度着左右各郡的军队，是个烫手的职位。如此谣言直逼唐公，皇上不忌惮才怪呢！

李靖的担心不幸被证实了。

　　这一天，李渊神色忧郁地从外边回到后堂。李渊与平时判若两人的举动，立刻让夫人觉察出来。夫人是个颇有胆识的人，少年时便见识不俗，今日看到丈夫心中有事，便径直询问。李渊也不隐瞒，便将街上听来的童谣及李浑满门抄斩的消息讲了一遍，惶恐道：“皇上若是如此疑人，我恐难逃此厄运。这可如何是好啊？”

　　夫人善言抚慰，道：“老爷何必闹心，依妾身看，料无大事！”

　　“何以见得？”

　　“我们为什么不听听世民的看法？”夫人显得很轻松。

　　“一个孩子能说个子丑寅卯来？你呀，就宠着他！”李渊摇了摇头，慨叹道，“此非儿戏，须是要保障身家性命的！”

　　话未竟，李世民兴冲冲地跑了进来。

　　“瞧这孩子，一头的汗，玩什么呢？”夫人亲昵地替儿子擦着汗，继续说道，“正说要让人去找你，可巧你就来了？”

　　李世民一听，立刻仰着稚气未脱的脸，正色道：“有什么事，快告诉孩儿！”

　　看见父亲愁容满面，李世民小心翼翼地转向父亲，眨着亮晶晶的双眸，问道：“父亲军中有棘手之事？”

　　“比那严重得多！”李渊沉沉地答道。

　　“那是……”

　　夫人把原委简单说了一遍，拍着李世民的头道：“事情就是这样，我们想听听你这个小诸葛的高见，替你父亲分分忧愁！”

　　李世民歪着小脑袋，略想片刻，便道：“依孩儿愚见，父亲只需做两件事，便可轻易避祸。”

　　“快说，哪两件事？”

　　“其一是推病不再入朝。皇上若是诏见，只是佯称身染重疴，皇上必不再追究，此是吸取周文王姬昌身陷羑里之教训。其二便是韬光养晦。当年北周权臣宇文护专权时，孝闵帝、明帝都很有志向，但不善藏拙，结果都死在权臣的铁拳之下，只有武帝宇文邕示弱于宇文护，苦心伪装多年，终于寻机铲除了祸患。孩儿以为，父亲不如从此外示荒唐、内修武番，可为长久之计。”

　　李渊夫妇听着，都不禁投来期许的目光，李世民话音甫落，夫人便道：“我的儿，难为你想得如此周到，与为娘的心思并无二致。看来，合着该咱们李家后世兴旺啊，你小小的年纪便已文武全才了！”

　　“谢谢母亲夸奖！孩儿是谨遵父母的教导去做的，适才孩儿还在园子里射箭呢！”

　　“我也正有此意，今后我可就是不加节制的酒鬼、贪官了，装得不像，你们娘儿俩可得多加提醒啊！"李渊苦笑着道，"我们也许能避过这场无妄之灾，其他李姓可就不知怎样了，李春、李靖、李密这些人都是容易遭嫉的！"

"孩儿听说，真正聪明的人是会利用一切条件来保护自己的，他们若是当世的英雄，一定会安然无恙的。再说，事物总是不断变化发展的，形势一变，危险便会自然消失。"

"但愿如此吧！"

"菩萨会保佑他们的！"

"娘，你就替他们多念几遍经吧！"

"这孩子！"

大业七年二月底，还是春寒料峭时节，杨广已正式颁诏征讨高句丽。

从北部草原到岭南乡野，到处笼罩着浓重的战争阴云，从吴越之地到涿郡的千里运河上，大小船只首尾相连，满载着米粮、兵器、铠甲及攻城的器械。沿运河的御道上，推车的、骑马的、徒步的，民夫、兵士拥挤着向北缓缓而行，川流不息。从他们机械地步履和菜色疲惫的面容上，可知他们都已困乏至极，有的行走间便突然倒地，来不及留下一言半语就凄然死去了。路旁的新坟每天都在增加。

邹平县民夫张五和李六一前一后地推拉着独轮车，车上是三石军粮。张五看上去比李六大几岁，掌着把，沿着深深的车辙向前推碾着，李六是个毛头小伙子，走累了，便不停地埋怨着："就这样不停地走走走，走不到地儿就得累死！干脆，管他娘的，扔了走人，好歹还能捡条命！"

"小六子，累了不是？有啥法子啊！想开点吧，听说东莱海口的船工更惨，他们日夜赶造战船，吃喝在海水中，不敢稍停片刻，腰部以下都生了蛆虫，死的人不可计数！"

"死了倒好，活着更受罪！你看咱村里的刘三他们多好，一蹬腿一闭眼，再也不用忍饥挨饿受冻受累了，我要不是有老母在家，我非……"

"少说几句吧！让当官的听到，不是又得挨顿打？"

"这是他娘的什么世道？他们当官的全不把咱当人看，交武器非要又精又新的，稍不如意就得挨鞭子，重了还得杀头。交上去的粮食，他们横挑鼻子竖挑眼的，动不动就说不合格，逼着你用钱补偿，粮食这么贵，哪有钱去贴补？要不，俺娘的眼也不会瞎！"

"别提了！只求上天睁开法眼，保佑我们能平安回家，家里还有几张嘴呢！"

"五哥，王薄来了！"李六轻声向后传了句话。

"不要怕，他跟别人不一样！"

正说着，一个黑面孔的壮汉骑着黑马来到了张五的身旁，同张五打了个照面又继续向后走。

"看那样子，八成是又有人逃了。"

"往后，逃的人会越来越多！"

"不逃走，赶到缴粮点，怕也没有几粒米可缴了！"

"五哥，咱的粮袋子也越来越空了，早晚得露馅，不如……"

"小声点！晚上再说。"

突然，身后骂骂咧咧开来一队兵卒，五人一伍，极不情愿地拉着装载盔甲布幕的兵车。

兵车通常是牛马拉动的，现在因为牛马用量太大，便改用兵士。那些兵深一脚浅一脚的，嘴里不停地骂着，看到不顺眼的百姓便捎带着推一把踹一脚。

"打仗，打仗，老子成了牲口！"

"到了高句丽，杀进平壤，弄几个高句丽娘们儿玩玩儿，你又成了人了！"

"有娘儿们能轮到了你我兄弟玩儿吗？还不都是他娘的当官的占了先！"

"抢！杀进平壤甭干别的，见女人就抢，先尝尝味儿再说。都把脑袋别到裤腰上了，别委屈了自己！"

"你呀，别想那美事儿！别小瞧了他们，他们可是有神仙暗中相助！那些娘们儿坏得很，你怎么死的都不知道。"

"别唬人，我都要死了，还管那么多！"

"别来劲，我敢跟你打赌，你过不了辽河就得玩儿完，信不信？"

"不信！赌什么？"

"你要是能活着回来，我把妹子许给你！"

"冲你这句话，我得好好活着，回来好当新郎官，对不？我的大舅哥！"

"哈哈哈，哈哈哈！"兵士们笑成了一团。

"你们笑得太早了吧，睁开眼睛看看，这像打仗的样吗？打胜仗要靠士气，现在谁有心思和气力去拼命？"

"我们管不了这么多，活一天就快活一天，皇上都不怕，我们怕啥？"

"皇上？他老人家在做美梦呢！"

此时，杨广正在涿郡行宫。

"回禀皇上，三百艘战舰已全部完工，随时可以投入战斗。"

"赏虞大人白银一千两，他督造有功，应予重赏！"

"回禀皇上，征调江淮的水手一万人，弩手三万人也已到达。"

"赐将军们御酒，让兵士好好休息，养精蓄锐。"

杨广在极度震怒和失望中回到行宫，红墙内一片死寂，谁也不敢弄出半点声响儿来，似乎整个宫城都仍在大梦中。

"启禀圣上，黎阳、洛口两仓的粮食及各地的征调军粮也已全部运抵，验收完毕。"

其实，督粮官撒了一个大谎。水路运输的粮食损失无几，大批陆路上的运粮民工不是死了就是逃了，军粮如数交官的寥寥可数。

督粮官原是杨素一手提拔的，与杨玄感过从甚密。杨玄感提醒他，在皇上跟前说话，务必要拣好听的、顺耳的，只要能哄皇上高兴，官位就能坐稳了。他倒是谨记这句话，便妄称军粮充盈。可这一瞒便害苦了三军将士，后来军粮不继，便由此发端。

杨广闻听果然大喜，道："现在是万事俱备、只欠东风了。诸位爱卿，朕承先旨，亲征高句丽，那小小的高句丽，充其量只有大隋一个郡大小，朕亲率如此庞大的军队征讨，众卿认为能打败高句丽吗？"

丹墀之下群臣齐呼："皇上亲率铁军，必会高奏凯歌。愿皇上速传御旨，向高句丽开进。"

"好，而今正值阳春天气，用兵之时也，三军将士蓄势待发，望诸卿同心同德，一举碾碎高句丽。"

众将摩拳擦掌，跃跃欲试。

于是杨广下诏，命左翼十二军分道进攻镂方、长岑、盖马、建安、南苏、辽东、玄菟、扶余、朝鲜、沃沮、乐浪等道，右翼十二军分别进攻黏蝉、含资、浑弥、临屯、候城、提奚、蹋顿、肃慎、碣石、带方、襄平等道。各路人马先后出发，务于平壤会师。

此时隋兵共一百一十三万三千八百人，号称二百万，加上后勤军需人员，总数超过四百万。

杨广恭请随军的方士占卜了黄道吉日。三日后，杨广沐浴更衣，率众将在桑干水西南祭祀战神，在临朔宫南祭祀先帝，又在蓟城北祭祀马神。

在隆隆的鼓声中，第一军出发了。此后每日发一军，前后两军相距保持在四十里上下。

一路上，各军首尾相接，鼓角相闻，旌旗连绵近千里，远胜杨广北巡边地时的规模。沿途百姓争相观看，纷纷惊叹这一千古奇观。

杨广向随行的西突厥曷萨那可汗道："爱卿观之以为如何？"

曷萨那可汗叹道："其出师之盛，自古及今，未尝闻也！"

杨广乐而大笑道："朕平生不喜步人后尘，好的是推陈出新，朕就是要不断创造出更多的奇迹。爱卿就静听捷报吧！"

"陛下乃古今一帝，无人企及，区区高句丽何足道也？臣以为捷报必会频传，大胜只在须臾间！"

北地的春天来得迟，时至三月中旬，杨柳才刚刚冒出新芽。这一日，临朔宫的花墙前，几只喜鹊喳喳地叫着，互相追逐着，从垂柳上跃到玉兰花上，吵闹声惊动了几个侍卫。

"看，喜鹊登枝叫，准有好事到，快！禀告皇上，让他开开心。这两天皇上茶饭不香，八成是前线战况不佳！"

"休得乱讲，小心廷杖！"

一个快嘴的侍卫将消息传与太监，太监不敢怠慢，三步并作两步赶到杨广寝室。此时，杨广正在窗前独自凝望一方蓝天白云。

听到禀报，杨广神色为之一震，脸色立刻温和起来："走，看看去！"

太监引路，杨广跟随着往宫墙边而去。

远远看见喜鹊们嬉闹，杨广不禁自语道："想必有喜讯传来了！"

正在凝神遐思，忽听太监来报："有战报，十万火急！"

杨广抓过战报，一口气阅毕，脸色也由红而青，口中喃喃道："出师不利，又损朕一员上将！"

原来，隋军抵达辽水西岸后便云集于此，等待渡过辽水。此时，辽水正值枯水期，水量不大，但河面太宽，高句丽兵早就依辽水河岸构筑了坚固的工事，并在河中心设置了各类障碍物，沿河岸是成排的两人多高的木桩，高处是一座座石砌的堡垒，高句丽兵躲在里面，窥视着远道而来的隋兵。

隋兵试探性的几次进攻都被"火箭"给挡了回来，船体着火，死伤的兵士痛苦万状。这让将士们有些焦躁起来。

不几日，杨广愁眉渐开，原来隋军包围了高句丽北方重旗辽东城。杨广不顾王义及近侍的劝阻，执意要亲临险地慰劳将士，并下旨道："只要高句丽军请求投降，就立即宣布安抚接纳，不必再行进攻了。"

奉了圣旨的隋军日夜攻城不止，但每每眼看就要攻陷城池时，那城中高句丽守军便声称要投降，攀爬在高高城墙上的隋军便只好下撤，等待杨广的答复，难得的战机得而又失。趁此时机，城中的高句丽兵又迅速调集兵力，堵住缺口，开始新的抵抗。

高句丽兵用同样的手法欺骗了隋兵多次，气得隋兵哇哇乱叫，但慑于圣旨，只得忍住。有那不怕死的，便发起了牢骚："这种仗，打得太窝囊，不能战死也会被气死！"

到了这时，杨广方发觉自己的决策明显不足，但他闭口不提，却气势汹汹地训导起满身血污的将领们："你们打的这是什么仗？弹丸之地竟然久攻不下？是不是把朕当成傻瓜，你们用尽全力了吗？"

除了发怒，杨广便把最后的希望都寄托在右骁卫大将军来护儿的水军上。

来护儿倒也小有战绩，所率江淮水军从浿水（即大同江）进入高句丽，在距平壤不远的海城重创高句丽军。

可来护儿求功心切，不顾副总管的苦劝，亲率精甲四万人直趋平壤城下。一战而胜的来护儿心焦气躁，连连中计，大败而归，生还者不及十之一二。

败得最惨的要数左翊卫大将军宇文述，他率军进攻扶余道，行至半途，军粮已经匮乏，兵士只好和着野菜充饥。这一切都被高句丽派来诈降的大臣乙支文全看在眼里。乙支文狡诈，趁乱逃了回去，旋又施诱敌之计，把宇文述牢牢拴住。宇文述因军粮不继，正欲速战速决，以期有寸功进账，于是驱赶疲乏的兵士渡过鸭绿江，强行军追赶逃敌。一天之中八战八捷，直抵平壤城下。

宇文述军此时已如强弩之末，既无粮草也无援兵，面对险峻坚固的城墙只好空自嗟叹。是夜，风急天高，高句丽军悄悄包围了宇文述，宇文述仓促应战，且战且退，途中又遭突袭，逃至鸭绿水边时，身边已不足百人了。想到出征时浩浩荡荡十万甲士，宇文述又羞又恨，不禁老泪纵横，慨然长叹。

杨广望着雪片似的告急战报，颓然地靠在楠木扶椅上，不知是痛悔还是失落，两眼黯淡无光。

王义悄悄来到杨广身边，轻轻送上一盅散着清香的碧螺春。

"可恶，实在可恶！"杨广猛然愤愤而起，惊得王义失声啊的一声，跌落在地上。

"你不用怕，朕是骂那不知死活的高句丽王高元，骂那个首鼠两端的百济王扶余璋，骂那些饭桶将军！"

王义拭了下额头的虚汗，复又去换了一盏茶来。他理解杨广此时的心情，数十万大军被打得落花流水，难以计数的军资储备灰飞烟灭，对他来说，平生还是第一次。

"皇上，您想开些，龙体要紧啊！"

"朕一生攻伐无数，屡战屡胜，今日竟栽在小小的高句丽手中，是可忍孰不可忍！"

王义的心突地紧张起来，杨广血红的眼珠告诉他，皇上其实压根儿就没好好吸取失败的教训，新的失败也许还在等着他。王义的心好似一下浸入了冰水中，丝丝地冒着凉气。

"皇上，您就安心静养吧，回朝的时辰到了！"

"不，朕要先重重惩罚那些损兵折将的高官，是他们指挥不力，才使几十万大军无功而返！"

"皇上……"王义的脸变得蜡黄。

窗外人马嘈嘈，哀声连连，南返的队伍已经出发，一队长长的木笼囚车格外显眼。大将军宇文述披枷带锁，长发遮面，紧闭着双目，一任囚车上下颠簸。

平林漠漠，大风飞扬，兵丁们低垂着头，只望着前面的双脚，机械地迈动着步子。

"天助我也！此番杨广败得如此彻底，难道是上天惩罚这个暴虐的魔王？数十万大军只得了一座小小的武厉逻城，说明什么？这是上苍在庄严宣告，这是他无德无才统治的终结！"杨玄感今天显得特别兴奋，面对着高参李密和几个弟弟，他毫无顾忌。

"他败在什么地方？没败在敌手，败在自己，败在人心上。他身为统帅，与兵将离心离德，与天下百姓为敌，岂有不败之理？"

"杨广虽败但元气未伤，根基仍很牢固啊！"李密有意识地敲打着杨玄感，言下之意是提醒这位好头脑发热的复仇者，时机尚不成熟。

"依我看，杨广已大失人心。试想一下，这场战争使多少妇女失去丈夫，多少孩子失去父亲，多少父母失去儿子，这就是一团团仇恨的火种！他让农夫下不了田，渔夫出不了海，商贩做不了生意，百姓们吃不饱饭，还有谁甘心再去为他卖命呢？依我看，振臂一呼的日子到了！"杨玄感说得慷慨激昂又颇有几分得意，他把目光一直盯在李密的脸上。

李密是接到杨玄感的密信后赶来的，他料定杨玄感在皇上征东失败后必然有所动作。但他已敏锐地觉察到，杨玄感此时若是有所图谋则必败无疑，所以他要千方百计阻止他的冒险，既是为了杨家，更是为了自己。

"何必这么急呢？何不等到杨广把老本拼光、树倒猢狲散时再行举事？到那时，取隋家天下如探囊取物尔，何乐而不为呢？"

杨玄感还要讲话，小弟杨积善已经不耐烦了："大哥，还是先听听蒲山公的高见吧！先生见地非凡，定有指教。"

杨积善平日虽浑，但这句话倒蛮在理的。杨玄感忙赞道："积善言之有理，那就有请先生谈谈吧！"

"过奖了！杨广虽败，但必不肯善罢甘休，两年内还会兴兵东征，其规模不会小于这次。"李密不容置疑地继续说，"这次东征只逼反了一个山东，就把三府六县折腾得疲于奔命，如果再来一次东征，盗贼就会遍布江淮，战火烧遍全国。"

"有理！官逼民反，民不得不反啊！"杨积善附和道。

"只是这番杨广班师，必会全力清剿山东的贼寇，恐怕……"

"公子谬也。你道那些地方大员会把盗贼猖獗的消息报与杨广吗？他们瞒还来不及呢！即使有，那些不开窍的人报上去，虞世基、裴蕴之流也会压下不上报的。"

"我倒忘了这个茬儿！不错，那些个地方的父母官只知保住乌纱帽，报喜不报忧，明知皇上好恶，岂有自找麻烦的道理？况且那些捕盗只会欺民，哪有胆量去剿贼？如此说来，这些贼寇们会越闹越大，烧他个漫天红云也未可知！"

"公子真是聪明。所以说，为今之计是先稳住，静观杨广的动静，尽力促成杨广二次征东。几位公子可以广交朋友，充分利用人们对杨广的不满，暗中放火。届时，杨广督兵在外，公子可以趁势而起，以公子们的威望，定会一呼而百应。群雄望风而归，不成大事也不行啊！"

"蒲山公所言正合我意！就依先生所言，功成之后，先生便是首功一件！"

"大哥，就让我的人去宫中探听消息。你知道，那个王四是个八面玲珑、聪明伶俐之人，保管误不了事。"杨积善抢着说，生怕功劳落到他人之手。

"大哥，我派人去山东，探探他们的虚实，摸摸他的底细，如果可能，把他们先拉过来！"杨玄挺起身站到杨玄感的跟前，拳头往胸前一拢，做了一个示意性的动作。

"大哥，宇文述那边是不是也去走动走动？"杨玄纵也急急地讨着差事。

杨玄感微笑着看着李密，希望李密拿个主意。

李密会意，笑答："都应该去，只是不要太急，急则出变。眼下绝不能暴露我们的意图，免得打草惊蛇、授人以柄，反而不美。尤其是宇文述，虽说他被免了官，还被监禁起来，但他与杨广的关系非同一般，杨广不会真对他下手，迟早还要启用这个他信得过的亲家。所以，去宇文府要慎之又慎！"

"该用钱的要不惜重金，该用人的一定要争取，养兵千日，用兵一时，十年磨一剑，该出手时就出手。总之，我们要全力以赴，金色的硕果在招引着我们！"杨玄感以感人的语调渲染着气氛，兄弟们个个跃跃欲试。

当下，杨玄感命人摆酒设宴款待李密。酒杯频端，但李密似乎一点儿酒意也没有，杨玄感哥几个喝得都跟鸭子一般，李密依然满斟满饮。

"李先生，对酒当歌，人生几何，我杨玄感若不干出点人样儿，无颜面见我的老父。你说是吧？"杨玄感双眼血红，垂着眼皮，迷迷糊糊地说道。

"俗话说：'羊有跪乳之恩，鸦有反哺之义。'为人子当报大恩，虽死又有何憾？国公的高远之志，令李密感佩不已！"

"好，我有你这样的朋友，高兴！自豪！今天，我得好好奖励一下你，走，我新近买了一个绝色丫头，就送给你了，瞧瞧去！"说着，杨玄感拽起李密就走。

"大哥，那红玉是我的，你亲口许下的！"杨积善拍案而起，冲着杨玄感嚷道。

"什么是你的？什么是你的？还反了你了？你晓得什么？红玉就送给李先

生了。"

"休想！杀了她我也不送人！"

"四弟，喝了酒就发狂是不是？你咋这么小心眼儿？不就是个女人吗？有银子还怕找不到可心的？"杨玄挺也从旁劝道。

"偏不！是我喜欢的，便是杀了我也这般说。别劝我，你也是一样！"

"你……"

"大公子，四公子，休要为李密坏了兄弟情分，李密其实无福消受此等艳福！"

"李先生，不关你的事，是我杨玄感说的话就一定兑现，我是一家之主，没有人可以不听我的！"杨玄感突然严肃起来，"四弟，你休要跟我使性子，今日李先生在，我便饶你一回。你且记住，这个家，我说了算！大丈夫做事岂能儿女情长？李先生孤身一人，正需个使女照料起居，送个丫头也不是什么要事，你也要横？天涯何处无佳人，明日到库上领二百两银子，什么好的买不来？"

"是啊四弟，别闹了，快给李先生赔个不是！"

杨积善是火燎毛性子，来得快去得也快，见大家都如此说了，便顺坡而下，道："本不该如此，只是那小妮子太水灵了，实在喜欢得很，故而……先生，您就放心地收下吧，她真是个好女孩！"

"四弟快人快语，真丈夫也！岂不闻古语'留得五湖明月在，不愁无处下金钩'吗？"杨玄感颇为动容地夸赞道。

不容李密多想，杨玄感又十分神秘地向李密道："难怪四弟痴迷，这个女孩非是别人，原是薛道衡的幼女。薛家遭难后被削籍入宫，赏给了李浑，李浑被斩后又被转卖到别家。这个丫头不光人长得美，还写得一手卫夫人的美女簪花体。诗也吟得好，吹拉弹唱，样样皆通，你说是个才人吧？"

李密怦然心动，急问："她现在何处？"

"猴急了不是？现在就去寻她！"杨玄感嬉皮笑脸地说道，亲自领着李密来到一竹影疏落、荷香袅袅的雅静院落。几间上房雪白的墙面上攀着绿萝，更显得温雅可人。

几个门前玩荷包的小丫头忽见主人到来，忙弃了荷包，一溜烟儿地逃到屋里去了。

"就住在这儿，怎么样？"杨玄感以征询的目光望着李密。

李密笑着指着一片竹丛花园，道："人雅景更美，风光撩人心呀！"

"那丫头不肯轻易出门，我们还是进去拜望她吧！"杨玄感做了个请的动作。

红玉此时正伏在窗前眺望，听得声响，轻扭细腰，双目一和李密相触，刹那间便低眉紧扯住红帕，从脸颊一直红到脖颈。

李密尚未踏进屋，便被妙曼的背影攫住了心。待看到红玉的正面，心又一下被提了起来。只见她双鬟蓬松，香腮含春，一双寒星般的眸子熠熠生辉，一副慵懒状更添几分妩媚。

杨玄感似乎嗅出了味道，便带着几分戏谑说道："这便是府上当红的歌女红玉。"

杨玄感朝红玉走进一步。红玉知趣地道了个万福，李密还礼。

杨玄感又向红玉发话道："从今儿起，你要好好侍候李先生。李先生才华横溢，文才武功均属上乘，能跟随李先生是你的造化！"

红玉一旁低头听着，小手却在悄悄摆弄着红罗帕。

入夜，晚风飒飒地拍打着窗纸，好像要争着一窥郎才女貌的春宵剪影。

李密拥着香软的玉体，他陶醉了，她也如坠幸福的云雾中。情话绵绵，像春山清溪的私语。

"富贵随流水，真情永志怀，地老天荒，海枯石烂！"

"带妾身逃离这虎狼窝吧，再大的苦我不惧，再大的难我不怕，只要能在相公身边足矣！"

"切莫乱讲，杨家的势力遍天下，如若真的私自逃了出去，危险便会出现。你暂且忍耐一时，应从长计议！"

"相公以为杨家果真能翻天吗？依妾身看，他们成不了大事，永远成不了大事！"

"你在诅咒他们？"

"妾身不善卜筮，不会鼓舌，却能冷眼旁观。何须别人诅咒？他们只会亲手葬送自己进万丈深渊！"

"何以言之？"

"相公与他们既是兄弟般情深，如何肯信？只怕是到头来陪着他们……"红玉欲言又止。

李密吃惊地望着纤弱的娇女，心中陡然一震，但马上又恢复了常态。

"生死有命，富贵在天，一切但由苍天做主，苦争是没有用的。"李密换了种口吻。他感觉到这个女孩身上确有一种罕有的聪颖，似乎能洞穿浊世，明辨忠奸，一任诡谲风云在眼中舒卷。

"公子不是想知道妾身的来历吗？好，今儿明月浩荡，我就讲给你和这轮明月听听。"红玉轻挑了下黛眉，细语轻声。"咳！人生恍如一场大梦，算而今，我已在空梦中偷生了一十六载。一十六载，短促而漫长，荣辱俱来，百味遍尝！

"我的父亲薛道衡，文才盖世，盛名累身，因性情耿直身遭横祸，祸及满门，我从此沦为身贱如泥的奴婢。原指望在豪门世家苟且持命，没料到风云又起，堂堂李府一夜间也鸡犬不留，我们几个稍有姿色的苦命女孩又被转卖，成了朱门间一件可以说话的物品。

"想当年，我也是千金之躯、锦衣玉食、呼云唤月，现在却零落成泥、身轻如尘，岂不是富贵如流水、转眼地与天！

"我原来唯有一件心愿，那便是入深山、藏古寺，日与松竹百鸟为伴，夜来卧听清溪低吟。今日得识公子，只恨相见已晚！"红玉说得泪水阑干，泣不成声。

"别难过，过去的事且放一旁。说句真心话，多年来，我对裙裾毫不在意，一门心思在笔墨之间。今日得睹仙颜，心已为你所掳，李密今宵可持刃对月发誓，宁肯为樵为渔也不离我的娇红，如若负誓……"

话未说完，红玉的素手已堵在了李密的嘴上。

"只愿随公子早离开这是非之地，夫妻俩相依相偎，琴剑飘零，甘之若饴。"

红玉深情地凝望着李密棱角分明的脸庞，半晌，又气若香兰，口吐珠玑："相公，此刻，我恨不能助生双翼与君齐飞，在长空比肩，在绿野双栖，东西南北，自由翱翔，与青山做伴，向扁舟邀歌，闲来挥毫写春秋，兴致浓时酌酒茶，此乐何极！"

"妙哉，妙哉！只不过就眼下而言，天下之大却满天乌云，既已步入泥淖就无法置身事外，想抽身而不可能了。这一点，你恐怕也应明白！唉，人生如在天的风筝，线儿在别人的手中，飘到何处，不是自己能左右的！"

"我知道，你胸怀凌云之志，在此乱世之秋，想一逞才学，有所成就。这是男人的本分，原不该拦阻，只是大丈夫行事，不能仅凭一腔热血，更应知有所为有所不为。"

"何为有所不为？"

"还用细说？那杨家兄弟皆贪鄙小人，无才无德无信无义，借着祖荫享受着荣华富贵，本应知足守节，尚不失子孙之福，但他们却密谋造反、为害天下，欲以他们区区之力撼动方圆九州，岂不是飞蛾投火自取灭亡吗？相公岂能助纣为虐？"

"此话今后不可再说，谨防隔墙有耳！"李密吓得脸色煞白，急忙用手掩了红玉的口。

"我一个弱女子尚且不怕，难道相公惮于他们的权势？"

"不是怕，而是防！"李密嗔怪道，"你只知其一，不知其二！天下大乱已成定势，群雄起而逐鹿在即，不依豪族大户岂能成事？背靠大树方有荫，此乃我成事之基，怎能轻弃？"

"相公若是如此说，妾身便无言语，只盼你早日功成身退，还一个自由之身！"

"这便是深明大义的闺阁风范！"

李密说了这许多时的情话，内心已开始燃起情欲，便与红玉在这鸳鸯帐内尽情地享受着。春宵一刻道不尽儿女情长，宿缘千里挥不去胸中块垒。两个多情的人，在紫檀床上颠鸾倒凤，直到力尽方罢。此时，红玉早已梨花带雨，娇喘微微，撮起红樱，喃喃道："但愿年年如今日，岁岁如今宵。"

"密明朝暂别娇娃，欲往齐鲁，少则半年，多则一载，你且耐心候我。"

"妾岂不想你能早日推翻暴君，替我父母家人雪耻报仇？但又恐天下繁乱，黎民受难，夫妻不得相聚，亲人天各一方，那是何等的悲哀！"说到动情处，红玉不禁长吁短叹起来。

说罢，两人又抱头相泣。

杨广在极度震怒和失望中回到东都。杨广已多日未换内衣了，隔了数步都闻得出他身上的汗馊味，但满面秋霜的他却浑然不知。宫女已提醒他多次，但他嘴里还是那说了几百遍的咒语似的呓语："百万雄师，十里之城！"

王义的脸也冷得很，紧锁的寒眉拧到了一起。他手持绢扇转到杨广背后，吃力地扇了几下，细密的汗水便冒出来，挂在那张又宽又大的脸上。他想借此驱除杨广心中的瘟神，让杨广再展欢颜。

"王义，你歇着吧，看你累的！"不知过了多久，杨广不经意回转头，看到水淋似的王义，心疼地说。他随手拿来自己的青锦帕，递给王义，"擦擦吧，让宫娥来扇！"

"奴才不累！只要皇上肯多喝一口粥，多睡一会儿觉，奴才就是再累，心里也是甜的！"

杨广翕动着干裂的嘴唇，似有很多话要说，但欲言又止，挥手示意王义下去休息。王义把杨广的锦帕小心折叠成块，放入胸间，又用长袖揩着脸上的汗水。

杨广苦笑了一声，声音发涩，沙沙地说："你若要帕子，朕赐你千儿八百条，不要舍不得用！看你，老毛病又犯了！"

王义迈动的腿又止住了，眼睛发酸地望杨广，道："皇上，您到底听一句奴才的劝吧，让御厨为您熬碗米粥喝！"

"不是说过了嘛，朕没有胃口！"

"那，那就让奴才给您唱支小曲，乡村的野调吧！"

"随便吧！"

王义便用家乡的方言咿咿呀呀地唱将起来。声调虽属村野俚曲，但颇有南方的风味，这让杨广猛然又回忆起江南来。一曲唱罢，杨广的脸色已舒缓了许多，静默沉思起来。

杨广的心飞动起来了。他想起了太湖，想起了君山，想起了张丽华，还想起了金先生……

"那山那水，还记得朕吗？那些逝去的往事、故友还好吗？"他在心里默念着，继而又想起了天台宗智颠禅师，似乎一道佛光在眼前闪现——他许久未到寺中去进香了。

"王义，准备摆驾白马寺，朕要给佛祖上香跪拜！"

王义眼睛一转，知道杨广已阴转多云，响亮地应了一声，准备去了。

为迎接鸾驾，平时熙熙攘攘的白马寺内，只有僧众们在虔诚地做着早课。香云缭绕，钟鼓沉沉。入得山门，杨广置身于一片诵经声中，尘间的烦忧被暂抛一旁。

杨广拈香祈祷，又与主持遍游了寺中各处，边行边听主持讲法："会得个中趣，五湖云烟月尽入寸里；破得眼前机，千古之英雄尽归掌握。"

听得此语，正中杨广下怀，杨广心结稍解。

众人走过一处山墙，见墙面上用坚石划出一副对联来，上联："人间是是非之地"，下联："佛界明明白之天"。看那字，显然是刚写不久的，划痕如新且写得极有功力，划入砖内寸许。更难得的是字写得极飘逸，如行云流水。

杨广点头称许，便问是谁人之作，主持亦茫然不知："老衲也是第一次见到，不知是哪位施主所为。"

杨广总觉得这字有些眼熟，一时也想不起来，便道："法师可否查访一下，朕欲结识一下这位奇人！"

"老衲试试！"

杨广游兴已尽，便道别和尚，起驾回宫。忽然，帘外传来一阵歌声，那歌声仿佛裂云而来，声声震耳："崔嵬峻岭接天涯，草舍茅庵是我家。不恋人间荣与贵，不管人间兴与败！"

杨广心中暗忖，这歌者莫非那个寺中留书之人？急忙让侍卫去寻，但去了许久，都道看不到人在哪里。杨广心中隐隐有些不安。

回到宫中，杨广的忧郁又变成了烦躁，且日甚一日，群臣不敢多言。

虞世基、裴蕴几个人计议道："莫不是皇上嫌宫中的美色不妖，扫了兴致？我们不如提示一下皇上，能让皇上高兴，不也是我等的功劳？"

几人都觉有理，便一齐来见杨广。

虞世基生编起一通谎话，说是在西京长安有一奇女子，生就一张笑脸，一副甜嗓子，无论你有什么不快，只要她说笑一回，所有不快便荡然无存。更兼那女子美艳无比，正值芳龄，许多达官贵人都争相延请。

"皇上何不把她招入宫中，以娱耳目呢？"

杨广本是个好色的人，乍听这么奇异的女子，也便顺水推舟，让虞世基去办。

虞世基暗暗高兴，这下子又捞了个美差！这选美不仅油水大，自己还能就势渔色，一举两得。过不久，他还真选了个绝色的佳人，名唤刘月红。

就是这个刘月红，不仅没送一钱银子给虞世基，还从他那儿抠了五千两银子出来，而虞世基不光不心疼，还乐颠颠地为一个小姑娘上下忙活。

虞世基自有一套小九九，而刘月红更是有备而来。

这小姑娘确是生得不俗。只见她娇小玲珑，轻巧如鸽，目似流光，唇胜红樱，面如皎月还含羞，顾盼神飞摄人魂。杨广初见时便已魂飞九霄云外，心中暗想，便是绿珠公主当年也难以媲美，不禁心花怒放，当即册封为皇妃、西宫娘娘。

你道这刘月红是谁？她便是北周皇亲尉迟迥的孙女尉迟月红。当年尉迟迥因叛乱被杨坚剿灭，尉迟迥兵败自杀，全族人也被夷灭殆尽，为什么尉迟月红得以幸免呢？这里原有一段插曲。

原来，尉迟月红是个私生女，她和两个哥哥都生长在别院，根本不和全家人住在一起，所以他们侥幸逃过了这一劫。尉迟月红此后便流落深山，跟随爷爷当年的部下习武练功，并学会了易容术。别看尉迟月红红颜少女的模样，其实她已年近三十。

她虽然记不得当年生活的样子，但师傅为她描述的场景却印在了她的脑海中，她几次欲下山刺杀杨家父子，都被师傅阻拦下来。现在她改变了主意，她要实施另一种复仇计划。

当年堂姐尉迟明月被杨坚召入宫中，最后死于深宫的杖下。尉迟月红身负国耻家仇，遂改名换姓，只盼有一天能够混入宫中，扰乱这杨家天下，报仇雪恨。

刘月红被封了西宫娘娘，自是使尽浑身解数，把个杨广弄得晕晕乎乎，整日处于温香软玉之中，对刘月红言听计从，而东征惨败的阴影已荡然无存。

刘月红干脆一不做二不休，将自己的两个哥哥刘龙、刘虎都封了官。二人在朝廷中仰仗着妹妹得宠，欺上瞒下，无恶不作。

刘月红既然混入宫中又如此得宠，她的第一步计划就要实施了——暗害太子。

故太子杨昭死后，杨广又立二儿子杨暕为太子。

这一日，刘月红命人转告太子杨暕到西楼等候，说娘娘有事找太子，接着又把杨广哄到西宫后花园的东楼上。杨广斜躺在梳妆台一头的香榻上，刘月红则端坐在梳妆台前，被一名侍女服侍着。刘月红不时对杨广挤眉弄眼，撩得杨广心里直痒痒。

杨广慵懒地半躺着喝茶，眼望着刘月红，半醺半醉，想入非非，不多时已入梦境。

刘月红见杨广已睡，轻轻一笑，转身往西楼而去。到得楼下，见太子杨暕正坐在楼上看书，于是掏出早已备好的蜂蜜抹在头上，这才上了楼去。太子看书看得入神，却不知刘月红已在身后，刘月红轻轻一哼，算是提醒。

太子猛然回神，忙施礼道："儿臣恭请娘娘金安！"

刘月红忙上前扶起，燕声莺语道："太子如此用心，真是你父皇的福分啊！不过也别累坏了身子，要注意多歇息歇息啊！"

"是！"太子仍毕恭毕敬地答应着。

刘月红嫣然笑道："我看太子也该歇息歇息了，不如陪我到御花园走走，如何？"

太子有些犹豫，道："是！"

于是，刘月红在前，太子在后下了西楼，一同来到御花园中。但见园中花团锦簇，争芳斗艳，还有许多蜻蜓、蝴蝶、蜜蜂在花丛中飞来飞去，翩翩起舞，煞是热闹。

刘月红与太子在花丛中指指点点，谈笑起来。不多时，刘月红头顶的蜂蜜经太阳一晒，味儿更加浓重，有几只蜜蜂已飞了上去，刘月红装作害怕的样子，慌恐乱扑，面带恐惧道："太子，快，快替我撵去蜜蜂！"

太子伸手去撵，蜜蜂被撵得又乱飞起来，飞到刘月红头上、脸上。刘月红这时倒真是有些担忧，情急之下拔腿就往前跑，像是要摆脱蜜蜂的追赶。太子在后面拼命追赶，想为娘娘撵走讨厌的蜜蜂。

这时，杨广从睡梦中醒来，唤娘娘却没人应，坐起身来却望见御花园里太子杨暕正在追赶刘月红，刘月红慌不择路，头发也已凌乱不堪。杨广不禁怒从中来："好个畜生，竟敢在朕面前调戏朕的宠妃，这还了得？"

正在这时，刘月红已奔上楼来，倾身扑进杨广怀中，哭道："皇上，皇上替臣妾做主啊！那太子他，他多次调戏臣妾，臣妾……"

说到此处，刘月红呜呜咽咽，泣不成声。

杨广听在耳里，心中早已气愤难忍，哄着娘娘道："爱妃莫哭，朕为你做主。"

太子杨暕追到楼上，一见刘月红正扑在父皇怀中呜呜咽咽，又见父皇脸色难看，不知发生了何事，还以为自己护娘娘不周，被蜜蜂蜇了。正要询问，杨广大吼一声："滚！你这个逆子，朕再也不愿见到你，滚！"

太子杨暕懵懵懂懂，还未明白过来怎么回事，就被骂了个狗血淋头，生性懦弱的杨暕不敢争辩，只得满心疑虑地快快退下。

父皇对自己暴怒，实属少见，杨暕思前想后也厘不出个头绪来，不明白自己如何惹怒了父皇。在苦恼之际，有太监来报："长孙晟大人求见太子！"

长孙晟乃两朝元老，又是父皇的至交、自己的老师，太子不敢怠慢，忙迎入殿中。

待屏退左右，长孙晟慌忙上前道："太子殿下，你怎么会如此不小心呢？皇上下旨要明日将你交刑部审理，老臣看这回凶多吉少啊！"

太子满脸惊慌："这，这从何说起……"

"唉！"长孙晟长叹道，"下官早就说过，那西宫娘娘绝不是个好货色！这不，她在皇上面前搬弄是非，告太子调戏她，这是要置你于死地呀！看来，这大隋江山要毁于一介女子之手了！"

"调戏？调戏！"太子喃喃地念着，脑中猛然回想起刚才的一切。

"太子殿下，"长孙晟进言道："依臣之见，你还是……"

"不！不！"太子突然发了疯般地冲出殿去，口里喊着，"父皇要杀我，快逃……"

长孙晟万没有料到太子会如此反应，等追出殿外，太子早已跑远，长孙晟顿足嗟叹。

太子杨暕发疯般地跑出东宫，冲上街头，口中还喃喃地说着什么。正跑着，前方一匹快马噔噔噔迎面而来，杨暕没留神，竟一头撞了上去，被撞得在地上滚出老远。

那马上乃是禁军将领李成君，李圆通之子。李圆通曾在开皇初年和仁寿年间做过刑部尚书，在本朝也是赫赫有名的。那李成君骑马撞了人，慌忙下马，扶起一看竟是当今太子杨暕，李成君慌忙下跪，问："太子殿下何事如此匆忙？"

杨暕见是禁军将领李成君，只说一句："父皇要斩本太子，我冤枉！"便昏厥过去。

李成君见太子昏了过去，又听说皇上要斩太子，不知是何原因，也不敢将太子送回宫内，策马回鞭，将太子弄回了府中。

李家派人请了郎中，为太子服了药，太子才慢慢转醒。李成君见太子已醒，忙趋上前去施礼问安，又问清皇上要斩杀太子之事。

杨暕把前前后后的事情叙说了一遍。李成君听罢，大吃一惊，心想皇上只是一时恼怒，不可能真要斩杀太子，等消气之后，再把太子送回宫去。但又怕皇上真要查办，只得将太子暂时藏在仓库之中，以静待时机。

刘龙、刘虎听说李圆通之子李成君已将太子领回府中，便在宝殿前向杨广告状，杨广即刻颁下圣旨，要刘龙、刘虎二兄弟到李府搜捕太子。

刘龙、刘虎带领一队御林军将李府上下搜了个遍也没见着太子，最后便要搜查仓库。

李成君之妻陈淑颖也是将门之女，颇通武艺。她性格暴烈，嫉恶如仇，哪里忍得下，拽出大刀便与两个国舅打了起来，只几个回合便一刀刺入二国舅刘虎胸口，那国舅爷登时鲜血迸溅，一命呜呼。大国舅刘龙一见弟弟刘虎被杀，大事不妙，带领御林军逃回了皇城。

李成君见媳妇杀了刘虎，知道闯下了大祸，当即放出太子，说："殿下，事已至此，您先逃命去吧！逃到山东济南府您舅爷镇东侯萧文灿那里，他兴许能救你一命。"

太子听罢，不禁悲伤："父皇只听那贱人的谗言，不顾父子之情，我已与他恩断义绝。李将军，我从此也不再是太子了，你救我一命就是我的再生父母，请受我一拜！"说罢，倒身便拜。

李成君慌忙挟住太子："太子不必如此，还是赶紧逃命去吧！"

再说大国舅刘龙带着御林，哭哭啼啼来到西宫，见到刘月红，直呼妹妹，哭着将李成君之妻陈淑颖杀死弟弟刘虎之事述说一遍。

刘月红听罢又悲又气，暗骂道："李成君呀李成君，你敢在太岁头上动土，我刘月红此仇不报，誓不为人！"

刘月红心里恨着，这眼泪也就跟着出来了。她抹了抹眼泪，哭道："我这苦命的哥哥，好不容易熬出头来，却又……大哥，你这就去击鼓撞钟，奏李成君一本，让他全家抄斩！"

大国舅刘龙跌跌撞撞来到午朝门前，抢起鼓槌狠命击打，把个法鼓擂得震天响。

杨广正在饮茶，正要到刘月红那儿去软玉温香一会儿，却听得午朝门钟鼓齐鸣，心中一阵不快，却又不得不穿上朝服来到金殿，见文武百官都来到了，把狄龙胆在龙案上摔了三下，道："哪家爱卿击鼓撞钟？有何本奏？"

大国舅刘龙从侧旁闪出，倒头便跪，磕头如捣蒜，哽咽地一句话也说不出来。杨广见他这副模样，忙问道："刘爱卿，你这是……"

"吾皇万岁！"刘龙高喊道，"皇上，您可要为臣做主啊！臣和二弟刘虎奉旨到李成君府内去搜捕太子，不想李成君之妻竟目无君王，拒不让搜，还大开杀戒，杀死了刘虎，若不是为臣跑得快，恐怕也……也要死于那妇人手下啊！"

杨广听到此处，一拍龙案，喝道："好个大胆李成君，竟纵容妻室杀我朝廷命官，简直是造反！来人，传旨下去，将李成君全家抄斩！"

"皇上！"长孙晟出班奏道，"皇上，李成君对朝廷忠心耿耿，况且这次也是为保太子性命，恐怕才不得已……"

"那李成君之妻竟然自恃武艺高强，杀我二弟，难道有假吗？"刘龙斜睨着长孙晟，道，"那李府上上下下全都武艺高强，目无王法，今日敢杀害朝廷命官，说不定明日就……"

"皇上！"长孙晟不理会刘龙，接着说道，"李成君为保太子，不得已杀害二国舅刘虎，臣斗胆问一句，太子性命难道不比一介朝官？"

杨广一怔！

刘龙抢道："太子品性……品性淫乱，竟在后宫……"

"哼！"杨广冷哼一声。昨日那御花园中的一幕又在脑中闪现出来，不禁怒火中烧，喝道，"住口，谁也不许替李成君那叛臣求情，若再有保本者，一并问罪！"

"皇上……"长孙晟到嘴边的话又咽了回去，斜眼看着得意的刘龙，不禁一声长叹，"唉！"

只可惜李成君全家老小三十二口人，全部押到法场，三声鼓响后全部毙命于这块血腥的地方。

杨暕按着李成君的指引，一路饥餐渴饮，向东而行。这天傍晚，他来到一座大山前，望着满山郁郁葱葱茂盛的树木，再看看身后的一道残阳，不禁悲上心头，想自己本为太子，如这满山葱翠生机勃发、壮志凌云，而现在却落得个如此下场，不知明日是否还能再光耀大地了。

这样想着，他也不敢怠慢，匆匆往山上赶，爬到半山腰时天已擦黑，见不远处有一座破庙，就将马拴在庙前树上，将包裹行李放在一堆草边，躺在草上便酣睡起来。

不承想，这山高林密之处常有山贼出入，半夜里将包裹行李连带马匹都偷走了。

第二天醒来，杨暕没了银子和马匹、行李，便在庙中寻了些不知何时剩下的残羹剩饭勉强吃下，又艰难地一步一步到了小镇上，一路乞讨前行。

这一天，杨暕要饭来到张家庄。张家庄有个富户张员外，家资万贯却膝下无子，女儿三年前从高山学艺归来，整日大门不出二门不迈，在东房内绣花描云，练习琴棋书画。

杨暕要饭来到张员外府门前，见此人家高门大院，猜想定不是什么好人家，拔脚刚要走，却听见从院内传来叮叮咚咚的琴音。杨暕在宫中也常听得丝竹古琴，却未曾有今日这般清朗，便停了脚步，想细听一会儿。

恰巧此时张员外从外回来，正要进府，却见一个要饭的乞丐在自家门边好像在细想什么，再一细看，此人生得天庭饱满，相貌英俊，虽然穿得破旧不堪却依旧有股不凡的气质。看到这儿，张员外上前喊道："小兄弟，小兄弟！"

杨暕听得入神，听有人唤他方才回过神来，一看来人五十开外，慈眉善目，笑容可掬，又穿得锦绣华服，料定是个大户人家的主人。

张员外问道："小兄弟在此听什么呢？我看你小小年纪，也不像个贫苦人家的，怎会如此落魄啊？"

杨暕一听这话，两行泪不由自主地就落了下来，忙施礼道："晚辈姓杨名狄，本是一大户人家的孩子，家遭变故，才落得如此窘迫。"

"哦！"张员外捋须道，"那你愿不愿意在我府中？我家正好缺个管理花圃的人，你看如何？"

杨暕一听，心想真是遇到了贵人，忙谢恩道："多谢前辈收留！"

从此，杨暕就改名为杨狄，留在张员外府中侍弄花草。本来，杨暕什么也不会干，过的是"饭来张口，衣来伸手"的日子，偏偏是东宫里花草甚多，杨暕常到花园去散步，看花匠侍弄花草，时间长了，竟也懂得了一些要领。虽然这张员外府中的花草比不上自己的花园，但杨暕却也把这个花圃弄得像模像样的。

花园里花团锦簇，百芳斗艳，引得小姐也常常到花园里转转，常在这里习武练剑，或弹琴读书。慢慢地，杨暕和小姐就混熟了，两人常常谈得一些书中诗文，倒也相处融洽。

三个月过去了。这一天，杨狄在后花园浇完花，在凉亭独坐着，不想却睡着了。不觉间做了个梦，梦见西宫娘娘刘月红身着粉红蝉纱衣，头戴紫云凤凰冠，袅袅婷婷向他走来，嘴边还挂着笑，口中说道："太子殿下，快替我把蜜蜂赶走，把蜜蜂赶走，把蜜蜂赶走……"

杨暕吓得后退，边退边骂："你个贼妇刘月红，三番五次想害我，害得我漂泊异乡多伤情，可恨父皇不听良言劝，为了你竟然到处追捕我，又把忠臣杀得好伤情，你这个贱妇！"

正巧，张员外此时闲来无事，刚到花园就听到杨狄的那一段梦话，不禁吓得浑身哆嗦，心想："我说他怎么生得如此不凡，原来是太子遇难来到我家，竟被我当作使奴，若他一朝坐了金殿，我这可就……"

张员外不及细想，急忙奔到东屋来找女儿张瑞莲，张瑞莲听罢也不禁大惊，心说："难怪他平时斯斯文文，满腹学问，想不到竟是太子。"

张员外忙说："女儿，你看这……"

"爹爹莫急！"张瑞莲安慰道，"说不定他并非什么太子，只是做梦而已！"

"做梦？这做梦可就怎么梦见娘娘和皇上、太子了？"张员外急了，"不行，我们得把太子送到县衙，由县衙把他送回京都，我们才可保命呀！"说罢，张员外急匆匆往县衙而去。

张瑞莲见父亲已走，又听说那杨狄竟是被追捕的太子，便匆匆往后花园而去，想问个究竟。

杨暕一觉醒来，想想梦中之事，不禁伤感，踱下亭台，吟道："自古君王谁潦倒？只恨后宫纷争嚣。忠骨热血铺残阳，殿前还留何人笑！"

张瑞莲正急匆匆而来，忽听得杨狄念出这样的诗来，不禁怔住：原来他真是太子！

张瑞莲这一惊，一个趔趄差点儿跌倒，杨暕忽听身后有动静，回身一看原来是大小姐，忙道："大小姐何事如此慌张？"

张瑞莲一甩帕子，气呼呼地问道："杨狄，你，你到底是谁？"

"我，我是杨狄呀！"杨暕料想刚才那首诗把小姐给吓住了，有些心虚，"小姐，你……"

"你还瞒我？"张瑞莲急了，"你是当今太子，是不是？你被皇上逼出来的是不是？"

"小姐，这……"杨暕有些不知所措。

"到底是不是？"张瑞莲见他那副神情，已明白十分，"快说呀！我爹已经去县衙了，你若再不说实话，我不救你，你就难逃一死了！"

杨暕再也不敢怠慢，忙将事情的缘由统统告诉了张瑞莲。张瑞莲听罢，忙跪倒磕头道："民女不知太子殿下驾到，还望恕罪！"

杨暕扶起张瑞莲，叹道："我现在只是一个宫中逃犯，哪里还称得上太子啊！"

"太子不必难过，"张瑞莲道，"都是那刘月红想要陷害于你，等皇上想明白了，你还会回宫去的。不过，当务之急是赶紧逃走，万一我爹请来了衙役，到时候皇上还没想明白，你就是死路一条了。"

杨暕不禁喟叹道："我落魄至此，能否保全性命就全靠小姐您了！"

"不必这样，"张瑞莲笑道，"叫我瑞莲就好。不瞒你说，我也是仙山学艺好几年，我以后就帮着你打天下，你将来若是登基，别忘了我就好！"

于是，张瑞莲带着杨暕到东屋，带上她的万宝囊，取下墙上的绣绒刀，备上两匹战马，把家中的事情交代给丫鬟仆役，随太子杨暕上路投奔镇东侯萧文灿去了。

杨暕与张瑞莲打马直奔东方而去，走着走着，一条大河拦住了去路，二人无奈，只得绕路。好不容易找到一座木桥，二人刚要上桥，却见前方一匹黄骠跑得飞快，直朝这边而来。张瑞莲一看是她父亲张员外，便忙对杨暕说道："不好！我爹爹赶来了，我们快些过桥！"

说罢马鞭一甩，两匹马儿过桥而去。

张员外赶到跟前，见女儿与太子各骑一匹宝马想要逃走，忙喊："瑞莲，不能放他！他就是当今太子，在京都多次调戏西宫娘娘，皇上正下旨捉他，快把他捉住交给县衙处置！"

张瑞莲勒住马缰，道："爹，你怎能只听一面之词？他是含冤受屈、被人陷害的。爹，我已身许于他，你不要拦我，快让开，让我们走！"

"儿啊，你疯啦！"张员外大急，"他是朝廷要犯，你还保护他？你……你不要命了？"

"爹！"张瑞莲抽出绣绒刀，道，"快让开，不然女儿可就不客气了。"

"好女儿啊，"张员外哭道，"你难道还要杀了爹不成？"说着，便催马来到女儿跟前。

张瑞莲本想吓唬吓唬张员外，就扬起刀，道："爹，快让开！"说罢一刀劈将过去，张员外没躲闪，居然被一刀砍于马下。

张瑞莲一见自己伤了父亲，大喊一声，忙跨下马背，抱起张员外，哭道："爹，爹，女儿不是要伤害你啊！你怎么不躲呢，爹？"

张员外想抬手抚摸女儿却已无力，想说什么也已说不出来，头一歪，死在了女儿怀中。

张瑞莲见父亲被自己亲手杀死，不禁放声大哭："爹，是女儿杀了您啊，女儿对不起您，爹！"

就在这时，对面尘土飞扬，衙门的兵马来了。杨暕忙拉起张瑞莲，道："瑞莲妹妹，是我连累了你们，衙门的人已经来了，你，你把我交给他们吧！"

张瑞莲一听，气道："你这是何意？上马！快！"

说罢，张瑞莲将杨暕一把推上马背，自己也飞身上马，策马飞奔。身后的追兵一见张员外已死，便一齐追赶上来。

眼看追兵就要追上，张瑞莲从怀中取出百宝囊，抽出一把银针往后一甩，只听得身后一阵惨叫，追兵已死了十几个，剩下的继续追来，张瑞莲再抽出一根"黄金绳"向后一抽，一匹马已应声倒下，后面的踩到前面的，也一骨碌翻倒下去，哭爹喊娘，再也不敢追赶了。

镇东侯萧文灿在济南对京都的事情一点儿也不知道。这一天，探马来报，萧娘娘派人送来一封书信，萧文灿热情招待来使，把信展开一看大吃一惊，信上说："弟弟如晤，姊姊此信，是向你询问皇儿太子杨暕之事，杨暕被西宫娘娘刘月红陷害……"

萧文灿看罢，气炸了肝肺，暗骂道："贱妃刘月红，你真是太可恶了，二国舅仰仗着你的势力大，内压朝臣，外欺百姓，凭着你的油头粉面给他挣个乌纱帽戴，杨柳腰挣来了大红袍，当官也是个骚功名。如今却又设计把我外甥害，不要脸的东西！"

大业九年正月，萧文灿寻找外甥已近半年却始终杳无音信。正在这当儿，京都来了一道圣旨，要萧文灿在山东征集民兵二十万，收集粮食五十万石，以备第二次亲征高句丽之用。

萧文灿带领一千兵丁到各县布置任务。这一日正往前走，忽见北方有一队人马正急急忙忙往前赶路，当中还有两辆木笼囚车，像是又押着别处的重犯。萧文灿命令兵丁加快速度，超斜道赶往西北方的美松林，拦住了那批队伍。近前一看，见囚车之内的正是自己苦苦寻找的外甥杨暕。另一辆囚车中押着一个女子，不认识。领队的是大国舅刘龙。

原来，杨暕逃出京城，大国舅刘龙还不放过他，要替二弟刘虎报仇，就和妹妹刘月红私下密议，向皇上讨来一道圣旨，捉拿太子。临出京时，刘月红告诉他，太子可能会逃往山东镇东侯萧文灿处，那萧文灿武艺高强，不是一个好惹的主儿，要他小心为上。于是，刘龙带领人马一路往山东赶来。

这一日正往前走，忽见前面客栈门前有两个人正在拴马准备住店，二人皆土布衣裳，近前一看，却见那男子十八九岁，长得尧眉舜目，禹背汤腰，那不是太子又能是谁？另一位是个女子，一头青丝盘花顶，面似三月茉莉，糯米银牙赛天仙，腰中还佩着把绣绒刀，显得柔中带刚，妙趣无比，惹得淫贼刘龙垂涎三尺，暗想：这样一个美人，带回去做个小妾还蛮不错！当下，刘龙向前拦住二人，笑道："太子殿下，你好洪福啊！圣上有旨，派我来请你回京！"

杨暕见来人竟是大国舅刘龙，抓起张瑞莲的手腕就逃，边逃边骂："奸贼刘龙，你休想带我回京！"张瑞莲本不知怎么回事，一听是"奸贼刘龙"，当下气得银牙紧咬，回转身来，抽出绣贼刀对准刘龙当头劈下。

刘龙闪身躲过，也抽出宝刀与她对战。刘龙见姑娘貌美，不忍伤害，手下的劲道就软了几分，而张瑞莲对他却是恨之入骨，一招紧追一招，招招要命。

刘龙手下兵丁眼见国舅要吃败仗，纷纷抽出刀剑要上来对打。刘龙大喝一声："都不许上，不准伤害姑娘！"

众兵丁又急忙收起刀剑。

这时张瑞莲趁刘龙分神，一刀劈去，刘龙的胳膊上立时鲜血迸溅。刘龙忍住疼痛，手一扬，迷魂散向张瑞莲身上撒去，张瑞莲只觉昏昏沉沉，头重脚轻，昏迷过去。

这时，早有人拿了绳子来，将张瑞莲双手反绑，又捉得太子押入囚车。刘龙伤势不重，抹了些白玉止疼散、紫金活血膏，押着囚车返身回京而去。

刘龙捉到太子，又得一美人，不禁兴奋，奈何手臂有伤，不敢放张瑞莲出囚车，怕她武艺高强，自己难以制服得了她。他只想着等回到京城，见过妹妹，处死太子，再在西宫摆上鸿门宴，毒死那昏君杨广，好为居家报了血海深仇。不想在美松林遇上萧文灿。

萧文灿手握枣阳槊拦住刘龙的去路。刘龙见来者不善，吓了一跳，道："你是何人？胆敢拦了本国舅爷的去路？快让开！"

"让开？"萧文灿冷笑一声，"想必你就是那臭名昭著的大国舅刘龙了，快放了太子，不然我萧文灿定叫你死无葬身之地！"

刘龙一怔，心想：真是冤家路窄，偏偏碰上了萧文灿，怕是好事难成了！于是便凄凄地说道："久仰萧将军大名，只是太子乃朝廷重犯，我也是奉旨办事，还请萧将军少管为妙！"

萧文灿哪里肯听他胡扯，挥起枣阳槊直面刺来，刘龙抽刀应战，各自手下兵丁也呼啦啦地大打出手。

刘龙不是萧文灿的对手，又想使计，刚从怀中取出迷魂散撒出去，就听身后一声高喊："舅舅小心！迷魂散！"

萧文灿一听立时闪身，迷魂散撒了个空，萧文灿一使轻功腾身纵起，一槊将刘龙挑于马下。兵无将，立时像一盘散沙，刘龙的兵丁逃的逃，降的降。萧文灿打开囚车，放出太子杨暕和张瑞莲，将刘龙打入囚车，向邹平县行进。

萧文灿来到邹平县，把国舅刘龙关进大牢，命邹平县县令高凤真征集民兵三万，高凤真又将征兵任务交给副将王薄，王薄接得任务，到各地征集民夫。

高凤真有个小舅子名叫宇文进，仗着他姐夫在邹平当县令，整日欺男霸女、无恶不作，和几个狐朋狗友整日厮混。他早就看上了王薄之妻窦夏莲，只是苦于一直没有机会。此次王薄出去征兵，真是天赐良机。

窦夏莲、窦冬梅姐妹二人在邹平县是有名的"两朵金花"。王薄自幼父母双亡，是窦夏莲的父亲把他养大，教他习文练武，长大后又把自己的女儿夏莲许配给他。窦老伯是王薄的大恩人，王薄对窦老伯也是百般孝顺。老人年岁已高，王薄出门回来总是买一些好吃的孝敬老人。王薄这些日子都在外征兵，三五天也难以回家一次。

这一日，天下大雨，宇文进认为机会来了，带着三个家丁，冒雨朝王薄家走去。此时王家大门紧闭，姐妹二人在家绣花。听见有人敲门，夏莲以为是丈夫回来了，忙跑去开大门，出现在眼前的不是丈夫王薄，而是这县上有名的混混宇文进和三个家丁，夏莲心下紧张，有些不知所措。

宇文进见是夏莲前来开门，忙赔笑道："王副将近日可曾回府？县太爷找他有紧急军务！"

夏莲知他来者不善，冷冷答道："我相公多日未归，不能去县衙领命了，各位请回吧！"说罢就要关大门。

"哎！"宇文进厚着脸皮拦了门，道，"夫人，这雨下得这么大，我们在您府上暂避一时！"说着，四个人就硬是挤进了门里。

夏莲阻挡不住，只好作罢，却也并不招呼他们，径自进屋去找妹妹冬梅。

宇文进见没人招呼，浑身又淋得透湿，虽说已是春天，但冷风一吹，还是冻得直哆嗦。宇文进眼珠一转，随即起身来到姐妹俩的绣房。

夏莲、冬梅见宇文进湿漉漉地闯进来，都吓了一跳，宇文进却不慌不忙、彬彬有礼地说道："二位姑娘，我们衣衫已湿透，浑身发冷，请二位姑娘烧了炭，帮我们烤烤衣服，如何？"

宇文进边说着，那双淫邪的眼睛贼溜溜地直在夏莲和冬梅身上打转。

夏莲见他那副样子，一阵恶心，冷冷地道："西房里有干草木柴，你自个儿去弄吧，我们女人家不方便！"

宇文进讨了个没趣，怏怏地往回走，心想：早听说窦家这两姐妹不仅外貌出众，武功也好，强来可不行。忽听东厢房内窦老爹哑着嗓子喊："夏莲，冬梅，又下雨了吗？我这肩可真难受哇！"

"哎，爹爹，"夏莲应声出来，冬梅也跟出来，道，"爹爹别急，我们这就给您捶捶。"

二人匆匆从回廊下走来，经过宇文进身边时也不招呼，就径直走进了东厢房。

宇文进望着姐妹二人窈窕的身影，心生一计，匆匆跑进房内，见其余几人已脱了衣服，各自拧干了水，喝道："你们给我听着，再到外面把身上的衣裳都淋湿了，快！"

三个家丁都愣在那里，不知宇文进葫芦里卖的什么药。

"还愣着干嘛呢？"宇文进一昂头，咋舌道，"快去呀！"

三个人不敢怠慢，争先恐后往外挤。

不一会儿，三个人又跑了回来，宇文进见三人淋得像个落汤鸡，暗暗笑了笑，又见夏莲、冬梅从廊前走过去，便带着家丁踩着水直奔东厢房而去。

四人来到房内，见窦老爹半躺在卧榻上，宇文进忙上前施礼道："窦老伯，近日可好？"

窦老伯见是衙内宇文进，忙回道："不知宇文大人来到，小老儿给你请安了！"说着，就要起身。

"窦老伯不必多礼！"宇文进忙上前一把扶住窦老爹，他这一扶，窦老爹顿觉湿漉漉的，这才看清宇文进身上还在滴水，又见宇文进身后几个家丁也一个个湿淋淋的，直往下滴水。

"哎哟！"窦老伯可慌神儿了，忙说，"宇文大人这是怎么了，怎么这般潮湿？"

"噢！"宇文进故作不在意地笑笑，"我奉高大人之命前来见王副将，不想半路淋了雨，只好在您老府上暂避一时。"

"哦，"窦老爹忙说，"王薄这孩子也不在家，我这两个闺女可真不懂事，怎么不好好招待宇文大人呢？"说着，又向西厢喊："夏莲、冬梅，你们过来！"

宇文进见窦老头已钻进了圈套，不禁得意地暗暗轻笑。

不一会儿，夏莲、冬梅双双来到，二人一见宇文进也在，都瞥了瞥眼，冬梅嘴快："爹爹叫我们来有何事情？刚刚不是捶好背了吗？"

"唉，你这两个丫头！"窦老爹叹道，"宇文大人来了，好好招待着！去抱些干柴，叫他们烘烤衣裳，再沏些热茶！听见没有？"

两人瞅了眼四个湿淋淋的人，极不情愿地应了声："是！"说罢便退了出去，各自抱柴沏茶去了。

宇文进见夏莲、冬梅已经应许，便辞了窦老爹出来。

四人来到客厅，见夏莲已抱了柴点上了火，冬梅也沏了茶。宇文进哈哈一笑，道："烦劳二位姐姐了！"说着，就自顾自地扒去了身上的衣裳，三个家丁也跟着扒下衣裳。

姐妹二人见他们这样不顾羞耻，掩了脸就要出去。

"二位姐姐留步！"宇文进光着上身拦住了门，淫邪地笑道，"你们还没帮我烘衣呢！"说着，手就不安分地朝冬梅的脸上摸去。

"呸！"冬梅伸手打开宇文进的手，呵斥道，"滚开！不要脸的东西！"

"好！骂得好！"宇文进仍不急不恼，嬉笑着顺手将门关上，"我就爱你这生气的样儿！"说着，又冲三个家丁一使眼色道，"那个大的归你们享用，这个归我啦！"

说着，宇文进扑过来，伸手点中了冬梅的穴道。同时，那三个家丁也一齐拥过来，扯着夏莲，点了穴。

姐妹二人被点了穴，纵有千般功夫也奈何不了，又急又气又恼，冬梅放声高喊："救命啊，爹爹，救命啊！"

宇文进忙用手捂住冬梅的嘴，三个家丁找来一块碎布给她塞了进去，又用布把夏莲的嘴也塞上，拖着往里间去了。

宇文进将冬梅放在一张床上，双手又撕又扯，很快扒光了冬梅的衣服，双眼贪婪地在她那光洁的胴体上来回看着。冬梅无法动弹，双眼喷火般地死死望着宇文进。

宇文进见她这副模样，淫笑道："对！就这样！"

宇文进的手从冬梅的脸上抚摸过去，再摸过她的身体："你生气的样子更让我心动，可惜这嘴堵得不太好呀！"说罢一把拽下冬梅嘴里的碎布，倾身扑了上去……

窦老爹在东厢内忽听女儿唤"爹爹救命"，又想到那宇文进平日欺男霸女，无恶不作，才后悔起来，忙起身往客室赶来，谁知推门却推不动，只听得里面女儿不住声地哭泣呻吟，便用力撞开了门，抄起一根棍子对准宇文进砸过去，宇文进一脚踢飞了木棍，再一脚踹开窦老伯，骂道："好你个糟老头子，敢来坏我好事？哼！"接着，他又是一脚踏在窦老爹的胸口，踩得窦老爹口吐鲜血，立时昏了过去。

四人发泄完毕，又用麻袋将冬梅装了进去，扬长而去。

待夏莲悠悠醒来，一想刚才那副惨景，不禁悲痛欲绝，勉强穿衣起身来到外屋。见妹妹冬梅不见踪影，又见老父昏死过去，忙扑过去，扶起爹爹哭喊着。

窦老爹悠悠醒来，见女儿头发散乱，想起刚才那幕，父女俩抱头痛哭，哭着哭着，窦老爹一口气没提上来，死了过去。

夏莲见爹爹身死，而妹妹又不知去向，自己失节，如何对得起相公的一片深情，当下咬破中指，在一块麻布上写下："逼死我父，害我姐妹二人者，宇文进也！"

写罢，夏莲解下腰带，悬梁自尽了。

而那宇文进将冬梅带回府中，冬梅至死不从，宇文进命人做张"快活床"，一日内便完工。宇文进将冬梅绑在"快活床"上，冬梅自然难以挣脱，每日只被宇文进玩弄于股掌之间。

王薄在外征兵数日，已征得民夫万余人，这一日回到县内，将军兵安排好就匆匆赶往家中。这一回，他给窦老爹带来了他最爱吃的大红蜜枣，装了满满一袋背在肩上。行至门前时见大门敞开，里面却没有任何声音，不禁有些疑惑，便大声喊道："娘子！娘子！爹，我回来了！"

连喊数声仍无人应，王薄一路直往里走，推开房门，不禁吓了一跳，背上的口袋也啪的一声掉到地上。

王薄大喊一声"娘子"便扑上前去，抱下悬在梁上的夏莲，又见窦老爹死在地上，失声痛哭。忽见桌上一块麻布上赫然写着殷红的几个字："逼死我父，害我姐妹二人者，宇文进也！"

王薄握紧这血字，又恨又悲。

正难过时，王薄的结拜弟兄孟江、李尝走了进来，一见这景象，再看那赫赫血字，孟江一拳击碎了桌面，道："好个宇文进！仗着县太爷的势力无恶不作，竟然欺负到我大哥头上来了。哼！我孟江若不将你千刀万剐，势不为人！"

"大哥，"李尝也哭道，"你为朝廷出生入死卖命，那宇文进他……该杀！"

"大哥，"孟江道，"那县太爷的小舅子太欺负人了，大哥，我去替你宰了那小子！"

说罢，提刀就要出去。王薄一把拽住，悲声道："兄弟，我们还是先安葬了他们，再去找高大人理论，定要他还我个公道！"

王薄、孟江、李尝三兄弟披麻戴孝，安葬了窦老爹和夏莲后，才来到县衙门口击鼓撞钟。县令高凤真急忙穿上官服升堂，一见是副将王薄才松了口气，问道："王副将，你出外征兵，办得如何？为何击鼓呀？"

王薄双膝跪倒，递上血书，将父亲身死、妻子受辱自尽以及妹妹冬梅下落不明之事一一说来，最后道："高大人，这血书上乃吾妻夏莲的手迹，她定是受了那宇文进的凌辱才悬梁自尽，还有我那十八岁的妹妹冬梅一定在宇文进家中。大人，您一定要为我做主啊！"

高凤真听罢，心下暗想，怪不得这几日不见宇文进再来闹事，原来是霸占了窦家小姐！当下喝道："来人哪，将宇文进捉拿归案，听候处置！"

王薄一见高大人如此果断，忙叩下头去："多谢大人为小人做主！"

高凤真回到府中，妻子宇文宣就凑上来端茶倒水，侍候周到。

高凤真知道妻子是想打听弟弟宇文进的事情。可恨那宇文进为非作歹，高凤真早就看他不顺眼，可若是夫人问起来可不好答了，便匆匆脱了衣服，躺上床去要休息一会儿。

那宇文宣哪肯罢休，坐在床边上推推高凤真，轻声问道："老爷，听说我那兄弟宇文进闯了大祸，你如何办理呀？"

"嗯！哦！"高凤真嗯嗯啊啊不想说。

一见高凤真这样，宇文宣可就哭开了："老爷呀，我家可就这一根独苗啊，你可要想个法儿保他性命呀！呜呜……老爷，我兄弟要是死了，我也不想活了。"

这高凤真本来就有点惧内，再听夫人这般哭闹，道："那王薄之妻夏莲的血书写得清清楚楚，你叫我如何是好？"

"就凭一张血书就要了我兄弟的命？"宇文宣哭得更厉害了，"我那兄弟可冤枉了呀！老爷，那小小一张'血书'证据不足，你不可斩我兄弟，我兄弟他好冤枉呀！"

高凤真一听，这不是明摆着要我下一个"证据不足"之名了却此事吗？也罢！这宇文进也不是个好惹的主儿，更何况还是自己的小舅子呢？

第二天升堂问案，高凤真一拍惊堂木，说王薄有意陷害宇文进，弑父杀妻，将王薄押入了大牢，等候明日午时问斩。

王薄家破人亡，自己又身陷大牢，他那结拜兄弟孟江、李尝可气恼了，便在晚上劫了大牢，救出了王薄。三人又换上夜行衣，夜探宇文府。

王薄带着宝剑，顺着东跨院向北找，正往前寻时，忽见前面屋内有亮光。王薄跳下房顶，用唾沫点破窗棂纸，见屋内正是宇文进，却又隐隐望见妻妹窦冬梅被绑在床上，动弹不得。王薄火往上蹿，抽出宝剑，踹开门闯进屋内，举剑就刺。宇文进一看来人气势凶猛，吓得激灵灵打了个冷战，忙回墙上想取下宝剑，王薄速度快，一剑刺进宇文进后心窝。

王薄见宇文进已死，用剑砍掉床头圆环，救下冬梅。冬梅由于绑缚太久，身体已极度虚弱，此时见姐夫救了自己，就使出浑身力气夺过王薄手中宝剑，直往宇文进身上戳去，直戳得千百个窟窿。冬梅没了力气，也倒地身亡。

王薄见妹妹冬梅又死，抱起她号啕大哭。哭声惊动了宇文府，家丁们一个个拿了兵器前来。

王薄和孟江、李尝在宇文府大开杀戒，把宇文府上男女老少三十多口杀了个精光，带了冬梅的尸首逃出府去，连夜将冬梅掩埋。三人商议，连夜聚来征得的民夫，道："弟兄们，我们这些年来挖运河、征高句丽，耗尽人力，而那贪官污吏却视我们为草芥，与其为他们卖命，不如举旗造反，大家有愿意干的就跟我王薄干，我们同生死共患难，不愿干的可以回家，发给盘缠。"

当下就有九千多人积极响应。当夜，他们就冲进县衙，捉了高凤真和夫人宇文宣，斩首示众。第二天，他们又开仓放粮，救济百姓，更赢得了民心。

邹平县副将王薄起兵造反的消息传到萧文灿耳中。萧文灿不禁大惊，但细一想，这其中必有缘由，便派一密探乔装打扮到邹平县去调查实情。

此时，王薄家破人亡、起兵造反的事情已在邹平县内传得沸沸扬扬，无人不知，无人不晓，再经一些好事之人添油加醋这么一说，真是催人泪下，荡气回肠。王薄又自称"知世郎"，并作《无向辽东浪死歌》。于是，又有许多人前来投军，王薄义军的势力迅速扩大。

派出的探子回来报告萧文灿，将那邹平县县令高凤真的小舅子宇文进平日怎样欺男霸女、为非作歹，又怎样调戏窦家"两朵金花"、害死窦老爹，以及县太爷高凤真偏袒小舅子宇文进，将王薄定为死罪之事——说明。

萧文灿一听气坏了肝肺，心道：想不到在我管辖的山东地带竟有这等恶霸污浊之事，那高凤真该杀！杀得好！但转念又一想，毕竟这王薄起兵造反事发在自己的地界，我堂堂镇东侯，身为朝廷命官，又岂能坐视不管？否则大理上也说不过去。想这些年来，我和姐姐忍辱负重所为者何？不就是寻求良机，复我故国嘛！好了，良机就在眼下。

于是，萧文灿亲率一万兵马赶往邹平县，前往剿灭王薄义兵。来到邹平县城下，高喊："镇东侯萧大人到，赶紧开城迎接！"

兵丁喊了几声，就见城上现出数员兵将，对下高喊："是敌是友，报上名来！我家将军说了，如若是前来找死就擂鼓叫战，如若是归附义军就请头领身不披甲、单独进城！"

萧文灿一听气冲斗牛，立刻命人擂鼓叫战。

不多时，城门大开，王薄率领数千兵马迎敌出城，一字排开，王薄居中，孟江、李尝左右相陪，帅旗上一个斗大的"王"字。

萧文灿见王薄率队出城，两家对阵，战鼓擂得震天响。萧文灿一夹马肚子，率先出阵，叫道："王将军，一向可好，萧某此次前来，原有几句话要说！"

王薄听对方敬称自己为将军，便一提马冲出阵去。萧文灿一看来者，身高七尺，黑脸英眉，扇风大耳，四字方口，身穿铮亮白银护心甲，手使金锋玉柄宝刀。王薄来到阵前，一扣马镫，道："我王薄不管你是什么镇东侯镇西侯，你若来剿我义军，替那昏君办事，就是与我势不两立！"

萧文灿在马上一拱手，道："王将军息怒。萧某也闻听你的英名，知道你并非有意反隋，在下有一言相劝，不知将军爱不爱听？"

"哦？"王薄道，"说来听听！"

萧文灿道："当今皇上确实昏庸无道，不能知人善任，弄得民不聊生，怨声载道，也难怪各家义军起兵造反。"

王薄一听，这话还不错。

"将军可知，"萧文灿继续说道，"这宫中也是乌烟瘴气，黑白不分，弄得太子流落在外……"

"哎！萧大人，"王薄一听，道，"这是那昏君的家事，与我无干！"

"王将军请听我慢慢说来，"萧文灿又继续道，"现如今太子难保性命，逃难在我处，依萧某之见，这太子将来定是一位明君，你若降服于他，我们共谋大事，何愁富贵荣华？王将军意下如何？"

王薄见他语意诚恳，略一思忖，道："我虽起兵反隋，却也并非不分黑白，即有明君，我王薄当愿保之，但如若人欺瞒于我，我等定不能善罢甘休！"

"好！"萧文灿哈哈一笑，道，"王将军果然大将风范！"

这两阵交战，将帅在阵前却并不枪棒相加，阵中兵丁正纳闷，却又命各回其营。很快，太子杨暕和张瑞莲跟随着舅舅萧文灿与王薄合兵一处将打一家，一起商讨起长远大计。尔后，萧文灿又从邹县大牢里提出刘龙斩首祭旗。

只是，这支大军皆各有自己的算盘，各取所需。萧文灿欲借王薄的声威收服各地义军，壮大自己的势力，完成其蓄谋已久的大业；王薄却是为了保有自己的实力，免遭官军的清剿；而太子杨暕则只图有个安身之处。

合兵后，各地义军果然纷纷来投，起义队伍一时间如日中天。

不久，萧文灿听探马来报，漳南县的窦建德、孙安祖举旗造反，攻城略地，势不可挡，大有后来居上之势。萧文灿与王薄合计，决定先派人前去详加打探，再做计议。

暮春三月，大河里零星地漂着一些浮冰。李密风尘仆仆，背着斗笠，腰悬长剑，立在木船上，看浑浊的河水在船头被劈开。此次漫游已三月有余，李密足迹遍布燕赵之地、齐鲁平原，满目疮痍，四野萧条，与前几次相比真是天壤之别。

"天真是要变了！"他感慨良多。

此时，他是要过黄河，取道孟津，火速赶往东都。

他骑在火红的高头大马上——杨玄感的心爱坐骑，一抖缰绳，纵马奔驰在黄土大道上。耳边是嗖嗖的风声，腾起的黄尘像一条翻滚的黄龙。正行间，忽听道旁有人高叫："蒲山公何往？"

他勒住缰绳，定睛一看，原来是李靖！李靖骑着一匹白马，身后跟着两个随从。

"久违了，员外郎！"此时，李靖任驾部员外郎，故而李密如此称呼着。二人翻身下马，交由随从牵着，边走边聊。

"看样子，蒲山公又是游历去了？"

"生来好行路，坐不住啊！你也是郊游的吧！"

"正是。前面不远有座村野酒肆，不如去小酌两杯，叙叙别后之情。"

"这……好啊，正好解解旅途劳累！"

两人并肩进了茅屋，落了座，酒保端了野兔、山鸡之类的野味，又筛了两碗绿莹莹的村醪来。酒保介绍这唤作竹叶青，甘洌爽口，是本店的家酿。

"今日宴请，药师兄可要掏银子啊！咱们可是有约在先啊！"

药师是李靖的字。李密的戏语立刻引得李靖醒悟："是了，是了，果然不出蒲山公所料，那仗的确败得惨！"

李靖压低声音说道："皇上又颁诏了，征调天下之兵在涿郡集结，招募平民为卫士，修辽东古城以储备军粮，准备第二次东征。此次出征，蒲山公再预测一下如何？"

"我猜对了，你还要请客的！"

"此次出征吸取了上一次的教训，组织得更严密，又派出了老将宇文述。这个福将因为和皇上是亲家，不但未得惩罚，还加授了仪同三司。派出的另两员大将为有勇有谋的杨义臣和猛将王仁恭。上次因为粮食接济不上导致大败，此次专门任命了杨玄感为督粮官。杨玄感是主战派的代表，做督粮官也是他主动请缨。将门虎子，定不辱圣命。"

李密闻听，神秘地笑了笑，语调极不自然地说道："也许是吧！"

李靖看在眼里，甚觉纳闷，但还是继续说道："不光如此，听说还准备了多种攻城的器械，什么冲梯、八轮飞楼、摧击城堡用的撞车、攀登城墙用的云梯，甚至还准备了装土用的布袋，有些是以前从没见过的。蒲山公，你以为胜算如何啊？"

"必败无疑！"李密蘸着酒，在桌上写着。

李靖又一怔，心里暗道："什么理由也不说就断言失败？难道他掌握着什么重大机密？他今日说话吞吞吐吐，神色怪异，肯定隐瞒什么要事！李密他做事一向爽快，莫非他参与了什么机密？我不妨旁敲侧击，试探一下！"

想到这儿，李靖兴致很高地邀请道："算了，俗事免谈！今日村酒虽是地道，但不及我窖藏的兰陵美酒，不如到寒舍小住两日，品评一下我的藏品，也好方便请教！"

"罢了，罢了，盛情邀请原不该辞，只是冗事缠身，只好改日应邀了！"

李靖料他藏有隐情，也不强求，酒足饭饱后先送李密登程。望着李密渐行渐远的背影，一种对故友的担心却袭上心头。

李密在路上回味着李靖的话，深悔自己有些露骨。李靖非等闲之辈，万一瞧出眉目抖落给急于邀功的人，岂不前功尽弃？他责备起自己的意气用事。

"李密呀李密，你是深通权谋机变的人，你追求的是帝王之业，怎能在情义二字上陷得过深？李靖终非池中之物，怎能倾心相诉而无遮拦呢？李密呀，你的韬光养晦的本事还是不到家，还需面壁十年之功啊！"

李密也无心欣赏四野的春光春色，只是一闷头赶路。第二天晌午，他回到了洛阳，从后门闪身进了越国府。

李密与刚从外面归来的杨玄感进行了长谈。听到齐鲁境内遍地义军，杨玄感坐不住了。当李密把萧文灿与王薄联手的消息一说，杨玄感大惊："什么，他们已据有山东大半？好家伙，照此下去，岂不是要全国燎原？届时，哪有我等立足之地？"

"杨公不必担心。义军虽多但都成不了大气候，充其量还是绿林英雄，永远的草莽本色。萧文灿与王薄虽然合作，也只是他们的权宜之计，各取所需、相互利用罢了，我料他们久必生隙，定会生成内讧。即使他们纠合在一起也无甚可怕，我们可以各个击破，收在我们帐下，一切都在李密的掌握中！"

"这样我就放心了！"

"不过，我倒想多了解一点儿东征的具体部署，杨公不妨说得细致一些！"

"我已全部掌握。这一回杨广又派了他的心腹老将宇文述，还任命了有勇有谋的杨义臣。这杨义臣，想必你是知道的，是位不可多得的良将。他们俩一人一支军队，分路而进。另外，杨广又在全国招募了一批懂得功夫的兵士，专职做他的侍卫和攻坚，据说都十分了得。军资的准备更充分，有攻城用的飞楼，撞击城堡用的撞车，登城用的云梯、冲梯，还有装土筑城用的布袋，不计其数。如果此次进展顺利，速战速决，那……"

"敌变我变，以不变应万变。如同弈棋，尽量给对手设置障碍而设法拆除对方的障碍，让敌方的强势变为弱势，让我方的弱势成为强势。"李密听出了杨玄感的顾虑，努力安慰着。

"杨广命我在黎阳监督运输，又让我两个弟弟往军前效命，该如何应付，请蒲山公教我！"

"如今杨广已抵辽东，恐怕现在那里打得正紧呢。辽东与内地悬隔千里，南边是大海。北边的胡族和戎族与杨广一向不睦，这样就只剩中间一条狭窄的通道，处境相当危险。如果此时你出其不意，统兵长驱入蓟，岂不等于掐住了他的喉管？往前去有高句丽堵着，往后已没有了归路，不出十天半月，粮食吃完了，不去打他们，他们也会自行投降的。"李密言毕，得意地望着杨玄感。

杨玄感沉思片刻，又问："还有其他办法吗？"

"当然有。关中地区四面都有险要去处，可资防守，民间殷实，人称'天府之国'。公若是经城不攻，往西直接进入长安，就是他杨广回来了，只要咱们临险据守，他也只能望关兴叹。这样便可自保！"

"就这些？"

"这是我的上策和中策，公想听下策吗？"

"我倒想见识一下！"

"还是不说了吧，我以为公不会舍上、中两策而取下策的！"

"也许恰恰是下策最实用呢！"

"好吧！"李密有些无奈。

"若舍去上、中两计不用，贪图在近处得小便宜，那就先去打东都洛阳，屯兵于坚城之下，旷日持久，是胜是负难以预料啊！"

"不然。我以为，你说的下计正好是上策，想想看，朝廷百官的家属都聚集在东都，如果不把洛阳拿下来，如何能造成震动？经过的城池却不去攻打，如何能显上威风？"

李密见杨玄感竟然如此的胸襟，只好把满腔的话都埋在了心底。

杨玄感一副踌躇满志的神情。忽然，他想起一个人来，此人父亲当年也曾提起过——三原人李靖。父亲曾极力称赞他，认为总有一天他会坐上和自己一样的高位。

"蒲山公是否能设法把他拉来，共谋大事？"

"现在时机未到，届时，我凭三寸不烂之舌，定将其引来拜见。"李密敷衍着。

"也好，蒲山公留意便是。谋大事，少不了这样的旷世之才。你看，光顾着我们说话，竟忘了红玉姑娘，快去吧，人家已是望穿秋水了。咱们明儿再聊！"

杨玄感一面以群盗蜂起、道路不宁为借口迟发军粮，又一面暗暗捎信给杨玄纵、杨玄挺速速潜回，只待天时。

天公作美。天降大雨，连日不停，道路泥泞不堪，舟楫无法张帆，杨玄感大喜，连夜在幽幽的灯光下召集心腹们密谋。

　　杨玄感新结识的结义弟兄赵怀义——一个五大三粗的汉子最为活跃，深得杨玄感的赏识。

　　第二天，雨还在下着，杨玄感召集五千民夫、三千水手于岸边，慷慨激昂道："当今皇上昏庸无道，荼毒天下，根本不管百姓死活，像你们这些民夫水手，有多少人要死在运粮途中？又有多少将士要死在辽东、异乡？而如今天降大雨让我们无法前行，可是皇上却要我们限期运粮，违期处斩！兄弟们，谁家没有妻儿老小？谁不希望安居乐业、平平安安呢？我身为礼部尚书、督粮官，实在不忍心让你们白白送死啊！兄弟们，我决定抛家舍业起兵造反，解民于倒悬，你们血性的男儿愿意随我一起的左祖，便发誓共讨暴君！若有不愿聚义的，发给路费盘缠，回家务农。"

　　赵怀义张臂高呼道："尚书都反了，我们还有什么说的？我们大家都愿意跟随越国公揭竿而起，共讨暴君！"

　　"共讨暴君！共讨暴君！"众人齐声欢呼，热烈响应。

　　杨玄感望着这山呼海啸般的浩浩队伍，心中蓦然有了一种"君临万物"之感。

　　接下来，杨玄感开始整编军队，封王伯仲为元帅，赵怀义为前部先锋官，李密为军师，自己则为军中总管，大军浩浩荡荡向洛阳进发。

　　洛阳乃千年古都，易守难攻。大军在离洛阳城三里之遥处安营扎寨。王伯仲领兵马到洛阳城下骂阵："城里的三军儿郎听着，我们乃讨伐无道昏君之义师，放我们进得城去倒还罢了，如若说出半个'不'字，定叫你等刀下做鬼！"

　　守城军卒慌忙向城内禀报，洛阳守将傅亮听后大惊：那杨玄感吃国家高薪厚禄，在皇上面前也是一位大红大紫之人，富禄如此却还起兵造反，实在可恨！于是便点齐一万兵马来到两军阵前。只见他头戴战盔，身穿战袍，脚蹬战靴，手使亮银枪，左肩挎弓，右肩挎箭，威风凛凛，杀气腾腾，来到两军阵前高喊："对面可是反贼杨玄感？报上名来！"

　　"本帅乃杨总管军前元帅王仲伯！"

　　"你等吃国家俸禄，应当为天子报效出力，可你们非但知恩不报却要谋反，实属大逆不道，我劝你立刻下马投降，饶你不死，不然的话，哼！"傅亮晃了晃手中的银枪，"我这银枪可不长眼睛！"

　　"哼！"王仲伯回道，"傅将军，你只知忠于朝廷，却不知那昏君荒淫无道、残害忠良、乱抓民夫、滥征兵役，弄得朝野上下乌烟瘴气、民不聊生，各地义军已风起云涌，这样的君王保他何用？我劝你还是弃暗投明吧……"

　　王仲伯话未说完，傅亮已一枪斜刺过来，王仲伯闪身躲过，亮出大刀便与傅亮你一枪我一刀地打将起来，足足打了三十回合，不分上下。

　　愁云惨淡，尘土飞扬，两边都看呆了。但王伯仲毕竟不敌傅亮，故意卖个破绽，拨马回阵。

第二天，王伯仲又来叫阵，傅亮立在城门楼奚落王伯仲："败军之将，不屑争斗，叫个有本事的来！"

无论王伯仲如何叫骂，傅亮始终不理不睬。王伯仲怒而攻城，隋军便凭险拒守。

杨玄感虽然在两个弟弟处听到了大捷的消息，但洛阳久攻不下还是让他心急如火。李密劝解道："现在虽有不顺，但毕竟旗开得胜，从者如市，公可再造声势，必会应者如云，然后脱离洛阳，直走关西。"

杨玄感于是往洛阳上春门营地，面对成千上万的褴褛百姓，动情地说："我身为上柱国，累积的家资巨万，对于荣华富贵，我已无所求。而你们呢？你们还愿意这样生活下去吗？"

百姓们的欢呼如同山呼海啸，随后，父老们争相献上牛肉美酒，子弟们纷纷到"杨"字大旗下投军，每天多达千人。

更让杨玄感高兴的是达官子弟应募从军的人也不断增多，先后有韩擒虎之子韩世鄂、杨雄之子杨恭道、虞世基之子虞柔、来护儿之子来渊、裴蕴之子裴爽、周罗喉之子周仲等四十余人先后来投。杨玄感感到，他们的加入，无疑是给盛气凌人的杨广当头棒喝。

随后，韩世鄂兵围荥阳。

虎牢关隋军归降。

刑部尚书卫文升四万大军一败再败，伤亡大半。

武侯大将军李子雄越狱投奔杨玄感。

余杭人刘元进在三吴起兵响应。

到这时，杨玄感部众达十万之多。

而此时，在另一战场上，辽东城危在旦夕，眼看就要攻克，杨广已准备好了入城的仪仗队。

闻听杨玄感谋反，应者十万之众，杨广大惊，良久才愤愤而言曰："杨玄感世受朝廷厚恩却久怀谋逆之心，深负朕躬，不杀不足以告慰天下苍生！"

他召来纳言苏威，询问道："杨玄感这小子奸猾刁钻，很是聪明，恐怕要成为祸患了吧？"

苏威揣摩着杨广的意思，答道："一个人能辨别是非、判断成败，才可以说是聪明。据臣所知，杨玄感此人粗心大意，思考疏略，成不了大事，不必为他谋反而忧患，只是怕成为动乱的由来。"

"听说不少达官显贵子弟也跑到那边去了？太可恶了，朕是不是太仁慈了，震慑不了他们？"

"只是个别少数，皇上何必过于忧虑？"

是夜三更，杨广又秘召诸将，让他们准备撤军。宇文述捶胸顿足道："功败垂成，实在可惜！只需两日，臣保证将辽东城拿下，辽东若下，平壤城就无险可守了！"

"内乱不除，久必成祸，轻重缓急，需要分得清！"

杨义臣力主撤军，并建议杨广秘密行动，不露任何声色，一切如常。所有的军资器械、攻城之具堆积如山，营垒、帐篷维持原状，辎重全部遗弃，兵丁们只带足三天的粮秣。

大军纷纷攘攘，一夜撤退了近百里，待高句丽兵有所察觉时，杨广的车驾已经在辽水西岸了。匆匆派出的高句丽追兵因畏惧隋军人多，只远远地跟踪观望，因而隋兵除逃亡较多外，被追杀的甚少。杨广派宇文述、屈突通以最快的速度率军前往东都，自己则率大队人马陆续到达涿郡。

刚到涿郡的那天晚上，行宫内便发生了一起行刺事件。杨广虽毫发未损，却着实吃惊不小，行宫内戒备森严，侍卫如云，那刺客居然能摸得进来、溜得出去，可见其非等闲之辈。

据侍卫目击高手，说那刺客虽然蒙面，但看得出是个虬髯汉子，使一对钢刀，手眼身法非常人可及，无影手神奇莫测，与之交手，战不上五个回合必被他击倒。沈光是吴兴人，为应征的骁果勇士，并被杨广留在身边当了一位贴身侍卫。

刺客的功夫高出沈光许多，但为何没有成功呢？原来行宫内设有机关，若是常人，误入机关，必死无疑。刺客根本未走近杨广的寝宫就险遭机关的暗算，靠着反应机敏才避开了陷阱和机弩。

杨广惊魂未定，下诏全城戒严，把整个涿州城翻了个底朝天，也没有抓到什么虬髯刺客。抓了几个长髯汉子都是些身体臃肿的财主、商客，几经盘问已吓得面如土色，胆小的还被吓尿了裤子。

这个刺客是谁呢？江湖中人，还是高句丽人？一时竟成了谜团。

第二天一早，城墙根处竟贴有一张帖子，署名便是"虬髯客"。帖子历数了百姓的苦难，矛头直指杨广。

王义将侍卫递来的帖子呈给杨广，杨广仔细端详，忽然眼睛一亮，这笔迹怎如此熟悉？

"难道是他？"

【第十三回】

韩金凤阵前招夫婿，窦线娘狱中救亲人

杨玄感到达东都后，尽管势力发展很快，但面对坚城和守将傅亮、留守樊子盖的顽强抵抗也一时孤苦无策。恰在这时，李密获知降将韦福嗣与傅亮、樊子盖交情甚笃，便向杨玄感建言，利用几个人的关系，让韦给城内的傅和樊写封信，促其倒戈。韦福嗣以自己的语气写了一封信，又依杨玄感之意拟了一封信。

韦福嗣写完后，呈给杨玄感过目。杨玄感阅后眼睛一亮，不禁对韦福嗣刮目相看——信中所写正是他欲言而未能尽表的。

"这韦福嗣文武全才，可佐我成其大业！"杨玄感抑制不住内心的喜悦，对李密直言相告。

不久，杨玄感又命韦福嗣起草檄文。韦福嗣固辞不肯，推说不堪承此大任，有诸多高手，不敢班门弄斧。李密听说后，悄悄向杨玄感说："韦福嗣不是咱们起兵时的最早盟友，此事表明他心有观望，意在投机，是个绝对靠不住的人。公刚刚起步就有奸人留在身边，这是何等的危险？不如马上将这个祸根拔掉，免留后患！"

杨玄感一听，脸一下阴沉起来，不满地说："不至于这么严重吧，你还是把精力放在用兵打仗上面吧！"

李密心中一阵怅然，心中便有退去之意。回到住处，他对红玉叹道："我悔不该从杨造反，现在他尽是任用些危险人物，总有一天这把火会把他烧焦的！"

"亡羊补牢为时未晚，何必为他殉葬呢？"

李密紧紧拥着红玉温软的身体，良久不语。

又过了两日，杨玄感派人来请李密前去议事。这两日，李密推说身体有恙，一直躲在住地与红玉为伴。

李密内心一阵思忖：难道他已有醒悟？若是如此，不妨前去走一遭。

原来，降将李子雄向杨玄感进言，劝他赶快称帝。杨玄感觉得此事重大，举棋难定，便又想起了老友。

李密闻听此言，不假思索地道："从前，陈胜打算自己称王，张耳规劝却被驱逐在外；曹操打算要皇帝加赐九卿，荀彧劝阻却被诛杀。如今，我打算直言规劝，却又恐落得张耳、荀彧两人的下场，但是阿谀奉承、逢迎上意又不符合我的性格。公以为我该怎么办呢？"

李密把话头停住，静观杨玄感的反应。

"公不妨直说，我是了解、信任你的，不必委婉言之！"

"好！公想一想，自从起兵以来，虽然屡次取胜，可天下之大，还没有一个郡县响应。东都的守御依然强大，各地的援军越来越多，当务之急是奋力作战，早日平定关中，可你却急于称帝，这不是要向人显示你狭隘的心胸吗？"

一番话说得杨玄感脊背透汗，握着李密的手说："公之言不啻一剂良药，让我清醒了许多。那么现在令我忧虑的是，东征大军陆续赶来了，屈突通率军进驻河阳，宇文述率军连夜赶来，右骁卫大将军来护儿也率重兵向这儿移动，该如何御敌呢？"

"我还是那句话，弃东都不顾直取关西，此帝王之业也！"

"东都破袭在望，怎可功败垂成？再相持两日，以待其变！破了东都，形势便会急转直下！"

李密见他仍执迷不悟，也不多言，遂告辞而去。

杨玄感加紧强攻东都，昼夜不息，但东都的几处城墙都是得而复失，战斗进入了白热化。

就在这时，屈突通率军渡过黄河进逼洛阳，而西面的卫文升休整之后，卷土重来。樊子盖、傅亮抓住机会，几次主动出击，攻击杨玄感的营垒。

形势万分紧急，李密再次被招来。

"现在迅速入关，打开永丰仓赈济贫苦百姓，或可获得更多百姓的拥护。再者，弘农留守元弘嗣在陇右掌握着强大的部队，我们可以扬言他谋反，派遣使者迎接你，咱们借机进入函谷关！"

"只好如此了！"

这一日，杨玄感率部队来到弘农关（今河南灵宝），命令大军驻扎在关外，亲率大军两万来人到关前骂阵，这守关的乃是杨广的叔兄弟蔡王杨智积。

杨智积站在城头，大骂杨玄感大逆不道，就是不开城门与他交战，一来城内将少兵弱，强劲之军都被派往边疆征讨高句丽；二来此乃缓兵之计，只要救援的军队赶到，里应外合，定能一举歼灭叛军。

弘农关外，杨玄感率军还在叫骂不休。几日来，杨玄感一直攻不破城门，还死伤好多兵士，奈何那杨智积就是不开城门交战。

李密实在按捺不住，苦劝道："越国公，我们的目的是西进长安，怎可被他黏在这里？我们若不能迅速占领潼关，待大军赶来，进退无路，后果不堪设想啊！"

"他辱我祖先，又冷箭射杀我兄弟，我岂能饶他？待我攻上关去，将其碎尸万段，方解我恨！"

听罢，李密长叹而去。

这天晌午，太阳火辣辣的当空倾泻着酷热，热浪把士兵们脚下的黄土烘得直冒烟。

顶着烈日，赵怀义又率大队人马在关外骂阵，忽听城内数声炮响，亮出一队兵马，为首的是一个白须老道，骑着一头八叉梅花鹿，手使链子流星锤，腰挎百宝囊，出城便与赵怀义交战。正打得不可开交时，正后方尘土飞空，铁骑滚滚而来，征东各路援军已然赶到。赵怀义一走神儿，被老道用链子流星锤打落马下，当场毙命。见敌方主将已死，城里的兵士蜂拥而出，与征东大军里外夹击，在弘农关外展开一场血腥的屠杀。

杨玄感和弟弟杨积善奋力拼杀，闯出重围，策马逃走，身后杨智积率领人马紧紧追赶。他们逃到葭芦戌（今河南灵宝西南），前有一片松林，正想躲进去，就见前方尘土飞扬，战马嘶鸣，有一队人马当道拦住了去路。

杨玄感见事已至此，对天长叹："天绝我也！悔不该当初不听李密劝告，落到今天这个地步啊！"又转头对杨积善道："我们绝不能落入那昏君之手！"

杨玄感仰天稽首道："爹，儿不能为您报仇了！"说罢，拔剑自刎。杨积善见哥哥已死，拔出剑来也要自刎，却被追军一剑拦下，将他活捉。

杨智积共抓获杨玄感余部首领十七人，装进木笼囚车，由大队人马押着解往东都洛阳。

天气闷热如同蒸笼，心都快要被扯了出来，路旁的野草蔫蔫地耷拉着头，天边的乌云向这边压来，黑黑的，浓浓的，面目狰狞，仿佛想把人一口吞噬掉。

押解囚车的禁军头目郎将很敬佩这些造反英雄，一路上并不为难他们。

这一日傍晚时分，押解军队来到高阳（今河北高阳县），眼见离杨广行宫越来越近。"兄弟们的死期也将到了，"李密望着西天的残阳，不禁悲从中来，叹道，"山送残阳尽，谁葬英雄魂？"

郎将见此人出口不凡，便走上前来想安慰几句，却见李密抖抖索索地从怀中掏出一锭金元宝，对他道："明年的这个时候就是我等的祭日了，我一个将死之人，要这钱财已无用处，这位好汉如若有义，就请收下吧！"说着就将手从囚车缝中探将出来，又满面悲怆地道，"请明年买些纸钱到我等坟前烧一烧，在下感激不尽……"

郎将听得心中恻然，正踌躇间，李密又掏出些碎银，道："请将军买些酒肴，让我们弟兄饮个诀别酒吧，我们也感恩不尽了！"

剩余十七人见李密如此，都纷纷掏出身上银两，道："将军，请让我们弟兄饮个诀别酒吧！剩下的也多买些来给各位军爷喝喝，算是对你们的报答！"

郎将接过银两，拱手道："众位好汉放心，我照办就是！"

郎将立即派人买来酒菜，打开牢笼，却加了脚镣木枷，以防万一。牙帐之内点起灯火，犯人和禁军不分你我，共同畅饮，个个喝得烂醉如泥，陆续进入梦乡。

半夜时分，李密悄悄爬起，把十七个人全都弄醒，打开刑具，劝大家一起逃走。有几个人怕连累郎将，不愿逃走，李密只得与王仲伯等七人连夜逃走。

杨广把反帖端详了许久，脑中忽然现出一个人来，杨广不禁倒吸口气凉气："'虬髯客'难道会是金钊？金钊行刺于朕？二十年前他拼死护卫，于今他冒死杀朕，这到底是为的哪般？朕无负于他，且他当初不辞而别时留有承诺，若朕需要时他便会出现，此时为何却成了反贼？"

杨广的眉间像上了一把锁。

"他莫非成了反贼，与杨玄感乃一丘之貉？可依朕对他的了解，何至于此呢？"

杨广猜错了。金钊自江南返回北方后，便隐居深山少与世人来往，拜杨伯丑为师，一真苦修苦练武功，潜心向道，闲时采些草药炮制成剂，散给穷苦人家。光阴荏苒，不觉间已过去了近二十载。近几年，他偶尔从世人嘴中得知，现在高坐龙廷的正是杨广，但他连年兴师，已弄得国疲民弊。百姓们纷纷咬牙切齿地议论，老天爷怎么不打雷劈死这个暴君呢？

金钊闻言，心中隐痛，几次欲下山入京去面见杨广，但他想起当年的誓言，只得忍下。但近半年来他寝食难安，越来越多的人逃进深山，拖家带口寄居在山崖古树下，其情甚惨。问他们，都说是为了逃兵逃赋。杨广连年征战，大批青壮年被送上辽东，但回来的所剩无几。加之官贪吏虐、多如牛毛的劳役赋税已使人实在无法生活下去，与其坐而待毙，不如逃入深山寻条活路。

金钊平静的心被搅乱了，他决定让这位狂妄自大、不顾他人死活的暴君猛省一下。

"行刺，虽不伤他性命，却可让他回头，也知道天下百姓的苦！"

随后，他就出演了惊心动魄的一幕，事后以"虬髯客"的落款留下帖子一份，警告杨广不要一意孤行，要体恤民力，否则还要再取他的性命。

杨广执帖在手，自言自语道："金钊啊金钊，你只知其一，不知其二，朕身既为一国之君，就要捍卫国家的尊严，岂容高句丽小邦辱我上朝？征东失利，大批军民死亡，非朕所愿啊，你以为朕不痛心吗？他们都是朕的子民啊！至于劳役赋税加重也是不得已的，胆大妄为的小吏从中鱼肉百姓也是有的，但这绝非朕的本意，怎么可以一股脑儿地算到朕的头上呢？再说，朕纵有过失，你也不能弑君谋逆啊，这同杨玄感的行为何异呢？"

杨广的手有些抖，脸色也更加难看："你竟然污朕是暴君，竟然要朕按你的意志行事，岂有此理！朕即使算不得有为之君，也不能划入暴君之列啊！这分明是叛逆！朕姑念你平陈有功，不与你计较，若是再行猖狂，休怪朕的无情！"

杨广一宿未眠，天明时分便披衣下床，来到院中，想呼吸一下潮湿的空气。

王义见杨广眼睛内有血丝，便劝他多睡一会儿。杨广抚了一下王义的头，伤感地说："这个时候，朕若是能睡得着，用得着踏着晨露散步吗？朕岂不知回笼觉的香甜？"

王义忽然想起放在案头的一份折子。那是昨晚杨广刚刚躺下上书房送来的，说是急件。王义怕杨广激动便压了下来，这时何不呈上？或许是喜事呢？

王义一提醒，杨广登时精神起来，忙说："准是讨逆的折子，快拿来！"

王义急忙取来，拆开，双手呈上。

杨广的眉头立时舒展开来，兴奋地说道："大捷！杨玄感兵败自杀，同党全部落网！谁敢同朕较真就绝没有好下场！来人。"

随着杨广一声喊，进来一群侍卫和值夜的太监、宫女。

"传旨下去，速速准备，即日起程，赶往东京祝捷！"杨广露出了近日少有的笑容，"朕要严惩这帮犯上作乱者，以儆效尤。杨玄感虽然自杀也要他不得安宁，那杨积善，特别是那叛国的斛斯政，用极刑也不足以泄我心中之恨。还有那十万附逆的愚民也统统杀掉，免得留下后患！朕不仅要严惩叛逆，还要热热闹闹再下江南，再次北巡，要让天下怀有异心者看看朕的气魄、朕的铁腕！"说完，杨广大笑不已。

李密等人化装成农夫东躲西藏，然后大家商讨一番，决定投奔瓦岗寨（在今河南滑县南）义军。那时，瓦岗寨有一万多人，首领翟让对李密和杨玄感反叛的举动大为赞赏和敬佩，见李密前来投奔，非常欢迎。

李密觉得翟让的一万多人太少，便主动到附近劝说小股义军参加翟让义军。不久，有四五伙义军投奔到瓦岗寨，统称瓦岗军，仍由翟让任总头领。

翟让领导的瓦岗军逐渐增多，粮食不足，决定打开荥阳（今河南荥阳）粮仓，那里囤积百万石粮食。翟让召开众头目会议商讨，李密建议道："占领荥阳，我军粮食可以满足，并能吸引天下英雄来此聚义。到时，何愁大事不成？"

翟让觉得有理，但据守荥阳城的乃是杨广部下有名的大将杨庆（杨广的叔兄弟），手使镏金镗，有万夫不当之勇。这一仗打不好，大家就会走杨玄感的路。

李密又道："大哥，造反本来就是冒险的事，为何畏首畏尾？将来怎成大事？"

翟让被李密一激，当下决定攻打荥阳。他命令自己的心腹徐世勣和王伯当两人为先锋，他和李密率大队人马随后接应。瓦岗军浩浩荡荡直奔荥阳而去。

徐世勣、王伯当率瓦岗军三万人马来到荥阳东的金堤关，守将韩擒标乃韩擒虎同父同母的弟弟。二人虽是一母所生，但志趣迥然不同。他生有两儿一女，大儿韩龙、二儿韩虎、女儿韩金凤都是杀敌骁勇、武艺高强的可畏后生。

王伯当命先锋官魏云龙前去打头阵。这魏云龙年方二十，正值英气焕发之年，长得英俊洒脱。他顶盔冠甲，罩袍束带，胯下战马，手中的枣阳槊威猛如虎，兴冲冲率众来到关外骂阵："金堤关内诸辈听着，有胆量不怕死的就出来受死，别躲在城内做缩头乌龟！"

不多时，城门大开，关内冲出一队人马，领头的将官正是韩擒标的长子韩龙，二十四五岁，威风凛凛，杀气腾腾，来到阵前大声喝道："你小小年纪竟敢口吐狂言，看我大棍取你性命！"

说罢，韩龙手中的棒子对准魏云龙头顶砸去，魏云龙手使枣阳槊迅速挡过，再迅速猛扫过去，韩龙迅速闪身，同时手中的棍子也扫将过来。两人你来我往，打得不可开交。

韩龙渐渐体力不支，魏云龙一槊横扫，正扫在韩龙腰上，韩龙当时便抱鞍吐血，落荒而逃。这时关内又冲出一队人马，乃是韩虎前来救援。他见哥哥被打败，上前就与魏云龙交战，打了三十四合又被魏云龙一槊打在马下，被关内兵丁急忙抢去，败回关内。

魏云龙正得意间，忽听关内三声炮响，关内又冲出一队人马。为首的骑一匹枣红马，马上之人一双杏眼好似秋水盈盈，充满了柔弱与刚强，樱桃小口、糯米银牙，面若桃花，两边各有一个酒窝，杨柳细腰，美若天仙。只是身穿盔甲，不堪重负却又英姿飒爽——此人正是韩金凤。韩金凤纵马来到阵前，用手一指，道："你就是伤我两位兄长的魏云龙吗？"

魏云龙见来者竟是一位姑娘，笑道："两军打仗，刀枪不长眼睛，敢问姑娘姓甚名谁？"

韩金凤见对方有些轻视自己，杏眼圆睁，娇叱一声："本姑娘韩金凤，刚才败北的是我家两位哥哥。我看你年纪轻轻，仪表堂堂，为何要做那不仁不义的逆贼，让人千古唾骂？"

魏云龙道："姑娘此言差矣，想那昏君杨广无道无能，弄得天下民不聊生、狼烟四起，姑娘保他何用？"

两人话不投机，打将起来。韩金凤见魏云龙英俊潇洒，武艺高强，手下不禁打得有些踌躇。那魏云龙见韩金凤俊俏秀丽，特别是那一双杏眼如盈盈秋波，也不禁有些分神。

两人你来我往，却都打得心不在焉。

韩金凤见他武艺高强，一时难以取胜，打着打着便退后数步，从怀中掏出捆仙绳甩过去，左缠右绕，硬是将魏云龙给捆了个结结实实。

韩金凤冲魏云龙嫣然一笑，道："投降吧，我看你年纪轻轻，死了挺可惜的！"

魏云龙不服气地挣扎着，道："你这算什么本领，靠雕虫小技来取胜，哼！"

韩金凤笑道："你还不服？我且问你今年多大了？"

魏云龙回答道："二十了，你问这干什么？"

韩金凤一拉捆仙绳，笑道："你二十，俺十八，俺愿许你为妻，你看如何？"说罢，韩金凤已满面粉红。

魏云龙一时愣神，又忙道："不知羞耻！婚姻大事应由父母做主，哪有自己许配婚姻的？"

韩金凤一听又羞又恼，却又笑道："我将你放了，你若是再打不过我，本姑娘叫你做刀下鬼！哼！"说罢手一捽，捆仙绳立刻收了回来。

二人又继续大战。二十回合打下来，两人都有些气喘吁吁，韩金凤虚晃一枪，拍马就直奔东北而去。

魏云龙见姑娘败走，催马就追，直追到一处荒野之地，眼看还有一丈之余便可追上，却见韩金凤从宝囊中取出两粒神弹子，对准魏云龙的面门打了过去，魏云龙没提防，被打落马下。韩金凤翻身下马，一枪抵住魏云龙喉咙，笑道："魏公子，服输了吗？"

魏云龙抬眼望着她一脸得意的样子，气便不打一处来，狠狠地冷哼了一声，又低下头去。

韩金凤依旧风姿迷人地笑道："公子，你愿不愿意这门亲事？"

魏云龙眼睛一亮，随即又正色道："愿意倒是愿意，但我临阵招妻也是死罪，不如姑娘将我杀了吧！"

韩金凤见魏云龙有应许之意，急忙收枪，蹲下身去扶起魏云龙，柔声道："都怪奴家不好，不知打疼了没有？"

"没……没事！"魏云龙拍了拍身上的灰土，倒有些支支吾吾起来。

"那我们也得再追打着回去，以防被别人看出破绽。你须得如此这般方可！"

魏云龙蹙眉道："这个办法好是好，可我回到军营，如何交代啊？"

韩金凤眨着杏眼道："你尽管如实交代，到时候我自有办法！"

说罢，二人又飞身上马，姑娘在前，魏云龙在后，离阵前不远时，魏云龙大喝一声："丫头，拿命来，看你还往哪里走？"

金堤关兵将见韩金凤又吃了败仗，赶紧鸣鼓敲锣收兵，逃到关内去了。魏云龙见韩金凤入关，也带着兵将回军营去了。

营帐内，元帅王伯当问道："今日战况如何？"

魏云龙吞吞吐吐，把如何打败韩龙、韩虎以及韩金凤又如何两次将他拿获，战场定亲之事一并说了出来。

王伯当听罢怒气冲天，一拍桌子，喝道："好你个魏云龙，竟敢临阵招亲？那还了得，简直目无军纪，来人，给我推出斩了！"

两边刀斧手一拥而上，将魏云龙五花大绑推了出去，只待三声炮响，人头落地。

太阳热辣辣地晒着大地，魏云龙低着头被反绑着，不禁有些悔意。不多时，轰的一声，头声炮响起。

韩金凤佯装兵败，来到关内卸掉盔甲，急忙前往父亲帐前。前脚刚跨进去，韩擒标就迎上前来道："吾儿，今日战况如何？"

韩金凤急急将交战情况简单诉说一遍，并把自己身许魏云龙之事毫无遮拦地说了出来。

韩擒标气得浑身乱抖，颤声道："你这个大胆的丫头，竟敢私订终身，你，你气死为父了！"

韩擒标虽平日里宠着宝贝女儿，但对于眼前的事情还是一时难以接受。

"爹！"韩金凤推推父亲，娇声道，"女儿见他生得英俊，又有一股子豪气，正合女儿之意，故而如此！爹……"

"可是你这样做，是对得起国家还是对得起老父啊？"韩擒标扶案喊道。

"爹，那昏君既然无道又保他何用？"韩金凤声音也变得激动起来，"我那老伯父韩擒虎是何等的英雄，何等的忠心，可最后又落得个怎样的下场？"

韩擒标见女儿如此无礼，怒道："你……你如此大胆，我……我非杀你不可！"

韩金凤见父亲如此也不争辩，急忙走进后堂楼内，寻到母亲，垂泪将自己身许魏云龙的事情说了一遍，请求母亲帮忙说服父亲。

到底是母女连心，母亲心疼女儿，道："也难怪你父亲生气，这么大的事情你竟自作主张，也不与父母商量。唉！快带我到帅帐，让为娘给你说情！"

"谢母亲！"韩金凤破涕为笑。

韩夫人来到前帐劝说韩擒标。就在这时，东方一声炮响，像是要杀人了。韩金凤替心上人担忧，催促道："父亲，快下令吧，不然就来不及了，若是魏公子没了，女儿也……跟他去了！"

韩夫人心中一紧，不禁恻然道："老爷，快准了吧！事已至此，木已成舟，只好如此了。再说，保那昏君又有何好处啊？"

韩擒标背着手来回走着。

"爹！"韩金凤一跺脚，哭道，"你要是不答应，就休怪女儿不孝了，女儿就先走一步了！"说罢，扬起绣花刀就要往脖子上抹。

"凤儿！凤儿！"韩夫人颤抖着双手抓住手柄，哭道，"你不能这样啊，凤儿！"

说完，她又转身向韩擒标跪了下去："老爷，老爷，快答应了吧！凤儿要是有个三长两短，我……我也不想活了！"

"娘！"韩金凤扑进母亲怀里，母女俩抱头痛哭。

韩擒标见他们母女二人如此，又想到长兄韩擒虎一生忠心耿耿却死于非命，便牙一咬手一挥："也罢！你们都起来吧，我答应就是！"

此时，就听轰的一声，第二声炮也在空中炸开。

韩金凤起身就往外冲，只带着贴身的几个女兵，举着降旗跨马而去。她疯了一般，直向着守卫森严的刑场冲去。

离刑场还有几丈之遥时，第三声响也已炸开。韩金凤不禁加快了速度，把拦截的兵士甩到了后面。

刀斧手听得三声炮响，又见令牌已下，扬起刀来正要砍下，却听得一阵马蹄声急，接着一声高叫："刀下留人！"

刀斧手猛抬头，只见几个年轻女子举着白旗，旋风一般急驰而来。魏云龙心中一喜，大喊道："凤妹！"

"公子！"韩金凤翻身下马，冲到魏云龙面前，捧起魏云龙的脸，哭道，"公子，让你受苦了！"

"凤妹！这是在梦里吗？凤妹，快去请求元帅放了我。"

韩金凤重重地点了点头，站起身来，大声道："各位，请容小女子说一句，我要面见你们元帅，有要事相告，请你们刀下留人！"

众人见姑娘不卑不亢，一脸正气，都不敢唐突，任由她去。

韩金凤进入帐内，见过王伯当道："元帅请息怒，魏云龙虽临阵招亲，但实属无奈，皆因我父女仰慕众位英雄，愿与元帅携手同心，共伐无道。我已与父亲讲好，我父将于今晚戌时献关，届时列队欢迎各位。小女子只有一个请求，放了魏云龙，让我与他结为秦晋之好。"

"这……"王伯当还在犹豫不定。

军师徐世勣上前道："元帅，战果未明你就先杀大将，恐怕于我军不利。况且这姑娘愿意献关，将功折罪，机不可失呀！如果两军再打起来，那岂不是损兵折将，有百害而无一利吗？"

王伯当道："死罪可免但活罪难逃，打他二十大板，以正军法！"

而韩擒标见女儿风风火火冲出关外，就知道这一切已无可挽回了，于是便命火司放炮数声，迎接义军入关。两军相见异常欢欣，当晚，韩擒标与王伯当等为韩金凤和魏云龙主持婚礼，大摆筵席，庆贺三日。三日后，义军向荥阳进发。

东京洛阳。

街市上虽然人来人往，各种生意买卖依然红火，但人们的脸上却都像蒙了一层秋霜，不似往日那种发乎内心的愉悦。整个洛阳城仿佛生了一场瘟疫。

苏威的府上静得出奇，所有人的脚步都迈得很轻。在这非常时期，静就意味着恐怖。

苏威昨晚又病了，至半夜时分御医仍未到。昏暗的烛光中，苏威的脸色更加苍白，他又一阵急促地喘息，忙得家里人手忙脚乱。

"别忙了，这次御医不会来了，你们暂且歇着去吧！"苏威的声音虚弱且有几分苍凉。

望着苏威瘦削的面庞，夫人的泪水止不住地往下流。她心疼丈夫，但又有几分埋怨。

前两日，苏威同宇文述同在朝堂计议征伐之事。杨广心血来潮，突然问身旁的宇文述道："近来各地的盗贼情况如何？"

宇文述被问得一愣，心道："从未有人向皇上报告盗贼的事，皇上怎么问起这事了呢？"

宇文述边想边寻找对答。其实，这些情况在金钊的帖子里都述说过了，只是杨广不肯完全相信罢了。

"盗贼已越来越少。各军剿匪都很用心，那些乌合之众不堪一击！"

"是吗？大概减少有多少呢？"杨广兴致很浓。

"剩下的还不及过去的十分之一！"宇文述信口答道。

"这么说，过去就不少了？"

宇文述一紧张，汗就下来了。他不知道杨广到底是什么意思，担心自己惹皇上生气了，可越是紧张嘴就越不听使唤。

好在杨广今日心情还算不错，没有认真追问下去。恰在这时，杨广一眼瞥见了人堆后面的苏威。苏威的个子稍高，人群里比较显眼，杨广说道："苏爱卿，你来说说看！"

苏威为官几十载，宦海沉浮，什么场面没见过？但今天这个话题确实沉重，难以回答。他扫了周围的几个同僚，长孙晟、虞世基也都把头压得很低。

但苏威毕竟老辣，既不说多也不说少："臣不是管这方面的官员，不清楚究竟有多少。不过，倒是听说那些人距京都越来越近了。"

这个苏威，怎么这么说话呢！老友长孙晟不禁担心地望他一眼。

杨广显出一丝不安的神情，又问道："为什么这么说？"

苏威答道："过去他们只盘踞在长白山，现在他们已近在荥阳、汜水了，岂不是更近了吗？"

"所言不差，张须陀不就派往荥阳了吗？可是，为什么会越来越多呢？"杨广终于确认金钊所言非虚了。

宇文述恶狠狠地瞪着苏威一眼，恨他在皇上面前让自己出丑。

苏威并不理会宇文述，他从心里鄙视这个靠投机获得富贵的家伙，继续道："皇上，臣细想过，往日应该呈缴的租赋和差役，现在都到什么地方去了呢？还不是都变成了盗贼的了！"

苏威注意到杨广在认真听，并没有发怒的迹象，便继续说道："近来皇上看到的奏报，未必都是实情，以致朝廷不能正确决断，因而对各地盗贼不能及时地加以剿灭。再说……"

他的话已使宇文述几乎怒不可遏了，连虞世基、裴蕴都朝他投以不满的眼光。可苏威天生有些执拗，他的脾气，九头牛都拉不回来，尽管他平时总是小心翼翼的。

苏威继续说道："况且皇上以前在雁门关时，已经许诺停止征伐高句丽。现在又在征发士兵，盗贼怎么能平息呢？"

见苏威将矛头转向自己，杨广登时变了脸色。

朝臣们有的幸灾乐祸，有的着实替苏威捏了把汗。

当初杨广出雁门关北巡，突遭突厥大军的围困，形势万分危急。突袭杨广车驾的是始毕可汗所率的十万突厥劲旅，若不是义成公主及时报信，杨广恐怕早已丧身沙海了。

原来，因为突厥始毕可汗部逐渐强大，杨广听信了裴矩的"妙计"，原想施以离间之计，使突厥内部生隙以便继续控制，谁知裴矩做事不密，让始毕可汗有所警觉，从此埋下了祸根。兵围雁门关，便是裴矩当年种下的恶果。

突厥大军攻陷雁门郡的几座城池，只剩下雁门关一座孤城。雁门关内缺粮草，关外无救兵，猛烈的攻击使城墙几次易手，流矢几乎射到杨广的面前。

苏威当年随驾北巡，曾向杨广建议道："为今之计是坚守城中，下可亲自抚慰士卒，宣布不再征伐辽东并高悬奖赏，自然人人奋勇争先，坚守到勤王之师的到来。"

杨广依苏威之策，果然收到了预想的效果，最后安全地脱离了险境。

此时杨广一听苏威揭他的短，火气"腾"地就蹿了上来，对苏威说："朕曾答应过你，在你六十岁时赐你一口上好的楠木棺椁，现在，朕就兑现！"

望着杨广猪肝色的脸，大家都认为苏威的死期到了。

苏威回到家中，将前后经过说与夫人听，夫人顿足道："你为官多年，为什么还学不会为官之道呢？现在朝野上下，谁不是明哲保身，为何你偏偏要去触这霉头？看来，我们的路快走到头了！"

苏威也有些悔意，心情郁郁不欢，当天便卧床不起。

年轻时，苏威才高傲世，曾以琴剑为媒结识了不少的琴朋剑友，那时的日子快乐却短促。踏上仕途后，自己却难有雅兴再去抚弄它们，一放就是几十年。

他轻轻掸去浮尘，摘下龙泉宝剑，握在手中竟有种强烈的陌生感。他想再伸展一下筋骨，但四肢僵硬得连自己都很吃惊。

"真的老朽了，土埋半截的人怎能再提当年勇？"他的泪水默默流出。他用袍袖轻拭了一下，放回了宝剑。

"也许这是同你们诀别了，再过一个时辰，面君之时就是我的消亡之日。我带不走你们，就让你们为我殉葬吧！"说着，将燃着的烛火投进了纸堆。

烈焰腾起，舔着苏威瘦削的面庞。若不是抢救及时，整间书房都要葬身火海。苏威哈哈大笑，连说："痛快！痛快！"

金殿之上，苏威一身崭新的朝服，面庞上显现出从未有过的一种坦然，自然吸引了朝臣的目光。他的面颊上带有明显的伤痕，像是涂了一层黑色的膏药。

"苏爱卿，听说府上遭火，没有什么大碍吧？"杨广的问话出乎苏威的意料。

"谢皇上的抬爱，火龙给老臣开了个小小的玩笑，吻了老臣一口，隐去了！"

"这是火龙的隆恩、你的幸运，可有的时候并不总是这么幸运的！"

"老臣记下了。老臣能余残年至此，多赖皇上的隆恩。若有来生，臣还乐为皇上清道扫尘，牵马坠镫！"

"好，朕且问你，朕欲再次出征高句丽，兵员不足，你为朕谋划一二。如若计属上乘，朕有重赏，不然的话，第一个上前线的便是你！"

"只要皇上肯赦免天下贼寇，自然可得几十万大军，根本用不着征调天下兵马。派他们去东征，这些人感恩于皇上赦免罪过，定会竞相立功，高句丽何愁不灭？像长白山的王薄、萧文灿，河南瓦岗寨的翟让、李密等几十处人马，只要一纸诏书，转眼间便会由心腹大祸变为征讨的主力军，一举两得，何乐而不为呢？"

"住口，苏威！你简直目无君主，在这儿信口开河，天下哪来这许多贼寇？分明是你在这欺瞒皇上，达到不可告人的目的！"裴蕴怒目圆睁，咆哮起来，"从前，你在高阳挑选官员时就滥授官职、收取贿赂，先皇念你有功在身便宽恕了你。你看上去很是勇敢，但畏突厥如虎，为此你编造理由逃回了京城，这些你敢否认吗？"

杨广听后更是大怒不已："苏威呀苏威，你真是老奸巨猾啊！过去的事朕就不提了，眼下，你竟然用盗贼吓唬朕，阻止朕的征讨大计，真是可恶之至！"

"启禀皇上，臣有一事，不知当讲不当讲！"虞世基开口了。

"讲！"

"当初在雁门关时，臣听说，苏大人与突厥可汗有某些交易，因为证据不足，未敢擅报！"

"什么交易？"

"据说是……阴谋叛变！"

"好哇，怪不得你这么卖力地反对征讨，怪不得突厥人对朕的情况了如指掌，原来有你这个内奸！幸亏朕没有听信你的妖言，来人，把苏威押送刑部，听候判决！"

"且慢！"老臣长孙晟出班启奏，"皇上，苏威纵然有罪，但也得拿出证据来，请皇上准奏让老臣参与会审！"

"准奏！不过，要快快结案。爱卿，你是朝中重臣，也是老臣，朕信任你！"

"谢皇上！"

"朕还要提醒你一句，看看他与杨玄感和瓦岗贼寇有无联系！"

"是！"

荥阳城主杨庆听说金堤关失守，急忙向杨广告急，请求皇上发兵保护荥阳粮仓重地。杨广急令张须陀任荥阳守率军讨伐瓦岗军。

张须陀，弘农阌乡（今河南灵宝西南）人，初任齐郡丞。张须陀接到圣旨，率罗士信、秦琼等大将前往荥阳救援。

起义军与荥阳守军已对峙几日，各有伤亡。义军战将个个勇猛，已连胜几仗，士气正高，只是一时难以攻下荥阳城。荥阳城城主杨庆自力难胜敌，也不急战，只等着援军到来。

这一日，张须陀终于率众军来到荥阳，一番寒暄、招待之后，便开始研究对策。

第二日，张须陀在城外摆下了"三阴三阳阵"。此阵阴暗无比，首尾呼应，内有六个头领，三男三女，个个二十岁左右，英俊无比，若是男将进阵内对女子难以下手攻，女将进入见到男子也无法对仗。男将有银枪将罗士信、金锤大将贾务本、银锯大将杨子川，女将头领有花刀将吴仪英、飞镖将赖银凤、金枪马豪马秀娟，个个是武艺高强，身怀绝技。

张须陀摆阵之事传到义军内，翟让听说此阵非常厉害，怕损兵折将，想撤军不战。李密却道："此时，我军士气正盛，不可撤军。那张须陀乃有勇无谋之辈，只是借着此阵来吓唬我们罢了，我们万不可上当呀！再者，如若我们撤军，张须陀率队追到瓦岗寨，那时，我们又能怎样呢？"

翟让道："瓦岗寨山高林密，易守难攻，形势与我军有利，他们根本就难以攻下！"

李密怒道："我本想辅佐你去打天下。今天，一个小小的张须陀就让你心惊胆战，岂能成就大事业？"

"你……"翟让一时语塞。

李密又上前低声说道："我们打仗可以用计呀！我军可以先进阵去试探一下，只准败不许胜。那时，张须陀必然骄傲，骄兵必败，只要你听从我的安排，我敢保证胜利是属于我们的！"

于是，李密命魏云龙、单雄信、周文举、韩金凤等各带五百兵丁进阵打探，只许败不许胜。

魏云龙等领命而去，进得阵去。却是昏昏然分不清东西南北，只望见阵中间有一个大斗篷高三丈有余，用四根大木棒撑起，张须陀坐在斗篷内，一手拿黄旗，一手拿红旗，来回晃动着。

义军进入阵中，雾气滔滔，还未辨清方向就被不知从何处涌来的兵将打得落花流水，溃不成军。几个头领见阵如此森严，不敢恋战，急率残部从原路返回，逃出阵来。

张须陀高坐斗篷之内，见义军被打得落花流水，狼狈逃窜，不禁得意地高声大笑："哈哈哈哈！你等毛贼胆敢起兵造反，也不量量自己有多重，哈哈……"

张须陀未伤一兵一卒便打了个大胜仗，自然高兴，于是大摆庆功宴。秦叔宝劝道："元帅，这次我们虽然胜利，但那瓦岗军的势力不可低估，万不可骄傲啊！等到全歼瓦岗军时，那才是真正的胜利！"

"嗳！"张须陀一摆手，笑道，"秦将军尽管放心，那翟让吃了败仗，其士气自然消沉，料他也不敢猖狂，就让士兵们放心饮酒吧！"

此时，在义军帅帐内，翟让、李密等人正在研究破阵的计策。

魏云龙道："这个'三阴三阳'阵果然厉害无比，阵内头领个个力大无穷，骁勇善战。我军若想破此阵，必须有一个不仅力大无穷并且武艺高强之人，将守在斗篷柱子周围的将士全部打败，将大柱砍倒。这样，他们失去了指挥就会毫无章法，那时我军大批涌入，里应外合方可取胜！"

"力大无穷？武艺高强？"韩金凤接道，"哪里有这么一个奇人啊？"

"这……"

众人讨论间，忽听帐外一阵喧闹，只听得一个粗鲁高亢的声音叫道：

"快叫你们元帅出来！你爷爷我可不是好惹的！惹怒了我，小心将你们营寨掀翻过来！"

"这是何人？好大的口气！"李密、翟让等惊异地走出营帐，却望见不远处有一人，生得五大三粗，满脸胡子乱糟糟的这一撇那一撇，正与守营士兵在那争论不休。

"俺懒得跟你等啰唆！谁稀罕你瓦岗寨？有眼无珠之辈！"那大胡子似乎气极了，回身搬起压帐的大石头奋力抛出去，那大石头便顺着山坡骨碌碌地滚了下去。

士兵们顿时傻了眼。刚走出帅帐的李密等人也睁大了眼，心想：真是"踏破铁鞋无觅处，得来全不费工夫"啊！要知道，那块压帐石至少也有四百斤重，是几十个人轮换着才从山下抬到山顶的，那大汉竟两手一抱将它扔回了山脚！

那大胡子摔了石头，也不争辩，头也不回地径自向山下走去。见大汉要走，李密等人忙上前叫道："壮士留步！"

那大胡子听得背后有人喊，愣了一愣，站定身形。

"壮士！"李密已赶到前面，拱手道，"请问壮士尊姓大名？来此有何贵干？"

翟让率魏云龙等人也赶了上来。

大胡子望了望这一大群人，个个气度不凡，便气呼呼地道："我程咬金虽说乃平庸之辈，却是钦佩你们这些敢对抗朝廷的义军，特来投奔瓦岗寨，岂料那守卫却说我'人不像人，鬼不似鬼'，骂我貌丑，想这义军英雄也不过是以貌取人，不识真人的平庸之辈罢了！休得拦我，想我程咬金此生也只得隐归山林，了此残生了！"

说罢，程咬金拔脚欲走，却被翟让上前拦了去路，道："壮士，如不嫌弃，请到军中一坐，那些兵卒确实有眼无珠，请看在我翟让的薄面上到军中一坐，如何？"

程咬金一听得"翟让"二字，方来了精神，翟让又将其余人等逐一介绍，一行人方才有说有笑地返回帐中。

瓦岗军得了这么一个力大无比的程咬金，这破阵之事自然有眉目了。

李密命魏云龙从东门杀入，周文举从南门杀入，杀到当中，相互配合，由程咬金从中将斗篷砍倒，再杀他个片甲不留。

第二天，他们照令行事，从东、西、南、北四门杀入阵内。张须陀做梦也没想到瓦岗军破阵会如此迅速，急忙命令秦叔宝、罗士信等立即入阵同瓦岗军对垒，张须陀仍手执红、黄二旗在斗篷中指挥。起义军杀了一层又一层，好不容易杀到中央，程咬金挥着两柄轧钢板斧，如同砍瓜切菜一般，杀得守军哭爹喊娘，抵抗不住纷纷退后。程咬金来到大木柱子下，抡起斧子咔咔几下便将柱子砍倒。

张须陀从上边摔了下来，被摔得眼冒金花，程咬金上前正要结果他的性命，斜刺里却闪出一个人来，挥刀挡住了斧子。程咬金定睛一看，原来是在南阳结交的秦琼秦叔宝，秦琼也看清眼前来人是程咬金，却不敢耽误，说了一句"各为其主。兄弟，冒犯了"，便夹起张须陀杀出重围。

斗篷被砍倒，守军立即乱了阵脚，胡乱地冲起来，都只盼能杀出重围逃命。

正杀着，单雄信见前面的敌将是张须陀的手下大将杨子川，提枪上前与他对战，金锤碰金枪，叮叮当当声不绝于耳，大战几十回合，单雄信使个败中取胜之招，一枪将杨子川挑于马下。

大阵被破，张须陀见大势已去，只得与秦叔宝、贾务本等将率残部狼狈逃窜。隋军逃到大海寺，路过一个树林时，但见林中阴森，野树荆棘丛生，密不下脚。张须陀仰天笑道："天佑我矣！如若翟让在此埋伏一队人马，我今日也就难逃一死，但借这莽莽丛林躲避灾难吧！想那翟让庸碌之辈，也不会在此埋伏。"

话音刚落，忽然一声哨响，树林内冲出三员瓦岗军大将，李密、徐世勣和王伯当，个个身披战甲，手执长枪，身后各随一队人马。三匹战马直冲进隋军队伍，如虎入羊群，将剩余的隋军分割包围。张须陀万万没料到会出现这种局面，真是又气又急又慌又恨，眼见瓦岗军已冲杀过来，只得奋力突围。这时，单雄信等人带领人马追到此地，两面夹击，直打得隋军七零八落，溃不成军。

张须陀与罗士信、秦琼奋力突出重围，单雄信策马追赶。张须陀回身再战，二人打得天昏地暗，尘沙飞扬。张须陀此时已身疲力乏，再加上兵败军溃，心神无法集中。单雄信却越战越勇，猛一矛刺来，张须陀还不及应战便被挑于马下，当场毙命。

大海寺一战，张须陀全军覆没，瓦岗寨打出了威名，引得四方豪杰闻风而至，而各地反叛的大火也愈烧愈旺。河北大平原上，孙安祖、高士达、窦建德的大名也尽人皆知。

孙安祖出身贫寒却有一身好武艺，他生性爱好闲适的田园生活，鄙视官吏，所以并不投军博取功名。妻子李氏温柔贤淑，生有一子，名唤孙凌岩，一家三口过得其乐融融。

没想到这一年发了洪水，田里颗粒无收，一家人生活没了着落，只得挖野菜充饥。可怜儿子孙凌岩正是长个儿的时候，直饿得面黄肌瘦。不几日，田里连野菜也挖不到了。无奈之下，李氏想到自家哥哥李心荣。虽说李氏与兄弟李心荣一奶同胞，却并不经常往来，李心荣府邸豪华，靠卖私盐谋取暴利，日子过得与妹妹天差地别，锦衣玉食，自不必言。

李氏带着孙凌岩来到哥哥的府门前，却被家将拦了路儿，说要通报一声方可进入。

这一日碰巧李心荣不在家，妻子冯氏听说小姑子来到府门，心下就有些不大高兴，却也不好驳了面子，只得命人将她娘儿俩领进府来。

李氏牵着儿子进府，与冯氏见了礼。冯氏瞥了眼这个瘦瘦小小的外甥，嘟囔道：“不知小姑来此有何贵干？你哥哥他恰好不在家，去忙生意了！”

“哦！这……”李氏局促着，“嫂嫂，近日可好？”

“好？好什么呀！”冯氏酸溜溜地回道，“整个漳南县都遭了荒儿，我这日子还能好过么？”

李氏一听，便不想再提借粮之事，但一瞧儿子面黄肌瘦的样子，一阵心痛，只好硬着头皮说道：“嫂嫂府中可有余粮，我，我想借一石以度饥荒，待明年秋收再还你。”

“哟！这话说哪儿去了？”冯氏一挑眉，“自家兄妹哪有还与不还之理？只是你看这年头，饥荒这么严重，你哥哥这生意也不好做，家里哪里还有粮食？我们自家也只勉强度日！”

冯氏这不明摆着不愿借吗？想想兄妹一场，却薄到这个情分上，李氏的泪水直往外涌，牵了儿子，拜别冯氏就回家去了。

借粮不成，菜又挖不着，眼看就要挨饿，李氏噙着泪对丈夫说：“老爷，你还是……把我卖了吧，换些银子，你和孩子好度日哇。”

“不行！”孙安祖吼道，“大丈夫哪有卖妻之理？我去借粮！”

孙安祖气冲冲来到李心荣府前，早有家丁报知冯氏，这冯氏知道孙安祖武艺高强，不敢与他来硬的，却又不愿借粮与他，便命人关了府门，不去理会他。

孙安祖吃了个闭门羹，哪里肯咽下这口气，在府门外破口大骂，骂李心荣不顾手足之情，丧尽天良。可骂归骂，没了饭食，一家人还得想办法。李氏仍噙泪劝说，让丈夫卖了自己，换些钱粮。

孙安祖叹了口气，抱着李氏的头，泪如雨下，却一句话也说不出来。

孙安祖忍痛将妻子李氏卖与一江南蛮子。那人本是来此地做生意，家财万贯，长得五大三粗，愿出五十两纹银买下李氏做第六房夫人，几日便要启程回南方。孙安祖领着儿子，跟着蛮子到渤海湾。孙安祖拉着妻子的手不舍分离，二人双泪涟涟，泣不成声。

蛮子一瞪眼，吼道：“你是卖还是不卖？快些上船！”说罢，一脚将孙安祖踹倒在地，拉了李氏就要上船。

李氏挣脱不开，回首望着瘦弱的儿子和倒地的丈夫，心如刀割。

孙安祖爬起来就追，眼看妻子上了船，他冲到海边，不顾一切地踏上船板，哀声喊着：“岩儿娘啊，我对不起你，对不起你啊……”

李氏见丈夫追来，挣脱了蛮子，与孙安祖抱头痛哭。

那蛮子一见两人仍如胶似漆，不舍分离，上前一把抓起孙安祖，扔出船外。李氏见状，痛喊一声"安祖"，便昏厥过去。

孙安祖被扔出来，那身上的五十两纹银也从袖间滚落了出来，顺着地势滚进了海里，一个海浪汹涌着扑过来，带走一家人的唯一希望。

妻子走了，银子没了，孙安祖绝望地领着儿子回到家徒四壁的家中。饭食无着落，眼看就要饿死，父子俩不禁抱头痛哭。

正在这时，外面一阵锣鼓喧天，有人高叫："奉大隋天子之命，广征民夫，讨伐高句丽！"喊罢，一乡丁模样的人走进屋里，扯着公鸭嗓子叫道："孙安祖听命，本吏奉天子之命征你为兵，讨伐高句丽，即刻到营！"

孙安祖一听，这倒是个活命的路，可自己走了，七岁的儿子咋办？他跪下说道："官爷，能否容我将儿子一同带去？只要给他一些吃食就行，我不能扔下儿子呀！"

那乡丁一听就不高兴了，眼一翻嘴一撇，道："哪有打仗还带小孩子的？不行！再说了，这国家的军粮，没有功劳的人可吃不得，你就把他扔在家里头，死了活了，听天由命吧！"

孙安祖一听，"噌"地站起身来，一把抓住乡丁的前胸，咬牙切齿地说道："你们这些丧尽天良的东西！就是你们这些禽兽把我们这些百姓害得日无三餐！滚！"说罢，用力将那乡丁扔了出去。

那乡丁岂肯罢休，哎哟哎哟地叫着，对手下吩咐道："你们还愣着干什么？给我收拾他！不知好歹的东西！"

那十来个兵丁一拥而上，与孙安祖打成一团。孙安祖满心的委屈正无处发泄，这一下便使出浑身力气，与十来个兵丁扭打起来。

正在他们打得不可开交之时，一个兵丁捂着摔痛的屁股站起来，叫嚷着："哼！你儿子想吃军粮？"说罢，抬眼正看见一个七八岁的小男孩，瘦骨嶙峋、泪眼汪汪地站在一边，好像被吓住了，也不知哭喊。那乡丁几步上前，一把拽住那小孩，恶狠狠地说："你老爹胆敢摔我，看我今天怎么收拾你！"说罢，"啪"地就给了他一个耳光。

孙凌岩哇地哭了起来，边哭边喊："爹，爹，救我啊！"

孙安祖一连打倒了六七个兵丁，忽听儿子哭着喊"救命"，转脸一看，见那兵丁正扬起巴掌对儿子左右开弓地抽着耳光。孙安祖抢起一条长凳就往那兵丁头上砸去，那兵丁毫无防范，立时头上开花，倒地毙命。

剩余几个兵丁一见同伙儿送了命，抽刀就对孙安祖刺来。孙安祖一闪身，没刺着，那兵丁又对孙凌岩刺去，可怜孙凌岩还没来得及呼喊出声便倒地身亡了。

孙安祖一见儿子死了，大吼一声，抢起长凳就对兵丁砸去，那兵丁也立时丧命。还剩几个一见孙安祖发了狠，都丢下刀剑，狼狈逃命去了。

孙安祖抱起儿子，想想自己一生如此命苦，连弱妻幼子都照顾不好，还有何颜面苟活于世？于是摸起一把刀来，对着脖子就要抹去，却听当的一声，一把剑挡在了刀口上。孙安祖抬头一看，见来者三十岁左右，身高八尺，剑眉朗目，一副英雄气概。

那人一挑浓眉道："大丈夫何事如此想不开？你既能杀了这些兵丁，绝非等闲之辈，何不出去闯荡一番？"

孙安祖摇头道："大丈夫生而无乐，连自己的妻儿都保护不了，还有什么脸面活在世上？死亦不足哀！"

那人抽回剑来，拱手道："在下高士达，愿与你义结金兰，不知壮士怎样称呼？"

孙安祖止住悲痛，道："多谢高兄相救，我就听你一言。大丈夫当顶天立地，在下孙安祖，虽与你萍水相逢，但情愿与你结金兰之好！"

二人将孙凌岩择地安葬后，便焚香拜为兄弟，孙安祖为兄，高士达为弟。直到此时，高士达才将自己为何从高唐县来到此处之事告诉了孙安祖。

原来，高士达有一个妹妹高玉仙，生得花容月貌，被高唐知府大人看中，找人到家中说媒。那知府大人家中已有四房妻妾，高家父母自是不愿将女儿往火坑里推，可是又怕得罪知府大人，只好婉言推辞。谁知那知府大人竟派人到高家抢亲，高家父母出面阻拦，竟被活活打死，将高玉仙装入麻袋抢了出去，在路上正巧碰见从外面回来的高士达。高士达本是见义勇为之人，便打散衙役，救下麻袋中人，打开一看，里边的竟是自己的妹妹高玉仙。高玉仙一见哥哥便痛哭流涕，将父母被衙役打死、自己被抢之事告诉了哥哥。高士达一听立即火冒三丈，非要去杀了那狗官，被妹妹生生拦住，先回家安葬了父母。还未来得及找那狗官算账，那狗官竟反咬一口，说高士达打死衙役，要即刻捉拿入狱。高士达一气之下杀死了前来捉他的衙役，又冲入知府家中，将知府一家老小三十多口全部杀死，带着妹妹高玉仙逃出家乡，前往漳南县投靠"小善人"窦建德。

兄妹二人日夜兼程，眼看就要到漳南县城了，见天色已晚，兄妹二人便在城北的一个土地庙里住下，决定明天再去寻窦建德的府宅。谁知由于连日奔波，加上急火攻心，高士达发了高烧，浑身酸软无力，动弹不得。妹妹高玉仙心急如焚却又身无分文，对哥哥说："哥，你在庙内等候一时，我到城中去找'小善人'窦建德，很快就回来！"

说罢，高玉仙离开土地庙，到城中去找窦建德了。

高士达昏昏沉沉等了一夜仍不见妹妹回来，直等到第二天日上三竿，高士达勉强起身，往南一看，影影绰绰来了一人，心想八成是妹妹回来了。可等到走近，才看清是一个拾粪的老者。

高士达等得心焦，便上前询问："请问老伯，您看没看见一位十八九岁的姑娘，长得十分俊俏，本是去找'小善人'窦建德帮忙的。"

老者见他面色惨白，体力不支，说："壮士你是不是病了？"

高士达一个趔趄站立不稳，就昏了过去。等到他醒来时，已感到全身好受许多，睁开眼来却看见那位拾粪的老伯，原来是老伯熬了草药救了他。高士达忙起身拜谢，被老伯一把按住，说："不必多礼，在家百日好，出门日日难，你赶紧到城里找你妹妹要紧。要找'小善人'，就顺着城北护城河向西走二里多路，就到了窦家庄，窦建德是庄主，一问便知。哦，你还是先把这碗面吃了再走吧，想必你也饿了，这是我特地让老婆子做的。"

高士达噙着泪吃了面汤，谢过老伯就一路向西而来。路经此处，正巧遇见一伙兵丁和孙安祖大打出手，最后救下了孙安祖。

孙安祖听罢高士达的叙述，决定和高士达一起到"小善人"窦建德府上去寻找妹妹高玉仙。

窦建德年方三十六七，全家三口人，女儿窦线娘年方十七，仙山学艺十二年，武艺超群，经常与父亲比武射箭。

这一日，线娘骑着一匹枣红马，身上弯弓挂箭，手持大刀，在院中与父亲比武，二十个回合打下来难分胜负。正在这难分难解之时，窦线娘从怀中掏出宝贝向父亲打去，正打在窦建德脸上。线娘眼疾手快，一把将父亲的长槊拨出一丈开外。

"哈哈哈……"从院的东南角树梢丛中传出一阵大笑，道，"原来老英雄打不过自家小女！"

窦建德听得有人在偷看他们父女比武，忙问："什么人在偷看？"

有两个身影从树梢上跳下来，站定拱手道："在下孙安祖、高士达，久闻窦侠士大名，特来拜访。"

窦建德把二人让进客厅，叫人弄来酒菜，准备边吃边谈话。高士达寻妹心切，施礼道："不知窦兄处可曾来一女子，名唤高玉仙，十八九岁模样，生得俊秀俏丽，是来向你求援的。"

窦建德蹙眉思索道："每日求援者是有不少，可却不曾见过这样年轻的女子，敢问你为何寻她？"

于是，高士达将自己的身世以及自己负罪出逃、带着妹妹高玉仙投奔"小善人"窦建德，以致途中病倒、妹妹如何夜寻窦府之事一一述说。

窦建德听罢，说："高小姐对此地人生地疏，会不会找错了地方？想她一个弱女子，不要出事才好，我们现在就去寻她。在这漳南城中找一个人并不是件易事，我们还是分头去找，再派几人到城北的土地庙中候着，你们看怎样？"

高士达点头道："多谢窦兄！"

孙安祖也应允道："就这样办，我们分头去找。"

于是，高士达又将妹妹的相貌、衣着形容一遍，大家分头去寻。

大家直寻到天黑，仍不见高玉仙踪影。孙安祖正垂头丧气往回走，从前面跟跟跄跄走来一个醉汉，满身酒气，与孙安祖擦肩而过，向右边的一扇府门走去。大概是醉得太厉害，那醉汉整个身体都扑在铜门上，拍着门大声喊道："开门！开门！"

吱呀，门开了，从里面探出一个头来，孙安祖借那房中的灯光瞧见是个妇人，头发蓬蓬松松，长相倒有几分娇媚。见是醉汉，那妇人忙扶着娇嗔道："哎呀，你可回来了，想死奴家了，今天哄的那个女子怎样了？"

醉汉打个酒嗝，道："别提了！那女人倔强得很，自称什么高唐高玉仙，若是敢招惹她，定叫我们好看！"

孙安祖一听来了精神，向前走近几步，躲在暗处，暗瞧那醉汉一身官府装扮，便知是当班的衙役，只听他说："一个弱女子又能怎样？公子不让用刑，怕伤她筋骨，只把她绑在床上。真没法子！娘子，你是过来人了，给想个法子吧！"

"哼！现在来求我了？"那妇人娇斥一声，低笑道，"进来！进来我再告诉你！"

两人拥着进屋去，咣的一声关上了大门。

孙安祖忙凑上去，俯在门上侧耳倾听，只模模糊糊地听得："迷魂药……冯承德公子……"

孙安祖听罢，料想这两个人不是什么好东西，便用力撞开大门冲进去，提刀就往那衙役头上挥去，顿时人头滚落，鲜血迸溅，将那妇人吓得登时脸色惨白。

孙安祖将刀架在她的脖子上，低声斥道："老实点儿，不然我宰了你！"

那妇人扑通跪下，如鸡啄米一样的乞求道："大爷饶命！大爷饶命啊！您……您要什么？只管拿，只管拿！"

"我什么都不要！"孙安祖握紧刀，"就找那姓高的女子，快说！她在哪儿？"

"她……她……"妇人哆嗦着，"在县太爷的侄子冯承德公子府里。冯公子看中了高小姐，又得知高小姐不是本县人，便哄入府中，硬逼着高小姐与他成亲。高小姐不从，他……他就找我们给他出主意！"

孙安祖听罢，找来一根绳子，将妇人绑在床上，嘴里塞满碎布，出门直奔窦府而去。

孙安祖来到窦府时天已完全黑下来，窦建德、高士达见孙安祖回来，就忙问："孙兄可探着什么情况？"

孙安祖就将探来的消息说了一遍。窦建德道："事不宜迟，赶紧到冯府去救令妹要紧。"

于是，三人各带兵器，直奔冯承德府上。

三人来到冯府门外，各使轻功蹿上房顶，见下面有一更夫提着灯笼更器走过来，孙安祖一个燕子戏水跳到地上，伸手抓住更夫的脖子，用力一拉，吓得那更夫似一摊烂泥般瘫倒在地上，不住地求饶。

孙安祖压低声音问道："今日你们公子哄来的姑娘在何处？快说！"

更夫抖抖索索道："后院，后院，穿过通道向右转弯，一连有七间房子，东头第二间便是。"

窦建德上前压低声音道："你若不怕死就尽管喊，你若想活命就闭上你的嘴。"

高士达解下更夫的腰带，把他绑上，撕下他的短衣塞在嘴里，推到一边偏僻角落。然后，三人跃上房顶，沿着更夫所指的方向走去。来到后院，往右一拐，果见有七间高房，到了第二间房顶，三人停住，窦建德使出金钩倒挂的功夫往屋里一看，有四五个彪形大汉侍立一旁，中间一公子模样的人正伸手托住一位姑娘的脸，淫语纷飞。姑娘双手反绑，气得满脸通红，双眼含泪。

窦建德翻身跳下房顶，抽出宝剑冲进房内，一下便结果了守门大汉的性命。其余几个见来了人，忙抽出兵刃与窦建德打了起来。高士达和孙安祖听到房内有打斗声音，也跳下房，冲进去相助。

三人一阵厮杀，将几名打手全部砍倒，回头再看时，却不见了冯承德的影子。

原来冯承德见来人个个武艺高强，吓得跑到院里的茅房躲起来了，由于慌张，竟一脚踏进了茅坑里，此时只露了个头，想喊人来救又怕引来那三个杀气腾腾的怒汉，只得憋住气在茅坑里闻着恶臭。

后院的厮杀惊动了冯府上下人等，他们点亮灯笼火把，拿着兵刃一齐向后院涌来。窦建德、孙安祖和高士达见惊动了冯府家丁，慌忙把高玉仙从床上解下来。

高玉仙见哥哥来救，悲喜交集。由于被绑了一天，手脚麻木，无法行走，高士达背着妹妹前走，窦建德、孙安祖断后，边打边退，逃出冯府。

四人回到窦家庄，窦建德向女儿窦线娘引见高玉仙，二人年龄相当，很是投缘。

高玉仙在窦线娘处住了几日，心里总想："我来到漳南县误入贼府，受了百般凌辱，不杀贼子冯承德，难解心头之恨！"高玉仙虽表面柔弱，但内心刚强，平日也跟哥哥学了些许武艺。她与线娘商议如何报仇雪恨。

这一天晚上二更时分，二人女扮男装，带着宝剑和腰刀出了窦家庄，直奔冯府而来。她们潜入冯府，好不容易找到冯承德住处，用唾沫点开窗户纸，见冯承德正与几个妖里妖气的女子围坐着桌前饮酒作乐呢。

二人互递一个眼色，推开房门，喝道："我们今夜来只想杀了狗贼冯承德，识相的就走开！"

冯承德正喝得尽兴，不想闯入两个人来，登时吓出一身冷汗，抽出墙上的宝剑，与她们对打。打着打着，冯承德退到窗边，两膀用力一拉，将窗棂拉断，越窗而逃。高玉仙见仇人逃跑，也跟着跃窗而下，她哪知这窗下设有陷阱，失足被捉。

窦线娘见高玉仙掉入陷阱，知道无法救她，只有回府求助父亲，便舍下高玉仙逃出冯府，去找父亲了。

冯承德捉了高玉仙，见原来是前几天哄入府的那个姑娘，知道她是来寻仇来了，干脆一不做二不休，将她送进官府，打入漳南县西关大牢。

窦线娘留了个心眼儿，待探听到确切消息才慌慌张张回到家里，把她和高玉仙如何私自到冯府报仇、高玉仙如何被逮住的事说了一遍，窦建德、孙安祖、高士达一听万分焦急。

高士达是个急性子，听后急道："我妹妹再次落入冯府，又被打入大牢，恐怕凶多吉少，干脆我劫牢反狱，杀了那冯县令，反正我已杀过一个县令，再多一个也无妨。"

窦建德道："若杀了冯县令，我们就是死罪一条，先得把家眷安排好才行，你救妹心切我岂能不知，只是若救出了玉仙妹妹又逃往何处？以我之见，不如先用银子买通官府，向他们求情，只说姑娘年轻，冲撞了冯公子，保她出来岂不更好？"

孙安祖附和道："若能如此甚好！"

于是，窦建德备齐五百两银子，让高士达到府衙去保妹妹高玉仙。

直到午后，高士达才跟跟跄跄地回来，见了窦建德便嚷道："大隋朝与我有不共戴天之仇，我要反了，你们若是还顾念……"

"兄弟这是怎么了？"孙安祖忙迎上来问，"为何这样说话？"

窦建德也一脸疑惑。

高士达继续道："这狗官不讲理，不杀他，我誓不为人！"

窦建德问道："怎么？他不许你保人？"

"哼！"高士达气呼呼地道，"不许保倒也罢了，拿了我五百两银子，却说'人命重案，你敢来保她'，命衙役将我乱棍打出县衙。事到如此，除了劫狱，我没别的办法了！"

窦建德沉思一会儿，道："如果劫狱，恐怕我们人手不够，一个府衙上下兵丁几百人，我们寡不敌众啊！还有，得把家眷安置妥当，万一事发，也好有个落脚之处。"

高士达道："我有几个患难朋友，徐茂元、赵大通、葛汝成、刘黑闼，请他们帮忙准行。至于家眷问题，我和孙大哥都已没了家，只有你一家人。我有个好友名叫姜斌，在高鸡泊落草，高鸡泊地势险恶，易守难攻，将家人安排到那里，你看怎样？"

窦建德点头道："事到如今，就按你的意思办吧，救玉仙小姐要紧。"

不几日，高士达请来了几位好友，一一和窦建德见礼。

窦建德说："大家都是为了一个目的，全力以赴救出高小姐。现在我来分派任务，赵大通在西门口等候，城中若打起来，你速将城门守住，不能让城门关闭。这是退回之路，不能阻断，归路一断，大势就去了。许茂元，你到县尉门前隐蔽，城中大乱之时，他必然出衙镇压，待他出来，你与他接战。县尉乃庸碌之辈，胜他不难，贼首败退，军心必乱，我们便可于乱中取胜。高士达，你到县衙内宅宰杀了冯县令，再放一把火，大张声势。孙安祖，你在城西的水王庙等候，待劫狱成功后，你前往接应。若追兵太多，千万不可恋战。刘黑闼，你在城内策应，以便众人劫狱后能快速离开。"

孙安祖上前问道："大哥为何不出面？"

窦建德哈哈一笑，道："兄弟大可放心，我已派女儿线娘混入狱中，待机劫狱，保证万无一失。至于我，自有重任在身。"

一切安排妥当之后，各人分头行事。

窦线娘腰插两把匕首，带着家将窦虎前往城内。别看这窦虎虎头虎脑，却有一身好武艺，特别擅长使九节鞭。他们二人乔装打扮，提着一篮饭菜来到西关狱中，说是要探监。

那牢头毕大长得五大三粗，一脸毛楂楂的络腮胡子，闪着一对绿豆小眼，将二人上上下下一阵打量。窦线娘见状，忙从袖中取出十两银子，赔笑道："这位大哥，行个方便吧，我们大老远的，来一趟不容易。"

牢头立即眉开眼笑，一把抓过银子就往袖里塞，边塞边叫道："快给二位开女牢门！"

那看女牢的是牢头的老婆，姓汪，生来脾气暴躁，一见牢头揣了银子，忙上前去抢："拿来！还想藏私房钱？"

窦线娘又忙从袖中取出五两银子递给汪牢头，那汪牢头一见银子，边抓银子边笑着打开牢门，道："请！请！二位请！"

窦线娘和窦虎进入牢内，高玉仙见线娘来探，忙扑到牢门前，哭道："姐姐，小妹我……"

汪牢头叮嘱一句："抓紧！探监时间不能太长。"说罢，就拿着银子欢天喜地去了。

窦线娘端出篮中饭菜，看牢头已走远，就压低声音道："妹妹莫急，我们这就救你出去。你快将饭菜吃了，好有力气。瞧你，这几天受苦了！"

见高玉仙将饭菜吃完，窦线娘走到牢门口，对牢头道："二位，我想带妹妹出去转转，里边黑咕隆咚的，怪闷的。"

毕大和老婆一听，立刻嚷道："那可不行。"

窦线娘从腰中拔出两把匕首，对准他二人的咽喉噗地一捅，两股殷红的鲜血立刻溅出，两具死尸歪扭着倒了下去。线娘从汪婆腰上解下钥匙，打开牢门，刚要走，就听门口啊的一声惊叫，接着就有人大喊："杀人啦！杀人啦！有人劫狱啦！"

窦线娘知道事已败露，从怀中取出红绒套索，窦虎甩开九节鞭，与冲进的狱卒打将起来。

徐茂元听到狱中杀声四起，知道窦线娘与窦虎已动手，便扬手带众人从暗处冲出，拦住守牢狱监程天祖的去路，二人你来我往，战在一起。

刘黑闼听衙内杀声四起，料想是打起来了，放出信号，提起八棱紫金锤前去接应。

大牢门外，徐茂元和程天祖正打得难解难分，刘黑闼在旁边看得眼花缭乱。徐茂元对准程天祖的面门一枪刺去，程天祖闪身躲过，手中的鎏金镗对准徐茂元的脑袋直砸过来，眼看就要砸中，刘黑闼抡起紫金锤挡住鎏金镗。

窦线娘、窦虎带着高玉仙杀到牢门口，见徐、刘二人大战官军，难分胜负。窦线娘掏出红绒套索对准程天祖的面门扔去，程天祖忽觉一道红光直射过来，忙用手中兵刃去挡，徐茂元趁机砍了他的马腿。程天祖栽下马来，刘黑闼抡起紫金锤对准程天祖的脑袋砸去，脑浆立时飞溅。

众兵见主将已死，立即四散败逃。窦线娘等人立即迅速冲出牢门，向西奔去。

城内听得炮响，大家立刻行动。

高士达跳入县衙内院，见人就杀，将冯县令一家男女老少杀了个精光，心里好不痛快。随后又放了把火，火借风力，风助火威，照得整个府衙一片红彤彤的。高士达正欲离去，又忽想到这祸乃冯承德引起的，得找这小子算账，便又直奔冯府。

冯承德早已是惊弓之鸟。此时又听得衙内大乱，早已丢了家人逃走了。高士达前后左右找不着人，只好一把火烧了冯府，悻悻离开。

县尉刘超正搂着娇滴滴的小妾睡觉，忽听衙役报告："有人劫牢反狱，县老爷请大人快去助阵！"

刘超一听气红了眼，骂骂咧咧地穿了衣服，提起镔铁大棍，飞身上马直奔西牢门。门外，葛汝成率众守着，正疑心怎么不见有人来守门，就见一人从东南方旋风般飞奔而来。葛汝成见来人已到跟前，忙命人拉起绊马绳。刘超滚出一丈多远，葛汝成提刀催马上前，对准刘超的脑袋砍去，谁知刘超反应更快，顺势打几个滚儿，从地上捞起镔铁大棍，与葛汝成对战。后面，几百衙役前来助战，葛汝成一看寡不敌众，一吹口哨，带领众人向西退去。

赵大通在西门口听见信号，一挥手，几个人将守门兵丁砍瓜切菜一般杀了个精光。这城有两道门，分里外层，赵大通等人混进城内，杀了里屋的守卫，外面的一听声音不对，忙去关门上锁。赵大通掏出弹弓，石子正打在锁门兵丁的头上，锁门兵丁登时栽倒，锁哗啦一下掉在地上。

正在这时，窦线娘、窦虎、徐茂元、刘黑闼等人带着高玉仙来到西门口，赵大通忙打开城门，线娘等人立即出城。孙安祖也已带人备好马车，待大家上了马车，直向西撤去。

出了城，大家在水王庙分别。徐茂元、刘黑闼、赵大通等人投奔高鸡泊的姜斌，窦线娘和窦虎仍回窦家庄。殊不知，他们在水王庙的一言一行、一举一动，全被一个叫窦诚的人看得清清楚楚。

劫牢反狱、屠灭县衙、烧杀无数，这件事早被人传得沸沸扬扬，纷纷猜测是何人所为。这下乐坏了窦家庄的庄丁窦诚。

窦诚原在窦家庄做小工，常和一个名叫桂香的使女眉来眼去，做些见不得人的丑事。时间一长，东窗事发，被窦建德知道了。按照窦家庄的家法，本应将窦诚处死，线娘看桂香可怜，就向父亲求情。窦建德免了他们的死罪，将窦诚和桂香逐出了窦家庄，令他们永远不可再回窦家庄。这让窦诚对窦建德一家怀恨在心。

窦诚带着桂香来到县城，流落街头，宛若一对讨饭的夫妇。恰巧碰上冯承德和几个狐朋狗友在一个馆子里喝酒，个个喝得烂醉，相互搀扶着说些不堪入耳的醉话，走过窦诚身边时，扑通一声，冯承德跌倒在地，还迷迷糊糊地叫着："我……我没醉，再……再来一碗……小粉蝶，小粉蝶呢，这床怎么……这……这么硬？"

一抬头，冯承德看见蜷在墙角的桂香。这桂香长得颇有几分姿色，冯承德醉眼蒙眬的，上去一把将桂香拽在怀里，滚到地上，桂香还没明白怎么回事，就被满身酒气的冯承德亲上了嘴。窦诚一见，气不打一处来，上前就要去踢冯承德。

冯承德的那几个狐朋狗友岂能坐视不管，几人七手八脚将窦诚拽住，拉到一边。

桂香在冯承德的怀抱中挣扎着，终于将冯承德推在一边，爬起来就要逃，又被冯承德的狐朋狗友们拉住。

冯承德醉醺醺地爬起来，看见几个狐朋狗友押着窦诚和桂香，一挥手："带走！"

当夜，桂香便成了冯承德的帐中销魂散。

窦诚是个十足的小人。他见风使舵，顺水推舟，见冯承德势大，便恬不知耻地将桂香送给了冯承德，自己也成了冯承德臭味相投的朋友。

冯承德抢高玉仙的这些日子，窦诚一直在外替冯承德办事，这日回来正行至水王庙附近，忽见一队队马车从东方疾驰而来，便在庙里的一个僻静处躲起来，谁知却听到了一段让他吃惊也让他欣喜不已的事。他心里狠狠地说道："这下，终于可以报仇了。"

窦诚回到县城，寻到冯承德，将他在水王庙所闻所见一一叙述，最后说："我愿为冯大哥作证，状告窦建德，为大哥全家报仇。"

"好，够义气！"冯承德一拍窦诚的肩，道，"你若能替我叔父全家报仇，我赏你千两白银！"

"大哥说哪里话！"窦诚嘴上这么说，心里却乐开了花。一千两白银，够花一辈子了。

二人来到河阳府击鼓鸣冤，状告窦建德组织人马杀人放火，劫牢反狱。

知府大人一拍惊堂木，喝道；"大胆窦建德，居然做出这等叛逆之事！早听说'小善人'窦建德，没想到……"

"大人，"冯承德趋前一步，道，"大人有所不知，窦建德仗着'小善人'的名号，暗中与官府为敌，此乃众所周知，现在做出这等事，也不是不可能，况且有他庄上的窦诚可以作证。"

窦诚趋前一步，将自己在水王庙所见所闻一一道来，最后说："小人句句实话，不敢有半句假言，请大人明察。"

那知府本是昏官，又收了冯承德的银子，索性来了个顺水推舟，道："窦建德劫牢反狱，杀死冯县令，火烧县衙，罪大恶极。来人，速去将那犯人窦建德捉拿归案！"

"且慢！"冯承德喊道，"大人，那窦家庄人人会武，特别是窦建德的女儿更有一身好武艺，需多派些官兵，才可捉得住他。"

"这……"知府大人顿了顿，问道，"依你之见，应该如何……"

"大人，"冯承德眨巴着绿豆小眼，道，"依小人之见，那窦建德闯出如此大祸，必然有所戒备，活捉他恐怕不易。大人如若放心，请让小人和窦诚带兵丁五百前去，是死是活，好歹将他带来！"

"好！"知府一拍惊堂木，"牛吉儿，本官派你带领五百兵丁，和冯承德、窦诚一同前往，将窦建德捉拿归案！"

兵头牛吉儿、冯承德、窦诚三人带领五百人马浩浩荡荡往漳南县窦家庄赶去。到了晚上，月黑风高，一队人燃烧着火把悄悄向窦家庄逼近。

一阵忙碌之后，窦家庄四面起火，风助火势，到处蔓延。顿时，空气中弥漫着一股烟熏火燎的臭味，庄里鸡飞狗跳，到处是喊声："救火啊！失火啦，快救火啊！"

窦建德被喊声惊醒，穿衣下床，出门一看庄子四周全是火，料定大事不妙，忙去找女儿窦线娘，线娘正急匆匆提着桶要赶去救火呢。

窦建德忙叫住她，急急吩咐："快去准备些银两，带上武器，叫乡亲们不要惊慌，也不要救火，赶紧到后场院集合。这回，我们庄上要遭大难了。"

片刻之后，窦家庄的人全部聚到了后场院上。窦建德一到，众人七嘴八舌地喊："庄主，为何不让救火？"

"庄主，我家还有妻儿老小，火烧了我家，叫我们以后怎么过呀？"

"庄主……"

窦建德扬手止住大家，说道："乡亲们，这是坏人放的火，是冲着我窦建德来的，他们要逼我出去。大家不要惊慌，听我安排，定给你们一个安身立命之所！"

一听这话，大家都不再大声嚷嚷，一个个交头接耳地小声议论起来。

此时，窦虎爬上一棵大树，借着熊熊火光向外一瞧，不禁大惊，跳下树来道："庄主，庄前已围满了兵丁，大约有四五百人。"

"外面官兵这么多，爹！"线娘抽出宝剑，一副随时准备冲杀的样子，道，"我们冲出去，杀了那些狗官！"

"不可莽撞！"窦建德阻止道，"来者不善！他们人多，不要胡来，保护乡亲们要紧。"

火势渐渐小了下来，村庄在火势中化为灰烬，牛吉儿见村里无一人出来，忙问窦诚道："你们庄上可有大场院？"

窦诚一听，才想起庄子后面有一个十亩大的场院，与庄子有一河之隔，再往后是一个高高的大土丘，平时是窦建德父女领人练武的地方，这会儿说不定……想到这里，窦诚忙说："后面有一大场院，但是路很难走。"

"难走也得走了！"冯承德叫道，"谁也不想送命啊。不过，我们也可以将计就计，庄前留三十名兵卒呐喊助势，其余全到庄后堵截。庄内人听喊声在前，他们必向后逃，到时候，我们再放箭，那窦建德便难逃一死了！"

牛吉儿大喜，道："好！好！就依此计！"

于是，牛吉儿在庄前留下三十名兵丁，令其一齐高喊："不要放窦建德跑了！窦建德，出来……"

场院上，窦建德正与线娘商议如何出庄，忽闻庄前喊声大作，直呼自己姓名，冷笑道："如此雕虫小技还拿来骗我？窦虎，你和线娘在前冲锋，乡亲们随后，我和家丁们在后保护，从庄前冲出去！出去以后，按照计划四处逃散，最后在高鸡泊会合。"

"是！"众人听令，线娘、窦虎在前，一齐往庄前冲去。

庄前的官兵正呐喊得起劲，忽见庄里一百多人全部冲来，个个满脸杀气，不禁害怕起来。

线娘冲到庄口，提刀便杀，喝道："窦线娘在此，谁敢来捉？"

众官兵一听"线娘"二字，早吓得屁滚尿流，四散逃去。线娘、窦虎和乡亲们冲上去，一个个将他们收拾了。

庄后，牛吉儿、冯承德和窦诚三人带领众兵丁等了许久，不见有人来，方知弄巧成拙，又赶紧将兵丁往前调。

线娘正杀得起劲儿，忽见从庄后绕过来一队人马，为首的三人，其中一个居然是窦诚。线娘真是气不打一处来，想不到自己当初救他，今天他居然来寻事！线娘从怀中掏出红绒球，对准窦诚的面门甩去，只听啊的一声惨叫，窦诚跌落马下。线娘上前一刀将窦诚砍为两截，又趁势将牛吉儿砍下马来。

此时，窦虎和窦建德率众家丁赶来，结果了牛吉儿和冯承德的性命。兵无主将，随行兵丁立即四散溃逃。线娘还要去追，被窦建德拦住："不可恋战，逃命要紧！"

数日后，四散奔逃的窦家庄人等全来到高鸡泊会合。

窦建德来到高鸡泊山上，只见孙安祖却不见高士达、刘黑闼、赵大通等人，忙问："他们难道没来高鸡泊？"

孙安祖一指对面，道："他们都到对面的大青山上去了。"

窦建德一眼望去，见对面的大青山林木葱翠，地势险要，易守难攻，果然是个好地方。

孙安祖命人摆酒设宴，为窦建德接风。从此，窦建德和窦家庄人等就在高鸡泊落草了。

【第十四回】

杨义营秦琼逢旧物，江都城杨广遇真仙

自张须陀征剿瓦岗失败后，人们把瓦岗山的义军传得厉害无比，如天兵天将临世，无人能敌。此事上奏杨广，杨广气不打一处来："一群废物！连个小小的瓦岗寨也攻不下，真是一群废物！"

殿下文武群臣全都屏住气，谁都不敢冒犯震怒中的杨广！

"谁敢再去剿灭瓦岗？"杨广突然提高了音量，向众将官询问道，"有哪一位爱卿愿为朕分忧？"

大家垂首不语，大殿上立刻肃静得怕人。

"唉！"杨广长叹一声，挥起的手又慢慢垂下去。

"万岁，臣愿奉旨前往！"

"什么？"杨广猛然抬起头，似乎有些不太相信，又像是抓到了一根救命草。

"臣愿奉旨剿灭瓦岗贼寇！"大将军杨义臣提高了嗓音回答道。

"哦，原来是杨老将军，果然不负朕望。准奏！"杨广终于释然，道，"朕封你为'镇匪大元帅'，带精兵十五万前去踏平瓦岗寨！"

领了御旨，杨义臣马不停蹄，亲率十五万大军浩浩荡荡往山东杀去。杨义臣居中，右边是秦琼，左边是十二太保，各自执戈骑马，威风凛凛。

秦琼自张须陀兵败后，就被杨义臣收在帐下。这杨义臣虽官居高位却膝下无子，收了十二个干儿子，个个武功了得，被称为"十二太保"。但这秦琼又是如何投靠杨义臣的呢？话还得从瓦岗寨英雄大败张须陀说起。

瓦岗军破了张须陀的"三阴三阳"阵，直杀得张须陀部下四处溃逃。秦琼知道大势已去，便骑马逃入一座大山，此山虽不高，但树林葱翠，鸟语花香，流水潺潺，颇为怡人。

秦琼见身后没有追兵，便将马拴在一棵树上，到山泉边洗了把脸，觉着舒服多了。又歇了一会儿，看天色不早，牵马往山外走。

正走着，忽见不远处似乎躺着一个人，秦琼忙上前去看，只见此人华衣锦服，脸色煞白，手臂红肿。秦琼料定此人必是被蛇咬了，用手一试，还有呼吸，忙解下衣带为他扎紧手臂，又用嘴替他吸去毒液，再为他清洗包扎。一切处理完毕，秦琼欲走，但又一想：我若将他一人丢在山中，若再有毒蛇猛兽袭击，他岂不仍然难逃一死？也罢，救人救到底，我秦琼就只好在此陪他了。

秦琼坐在那人身边等他醒来。不多时，山下传来一阵叫喊声，秦琼侧耳细听："王爷，你在哪儿哪？王爷……"

秦琼再细看此人，天庭饱满，地阁方圆，又是一身华衣锦服，料想必是"王爷"无疑了。果然，不多时便涌来一大批身着官服、手执火把的人，一见躺在地上的人，全都大喊着冲过去叫喊着："王爷，王爷，您怎么了？"

众人一看旁边还坐着一个壮士，一个头目一挥手，秦琼便稀里糊涂地被众人押着往山下而去。

来到山下的一座府上，秦琼被关进了暗间，却又好酒好菜地招待着。秦琼吃罢晚饭，往身旁的草铺上一躺，呼呼大睡起来。

第二天一早，秦琼被带到了王爷杨义臣的寝室。此时杨义臣已经醒了，见秦琼进来，忙问："请问壮士，昨天是不是你救了本王？"

"噢，王爷，"秦琼一拱手，道，"救人一命胜造七级浮屠，这是做人的本分！"

"唉！"杨义臣道，"你救了本王性命，本王自当重谢。不想手下人反将你误解，委屈你了！不知壮士尊姓大名，从何而来啊？"

"在下秦琼，山东人氏。"秦琼自报家门，又将张须陀战败以及自己逃到山上的经过一一说来。

"你既救了本王性命，本王岂能不谢？不如你就留在本王身边。"杨义臣将了将胡须，叹口气道，"本王虽官居高位却无儿无女，已认了'十二太保'做儿子。但依本王之见，不如我也收你为义子，你意下如何？"

秦琼忙跪下叩拜："义父在上，请受孩儿一拜！"

杨义臣忙上前扶起："我儿请起。"

杨义臣走到一只黑漆宝箱前，打开箱子，取出一副盔铠甲胄，又拿出一条虎头錾金枪，说："我儿过来。"

秦琼不知何意，走过来。

杨义臣将盔铠甲胄递到秦琼手中，说："这套宝甲，在我这儿已放了快三十年光景了，就连'十二太保'也没舍得给。今天，我就送给你啦！还有这条虎头錾金枪也归你用了，也算是我这个做义父的一点儿心意吧！"

秦琼接过宝衣金枪，问道："义父，这宝衣、金枪如此华贵，您老人家为何不用？"

"唉！"杨义臣叹了口气，仰起头像是在回忆一件很久的往事，道，"这套宝衣、金枪，说来还有一段来历呢！"

原来，二十八年前，杨义臣带兵随晋王平定南陈，奉命攻打琅琊关（今安徽滁州）。守关的大将姓秦名彝，听说隋军五路大军进攻南陈，势不可挡，知道琅琊关恐怕也难以保全。秦彝是个忠贞之士，他不愿弃城逃走，回到家中对夫人宁氏说："夫人啊，这次隋朝五路大军攻打陈朝，琅琊关恐怕早晚不保。我不能丢下关内百姓，你还是早些带着孩子赶紧逃走吧。"

夫人哭着劝道："老爷，既如此，难道你就这么白白地去送了性命吗？不如咱全家一块儿逃吧！"

秦彝叹了口气说道："夫人，你好糊涂啊！我秦彝是那种不义的人吗？你还是赶紧带着全家逃命去吧！即便是死，我也绝不落个不忠不孝的千载骂名！"

夫人见劝他不动，只好带着儿子和家仆秦安连夜逃往山东娘家。

第二天，隋军来到城下，杨义臣命手下叫阵，忽听城内一声炮响，城门大开，冲出一阵人马。为首的一员大将黄脸膛，颔下三绺黑须，身穿帅甲，头戴帅盔，骑着一匹黄骠马，手执一对瓦面金铜，威风凛凛。

杨义臣骑马出营，大喊一声："对面什么人？还不下马投降？"

"我乃琅琊关总兵秦彝是也，你是何人？"

杨义臣道："我乃大隋杨义臣是也！我说秦彝，陈朝天子荒淫无道，弄得举国上下民不聊生，我大隋天子以有道讨伐无道，早晚占领江南，识时务者为俊杰，我劝你还是归降大隋，我皇一定会重用将军！"

秦彝一听，破口大骂道："我秦彝绝不是贪生怕死之人，亦非贪图富贵之辈，休走，看铜。"

话到铜到，杨义臣忙用单棒挡住，二人你来我往，直战到天黑不分胜负。

第二天再战，秦彝换了虎头鏨金枪迎战，二人又战得难分胜负。杨义臣举棒就往秦彝头上砸，秦彝急忙招架，只听哎哟一声，秦彝拨马便走。

杨义臣见秦彝败走，心想：可能是被我的大棒砸伤了，心中得意，催马就追，还边追边喊："秦彝，哪里逃？"

秦彝见杨义臣追来，心想：追来正好，就怕你不追，今天非叫你做我枪下鬼不可！

眼见杨义臣就要追上了，秦彝一拽马缰，将马往旁边一闪，秦彝挥起金枪对准杨义臣的咽喉就刺，这招回马绝命枪是秦彝的绝招。

也是杨义臣命不该绝，就在这当儿，一阵大风刮得秦彝睁不开眼，那枪自然就没了准头儿，只听嚓的一声，枪刺到了杨义臣的肩上。杨义臣本来只有等死的份儿了，这会儿却又托棒对准秦彝的脑袋砸了下去。秦彝抵挡不及，栽于马下亡命。杨义臣收起棒子，叹道："好一个忠臣良将，可惜呀！"

杨义臣打了胜仗，命人脱去秦彝的宝甲，连同金枪也一并收了。又命人给秦彝穿上寿衣，埋葬于高爽之地，并立碑：南陈忠将秦彝之墓。

杨义臣讲述得此宝甲、金枪经过，秦琼听得颤抖，暗暗叫道：哦，原来你就是我那杀父仇人，我苦苦寻找了二十多年，没想到我现在救的竟然是我的杀父仇人，还认贼作父，我……我……

杨义臣讲完了盔甲的来历，见秦琼脸色难看、双手颤抖，连忙问道："我儿，你怎么了？你怎么……"

"我……"秦琼眼珠一转，振了振精神，道，"我有点儿不舒服，无甚大碍，可能是染了风寒，请义父尽管放心。"

秦琼投奔了杨义臣却又得知杨义臣乃自己杀父仇人，心中主意已定，只需等待时机，报杀父之仇。

而这杨义臣自从收了秦琼为义子，便日日时时让秦琼跟随左右。这样一来，就冷落了那"十二太保"。

风光不再，恩宠尽失，"十二太保"哪里咽得下这口气！想当初，那老头子何事不与自己商量？可如今呢，尽让秦琼抢了风头。"十二太保"一商量，这秦琼是咱们的大祸害，不除不行。

这日，大军来到了金城关。金城关大帅魏文通忙大开城门，列队迎接。

杨义臣率十五万大军浩浩荡荡进了城，各自安歇。杨义臣带秦琼和"十二太保"见过魏文通，又将秦琼介绍过了，并对文通道："以后，秦将军到就如同本王到，你要好好招待！"

"是，王爷！"魏文通是眼观六路、耳听八方的角儿，倒头就向秦琼拜下去，"秦将军在上，受下官一拜！"

"哎！魏将军请起，请起！"秦琼受宠若惊，忙扶起魏文通。"十二太保"看着，心里更不是滋味了。

魏文通摆酒设宴为杨义臣接风，又请来了歌伎张紫嫣为大家助兴。酒桌上，大家推杯换盏，笑语声声。桌旁张紫嫣手弹琵琶却面色凄惶，眉宇间略显忧郁，目光幽怨，歌声中带着微微一丝颤抖。

杨义臣早就留意了。张紫嫣虽系歌伎但不失大家闺秀的风范，酒足饭饱之后，大家退去，杨义臣留下了张紫嫣。

张紫嫣不明就里，垂手而立。

杨义臣问道："姑娘家住哪里？如此形貌气质为何做一歌伎？"

张紫嫣一听，鼻子一酸，两行热泪就流了下来，哽咽道："多蒙王爷垂问，罪女家父乃京城兵马司右将军张宜。"

"哦？"杨义臣惊道，"本王听闻张宜勾结叛贼伍云召图谋不轨，皇上已将其问斩，这……这……"

"王爷，"张紫嫣屈膝跪下道，"家父冤枉啊！这全是遭奸臣宇文述所害！"

"哦？"杨义臣更加惊异，忙扶起张紫嫣，问道，"那宇文述为何要陷害令尊啊？你坐下慢慢说来。"

"罪女不敢！"张紫嫣拭了拭泪，站在原地。

"姑娘不必多礼！你只管坐下，这里没有别人，你尽管将冤屈诉出，或许，本王可以帮你一把！"

紫嫣一听忙跪地相谢，将父亲张宜含冤被屈之事一一说了出来。

原来，张宜有一儿一女，女儿张紫嫣为长，儿子张金称为小。这紫嫣长得十分俊俏，又冰雪聪明，自幼便熟读《诗经》《六义》，长大后更是琴棋书画样样精通，被张宜视作掌上明珠。

一日，宇文述到张宜府上办事。二人在正堂正谈话间，张紫嫣在后花园和丫鬟嬉闹追逐累了，就跑到了正堂娇声娇气地喊"爹爹"。一见爹爹正会客人，她又忙退了下去。谁知，这一下就闯下了大祸。

那宇文述天生好色，总喜欢老牛吃嫩草，见紫嫣姑娘长得貌美如花就起了坏心，想要把紫嫣弄到手。

宇文述就和御史大夫裴蕴商议，让裴蕴到张宜府上提亲。这张宜本来就讨厌宇文述这帮奸佞小人，一听提亲更是气不打一处来，当着裴蕴的面骂道："宇文述那老东西还想要我家小女？简直是癞蛤蟆想吃天鹅肉，也不撒泡尿照照自己！哼！"

裴蕴讨了个没趣，还被骂了出来，回去添油加醋地这么一说，宇文述怀恨在心。他写了道奏折，硬说张宜勾结逆贼伍云召图谋不轨，又和裴蕴串通一气，伪造了大量证据。这杨广也不分青红皂白，便将张宜打入死牢，三日后问了斩。

张宜被害的消息传到家中，老夫人当时气得昏死过去。张紫嫣忙给弟弟张金称打点行李让他逃走，等以后好为父亲报仇雪恨。张金称无奈，只得与姐姐洒泪而别，而张紫嫣则被收入宫中教坊，从此当了歌伎。

杨义臣听完紫嫣叙述，直气得火冒三丈，哇哇大叫道："好个奸佞之臣，气死老夫！"

紫嫣忙上前给他捶背，待心气平缓了，杨义臣才沉吟道："姑娘不必着急，本王定为你做主。可是……"杨义臣捋了捋胡须道，"你我非亲非故，本王……"

紫嫣一听，忙跪下道："王爷若不嫌弃，请收紫嫣为义女吧，紫嫣这里给义父跪拜了！"

"哦？哈哈……"杨义臣仰头大笑道，"好一个聪明的紫嫣呀！好，起来，女儿请起！"

这边杨义臣又听故事又认义女，另一边，魏文通安置了"十二太保"，又特地命人打扫了一个独门独院的清静处给秦琼住下。

秦琼见魏文通如此厚待自己，知道因王爷而起，心里便有些反感这种见风使舵、巴结逢迎的人，但表面上又不得不道谢："多蒙魏将军照顾，秦琼在这里谢过了。"

"秦将军不必多礼！"魏文通忙道，"此乃下官应尽之职。不瞒秦将军说，我有件事想求将军帮忙。"

"哦？"秦琼心道：原来还有求于我呀，便道，"魏将军何事？请讲。"

"将军以后叫下官文通就好。"魏文通呷了口茶，道，"下官想请秦将军在王爷面前多美言几句，替下官谋一好职位，下官在这里谢过将军了！"

说着，魏文通倒身就要下拜，秦琼忙起身扶住，道："好说，好说，文通不必多礼。"

"那，下官就告退了！"魏文通施礼告辞，"秦将军安歇吧！如有什么需要，尽管吩咐。"

杨义臣的兵马在金城关歇了两日。这天晚上，杨义臣让魏文通备下一桌酒菜，单单叫来紫嫣和秦琼相陪。杨义臣将紫嫣介绍给秦琼认识，又对紫嫣道："你是我的义女，这秦琼乃老夫义子。你可别小看了他，他是个仗义的大英雄，以后你报仇的事多半还得靠他。"

张紫嫣向秦琼望去，见他果然气质不凡，有大丈夫气概，就对秦琼施礼道："兄长，紫嫣这里拜托了。"

爷儿仨坐在桌旁，一边喝酒一边闲聊，喝到高兴处，杨义臣忽然大笑道："本王虽一生无子无女，可到了晚年，却能收得你们这一对儿女，也是一大高兴之事啊！可我这做爹的也不能白做，得给你们办件正事儿。"

秦琼、紫嫣不明就里，忙问："多劳爹爹费心，爹爹有何事要办？"

"哈哈……"杨义臣一仰头又干了一杯酒，笑道，"秦琼，紫嫣，你们都跪下。"

秦琼和紫嫣弄不明白了，只好跪下。

杨义臣又喝干了一杯酒，擦了擦嘴，说道："爹爹要办正事，你们都给我听好喽！爹爹我要为媒，将紫嫣许配给秦琼，你们给我磕个头就算定下了，等日后选择良辰吉日再给你们完婚。"

紫嫣一听，立时愣在那儿了。

秦琼心里骂道：老匹夫，你这是做的什么事？不过转念一想，自己栖身虎穴，还是委曲求全为好，等报了父仇再说。这紫嫣也是个好姑娘，与大隋有仇，不管怎样，以后我们仍以兄妹相待，也好共图大事。想到这里，秦琼叩了个头。

杨义臣见秦琼应了，又转头问紫嫣道："紫嫣，这是你的终身大事，你想好了，到底愿不愿意？"

这两日，紫嫣总是听杨义臣说起秦琼是个怎样怎样的大英雄，心里十分敬佩，可是自家大仇未报，何谈婚姻大事？不过，以后报仇之事还得靠秦琼这位义士。所以，想到此处，紫嫣也叩了个头。

杨义臣见二人都已叩头应允，便哈哈大笑起来，一高兴就又多喝了几杯，直喝到酩酊大醉才罢。

秦琼和紫嫣将他扶上卧榻睡去。秦琼这才对紫嫣说："贤妹，有劳你照顾爹爹了，我得回去了。"

紫嫣羞答答地应道："您安歇去吧，这里有我照顾就行了。"

秦琼这才退了出去。

杨义臣的护卫中有个秦琼的朋友，叫上官狄。今晚，上官狄将秦琼送回了住处，又回到王爷府外守班。

上官狄回来后烫了壶酒，热了几个菜，在房内同一个守班朋友喝酒闲聊。忽听大门外有人叫门，喊道："圣旨到！"

上官狄慌忙开门，道："这么晚了还有圣旨？"

"请王爷接旨！"那人低声说道，"这半夜三更的，宣读就免了，麻烦你送去。还有一个盟单，可千万得小心着，我这就告退了。"

上官狄接过圣旨和盟单打开一看，吓了一跳——这盟单上赫然写着秦琼的名字！天呐，恐怕二哥要大祸临头了。

上官狄想：人命关天，我总得想个办法去救秦二哥。自己离不开怎么办？有了！刚才听见元帅将紫嫣姑娘许给我秦二哥了，我得探探紫嫣姑娘的口风，让她替我传个信儿。

想罢，上官狄轻轻敲了杨义臣的卧房门。开门的正是紫嫣，紫嫣忙问："什么事？"

上官狄悄悄将紫嫣拉到一个僻静处，说："王爷是不是将你许给秦将军了？"

紫嫣见他问得奇怪，眨着眼没有应。

上官狄又说："秦琼是我结拜二哥，他如今被列入了响马名单，恐怕凶多吉少。我二哥可是个大英雄，你既已许配给他，你得帮他。"

紫嫣这才明白，忙问："我怎么帮他？"

上官狄见她有心要救秦琼，这才附耳将一切交代了。紫嫣点头应允，二人各自回去。

紫嫣快速扫了两眼那份名单，只见上面赫然列着秦琼的名字！她又惊又怕，又看了看，没错，是秦琼，他的前面还有魏徵、徐世勣、王薄……

紫嫣轻手轻脚地把诏书和名单放在桌上，又回身瞅着杨义臣，见杨义臣此时睡得正香，便走到内屋，将头饰都统统去掉，只绾了个发髻，再换上一身男装，揽镜自照，倒颇像个男子。然后，紫嫣又悄悄取下一个令牌，悄悄开门出去。

紫嫣来到上官狄处，学着男音说："王爷命我去调秦将军，他住在何处？"

上官狄放下酒杯，道："城内最东边有一间独门独院的清静处，秦将军就住在那里。"

紫嫣沿着上官狄指引的道路来到秦琼的住处。秦琼从王爷那儿喝酒回来，感到身体乏力，倒头就睡，此刻睡得正香。紫嫣唤了好一会儿，秦琼才醒来，一听有人敲门，忙问："谁？"

"是我，快开门！"紫嫣疾声说道，"有紧急情况。"

秦琼忙打开门，一见紫嫣这身打扮，又半夜三更前来，忙问："出了何事？如此紧急？"

紫嫣端了口气，道："大哥快逃吧，朝中圣旨已到，要王爷剿灭山东响马，盟单上就有你的名字。王爷现正在酣睡，趁着还有时间，你还是赶紧逃离这儿吧！今后和山东英雄齐心反隋，也算为我张家报仇了。"

闻听此言，秦琼道："妹妹请放心，有我秦琼三分气在，必为你家报仇雪恨！"

紫嫣从腰中取出令牌递给秦琼，道："前面金城关口插翅难逃，有此令牌就会平安过关，大哥保重！"

二人出了宅院，牵上宝马，摸黑走到路口，紫嫣说："大哥，快上马走吧，不然王爷醒来发现我不在，必生怀疑。"

秦琼刚要上马，又一想：我走了，这紫嫣妹妹也逃不了干系，于是对紫嫣说道："我看咱们还是一块儿逃走吧，否则，王爷不会饶你的。"

"不行！"紫嫣急忙道，"你一个人走得快，万一王爷追来，那就麻烦了。"

"我秦琼岂是贪生怕死之辈？"秦琼坚持道，"妹妹你救了我，我又岂能再让你重回虎口？还是一起逃吧！"

"哥哥你好糊涂！"紫嫣哀声道，"你若逃不出金城关，又何谈报仇大事？妹妹有一件事托付于你，日后你若见到我弟弟张金称，请替我好好照顾他，我死也就知足了。"

秦琼立即正色道："有朝一日，我见到金称兄弟，若不待他如亲兄弟，就天诛地灭！"

"大哥言重了！"紫嫣凄然一笑，"大哥快走吧，再耽搁就来不及了！"

"要走一起走！"秦琼仍然坚持道，"你回去也是死路一条啊！"

紫嫣见秦琼如此坚持，不愿离去，忽生一计，说："大哥快走，王爷带兵追来了！"

秦琼举目望去，眼前一团漆黑，哪有人影？再转过脸来，紫嫣早已抽出短刀横在脖子上，一用劲，一股血腥迸出，紫嫣倏然倒地。

秦琼大惊，想救已来不及了，抱着紫嫣的尸首，心如刀割：好一位仁义的妹妹啊！

秦琼正在难过时，黑暗中闪出一人，哽咽道："二哥，嫂子为了救你丢了性命，我上官狄自叹不如啊！不如我跟二哥一同走，我也反了。"

秦琼默默点头，又说："人多不便，你要见机行事。"

二人用宝剑掘出了个坑，秦琼又用宝剑将紫嫣的头发割下一束留作纪念，流着泪埋葬了紫嫣，跪在坟前，说道："贤妹，我走了。日后等报了大仇我必定回来厚葬你，贤妹你若在天有灵，请保我出关。"说罢，秦琼磕了三个响头，起身上马，往东飞奔而去。

杨义臣在椅子上睡着，时间一长，蜡烛芯烧长了，火花溅落到他脸上。杨义臣醒来见自己躺在椅子上，蜡芯烧了老长也没人剪，就喊道："紫嫣！紫嫣！"

连喊数声也无人答应，杨义臣想：这丫头平常一喊就应，非常机灵，今日是怎么了？

杨义臣起身推门，见门是虚掩着的，心里顿觉奇怪。他走进屋去，见床上帐子还没放下，被褥整整齐齐，根本没动过，各种首饰都摆在桌上，杨义臣更是奇怪。忽见外屋桌上的圣旨和盟单，他急急打开，心中大惊，再一看令牌匣内少了支令牌。杨义臣心里明白了：这紫嫣必是给秦琼送信儿去了。

杨义臣忙命人赶紧备马，率"十二太保"和百名兵丁向关口追赶出去。此时，秦琼已经策马奔到金城关口，守城兵丁拦住去路，问道："你是何人？干什么去？"

秦琼亮出令牌，大声道："我乃王爷帐下大将军秦琼是也，奉王爷之命前往山东打探义兵消息，快快放行！"

这里早有人报告了魏文通。秦琼拨马刚要走，只听身后文通喊道："秦将军留步！"

秦琼听得是魏文通喊声，便停住马，佯作镇定地道："哦，魏将军喊我何事？我有紧急任务在身啊！"

魏文通忙跑上前来，恭恭敬敬递上一个小木匣子，道："听闻秦将军要去山东探听响马的消息，这路途遥远，下官特送将军一盒八宝鹿茸膏，以解秦将军饥渴，还请秦将军笑纳。"

秦琼一听倒还巴不得呢，忙收下道："秦某人在此谢过魏将军了，你的事我会记在心上的，请放心吧！时候不早，我得赶紧走了，告辞！"

秦琼一抱拳，拉起马缰，一夹马肚，马儿立时哒哒哒地飞奔而去。

送走秦琼，魏文通回到住处，心下高兴异常，心想这秦琼是老王爷面前的大红人，攀上他自己的事儿今后可就好办了。他命人炒了几个菜，弄来一壶酒，自斟自饮起来。酒至半酣，也不命人撤席，倒头便睡。

魏文通正睡得香呢，一阵嘈杂声将他惊醒，有一士兵来报："王爷已到，命小人前来唤将军前去关口听令。"

魏文通心中一喜，莫不是秦将军在王爷面前说情，王爷要交我一个好差事吧？

魏文通忙披挂整齐，来到关口，只见杨义臣率"十二太保"和数百名兵丁，个个一脸肃杀之气。魏文通来到杨义臣面前，还不及跪拜，杨义臣就大声吼道："大胆魏文通，为何放走反贼秦琼？"

"啊？什么？"魏文通瞪大了眼，张着嘴半天才回过神来，"秦将军怎么变成反贼了？"

"听说你还送他一盒'八宝鹿茸膏'，魏文通，"杨义臣高声问道，"你知罪么？莫非你也反了不成？"

"王爷，下官冤枉啊！"魏文通道，"当初，您来金城关时，指着秦将军曾对下官说过：'秦琼到如同王爷本人到。'下官怎知他是反贼？况且他手持令牌，说是替王爷办事，去探听山东响马消息，下官，下官才……"

"好了！好了！"杨义臣气得直吹胡子，"我真是老糊涂了，搬起石头砸自己脚啊！唉！"

"王爷，"魏文通问道，"秦将军不是在您身边吗？怎么又成反贼啦？"

杨义臣一想：对呀！这秦琼整日在我身边，怎会与山东响马结成反贼义军呢？可是，秦琼若不是反贼，又为何逃跑呢？

想到此处，杨义臣问道："这秦琼从金城出去有多大时候了？"

"大概两个时辰了，"魏文通回道，"怕是追不上了。"

追不上秦琼，杨义臣只好作罢。这下，"十二太保"可解了恨啦，心说：如今秦琼成了反贼，看你杨义臣还宠谁去！

次日，杨义臣命魏文通为殿后将军随营听令，率数十万大军继续东进。不几日，大军来到金堤关外，扎下了营盘。

杨义臣命人击鼓叫战，魏文通骑着一匹紫色宝马向城里骂阵。不多时，城内号炮连天，城门大开，冲出若干兵将，为首的将军年轻英俊，面白如玉，格外精神。魏文通策马上前，大声问道："小将何人？报上名来！"

"魏云龙是也，你是何人？"

"哈哈……"魏文通大笑道，"没想到本姓同家相对阵，我乃魏文通是也。"

"谁与你同家？休走，看槊！"魏云龙举起枣阳槊对准魏文通就刺。魏文通举刀挡住，二人战在一处。

二人战了二十回合，不分胜负，魏文通拨马往回奔，魏云龙催马便追。魏文通使出绝命刀对准魏云龙的脑袋就砍，魏云龙不及躲闪，当场丧命。

韩金凤一见丈夫被敌将杀死，也不讨令，大叫一声冲上阵去，托刀狠狠地向魏文通砍去。魏文通举刀招架，二人又战在一处。

魏文通力大刀沉，十几个回合下来，韩金凤就已招架不住。魏文通一刀胜过一刀，韩金凤想用宝贝取他性命却腾不出手来，眨眼也被魏文通一刀砍于马下，当场丧命。

起义军一见连死两员大将，徐世勣忙命令鸣金收兵，命人抢回魏云龙和韩金凤的尸首。

两家各自收兵，隋营里一派喜气，杨义臣摆酒为魏文通庆贺。而义军这边却高挂白布白花，为魏云龙、韩金凤送葬，徐世勣与程咬金、秦琼等众弟兄商讨计策。

第二日，杨义臣亲自叫阵。

义军这边闯出一员大将，胸宽臂厚，身体魁梧，满脸络腮红胡须，目光如炬，凶似瘟神，来到阵前大喊一声："哒！老儿杨义臣，今天叫你吃我程咬金一斧！"话落斧出，凶猛异常。

杨义臣急忙使出双棒招架，程咬金一见双棒，大喊一声："不妙！俺不与你战了。"说完拨马便往回跑。杨义臣紧追上来，却被一员大将截住。这员大将身高八尺，面如黑枣，鼻直口阔，上前来大叫一声："杨义臣休走，尤俊达来也，看枪！"

杨义臣一看又上来一员大将，忙出棒招架，二人又战在一处，二十回合不分胜负。尤俊达拨马奔回营阵，接着王伯当又出阵了。杨义臣边战边疑惑，这伙响马为何一个个未分输赢就败回阵去？他哪里知道，这是徐世勣的计策，名叫"车轮战"，众兄弟一个接一个地上阵去战，每人战上几个回合便撤下来，一天下来，不把杨义臣战死也能把他累死。

接着解影登、单雄信、齐彪、李豹、屈突星、屈突盖、鲁明星、鲁明月、金城、牛盖儿一个接一个地上来就战，战至四五回合就撤兵回营，半天下来，把杨义臣累得够呛。

义军众兄弟回到阵内就有人端茶送水，吃吃喝喝好不自在，杨义臣在场上战得不可开交，一瞥眼看见秦琼了，边战边喊道："秦琼，你出来！我有话对你说！"

这边牛盖儿撤马回阵，秦琼就冲了出来。秦琼骑着黄骠马，手执虎头鏨金枪，杨义臣一见气得哇哇大叫道："秦琼，我送你兵刃盔甲，待你如同亲生儿，你为何背我而走？难道你当真是响马？"

"呸！"秦琼一口唾在地上，道，"什么赠我宝甲金枪，那分明是我祖上的传家之宝。当年你攻打南陈，打死的秦彝乃是我的生身之父，杀父之仇不共戴天，看枪！"

杨义臣心里咯噔一下，见秦琼枪到急忙应战，心里想道：弄了半天，秦琼竟是秦彝之子，还被自己认作义子，百般宠爱。于是越想越气，手上的双棒也舞得虎虎生风。

秦琼与杨义臣在马上你一枪我一棒，打得旗鼓相当，不分上下。

正在这时，一队人马从东方飞驰而来，为首的手提大刀，冲到阵前对准杨义臣的脑袋劈下去。也是杨义臣命不该绝，只听当的一声，刀砍在了杨义臣的紫金冠上，震得小将倒退一步。

小将这一刀，震惊了隋朝大军，也震惊了瓦岗义军的弟兄们。

来的这员小将是谁？原来他就是隋将张宜之子张金称。张金称自从父亲被害、姐姐张紫嫣助他逃走之后，就好比一只孤雁，隐姓埋名向北而行。一日傍晚时分，张金称来到一座大山脚下，抬首望去，山高林密，地势险要，乃是一个藏龙卧虎之地。张金称正往前走，忽然一阵铜锣响起，从山上冲下一帮山贼，拦住了去路。

"呔！"为首的那人身高过丈，面似锅底黑中透亮，二十多岁模样，冲张金称喊道，"此山是我开，此树是我栽，要想从此过，留下买路财！"

张金称一听是劫道儿的，也不惧怕，将家传的那口鱼鳞金背刀摘了下来，把刀一晃，道："黑大个儿，要我留下买路钱，你要先问问我这兄弟愿不愿意！"

黑大个儿一听，火腾地蹿了上来，挥枪喊道："拿命来！"说罢，举枪就直奔张金称咽喉而来。

张金称举刀架住，用力一磕，震得黑大个两手发麻，大枪脱手飞出一丈开外。张金称举刀砍来，吓得黑大个儿跪地求饶。山上一帮山贼见黑大个儿都跪下了，便也全体跪了下去，齐喊："请壮士饶命，刀下留人！"

张金称本来就没有杀他之意，见状便收起刀，道："起来吧！我且问你，你们好好的为什么要占山劫道儿，取这不义之财？"

"英雄有所不知啊！"黑大个儿站起身来，道，"我父母被饥荒夺去了性命，我无依无靠，才聚集这帮穷弟兄占山混口饭吃。这山原叫青凤山，我叫徐黑虎，我来后把这山改叫黑虎山。英雄，如果您不嫌弃，就在此山做我们的山寨之主吧。"

真是天无绝人之路！张金称本来无处栖身，从此就带领一帮弟兄在黑虎山做了寨主。

自打张金称来到黑虎山，便开荒种地，自给自足，黑虎山渐渐富裕起来。再加上张金称武艺高强，不论山下过得是官商还是衙役都一并抢了，也救济了不少贫苦百姓。大家听说黑虎山如此义举，纷纷来投，两年间已扩大到几万人。

孙安祖见黑虎山势力日益强大，就想以联合为名吃掉黑虎山，但被张金称拒绝。孙安祖不服，派兵攻打黑虎山，趁机吓唬吓唬张金称，促其归服，结果自己和大将姜斌都被张金称砍于马下，余部归顺了窦建德。

张金称在黑虎山为王，天长日久，便想念起姐姐张紫嫣来。徐黑虎见张金称整日闷闷不乐，问明了情况，说："何不派一个人去京城打听打听呢？"

有一个青年自告奋勇，说："小的是长安人，对那里的情况很熟，又有亲戚，到那里一定能打听出紫嫣姐姐的下落。"

两个月以后，那青年回来了，将紫嫣和秦琼的事情详细说了一遍。

张金称听说姐姐已死，悲伤至极。徐黑虎与众兄弟劝道："人死不能复生，大哥要保重身体，日后，我等杀了老贼杨义臣，反了朝廷，给你全家报仇。"

张金称止住悲伤，道："既如此，黑虎兄弟，我先带一部分弟兄到瓦岗寨去投秦琼，过些时候，你再带着其他弟兄们来入伙。我想我们同瓦岗寨兵合一处，将打一家，不怕大仇不报！"

张金称带领兵丁投奔瓦岗寨而来，前边探马报说："瓦岗义军正在金堤关与杨义臣部交锋。"

张金称听罢，带领众兵丁往金堤关方向而去。张金称来到东南方向，遥遥望去，见阵上一老一少战得不可开交，料想那老家伙必是杨义臣无疑，便策马飞奔而去，提刀对准老杨义臣的脑袋就劈。

杨义臣乃久经沙场的老将，眼观六路、耳听八方，正战着，忽觉脖颈后一阵冷风，忙将头往下一缩，只是紫金冠上的龙头被削飞出数丈之外。

杨义臣一怔，心道不妙，立刻拨马往回就跑。

徐世勣站在城楼上，见杨义臣落荒而逃，命人击鼓，挥军旗指挥义军冲杀。义军如猛虎下山，势不可挡，隋军见老将逃走，军心不齐，只有招架之功，没有还手之力。

这一仗打得真是漂亮极了，主帅杨义臣独自逃遁，结果部下像一盘散沙，降的降，逃的逃，死的死，瓦岗义军大获全胜。

秦琼看着张金称，觉着十分面熟却又一时想不起是谁，问道："多谢将军助我一臂之力，请问将军大名？为何助我？"

张金称听到如此一问，想起苦命的姐姐，鼻子一酸，止住悲伤道："我叫张金称，是特地来奔瓦岗寨，寻找姐姐的义兄秦琼。"

秦琼一听是张金称，想起紫嫣为自己而死，也不由悲伤地说道："兄弟，你姐姐她为我而死，我绝对不会辜负她的心愿。以后，你就是我的亲弟弟，我就是秦琼啊！"

张金称一听他便是秦琼，忙下马跪下，说："大哥在上，受小弟一拜！"

秦琼忙下马扶起张金称，望着他，拍着张金称的肩说道："你姐姐为我而死，你就是我的亲弟弟。我曾到处派人打探你的消息，今天你既然来了，就留在我们瓦岗寨，我们弟兄也会好好照顾你的。"

徐世勣等众将领到齐，一一为张金称介绍完毕后说道："我们这一仗还得感谢张金称小兄弟，不过，那老贼逃走，日后定会调动更多的兵马来攻打金堤关，到时候恐怕我们寡不敌众，别说打，就是围都能把我们困死在这里了。"

于是，众人一齐回到了瓦岗寨。

此时，瓦岗寨内灯火通明，大家的话题转了一圈，又自然谈到了日后瓦岗寨的首领问题。翟让主动请辞，说要让大家推选有能力的人来担此重任。他说："这个首领我很不称职，我看还是让给武艺高强、足智多谋的程将军吧！"

"哎！哎！"程咬金一听急得跳了起来，"那可不成，我一介匹夫，大字不识，怎么能当首领？不行不行，千万不行！"

"嗳，行！行！"徐世勣早已不满翟让的胆小怕事，缺勇少谋，忙附和道，"我看就行！四弟，你武艺高强、足智多谋，并且又多次立功，众兄弟哪个不服？不识字没关系，有我徐世勣这个军师还不行吗？"

程咬金被徐世勣这么一夸，有些飘飘然起来，众兄弟又"四弟""四哥"地叫着、夸着，一拥而上，抬起程咬金往椅子上一放，嘻嘻哈哈地拥着程咬金坐定了首领的位子。

当下，瓦岗寨上杀牛宰马，大摆宴席。席上众兄弟开怀畅饮，庆祝山寨事业的旺盛。

寂静的林壑沟谷，布满苔藓的悬崖石壁，全笼在无边的迷蒙中。

一条窄窄的山道蜿蜒而上，绕过几块黑色的巨石，再越过几个陡坡，在一株千年古柏下，状如虬龙的枝条掩着一方阴阴的石洞。一侧是条碧溪，流着潺潺的水。石洞前是些形态各异的山石，或如卧牛，或同斗犬，或似蘑菇，错落有致地点缀了一块绿荫之地。不远处，一条幽幽的深涧，不知几多深浅。

那树下乱石上，几个青衣道童或坐或立，正在摇头晃脑哼着道歌，极为悠闲。这时，从洞口踱出一个中年道士，背着手，来到树下。

几个道童齐刷刷地站起来，打稽首道："四师兄，大师父今日会出关吗？"

"何必多问？大师父何曾有过分毫差池？你们只准备好自己的功课就是了！"中年道士一脸的自信。他望着远处从洞底腾起的白云，眼中倏然闪过一丝神往。

过了一会儿，朝阳透过枝叶，洒落在中年道士的脸上，他急急转身朝洞内奔去。不大工夫，一个仙风道骨的长者走出洞口。

"师父！"

"整整一个月啦，你们可曾懈怠过？"

道童们相互看了一眼，齐声回道："徒儿谨遵师训！"

"你们只要用心悟道，以意洗心，全都能够成道成仙，跟你们的师兄一样！"老道显得格外精神，清风掀动着他的须发，更现出一副神仙之态。

"静虚，凌虚回来了没有？"

"三师兄回来两日了，大概在后山练功呢！"

"把他找来！"

"是，师父。"

被呼作静虚的道士气沉丹田，凌厉地打了三声呼哨。那哨声仿佛裂石之声，在山林上空回旋着，惊得林鸟四处乱飞。

不一会儿，绝壁之下便飞出一个长髯的道士，来到道长跟前，稽首道："凌虚见过师父！"

"飞檐走壁练成了？"

"练成了，适才练的就是！"

"那好，今日我们开讲新篇！"

辰时三刻，流岚随风而散，千岩万壑沐浴在一片光华中。

古柏下，春光斑斑点点，晃着人的眼，但老道长的说道却让徒儿们如痴如醉。

"任何事物运动转移，从不停顿，天和地也悄悄地移动，谁感觉得到呢？所以万物在那里亏损的，便在这里有增补；在这里有增补的，在那里便有亏损。损耗增补成长亏蚀，随时生长随时死去，一往一来互相衔接，须臾之间，谁感觉得到呢？所有万物没有突然的成长，也没有突然的亏损。这好比人从出生到耄耋，相貌、颜面、神智、体态，没有一天不在变化，皮肤、指甲、头发、汗毛，随时生长又随时脱落。不过婴孩时候有点停顿不变化，中间一分一秒察觉不到。等到若干时日，变化大了才恍然知道。"

"师父，徒儿明白了！"一个双耳如轮的道童喜滋滋地说道，"譬如这山野的四季，春天小草发芽时，起初不在意，以为是一夜间就冒出来了，其实它在土里不知孕育了多少时日；秋日，树木凋零，开始是一片，但在不知不觉中，树叶就掉光了，风来了吹掉，雨来了打掉，鸟儿觅食攀掉，当最后一片将落时，那已是寒霜满天了。"

"修研技艺也是如此。当初，我学习石匠活儿时，天天砸石头，有些耐不住寂寞，觉得光这样技艺没长进，但一比父兄的洗石功夫就差得远了。后来砸得多了才悟出点儿道理，没有一锤一锤的功夫，就修不了房、造不得桥，也就不可能有那安济桥！"静虚说得很认真。静虚，是李春的道号。

"师父的话倒让徒儿想起了当今的皇上杨广。早年，他胸怀宽广、待人诚恳、学识广博、勇敢善战，不愧是个风流人物。但从争夺太子之位始，他变得虚伪了，不惜弄虚作假、欺骗父母、欺骗世人，我就是看不惯他的这种做法才离他而去的。他做晋王时，尚能听进去不同声音，知错能改，而登上皇位后便不是当初的他了，而现在更是独夫一个。"

"不是他人变了，而是他的地位高了，地位高了心也就高了，不变也不合俗世常理，不变也不可得。居一沟时谋一沟之隅，居一江时思江河之阔，居大海时悠游天地之间。人的贪欲也罢，壮怀也罢，终没有停滞的。所以应摆脱欲情、减除物累，方能渐入名流、直入圣境。"

云白悠悠，山风飒飒，数只白鹤立在劲柏枝头，引颈谛听。再往溪中望去，一条人腰粗的蟒蛇吐着信子，盘卧水畔，似有人性。

"从过去看现在，又从现在看未来，再从未来看现在与过去，万物同一，是中有非，得中有失，功中有过，有中有无，无脱此理。那杨广有非必有是，有失必有得，有过必有功，切不可以一事论得失，一时定成败，千秋功与过，留与后人说。"老道长朗声说道。

"金钊，你看！"

凌虚吃惊地望着师父，这个俗名已经有多年没人喊过了。他顺着师父的拂尘望去，只见高崖之上，两只斑斓猛虎伏在石上，静静地朝这儿望着。

这是常见的景致，早已见怪不怪了，但他很快明白了师父的用意："师父是要徒儿再下山走一回，度那杨广上山修道？"

"人间的一切灾难都源于欲念、杀戮、战争、争讼、盗抢、扮假、作秀，欲念乃万恶之源。杨广一人之心，天下人之心。除去他的欲根，为天下苍生尽些俗缘，也是我道家的风节。"

"徒儿想同师弟一起下山，完事后徒儿自去寻一寻二师父，不知师父允否？"

"去吧，一发不可强求，顺其自然吧！"老道长说罢，倏然不见了。

这老道长便是杨伯丑，二师父乃章仇太翼。

金钊与李春稽首作别。风乍起，两人随风而逝。

不到半日工夫，两人便来到锦绣繁华之地江都。入得市中，二人已全然换了副模样。两人悠然地来到离宫门前，在门前晃了两个来回。那守门的侍卫甚是纳闷，见道人高大结实，而道姑则清秀标致，两人手里都拿了把大掌扇，上书两行大字：闽中鲜荔枝，啖者活神仙。

正在这时，宫门角门里走出一群小太监来，为首的那个一眼就发现了道士，心想：这真是"踏破铁鞋无觅处，得来全不费工夫"啊！

原来，近日杨广巡游到江都，在新建的迷楼里坐着随意车，日夜与嫔妃宫娥淫乱，加上饮酒无度，以致掏空了身子，病恹恹的，茶饭不思，对王义反复念叨着："闽中的鲜荔枝好吃啊！"

但闽中距此有两千里之遥，哪里能说要就能要到的？无可奈何之下，王义派众太监到江都城内搜寻，寄希望于万一。

小太监兴奋地上前问道："仙师，鲜荔枝在哪里，我们要买。"

金钊笑道："荔枝有的是，只是价高，恐你们吃不起！"

那小太监不服气，道："仙师开个金口，报个价钱，我们怎么就吃不起？"

"这荔枝乃闽中仙山而来，不是普通的荔枝，一颗一千两金子，不贵！"

众太监大笑："仙师哄我们呢！怎么竟要这许多金子？"

"你们嫌贵，自有不嫌的！"说罢，道人摇着扇子转身就要走。

众太监一起拦住，央求道："甭管多贵，仙师拿出一颗让我们瞧瞧！"

"不成不成，有钱便拿，无钱走人！"

太监们生气了，便道："仙师这般小气，你道我们要吃，告诉你吧，这是当今圣上要吃，休说你一千两，便是万两也吃得起！你这般啰唆，小心惹恼了皇上，让你吃不了兜着走！"

道人摇摇扇子，轻声笑道："错了，错了！我等乃神仙弟子，方外之人，不食他的水土，不穿他的布帛，来去无着，要管我们，怕是难吧！"

众太监瞅瞅四周，小声说："你忒大胆了！虽说你出了家，难道皇上就管不着你了？"

道人正待回言，立在一旁的道姑开言了——那道姑正是李春装扮："既是当今皇上要，就送与他吧，何必争个没完？"

那些太监欢天喜地道："还是仙姑说得在理！若肯送与圣上，圣上一高兴，那就是白花花的银子，金灿灿的金子。快快拿出来，皇上等候多时了！"

那道人脖子一扬，说："既然要送，也须当面讨个人情！不然……"

内中有性急的，便道："圣上在迷楼等着呢，快走吧！"

又有两个一旁暗暗嘀咕道："这两人都穿着随身的衣服，单单薄薄的，又没有个竹篮草筐，荔枝放哪儿？或许他故意捉弄我们。若带了进去，一时没了荔枝，岂不是白白送了我们的性命？"

大家你看我望你，一时没了主意。忽然领头的说道："我们空手正难回旨，莫若暂且借他回去搪塞一回，有无荔枝，现有扇子为证，不是我们说谎。走！"

于是，大家一齐簇拥着道人、道姑同进宫来。

那杨广此时头痛得很，见众人来便索要荔枝。领头的太监回道："那道人扇子上虽写着有荔枝出卖，却又都是空身，不知放在何处？问他，他只说见到圣上方有。奴才没法，只好领他来了！"

杨广定睛看那道人，只见他头戴叶云巾，身披梅花鹤氅，腰系黄丝绦子，足踏露趾的草履，一双碧眼，三绺长髯，气宇轩昂，颇具天然的出世之姿。杨广暗暗喝彩。

看那道姑更是与众不同，虽是素雅道妆，不着铅华，但却显出婷婷仙骨，胜似人间无数。

杨广便叫二人上前。二人见了杨广也不行礼，只将两只手合起来，腰身略弯一弯，头微微一点，道："道人稽首了！"

杨广不悦，道："普天之下莫非王土，你们见朕为何不行大礼？"

"野人行礼不惯，望陛下恕罪。"

"罢了罢了，朕偶感不适，想起荔枝的美味，你既有就请拿出来，朕重金求购！"

那道人不慌不忙，对杨广又微微点了点头，道："陛下的公帑有限，买就免了。贫道相送吧，可拿盘盏来盛！"

说话间，早有人取了一个白玉盘，双手捧到道人面前。那道人左手抖袖，右手伸指。不多时，早盛了满满一盘，就像树枝上摘下一样新鲜。

那颗颗荔枝壳红肉莹，清香犹存，望之令人胃口大开。

杨广喜得眉开眼笑，拈一颗剥开，状如水晶，吃在口里就像降雪，放到舌上，不经咀嚼便尽化了。其味馨香，甘美异常。杨广左一颗右一颗地吃着，须臾之间便将几十颗全部吃净。一时间神清气爽，立刻又恢复了平日的光彩。

杨广对道人道："这荔枝确是罕有的可口，你是从何弄来的？"

"陛下知其一，不知其二。道人家乾坤荡荡，帝王家自然见不到了。"

杨广不怒反笑："你真是个惯说大话的人，就算你有上好的荔枝，也不能如此褒贬起帝王的富贵。你不曾见过什么才是真正的富贵之乡，朕不怪你。你看朕的这座迷楼，花费何止千万，不要说你两个云游道人梦里不曾见过，便是世间真有什么神仙洞府，恐怕也不及其一。"

道人笑道："我听说，冰虫不可言真，蟪蛄不知春秋。信哉！陛下守着这间木雕泥画的房子，却视之为偌大的事业，殊不知，它在道人的眼中只如一堆朽木罢了。"

杨广仍是笑盈盈的。他惯于斗口，今日来了对手，岂能错过，便回敬道："这种套话，朕听得多了。也难怪，道人们积年住在山野中，啃树皮嚼草根，何尝与富贵有缘？不如把富贵说得淡了、说得坏了，正好去哄骗乡民。如果把这些繁华富贵让与他享受半日，不全然改口才怪呢！"说完，大笑不已。

"天下的道士有真有假，真神仙永不会被迷惑！"

"真与假且不去论他，朕只与你打个赌！"

"随你的便。"

"且看朕的迷楼，它有一十二级台阁，二十四座亭池……"

"不用说了！"道士打断了杨广的话，说，"皇上只管说如何赌法吧！"

"好！你若有本事，将这座迷楼一层层、一处处都去游遍，不许少一间，不许重了一处，走得进去又转得出来，清清爽爽地不迷糊，朕就承认你是真神仙，给你盖观宇、塑金身，岁给禄米，广赐田地。若是做不到，休怪朕不讲情面，问你个狂言欺上之罪，到官府当个苦差。这个道姑甚是俊俏，就留在宫中陪王伴驾！"

只见道姑瞥了他一眼，冷笑道："此时唐天子在晋阳楼上与旧宫人吃酒作乐，你却全然不知，只在这里胡思乱想。"

杨广只想取乐，哪里在意道姑的言语。道人却说："若是贫道胜了，既不要观宇也不要田产，更不需禄米，只请皇上随贫道去山中住上半年，不知允否？"

杨广一怔，便道："朕有国事缠身，岂能去得许久，若是十日倒还使得。"

"那就住十天吧，让皇上享受一下真正的神仙日子！"

"就依你，也只当巡游罢了！"

杨广身边的人也想看道人的笑话，都催着快游。于是，道人与道姑走在前面，杨广与从众宫人紧随其后。

二人在前头信步而行，如同在自家院中散步，转弯抹角，上楼下阁，无一处幽微曲折之处不到，无一层锦闱绣闼不游，竟把偌大一个迷楼在不多时间内游了个遍。

王义拉着杨广的手轻声道："若不是真神仙，如何能有这般光景？"

杨广也惊呆了半晌。

道人笑道："楼也游了，诺言也该兑现了吧！"

杨广忙打岔道："你二人姓甚名谁，能否通报？"

"草木形骸，何须名姓？"

"那么何处住坐呢？"

"白云乡野，天涯无定。"

"那让朕随你到何处？"

"蓬莱仙岛，王母瑶池，清风岭上，明月谷里，何处逍遥何处去！"

"这么遥远，坐不得车，乘不得辇，如何去得？"

"聚云为车，唤风为马，天涯海角，瞬间即至，何愁到不了呢？"

"去不得，去不得，朕一个万乘天子，放着锦绣的窠巢不享受，丢下万里河山不去管，却随着两个疯癫道人去出家，笑煞人了！"

"陛下哪里知道，蛾眉皓齿乃霜剑，雕梁画栋真风刀，若不回头是岸，恐怕月要斜、钟将敲、鸡欲鸣，没什么良宵传节了。跟我们一同出了家，省去一段丑态，免去天下刀兵，方是养生之法、长生之道。"

杨广脸色煞白，颤抖着声音道："鬼话连篇！浩浩天地间，谁见过长生的仙方，谁吃过不死的好方？即使秦皇汉武又能怎样，还不是难逃一死？今朝有酒今朝醉，哪管得风雷浪涛，朕且受用这无穷的快乐。耳听丝竹管弦，目视粉香色嫩，鼻嗅奇花异草，口尝山珍野味，这才是真正的神仙生活！"

道士、道姑互相看看，叹道："既然这么顽固不化、不可救药，就上演那白龙绕颈的一幕吧！我们已是尽力了，一切随缘吧！"

说罢，道人向着天空大叫一声："彩云何在？"

忽见半空中悠悠然飞下两片五彩祥云，道人、道姑踏了上去，对着一脸骇然的杨广道："陛下好自为之，他日火起之时，休忘了今日言语！"

说完，两片彩云腾空而起，渐入云霄，倏忽之间已无影无踪。

杨广呆立良久，喃喃道："难道他们说的都是真的？朕的江山要拱手送人？不！不！绝不！"

此时此刻，杨广哪里知道，在千里之外的瓦岗寨，立国建章、封王加官的大戏正紧锣密鼓地进行着。

程咬金做起了瓦岗寨的皇上，自封国号为大魔国，拜徐世勣为军师，其余众兄弟也个个封了官职，大魔国由此便诞生了。

张金称被册封为金堤王，留守金堤关。这一日，忽有探马来报，说河北清河寨黑虎山众兄弟被窦建德所围困，要为他死去的兄弟孙安祖报仇。

张金称安排好金堤关一切事宜，披挂整齐，带领新结识的兄弟齐国治、方振才、施大猛、冯越武、甘起鹏等一起浩浩荡荡飞速向黑虎山进发。

黑虎山下窦建德营帐处，早有探马来报，说金堤王张金称率大队人马来解救黑虎山众兄弟。而窦建德与刘黑闼、赵大通、葛汝成、徐茂元、窦线娘、高玉仙等人一番合计，准备迎战。

数日后，两军叫阵。

黑虎山下，双方旌旗猎猎，迎风飘摇，给宁谧的山林平添了几分肃杀之气。张金称身披战甲，胯下一匹乌龙马，背后大旗上一斗大的"张"字。对面窦建德也是一身金甲，胯下一匹黄龙驹，背后大旗上一个斗大的"窦"字。

两边鼓声阵阵，播起沙场的风尘。

从张金称阵内飞骑闪出一员大将，身高过丈，手执两柄八棱紫金锤，头戴紫金盔，身穿紫金甲，足蹬一双薄底战靴，脸色黑中透亮，亮中透勇，往阵前一立，像座黑塔一样，威风凛凛、杀气腾腾，此人正是猛将齐国治。这时，对面飞骑驶来一人，金盔金甲，面色淡金，胯下一匹白云马，真是英姿飒爽啊！

齐国治高声问道："对面什么人？报上名来！"

"我乃赵大通是也！"赵大通立住马，大声道，"你是何人？"

"我乃无敌大将军齐国治也！"齐国治说着，举起双锤对准赵大通舞去，"休走，看招！"

赵大通忙举枪应战，二人乒乒乓乓打到一处，只五十回合，齐国治就已占了上风，抡起紫金锤就将赵大通砸得脑浆迸裂，翻身落马。

徐茂元一看赵大通战死，也不讨令，催马便冲出阵里。齐国治一见又来了一员大将，杀气腾腾，二人也不互通姓名便战到一处。徐茂元招招狠毒，直击要害，齐国治也不敢疏忽。十来个回合下来，徐茂元便渐渐有些力不从心，齐国治却越战越猛，双手挥舞紫金锤直抵徐茂元的脑袋，徐茂元往旁边一闪，紫金锤嗵的一声，重重地擂到了徐茂元的前胸。徐茂元一口鲜血喷出，忙抱鞍败回军营。

窦建德见对面那员大将如此勇猛，心中不禁一怔，心道：这次报仇不成反失去两员大将。正思忖间，却听对方鸣锣收兵。

齐国治听得收兵锣打马回阵，大笑道："大帅为何收兵啊？我正准备马踏窦建德那小贼的军营呢！"

他们正说话间，对面三声炮响，又亮出一批人马，为首的是员女将。十八九岁，脸似三月茉莉，唇红齿白，一双杏眼，杨柳细腰，真是个绝妙佳人。再看她头冠花红战盔，身穿红叶铠，脚蹬一双红帮薄底战靴，胯下一匹胭脂马，此人正是窦建德之女窦线娘。

张金称说道："女将须防暗器，众位将军稍候，待我前去拿她。"

张金称催马来到阵前，窦线娘见对面飒飒而来一员大将，二十一二岁，面白如玉，剑眉英目，英姿飒爽，真是千里难挑的美将军。

线娘勒住马缰，高声叫道："来将何人？报上名来！"

张金称一揽缰绳，答道："在下张金称是也，你是何人？一介女子，怎能轻涉沙场？"

"帐前大将窦线娘便是！"

张金称一听，心道：原来是窦建德的女儿。早就听说此女俊俏无比且功夫了得，此战还得多加小心。

想到这儿，张金称提起宝刀，道："姑娘出招吧！"

窦线娘也提起绣绒刀，冷笑一声，道："那本姑娘可就不客气了，看刀！"

话落刀至，张金称忙出招迎战，二人叮叮当当战了四十回合仍不分上下，两边的人马都有些急躁了。

打着打着，线娘突然虚晃一招，拨马便走，边走边道："本姑娘打不过你，我走了！"

张金称见线娘突然败逃，料想必定有诈，便边拨马追赶，边小心准备应战。

线娘见张金称追来，从怀中取出红绒套索，大喊一声："看宝！"

啪的一声，红绒线绳断为两截。张金称挥刀便砍，线娘急忙招架，当的一声，直震得线娘双手发麻，口里发咸，一口鲜血吐到地上，败回本营。

张金称连胜窦建德，还杀了他几员大将，正摆酒庆贺，突然有人来报："窦建德帐下部将杨通求见。"

张金称不知来者何意，道："宣他进来！"

杨通被带进帐内，刚进便道："张将军，今晚窦建德要偷袭你的营寨，说你胜后心傲而不加提防，将军小心为是，小的回去了。"

张金称一听就纳闷了，忙问："慢着，杨通，你既为窦建德部下兵将，理应为他效力，为何来这里给我送信？"

原来，这杨通打仗非常勇猛，就是有个毛病——好色。高鸡泊有个出名的美女名叫谢汝仙，是个淫荡的货色，经常与杨通私会，每次完事后，杨通都会给她些银子。上次由于杨通没带银两，谢汝仙就到窦建德那儿去告状，说杨通侮辱了她。其实窦建德也略略知道一些情况，早就想想个办法治治杨通，既然谢汝仙把他告下了，就按照军规处罚处以死罪。但杨通百般求饶，说上有老下有小，他若死了，全家就活不下去了。结果，窦建德命人打了杨通三十军棍，杨通因此怀恨在心，寻机报复。

杨通当然不会将他的丑事说出来，便撒谎说："窦建德是我的仇人，有杀兄之仇，我混在他军营，就是想伺机报仇啊！"

张金称命人赏了杨通五十两银子，带了下去，随即招来众将，商议御敌大计。

夜，静寂。黑暗中，只听得山风飒飒作响，山上偶尔传出几声猫头鹰凄厉而令人发寒的啼叫声。一阵人马在黑夜的掩护下，偷偷往山上行进着，几千人马脚步轻得如同没有人声。

山上，黑虎寨寨门紧闭，寨内也是一片漆黑和死寂。

大队人马涌上来，窦建德一挥手，兵将们抽出刀，一路喊杀着冲进黑虎寨……

寨内死一般的寂静，仍旧没有一个人影，窦建德感觉不妙，忙命令队伍往回撤。就在此时，寨内突然灯火通明，喊杀声震天，伏兵从四面八方包围过来。立刻，黑虎寨寨内刀光剑影，杀成一片。

窦建德奋力突围，忽闻头顶上有人喊自己的姓名，抬头看时，却见张金称端坐在二层阁楼上，旁边还站着牛鼻子军师公孙雄。

这公孙雄乃饶阳（今河北饶阳）人氏，自幼出家为道，在五台山修行，精通兵书战策，可谓是个足智多谋的人物。

公孙雄对窦建德笑道："窦建德，以你的区区兵力，怎可与我家将军抗衡？还是赶紧降了吧！我们将军爱惜人才，不会亏待你的。"

"呸！"窦建德大叫道，"叫我投降，除非偿我家兄弟性命来！"说罢，挥剑连斩几名兵士，奋力突围逃下山去。

窦建德回到营中，残部只剩五百多人，且伤者甚众。窦建德不禁叹息，命部下休养三日。

第三日夜里，窦建德帅帐内，刘黑闼、葛汝成等聚集商议明日战事，各自出谋划策，议到半夜时分方毕。

大家陆续从帅帐内离开，一直躲在帐后偷听的杨通也悄悄溜出了营寨，跨上马直奔黑虎山而去。

杨通正催马往前走，忽然马儿一声长嘶，翻倒在地，杨通滚落下来。接着，嚓的一声，两把明晃晃的大刀架在杨通的脖子上。

杨通心中一凛，仰起头来，借着两边刚点亮的火把，看清了两张冷笑的面孔——刘黑闼和葛汝成。

刘黑闼冷笑两声，道："杨将军辛苦了，我们在这里等候多时了！"

杨通不想狡辩，低声下气地道："二位将军误会了，小的，小的有夜里遛马的习惯，小的……"

"你这狗贼还敢狡辩！"葛汝成大吼道，"你是不是又想去黑虎山报告军情，啊？"

"我杀了你这叛贼！"刘黑闼抢起大刀，对准杨通的脑袋就劈，只听噗的一声，鲜血迸溅，在火光下晃得分外惹眼……

黑虎寨内万籁俱寂，一盏松灯下，张金称正伏案阅读兵书。

突然，当的一声，好似有一件东西从远处飞来，重重地撞了门一下，然后又重重地摔落在门外的地上。

张金称心中一惊，起身来到门前，伏门细听，外面并无动静，于是壮了壮胆，拉开门闩，地上赫然躺着一个一尺见方的木匣子。

张金称疑惑着拾起木匣，沉甸甸的，返身关上房门，在灯下撬开木匣，一股血腥味扑面而来。仔细一看，原来是一个血淋淋的人头。

张金称倒抽一口凉气，仔细辨认，原来是那杨通的头颅。张金称忙命人请来军师公孙雄，公孙雄猛见一个血淋淋的人头也吓了一跳。

张金称道："如今杨通已死，一定是窦建德发现了他私下反叛，如今之计，不如一发攻破窦建德的营寨，也省得在这里一日日耗着。"

"万万不可！"公孙雄忙道，"杨通私通黑虎寨已被发现并被处死，他们为何要将头颅送来？这说明他们已经部署停当，只等我们去跳这个陷阱，我军万万不可轻举妄动，且要等待时机，看他们要怎样发兵才是！"

"哦！"张金称恍然大悟，频频点头。

第二日，两军皆毫无动静，沙场上一片寂寥。

窦建德不禁有些心急。

高士达道："这老贼公孙雄，果然足智多谋，名不虚传，他们竟然按兵不动！"

"哥哥为啥长人家志气，灭自己威风？"高玉仙接下话道，"如今奸细已除，若能再将那老道公孙雄的首级取下，不愁张金称不灭。"

许久以来，高玉仙在窦线娘的调教下，已练得颇有一些功夫，且胆识渐大。

高士达闻言，望着妹妹道："好妹妹，一切就交托你了！"

"哥哥放心！"

月黑风高，山风飒飒。高玉仙一身华丽盛装，手挎一只菜篮，袅袅婷婷地来到黑虎寨寨门口。

"站住！"高玉仙果然被挡在了寨门外。

"两位大哥，"高玉仙温柔地对他们嫣然一笑，"我一个妇道人家，从上午就赶路来看我家柱子，大哥就行个方便吧！"

说罢，高玉仙从篮中取出一壶酒，又端出一碟小菜，道："两位大哥稍做歇息，也吃点儿喝点儿吧，反正我家柱子他一个人也吃不了那么多。来，来，两位大哥请便！"

两个小兵早就又困又饿了，又见得这么一个美人给自己端菜送酒，高兴还来不及呢！二人索性蹲在地上大吃大喝起来，高玉仙趁机溜了进去。

进了黑虎寨，高玉仙换上男装。这身男装是两军交战后，从黑虎寨死去的兵士身上扒下来的，高玉仙穿上它，在黑虎寨内行走绝对安全。

对面过来一个打更的，一手提灯一手打更，口中叫着："天干物燥，小心火烛！"

高玉仙忙装着一副刚睡醒的样子，揉着惺忪的睡眼，口中喃喃道："大伯，这黑虎寨咋这么大呀，我从金堤关来这都十几天了，也摸不清路，这半夜起来撒泡尿就摸不回去了。"

打更的并不疑心，倒热心地问："你是哪个房的？小兄弟，晚上别乱跑。"

"嗯，哦！"高玉仙也装模作样地捶了捶肩，说："我是军师部下的，军师公孙雄……"

"哦，军师的？"更夫立即讨好道，"从这条路往东走再往北走，第二个门便是军师的房间，你是兵，在第三个门吧。"

"嗯，嗯。"高玉仙忙点头施礼道，"谢老伯！"

高玉仙打听到了军师公孙雄的住处，心中一阵高兴，回头看一眼走远的更夫，便迅速往东走去。

高玉仙按照路线摸到公孙雄的住处，刚要掏出匕首拨门，忽听里面咳嗽一声，忙停住，用食指蘸唾沫点破窗户往里一瞧，公孙雄还在灯下看书呢。

高玉仙暗道："好个足智多谋、满腹兵书的公孙雄！可惜呀，你是我们的对头，今夜就委屈你做我的刀下鬼吧！"

高玉仙掏出匕首，轻轻拨门，没有一点儿声响。那公孙雄许是看书看得入迷了，竟然没有察觉到。

高玉仙拨开门，噌地蹿进屋内。

公孙雄猛见有人进来，刚要大叫，高玉仙的匕首已扎进了他的胸膛。鲜血顺着匕首四周流出，公孙雄用手指了指高玉仙，一口鲜血从口中喷出，倒地而亡。

高玉仙见公孙雄已死，用匕首割下公孙雄的脑袋，找了块布包上，背起就要走。

就在这时，忽听有人敲门，接着门外人小声喊道："公孙大人，公孙大人，张将军命小的送莲子羹来了。"

高玉仙一惊，想藏起来却碰翻了桌上的松灯。啪的一声，火便顺着桌上的书烧了起来。门外的兵士忽听里面咣当一阵响，又闻到一股焦煳味儿，忙推门而入。

高玉仙上前就要结果他的性命，不料却被挡了回去，那兵丁大叫道："不好了，救命呀！杀人啦！"

这一叫，惊醒了整个山寨，刹那间，杀声四起。

高玉仙见情况不妙，夺路逃出房间，门外从四面八方拥来许多兵丁。

有两个跑在前头的，见高玉仙一身寨人打扮，还以为是自己人，忙问："刺客在哪儿？"

高玉仙往西一指，说："往那边跑了，快追！"

于是大家赶紧向西追去。

高玉仙不敢怠慢，忙趁乱逃出了黑虎寨。正疾步往山下逃时，忽然对面一人拦住了去路，抬头一看，此人黑塔一般，手执八棱紫金锤。高玉仙知道，此人便是勇将齐国治。

原来，今夜该齐国治巡山，巡到寨门口时见两个兵士倒在地上，身边杯盘狼藉，一股强烈的酒味。齐国治摸摸两人，已没了气息，心呼不妙，忙进寨去找张将军。他还以为来者是冲张金称而来的，谁知还没到张将军住处，就听见一阵大喊："杀人啦！"

齐国治料想贼人必从此路逃走，所以忙来到此处堵截，果然不出所料。

齐国治见刺客来到，大喊一声："贼人，哪里走？"说罢，提起紫金锤挥舞过来。

高玉仙急忙举刀迎战。刀和马皆是高玉仙事先备好的，安置在寨外不远的僻静处。

　　高玉仙用刀架开齐国治的右锤，左锤却虎虎而至，正砸中高玉仙的右肩上。高玉仙在马上晃了晃，几乎栽下马来，口中一股咸涩的血腥味儿。高玉仙稳了稳，拨马落荒而逃。

　　齐国治见贼人逃走，拨马追来，冷不防三支鹰翎箭嗖嗖嗖地迎面直射而来，齐国治来不及躲闪，一支射中了肩膀，一支射中了小腿，另一支正射在马前肩上。齐国治不敢再追，高玉仙趁机逃脱。

　　窦建德、高士达、刘黑闼正在军中议事，咣的一声，门被撞开了。高玉仙浑身是血，脸色惨白，手中提着一个包裹，跌跌撞撞冲进来，手一扬说："公孙雄的首……"

　　话还没说完，高玉仙只觉眼前一黑，昏倒过去。

　　众人急忙上来扶住高玉仙，高士达将她抱回寝帐，又唤来军中郎中为她调治，内服外贴，精心调养。

　　"现在，张金称的军师公孙雄已死，我看他张金称还能撑多久？"窦建德捋着胡须暗道。就在这时，突然有人来报："张金称率两万兵马已进了清河界地，扬言要为军师公孙雄报仇。"

　　窦建德闻报，忙命人请来众兄弟。

　　葛汝成建议道："张金称此来与我军交战有两万人马，想必是全军出动，这样巢穴必空，我们何不一面迎战，一面派几千兵士到黑虎山去剿灭黑虎寨？"

　　窦建德点头应允，于是命高士达、葛汝成率兵迎战张金称，命刘黑闼率两千兵前往黑虎山剿灭山寨余部。

　　却说刘黑闼率兵绕道潜往黑虎山，山上黑乎乎、静悄悄的，似乎没有人声。

　　刘黑闼心道："好你个张金称，丢了军师，没了智囊，看你还能威风多久？今天我刘黑闼非把你这黑虎寨铲平不可！"

　　刘黑闼率大队人马正得意地往黑虎山山寨挺进，忽然鸣的一声号角，伏兵四起，杀声震天。从密林深处冲杀出的无数兵丁，将刘黑闼的部队分割包围。

　　刘黑闼大惊失色，心道："这张金称果然名不虚传，足智多谋。"

　　刘黑闼只好奋力突围，狼狈逃回大营。

　　窦建德、高士达闻知，大叹道："难道又中奸计。我军之中就无才人吗？"说罢，下令撤军。

　　张金称又大获全胜，传令犒赏全军，黑虎寨内笑语喧哗，一派节日气氛。

　　一日，探马来报："隋将杨义臣率十万大军又来剿灭河北义军，听说河北的英雄已被他杀了不少！"

　　"败军之将又逞淫威！"张金称传令全军兵不卸甲，马不离鞍，准备迎战老对手。

【第十五回】

唐国公兵发出晋地，李世民棍扫破隋天

老臣长孙晟患了风寒，静卧在床上。

郎中问了病症，看了舌苔，把了脉弦，开出一张单子，用了七言的古诗写成，道是：

麻黄汤中用桂枝，杏仁丹草四般施。

发热恶寒头身疼，风寒表实病立除。

长孙晟谢过郎中，目送远去。少顷，他少气无力地说道："老夫连苏大人都保不了，治这病有何用？"说罢，长孙晟握紧拳头，狠狠地擂在床沿上，把木床擂得咚咚作响。

"父亲，您不必自责，您已尽力了。再说苏大人没有被杀，只是削职为民，这不是您的功劳吗？眼下，削职为民未必不是一件好事！"长子长孙无忌劝慰道。

"可苏大人是被冤枉的！苏大人一生谨慎，可因为如今国政糜烂，他不惜直言劝谏，才致有今日啊！"

"苏大人勇气固然可嘉，但又不免过于愚忠。皇上是善于纳谏的人吗？他不是说生平最讨厌指手画脚的人吗？他以为只有他才是天下最聪明的人，向这样的人进谏，不是在自讨苦吃吗？"

"你太过分了，怎么可以这样说苏大人？"长孙晟喘了一会儿，又道，"国事到了这一步，谁不痛心呢？他不说谁说？他不下油锅谁下？"

"那就注定是悲剧！"

"老夫就不及啊！"长孙晟长叹一声。

"父亲您就安心养病吧！您老身子骨硬朗我才好走啊！"

"李世民来信了吧？你们一年没见面了，应该聚一聚了，你妹妹也该想你了！"

"是的，我想去看看妹妹。不过，你身体不复原，我怎么放心走呢？"

长孙晟慈爱地望着已长大成人的爱子。

长孙无忌不仅承袭了父亲的聪明、仁惠，更兼相貌堂堂、举止儒雅。无怪乎和李世民意趣相投，小时候一时不见长孙无忌，便到处寻找。

"你去吧，这小病碍不了大事！"

"小病？郎中不是说了嘛，如果不加调养治疗，就会转成大病！"

"是啊，国家也是如此啊！现在小乱不加消除，必致大乱！"

"治病要寻根，治乱要治本，根本不除则愈治愈乱。依我看，隋朝无望了！"

"孽子，怎可乱说？不思救治反说如此大逆不道的话，是想气死老夫？"

"父亲息怒！儿子只是激愤之辞，您老不要气坏了身子！"长孙无忌深知父亲脾气，也明白父亲与皇上的感情，只好把一腔的不满隐忍下来。

晚上，长孙晟感觉好多了，便要长孙无忌扶他下床，到院中高台去观天象。

长孙晟上通天文下识地理，五行八卦、奇门遁甲之术都识得一二。

今天天朗气清，正宜观天。只见群星中主星黯淡，天狼星耀眼明亮，贼星频频，从主星旁边一一划过，拖着长长的尾巴。东北方向，一道紫气直贯北斗，大有撼动天庭之势。

长孙晟倒吸口凉气，心中暗想："天意示人，天意难违，难道天道真要惩罚乱世的君王了？这东北的紫色应在何人身上？新主会是谁呢？贼星虽布满天庭、光华耀眼，但毕竟都是匆匆过客！"

长孙晟脚底发软，一下子斜躺在儿子怀里："儿啊，为父老迈，不中用了，你去东北找李世民去吧！"

"咳咳咳……"他脸色发青，痰中带血，身体突然瘫软下去。

又一颗流星坠地，带着无限的惆怅。

"父亲，父亲！"长孙无忌号啕大哭。

高天寒流，骤然而至。江河呜咽，万木肃然。漫天繁星无语，同悼一代忠义名臣。

杨义臣率军来到河北清河地界，安营扎寨，早有人将张金称如何足智多谋，众将如何勇猛，张金称与窦建德、高士达互相拼战数日之事一一呈报上来。

杨义臣暗道："真乃天助我也！两股义军若能拼个你死我活、鱼死网破，那我杨义臣岂不是坐收渔人之利？"

杨义臣下书给张金称，说朝廷正在用人之际，他不计前嫌，愿招抚张金称所部，直击窦建德。

张金称接到书信，与众将商议。

方振才道：“杨义臣此番来者不善，况他兵多将广，我们不可力敌，不如顺水推舟，接受招降，借杨义臣之手除掉劲敌。”

“哼！”甘起鹏冷笑道，“岂可轻信杨义臣之言？他从京都杀到瓦岗又杀到河北，一路过关斩将，何曾招抚一将？为何此次要招安我们？此离间之计，实是要我与窦建德打到两败俱伤，他杨义臣就可乘虚而入，坐收渔人之利了！”

“对！”张金称点头道，“况我与大隋朝有不共戴天之仇，就是死也绝不受招抚。”

张金称拒绝投降。这下可惹恼了杨义臣，他拍案怒道：“好个狡猾的张金称，老夫这就叫你死无葬身之地！”

然后，杨义臣又发书给窦建德，也是招安之意。

窦建德接信，高士达道：“杨义臣招抚我等，我们正趁此机会大败张金称，此乃报仇的大好机会。我们应当受招，弟兄们意下如何？”

众将有的拥护，有的反对。

刘黑闼道：“以杨义臣的兵力破张金称绰绰有余，不必向我们示好。求我们帮助，分明是杨义臣探知我们与张金称有仇，所以才施出一石二鸟之计，用心何其险恶！”

高士达一心想为孙安祖报仇，早就按捺不住了，连连摇头道：“杨义臣既招安我们，自有他的打算，我们也只管借他兵力破了张金称，防他干什么？”

于是窦建德权衡再三，复信应允杨义臣。杨义臣看罢甚是欢喜，传令高鸡泊、清风寨同击张金称。

杨义臣有一员猛将施神通，身高九尺，手使八丈长矛，杨义臣命施神通为先锋官，率两万人马向黑虎山进发。

两军对阵，张金称命齐国治上前迎战施神通。不到十个回合，施神通拨开齐国治的大锤，分心便刺，一矛将齐国治挑于马下。

甘起鹏见好兄弟被挑，气得哇哇乱叫，上阵与施神通大战起来，两人大战八十回合不分胜负，刀光矛影乱作一团。战着战着，施神通忽然拨马便走，甘起鹏催马便追，施神通见甘起鹏追到约两丈开外，他一拎马缰，马儿立刻站立一旁，施神通挺矛直刺甘起鹏的咽喉，将甘起鹏挑于马下。

张金称一见连损两员大将，怒火万丈，大叫一声冲上阵来，与施神勇大战一起。

张金称愤怒之下已无章法可言，混乱出招，被施神通瞅着破绽一矛刺死。众军见主将已死，纷纷跪地求饶。

扫平张金称余部时已是黄昏，杨义臣命人请高士达等人入帐议事。

刘黑闼劝阻道：“大哥不能去，不知那老贼要要什么花招，此去定是凶多吉少。”

“贤弟此话怎讲？”高士达不明白。

"大哥请想，现在破了张金称，我们这小小高鸡泊人马又何足道哉？那老贼定要加害于你，扫荡高鸡泊。"

"贤弟此言差矣。"高士达道，"我们既已招安，众弟兄就是归顺于他的，还何谈他事？贤弟放心便是。"

于是，高士达同葛汝成一同前往杨义臣帐中。刚到帐内，帐后便蹿出十几个壮汉，不容分说，把高士达、葛汝成捆了个结结实实，推出帐外斩首。

刘黑闼闻听高士达、葛汝成被害，哭得死去活来，道："大哥不听我良言相劝，致有惨祸害，此仇不报，誓不为人！"

刘黑闼与窦建德等商议如何脱身，却不想高玉仙闻听哥哥被害，悲痛之余竟自缢身亡。窦建德见高氏兄妹之命皆丧于杨义臣手中，悲愤难忍，发誓定要与隋军血战到底。

杨义臣以离间之计除了张金称、高士达，又用同样手段剿灭了王薄，而萧文灿则领着余部潜行到了江陵。

杨义臣志得意满。不料从江都八百里快马传来圣旨，杨广命杨义臣速速南下护驾，帅印暂由部将执掌。

接到圣旨，杨义臣仰天长叹。他料想定是有奸佞进了谗言，皇上畏忌他手中的兵权和十余万大军。

是夜，他悬了帅印，除了戎装，换了一身青布衣衫，携了一小童，悄悄离开了军营。

"桃李芳，白云绕红梁，勿语谁道许，宛转下雷塘。"杨广对这首流传甚广的童谣感到忐忑不安。童谣即谶语，杨广深信此谶语还是很灵验的。

秦朝末年，方士卢生向秦始皇上奏一条谶语，说的是："亡秦者，胡也。"后来秦朝果然在秦二世胡亥手中灭亡，此一例。

东汉末年，有一条谶语十分流行："苍天已死，黄天当立，岁在甲子，天下大吉。"后来，甲子年爆发的黄巾起义就又印证了谶语的灵验。

可本朝的谶语却好几次都提到一个"李"字。

前几年，京中便盛传一首童谣："李花开，杨花败，十八子，上堂来。扫尽杨花迎李花，堂下小儿笑开怀。"

那"十八子"不就是"李"字吗？杨广大恐。为此，他杀了李浑全家。而朝中上下众多李氏中偏偏李浑遭到如此灭顶之灾，是因为宇文述暗中做了手脚。

当初，申国公李穆死后，长房长孙李筠继立。李浑觊觎爵位已久，见侄子李筠继承了申国公的爵位，暗中派善衡刺杀李筠。虽善衡刺杀未果，但杨坚仍重新选立嗣位者。于是，李浑暗里央求表兄宇文述从中周旋。当时宇文述任太子左卫率，备受杨广信任。

李浑向宇文述保证："如果我能够袭封，将以每年爵禄的一半送给你。"

在宇文述的保举下，李浑如愿以偿地继承了申国公的爵位，他果然在头两年里兑现了诺言。于是，宇文述又在杨广跟前多次替他美言，最后李浑被提拔为右骁卫大将军。

李浑承袭父业后，一天天奢侈起来。李穆享有先帝赐给的三千封户的俸禄，在隋朝相同级别的国公中待遇最为优厚，让很多人都羡慕得红了眼。

李浑兑现了两年的诺言后，便以入不敷出为借口终止向宇文述输送钱财。对此，宇文述愤恨无比，并由此开始与李浑有隙。

后因儿子犯事，李浑又找到宇文述。宇文述在拿到五千两银后满口答应帮忙，但他根本没有过问。结果李公子被斩，致使两家结怨更深了。

宇文述得知童谣后暗暗高兴，知道这是报复李浑的好机会，便趁机向杨广进言道："童谣里说的，微臣看是有征候的。微臣与李浑是表亲，对他很了解，他的情趣与一般人不同，最近又同子侄们日夜在一起商议，有时通宵不寐。微臣见到他们，他们显得惶恐，言行神神秘秘的。李浑是大臣，李家又世代蒙受隆恩，现在又掌握着兵权，不可不防。况且，此前他曾因为他儿子被问斩的事埋怨过陛下！"

杨广遂下令详查。

于是，宇文述授意亲信状告李浑谋反。杨广便于当夜令宇文述率军包围李府，将李浑全家老幼全部逮捕入狱。此事还牵连到了李浑的族侄李敏，李敏时任光禄大夫、摄屯卫将军。

李敏的父亲李崇是申国公李穆的侄子，按辈分是李浑的侄子。不久之前，李敏喜得一个儿子，取名为洪儿。疑心病愈发严重的杨广怀疑"洪"字或可与谶语有牵连，曾经当面向李敏问询，希望其改用别的名字。

杨广的疑心病让李敏恐慌异常，数次与李浑、善衡在密室中商量对策。不巧，此事恰恰被宇文述得知。宇文述正愁没有扳倒李浑的证据，眼见李敏、李浑等人的密谋，不由得喜从心底起，连忙写奏章上奏杨广："李浑曾对李敏说：'你名应图谶，当做天子。今皇上好兴兵，劳扰百姓，此是天亡隋之时，正当与你趁机夺取天下。如再度征伐高句丽，我与你必为大将。我李氏诸房子侄、内外亲戚都应募从征，我家子弟肯定会任主帅，到时候会分领兵马，散在诸军中，同候时机，首尾呼应。我与你同时起兵袭取御营，子弟们在各军响应，各杀主将。一日之间，天下就在我掌握之中了。'"

就这样，杨广也将李敏也一同抓进了死囚牢。

杨广命长孙晟审理。经几天审问，查无实据，长孙晟只得据实上奏。宇文述得知后又向杨广劝说道："长孙晟与李家关系密切，未必肯下力气审问，不如派御史大夫裴蕴去。他一向公正，对皇上也是忠心耿耿！"

杨广准奏。裴蕴喜出望外，于是便依宇文述之法，召出李浑侄子李敏之妻宇文氏，对她说："夫人是皇亲国戚，何愁找不到贤夫良婿？李敏、李浑背着夫人欲行叛逆之事，这是诛灭九族的大罪，夫人难道不想自保吗？只要你肯揭发立功，可以不连坐！"

接着，裴蕴把办法详细地告诉了宇文氏，又让宇文氏将证词说与宇文述听。于是，宇文述上奏章回禀案情。

杨广看完表文，不由得咬牙切齿，立即下令诛杀李浑、李敏等宗族。

事后，杨广摆宴宴请宇文述，拉着他的手道："我宗社几乎倾覆，幸赖亲家公而得以保全。"

宇文述听罢，深为自己的一石二鸟之计暗暗得意，不仅除了仇家，还得了皇上的赏赐，岂不是两全其美、锦上添花？

仅仅过了几年，又冒出类似的童谣，岂不令人忧心？杨广忽又想起曾经的噩梦，难道真的会落到那步田地？眼下重要的是铲除朝野的隐患。

这天，日落西山后，杨广屏退身边所有的侍者，独自把盏，凝神细思。

国中李姓子民何止千万？即使杀掉十分之一也会引起天下大乱，不能乱来。然遍观李姓高官中，有能量者屈指可数。

他画了一个圆圈，把所有的李氏居高爵显位者都圈在里面。慢慢地，他的目光聚焦在一个人的名字上——李渊，他可以称得上是个树大根深的主儿。

李渊，字叔德，陇西成纪人，祖父李虎任过西魏左仆射，封陇西郡公，北周时追封唐国公。父亲李昞任过北国安州总管，柱国大将军。

李渊七岁袭封唐国公爵。入隋后，补千中备身，历任谯、陇、岐三州刺史。大业初年以后，官职一直升迁，最后升至右骁卫将军。

杨广记起，这位姨表兄自从参加完父皇的国葬后，再也不曾露面，好像跟自己隔了一道厚厚的墙。如今，母后不在了，姨母大概也已不在人世了。

杨广曾多次听说他耽于酒色还收取贿赂，不过这对于男人很正常。酒是男人的魂，色是男人的根。一个男人不喝点儿酒、不贪恋女色，岂不白来世上一趟？算不上缺点。就是收点儿贿赂，在官场中亦是公开的秘密，有几个真正清正的官吏？这或许恰恰是一种韬略，自己不正是长于此道吗？但可怕的也正是这一条！

"先把他调回京城，放到身边掌握起来，或者干脆捏个罪名干掉算了！"杨广主意已定。

夕阳中，长长的日影在窗外树下拖成一脉风影，煞是好看。杨广起身离座，长长地舒了口气。自从乘龙舟来到江都，朝夕与美人、宫女不厌其烦地游龙戏凤，把政事都耽搁了，今日倒来了兴致，他要亲自起草诏书。

杨广挥笔文成，让一位心腹太监带着自己的贴身侍卫长孙无忌星夜驰往晋阳。

一路无话。等到了晋阳宣读过圣旨后，太监特意叮嘱李渊："李大人，皇上亲口交代了，明儿就要启程，你抓紧准备一下吧！"

天一黑，长孙无忌就找个借口溜了出去，直奔李世民的住所。

白天，两人不能显得太过亲热，因为那太监是杨广钦命的，是杨广的耳目。杨广派长孙无忌来，就是有试探他的意思。

两人一见面就紧紧搂在一起。李世民急切地问："你怎么来了？皇上下诏到底是何意图？"

"我慢慢告诉你。"长孙无忌拉条凳子坐下说，"父亲因为未能为苏威大人洗冤，郁结成病，不久前走了。考虑你们的处境，没有告诉你们。我本来准备办完丧事就来找你，但皇上又给了我这样一个公差，正好来看看你们。那阉狗看得紧，所以挨到天黑才敢来见你。怎么样？你们……"

"还是先说说圣旨吧！"

"也好。皇上下旨的意图我也不清楚，但可以肯定，绝不是什么好事。皇上现在办的事一件不如一件，人心尽失，除了贬官就是杀人。他巡游到江都，天天泡在温柔乡里，哪有心思治国？对了，你听说过一首童谣吗？'桃李芳，白云绕红梁，勿语谁道许，宛转下雷塘。'"

李世民小声地重复着，说："这是那首'李花开，杨花败'的翻版。你记得东晋以来，流传甚广的谶语吗？叫'木子弓口，王治天下，天下大乐。'木子弓口就是李弘的隐语，李弘揭竿造反，要推翻暴政，所以他们到处传播这样的童谣。后来，假托李弘造反的人连绵不断，这首谣分明也是'木子弓口'的改头换面呀！它是何人所为呢？"

"看来，皇上调唐国公入朝与此有必然联系，可要当心呀！"

"这个虎穴绝不能闯，父亲不能回朝！"

"圣旨难违啊！你有什么好办法吗？"

"我自有良策。你暂且回去，免得阉狗发觉了你！"

"也好，有什么用得我的，你尽管讲！"

"我会与你联系的！"

送走长孙无忌，李世民毫不迟疑，直奔父亲房中。

听罢儿子的分析，李渊大惊失色，道："原来如此，这可如何是好？"

李世民安慰道："父亲放心，还是老办法，一准儿能骗过那阉狗！"

"演戏？这个我倒会，咱们可没少练习它，可一直没派上过用场，看来只好如此了。"

李世民会意地点点头。

　　李世民到太原府有名的"长寿"药铺买回来几十味中药，放在父亲的卧房，弄得满屋都是药味儿。接着，他又在父亲的脸上涂上一层黄蜡，安排父亲躺下。母亲则在旁边扇火熬药，弄得满屋烟雾缭绕，散发着一股浓重的中药味儿。

　　次日，公公左等右等，直到日上三竿仍未见李渊身影。正焦急着，忽见一个侍从急匆匆地跑来，上气不接下气地禀报道："公……公公，李大人他……他病倒了，无法下……下床，特命小……小的来向公公禀告。"说罢，还呼哧呼哧地喘着粗气。

　　"什么？"公公一瞪眼，提高了声调，"昨儿还好好的，待本公公亲自查看！"说罢，拨马转向李府而去。

　　一阵哒哒哒的马蹄声传来，李世民立刻说道："快！快扇火！"

　　顿时，整间屋子烟雾弥漫。

　　打开门，一股刺鼻的药味儿扑面而来，公公用手在鼻孔下挥了挥，皱着眉穿过腾腾烟雾，径直走向李渊的床榻。

　　李渊的脸色蜡黄蜡黄的，一双眼睛空洞无神，干瘪的身子被厚被裹着，一只满是皱纹的青筋凸出的大手无力地垂在床边。

　　见公公亲自来到，李渊那双空洞洞的眼睛闪了一下，想欠身起来，手动了动却终又垂下去，喉咙里嘶哑着说道："公……公，臣……有负圣……圣意呀！"

　　说罢，李渊剧烈地咳嗽起来，整个身体都不停地颤动着。

　　李夫人忙亲自给他捶背抚胸，还用手绢从他嘴边擦下一些殷红的鲜血……

　　公公看得真切，又实在懒得闻这难闻的药味儿，忙起身道："李大人还是安心养病吧！我回去一定禀明圣上，您养着吧，啊，养着吧，我这就回去复命了！"

　　说罢，公公快步走出那满屋药味儿的房间，长长地舒了口气，跨上马背，带领众人离去，只留下一串长长的灰尘……

　　见公公离去，李渊终于长长地松了口气。

　　时间能够淡化一些事情，即使是威胁到帝位稳固的这等大事，也能被时间给冲刷得荡然无存。杨广又回到了他本来的生活中，软玉温香，莺声燕语，卿卿我我。杨广又被迷昏了、迷醉了，醉得淘尽了以往的精明干练。

　　朝政混乱，奸佞当道，昏者自乐，忠臣嗟叹。

　　"桃李芳，白云绕红梁，勿语谁道许，宛转下雷塘。"李渊默念着这首童谣，这首从京都传来的童谣令他有些惊疑也有些慌乱，有些欣喜又有些惊惧……

　　山西治阳魏刀儿起义已闹得轰轰烈烈，山西太原留守李渊奉旨剿灭魏刀儿起义军。

　　李渊立刻点将领兵，派长子李建成、次子李世民、三子李元吉以及段志贤、段开山、马三保、刘弘基率大队人马往洛阳进发。

剿灭义军，本应严阵以待，但李世民却要先问民情，因为在他看来，起义必有缘由。

李世民自有他的打算。他对父亲李渊说："请父亲允我先去私访民情，或许可以探听一些敌情，便于我军剿灭匪寇。"

其实，魏刀儿是洛阳一带有名的善人，又有一身好武艺，常常为别人打抱不平。

县衙奉旨征兵，这日衙役来到庄上征集民夫。庄上有个青年柴俊昌，自幼习得一些武艺。时逢柴俊昌之妻严氏生子三日，柴俊昌正处在初为人父的欣喜和兴奋中，却要被征去当兵。母亲舍不得儿子，她这一辈子就这么一个儿子，丈夫死得早，盼着儿子长大娶媳妇、抱孙子，自己能和儿孙一起尽享天伦之乐，可现在儿子却要被征去攻打高句丽。这九死一生的事，她怎么舍得让儿子去送死？

老母亲就去求衙役。谁知那衙役们猪狗不如，竟逼着让老人跪着喊他们爹，还让她趴在地上吃屎。

老人为了儿子只得忍辱负重，可是衙役们仍不放过她，一个个嬉笑着将老人在脚下踢来踢去。老人哪里能受得这般折腾，不多时便眼前一黑昏死过去。

柴俊昌之妻严氏因不见了婆婆，此刻寻来却见婆婆被一伙衙役围住殴打。严氏扑上来扶住婆婆，但见婆婆面目浮肿，青一块儿紫一块儿的，已不省人事。严氏不禁怒从中来，骂道："好一群猪狗不如的官差，竟然连一个老婆子也不放过？你们这群丧尽天良的东西！"

那些衙役岂听得这般辱骂，一齐扑上来撕拉着将严氏的衣衫撕个稀烂。严氏又羞又恼，夺过一把刀来自刎而亡。

恰逢此时，魏刀儿从路上经过，见一片吵嚷便往前观看，竟是一伙衙役围打一位老婆婆，还有一位衣衫破烂的年轻媳妇已自刎身亡。

魏刀儿哪容得如此猖狂之人，大喝一声："你等莫要在此害人，看刀！"

话到刀到，魏刀儿一刀刺中了一个衙役的前胸，那衙役应声倒下。其余人等见魏刀儿伤了兄弟，大喊一声"上"，便一齐挥刀扑上来。

那些衙役哪里是魏刀儿的对手，一番打斗之后，死的死，伤的伤，逃的逃。

柴俊昌闻讯赶来，见妻子已死，母亲也重伤昏迷，奄奄一息，真是悲恨交加，拾起一把刀来就要自刎。幸亏魏刀儿眼疾手快，将他拦住。

后来，二人拜为兄弟，柴俊昌将未满月的儿子送给别人抚养，便与魏刀儿一起举旗共反大隋。

官逼民反，魏刀儿一反，周边数千饥民立刻响应。他们杀到县衙，杀死县令，又收拢官役数百人。不多久，队伍就已发展到几万人。

李世民把打探到的情况向父亲李渊做了回禀，见李渊面露感叹之色，便不失时机地说道："大隋天下已败坏到如此境况，父亲请仔细看清，现今八方起义不断、烽烟四起，可见那皇帝已昏庸不堪。况且那昏君早有害我李氏之心，与其战战兢兢、如履薄冰，倒不如顺应天意起兵反隋，重整乾坤！"

"你！你这逆子！"李渊吓得魂不附体，赶紧斥道，"竟然说出如此大逆不道的话，拖出去斩了！"

段志贤、殷开山、马三保、裴寂等人听了，都忙跪下为李世民求情。

殷开山劝道："大人息怒！其实二公子之言不无道理呀，如若皇帝查出您乃是装病，判你个欺君之罪也难免一死。况如今之大隋已摇摇欲坠，灭亡只在早晚，二公子是为唐公着想，大人要三思啊！"

李渊一怔，道："举事谈何容易？若是失败，杨玄感就是前车之鉴呀！"

见李渊已有动摇之心，裴寂忙道："举大事雄心大，小则负也！"

"这……"李渊挥手道，"再议，再议……先把那逆子放了！"

一连几日过去，李渊却并无动静，反而带兵平叛了魏刀儿的义军，收兵数千。

晚间，李府设宴，李渊和三个儿子及五位心腹部属都意犹未尽，段志贤道："这桌菜如此丰盛，若再以陈酿佐之，岂不美哉？"

李渊笑道："这有何难？院中现有上好的十八年陈酿'女儿红'，抱两坛来就是了。"

李渊示意，下人即刻抱来两坛。打开酒坛，香气四溢，众人不禁脱口道："好酒！"

众人斟满酒杯，李渊端起酒杯，诗兴大发吟道："醇醇女儿红，开坛十里香！"

裴寂忙笑道："诗味比酒味更浓，来，为大人再干一杯！"

众人饮尽。

李世民又为众人斟上酒，端起酒杯吟道："女儿美酒郁金香，玉杯盛来琥珀光。"

段志贤、殷开山拍手大笑道，"巧！巧！巧！精巧极了，来来来，再为李世民的酒诗干一杯！"

就这样，你一杯他一盏，不多时便喝得醉眼蒙眬。

李世民一拍手，音乐四起，帐后袅袅婷婷地走进两位侍女，各捧一壶碧螺春，在桌前给李渊道了个万福，又为李渊斟满，在现场翩翩起舞。

上有众将劝酒，下有舞女助兴，李渊已喝了个烂醉，由两个舞女扶着进了寝帐。

半夜时分，李渊口渴难忍，正要喊人来，手却触到一个软乎乎的东西。李渊忙伸手一摸，吓了一跳，身边竟躺了两个女人。

李渊忙颤抖着双手去摸引火纸、火刀、火石。还没摸到，胳膊就被拉了回去，接着一声娇滴滴的声音传来："大人，您干什么呢？赶快歇着吧！"

李渊忙跳下床来，摸着引火器具将灯点亮。灯一亮，李渊手中的火镰便跌落在地。

原来，床上竟躺着两个赤裸裸的美女，而自己也是光着身子。李渊慌忙去找衣服，却被两个美女拽到了床上，一个道："大人，您慌什么呀？难道我们是鬼，会吃了你不成？"

李渊挣开手道："你们是哪里来的贱妇？竟然闯入本臣的营帐。"

"哟，大人，瞧您说的。"一个道，"我们是晋阳宫的贵人，难道配不上你？妾身姓张，她姓尹，自从选入宫中，每夜都是孤枕难眠，那皇帝从不曾宠幸过我们，今晚你……"

"你……你们……"李渊吓蒙了，结结巴巴道，"你们既是贵……贵人，我……我，唉！"

尹贵人娇笑道："大人何必如此害怕？还是安歇了吧！"说着，又凑了上来。

李渊忙推开她，跳下床来穿上衣服，拿起宝刀就往外跑。

尹贵人笑道："大人，这黑灯瞎火的，您往哪里去？回来我们好好睡觉吧！"

李渊哪里肯听，执刀直朝裴寂房内冲去。

此时裴寂还没睡觉，见李渊跑来，笑道："大人，两个美人怎样？大人如何……"

还没待裴寂说完，李渊举刀便砍，裴寂急忙躲过，笑道："大人为何如此气恼？"

李渊怒道："你等为何设计害我？"

裴寂反问道："怎样说是我设计害你？昨晚两个舞女助兴，你见二人美貌，就让她们伴宿。她们说她们是宫中贵人，你却说'我就是喜欢贵人'。我上前阻拦，你还拔刀威胁我别多管闲事，让我如何是好？"

李渊摇头道："这不可能！我怎么不记得？"

"大人，您喝醉了嘛！"

"醉了？我……"李渊蹙眉道，"我真醉了？"

"是醉了！"裴寂毋庸置疑地说道。

"可是……唉！"李渊叹道，"如今做了这私淫宫眷的蠢事，如何才好？"

裴寂上前一步正色道："只要有雄心大志，何谈两个宫眷？如今君昏官暴，百姓怨声载道，举国烽烟四起，正是英雄豪杰大显身手之际。只要唐公顺应民心，大隋江山唾手可得！"

李渊深思道："我李家世代深受皇恩，安能做出此等叛逆之事，自惹灭门之祸？"

"可是大人，"裴寂步步紧逼，"您别忘了那两个宫中贵人，她们可是皇上的人！"

李渊真的进退两难了。他知道杨广狠毒的目光从未从他身上有过半刻的游离，自己的副手高君雅便是杨广专门派来监视自己的。

出兵镇压魏刀儿起义前，马邑县军事告急，李渊命高君雅领兵三万支援马邑。高君雅早就看出李世民及段志贤、马三保、殷开山、裴寂等人久有谋反之心，早就想寻机陷害李渊，这次，他以为机会来了。

高君雅名为出援马邑，却带领众军慢慢腾腾地往前走。马邑县令几次派人催促，高君雅都说："末将身体不适，李大人还故意派我来，旨在让马邑失守，图谋不轨！"

此事早有人报于杨广，杨广终于抓住了一个把柄，忙下严旨罢免晋阳留守李渊之职，诛灭九族。

圣旨未到，早有人将密信传至李渊手中。事情紧急，李渊只好急招裴寂、李世民等人商讨，裴寂道："大人，事已至此，形势逼人，何必踌躇？古人云：'先发制人，后发制于人。'请大人三思！"

李世民接道："父亲，今日君昏乱国，尽忠何益？如今更是要诛我九族，不反更待何时？"

殷开山也道："再不可犹豫。现晋阳兵强马壮，军粮充足，义旗一举，勿愁不成？"

"是啊，大人！"段志贤接着道，"趁着现在圣旨未到，兵权在握，赶快起事吧！千万不能再浪费时间了！"

大家你一言他一语，都是劝李渊起兵反隋，李渊思前想后："反正终要一死，与其等死，不如先反了他。"

于是，李渊下定决心自成帝业，命刘弘基、长孙顺德、王威到西河、雁门、马邑等县联络义军，把愿意入伍的百姓另编新营，不多日便有万人入伍。

李世民为防起事后全家遭难，统统把他们从河东移到河西一处偏僻的处所。

眼见事已齐备，李渊率众攻打贾湖关，准备取道晋西南向长安进发。

这一日，有一军卒呈上一封檄文，李渊忙取阅。

魏公李密广告天下，杨广十恶不赦，举天下之人皆可顺天意，合民心共讨民贼，共安天下……杨广罪恶滔天，不可胜数，紊乱天伦，谋夺太子之位，此其一；杀父弑兄，自立为帝，罪之二；伪诏杀弟，罪之三；后宫淫乱，祸害太子，罪之四；诛戮先朝大臣，罪之五；宠奸逐贤，妄佞谗言，罪之六，广征兵役，穷兵黩武，罪之七；大兴宫殿，广开运河，劳民伤财，罪之八；荒淫无度，巡幸忘返，不理朝政，罪之九；政繁赋重，民不聊生，罪之十。所谓有此'十大罪状'，何以君临天下？可谓罄竹难书。密不敢自专，愿择天下有德之君，檄文到日，速为奉行。

李渊看罢自语道："李密好大的胆量！"

李世民看罢檄文，道："儿闻李密袭取河洛，由瓦岗寨翟让等英雄奉为魏公，现拥兵数十万，不如暂与他联络，以安其心。"

李渊回文表示愿结同盟。信中李渊向李密讲了战事情况以及一些奉承的好话，然后强攻贾湖关，大战宋老生，一举攻下城池，收隋降兵三万人。数万大军休整二日，又浩浩荡荡向长安进发。

这一日，大军来到临汾，守城将领陈叔达乃陈朝宗室，素有才学，文韬武略样样精通。他自恃有才，闭门据守，李渊等人一面攻城一面招降，又将杨广"十大罪状"——列出，射入城内，弄得隋军军心动摇。

陈叔达看罢"十大罪状"，再看看现今部下个个垂头丧气的样子，不得不思之再三，由以往陈朝皇帝昏庸才被杨坚所破想到今日杨广又是昏庸无道，不禁扪心自问：似此昏君，保他何益？于是陈叔达献城投降，迎接李渊大军入城。

大军继续前行，行至长安城外。李渊命令大军在距城五里处安营扎寨，李世民等人又安抚西河郡县，占据河西大片领土。滨河百姓各献舟船，摆渡义军。

前方乃长安东门，守城将领为屈突通。面对坚城，李渊举棋不定，裴寂进言道："守城将领屈突通乃骁勇善战之人，贸然进攻长安，万一不胜，内有其生力之军，外有隋军重兵，我军必然腹背受敌，岂不危矣？不如先分兵攻占小城，然后图之！"

李世民道："裴公此言差矣，兵贵神速，我军乘胜前进，军心正盛，常言道：'智不及谋，谋不及断。'怎可长敌人志气，灭自家威风，优柔寡断，坐失良机？依我看，长安唾手可得！"

李渊捋髭思道："此二计均有可取之处，可将我军分为两部，偏军据河东，正军攻长安。"

于是，李渊派长子李建成率军守潼关以控河东，李世民率刘弘基等在渭河平原安抚军民，李渊则统领裴寂、段志贤、殷开山、马三保等人率军攻城。

三天三夜，烽火狼烟，尘沙弥漫，长安城东门终于被攻下，并收服了屈突通。其他城门也不攻自破。

于是李渊搬进了长春宫，长孙无忌、颜师古、于志宁等人求见，李渊均一一接待，并欲立代王侑为帝。代王侑系太子昭之子，太子昭早年遗子三人，长子俊封为燕王，次子侗封为越王，三子侑封为代王。

闻听全国各地义军风起云涌，最有影响的是瓦岗军和李渊的唐兵，尤其是听说李渊已攻下长安城，准备拥代王侑为帝，杨广不禁心中惊慌，悔恨当日不该养虎为患，放过了李渊。他又想起那首童谣，不禁扪心自问："难道大隋的气数真的要尽了吗？"

杨广虽然慌恐，但他还要做最后的努力。

杨广派三路大军围困长安城，将偌大的一个长安城困了个水泄不通，命令不准放出一人。

两军对峙多日，隋军久攻不下，只好行围城之计。但天长日久，城中百姓需出城，城外百姓需进城，如若隋军仍禁止百姓出入，势必会更加失去民心，那时江山可就真要拱手让人了。

三路元帅无奈，只得与李渊飞书传信商议，并下令暂开南城门，但凡出入百姓皆要仔细盘查，不可让李渊等混出城去。

城内李渊等人亦是心急如焚。若是硬打硬拼，自己的军队刚刚拉起，势单力薄，无法取胜，但终不能不迎战。如今长安城被困，天长日久，万一粮草用尽，岂不毁于一旦？

李渊找来众臣商议，为今之计就是扮成百姓混出城外，以后再图大事。

李渊与家眷将士们各自打扮，有装成卖柴的，有装成走亲戚的，也有装成做生意的买卖人的，分批混出了南大门。

面对严格的看守盘查，李渊等人是怎么可能出城去的呢？

原来杨广派来三路元帅，一路元帅是独孤盛——独孤皇后的侄子，三路元帅魏文通，二路元帅单雄忠——山西露州二贤庄人氏。单雄忠与单雄信乃同胞兄弟，素知李渊为人正直、爱民如子，因此就放松了关卡，使李渊等人得以出城。

李渊出逃，三路元帅恍然大悟，全力追捕李渊等人。

李渊带领将士、家眷正往前行，见前面有一座好大的山冈。冈上树高林密，阴森森如夜半坟岗，只听里面松涛阵阵，野鸟啼鸣。身后追兵将至，李渊传令进冈躲避。

独孤盛、单雄忠、魏文通的兵马追到岗前，见刚才车马人物一概不见，知是李渊等人藏在林中以避追兵。

此处名叫楂树冈，白天太阳照射，气温升高，人还好受些，但到了夜间，气温降低，西北风刮得人脸似刀割，口中难以喘息。李渊带着家眷冻得缩作一团，几个站岗的直打哆嗦。

第三天晚上干粮吃尽，连饿带冻的，实在可怜。李渊望了一眼头上的明月，叹道："难道我李渊终要被困而亡吗？"

众人也都一阵唏嘘。

忽然，前方有一点光亮往这边走来，大家忙提高警惕。李渊弯弓搭箭，对准灯光处"嗖"地一箭射过去，只听"啊"的一声，一人应声倒地，接着一阵"稀里哗啦"的声音传来，像是盘碗摔碎之声。

众人正疑惑间，忽听对方低声说道："元帅！元帅！你不可以死啊！"说到此处，对方提高了声音道："你等真是不识好人心！单元帅有心来救你们，给你们送饭，你却将他射死，可怜我家元帅一片好心，却……"

李渊一听，暗自后悔，忙走上前去，低声问道："你们元帅何名？为何要救我们？"

那人止住哭，回道："我们元帅是山西露州二贤庄的单雄忠，因为敬佩李大人的为人，才夜间偷偷亲自给你等送饭，不想竟……"

李渊听得此言，惊得后退一步。他深知单雄忠虽然在朝为官却为人正直、仗义疏财，自有一股侠肝义胆。他和弟弟单雄信乃露州一方有名的大好人，今夜却被自己一箭射死，实在可惜、可叹！

李渊令家眷、众将全体跪下，给单雄忠磕头谢罪，含泪掩埋了单雄忠。

李渊等人在这边掩埋壮士尸首，早有兵卒回营禀报独孤盛和魏文通："单元帅巡山时不慎被李渊冷箭射死，请大帅为单元帅报仇。"

独孤盛、魏文通一听，惊怒道："岂有此理！"

次日，东方刚刚泛白，独孤盛和魏文通的大队人马就黑压压地向山上进发。李渊料到大事不妙，鼓舞大家同仇敌忾，拼尽全力冲出林去。

李渊率家眷将士等向北冲去，正遇上独孤盛的人马。只见独孤盛头顶帅字盔，身穿帅字甲，脚穿一双薄底战靴，手中一把青龙大刀。黄脸膛，身高八尺开外，宛若一座铁塔挡在面前。

"对面何人？"李渊高声道，"胆敢拦住我们的去路！"

独孤盛从鼻子里哼了一声，挑眉道："我乃大隋天子驾下头路元帅独孤盛是也，逆贼李渊还不下马投降？"

刘弘基在一旁一听此话火了，手执长戟上来就要与独孤盛开战，不料对方一人却从独孤盛身后闪身出来。只见这人雪亮银装，白盔白甲白脸膛，胯下一匹白龙马，手拿一杆方天画戟，大喝一声："对面什么人？敢如此猖狂？"

"我乃刘弘基是也，你是何人？"

"我乃独孤元帅帐下张松是也，看戟！"

二人没说两句就战将起来，两戟一来一往，大战几十回合未分胜负。就在二马错蹬之时，刘弘基一个海底捞月，一戟戳到张松的战马肚皮上，战马登时倒地，将张松甩出一丈开外，刘弘基上前一戟结果了张松性命。

张松一死，从独孤盛身后又闪出一员小将，手握花棒，发疯似的直扑刘弘基，喊道："刘弘基拿命来，我要给哥哥报仇雪恨！"

刘弘基长戟一挡，道："你是何人？报上名来，我的戟下不死无名之鬼。"

"我乃独孤帅帐下战将张元是也，刚才死去的是我哥哥。刘弘基，拿命来！"

打仗亲兄弟，上阵父子兵。今天张元摆出一副与刘弘基拼命的架势，将两只棒子舞得上下翻飞。打了二十多回合，只见刘弘基猛朝张元小肚子刺去，张元忙用棒子架挡。没想到刘弘基这一招是虚招，他就势往上一挑，方天画戟直刺张元喉咙，只听啊的一声，张元栽于马下。

独孤盛见刘弘基连损他两员大将，气得哇哇暴叫，冲到阵前，道："休得猖狂，看我大刀取你性命！"

说着，独孤盛提刀劈将下来，这一刀来势凶猛，力道极大。刘弘基忙用长戟挡住，直震得手臂发麻。

二人大战四十四回合，独孤盛一刀劈在刘弘基的后背上，刘弘基把鞍吐血，落荒而逃。

殷开山见到刘弘基败了阵，提着两柄金鹊开山斧，冲上阵来要与独孤盛大战。

独孤盛大喊："来者何人？报上名来！"

"我乃李渊元帅帐下战将段开山！独孤盛，明年的今天是你的祭日！"

独孤盛一听，气得脸都绿了，大刀像雪片一般直挥过来。不到二十回合，殷开山大败而回，段志贤、马三保也相继被独孤盛战败。

李世民见四员老将均已败回，执起盘龙棍冲到阵前，与独孤盛大战三十个回合难分胜负。李世民暗自思忖："若能将独孤盛引出阵外，全家就可以逃出虎口！"想到此，李世民拨马便往东跑去。

独孤盛正战在兴头上，见李世民往东跑去，以为又是一个败将，便拨马哒哒哒地狂追而去。

李世民催马就往东奔，直跑到一座大山挡住了他的去路，李世民心想：完了，前方无路，是天要绝我矣！

独孤盛在后面大喊："李世民，你跑不掉了，下马投降吧！"

李世民急中生智，从怀中掏出一个弹弓，包上一颗石子，对准独孤盛的面门打去。

一道黄光直向自己面门而来，独孤盛忙用青龙月刀一拨，只听咣的一声，一块黄石应声而落。独孤盛仰头大笑道："李世民，你还有什么法宝，都使出来吧！谅你今日也逃不出我的手掌心，哈哈哈……"

李世民一听，眼珠一转，计上心来，问道："独孤盛，你为何擒我？"

"这还用问？"独孤盛笑道，"你是李渊的儿子，有名的战将，把你擒到京城，好领功请赏！"

"那，你知道我是谁的弟子吗？"

"这与我何干？"

"我乃金刚罗汉转世，南极仙翁的徒弟。"李世民转着眼珠子道，"你若擒我，我一喊，师父就会来救我！"

"哦？哈哈哈……"独孤盛大笑道，"那我就让你大喊三声，你师父若来救你，算你造化大。若无人来救，我可就不客气了！"

李世民对天高喊："呔！走道的听着，我乃太原唐公李渊之子李世民，谁来救我？恩师啊，徒儿有难，快来救我！"

独孤盛催迫道："一声了，你可别拖延时间，快喊！反正你也逃不了。"

"别忙，别忙，"李世民道，"你得容我的声音在云彩里慢慢走，传到我恩师的耳朵里，他再披上铠甲带上兵器，驾起祥云前来降你！"

"你别给我成心耍心眼儿，反正你今天逃不掉。"独孤盛轻蔑地望着李世民，道，"快喊，不让你喊三声，我不算君子！"

李世民接着喊道："我是李渊之子李世民，在此山前遇难，恩师快来救我！"

"两声了，快喊！"独孤盛逼迫道。

"你别着急呀，我的声音得慢慢走！"李世民接着又喊，"我是李世民，被昏君杨广的大元帅困在此山，恩师快来救我性命！"

三声喊过，独孤盛道："三声俱已喊过，快下马投降吧！"

正在这时，随着哒哒哒一阵马蹄声，山南边跑来一匹青龙闪电驹，马上坐着一员将军，只见他头戴六棱金盔，身穿黄叶战袍，大红中衣，膀开胸阔，黄白色脸膛，天庭饱满，四字方口，双目炯炯有神，手执一副金锏。来人非是别人，正是秦琼。

这秦琼为何会来到此处？

原来，在金堤关与张紫嫣的弟弟张金称见面后，张金称留守金堤关，秦琼跟着程咬金、翟让、徐世勣等人上了瓦岗山。后来听到窦建德、高士达攻打黑虎山，张金称回山助阵被隋将杨义臣所害的消息，心中万分悲痛。想到父亲秦彝被杨义臣所杀，几次接近杨义臣想杀死老贼皆没成功，如今张金称又被杨义臣所害，所以一心想为死去的亲人报仇。秦琼遂辞别众弟兄，下山去找北平王府表弟罗士信帮助，途经此处，忽听有人喊"救命"，又听是被杨广部下元帅所追，因此催马前来相助。

独孤盛见果然来了救兵，将手中大刀一指，问道："你是什么人？"

秦琼勒住马，回道："我乃山东济南府人氏，姓秦名琼，字叔宝，你又是何人？"

独孤盛一听，原来是山东有名的响马秦琼。早听说过他武艺高强，非同一般，我可是得小心从事，于是答道："我乃大隋朝天子驾下称臣，头路大元帅独孤盛是也。"

秦琼一听是大隋元帅，便气不打一处来，扬起瓦面金锏就直砸下去，独孤盛手执青龙刀往上架挡。二人你来我往，打了四十回合，眼见秦琼越战越猛，独孤盛的虚汗就下来了，他一不留神，秦琼的左金铜对准他的太阳穴砸来，右手金铜对准他的前心砸去。独孤盛想用刀将两把铜同时架开，谁知顾前顾不了后，只架住了下面，却被上面的金铜直直地砸在太阳穴上，只听啪的一声，独孤盛万朵桃花开，当时便栽于马下。

李世民闪身下马，掏出腰刀将独孤盛的头颅割了下来，挂在马鞍鞒上，抱拳在胸，说道："多谢秦将军救命之恩。"

秦琼忙回礼，道："快请起，你为何落到如此地步？上马来说。"

李世民跨上马背，与秦琼一路走一边将父亲晋阳起兵以及失败长安之事一一说来。秦琼道："那眼下你一家以及众将定还在危难之中，咱们快去救他们吧！"

李世民感激不尽，道："秦将军如此慷慨，令人敬佩。若不嫌弃，我愿与将军拜为患难兄弟，将军意下如何？"

秦琼道："现在救人要紧，咱们快回楂树冈！"

二人打马如飞，来到楂树冈时，但见整个山头被隋军围得水泄不通。于是，两匹战马在敌营中横冲直撞，秦琼双铜一推就是一大片，李世民的盘龙棍上下翻飞。不多时，便闯到三路元帅魏文通的大营前。

魏文通立刻拉马提刀，披挂整齐，来到营外时正看见秦琼和李世民马踏连营。魏文通大喊一声："哒！哪里走路的贼子，敢来此地逞能？"

近前一看，见那年轻的小将马鞍鞒上挂着独孤元帅的人头，心里吃了一惊，心想：这可能就是李世民。再看后面那位黄脸大汉，乃山东响马秦琼。想当初，秦琼跟在杨义臣左右，与魏文通在金城关见过，不想冤家路窄，今日竟在这儿又碰上了。

魏文通道："前面可是响马秦琼？"

秦琼一见是魏文通，道："魏文通，当初饶你不死，今日还想逞强？赶快下马投降，饶你不死！"

魏文通顿时气得脸色发青，道："你们算什么英雄？不过是叛逆之贼罢了！"说罢，举刀砍来。

李世民和秦琼一齐迎战，三人战在一处。

以一敌二，魏文通难占上风，他一边忙着去挡秦琼的双铜，还得去招架李世民的盘龙大棍，打了十几个回合，李世民拦腰一棍正打在魏文通的左膀上，魏文通在马上摇晃了几下，险些栽下马来，忙催马往东南逃去。

隋兵见主将已败，散的散，逃的逃，降的降，三路隋兵损伤大半。

林内李渊等人正焦急万分，忽见隋军大乱，忙派李建成观看。李建成见二弟回来了，还带来一员大将，喜出望外，忙向父亲报知，李渊等闻听大喜。

李世民来到父亲跟前，跪倒磕头，道："父亲受惊了，孩儿已把独孤盛的人头取来。幸亏秦二哥帮忙才将独孤盛打败，还救了孩儿性命，又大败魏文通，降服隋军！”

李渊听罢，忙向秦琼施礼道："多谢壮士救我儿性命，也救了我们全家啊！李渊一生感激不尽！"

"李大人不必多礼！"秦琼忙回礼道。

此战，李渊收服隋军两万人马，秦琼道："唐公还是回长安吧，重整旗鼓，建立帝业，想那昏君三路人马伤亡大半，再也没什么精力对付各位英雄了，咱们后会有期。"

说罢，秦叔宝打马扬鞭，消失在滚滚的黄尘中。李世民登高目送，久久不肯离去。

深宫寅夜，杨广与萧皇后仍丝毫没有睡意。深秋的凉雨在阶前滴答滴答地溅落，透过半卷的帷幔，秋风携来了阵阵浓浓的秋意。杨广双眼浮肿，脸色黄中带青。他眯缝着双眼，随着萧皇后手臂的节奏，前后仰合着。

"对，脖子下面一点，用点儿力气！"杨广指点着，"还是皇后的手法高超，比那帮小宫女捏得舒服多了。夫妻还是原配的好！"

"是吗？刘贵妃的手不是更迷人吗？"

"瞧你，又吃醋了不是？今天朕不是来陪你了吗？你们女人家，就是麻烦！"

"臣妾是争风吃醋的人吗？人家是心疼陛下，你倒错怪起人了！"

"罢！罢了！朕想求你件事，不知皇后是否应允？"

"皇上倒破天荒地客气起来，真是大姑娘坐轿头一回啊！下旨吧，臣妾敢不遵从？"

"天已透凉，我们捂着锦被尚觉寒意，那些兵丁、宫卫们仍穿着夏装在宫门守卫，料想一定寒透脊背。现在秋装仍无着落，冬季快来了，朕想让你们后宫的佳人们为兵士缝制冬衣，也可让他们安心守御，时时不忘皇后的恩情。"

萧皇后听后，心中陡然一震，心中暗想：这个酒色之徒是被秋雨浇醒了吧，居然还能记挂近侍的冷暖，也算是良心的复苏吧！

想到这儿，萧皇后爽然答道："从明儿起，让这些闲得发狂的宫娥们一人一件，来个缝制冬衣比赛，准保高兴。皇上真是高明，想出一举多得的妙招来，如果早一天……"

一不留神，那不中听话溜了出来，杨广听了立时变了脸色。

萧皇后吓得伸出了舌头，心中庆幸自己没把长安陷落的闹心事再提出来。

下午，杨广出宫，他亲眼看见三五成群的侍卫在秋风中瑟瑟发抖，口中似有怨言。他本想严惩他们又恐众怒难平，只好装作没听见，但他确实担心侍卫中再出现集体不满的情绪。去年，他巡游塞北，驻晋阳宫，因为晋阳宫宫室不足，不少侍卫在宫外结草而居，因而怨声不断。杨广大怒，连斩数人，虽制止了怨声载道的局面，但侍卫们却也不似以前那样忠诚和勇敢了，以至于始毕可汗突袭时，杨广险些成了箭下之鬼。

想到这些，杨广仍不寒而栗。

"做了冬衣，能暖了身还不能暖心，怎么能让他们死心塌地地跟着朕呢？"

"皇上，您说，男人最需要什么？"

"当然是建功立业了！"

"那是壮士豪杰的要求。一般人呢？"

"应该是养家糊口、尊老抚幼吧？"

"对于他们个人呢？作为男人的个人需求？"

"绕了半天，你想说的原来是这个。"说着，杨广一转身，把手摸向萧皇后。

萧皇后咯咯地笑着，用手推开了杨广："皇上一时都离不开女人，他们却抛家离子、孤零零地在异地苦熬，心中能不苦吗？"

"皇后说的倒也是，可也没有什么办法安慰他们啊！难道给他们设一个妓院，让他们定期去发泄一下？"

"当然不好了，那岂不有损朝廷的威严？"

"朕怎么会那么做呢？不过举个例子罢了！可是，如果让民间商人去干，他们肯定会乐意的，这是一本万利的买卖！"

"给侍卫们发饷银，让他们拿了饷银去逛妓院，妓院内一色的丘八老爷，因为争风吃醋再大打出手，青史上怎么写这段呢？"

"当个笑话说说罢了！"杨广自我解嘲。

"给他们每人找个女人！"

"每人找个女人？该不会把宫女们都放将出去吧？她们肚子里说不定还有龙种呢！朕的龙马精神振奋时，一天御女十余人犹很从容，都留下来给朕享用吧！那一个个翠柳娇花，怎禁得住这些壮汉们的骤雨狂风？"

"皇上想哪儿去了，就是借给臣妾一百个胆儿，也不敢轻动您的女人啊！臣妾的意思是在民间为他们寻觅配偶。"

"不行吧，这数千人一时到哪儿找那么多女人去？"

"皇上放心，这件事只要交给一个人去办，准保很快办成！"

"谁？"

"王世充！"

"朕想起来了，就是那个西域胡人，任江都丞兼江都宫监的胖大汉子。告诉他，办成了这件事，朕要重重赏他。朝廷正在用人之际，他将来亦可做地方大员。"

于是，王世充接受了新的任命。

王世充是个残暴的人，为了凑足人数，他不管人家婚嫁与否，也不论年龄大小，生生地拘了来，不知毁坏了多少家庭，制造了多少悲剧。

一个手下人向他进言道：“有的妇女还奶着孩子，有的已经做奶奶了，有的还是黄毛丫头，她们不适合做侍卫的妻子。”

王世充听罢，一个耳光扇过去，骂道：“这也不行那也不行，把你的老婆、闺女献出来，你干吗？”

王世充把妇女们分成三六九等，分配下去，大头目是水灵灵的黄花闺女，小头目是年轻的寡妇、媳妇，兵士们则只能分一些年纪大的、面目丑的、缺眼断指的女人。

身边有了女人供以发泄，但侍卫们又生出许多不满来。

“王世充的活儿干得很漂亮，侍卫们有了女人，都安下心来了，皇上要是派他去剿灭匪寇，定然不会像杨义臣那样当了逃兵。”

“皇后言之有理。”

于是，王世充又走马上任，先后镇压了长白山地区的齐郡人孟让、卢月明，吴人朱燮，晋陵人管崇等，屠杀不少义军。为了炫耀战功，他还杀良冒功，很多无辜百姓成了他的刀下之鬼。

太监王义虽平常默不作声，但却能眼观六路。他对王世充的缺德作为深感厌恶，但又不好妄论大臣，只好准备择机给杨广说些隐语。

一日，王义见杨广酒后初醒，神情见爽，便给杨广新沏了壶碧螺春，双手捧给皇上，却故意让袖中的书本掉落出来。

杨广见状，问道：“什么书？竟置于袖中？”

王义躬身回道：“奴才偶然看到这本《六韬》，觉得很有意思，便闲暇时翻翻。”

杨广博闻强识，这等谋略方面的典籍早已烂熟于心，听说是《六韬》一书，顿然来了兴致，于是便追问道：“既然读了《六韬》，朕且问你，这《六韬》谁人所著？篇章几何？所论要津怎样？”

王义早已成竹在胸，但仍佯装思忖，慢慢地说道：“奴才依稀记得，《六韬》乃姜太公所著，现有六卷，即文韬、武韬、龙韬、虎韬、豹韬、犬韬，共六十篇。它详论了治国与战争的关系，还具体阐发了作战与治军、车骑与步战的关系，为历朝国君、将帅之必读之书。”

“甚好，看来你读此书并非走马观花、囫囵吞枣，已然融会贯通了。朕想听听你对具体篇章的见解，不妨把你领悟最深的章节讲给朕听，朕也好对你点拨一二。"

"蒙圣上谬爱，奴才就不避班门弄斧之嫌，姑妄言之，祈请圣上斧正！"

王义略作思索状，然后缓缓道来："奴才对《选将》一节较为熟悉，就说它吧。武王问姜太公，君王发动战争，要选拔英明权谋之士，那了解士人才能的高下，具体有什么办法没有？

"姜太公说，士的外貌与实际情况不相符合的有十五种。有的人表面上贤惠但实际上歹毒；有的人表面上温和善良但实际上为盗作恶；有的表面恭敬待人但心中轻视他人；有的人表面上对公事廉正谨慎但实际上漫不经心，有的人看起来非常精悍但实际上却一无是处；有的人表面上胸怀坦荡但实际上毫无诚信可言；有的人喜好谋划但缺少决断；有的人好像很果敢但实际上无所作为；有的人外貌诚恳但实际上不讲信用；有的人表面上迷迷糊糊但实际上忠实可靠；有的人口头上言辞怪异、激烈反而有所成就；有的人表面勇敢但实际怯懦；有的人看上去十分严肃但实际上平易近人；有的人貌似严厉但实际上沉静谨慎；有的人表象虚弱让人认为他没有能力远行但却可以派他到任何地方去执行使命；即使出使外国也没有完不成的任务。

"天下众人所轻视的人，圣人却唯独会加以器重，普通人不能察明实情。所以说，没有高明的察人之才的人，是看不清人才的。这些就是士人的外貌与实情不符的种种表现。

"周武王又问，如何才能了解士人呢？姜太公回答，了解士人有八种方法，一是向他提出问题，看他如何回答；二是与他连续不断地争辩，看他的应变才能；三是告诉他私下探听到的消息，看他是否忠诚；四是直截了当地提问，看他有无隐瞒，以此观察他的德行；五是用财物试探，看他是否廉洁；六是用美女试探，看他的贞操如何；七是告诉他有艰难的使命，看他的勇气如何；八是用酒灌醉他，看他的真实神态。八种方法都具备了，士人的贤与不贤就区别出来了！"

"既然你理解如此透彻，那就说说你是属于哪一类？"

"回陛下，奴才乃草木之躯，焉敢与士人同语！"

杨广起身走到绿纱窗前，又回转身，似有所思，道："王义，朕不是听不出你的弦外之音啊！朕已深陷泥潭，无法自拔了，朕用人不察致有今日。人呀，有着天生的弱点，爱听顺耳之言，力排逆耳之声。高颎、苏威都是真正的忠臣却受到了朕不公的待遇，朕每每思过，都是痛彻心扉，但就是无法拒绝那让你迷惑的东西。

"今日，朕是第一次敞开胸怀，可能也是最后一次。你虽是一个奴才，一个残疾之人，但朕从未低估你的忠诚、你的才气。朕这一生渴望创造奇迹，亘古未有的奇迹，但常常事与愿违。如今，朕眼见得大势已去，已无回天之力了，也只能随它去吧，当一天和尚撞一天钟吧！"

王义听罢泪如雨下，双膝跪地，声泪俱下地乞求道："陛下，也许文武百官不理解您，也许天下的黎民不理解您，但王义能理解您，您就振作起来吧！为天下苍生，为祖宗社稷，为先帝在天之灵，也为了犬马一般的王义吧！"

杨广紧走两步，用双手搀起王义，含泪道："来世吧，咱们来世还做主仆！"

"陛下，您不能啊！"王义凄厉的声音撕心裂肺，骤然昏厥过去。

杨广抹了一把泪水，扶起消瘦了许多的王义，走向自己的龙床，将王义小心地放在榻上。

昏黄的天际，一道彩虹悬于西天，是那样的烂漫。它一头连着深宫，另一头连着遥远的山峦。

杨广心中腾起一股冲动，真想生出双翼，扶摇而上，沿着弯弯的彩虹走到天的尽头。

"也许天的那边是至善至美的乐园，真如诗文中描绘的那般绚烂。都说天子是龙，为什么朕不能腾云驾雾而只能心向往之呢？都唤天子是圣上，为什么圣上也屡犯错犯呢？"杨广喃喃自语。

李渊楂树冈脱险后，把家眷悉数送回晋阳，以免再遇凶险，然后寻机东山再起。他一面招抚各地小股义军，一面广造舆论，将杨广的"十大罪状"贴遍城乡各地。各地百姓纷纷来投。

李渊恢复元气后，计议再攻长安。

留守长安的代王杨侑听说李渊再图长安，立即派虎牙郎将宋老生率军五万屯守霍邑（今山西霍州市），左武侯大将军屈突达（屈突通之弟）率五万兵屯守河东。

李渊率军西进，经过离霍邑五十余里的雀鼠谷，时天降大雨，多日不息，李渊不得前进。刘文静向李渊建议，利用短暂的休整，速与兵力强大的突厥取得联系，李世民又建议写信给李密，联合起来共图大计。

刘文静受命出使突厥，与始毕可汗约定：攻下长安，民众、土地归李渊，金玉缯帛归突厥。始毕可汗欣然应允。

李密接信后，邀李渊率千骑至河内（今河南沁阳），与他面结盟约。

李世民建议，回书可尊推李密，口气卑微。书曰：

吾虽庸劣，幸承余绪，出为八使，入典六屯，颠而不扶，通贤所责。所以大会义兵，和亲北狄，共匡天下，志在尊隋。天生民，必有司牧，当今为牧，非子而谁！老夫年逾知命，愿不及此。欣戴大弟，攀鳞附翼，唯弟早膺图，以宁兆民！宗盟之长，属籍见容，复封于唐，斯荣足矣。殪商辛于牧野，所不忍言；执子婴于咸阳，未敢闻命。汾晋左右，尚须安辑；盟津之会，未暇卜期。

这是李世民的韬晦之计，意在稳住李密。

李密得书后高兴万分，把李渊的书信遍示将佐，说道："李渊推我为盟主，不愁天下不能定了！"

众将也欣喜异常，唯有一身道袍的魏徵面露忧色。

李渊军中，众将望着下个不停的大雨心忧如焚。而最让李渊闹心的是军粮将尽，运粮的军队杳无音信，刘文静此时也尚未回还。

正当李渊同诸将计议再派人催粮时，探马来报，突厥与刘武周欲乘虚袭击晋阳。

刘武周，河间人，初时跟随杨义臣征讨高句丽，后回河间老家任鹰扬校尉，因与太守王仁恭生怨，后设计杀了王仁恭，聚起万余人举兵反隋。

在同隋兵的对抗中，刘武周自感力量薄弱，便向突厥示好，表示愿意归顺，并将从汾阳宫掠得的数百宫人统统送给了突厥人。那突厥首领一见那些貌若天仙的美人非常高兴，当即送了刘武周不少马匹，并封刘武周为定扬可汗。刘武周在突厥人的支持下自称皇帝，年号天兴。

众将听说刘武周要突袭晋阳都大惊失色。裴寂劝李渊道："宋老生、屈突达据险而守，不易很快攻下。李密虽说联合，但其奸谋难测，据说他军中能人甚多。突厥贪而无信，唯利是图，未必不暗助刘武周。刘武周依附突厥，居心叵测，且其兵力强大，而我守御之兵则过于单薄，晋阳危也！义军家属都在晋阳城中，我们与其羁留此地，不如回救根本，以图后举。留得青山在，不怕没柴烧。"

裴寂言毕，众将纷纷附和。

李世民立刻站起来反对撤兵，铿锵有力地说道："如今稼禾遍野，何忧无粮？宋老生浮躁，一战可擒。李密顾恋仓粟，不会远离东都。刘武周与突厥表面相附，内心则相互猜疑。他虽想远图晋阳，岂可就近舍弃马邑？他充其量是有贼心而无贼胆。我军本兴大义，奋不顾身以救苍生，应当先入长安，号令天下，此乃根本大计。现在，一遇小敌就急忙班师，恐怕随我的军卒会一朝而解体。还守晋阳，只可做贼，怎么可以自全？"

说罢，李世民看着众人，众人只是沉默，应者寥寥。李渊望着众将急切的表情，催促军队出发。

此时天色已晚，李世民冒雨在帐内恸哭。

李渊其时已经入睡，听见李世民哭声，便召李世民进帐，问他为何如此悲切。李世民止住哭声，痛陈道："今士兵举义鼓动，连战则克，退还则散，士众散走，长安之劲敌必乘机进讨，败亡将很快到来，儿子怎能不悲恸呢？"

李渊猛醒。原来，新招兵士中不少都是关内附近的兵士，不愿轻离故土，不少兵将也是冲着攻破长安、立功受封而依附的。

李渊后悔不迭，抓耳挠腮。李世民忙道："右军严阵以待，还没有出发。左军虽去，估计走得不远，让我去将左军追回来！"

李渊手抚脑门，沉声说道："儿呀，我军成败尽在于你，你想怎么办就怎么办吧！"

李世民连夜骑马向北，将左军追回。回到驻地时天已大亮，此时天气骤然转晴，多日不见的太阳明晃晃、亮堂堂的。

李渊的心情仿佛也云开日出，命令兵士抓紧晾晒铠仗行装，准备向霍邑进兵。

李建成及四弟元吉担心宋老生固守不出，建议绕道先攻屈突达，李世民坚决反对："宋老生勇而无谋，若我们以轻骑挑战，他不会不出战的。如要他固守，我们可以大造舆论，声言他首鼠两端、心怀二志，故意与我军交好不战。这样，他担心手下人奏告，也必会出战的。"

李渊点头称是。

李渊依李世民的筹划，调兵遣将已毕。

李世民仅率数十骑来到城下，隔着护城河指指点点，俨然一副围城的样子，城上连射数箭都被李世民用剑轻轻拨开。李世民对着城墙上的守军高声骂道："宋老生听着，我李世民单枪匹马，你竟像妇人一般胆小如鼠，难道你是属豆腐的吗？"

李世民的随从也高声骂阵。宋老生被激怒了，兵分两路，准备截击合围李世民。

李世民且战且退。

此时，李渊早派殷开山、李建成、段志玄等分率三路兵马，来到城下。

宋老生挥军先攻李建成的军阵，李建成抵挡不住，眼看就要溃退时，李世民率数百轻骑从敌后直冲过来，将一条盘龙棍舞得上下翻飞，如入无人之境。隋军被李世民的无畏气势吓得不敢恋战，纷纷后撤，李建成也转身杀奔过来。一时间，杀声震天，血肉横飞。

突然间，队伍中有人高喊："宋老生死了！"

宋老生的兵士听到主帅已死，顿时四下逃命。宋老生正待逃奔时正迎着刘弘基，被刘弘基手起刀落，劈成两半。

霍邑城内的守军为了保命，献城投降。

李渊乘胜进军，临汾、降郡先后攻克，远近的义军和百姓争相归附。

就在这时，刘文静又带来了五百名突厥兵和三千匹战马。之后，屈突达兵败被擒，降了李渊。

李渊的胜利让许多士人受到震撼，他们审时度势，也纷纷加入义军中来，并纷纷为义军贡献自己的才智。汾阳薛大鼎献策攻取永丰仓，关中最强大的义军首领孙华更是亲自带领全部人马投奔到了李渊的旗下。

不久，三辅（长安、扶风、冯翊）豪杰纷纷归附，让李渊如虎添翼。李渊对归附的士人一律量才录用，任命颜师古为朝散大夫，长孙无忌为渭北行军典符。

大军兵临长安城下。城内原有的李渊旧部暗中串联，控制了皇城、东门，又以举火为号，在三更时分开城门，引领李渊大军蜂拥而入。

有限的抵抗很快被平定了，长安守军大部投降，而守将卫文升竟被活活地气死了。

李渊亲赴东宫迎请代王杨侑，这时马邑郡丞李靖被兵卒引来求见李渊。李渊只顾与杨侑问候，怠慢了李靖，李靖遂道："都云唐公礼贤下士，今日一见，有其名而无其实。"

李世民闻听，急忙亲自来见。李世民早就听说过李靖的大名，不久便招李靖成了自己的幕府，为自己出谋划策，冲锋陷阵。

李渊出榜安民，开仓放粮，并与民约法二十条，悉除杨广时的苛政。与此同时，李渊着手封赏众将。

李渊备法驾迎代王杨侑至天兴殿即皇帝位，改元义宁，遥尊杨广为太上皇。李渊自任大都督，全面主持朝廷的内外军政大事，并改封为唐王。

李渊任命裴寂为丞相府长史，刘文静为司马，李纲为丞相府司录，专管选举官吏之事。

李渊又追封祖父李虎为景王，父亲李昞为元王，已故窦氏追封为穆妃；封长子李建成为世子，次子李世民为秦公，四子李元吉为齐公。

其余各将均有封赏，众人皆大欢喜。

李渊大局初定，忽听得薛举在金城（今甘肃兰州西北）自封为秦帝，并派其子薛仁果攻入岐山（今陕西扶风县），妄图谋取长安。李渊赶紧与李世民计议。

依李世民的计策，李渊派秦公李世民为元帅，刘弘基为先锋官，前去御敌。

两军刚一交战，刘弘基便连伤薛仁果三员猛将。薛仁果怒火中烧，亲自出马，与李世民大战三十回合，被李世民的盘龙棍一棍打于马下，登时毙命。李世民率领大军杀入敌营。

秦军兵士见主将已死，无心恋战，丢盔弃甲，狂奔逃命。李世民乘胜追击，直追到陇坻（位于今甘肃天水市境内）方止。

薛举见大势已去，只好开城投降。

至此，陇东地区已全然在李渊控制之下，李渊在关中的地位更加稳定。然后，李渊命长子李建成为抚宁大将军，都督太原等十五郡军事。

此时，各地反隋势力纷纷称王称帝，闹得不亦乐乎。瓦岗寨李密自封魏公，萧皇后的弟弟萧文灿在江陵建立梁国，李轨在河西自称凉王，南阳朱灿自封南阳王，曹州孟海公自封顺义王，相州高谈圣自封御王……

【第十六回】

观枯荣杨广悲命数，鉴兴衰隋炀哀庙堂

这日，杨广与萧皇后、杳娘、妥娘、袁宝儿等美人在园中饮酒作乐，忽然，越王杨侗近侍赵信哭拜于地。杨广的雅兴顿时全无，心中不悦，问道："好端端的，哭什么？"

赵信哭奏道："东京危在旦夕，越王殿下遣奴才潜身逃遁来奏知陛下，祈请陛下早发救兵！"

杨广责备道："东京城城坚河阔，兵马众多，钱粮广积，即使有李密威胁，对付他也绰绰有余，为何这等紧急？"

赵信奏道："陛下有所不知，如单独对付李密还稍稍容易，但不幸的是，兵权皆由左仆射王世充执掌。那王世充为人奸险，外虽矫饰，内却实有阴谋篡逆之心，所有要事都完全出自他的意愿，越王殿下不得不拱手听从，不能自主，进退实为狼狈，所以派遣奴才前来奏知陛下，伏望陛下早发良将，前去救援，尚可使瓦全于万一。如若不然，东都不为李密所夺，也定为王世充所有矣。"

杨广闻听王世充如此奸诈，不禁悔恨自己为其所惑，又遗下一患，便道："东都之危，朕已知之也，奈何国无良将、朕乏良臣啊！"

"万岁爷可下诏罢免他的官职，让贤人取而代之！"

"如此一来，岂不是促他造反，又给朕再添劲敌吗？既然无暇顾及，姑且置之度外，由他去吧！"

赵信叩首不止，泣道："陛下，看在先皇爷创业艰难的份上，还是发兵援救吧！"

杨广无奈地摆摆手，伤感地倚在一棵枝繁叶茂的楸树上，叹息道："天数已定，朕已在劫难逃，岂人力所能抗拒？"

赵信往前跪爬几步，咚咚咚连叩了数下，然后起身就要退去。杨广叫住了他："你已经尽职了，侗儿也尽职了！朕也……"

瞬间，空气似乎凝固了。

忽然，他想起什么似的，缓了口气，换了一种语调，平静地问："你去过西苑吧？那儿近来如何？"

赵信深深吐了口气，语气沉沉地答道："自圣驾东游，台榭满目荒凉，园林寂寞，朱户生尘，绿苔绕砌！"

他一字一顿地机械地答道。显然，他心中充满了伤感、怨恨，他想："圣上啊，你为什么不问问城内的百姓们是怎样一天天熬过来的？不问越王殿下是怎么度日如年的呢？"

杨广想了想，心中好像有无限的话儿要问。

"园中的花木料想还好吧！"他拍着楸树，问人又像问树。

"只八角亭旁的那棵李树近来如得了神通，发疯般地往上蹿，已是今非昔比了。"

杨广似有所思，猛然又问："玉垒院中的杨梅树呢？"

"一月前就突然枯死了！"

"枯死了？"杨广张着大嘴，半晌无语，继而又捶树大叫道，"果然草木有情、天地有知啊！上天已诏告朕躬，诏告朕躬了！"

他挥挥手。赵信走了，近侍走了，美人走了，只留下萧皇后一人。

萧皇后整了整发髻，调整了一下心情，近前安慰道："皇上，人有百岁，草木一秋，岂能以荣枯卜兴亡？只是巧合罢了，皇上何必认真？"

"你哪里知道？朕近观天象，甚觉不妙，太微垣中，忽见一怪星又大又放光芒，逼近帝座，不知何名，但绝非佳兆！"

萧皇后想了想，又劝道："天道微微，变幻莫测，便是吉兆也未可知，皇上何必想得那么多呢？"

"天人合一，天人一体，天道昭昭，岂能不信？"杨广一副不容置疑的神态。

萧皇后牵着杨广的手，把他拉回座中，小心地说："要不，明儿唤台官一问，不就清楚了？今日良辰，且受用这美酒佳景，让人间的烦恼统统见鬼去吧！"

杨广忽然换了一副面孔，大彻大悟般笑道："还是皇后说得对，人生苦短，朕倒多愁善感起来了！罢罢罢，我们换巨觥来饮！"

左右随即上酒来，二人相对而饮，深夜方罢。

第二天，杨广在偏殿召见了台官。台官年岁不大但已深谙此道，对天象观得甚为精熟。

杨广问起天象，台官跪地实告："臣近日观测，星文大恶，恐祸及……"

"照实来说，朕不怪罪于你！"

"臣连见贼星犯帝座甚急，又见日光四散如流血，恐陛下将有不测之祸，就在旦夕之间！"

杨广惊问："何谓贼星？"

"出入无常，或潜或见者谓之贼星！"

"为祸大小如何？"

"星大则祸大，星小则祸小。如今星大而有尾，必大祸临头！"

"当如何备之呢？"

"唯立刻修明德以除灭亡！"

杨广蹙额思忖良久，又问："是指国运呢，还是朕躬个人？"

台官流泪黯然道："恐不独国运也！"

杨广默然不语。

又过几日，江都粮尽，人心更乱。

那些骁果、宫中侍卫多是关中子弟，在江都留了许多时日，思家心切，便都想归去。杨广此时只想迁都丹阳，哪有心情北归。士卒们听说要过江再往南行，大半不愿，有个虎贲郎将李子贤竟然不辞而别，率部数百人扬长而去。

杨广大怒，立派左右侍卫追杀李子贤，不想那些奉命追杀的侍卫竟一个也没回来。

杨广恼怒却又无奈，只得在便殿内长吁短叹，愀然不乐。萧皇后见杨广如此，又劝解道："皇上与其戚戚忧忧，不如欢欢乐乐，还是饮酒赏花方是上策！"

于是，游园内一时间又乐声悠扬，燕语莺歌，一班美人或舒腰翩翩起舞，或执剑游龙戏水。

杨广醉眼蒙眬，问众美道："众卿，还有何等的乐事，足以游目骋怀？"

刘月红娇滴滴地说道："臣妾院中的桃花开得最盛，满院飘香，陛下何不移驾一观呢？"

杨广兴致正浓，携了刘月红便行。但见院中高高低低的桃花，或临水或沿溪，或倚石或背檐，满眼望去，一片红锦。

杨广看着看着，忽又想起昔日赏春的情景来了，不禁心中惨然，又连饮了数杯酒。满腹的感慨似要倾泻，便索来纸笔信手写出：

琼瑶宫室，金玉人家，珠帘开处碧钩挂。叹人生一场梦话，休错了岁岁桃花！奈中原离黍，霸业堪嗟。干戈满目，阻断荒遄。梨园檀板动新雅。深痛恨，无勤王远将，銮舆迓，须拼欢，顾不得繁华天下。

众人都听出了悲戚之声，只有刘月红埋怨道："陛下也真是的，原为欢心，却吟出这样的悲句来！"

杨广只道："也好，从此再不提扫兴的国事，有敢提起者定要重罚！"

因为要迁都丹阳宫并游幸永嘉，宫外侍卫们都在打点行装，杨广已下严旨：有迟延者定要斩首。侍卫们本就思乡心切，见了严旨心中更是不满。其中有个叫司马德戡的虎贲郎将，为人爽直，性格豪放，他早就有私逃之心，暗中做着准备。一日，他在路上遇见好友裴虔通，就把心中的秘密和盘托出，想结伴而行。

"皇上流连江都，时日已久，一味耽于安乐又不思北归，将士接连逃亡，他犹不醒悟，还要迁都南行。我等妻子父母在北方，何时方能回家团聚？不如也学李子贤率众返乡！"

裴虔能也是个藏不住话的人，便道："我也是有此意，只是独身不便罢了！"

司马德戡大喜，便拉住裴虔通的手说："将军既然同意，我负责召集其他人，咱们约好时间，就在近日！"

裴虔通也很激动，应承道："既如此，我也多邀几人，黢出去了！"

两个人说的这些话，偏巧被一个小宫女听到了，忙不迭地报给杨广。此时杨广心情极差，与西宫刘月红云雨才罢，听了报告大怒道："朕已明旨不许妄谈国事，你都不知道什么国家大事，就敢胡言乱语、扰乱人心？今不杀你，还会有人妄言！"

宫女吓得尿了裤子，连连叩首求饶，但杨广面色铁青，命左右速速拉出宫女，乱棍打死。宫女的惨叫声传来，吓得所有人都低下了头。自此以后，众宫人太监虽有耳闻，但都噤若寒蝉，不敢多言，生恐惹来杀身之祸。

这时，有个虎牙郎将赵行枢，也和司马德戡和裴虔通约好，就在明晚动身。赵行枢有个至交，平素两人无话不谈，即将分手总要道个别，以尽朋友之道。这个人叫作宇文智及，乃宇文化及的弟弟，现为将作监，执掌禁兵。

宇文智及听完赵行枢的计划，却道："皇上虽然偏安一隅，但威令尚能通行。君等虽然逃得了一时，若朝廷行文追捕，又能避得了几日，岂不是自取灭亡吗？"

赵行枢听了觉得在理，便道："依君之见，当如何才好？"

宇文智及道："如今天心厌隋，亡象日现，四方英雄并起逐鹿。我与你同掌禁兵，机不可失，若能在江都起事，同心谋叛，只需振臂一呼便可得健儿数万。以此举事，小则为王，大可成帝，何必如丧家之犬惶惶不可终日呢？"

这一番话如清风拂面，赵行枢大喜道："公之良言如拨云雾见日，令人顿悟，敢不拜教！"

宇文智及又道："话虽如此，但恐人力不济，若得二三同心者共匡大事，何愁大事不齐？"

赵行枢献策道："这个不难，司马德戡等人定有长远打算，不妨邀来共议。"

宇文智及大喜，道："如此最好，快快请来！"

赵行枢寻到他们，却说道："我本想同宇文智及同道，不料他对我们的出逃极不赞同。"

司马德戡惊讶道："万一他泄出我们的秘密，我们都危险了！"

赵行枢却笑道："不妨事。他有一条妙计，保证诸公欢喜，我们就去他处商议此事！"

几人一齐来到宇文智及处，见过坐定。赵行枢首先开言："诸位都是同道中人，无须多言，只请智及兄说说他的妙计！"

宇文智及却不先讲，反问司马德戡几人："所说诸公密谋逃归，固然不失为一着，逃归虽好，但路途遥远非一步可及。若皇上遣兵追去，公等又往何处躲避？"

司马德戡、裴虔通、赵行枢三人相顾无语，转脸看着宇文智及。

宇文智及道："诸公勿忧，我有一计，不知肯相从否？"

几人都道："事到如今，哪有不从的道理？请公明示！"

宇文智及便将所议又同三人细述了一道，三人大喜道："将军既图大事，我们三人愿献寸心寸力。"

宇文智及站起，神情激越地说道："各位，只要同心戮力，何愁大事不成？"

之后，司马德戡又邀来校尉令狐达、司马文章，二人听了也都欣然应道："列位将军之命，敢不听从？"

宇文智及看到火候已到，便又对众人说："欲行大事，应先推一主帅，况禁军数万非可轻举妄动，你们看，谁堪当重任？"

几人沉默良久，赵行枢开口道："环顾诸人，唯公弟兄化及堪当重任！"

众人也是这般言语，都附和道："公出身豪门又久经战阵，在军中声望甚高，不是他又是谁？"

宇文智及点头道："既如此说，我须与家兄商议好，再行定夺。"

于是，宇文智及和赵行枢一同来到宇文化及处。赵行枢开门见山，道："今皇上残暴，日甚一日，叛者四起，各占郡邑，强者为王，弱者为寇，公以英贤凤著，为众所倾，行枢等愿奉公为主，废昏立明，以征群贼。"

宇文化及虽貌似雄豪，实则色厉内荏、好贪多欲，能位在公卿也全赖其父亲宇文述的荫蔽。待听到赵行枢的陈词，他汗流浃背、脸色突变，期期然不能说话。

赵行枢见状，便用语激他："应天顺人，以除昏暴，公何必胆小如鼠呢？"

宇文化及回过神来，摇头道：“此灭门之祸，诸公何议至此？断然不可！”

赵行枢厉声说道：“各营禁军皆由我等执掌，况且人心摇动、各寻出路，又兼天下盗贼风起云涌，外无勤王之师，内无虎贲勇士，天下之大，谁能灭我等之族？”

宇文化及仍然推诿道：“虽无眼前之险，但难保天下忠勇之士复仇，况化及何人，怎能堪此大任？诸公可另推英雄，起任艰巨，化及必当执戈相从。”

宇文智及见哥哥这般情形，真是又气又恼，说道：“兄的担心实无道理，请让弟为你详析。而今在廷臣子皆是谄谀之人，不过贪图禄位而已，谁肯倾心吐胆，为暴君出力？即使有二三子，忠者未必有才，有才未必真正贤重，充其量也就只有个杨义臣还算得上是个忠勇双全的人物，可惜近又削职，不知去向。试问，谁能与我等为仇？即便有，又有何惧哉？赵公等以兄英明，好心奉你为主，乃是出于至诚，兄何必坚拒，让人疑兄为作秀？且你当年险遭杀身之祸，兄难道忘了吗？如此昏主，若不早日废去，生灵更将不堪。兄为一身考虑，就不念天下苍生了吗？”

宇文化及思虑良久，道：“化及实是无能，但诸公如果坚决推许，化及也只能勉强从命。不过，眼下要紧的是皇上大驾在此，玄武门骁健宫奴尚有数百人，他们受主隆恩，忠心不二，一旦举事，如何对付？倘若他们事先知晓此事，我等难免受诛啊！”

宇文智及闻言，不以为然地说道：“此事有何难处？宫奴们都由司宫魏氏所掌，魏氏最得皇上信任，言听计从。现在我只消将金银珍宝送到，保证她乖乖听话，定然会请皇上驱散宫奴，而皇上也必会听从。此计如何？”

赵行枢一旁叫好道：“虽子房（张良的字）在世也不及啊！如此谋算，何愁大事不成？”

宇文化及说道：“既蒙推举，化及今就不得已而从之了。烦请行枢速邀诸公过来议事，各司其职，各负其责，以保万无一失！”

不多时，赵行枢便带来了裴虔通等人，众人一起道：“将军俯从众望，可计日富贵了！”然后，众人又详加谋划了一番，尽欢而散。

次日，司马德戡密招骁勇军吏，晓之以谋。众人闻言，欢呼雀跃，唯命是从。

第三日，司宫魏氏得了众人金帛，便直入宫中向杨广奏道：“玄武门守御宫奴皆圣上亲选的忠勇之士，虽日日侍卫并无半句怨言，臣妾心里知道，即使他们再苦、再累也绝不会减低半分对圣上的忠诚，但如能对他们施皇恩，他们必会竭忠尽智、以死相报。在此多事之秋，此举非常必要！”

杨广对这批骁勇的健奴一向另眼相看，使其位同七品，见魏氏夸赞，料想必有所求，便笑问：“宫奴无日无夜为朕守御，功不可没，但有所求，只要朕能做到，一定允诺。说吧！"

"皇上圣明，臣妾别无所求，只是乞求圣恩将他们放出一半，令其轮班替换、分值上下、劳逸结合，实在是朝廷休息军士的齐天洪恩，他们必会感恩戴德的！"

杨广笑道："想不到你倒很会体恤下情，看来朕没看错人。既如此，就依你的奏本，放出一半，分值上下。其实，即使你不奏本，朕也想到这一层了，朕的修道禳灾就从身边的事情做起。"

魏氏叩头谢恩，道："此事足以体现圣上体恤军士之意，隆德厚恩，天高地厚。"

杨广更喜，道："待朕亲拟一诏，使各营兵士尽知朕的苦心。"

杨广自从星官告知天象，便疑心大增，推知血光之灾来自近旁的人，但谁将是凶徒，尽管他不是毫无觉察，但却也心灰意冷，不愿费神去追究。不过，即使如此，笼络禁兵和宫奴还是值得一做的。

司马德戡等人闻知贿赂成功，暗暗高兴，相庆第一步的成功。之后，他又同众将佐一道暗中召见禁军，明了利害。那些禁军巴不得早日回家，又受到煽动，许以功名，于是齐齐地应答道："唯将军马首是瞻。"

司马德戡等人最后约定四月中旬，以举火为号，内外一齐动手。

江都宫中有一个才貌俱佳的宫人，唤作秋娘。秋娘性高气傲，看不得媚上欺下的恶相，与众人也合不来，每日只是在下处做些粗活儿。她既不描眉也不搽粉，一张素面自然天成，因为得不到杨广的宠幸，不免有些抑郁，时常以诗倾诉。写了烧烧了写，其他宫女都唤她为"怪人"。

一日，杨广酒后独自闲游，秋娘掩在竹丛旁低吟轻唱，恰被杨广瞧见。杨广从未见过秋娘，乍一看便被她的不凡气质所打动。只见她身穿一色的碧罗衫子，不施脂粉，未描蛾眉，身材若杨柳，手中执了芭蕉扇儿，仰着脸望着枝头上的雀儿，雅而不俗，艳而不媚，自有一番摄人心魄的魅力。

秋娘见到杨广，倒身下拜："奴婢侯秋娘接驾来迟，罪该万死！"

一口的吴侬软语，听来清脆悦耳，恰如仙音飘来，杨广听了，多日的烦忧竟一扫而光，伸手将秋娘拽起，道："不须多礼，快快请起。适才你诵的诗文是谁的作品？诗中自有逼人的才情。"

秋娘低下头，轻声道："适才所吟俱是奴婢所写，有污圣听，惶恐之至！"

"你再吟诵一遍！"杨广催促道。

秋娘轻叹一声，道："都是些庸词俗调，不说也罢，皇上还是到别处赏春吧！"

杨广一生好色怜才，岂肯轻易错过，便调笑道："掩泪孤吟，何如奇文共赏？你不必拘泥，此处更无别人。"

无可奈何，秋娘便诵来：

砌雪无消日，卷帘时自颦。庭梅对我有怜意，先露枝头一点春。

杨广边听说：好诗，好诗。继续，继续！

秋娘只得又诵：

妆成多自惜，梦好却成悲。不及杨花意，春来到处飞。

杨广摇头咀嚼着："'妆成多自惜，梦好却成悲。'写得好呀！想朕登基以来，也做过一个又一个好梦，国富民强、四海升平、煌煌天朝、气象万千。朕开运河、修御道、竣长城、设互市、改革官制、创设科举、颁布新律、改良风俗、重设郡县、强化府兵，这桩桩件件，都是朕的心血凝成的，可惜到头来却大梦一场，落得个凄凄惨惨的下场！"

"皇上，都是奴婢的情绪影响了您，让您伤心落泪了！"

"落泪？"不知何时，杨广的腮上竟挂上了几滴浊泪，被细心的秋娘瞧了个正着。

"古人常说知音难觅，朕倒以为，知音就在眼前，只是相见恨晚啊！"说着，杨广就要去挽秋娘的玉腕。这一切，却被对面而来的萧皇后看个正着。

"皇上，臣妾到处找您，您怎么到这儿来了？"她睥睨着秋娘，训斥道，"好个不知尊卑的贱人，你也配勾引皇上？"

萧皇后说完，身后的几个美人都呸了一口，眼神毒毒地望着秋娘。

秋娘欲说又休，只泪眼盈盈地低头啜泣。

杨广见众人如此凌辱秋娘，大怒道："你们也太放肆了，朕是因为有了你们这般贱人，现在才成了亡国之君！你们几个统统打入冷宫，没有朕的赦命，不得擅自出入！"

到了此时，萧皇后也吓得不敢出声，神态尴尬地立在一旁。

秋娘见众人要被押走，便跪在地上替她们求情："皇上，都是奴婢不好，请皇上息怒收回成命，不然奴婢就是死也不安心啊！"

萧皇后冷眼看着秋娘，一言不发。

皇上望望秋娘，又看看萧皇后，口气稍稍缓和，道："若非秋娘求情，朕定不能饶你们！朕好好的情绪全让你们给搅了！"

说完，杨广猛一转身，头也不回地走了。

待杨广远去，萧皇后对秋娘冷冷地笑道："你等着瞧吧！"说罢，也领着众人扬长而去。

到了晚上，杨广又想起秋娘来，着宫人去召，却得知秋娘已悬梁自尽，并捎来了一个锦囊。打开时，只见几幅绝精乌丝笺纸，齐齐整整地写着诗行，字体端正，笔锋清劲。

其一云：

庭绝玉辇迹，芳草渐成窠。
隐隐闻箫鼓，君恩何处多！

其二云：

春阳正无际，独步意如何？
不及闲花草，翻承雨露多。

杨广嗟叹不已。又展第二幅，云：

初入承明日，深深报未央。
长门七八载，无复见君王。
寒春入骨清，独卧愁空房。
珊履步庭下，幽怀空感伤。
平日所爱惜，自待却非常。
色美反成弃，命薄何可量。
君恩实疏远，妾意徒彷徨。
家岂无骨肉，偏亲老北堂。
此身无羽翼，何计出高墙。
性命诚所重，弃割亦可伤。
悬帛朱栋上，肚肠如沸汤。
引颈又自惜，有若丝牵肠。
毅然就死地，从此归冥乡。

杨广读到一半，就泪满双颊，不停地低语："都是朕的过错，都是朕的过错！"

这一晚，杨广失眠了。第二日晨，萧皇后闻讯，深恐杨广怪罪，便鬓云不整、惶然欲涕地来见杨广。经过这一夜，杨广心中的悲情已然消减，强作笑颜道："死生有命，悲又何益？还是把酒临风，笑谈渴饮吧！"于是，杨广便与萧皇后及众妃一起把盏，欢宴至晚。

行将罢宴，二人忽见东南角上火光冲天，映红了半边天，随后夹杂着人马的喧闹声，由远而近。杨广惊问其故，不多时，太监来报，是城东南的军民草料场失火，正在扑救。杨广悬起的心又放了下来，他擦拭着额头的虚汗，对萧皇后道："重摆宴席，去秽压惊！"

于是有宫人们撤去残席，重摆佳肴，萧皇后与众妃及美人退回原位，重又耍起了酒令。

杨广酣饮至醉，被一群醉意满满的宫人簇拥着安寝去了，却不知这竟是他最后的晚餐。

适才那场大火就是起事的信号，也是里应外合的信号。太监的话是裴虔通告诉的，当时，他在宫门值阁，看到太监出门观望，便拦住了。

杨广一觉醒来时已是金鸡报晓，曙色初开。叛军已如潮水般冲出玄武门，刀剑如林、气势汹汹，高喊着杀入禁宫。此时玄武门前空空如也，往日禁卫云集的场景不复存在，叛军如入无人之境。此时，裴虔通在宫内已将宫门一律关闭，只开东门，并驱出宿卫，任由叛军涌入。

宫中杀声震天。

右屯卫将军独孤春、千牛卫独孤开远俱是杨广的亲信，负责宿守内殿，听到外面闹嚷，情知有变，便率数百卫士出来迎敌，刚好遇着杀气腾腾的裴虔通。独孤春用刀一指，骂道："背君的逆贼休得猖狂，老夫在此，还不束手就擒？"

斐虔通也不含糊，冷笑道："谅你有天大的本领，也只能替昏君殉葬了。你看看，看看这求生的人、拼死的人吧，他们会把你剁成齑粉！识时务者为俊杰，念在你我多年共事的面上，闪开一条道来，我保证与你富贵同享。"

独孤春气得眼睛通红，牙齿咬得咯咯作响，恶声相斥道："狗贼，想过去，先问问老夫的钢刀答不答应！"

说着，独孤春举刀便砍。裴虔通也不答话，挺枪相迎。两个人你来我往，杀作一团。

此时，司马德戡也率军赶到，看到独孤春毫无惧色，一挥手，众军齐上。独孤春的兵少，叛军的人多。纵然独孤春英勇无敌，但他身边的人却都一个接一个地倒在血泊中，独孤春也身负重伤，被赶上来的裴虔通一枪刺入后心。独孤开远眼见形势危急，忽想起雁门关脱险的旧事，于是疾叩殿门，想请杨广亲自督战，激发斗志。哪知情形已今非昔比，数百人在殿外高呼皇上，殿内却寂静无声。

　　原来，杨广听到喊杀之声，早已肝胆俱颤，有心出来却又被萧皇后拦住。杨广六神无主，双股战战，任由萧皇后拉住手直往西阁躲去。

　　独孤开远眼见杨广不再出来，转身仗剑冲向叛军，英勇的气势反而一下子镇住了叛军的气焰，叛军步步后退。正在这时，赵行枢从后面赶到，对着独孤开远劝道："我等杀无道以救有道，乃得民心的义举，与将军无碍，望将军抛掉愚念，与众义士齐举义旗，方是正途！"

　　独孤开远狠狠地吐了一口血痰，怒骂道："逆贼，休要巧言狡辩，你等终年食君禄享富贵，今日却聚众反叛，有何面目奢谈'义'字？今日我死，尚有节义存之，他日你死，却要留下千古的骂名！"

　　赵行枢也骂道："不知好歹的东西，死到临头还装什么英雄？我要让你死无全尸！弟兄们，上！"

　　叛军一拥而上，独孤开远仗长剑划出一条血路，向宫外冲去。行不多远，司马德戡从后边赶上，一刀便将独孤开远头颅削了下来。

　　众军一看主将已死，纷纷散去。叛军继续向内宫杀去。

　　内宫已是人去楼空。他们赶到杨广寝宫时，只见锦被凌乱，罗帏空垂。赵行枢摸摸被底尚有余温，便道："他跑不多远，定是藏到什么隐蔽的地方去了。兄弟们分散去找，仔细搜查每一个房间，绝对不能让他溜掉！"

　　"他跑不掉，皇宫已被围得水泄不通，他插翅难逃！"

　　叛军分成多股，挨个房间查看但都一无所获，众人非常着急。

　　裴虔通想了一下，便道："把捕到的宫人带来，让他们引路！"

　　不多时，一个慌慌张张的宫女被带来。兵卒报告，她挟了细软，正想逃往别处——她正是杨广宫中的人。

　　裴虔虎一把抓住宫女，厉声喝问，道："皇上现在何处？"

　　宫人支支吾吾、哆哆嗦嗦的，半晌吐不出一个字来。

　　赵行枢向裴虔虎使个眼色，裴虔虎放开宫女。赵行枢轻声问道："只要你乖乖地说出皇上的下落，不光不杀你，还赏你东西，不然的话，他们可要……"

　　说罢，他望了望周围的叛军，有几个叛军此时已经开始解扣脱衣了。

　　宫女无奈地指了指西阁，道："皇上，就在那儿！"

　　裴虔虎手一挥，一帮人随他而去，直奔西阁。

　　此刻，杨广同萧皇后，还有几个美人正躲在西阁楼上的里间，哆哆嗦嗦地偎在一起。

　　猛听得阁下喧闹，众人知是叛军已到。萧皇后瘫软在地，众美人拥在一起，杨广料是躲不过了，轻启阁窗，见阁下乱哄哄一片，叛军手持利刃、气势汹汹。杨广探头问道："尔等明火执仗，意欲何为？"

裴虔通高声回答："臣等聚众非为别事，欲送圣上西还罢了！"

说完，裴虔虎领兵踏入阁门，随后，令狐达也率众赶来。

杨广看到裴虔通明晃晃的长刃，说道："你们分明是大逆不道，哪有在天子面前如此无礼的？"

令狐达从后面挤了过来，冷笑道："若不这样，如何能见得天子大驾？如何能请得动陛下您啊？我等兄弟思归心切，顾不得君臣之礼了！"

杨广一代枭雄，血雨腥风中冲杀过来的人，到了这步田地也早将生死置之度外了，大国天子的威严勃然而发。他质问裴虔虎道："朕且问你，谁是主谋？"

令狐达抢过话头儿，道："天下人苦隋久也，人人可得而诛之，何谓主谋？"

裴虔虎也道："陛下只图自乐，毫不体恤臣下，致使人人含愤，故有今日之变。"

杨广仰首叹息道："朕是有负天下百姓，但对你们这些臣子，朕终年厚禄重爵、体贴有加，何处亏待过你们？你们怎能如此昧心而为？怎能谓朕不恤臣下呢？"

裴虔通有些惶然，便道："臣等确是有负陛下，但如今天下已叛，两京皆为贼逆所据，陛下归已无门，臣等生边无路，况且今日已失臣节，即使有悔，岂能罢手？唯愿得陛下之首，以谢天下！"

杨广怒道："逆贼焉敢口出狂言？朕即使有失德之举，但天子至尊，一朝君父，冠履之名凛凛分明，尔等草芥小臣，妄图富贵，怎敢逼朕乘鹤西去，受万世乱臣贼子的秽名？朕姑念尔等受人挑唆又有战功，只要能改心涤虑，朕可以赦免你们无罪。"

司马德戡在旁早就不耐烦了，便道："陛下休要多言，骑虎之势其实难下，诸公在朝堂上等候多时，请速速从我出阁！"

杨广还要再说，裴虔通和司马德戡双双以刀相逼，架起杨广就要走。杨广怒目而视，甩开他们，大步向朝堂走去。

萧皇后等人早被吓得花容尽失，只会嘤嘤哭泣，被一帮叛军押着，跟在杨广的身后。

宇文化及在令狐达的陪同下来到殿中，宇文化及听说寻到了杨广，既兴奋又紧张，竟一时不知如何发落。

令狐达在旁提醒道："眼下当务之急是宣百官到殿，推公为丞相，然后晓谕改革大义，方可定中外人心。昏君定不可留，待当众揭其罪行后，再行斩杀！"

宇文化及整了整冠带，道："就依你的主意，把昏君带过来！令大小文武官员到朝堂恭候，如有人违抗，依军法从事！"

不多时，文武百官俱到，独缺许善心和苏威。百官诚惶诚恐，被执刀枪的叛军围在朝堂上，像一群束手待毙的羔羊，一个个低垂着头，大气不敢多喘一口。

杨广被逼着来到了朝堂，一眼望见高高在上、一身戎装的宇文化及，不禁怒从心头起，不待宇文化及开口便开口斥道："好个弑君篡位的阴谋家！果然是你！"

宇文化及被劈头盖脸一骂便更加不知所措，只愕然地望着杨广。他万万没想到，此时的杨广竟全然不惧死。

赵行枢立在宇文化及的旁边，见此时情形，便愤然道："陛下脱口而出的'弑君'二字其实不确，我们要杀的是乱臣贼子，是独夫民贼。本朝倒是有个弑君的人，他不是别人，恰恰是陛下您自己啊！"

此话一出，众皆哗然，将目光全都投向杨广。

"一派胡言！你以为靠危言耸听就骗得了众人吗？"

"陛下休要遮掩，李密的檄文写得清清楚楚。罪之一便是弑父自立，罪之二便是伪诏杀兄。怎么样，让我逐条都说给你听吗？我再问陛下，张衡为何死的？杨素又为何而死？杨玄感为何要举兵造反？您能给群臣一个合理的解释吗？"

杨广不屑地冷笑一声，道："真是可笑之至，一个卑鄙小人的弥天大谎竟被奉为圭臬！欲加之罪，何患无辞！张衡、杨素二人都为大隋立过功劳，朝廷从未亏待过他们，但他们对先皇的驾崩负有责任，他们是死有余辜。朕不能让父皇的在天之灵失望，朕是清白的，对天可表！假如你们要给朕硬安上这一恶名，那么历史，历史也会给朕洗刷干净的！"

赵行枢望了望宇文化及，希望宇文化及开口，但宇文化及仍双腿发抖地呆呆地坐着。赵行枢虽心中十分恼怒但又不便明说，只把一团怒气全撒在杨广身上，数落杨广道："圣上到了这个当口，仍以为这一切都是他人之过，不是很可悲吗？如果不是自己作恶多端以致引起公愤，天下人会到处造反吗？这中间就包括你的儿子！

"圣上违弃宗庙，巡幸不息。外勤征讨，内极奢淫，使丁壮伤锋刃，使老弱毙沟壑。大兴土木，劳民伤财，四民丧业，盗贼蜂起，专任奸佞，饰非拒谏，屠杀忠良，失信将士，这些大概就是陛下的功劳吧！"

赵行枢边说边走到杨广面前，接着说道："天下一人一口唾沫，就把你淹死了！"说完，朝杨广的脚下猛地啐了一口。

就在这时，宇文化及开口了："诸位，赵大人适才说出了你们的共同心声，是吧？是的，皇上荒淫酒色，重困公民。两京危亡不思恢复，居然又要迁都丹阳，再幸永嘉！诸位想想，稍有人心者也不会如此无情。这无疑是地地道道的昏愚独夫，所为怎可再君临天下？况且军心有变，都不愿相从，因此，我才倡大义以诛无道，仿照伊尹、霍光的旧事。诸位应当通力协作，与我携手并肩，共保大家的富贵才是！"说完，他的目光在群臣中扫了两个来回。

众官见禁兵像虎狼一样地盯着自己，都面面相觑，不敢作声。稍停，众官中闪出两人，各朝宇文化及作了一揖，道："将军之举，上合天心，下顺民意，某等敢不从命？"

杨广一看，原是礼部侍郎裴矩、内史舍人封德彝，便勃然怒道："无耻之尤！武夫若不知名分，欺君迫主尚可稍稍原谅，而你们饱读诗书，应明礼知义，怎可助贼欺君？今日你们竟然当面羞辱朕躬，问问皇天后土，你们还是不是人？"说罢，杨广泪如泉涌。

看着二人的丑态，群臣也恨不能上前生咬几口。二人被骂得狗血喷头，涨红着脸，垂首而退。

就在这时，从殿外又走进两个人来，众人看时，原来是光禄大夫苏威、给事郎许善心——二人是被叛军押进来的。

宇文化及不阴不阳地问："二位大人为何不遵军令，姗姗来迟？"

苏威不言，许善心平静地答道："公为隋臣，善心也食隋禄，食禄便要报君恩。公不报君恩，反而犯上作乱，善心为何要遵令？"

宇文化及被抢白一番，眼中放出凶光，道："不识时务，不辨好歹，自寻死路！"

当下便下令将许善心推出斩了。

杨广眼见得一颗血淋淋的人头被捧了过来，痛苦地闭了眼睛，悲怆地说道："朕原认为，满朝文武竟无一二忠贞之士，现在看来，还是应了那句老话，'疾风知劲草，危难现忠良'。朕无憾了！"

杨广的话让苏威的脸红一阵白一阵的，其余众臣也都羞愧得恨不能找个地缝儿钻进去。

这时，一阵凄厉的童声由远而近。杨广听得出，那是自己十二岁的幼子赵王杨杲。杨杲哭着四处寻找父皇、母后，当他看到一向威严的父皇被人用刀威逼着站在玉阶下时，一头撞在杨广的怀中放声大哭。

他望着裴虔和司马德戡，流着泪问道："公等怎能威逼父皇？要杀就杀了小王吧，别伤害父皇，好吗？"

杨广听罢心如刀绞，刚要揽过爱子，却被裴虔通抢先一刀砍死在自己面前，一股热血溅了杨广满怀。

"杲儿，愿你来生再不要托生帝王家！父皇有罪，让你生生遭此毒手！"杨广努力控制自己的悲伤之情，在下唇咬出一排血印。"来吧，不劳妄加锋刃，天子自有天子的死法！"

这时，令狐达在宇文化及的耳边嘀咕了几句，宇文化及下令道："将昏君带回寝宫！"

原来令狐达生恐当面处死杨广会令群臣更加反感，所以便提醒化及改换行刑的地方。

杨广踉跄地在前头走，萧皇后、妃子及众美人在后面跟着，不多时又回到了熟悉的、金碧辉煌的寝宫。

"快取鸩酒来。"杨广命令道。

裴虔虎将一把快刀递给杨广，白了杨广一眼，道："鸩酒未备，圣上还是自刎吧！"

杨广把头一转，将刀掷于地上，却将腰中的白练解了下来，交给裴虔虎道："朕要留下全尸！"

裴虔虎把白练交给令狐达，令狐达遂将白练绕在杨广的颈项上。

杨广至死，脸上都不曾现出痛苦的表情。是年，杨广五十岁，在位十三年。

萧皇后及众美人眼睁睁地看着令狐达用力绞死了杨广，只能在一旁暗暗地啜泣。

这天晚上，在杨广的寝宫内，萧皇后屏退了所有的人，一人独跪在一个牌位前，牌位上分明地写着大梁朝皇帝萧岿的名讳。

"父皇，不孝女为您报了仇，隋朝已经覆亡了！多年来，儿处心积虑，用尽手段，让精明的杨广变得日益昏聩，让强盛的隋朝变得土崩瓦解，这都源于那痛彻骨髓的亡国之恨啊！大梁国又复活了，前不久，弟弟萧文灿在江陵已登基为帝，建立大梁朝。杨广至死也不曾想得到，就是他最信任的皇后为他掘开了死亡之门。

"杨勇死了，杨俊死了，杨谅死了，最后的蜀王杨秀也被叛军杀了，连齐王、燕王也一个不剩。杨坚，你让萧家国破家亡，可怜你的子孙也一个不剩。好啊，这都是天意啊！可怜我自己的孩子也一个不剩了。只有两个孙子，侗儿，侑儿，他们的命还被握在别人的手里！"

忽然，一阵疾风将寝宫的烛火吹得摇曳不定。萧皇后大恐，以为是杨广的冤魂找她索命来了，吓得大叫一声，昏厥过去。

李世民听完从江都回来的密探的报告，与李靖会意地点了点头。不多时，房玄龄挑动竹帘也进来了。

房玄龄，齐州临淄（今山东淄博）人，聪颖多智，曾任过羽骑尉和隰城尉。李渊起事后，房玄龄在渭北会晤了李世民，同李世民秉烛夜谈，大有英雄相见恨晚的感觉，遂被任命为渭北道行军记室参军。

"秦公，不知召玄龄有何要事？"房玄龄坐下后，主动问李世民道。他前两日来秦公府上办事，今日正要启程赶回去却被李靖拦下了。

"请先生来是要讨教几个问题。半个月前，宇文化及在江都发动兵变，绞杀了皇上，立秦王浩为帝。他自封大丞相，总掌百揆，令其弟智及为左仆射，士及为内侍令，裴矩为右仆射，叛将司马德戡、裴虔虎等都受了封赏。对此，我等应做何反应？"

房玄龄听罢，微微一笑，道："秦公，横扫天下的时机到了！"

李世民与李靖相视点头，道："英雄所见略同！应尽快拥立父王称帝，以号召天下、扫荡群雄、结束战乱！"

李靖接着说道："宇文化及和王世充见我们称帝立国，也会很快自立，分裂割据，群雄逐鹿，天下又要乱上一阵子了。"

"分久必合，从无序到有序，没有帝王般的雄才大略是难负大任的。唐王乃一代雄主，风口浪尖上已尽显出英雄本色。秦公可力促唐王早定大计，廓清宇内，从大乱走向大治。"房玄龄似乎早已胸有成竹，继续道，"虽说眼下纷乱如麻，但能称得上英雄的屈指可数。宇文化及贪财好色、无胆无识，只能逞一时之强，绝不会有什么大的作为。至于那李密……"

话未说完，李靖便插上话，道："对李密，我知之甚多。此人颇有心计、智谋颇多，到瓦岗后干了几件漂亮活儿，人气正旺，被推举为山寨之主，但他有时心术不正、狂放自大，能被他看得上的人寥寥无几。"

"不错，李密有时太高估自己了。翟让原为瓦岗之主，见李密才高便主动让位于人，但他不该动手杀了翟让，结果人心大散，因小失大啊！"房玄龄补充道，"目前，他兵围东都日久却没捞到多少好处。依我看，他顶多也只能是颗耀眼的流星，一位匆匆的过客。王世充过于凶暴，不得人心，也只能做个出不了都门的草头王，他的下场不会比杨广更好！我倒以为窦建德是个有较强势力的对手，也许，他会是我们最后的敌人！"

李世民笑道："二位分析得都很精彩，要知未来的结果，我们还是从手头的第一件要事做起。"

"第一件要事？"两人不约而同地疑问道。

"把江都之变报给父王，为皇上大祭啊！"

二人顿悟，一齐笑道："为大隋朝送终！"

第二天早朝，唐王李渊率百官为杨广设祭、遥拜。李渊痛哭流涕地说道："以公而言，我作为侍奉皇帝的大臣，朝廷失去人心而我却无法挽救，能不悲伤；从私来说，我与皇上乃表兄弟关系，长辈已仙逝，我辈又失一兄长，实在是不堪其悲！然死者死矣，记得《逸周书》曰：'好内怠政曰炀，好内（女色）

远礼曰炀，去礼远众曰炀，逆天虐民曰炀。'今皇上'怠政''好内''远众''虐民'，就谥之为'炀'吧！皇上被草草收葬乃宇文匹夫不顾礼法，待天下太平后当按帝王之礼安葬之。"

杨侑年仅十三岁，还是个孩子，只顾低头哭泣，哪里顾上说话。他遍视群臣，没有几个能叫得出名字，心中更加凄惶，见众臣只是围绕着李渊转，全不把自己这个天子当回事儿，便更有一种"人为刀俎，我为鱼肉"的感觉，哭得更加悲伤。

大礼已毕，杨侑带着泪水，亲自宣布唐王李渊为相国。

三日后，李渊大集文武，齐聚相国府。

裴寂进言道："唐王功高齐天，德追舜禹，举天下之大莫能此，望唐王早行大礼，履登至尊，以报民望！"

李渊捋须不语。

"此话欠妥！"颜师古断然回道，"唐王既已尊推新帝，何言履登至尊？新帝虽幼，然聪明仁惠，无有失德，且唐公是以有道伐无道，信义著于外，怎可轻言废黜呢？"

"颜将军，此言差也！"李世民辩道，"杨广虐民久矣，天下人无不恨之入骨，人心尽失，故有今日之乱。天道之行，天意定也，无可逆转。隋朝气数已尽，已昭昭然，新朝代旧朝上合天意，下遂民情。且如今烽烟遍地，伪王如鲫，互相征战，血流成河，长此以往，只会是山河破碎、生灵涂炭，国家将永无宁日。天下是天下人之天下，当推举有德者居之。唐王出身高贵，德披四海，文能治国，武能安邦，爱民如子，仁义待人，正是天下人期盼已久的圣君天子，恭帝禅位亦是正理，为何拘腐论而不变呢？"

颜师古自觉势单力孤，争亦无益，便也默然不语了。

是年五月，李渊择良臣吉日，于太极殿举行了盛大的禅让典礼。杨侑让位，唐王李渊即皇帝位，年号武德。

李渊任命秦公李世民为尚书令，裴寂为右仆射知政事，刘文静为纳言，窦威、萧瑀为内史令。设立了四亲庙，追尊皇高祖李熙为宣简公，皇曾祖李天赐为懿王，皇祖李虎为景皇帝，庙号太祖，皇考李昞为元皇帝，庙号世祖；皇姚都为皇后。立长子李建成为皇太子，李世民为秦王，李元吉为齐王。废杨侑为希国公，准其闲居长安。半年后，希国公杨侑病死，谥号"恭帝"。

【第十七回】

尧君素身死完忠烈，李世民心忧系苍生

李渊登基第十天便挨了当头一棒。原来，这日早朝刚过，一位年轻的少妇便浑身着素踉跄入宫。唐朝崇尚黄色，官服为土黄，因此素白在人堆中格外醒目。

那妇人悲悲啼啼，行至殿前，望见李渊便拜，口称"父皇万岁万万岁"。李渊扶起，惊讶不已，原来是自己的五女儿桂阳公主，忙上迎入后宫叙话。

李渊有十九个女儿，五女儿桂阳公主嫁于华州郡刺史赵景慈。

原来，李渊登基后，便令李建成为元帅，赵景慈为先锋官，独孤怀恩为督军攻打河东浦坂城。这浦坂城克攻不下，虽遭围困数月，但仍坚守不降。

浦坂城的守城将领名叫尧君素，有万夫不当之原勇。他五岁就上山拜师学艺，师父是莲花山清风洞的紫云道长。此人受惠于杨坚，久怀报君之意，便收徒为子，誓保大隋。尧君素仙山学艺十五载，十八般武艺样样精通。

一日，紫云道长对徒儿尧君素道："你该下山了。你学得一身武艺，该为国效力，你到后院兵器房拿你最可手的兵器，下山去吧！"

尧君素跪拜道："师父，徒儿情愿在山上侍候您一辈子。"

"傻孩子，你该成家立业了，"紫云道长笑道，"怎能不下山呢？还是下山去成就一番事业吧！"

尧君素到兵器库取了一条盘龙金枪，拿了一条九节钢鞭，紫云道长又叫小童牵来一匹黑马权当坐骑。尧君素见这匹马两眼无神，其貌不扬，道："师父，这匹马恐怕不行吧！"

"你要试一试才知道行不行！"

尧君素对准马的前三叉骨猛一拍，那马暴叫一声，口喷鲜血，四蹄乱蹬，气绝身亡。

紫云道长道："看来只有我的宝马才能配得上你这身武艺了。"说罢，命小童牵来他的那匹"雪里炭"。这匹马通身雪白，唯有额头一块黑色鬃毛，因此名曰"雪里炭"。

尧君素辞别师父，骑马下山而去。一路无话。这天，尧君素来到一个县城，一问才知道是浦坂县城。进了县城南门时已将近晌午，尧君素便到一家名唤"卧龙店"的客栈吃饭、歇脚。

门前一小童忙把马牵了过去，上来一位跑堂的道："这位客官，您坐，要点什么？"

"来二斤牛肉，一壶酒，四个小菜。"

不多时，跑堂的上齐了菜，道："客官请慢用。"

尧君素风卷残云，很快便吃饱喝足，叫来堂倌结账时，那边有人把马牵过来，道："客官，您看这马，我们给您拾掇得如何？"

尧君素一瞧，伙计们已将整匹马从头到尾，收拾个遍，更显得威武精悍，鞍鞯、脚环等也焕然一新。

尧君素眼睛一亮，连声赞道："好！好！难为你们想得如此周到。"

这时，从楼上下来一位老板模样的人，说道："来呀！"

那边早有人给尧君素准备了包裹递过来，道："客官，您受累了，这包裹里有二百两银子，您拿去用吧，是酬谢您的！"

尧君素诧异道："我吃了喝了你们店的东西，该我给你们银子才是，怎么……"

店小二道："这是我们掌柜的给您的二百两银子。"

"什么？"尧君素惊道，忽然明白，道，"你们也不问问我同不同意就要了我的马，好没道理，不行！"

开店的是浦坂县令的弟弟刘银，也是个习武之人，盔甲、兵刃一应俱全，却独缺一匹好马。今天尧君素刚来到店外，他便看中了这匹"雪里炭"，暗中叫小二好好款待尧君素。

这尧君素又岂是好惹的？他将这匹"雪里炭"视若珍宝，岂肯轻易让给别人？

而刘银仗着有哥哥刘金撑腰，自己又有一身好武艺，平素就横行霸道，是个不达目的绝不罢休的主儿，今日见有宝马，怎肯轻易放过？

刘银紧步走下楼梯，道："这位兄台，我二百两银子还不值你这匹马吗？"

"一万两也不卖！"尧君素道，"我这匹是宝马良驹，又是师父所赠，岂能卖掉？不行，快把马还给我！"

"你小子敬酒不吃吃罚酒！"刘银哼了一声，道，"今天，你卖也得卖，不卖也得卖！我买定了！"

"哼！"尧君素抓起盘龙金枪，道，"那你就得先问问我这杆枪答不答应！"

刘银一见此人如此猖狂，竟然目中无人，也从身后抽出大刀，托刀就向尧君素砍去。尧君素挺枪往外一拨，大喊一声："开！"

只见那口刀嗖的一声飞了过去。

刘银心下立刻凉了半截儿，但事已至此也只好硬撑。他从身旁随手操起一根大棍与尧君素战在一起，五六个回合下去，刘银已渐渐露出败势。尧君素从腰中抽出九节鞭，对准刘银的脑袋砸去，只见鲜血迸溅，刘银死于非命。尧君素也是在气头上，换了平时，他绝不会这样莽撞。

众人见打死了人，惊的惊，逃的逃，早有人禀报了县太爷。

知县刘金听说弟弟刘银被人打死，又悲又恼，命令众衙役包围了"卧龙店"，尧君素势单力薄，终不能敌，被捉进县衙问了罪，被刘金判了个三日后问斩。

尧君素真是悲愤难忍：师父让我下山为国效力，不想竟遭此祸，可恨那刘银抢我的宝马，刘金又要斩我，天理何在啊！

三日后，衙役将尧君素推至法场，只待午时三刻问斩。

刘金正欲传令问斩，那边衙役道："知府大人到！"

这知府大人宋志敏来浦坂县城查看征兵情况，听到杀人炮声响了一响，就问："刘大人，衙门法场杀的是什么人？所犯何罪？"

"回大人，法场正法的乃是一名杀人犯。"刘金回道，又将尧君素打死店主之事禀明。当然，他隐瞒了刘银强抢尧君素宝马一事。

宋志敏道："平白无故，客人怎么打死店主？你暂且把他解来，待我审问审问，再做定夺。"

"这……"刘金心里虽有一万个不乐意，但也只好奉命行事。

不多时，衙役将尧君素带回大堂，宋志敏端坐大堂之上，问道："堂下何人，所犯何罪？"

尧君素见又来了个当官的，料也不是什么好人，况且自古官官相护，故不作答。宋志敏见他不应，道："青天白日，你怎么目无王法，乱杀无辜？"

尧君素一听，大叫道："王法？什么王法？王法规定店主可以随便抢走客人的东西吗？"

"哦？"宋志敏一听，觉得此中必有原因，又问道，"你既说店主抢你东西，是何东西竟然惹你大开杀戒，还不从实道来？"

尧君素一听，料想这官必不明内情，于是就将自己下山报国，在"卧龙店"吃饭以及刘银硬要买他宝马，并如何打出人命等事——说了出来。

宋志敏听罢，道了声："原来如此。"

宋志敏转头对刘金道："刘大人，目前正是用人之际，你兄弟强行买卖，你为何不问青红皂白就草草结案，胡乱杀人？"

刘金早吓出一身冷汗，结结巴巴地道："这，这个……"

宋志敏也不理会，转过头来又问尧君素道："看你年纪轻轻、仪表堂堂，为何口出狂言，说十八般武器样样精通？你到军教场演示，我要亲自看了才信，不然就问你个狂妄之罪。"

宋志敏一行带领尧君素来到军教场，军卒给他抬一口刀，只见刀长五尺，刀刃闪亮，尧君素用脚踩住刀柄，用手一拧，便将刀拧成了麻花。

军卒又抬来一杆长枪，枪长三米，枪身油亮，起码也有百十斤重。尧君素双手握枪，舞了一圈，然后双掌一合，只听咔嚓一声，长枪已断为两截。

尧君素连毁几样兵器，把宋志敏惊得眼都直了，心道："果然厉害。"

宋志敏说道："那你就选匹好马吧？"随即命军卒牵来一匹黄骠马。

尧君素道："大人，这马也不经打，它挡不过我一掌。"

刘金见他如此猖狂，趁机道："宋大人，您瞧他越来越狂，哪有一巴掌能打死一匹马的？"

宋志敏道："尧君素，你如若真能一掌打死这匹马，就免去你的死罪。"

尧君素叭的一掌，结结实实地拍在马的筋骨上，那马惨叫一声栽倒在地，气绝身亡。

宋志敏看呆了，即刻命人将尧君素的兵刃、宝马奉还于他。尧君素又在军教场表演一番，博得众人齐声叫好，掌声不绝。

宋志敏见尧君素一身好武艺，有心重用，便把他带到蒲州府，当了个军兵教头。自此，二人经常在一起饮酒论政，谈论军事兵法，尧君素总是滔滔不绝，颇有见地。

宋志敏更加重用于他，又将小女宋怡雪许配给他。宋怡雪年方一十八岁，貌美如花，不知有多少王孙公子欲求于她，如今许配给尧君素，尧君素更是欣然应允。婚后，二人对宋志敏更是百般孝顺。

李渊派李建成攻打蒲坂城时，宋志敏让尧君素领兵，命王猛为先锋官，出城迎敌，固守浦坂城。

两军对阵，李建成命赵慈景打头阵。赵慈景骁勇善战，连胜隋军五员大将。王猛的火直往上蹿，手执两柄熟铜大锤，大叫一声冲出军阵，与赵慈景大战三十回合。王猛打着打着便现颓势，赵慈景一招黑虎掏心，刺中王猛胸口，王猛口喷鲜血，登时毙命。

尧君素见敌将连伤他六员大将，怒发冲冠，提起九节钢鞭，刷刷刷地舞过去，赵慈景只应战六个回合，就被九节鞭甩中心窝，亡命沙场。接着，尧君素又连胜李建成十二员猛将，打得李建成丢盔卸甲，落荒而逃。尧君素趁机追赶，马踏唐军营盘，士兵死伤无数。

李建成兵败，急奏李渊，李渊看罢奏折，心道："尧君素是个人才，现在大唐正是用人之际，人才难得。"于是下诏招降尧君素。

尧君素唯师命是从，当初下山师父让他为国效力，他便要誓死保卫大隋。李建成与尧君素对垒着，双方各有损失。

独孤怀恩献计道："我们何不将尧君素的家眷弄来做人质，到时候谅他不能不顾妻儿之情，何愁不降？"

"妙计！妙计！"两人一拍即合。

是夜，日黑风高，混进城的独孤怀恩一身隋朝兵士打扮，趁着黑夜摸进尧君素妻儿的卧房……此刻的尧君素还在营中研究兵法。

次日开战，李建成将宋怡雪及尧君素的儿子小勇带到两军阵前。

独孤怀恩对尧君素道："尧君素，大隋气数已尽，你还不弃暗投明？你看看这是谁？"

尧君素见是妻子怡雪和儿子小勇，大吼道："好个无耻的李建成，想让我投降，妄想！"

宋怡雪亦是个明智之人，她深知大隋难保，早就劝过尧君素投降大唐，无奈尧君素誓死不降。到了今日，见丈夫仍然执迷不悟，宋怡雪牵着儿子走出数步，大声道："君素，你要为我和儿子着想啊！隋室气数已尽，你又何苦？况新朝看重于你，你会有所作为的！"

尧君素听得此言，大声道："一臣不保二主，我怎能投降这帮逆贼？气节大义，岂是妇人所知晓的？"

说罢，尧君素取出弓箭，随着嗖嗖两声，宋怡雪和儿子应声倒地。唐军急忙救回，但两人已是奄奄一息。

尧君素誓死不降！

李建成又急奏李渊，李渊再发两路兵马攻打浦坂城，边攻打边劝降。

尧君素部下将官名唤薛宗，早有降唐之意。如今见城池不保，若再不降，必死无疑。于是，一日深夜，薛宗乘尧君素熟睡之机，一刀将尧君素杀死，并割下头颅带到唐营。

李建成传令进城，不料城门关闭，大将王行本站在城头高喊："大胆逆贼，有本副帅在此，尔等休想进城！"

李建成命人将尧君素的人头挑在百尺高竿之上，以乱军心。

王行本日夜防守，浦坂城更加牢不可破。唐军围攻数日，眼见城内既无粮草也无援兵，王行本仰天长叹："隋亡我亡，天绝我矣！"继而拔剑自刎。剩下兵士见城内无主，便大开城门，投降了唐军。

唐军更加壮大，但桂阳公主失去了丈夫。整日在后宫哭哭啼啼。李渊无奈，只得令平阳公主劝慰妹妹。

宇文化及弑君的消息传到窦建德耳朵里时，窦建德正在河间城外主持受降仪式。几十名隋军将领一律赤着上身，背负荆条，身后是一排排面黄肌瘦的士兵……

自从杨义臣离开大军后，窦建德的义军在河北一带便扎下了根，队伍发展很快。他虽自称将军但从不摆将军的架子，照样和士兵们同吃同住，士兵们也乐于和他相处。他不贪财不好色，对将士赏赐丰厚，打起仗能身先士卒，而且每每抓到朝廷官吏和文人学士不但不杀，还以礼相待，让不少人成了他的座上客，因此许多郡县官员都愿意向他投降。这样，窦建德很快就发展到十多万人，在占领河间的乐寿（今河北献县）后自称长乐王。接下来，他大败前来征讨的隋右翊卫将军薛世雄三万大军。

围攻河间是窦建德遇到的最惨烈的攻坚战。郡丞王琮有勇有谋，拼死抵抗，直到城中粮食吃完才出城投降。

许多将领誓要将王琮碎尸万段，窦建德阻止道："王琮守城，对隋朝来说是忠于职守，他是一位义士。要想求得百姓安宁、平定天下，怎么能任意杀害忠良呢？我还正想擢用他呢！"

他任命王琮为瀛州刺史，并通令全军："凡过去与王琮有过嫌怨的，若擅自报复，罪及三族。"

翌日，金城宫中，窦建德一身缟素，神情严肃而悲愤地对群臣说："我们是大隋的子民，隋皇是我们的君长。现在宇文化及弑君叛逆，就是我们的仇敌，我们不可以不讨伐！"说罢，率群臣拜祭。

拜祭完毕，西北方向忽然飞来五只大鸟，接着又飞来万余只小鸟，集栖于宫殿之上，叽叽喳喳地叫着，让人匪夷所思。

有个花白长髯的官员激动地说："这可是祥瑞之兆啊，难得一遇！这是对长乐王德行的褒奖。我们长乐王定可有非常之作为的，不妨就此改年号为'五凤'吧！"

景城丞孔德绍联系前不久有人献玄圭的事情，遂向建德进言道："从前夏禹上应天命，也曾得到玄圭一枚，如今祥瑞与夏禹相同，且有五凤献瑞，我们的国号最好改称'夏'。"

窦建德欣然应允，兴奋地对众臣说："我们大夏国是以仁义著称，故能赢得上天的垂青，降下祥瑞。而今往后，我们更应秉持仁义，让更多的有志之士投我大夏国！"

孔绍德接着说道："宇文化及弑君犯上，天下共讨之，我们大夏国也不能坐视不管，应树起'讨逆'大旗，代讨逆贼！"

"说得好。宇文化及不久将北还，必经东都。届时，我们约李密共击之，推想他定不会拒绝的！"

于是，窦建德致书李密。

李密自从投了瓦岗寨，杀富济贫，指挥有方，瓦岗军逐渐强大，成为占据一方的割据势力，杨广几次派兵剿灭都未能如愿。

翟让自知能力有限，让位于程咬金，这程咬金大张旗鼓地自封"大魔国"，不想却是个空衔，十八天的皇帝坐下来竟然一事无成，被众兄弟戏称为"混世魔王"，又将王位还给翟让。

自从那首童谣传进瓦岗寨，人人都道是"杨家败，李氏兴"，这李氏非李密莫属，又有入伙瓦岗军的各路首领推举，王伯当、解影登、周文举等齐说："今人皆云，杨氏当灭，李氏当兴，李密屡次遇难都得脱身，莫非就是古人所言，'吉人自有天相'？"

因此，在瓦岗寨中，李密的声誉日隆。

翟让将李元英引见李密，二人一见如故，非常投缘。李元英暗道："民间童谣验证，李密必是天子。当初陈胜吴广起义，有狐丛中叫'大楚兴，陈胜王'，如今这首童谣不是暗示又是什么？"

众人都觉得李密并非凡人，私下相议，翟让所到之处皆听得谈论李密等事，自觉寨主之位再坐下去也无意义，便想择日退位，让于李密。

瓦岗寨中自有忠于翟让的部下，想不通翟让为何将寨主之位拱手让人，于是各自散去。翟让的部下王儒信劝他收回兵权，翟让却淡淡一笑。

李密做了寨主，领导瓦岗英雄抢山夺寨，军队迅速发展壮大。

李密接信后，遂与众将商议，道："窦建德在利用宇文化及弑君一事做文章，从中谋利，我们何不顺水推舟成全他，把讨逆声势造得再大些，干脆倡议推举一位讨逆盟主。若此事顺利，我们瓦岗的地位必会大大提高，或者成为真正的盟主也未可知！"

"魏公切不可因小失大，中了窦建德的借刀杀人之计，还记得李渊的那封信吗？"翟让提醒李密道。

李密闻言，口中不说，心中却暗暗不屑："你懂什么？既然你让位于我就应该遵从我的将令，维护我的尊严，怎能还提那让我尴尬的事？"

当年李渊起事后，曾接到李密的一封信，在信中，李密称李渊为兄，要求李渊配合自己消灭朝廷。李渊接信后对众将笑道："李密为人狂妄放肆，不是写张字条就能网罗得了的。我现在正倾注全力稳定长安，还来不及去讨伐他。如果得罪了他，那便会给自己多树立一个敌人。留下李密，正好替我牵制驻守洛阳的隋军。与其另求别人，不如就用李密。待我把关内的事情安排好，再出崤、函而直捣伊、洛，那时就让李密对着洛水哭泣吧！"

于是，李渊便依李世民之计，把李密好好地吹捧了一番。李密接信后果然如在云雾中，当着众将的面把李渊的信念了一遍，得意之情溢于言表。

不想李渊占据关中，已先于他登基了。这口气他窝在心里许多时了，今天翟让故意说出来，分明是让自己难堪！众将你看我我看你，都默不作声。

僵持了一会儿，还是徐世勣开口道："该不该应承窦建德，要看对我们是否有利，利有多大。我们先来分析一下宇文化及。宇文兄弟所率之兵乃杨广精选的骁果，是隋军中最精锐的部分，战斗力最强，组军以来尚未遇到过对手。如果全力攻击，怕是任何一支义军都难得胜算。现在我们扯起'讨逆'的旗帜，确实是非常必要的，它避免了我们的孤军作战，同时，联合可以大大显示我瓦岗的强大实力，吸引更多的小股义军投在瓦岗的门下，为我们打洛阳，入崤、函做准备！"

"徐军师，你别只想好处。我且问你，如果我们正面对付宇文兄弟，王世充袭我侧翼，窦建德坐山观虎斗，我们岂不成了别人利用的工具？"翟让的亲信王儒信诘问道。

"王将军考虑的是，让本公回答你。"李密很讨厌这个整天跟着翟让转的家伙，不待徐世勣回答，他便笑着说道，"我就怕他王世充不出来，只要出来，就正中我的下怀，我们可以一并击之，夺取东都。至于窦建德，他绝不会食言，我们败了对他没有什么好处？"

"我知道了，是不是'实则虚之，虚则实之'，别不是什么拿粮换布之类的妙计吧！"王儒信讥道。

王儒信又在揭李密的短。不久前，李密兵围洛阳，久攻不下，洛阳城中粮食严重不足，不少士兵逃到李密营中。一天，一个隋兵进营时顺便带来了一匹布，恰被李密瞧见。那个士兵告诉李密，洛阳城中最不缺的是布帛，布匹跟柴禾的价钱一样，而最贵的是米粮。

李密听后灵机一动：何不用发霉的粮食去换急缺的布匹呢？现在部众近万，很多兵士还穿着老百姓的衣服，打起仗来分不清敌友，可洛口仓中除了粮还是粮。

于是，他让隋军吃饱喝足了，回去捎话给王世充。王世充正求之不得，立刻答应用廉价的布换金贵的米。

看到堆积如山的布帛，李密好不得意，以为自己占了大便宜：十匹布换一升米，太划算了！

可几天后，隋军的逃兵不见了。直到这时，李密才恍然大悟，连呼自己办了件天大的蠢事。

这事还能提吗？那不等于在打李密的耳光吗？

李密脸上漾着笑，口中却是咬牙切齿："这本是机密，不打算告诉所有人，既然王将军逼李密说，我不妨明摆出来。我军主力可以分出三支来，用一小部继续围困东都，再以一部作为预备力量，其余大部对付宇文化及。如果王世充敢出来，东都就是主战场，把预备力量调上去，力求在城外歼灭他，如果他不出来，主要力量就放在宇文氏身上。"

李密说完，以询问的目光扫视着所有人。

这时，徐世勣缓缓地站起身来，道："宇文化及远道而来，粮食必然匮乏，定会袭击我洛口仓，洛口仓须得一员上将把守才可万事无虞。"

"所虑极是！既然大伙没有其他问题，我就依适才所论，给各路英雄致信！"李密把眼在翟让等人身上扫了两遍，心中已有了计策。

于是李密复信窦建德，又分别向淮南杜伏威、辅公祏，济阴郡孟海公，淮南李子通，幽州罗艺，东平（今山东郓城县）徐元朗等十八家义军致信，定于六月十五在瓦岗聚会推举盟主。他还特意给唐主李渊写了封信。

各地义军接信后各有各的打算，各怀各的目的，纷纷复信，同意参加。

李渊接信后，交给了秦王李世民。李世民看后笑道："这是李密的小算盘，想借机抬高自己，扩大影响。依儿臣看来，我们该去，也好借这个机会结识一下天下的英雄，到时候，唱主角的还不定是谁呢！不过，这个盟主非李密不可，不然谁去打宇文氏呢？"

李渊也笑着点头赞许，道："我朝开国初始，根基待固，正需广交朋友。"

说到这儿，李渊又想起一件事来，对李世民道："你提的那个外交方略，朕十分赞同。北和突厥，联合夏、魏，纵横捭阖，各个击破。这次结盟大会无异于一次群英聚会，广结深交未尝不是件好事！"

唐朝虽然建了起来，但国力薄弱，军力不足，人才奇缺，所以建立伊始，不得不借助突厥的力量。现在，突厥人总觉得自己功高如天，动不动就对唐朝颐指气使，今天要美女，明日要锦缎，没完没了，但李渊只能一忍再忍，绝不同突厥兵戎相见。

李世民整装待发，却被妻兄长孙无忌拦住了，劝道："现在我朝刚起步，万事艰难，尚书令要干大事，要统筹全局，不能只盯住具体的事，殿下是朝中的擎天一柱，朝中离不开你！身为王爷，乃千岁之躯，怎能轻涉险地？李密为人狡黠，居心叵测，怎可相信他的一纸书信？万一是个圈套，到时候悔之何及？再说，此去瓦岗，千里之遥，山高水长，道路不宁，你只带几个随从，一旦遇险将如何应付？殿下不能去，万万去不得！"

长孙无忌与李世民关系颇深，此番话说来更是语重心长，于公于私，他都不想也不愿看到这样的结局。

李世民呵呵一笑，全无一丝胆怯和犹豫，安慰长孙无忌道："长孙兄何时变得如此胆小了？还记得我十八岁雁门关救驾的事吗？我当时仅率千余人便吓退了他突厥十万铁骑！"

长孙无忌感慨道："此一时彼一时，当时是巧用了疑兵之计，可现在凭什么？"

"同样靠这个！"李世民指指脑袋，道，"风险肯定有。不过，想干点儿事不冒险行吗？太原起事，那险冒的还小吗？那是冒灭九族的风险，现在不是已经过来了嘛！"

长孙无忌知道，李世民是个执着的人，他一旦认准了的事情，是不会轻易改变的，只好叹气道："既如此，臣也不必多费唇舌了，只愿你路上小心，早日安全返回。臣在嵩山少林寺有位忘年之交，是寺中的主持，殿下若遇困难，可去那里找他，他一定会全力帮你的！"

"如此甚好，我也正想拜访一下这座古刹，听说寺中武僧云集，可能的话，我还要请他们帮我进攻东都呢！"

于是李世民辞别长孙无忌往东而行，风餐露宿。快到洛阳地界时，他嘱咐随从要格外留意，小心王世充的暗探。东都为防瓦岗军混入城中，离城二十里便设下哨卡，严格盘查过往人员，暗探更是多得不可胜数。

他们在路旁的小客栈里坐下吃面。刚吃上两口，便看到外面晃荡进来几个不三不四的人，他们朝李世民和几个随从身上瞅了又瞅。随从都紧张地冒出了汗，而李世民却大口地吃着。

几个闲汉绿头苍蝇似的转了一圈，像捡了个大元宝似的，兴奋地哼着小调离去。

李世民望着他们远去的背影，略一思忖，放下碗筷，叫上随从跨上马便向东疾驰。行不多时，李世民听到身后马蹄声越来越近，而且还有人大喊："李世民休走，快快下马投降！"

原来，适才的几个闲汉中有个违纪叛逃的唐兵，他一眼便认出了公子装扮的李世民，于是报告了正在巡查的王世充。王世充欣喜若狂，厚赏了闲汉，便带兵一路追了上来。

王世充已有耳闻，听说各路反王要齐聚瓦岗寨，料想李世民必是冲着这个聚会而来的。

"绝不能放过李世民，他可是条大鱼，说不定还能捉到更多的鱼呢！"王世充兴奋得眼睛都发绿了，"如果捉到了李世民，就等于砍掉了李渊的一条胳膊。

李世民，李世民，真有你的，竟敢孤身闯到我的地界上来了，看你如何逃得出我的天罗地网！"

他同时传下命令："各个路口严格盘查，不得放过任何可疑的人员，抓住李世民连升三级！"

李世民眼见追兵越来越近，正在四下搜寻躲藏之地时，猛抬头望见前方一片塔林。李世民眼前一亮，少林寺到了。

李世民少时曾来到过少室山一游，依稀记得山中有些石洞，小的可容二三人，大的能容百人，于是便和随从将马匹丢在塔林，手脚并用向山上爬去。

山上巨石下，李世民见有一个仅容一个人通过的小洞口，他们侧身爬进去，摸索着往里走，洞身越走越宽敞，越走越亮。原来，这个洞另有一个出口，他们已近出口处。

李世民仔细地观察着，见出口处有个很大的石室，四壁上刻满了人的各种动作，显然是习武的图谱。再细看，室角竟有一个打坐的和尚，李世民吃了一惊。那和尚双目紧闭，双手合十，看上去不过二十来岁。

李世民走过去，小心翼翼地说道："师父，弟子打搅了，我们只是暂避一时，外面追兵甚急。"

"是受王世充的贼兵追击吧？"和尚突然开口了，但话中透着一股逼人的杀气。

李世民不觉一愣，又往前跨了一步，问道："师父莫非与王世充有仇？"

和尚猛地睁开双眼，眼中似乎要喷出一股火焰："老贼杀我父兄，掳我娘亲，此仇不共戴天！"说话间，和尚将双拳捏得嘎巴嘎巴响。

停了片刻，李世民又问道："那你为何剃度为僧了呢？"

"习武报仇！"和尚回答得十分干脆。

李世民放下心来，又往前移了移，蹲下身子："请问师父法号？"

"觉远！"

李世民发现小和尚眉头紧锁，心中似有雷霆万钧，便问道："为何独居石室？"

小和尚停了一下，恨恨地说道："师父怕我出去寻仇，吃亏！"

这时，李世民隐隐听到洞外的喊叫声，李世民急忙问道："师父，这个山洞有几个出口？"

"施主放心，他们想到这里抓人，比登天还难！"

李世民不解，问："为什么？"

"他们先要问问我的双拳答不答应！你们随我来。"

觉远站起身来，对着石壁双臂较力，打开了石壁的一个门，一条暗道显现在众人眼前。李世民猜想这个可能是寺僧们避难的一个暗道，不巧被练功的觉远发现了。

一行人进了小门后，觉远回身关好石门，领着他们深一脚浅一脚地在黑暗中摸索前进。约莫两炷香工夫，众人听见前面哗哗哗的水声。涉过溪水，他们终于到了一个隐蔽在草木丛中的洞口。李世民看了下位置，估计洞口位于山的背面。

觉远探头看了一下又缩了回来，低声说道："满山都是兵！"

李世民的脑袋嗡的一下就变大了，心想：难道我就这样完了吗？不！再想想别的办法，天下事难不倒我李世民！

于是他又问觉远道："这儿离大路有多远？"

"不远，就在山脚下！"

李世民点了点头，半是安慰自己半是鼓励别人地说："别急，天黑了就会有办法了！"

李世民背靠着觉远，两人一问一答，颇为投缘。原来，觉远的父亲是习武之人，同少林寺武术教头是同门师兄弟，武艺超群，因带头抗粮被王世充抓去砍了头，哥哥不久也惨遭杀害。王世充还不罢休，又把母亲抓到洛阳，至今生死未卜。

"现在，还有没有亲人？"李世民关切地问。

"亲人？"他寻思了一会儿，又不好意思地挠挠头，红着脸说，"山下的村里有个从小一块儿长大的女孩叫兰兰，她对我有意思，可我……"

觉远的话立刻提醒了李世民：大路肯定已被卡死，要走必须乔装打扮，何不……

他把想法悄悄告诉觉远，觉远害羞地低下了头，半晌才说："我做梦都在想！"

过了一会儿，他又不安地说："秦王，那能行吗？不如我去杀开一条血路，护送你们出去！"

李世民拍了拍他的肩膀，肯定地说道："行不行关键看你的表演，你肯定行！"

入夜，几个人趁黑摸到了村里，和兰兰一说，兰兰欣然同意。第二天，几个人乔装成送亲的队伍，蒙混过了关。

李世民到瓦岗山金墉城时，推盟大会已经开始多日，但盟主还没有推选出来。

李世民的到来让李密吃惊不小，他万万没有想到李世民敢置身危机四伏的结盟大会。他是大唐的王子，是潜在的死对头，更主要的是，他是大唐的顶梁柱。

他早年见过李世民，那时李世民还是个娃娃，后来听李靖说起过他的传奇，今日一见，更见风采。只见他双眼炯炯有神，眉心开阔，前庭饱满，身材健硕，气宇轩昂，果然是一表人才，李密心中不禁暗暗生出一股妒意。

"哎呀，秦王殿下亲自驾临，让李密诚惶诚恐！幸会！幸会！"李密寒暄着，把李世民迎入大厅。其他义军头领也纷纷上前与李世民一阵寒暄，他们都是第一次见到李世民，所以都不免有些拘谨。

李世民落落大方地向各位施礼，落座后，微笑着对李密说道："魏公盛情相邀，世民敢不听令？瓦岗在中原崛起，全赖魏公之力呀！今奉父皇之命登门与公握手言欢，与众英雄相聚，实乃世民的造化！"

李世民的话说到李密心坎儿里去了，脸上不禁浮现出浓浓的笑意。

李世民一面应酬着，一面暗暗观察众人的反应。

在众家反王里，实力最强的有三家：河北的窦建德、瓦岗寨的李密和江淮间的杜伏威，他们三家兵力强、地盘广，首领的威望高，所以其余各路义军首领多以他们的眼色行事。李世民暗想：这些小邦之所以来，无非是畏惧李密，以寻求庇护来了。他估计，盟主非李密不可！所以李世民只是坐在一旁，并不多言。

这个结盟大会与其说是要推举出一个盟主，不如说是各集团的实力大比拼，各方势力都在努力寻求一个最佳的平衡点。

对李密、窦建德的情况，李世民早已是了然于胸了，对杜伏威却只是最近才有所了解。

杜伏威，齐州章丘人，十六岁时与好友辅公祏在家乡聚众举事，后移军淮南，自称将军，在不到四年的时间里，他收编和兼并了多家义军，下邳的苗海潮、江淮的王雄涎都主动归附。他打仗异常勇敢，在与右御卫将军陈棱的决战中，他被陈棱的一员部将射中额头，他不顾满脸的血污，指着那员敌将大叫："本帅若不能杀死你，绝不拔掉额上的这支箭。"

说罢，杜伏威急驰冲入敌阵，把敌阵众军都吓蒙了，等那员敌将回过神来急速奔逃时已然来不及，被杜伏威生擒活捉。杜伏威命令跪在他面前的敌将亲手拔去自己额上的箭，然后用带血的箭刺入敌将的胸口。

宇文化及曾给杜伏威送去过委任状，任命他为历阳太守，他不仅把委任状给烧了，还把使者一并给杀掉了。但不久，杨侗诏命他为历阳太守，他跪接了，还接受了楚王的册封。在李世民看来，杜伏威必不会争夺这个盟主的虚位，充其量是要显示一下自己的实力。

各方领袖有的沉默不语，有的窃窃私语，有的跃跃欲试。李密坐在主座上，与众人谈笑风生，但还是掩饰不了几分疲惫和不安。

徐元朗率先站了起来，献媚似的朝李密拱拱手，又向众人拱了一圈，慢慢地说道："众位英雄，我徐元朗是个粗人，打铁的出身，不会讲话，承蒙魏公看得起，参加这个结盟大会，我得谢谢魏公。要说这个盟主，得选个最强的、最能打仗的、最讲义气的，我老徐和魏公打交道最多，了解他，隋家的大将张须陀是他给打败的，不是靠兵多，靠的是脑瓜子。他打下了洛口仓后开仓放粮，救了十万饥民的性命，难道不应该选这样的人做盟主吗？"

徐元朗话音未落，济阴孟海公开口道："说起来，大夏王也不含糊，他跟杨义臣打，跟薛世雄打，越打越强。要说义气，夏王那是首屈一指，攻城略地缴获的财物一律分给手下人，从来不私占一丝一毫，对人和气，不讲吃穿，这不也正是一个盟主应备的条件吗？"

各方使者意见不一，场面混乱起来。这时，窦建德派出的大夏国使者站了出来，表示愿推举瓦岗魏公为盟主，其他义军首领看实力强大的大夏国都表了态，便也都纷纷附和着，但偏有一个不服的，此人为杜伏威手下大将阚陵。

阚陵身高八尺，面黑背阔，天生一副神力，手中一杆长刀，长一丈，施双刃，瞬间便能毙伤数人，有万夫不当之勇。他声如公牛，大嘴一咧，说道："这盟主的交椅不是好坐的，谁要是胜过俺的这把刀，我阚陵心甘情愿拥护他！"

程咬金可不干了，把眼一瞪："怎么，欺负人啊？是不是有意找爷爷的茬儿？"说着，拎着大斧子就进了场，把斧子撞得震天响。

于是，两人就在校武场上打了起来。熟悉程咬金的人都知道，这老程只有头三招，头三招唬住了便能赢，否则就该撒丫子了。

两件兵器在空中一碰，程咬金就觉出了对方的分量，所以三招以后，他跳出了圈外，说了声："对不起，不陪你玩了，程爷爷今儿忘了吃饭！"

阚陵此时把大刀一抖，高声叫道："瓦岗山有本领的，都上来！"

这一下激恼了另一位英雄——王伯当。王伯当也是久经战阵的，是个火暴脾气的英雄，蹭得一下就跳进了场子，通名报姓后便战到一处，只十余个回合，王伯当就有些力怯了。秦琼一看不好，喊了一声"秦琼来也"，替下了王伯当。

这对恰是棋逢对手，两人战了八十回合仍不分胜负。李密深恐秦琼有失，忙叫了停止。

大夏国使者的本意是让李密当上盟主，一看瓦岗占不了上风，便眼珠一转计上心来，冲着各方使者道："各路英雄，比武有文比也有武比，刀光剑影难免有什么闪失，不如文比。我们结盟就是为了共同讨伐宇文化及，宇文化及弑君后，传国玉玺落入他的手中。现在我们约定，谁能够在五日之内窃得传国玉玺，谁就坐这盟主之位，如何？"

众人议论纷纷，都道这是一个好主意，便约定五日之内，还是齐聚瓦岗山。大家心里清楚，这不是个好活儿，除非偷天神手能有这个本事。

别说，这提议倒是乐坏一个人——瓦岗山上的侯君集。这侯君集最大的本领就是做梁上君子。于是，两日后，在宇文化及的大营内，侯君集不费吹灰之力便窃得了玉玺。

原来，这玉玺不是锁在什么宝匣中，而是由宇文化及随身携带，白天由一心腹提着，晚上则放在自己枕头边上。这样，宇文化及用起来方便，又觉得安全。

这天晚上，宇文化及又喝得醉醺醺的，三下两下便把萧皇后剥了个精光，命两个赤裸的宫女把萧皇后平放在特制的大床上后，也并排躺下。宇文化及狞笑着，在萧皇后及两个宫女的身上发泄一通后，倒头酣睡。

侯君集躲在帘子后面，眼睛都快瞪出了血，心中骂道："这个逆贼原来如此快活，索性一刀结果了他！"

待月影西移、更深夜静之时，他轻巧地跳出，拎起了床头的玉玺，正想回手斩杀逆贼宇文化及，不料萧皇后醒了，看见刀光，她大叫一声："抓刺客！"

侯君集闻听，动作迅如闪电，倏然便没了踪影，但同时却也瞅见了另一个黑影也闪了出来。

旋即又见一队队兵士手执兵器冲过来，直追黑影。侯君集慌忙逃出，不料脚下一个踉跄，趴倒在地，玉玺从袖中滑出。

侯君集刚要捡起玉玺，忽然一只手抢先拾起了玉玺，复又送给了他，并扶他起身。侯君集借着微弱的灯光一瞧，此人正是秦王李世民。

李世民将玉玺递与侯君集，又悄声说道："侯兄快躲起来，贼兵追来了。"说罢，便拉起侯君集朝另一方向飞奔而去。

来到一处偏僻的角落，侯君集摸摸玉玺还在，长舒一口气。

李世民拱手道："侯兄真是好本领，看来盟主之位非你莫属了，恭喜！恭喜！"

"秦王说的哪里的话！"侯君集道，"我无能无才，怎能当得起盟主之职，不过是替瓦岗兄弟跑个腿罢了。"

"哦？"李世民笑道，"侯兄真是重情重义之人，瓦岗英雄个个本领非凡，看来是有人选了，但不知是哪位？"

"秦王没听过'桃李子'的童谣吗？"侯君集道，"李密是个人才，隋室灭亡，天下非他莫属。"

"哦！"李世民心下暗道，李氏天下，难道就他一个李密是人才？我李家才是龙脉所在。但嘴上却说，"李密当选，当之无愧！"

正说话间，忽然"嗖"的一声，一支冷箭斜射过来，直指侯君集的心窝。李世民眼疾手快，猛推侯君集，却被射中自己的胳膊。

侯君集一惊，拖起李世民就跑。天微明时，二人在一座破庙前停住，李世民的衣服已被鲜血染得通红。

侯君集采些草药，为李世民包扎伤口。李世民忍痛道："侯兄还是赶紧回去交差吧，否则迟……迟到，可就耽误了瓦岗英雄的大事。"

"秦王，"侯君集正色道，"我侯君集岂是忘恩负义之徒？我已想清楚了，您是个忠义之人，唐王也打得一片天下，将来天下必是您李氏之族，您……您救我一命，我无以为报，玉玺在此，请秦王收下。"

"这，这如何使得？"李世民忙起身推辞，不料动作太大，触动了伤口，又哎哟一声惊叫着坐回到地上，龇牙咧嘴地说道，"侯兄不可意气用事，我不过是一介小王而已。再者，玉玺是你费尽周折才弄到手的宝物，我岂敢收下？"

"秦王不必推辞，"侯君集道，"我的命是秦王您给的，一个小小玉玺又怎能与您的大恩相提并论？秦王若是不收，就是看不起我侯君集了。"

李世民还欲推辞，见他一股严肃的气色，只好接下。

李世民收起玉玺，二人走出破庙，各自离去。第二天，玉玺"飞"到了李密的身旁。于是，李密无可争议地坐到了盟主的座位上。

众英雄各得其所，皆大欢喜。

这场结盟大会，李密认为自己是最大的赢家。结盟大会后，黎阳义军李文相、洹水义军张升、清河义军赵君德、平原义军郝孝德、刘郡义军徐元朗、任城大侠徐师仁、淮阳太守赵佗和永安大族周法明等先后归附了李密。李密大军已近百万，势力东至海岱（泰山）南及江淮。

宇文化及杀了杨广，新立了秦王杨浩为帝，自称为大丞相。在江都宫中他风流够了，便命左武卫将军陈稜为江都太守，总管留守事宜，命折冲郎将沈光统领御营，带着杨广的三宫六院，预备取道彭城水路折回长安。

宇文化及拥着十几万人，占着六宫的粉黛，豪华奢侈程度与杨广无二，但处理起政事来却不如一个小吏，令众人大失所望。抵达彭城，军中发生了两起刺杀宇文化及的事件。

一次是麦孟才与沈光的暗杀，险些使宇文化及丧命。

麦孟才是麦铁杖的儿子，沈光是杨广亲自提拔的，二人对杨广都怀有感恩之情。二人集结数千部下、老友，约定拂晓时分袭击宇文化及的营地，但事有不密，就在拂晓前，宇文化及逃离了营地，二人扑了个空，却遭了司马德戡的伏击。沈光及手下部属全部战死，麦孟才也重伤身亡。

此次刺杀非但没让宇文化及有所收敛，反而变本加厉。他把所有的车轿都用来装载宫女和珍宝，而铠甲枪械则全由兵士背负，兵士们边走边埋怨。

司马德戡暗中向赵行枢诉苦，赵行枢也有苦衷。两人一拍即合，决定除掉宇文化及。

宇文化及自从上回受了惊吓，便开始对握有兵权的司马德戡有了防备，明升暗降地剥夺了他的兵权，幸而宇文智及说情，才勉强让他做了殿后的领军。

宇文化及在后军中安插了眼线，把听到的机密及时地报告自己，因此，宇文化及对司马德戡等人的计划了如指掌。待司马德戡部署完毕，宇文化及派宇文士及不动声色地诱捕了司马德戡，随后又逮捕了所有的同党，把他们活活吊死。

宇文化及继续向西开进，与李密在河洛一带交战，败多胜少，军队大部投降李密。就在走投无路之时，军中又有人密谋刺杀宇文化及，虽未成功，却使宇文氏兄弟矛盾激变，最终分崩离析。

到了魏县，宇文化及毒杀了秦王杨浩，自立为帝，国号许，年号天寿，设置文武百官。但时隔不久，宇文化及便遭唐淮安王李神通的攻击。李神通退去后，窦建德又率大军来攻击，宇文化及最终败在窦建德手下。宇文化及与兄弟宇文智及被处斩，其子也一同被杀，而宇文士及则幸免于难，早他们一步降了李渊。

萧皇后在窦建德的大夏国受到了隆重的礼遇，但不久便随着始毕可汗派来的使者去了突厥，与义诚公主抱头痛哭一场之后带发修行，成了一名虔诚的佛家弟子。

李密军虽败了宇文化及，但也元气大伤。不久，他又做了件令瓦岗军寒心的事——杀掉了瓦岗寨的创始人、他的大恩人翟让，这使得一部分翟让的亲信不辞而别另立门户，一些人索性投了唐朝。李密开始走下坡路了。

李密军与东都王世充打打停停，给了王世充喘息的机会，而此时又伤筋动骨，被王世充抓住机会，狠狠揍了一顿。李密眼看大势已去，便降了唐朝。

王世充打败李密后，自称郑王，全然不把杨侗放在眼里。他杀掉了杨侗身边的几个智囊人物以孤立杨侗，又指示几个佞臣劝杨侗禅位。杨侗虽有一万个不愿但也无能为力，只有回到后宫同母亲大哭一场。

王世充如愿地当了皇上，年号开明，国号郑。此后便把杨侗封为潞国公，变相地幽禁起来。不久，他仍不放心，便派侄子毒杀了杨侗和几个平日里对王世充不满的文臣武将。

王世充的行为让手下几位将军越来越不满，借外出御敌之机降了唐朝，削弱了王世充的实力。

就在王世充的郑国处于风雨飘摇之际，他的耳目从长安获得一个绝密的情报，突厥解救出了被萧文灿囚禁的隋太子。

当年萧文灿带着外甥杨暕去同王薄会师，两家合兵一处将打一家，打了不少胜仗，占了很多地盘，但后来他们中了杨义臣的离间之计，两家都吃了大亏。

王薄先是偃旗息鼓，后又投了窦建德，而萧文灿则带着杨暕残兵辗转到了江陵。在当地，他用大梁的旗号招来了大梁国的遗老遗少，几年的经营，他的实力渐渐增强，全然忘掉了对太子的承诺，居然在江陵称帝，置百官，修治宗庙、园林，而太子则被囚禁起来。杨暕曾给母亲写一封信，但如泥牛入海，没了消息。

萧皇后到突厥以后的一天午后，她出家的寺庙里来了一个乞丐，见了她倒头便拜，哭道："皇后，臣可找到你了！"

这个乞丐正是给太子传信的那个侍者。他把太子和国舅爷的情况一一禀告给萧皇后，萧皇后面无表情地说："贫尼已不再过问红尘中事，你去找义诚公主吧！"

义诚公主看信后大哭一场，发誓要救出弟弟，再造大隋。随后便和始毕可汗商议，派出几批武林高手潜入中原，伺机救出太子。

李渊在突厥一直安插着眼线，所以一有风吹草动，李渊很快便会知道，而王世充在长安城内也安有细作，消息也传得很快。

王世充唯愿消息是假的，心道：若是将来突厥再横插一杠子，我岂不要两面受敌？他忧郁得吃不好饭，睡不好觉。无论何时闭上眼睛，都会梦见杨广浑身是血地扑向自己，梦见杨侗手执利刃怒骂着自己。

有人献计，将王世充十二岁的女儿献给突厥可汗，与突厥和亲，或许可以纾祸。王世充于是下旨让"公主"备嫁，可"皇后"死活不许，大骂献计的人是坏了心肝，是奸臣，该千刀万剐，直把王世充闹得六神无主，废去诏令，把献计的人痛打一顿了事。

一个小太监向王世充建议可以向夏王求救，告诉夏王，李世民一旦灭亡了郑国，下一个目标就是夏国。夏王顾及唇亡齿寒之理，或许可以出兵相救。

王世充就依太监之意向窦建德写了封信，没想到窦建德竟迅速回应，亲率大军与唐军对峙于汜水（今河南荥阳汜水镇）。只可惜，窦建德不仅没将王世充救下，反而使自己也功败垂成、身陷图圄。

及至王世充被擒后，李世民在长安的大狱中置酒款待王世充和窦建德。席间，李世民问他们，为什么不好好利用突厥救太子这件事呢？二人都低头无语。李世民告诉他们，当时他最怕的就是打太子这张牌，如果突厥一旦介入，形势完全可能是另外一种样子。

窦建德仰天长叹道："这也许就是野鸡与凤凰，走蛇与蛟龙的区别吧！"

北方的主要敌手被李世民涤荡已尽，唐朝已今非昔比，不过李世民对突厥的策略仍未改变，他还要利用突厥去扫清北方最后的对手刘武周。

起初，刘武周投靠突厥后被封为定杨可汗。上谷义军首领宋金刚被窦建德打败后，投到了刘武周旗下。宋金刚勇敢善战，为刘武周打下了大片的土地，接着又兼并了多股义军，实力大增。刘武周兵强马壮后便想和突厥平起平坐、称兄道弟，突厥人开始对他不满。

李世民需要的就是这个效果。他又略施手段，巧设反间计，往两家已有的嫌隙上又撒了把盐，终于促使两家反目成仇。

李世民挥军北上，穷追猛打，刘武周损兵折将、疆土尽失，最后于惶恐中率领五百骑兵离开并州逃入突厥境内，终为突厥所杀。

唐军的强势让各股势力不得不承认，唐朝的统一已势不可挡，于是纷纷束带投降。大江南北战火渐渐熄灭，炊烟又升起在地平线上。

武德五年，李世民奉诏命来到扬州，他要为前朝皇帝——自己的姨表叔举行改葬仪式。

武德元年，得到唐高宗李渊准许，江都刺史把杨广的灵柩奉于成象殿，粗备天子仪卫后改葬于江都宫西吴公台下。发敛之始，容貌若生，依然那般庄严。

李世民一身素服，亲自为杨广选择了最后的归宿——扬州雷塘。雷塘就在吴公台东边不远处，滔滔的邗沟水从这里滚滚流过。

改葬那天，天空下着小雨，四野雾蒙蒙的，李世民伫立在雨中，望着簇新的墓碑：隋杨广之陵。雨水已打湿了花岗石的碑体，显得如此的凝重，一如李世民此时的心情。

他仰望苍穹，心底不停地追问：一个人、一个帝王，给世上、给这片土地应该留下点什么才会不朽，才能像千古不息的河水、万世永存的碑石？

突然，几声惊雷从遥远的天际滚来，轰鸣激越，震撼大地，仿佛是那追问的回声，长久地回响在历史的天宇中！